BASTEI
LÜBBE

Von Uschi Zietsch sind bei Bastei Lübbe Taschenbücher lieferbar:

Die Waldsee-Chroniken:
28 517 Bd. 1: Dämonenblut
28 520 Bd. 2: Nachtfeuer
28 522 Bd. 3: Perlmond

28 534 Nauraka – Volk der Tiefe

Über die Autorin:

Uschi Zietsch wurde 1961 in München geboren. Nach ihrem Studium der Rechtswissenschaften, Theaterwissenschaft, Geschichte und Politik machte sie ihren kaufmännischen Abschluss an der IHK. Bis Mitte 1996 war sie neben dem Schreiben hauptberuflich im Marketing/Vertrieb tätig. Seither ist sie freischaffende Schriftstellerin. 1986 veröffentlichte sie ihren ersten Fantasy-Roman »Sternwolke und Eiszauber«. Bis heute folgten über 100 weitere Publikationen. 2008 belegte sie den ersten Platz beim Amnesty-International-Literaturpreiswettbewerb. Uschi Zietsch lebt mit ihrem Ehemann, diversen Tieren, Autos und Motorrädern im bayerischen Unterallgäu.

Uschi Zietsch

NAURAKA
VOLK DER TIEFE

BASTEI
LÜBBE

BASTEI LÜBBE TASCHENBUCH
Band 28 534

1. Auflage: Oktober 2009

Vollständige Paperbackausgabe

Bastei Lübbe Taschenbücher in der Verlagsgruppe Lübbe

Originalausgabe

Textredaktion: Gerhard Arth
Lektorat: Ruggero Leò
Umschlaggestaltung: Guter Punkt, München
Satz: Urban SatzKonzept, Düsseldorf
Gesetzt aus der Goudy Old Style
Druck und Verarbeitung: CPI – Ebner & Spiegel, Ulm
Printed in Germany
ISBN 978-3-404-28534-1

Inhalt

VIERTER TEIL
Heimkehr

»Und in meiner Erinn'rung, wenn die Nacht ist klar,
spür ich die See, tauch ein in die Fluten und schwimm mit der Schar.
Oh! Kannst du sie sehn, die große Stadt aus Koralle und Stein?
Leuchtend und wiegend Blumentier, Anemon', Diamantenstern,
so steh ich und sehn mich, ewig klagend, die See ist so fern,
darf niemals hoffen, je wieder dort zu sein.«

Gesang Perlmonds des Ersten in Ardig Hall

ERSTER TEIL

Darystis

1.

Der junge Prinz

Mhurin lachte schallend, bekam Schluckauf, dann war er tot.

Damit hatten die Jungen nicht gerechnet, nicht in diesem Moment oder sonst wann. Der Tod war etwas sehr Fernes, niemals Greifbares, was man nur selten erlebte und worüber man noch weniger sprach. Der Tod war ein Buhmann, mit dem man ganz kleine Kinder erschreckte, die ungehorsam waren. Der Tod kam höchstens zu den Alten und denen, die sich aufgegeben hatten.

Doch Mhurin, so voller Leben und Jugend und Frohsinn, Mhurin war tot, plötzlich und unvorhergesehen.

Und schlimmer noch: Mhurin war zweigeteilt.

Die messerscharfen Zähne des Spitzmaulhechts hatten seinen Körper durchschnitten wie der Ulu einen Fisch beim Entgräten, und während sich das Wasser blutrot färbte, schwebten Mhurins Rumpf und Unterleib in entgegengesetzten Richtungen davon. Doch nicht lange, dann schnappte das schwertlange Maul des Fisches zu, und noch einmal, und Mhurin war verschwunden. Sein Blut löste sich langsam in die See auf und wurde Teil von ihr.

Der Hecht kümmerte sich nicht um die ringsum schreienden Kinder. Seine Kiemen klappten befriedigt einmal kräftig auf und zu, dann verschwand er ebenso schnell, wie er gekommen war, ein silbrig blinkender Speer im Helldämmer. Und fort war er.

»Ich habe es nie vergessen«, schloss Eri seine Erzählung und schwebte bedächtig auf und ab. Das Wasser floss ruhig durch seine Kiemen. »Und es schaudert mich noch heute, vor allem nachts im Traum. Mhurin war schließlich mein bester Freund.«

Zugleich grimmig und vergnügt betrachtete der Prinz die Gesichter der kleinen Kinder, denen er die Geschichte vorgetragen hatte. Sie hatten ihn abgefangen, als er gerade auf dem Weg zum Tangwald war, und um eine kleine Mär gebeten. Eri hatte sich für die Wahrheit entschieden, die oftmals viel grausiger war als eine Schauergeschichte, und nun bereuten die Kleinen vermutlich, ihn nicht in Ruhe gelassen zu haben. Drei waren grün angelaufen, und zwei klapperten heftig mit den seitlich am Hals gelegenen Kiemen. Den anderen stand der Mund offen, und sie starrten ihn aus großen Augen an.

Genau das hatte der Prinz damit erzielen wollen. Nicht nur, um ihre Aufmerksamkeit mit einer Gruselgeschichte zu fesseln. Sie sollten auch begreifen, wie gefährlich die Untiefen der See waren. Für Eri war es damals eine Lehre gewesen, stets wachsam zu bleiben. Trotz der überall postierten Wachen war der Hecht unbemerkt bis zur Stadt gelangt, inmitten des Tummelplatzes unter die Kinder gefahren, hatte sich sein Opfer geschnappt und war verschwunden, ehe auch nur ein einziger der schnell herbeigeeilten Erwachsenen einen Speer nach ihm werfen konnte. Sieben Korallenringe zählte der kleine Eri damals, und einen ganzen Korallenstab später, heute, fühlte er sich immer noch schuldig.

»Also, was macht ihr, um euren besten Freund nicht zu verlieren?« Eindringlich sah er sie der Reihe nach an.

»Wir passen auf ihn auf«, versprachen sie im Chor, und dann waren sie schon in einem Schwall Wasserblasen kichernd auf und davon. Mit heftig schlagenden Fußflossen witschten sie durch die engen Öffnungen des Korallengeflechts, hinaus in die Freiheit der See, die durch den Schutzring rund um den Spielplatz bewahrt wurde.

Eri wandte den Kopf, als eine leichte Druckwelle gegen ihn schwappte, und er vernahm dumpfes Händeklatschen. Lurion, *natürlich* – sein Bruder. Schon längst erwachsen, sogar um einen Korallen*baum* älter als er, doch so benahm er sich kaum. Er frönte dem Glücksspiel und trank vergorenen Seegurkensaft in rauen Mengen.

»Du hörst dich genauso an wie Onkel Turéor, möchtest ihm wohl nacheifern?«

»Was willst du?«, fragte Eri unwirsch. »Dass du zu dieser frühen Stunde überhaupt schon wach bist …« Das war ein Scherz, denn die Hälfte von Helldämmer war schon überschritten. Bald würde Mittlicht hereinbrechen, das ungewisse Zwielicht, die Zeit der Jagd.

»Ich gratuliere dir, *lieber* kleiner Bruder«, antwortete Lurion höhnisch. »Wie du die Aufmerksamkeit fesseln kannst! Oder scharst du dein kleines Volk um dich, um dir deinen eigenen Staat aufzubauen? *Prinz* Erenwin.« Er schwamm pfeilschnell auf Eri zu und packte ihn vorn an der Kragenstulpe. Wie alle Mitglieder der königlichen Familie trug Eri ein aufwendig gefälteltes, mit einer Schärpe versehenes, vielfach geschlungenes einteiliges Hosenkleid aus glänzender, in verschiedenen Farben schillernder Nixenkrautseide und einen dunkelgrau glänzenden Schleierumhang aus feinsten Goldkelpfasern mit hohem Kragen. Lurion war dazu mit Armreifen behängt, trug kostbare Ringe an den Fingern, und seine wohlgeformten abgerundeten Ohren waren vielfach mit Korallenschmuck durchbohrt. Eris Bruder war sehr viel größer als er und trotz seiner Zechgelage und Ausschweifungen muskulös. Die Ringe drückten an Eris Kehle, als Lurion ihn festhielt.

»Vergiss eines nicht, kleiner Bruder«, zischte er, »*ich* bin der Erbprinz, und du nur eine wertlose Nachgeburt!«

»Du und dein Thron seid mir doch völlig egal«, erwiderte Eri und riss sich mit einem heftigen Ruck los. »Ich bin sowieso bald weg, und dann kannst du in Ruhe noch drei oder vier Korallenbäume warten, bis Vater endlich die Fürstenkrone an dich abgibt.«

»Meinen Segen hast du«, knurrte Lurion. »Ich werde dir sogar noch Golddrachen mitgeben, damit du auch ja nicht wieder zurückkommst!«

Eri fragte sich, woher sein Bruder so viel Geld nehmen wollte, er verspielte doch alles und hatte hohe Schulden. Er hatte natürlich schon versucht, den Meister der Vulkanschmiede, wo das Gold gepresst wurde, zu bestechen, aber vergeblich. Das wäre selbst für den Hochfürsten unmöglich.

Lurion wandte sich ab und schwamm zum Quartier der Jäger hinüber, um sich auf die Jagd im Mittlicht vorzubereiten – seine zweitliebste Beschäftigung neben dem Glücksspiel.

Eri entschied sich, nicht mehr zum Tangwald zu schwimmen, und bewegte sich träge auf den außen gelegenen Bereich des Palastes zu, den er mit seiner Schwester Luri bewohnte. In unmittelbarer Nähe der Eltern durften die Nachkommen nicht leben.

Die Stadt war groß und alt, und nicht einmal Eri, der überall neugierig hindurchschlüpfte, kannte sie bis in den letzten Winkel. Ein Teil von ihr ruhte im Vulkangestein, Überhänge waren als Schutz genommen und mit verschiedenen Baumaterialien erweitert worden: natürlichen wie den Korallen, aber auch künstlichen, von Hand gefertigten, größtenteils mit geschmolzenem Quarzsand gemauerten und kunstvoll geformten Felsen. Etwa fünftausend Nauraka lebten hier, früher mochten es viel mehr gewesen sein. Somit war genügend Platz für die Familien vorhanden. Sie bewohnten oft sechs bis acht Kammern, die sich über mehrere Stockwerke erstreckten und über Galerien miteinander verbunden waren. Ein dichtes Netz aus Zugängen flocht sich durch die Stadt, bis tief in die Dunkelheit des Vater-Vulkans. Seine Ableiter verzweigten sich weit über den Meeresboden, Schlote, die heißes Wasser und schwarzen, fettigen Qualm ausstießen, manchmal auch Feuerfontänen. Den großen, sehr alten Vulkan nannten alle »Vater«, denn er bescherte der Sippe ein reiches und sorgenfreies Leben. Und wie ein strenger Vater grummelte er ab und zu, dass alles bebte, oder zeigte sich gütig mit milder Wärme.

Innerhalb der Stadt gab es auch während des Dunkeldämmers immer Licht, denn leuchtend blaue Kristalladern zogen sich durch Felswände, und an den Korallengeflechten hingen bunt strahlende Blumentiere, ein prachtvoller Schmuck noch dazu.

Der Palast des Hochfürsten thronte über allem, ein prächtiges Gebilde, ganz mit Geschmeide ausgekleidet, das weithin in die See strahlte. Wie ein Stern, hatte ein Händler einmal zu Eri gesagt, und seine Augen hatten dabei geleuchtet.

Auch die Augen anderer Händler hatten bei dieser Pracht durchaus hin und wieder geleuchtet, aber in ihnen hatte Gier gelegen. Die Nauraka lehrten sie schnell Demut, und Unverbesserlichen gegenüber zeigten sie sich ebenso unnachgiebig.

In diesem Palast gab es viele Bereiche, die nur über Hauptgänge miteinander verbunden waren und für sich abgeriegelt werden konnten. Das fürstliche Paar bewohnte natürlich den größten Bereich mit dem zentralen Versammlungsplatz und den rundherum angeordneten weiten Fluchten an Gemächern, Schatzkammern und geheimnisvollen Höhlen im Berg, die Eri noch nie auskundschaften durfte.

Doch es gab auch so genug zu entdecken, also war Eri mit dem Abenteuer der See vor der Stadt zufrieden. Er wollte so viel wie möglich lernen und sich stählen für sein großes Vorhaben.

Luri war gerade dabei, sich anzukleiden, als ihr Bruder durch den Bogengang hereinschwamm. Sie wohnten im äußeren Bereich des Palastes in einem Korallengeflecht mit vielen Öffnungen, verspielten Labyrinthgängen und allem, was ein junges Herz begehrte. Hier war es unbeschwert, luftig und hell. Nach den wuchtigen königlichen Gemächern verlangte es die beiden gar nicht.

Draußen vor dem Eingang und neben den größeren Schlupflöchern waren Wachen postiert. Die Amme und die übrigen Bediensteten allerdings durften nur noch in der Früh vorbeisehen. Die Geschwister wünschten beide ihre Freiheit und keinerlei Beaufsichtigung mehr.

»Was machst du?«, fragte Eri und rekelte sich in ein Wiegenetz.

»Ich treffe mich gleich mit meinen Freundinnen, um etwas zu unternehmen«, sagte Luri munter. Sie bemerkte seine Miene und wandte sich ihm zu. Sie war zwei Korallenringe jünger als er, und beide waren seit früher Kindheit eng miteinander verschworen. »Was ist mit dir los?«

»Ach, nichts«, meinte er leichthin. »Nur Lurion, das Übliche. Er hat Angst, dass ich ihm den Thron streitig machen will.«

»Dabei hat er ihn noch nicht mal, und bis dahin ist es noch lang«, spottete sie, neigte sich zu ihm und strich durch sein langes, helles Haar. »Er ist ein Blödmann, das weißt du schon seit deiner Geburt. Wenn er nicht so viel Angst vor unseren Eltern hätte, hätte er dich wahrscheinlich in der Wiege erwürgt und mich einem Knochenhai zum Fraß vorgeworfen.«

Eri ergriff Luris Hände. »Deswegen musst du unbedingt mit mir kommen! Es dauert nicht mehr lange, schon in zehn oder zwanzig

Dämmerungszyklen kommen die Händler, und dann gehen wir mit ihnen!«

»Ach, Eri, das ist doch Unsinn«, wehrte sie ab und entzog ihm die Hände. »Du lässt dich von Onkel Turéors Geschichten zu sehr beeinflussen. Und vom Garn der Händler! Diese Welt da draußen ist nichts für uns. Wir sind Nauraka, und hier in der Tiefe ist unser Platz.«

»Wir könnten Abenteuer erleben ...«

»Eri, hast du im Unterricht denn nie aufgepasst? Da draußen warten Not und Elend auf uns! Alles ist äußerst primitiv! Niemand, der annähernd unseren Rang hätte. Glaubst du, wir werden mit königlichen Ehren empfangen, haben Leibwächter und dergleichen? Wir müssten wie alle Primitiven für uns selbst sorgen, uns auf eigene Kosten ernähren und kleiden – und von alldem haben wir keine Ahnung. Außerdem müssten wir auf unseren Beinen *gehen!* Darauf verzichte ich! Und überhaupt: Wo bleibt da die Romantik?«

»Ich könnte bei Hallog arbeiten, das hat er mir schon angeboten, und mir macht das nichts aus«, murmelte Eri. »Ich bin ja nicht ganz dumm, Luri, ich weiß, dass es gefährlich ist. Aber wir wären frei! Und Romantik ... da draußen gibt es mehr als genug davon!«

»Ich gebe mich aber nur einem Nauraka edlen Geblüts hin«, erwiderte Luri schnippisch. »Denkst du, ich paare mich mit jedem dahergelaufenen Schuppensammler? Onkel Turéor sagt doch selbst immer, dass unser Volk schwach wird und nur noch einen verweichlichten Abglanz der früheren Nauraka darstellt. Doch wir sind noch immer stolzer und mächtiger im Vergleich zu den anderen!«

Eri sagte verträumt: »Ja, Drachenzähmer nannte man uns ...«

Luri winkte ab. »Das ist lange vergangen. Schon seit vielen Korallenbäumen hat keiner mehr den Seedrachen gesehen, und auch unser Volk ist klein geworden, es schrumpft immer weiter. Darum ist es meine Pflicht, nach einem edlen Prinzen zu suchen und mit ihm ein großes neues Reich zu gründen!«

»Pfff... Pffflicht«, prustete Eri. »Du hörst dich an wie Mutter! Dabei wolltest du nie so werden wie sie, und jetzt folgst du einfach ihrer Vorstellung?«

»Um hier rauszukommen, weg von den Eltern? Natürlich!«, rief

Luri. »Aber ich werde mich nicht verschwenden, und ich werde ganz sicher nicht die See verlassen, oder wo auch immer du hinwillst! Immerhin«, Luri strich ihr Kleid glatt, »fließt durch unsere Adern uraltes königliches Blut.«

»Ach, du träumst ja.«

»Und du etwa nicht?«

Wahrscheinlich hörten sie *beide* schon zu lange Onkel Turéors Geschichten zu, wie ihr Vater immer sagte. Es missfiel dem Hochfürsten, dass sie so viel Zeit mit dem »alten Wirrkopf«, wie er ihn wenig respektvoll bezeichnete, verbrachten. Auch ihre Mutter tadelte sie deswegen. »Turéor ist sehr, sehr alt und lebt in einer Vergangenheit, die es nie gegeben hat. Es sind nur Märchen, die er als Kind hörte und die er nun für seine eigenen Erlebnisse hält.« Hochfürstin Ymde entstammte einer Seitenlinie des uralten Königsgeschlechts, dessen Hauptstamm ebenso wie der Königsthron schon lange nicht mehr existierte. Sie und Turéor waren der Ahnenforschung nach entfernt miteinander verwandt, und das schien glaubhaft, denn beide waren größer, schlanker und feingliedriger als die Sippe des Hochfürsten Ragdur, und ihre Haut von einem ganz besonderen Perlmuttglanz. Durch die Heirat mit Ymde war Ragdur zum Hochfürsten aufgestiegen, dem höchsten Stand im Reich der Nauraka. Die anderen Sippen ehrten die Darystis, sie waren unangefochten am reichsten und mächtigsten.

Auch den Nachkommen Ymdes sah man die Herkunft an, sie waren von besonders edlem Wuchs, der Bewunderung und Neid zugleich hervorrief. Eri hatte zudem die hellen Haare seiner Mutter geerbt, wohingegen Luris Haare vulkanschwarz wie die ihres Vaters waren. Doch auch ihre zumeist kunstvoll geflochtenen und hochgesteckten Haare trugen einen ungewöhnlichen Glanz. Erbprinz Lurion, der sich ganz besonders viel auf seine Herkunft einbildete, konnte es kaum verwinden, dass er noch zwei spätgeborene Geschwister hatte, die seine Einzigartigkeit schmälerten. Was hatte Lurions Eltern, die nicht aus Liebe geheiratet hatten, nur dazu gebracht, nach Pflichterfüllung und Sicherung des Thronerben nach langer Zeit zuerst einen weiteren, und dann schon nach zwei Korallenringen noch einmal einen dritten Nachkommen zu zeugen?

Selbst Onkel Turéor, der *geduldete* alte Mann, hatte sich überrascht gezeigt und die beiden Jungfischlein, wie die ganz kleinen Nauraka häufig genannt wurden, besonders gern unter seine Armhäute genommen.

»Du bist verrückt mit deinen Träumen, Eri, werde lieber erwachsen«, riet Luri, die jüngere Schwester. »Ich will auch hier weg, aber ich werde dabei nicht unvernünftig sein oder gar meinen hohen Stand aufgeben.« Sie schwamm auf und drehte sich um die eigene Achse. »Und, wie sehe ich aus?«

»Wunderschön, wie sonst«, grummelte Eri. Manchmal fragte er sich, wer von ihnen beiden eigentlich das Sagen hatte. Dabei war er der Ältere *und* der Mann. »Denk dran, o Vernünftige, nach Einbruch des Dunkeldämmers zurück zu sein, wir müssen heute mit Nura und Nàru, Mutter und Vater, speisen.«

Sie streckte ihm ganz unerwachsen die Zunge heraus und schwamm hinaus.

Eri wusste nicht recht, was er mit der Zeit bis zum Essen anfangen sollte. Dann entschied er sich, Lurions Auftreten sozusagen zu strafen. Gewiss, Eri war erst neunzehn Korallenringe alt, aber es wurde Zeit, dem älteren Bruder die Grenzen zu zeigen. Er legte seinen Waffengürtel mit dem Jugendmesser an und paddelte eilig zur Jägergilde hinüber. Schon früh hatte der Prinz den Umgang mit Waffen erlernen müssen, und sein Vater sah es gern, wenn er sich an der Jagd beteiligte. Einer der wenigen Momente, da Ragdur den jüngeren Sohn überhaupt wahrnahm und ihn zudem nicht strafend oder verächtlich anblickte.

Lurions Blick allerdings war voller Dunkelheit, als er seinen Bruder eintreffen sah. Die Gesellschaft war bereits zur Jagd gerüstet und wartete auf das Signal, auch die Treiber mit ihren Netzen hatten sich versammelt. »Was willst du denn hier?«

»Ich komme mit«, erklärte Eri. »Urwig, gib mir eine Armbrust.« Zum Speerwerfen oder Lanzeführen war er noch nicht stark genug, dafür musste sein Körper erst ausgewachsen sein. Ebenso verhielt es sich mit dem Schwert, das ausschließlich im Nahkampf gegen einen großen Räuber eingesetzt wurde. Aber die Armbrust in der Hand eines Schützen, der gut zielen konnte, war eine tödliche, fast unschlagbare Waffe.

Als der Erbprinz merkte, dass die Jäger nichts gegen Eris Teilnahme unternehmen würden, fügte er sich notgedrungen. Natürlich wagte auch er es nicht, sich gegen ihren Vater aufzulehnen und seinem jüngeren Bruder die Jagd zu verweigern.

Darauf hatte Eri es angelegt; niemand ergriff für einen der Prinzen Partei, sie wurden genau gleich behandelt. Und er fühlte sich versöhnt, als Lurion ihm einen finsteren Blick zuwarf. Nun war der Ausgleich geschaffen, und der Spaß konnte beginnen.

Sie machten sich auf den Weg zu den Seeschwärmer-Gründen, am rechten Rand der Stadt gelegen, zum Vulkan hin. Die normalerweise sehr wilden Raubfische wurden von Hand aufgezogen und blieben dadurch dem Revier treu, in dem sie aufgewachsen waren. Sie ordneten sich den Nauraka unter und lebten miteinander im Verband. In Freiheit dagegen waren sie Einzelgänger, die von nahezu allen Meeresbewohnern gefürchtet wurden – mit Ausnahme derjenigen, die zu groß waren, um sich durch den Biss ihrer messerscharfen, dreigezackten Zähne auch nur gestört fühlen zu müssen.

Eri hatte als kleiner Junge davon geträumt, eines Tages derjenige zu sein, der die winzigen Fischchen aus dem Maul ihres Vaters stahl und in Sicherheit brachte, bevor er zerfetzt würde. Eine sehr gefährliche Aufgabe, die demjenigen, der sie erfolgreich bestand, hohe Ehren und Ansehen zuteilwerden ließen. Kein Wunder, von zehn Mutigen kam höchstens einer mit dem Leben davon; vielleicht nicht in einem Stück, aber immerhin noch zum Triumphzug fähig.

Doch dann war die Sache mit Mhurin passiert, und Eris Vorstellung eines richtigen Helden hatte sich von Grund auf gewandelt. Wie schnell konnte es mit dem Leben vorbei sein! Und erst recht, wenn man es auch noch darauf anlegte. Darum hörte er zum ersten Mal auf seine Mutter und gab ihr das aufrichtige Versprechen, diesen Wahnsinn niemals zu versuchen. Eri wollte leben und so viel wie möglich von der Welt sehen. Er konnte seinen Mut auch anders unter Beweis stellen.

Eris Kiemen spreizten sich weit, als der Fels unter ihm steil nach unten abfiel und den Blick auf ein weites, direkt am Vulkan gelegenes Gebiet freigab, aus dessen Tiefe die Blumentiere heraufleuchteten, über denen majestätisch riesige Fische schwebten. Der breite, flache Körper der Seeschwärmer war zwei Mannslängen lang, der über eine Halsbucht mit dem Rumpf verbundene, spitz zulaufende Kopf mit den großen blau glühenden Augen noch einmal eine halbe Mannslänge. Der dünn auslaufende, mit einem Zackenstachel versehene Schwanz maß drei Mannslängen, und die weit ausladenden Flossenschwingen insgesamt vier. Ihre dunkelgraue Haut trug überall verschieden große, schwarze Ringe mit leuchtend gelben, blauen und grünen Tupfen darin. Auf große Entfernung löste sich das leuchtende Punktgewirr im Dämmerlicht auf, und diese allesfressenden Räuber konnten sich unbemerkt heranschleichen, das Flirren des Zwielichts ausnutzend, bis ihre Konturen sich erst kurz vor der Beute deutlich herausschälten. Und dann war es zu spät. *Erkenne einen Seeschwärmer, und du bist tot.*

Manch ein Händler, der sich um besonderes Vertrauen verdient gemacht hatte, durfte die Überreste toter Seeschwärmer erstehen und weiterverkaufen. Ein sehr lukratives Geschäft, vor allem für Landgänger, das nur wenigen zugestanden wurde.

Die Nauraka waren die Meister der Seeschwärmer, aber sie respektierten die Fische und vergaßen nie, die nötige Vorsicht im Umgang mit ihnen walten zu lassen. Auch wenn sie durch die Handaufzucht an ihre Herren gebunden waren, blieben sie unberechenbar. Wie alles im Reich der See. Wahre Sicherheit gab es nie.

Die Jäger verteilten sich am Rand der Gründe. Jeder besaß seinen eigenen Fisch und erkannte ihn an dem einzigartigen Muster der Farbringe. Auch die Fische konnten ihre Herren nicht verwechseln – jeder blies mit der Muschelflöte einen ganz bestimmten Ton, der unverkennbar war und von keinem anderen benutzt wurde. Eri zog seine gewundene kleine Flöte hervor, setzte die Fingerspitzen an die Öffnungen und pfiff. Viele Landbewohner glaubten, die See wäre stumm und die mit Kiemen Behafteten könnten keine Laute hervorbringen. Sie wussten es schlicht nicht besser, da ihr Gehör nicht darauf eingestellt war, um nicht zu sagen taub für die Welt unter Wasser. Denn nahezu jedes Wesen hier unten besaß eine

Stimme, selbst einige der Korallen. Es herrschte niemals absolute Stille. Nirgends.

Aus der Masse sich windender Leiber löste sich ein Seeschwärmer und schwebte mit langsamen Schlägen auf Eri zu. Er hieß Dullo, war drei Korallenringe jung und somit noch nicht ganz ausgewachsen, aber bereits jetzt schon fast so groß wie der Schwarmführer, sein Vater. Er entstammte einer zahmen Zucht. An der linken Kopfseite prangte ein auffälliger roter, unregelmäßiger Fleck, der ihm den Namen eingebracht hatte. Selbst für ungeübte Augen war er leicht auszumachen.

Eri ließ sich in der schmalen Halsgrube nieder; der Fisch wurde nur mit Schenkeln und Füßen gelenkt, was enormes Geschick abverlangte. Wer nicht früh genug damit anfing, lernte es womöglich nie richtig. Eine falsche Bewegung, und es konnte das Ende sein. Doch Eri und Dullo waren gut aufeinander eingespielt. Der Prinz hatte sich fast jeden Tag um den Heranwachsenden gekümmert, seit er nicht mehr als eine Fingerspanne lang gewesen war, und ihn spielerisch herangeführt, seinen Befehlen zu gehorchen.

Sein Herz pochte aufgeregt. Der Moment, den er am meisten liebte, wenn es zur Jagd ging, war gekommen: der Aufbruch. Alle waren in froher Erwartung, die Seeschwärmer angespannt, konnten kaum gehalten werden. Und doch verwandelten sie sich nicht in die gefürchteten reißenden Bestien, gegen die die Nauraka keinerlei Chance hätten. Innerhalb weniger Herzschläge könnten die Fische hier ein Blutbad anrichten, und kein einziger Nauraka würde entkommen. Doch man nannte das Volk der Tiefe nicht umsonst heute noch respektvoll »Drachenzähmer«.

»Es gibt niemanden, der besser ist als wir!«, jubelte Eri, schwang die Armbrust und stieg mit Dullo schnell auf.

»Nicht aus der Reihe tanzen!«, mahnte Geror, der Oberste Jäger. Er führte den Befehl über die gesamte Schar, einschließlich der Treiber, und unterstand nur dem Hochfürsten selbst. Selbst Lurion musste sich seinen Anweisungen fügen. Geror war schon grau, sehr erfahren und besonnen. Stets musste er die Jüngeren tadeln. Eri wusste, dass er früher ein rechter Draufgänger gewesen war – und einer der Überlebenden, der eine eigene Seeschwärmer-Brut aus den wilden Weiten aufzog. Nur zwei Finger der linken Hand hatte ihn seinerzeit das waghalsige Abenteuer gekostet und ihn schon in jungen Jahren in dieses hohe Amt befördert.

»Schon gut!«, rief Eri fröhlich. Er konnte es kaum mehr erwarten, und Dullo auch nicht. Endlich wurde der Befehl gegeben, und der junge Seeschwärmer breitete die Flossenschwingen zu voller Größe aus und begann kraftvoll zu schlagen. Sein Leib schoss wie ein Pfeil durch das Wasser, wühlte es durch seine schiere Masse auf, und Eri sah Dutzende Schwarmfische, die aufgescheucht vor ihnen flohen. Acht Jäger, zwei Späher, fünfzehn Treiber und die beiden Prinzen nahmen nach und nach ihre zugeteilte Position im Schwarm ein, und in geordneter Formation ging es los, hinaus in die tiefblaue See.

Die Stadt wurde immer kleiner und war bald nur noch ein schimmernder Punkt in unendlicher Dämmerung. Sie schwammen in die Weite hinaus, wo es nichts mehr gab außer Lichtschichten und der sandige Grund weit nach unten abfiel. Jeder Reisende, der zu besseren Nahrungs- oder Laichgründen wollte, musste die Weite durchqueren. Sie war niemals wirklich leer, auch wenn es manchmal nicht einfach war, auf jemanden zu treffen. Es konnte vorkommen, dass man mehrere Dämmerungszyklen reiste, ohne dass es zu einer Begegnung kam. Doch legte man es auf Heimlichkeit an, würde man sicher sofort entdeckt.

Die Späher waren schon nicht mehr zu sehen, und Eri genoss die Freiheit des Ritts hier draußen. Alle Strenge und Ordnung der Stadt lag hinter ihm, hier konnte er aufatmen und die Erhabenheit der See auf sich einwirken lassen.

Mittlicht brach an, und immer wieder tauchten sie ins Zwielicht ein, verschwanden an der Grenze zwischen Licht und Dunkelheit. Nicht nur die Seeschwärmer waren bestens daran angepasst, auch die Nauraka mit ihrer sanft schimmernden Haut, die auf große Entfernung wie ein zartes Lichtspiel wirkte, ein leichtes Flirren, das sich rasch auflöste.

Der erste Späher kehrte zurück und wies den Treibern mit den Netzen die Richtung zu einem großen Schwarm Meringis, unterarmlange, silbrige Fische mit köstlichem rotem Fleisch. Jeder einzelne Stadtbewohner würde davon seinen Anteil erhalten, wenn die Treiber sich mit den Netzen geschickt anstellten, und die Seeschwärmer würden ordentlich zu schleppen haben.

Es war die Pflicht des Hochfürsten, seine Untertanen zu ernähren, und unter Ragdurs Herrschaft hatte noch nie jemand Not leiden müssen. Der Fürst sorgte stets für Überfluss und Abwechslung, und alle dreißig Dämmerungszyklen lud er das Volk in die große Versammlungshalle zum Festmahl, wo es besondere Leckereien gab, wie etwa in Vulkanglut gerösteten Schwertfisch. Wer keinen Platz mehr in der Halle fand, wurde draußen versorgt, niemand kam zu kurz. Das war eines der wenigen Dinge, wofür Eri seinen Vater respektierte.

Auch der zweite Späher traf nun ein und meldete: »Ein Urantereo, nicht weit von hier!«

Diese Nachricht löste Aufregung unter den jungen Jägern aus. Ein Urantereo oder auch Schlängelaal maß über zwanzig Mannslängen und war zwei Mannslängen im Durchmesser dick. In seinem runden Schädel saßen Zähne, die so dick und scharf wie gezackte Felsblöcke waren und so groß wie der Kopf eines Nauraka. Nicht einmal Seeschwärmer griffen diesen Riesen an.

»Wir suchen einen anderen Räuber«, sagte Geror, aber diesmal widersetzte Lurion sich.

»Auf keinen Fall! Es kommt nur alle paar Korallenkronen vor, dass ein Urantereo sich so nah an unsere Grenze wagt. Ich werde mir diese Gelegenheit nicht entgehen lassen!«

»Und ich verbiete es«, widersprach der Oberste Jäger ungerührt, und die Erfahrenen stimmten ihm zu. »Wir ziehen hier nicht in eine Schlacht oder veranstalten eine tollkühne Mutprobe.«

»Das Urantereo-Fett kann uns lange Licht spenden, sein Fleisch, in Vulkanglut gedörrt, gibt der ganzen Stadt einen Korallenring lang Nahrung! Seine Haut kann zu Rüstungen und Waffenhalterungen verarbeitet werden. Und den Rest verkaufen wir an Hallog, den Landhändler! Er macht uns reich!«

»Wir *sind* reich, Königliche Hoheit.«

»Mein Vater ist reich, aber du nicht, und ich auch nicht! Mit dem Beuteanteil aber ändert sich das!« Der Erbprinz war so aufgebracht, dass er seine Hand unwillkürlich an den Waffengürtel legte.

Die übrigen Jäger erstarrten vor Schreck. Lurion war wegen seines aufbrausenden Temperaments gefürchtet. Aber niemand durfte ihn zur Rechenschaft ziehen, falls er Geror jetzt aus Wut tötete. Fürst Ragdur würde nur dann über ihn zu Gericht sitzen, wenn der Prinz des Mordes bezichtigt würde – und das würde keiner wagen.

»Lass ihn uns wenigstens selbst in Augenschein nehmen, Meister Geror!«, rief Eri laut dazwischen. Er hoffte, dass sich sein Bruder durch die Ablenkung beruhigte. »Wir müssen abschätzen, welche Gefahr er darstellt – oder welche Beute.«

Zustimmendes Gemurmel seitens der jungen Jäger kam auf.

»Ich habe den Befehl, auf euch zu achten, und wenn ich euch wissentlich in Gefahr bringe, ist mein Leben verwirkt«, beharrte Geror. »Und zu Recht! Bei allem Respekt, verehrte Prinzen, aber ihr dürft euch nicht wie Heißsporne benehmen, dafür seid ihr von zu großer Bedeutung!«

»Ich schon, der bestimmt nicht«, sagte Lurion verächtlich und wies auf Eri. »Aber der Kleine hat recht. Gib den Weg frei, Geror. Du kannst meinem Vater sagen, dass du uns nicht aufzuhalten vermochtest.«

»Das wird ihn nicht interessieren, Herr.«

»Mich auch nicht, so oder so.«

Damit trieb der Erbprinz seinen Fisch an, und sämtliche jungen Jäger, einschließlich Eri, folgten ihm. Der Späher wies ihnen den Weg.

»Worauf wartet ihr?«, hörte Eri Geror hinter sich schimpfen. »Schützt die Prinzen mit eurem Leben, oder es ist früher verwirkt als meines!«

Geror und den restlichen Jägern blieb nichts anderes übrig, als ihnen zu folgen.

Bald sah Eri ein zunächst schmales dunkles Band in weiter Ferne, dem sie sich rasch näherten.

Der Urantereo ließ sich träge im Mittlicht dahintreiben. Eri musste unwillkürlich schlucken, als er den riesigen, dicken Aal sah, der schon jetzt größer als alles war, was er in seinem bisherigen Leben erblickt hatte. Und dabei waren sie noch einige hundert Lichtbahnen entfernt! Der Leib wirkte grau und düster, ganz ohne Glanz, wie ein Eindringling, der nicht hierher gehörte.

»Bei allen Seedrachen ...«, murmelte jemand.

Eri wäre am liebsten sofort umgekehrt, aber er wollte sich keine Blöße geben, erst recht nicht vor seinem Bruder.

Aber selbst Lurion, der seinen Fisch anhielt und verunsichert aussah, schien zu erkennen, dass Geror recht gehabt hatte – mit diesem Riesen legte man sich nicht an, auch nicht zu zehnt und mit Seeschwärmern als Verstärkung. Es war besser, nach anderer Beute zu suchen.

Doch es war bereits zu spät. Der Schlängelaal hatte sie gesehen, vielleicht auch gerochen. Plötzlich kam Leben in ihn ... und er schwamm geradewegs auf sie zu. Sehr, sehr schnell.

»Also gut!«, rief Geror, der nie den Überblick verlor. Seine Stimme dämpfte sofort die aufkommende Unruhe. »In Angriffsformation! Die Waffen bereit! Speer, Lanze und Armbrust angelegt!«

Lurion zog sein Schwert. Er benutzte nie eine andere Waffe auf der Jagd, war immer im Nahkampf, als befände er sich in einer Schlacht. Wenn der Erbprinz jemals Onkel Turéors Geschichten lauschte, dann nur jenen über Kampf und Krieg.

Er ist ein Idiot, dachte Eri panisch. *Er wird sich umbringen. Und dann bringt Vater uns alle um*. Der Erbprinz war Ragdurs Augapfel. Wenn der Fürst überhaupt für ein Wesen Empfindungen besaß, so war es dieses jüngere Abbild seiner selbst.

Automatisch lenkte der junge Prinz seinen Fisch an die rechte Flanke, nach außen und ein Stück nach hinten abgesetzt, damit er den Speerwerfern nicht im Weg war. Seine Armbrust reichte weiter. Mit sicheren Handgriffen spannte Eri die Sehne, legte einen Pfeil ein, schob den Arm in den Halteköcher und trieb Dullo an, während er die Ersatzpfeile in die Halterung an der rechten Seite setzte, um schnell nachladen zu können. Eri war Rechtshänder, aber zielen konnte er mit links besser.

Die Jägergruppe fiel scheinbar auseinander und bildete zwei Segmente, um den Urantereo zwischen sich in die Zange zu nehmen. Eris Kiemen spreizten sich weit, als das Untier viel zu schnell heranraste, bald so groß wie die Weite schien, die es vollständig ausfüllte. So etwas hatte er sich selbst in seinen kühnsten Träumen niemals auszumalen vermocht. Die vorderen Seeschwärmer waren nur noch winzige, auf und ab flirrende bunte Punkte. Eri verfluchte seinen törichten Bruder einmal mehr, und sich selbst, weil er mit auf die Jagd geschwommen war. Besser hätte er als Feigling dagestanden, wäre dann aber wenigstens noch am Leben. Sie hatten keine Chance gegen den Urantereo, der Kampf war aussichtslos und dumm. Das hatte nichts mehr mit Jagd oder Mut zu tun. Gewiss mochte diese Beute viel Lohn versprechen, aber den hatten sie doch gar nicht nötig. Jeder einzelne Darystis war wohlhabend. Onkel Turéor hatte immer vor solchen »Mutproben« gewarnt …

Geror gab seine Befehle schnell und prägnant, jeder wusste, was er zu tun hatte. Niemand achtete auf Lurion, der abseits auf die direkte Konfrontation wartete, da sowieso niemand in der Lage wäre, ihn aufzuhalten. Ihn unmittelbar zu schützen war nicht mehr möglich.

Und dann war der Urantereo heran. Eri dachte, es würde niemals ein Ende nehmen. Wie eine schwarze, eiskalte Flutmasse raste der Schlängelaal zwischen ihnen hindurch. Die Druckwelle brachte die Seeschwärmer zum Schwanken, und sie mussten heftig mit den Flossenschwingen schlagen, um die Position zu halten. Eri sah ein weit aufgerissenes Maul, in dem seine und Luris Gemächer Platz gehabt hätten, doch dann war das Ungeheuer schon an ihm vorüber und schnappte an anderer Stelle zu. Einer der Jäger, der Schwierigkeiten hatte, seinen Fisch, der das Gleichgewicht verloren hatte, unter Kontrolle zu halten, verschwand in dem Maul. Die zuschnappenden Zähne rissen die Hälfte des Fischkörpers auseinander, der Rest sank in einem Schwall von Blut und erlöschenden Punkten nach unten.

Es gab keine Zeit für Entsetzen oder zum Innehalten. Gleichzeitig warfen die Jäger ihre Speere, die sich tief in den Aalleib bohrten, und dann rasten die Lanzenstecher nach vorn. Diese Lanzen waren keineswegs einfach nur Spieße: Die zusätzlich an der Spitze befestigten gewaltigen geschwungenen Sicheln mit Widerhaken machten aus ihnen furchtbare Waffen. Der Griff selbst war nur doppelt so lang wie ein Schwertgriff, danach begann schon die Klinge. Dementsprechend rammten die Jäger ihre Lanzen auch bis zum Heft in den gigantischen Leib des Urantereo, der jedoch keineswegs verlangsamte und sie mitriss, während sie sich an die Lanzen klammerten. Die nunmehr führerlosen Fische blieben nicht untätig. Sie wussten, was sie zu tun hatten, und griffen in geschlossener Formation an, schlugen die Zähne in die harte Haut und rissen in Blutwolken gewaltige Fleischfetzen heraus.

Dies alles war gleichzeitig geschehen, noch während des ersten Angriffs des Urantereo, während er durch die Jäger raste und erste Beute gemacht hatte. Die Formation war nunmehr völlig aufgelöst. Die Lanzenträger befanden sich auf einem höllischen Ritt, die Seeschwärmer gerieten in Blutrausch, hingen zappelnd an dem Meeresriesen, und die Speerwerfer schickten die letzten Waffen auf die Reise.

Eri begann schon zu zweifeln, ob der Gigant überhaupt etwas spürte – obwohl der konzentrierte Angriff auf eine einzige Stelle furchtbare Wunden gerissen hatte –, als der Urantereo sich plötzlich krümmte und herumwarf. Mit unheimlicher Geschwindigkeit schwenkte er seinen Kopf hin und her, schnappte zu – und zwei weitere Jäger fielen ihm zum Opfer, die er mit gierigem Funkeln in den kopfgroßen, tiefroten Augen verschlang. Er stieß ein schrilles Pfeifen aus, das die Seeschwärmer vollends zur Raserei trieb. Sie vergaßen, dass sie zahm waren, kümmerten sich nicht länger um ihre Herren, die in ihren Nacken saßen, und stürzten sich in wilder Blutgier auf den Gegner.

Geror brüllte unbeirrt weiterhin Befehle: Sie sollten sich sammeln und gemeinsam auf eine ganz bestimmte Stelle einhacken, bis sie endlich auf das Rückgrat träfen. Nur so, wenn sie die Nervenbahnen durchtrennten, hatten sie überhaupt eine Chance.

Eri und der zweite Armbrustschütze mussten ihre Position halten, da ihre Pfeile an den riesigen Leib verschwendet wären. Augen, Nasenloch, Stirn, das waren ihre Ziele. Alles andere würde ihn kaum kitzeln.

Die vordere Hälfte des Urantereo war inzwischen mit Speeren und Lanzen gespickt. Gewaltige weiß schimmernde Löcher, aus denen das Blut nur so strömte, waren in seinen Körper gerissen, doch das hinderte ihn bisher nicht in seinen Bewegungen. Inzwischen hatte er mehrere Seeschwärmer in Stücke gerissen, und die Nauraka hielten sich so dicht wie möglich an ihm, klammerten sich an den im Fischleib steckenden Speeren und Lanzen fest und hackten mit großen Dreiecksmessern auf ihn ein.

Lurion verlor die Geduld. Es ging ihm alles zu langsam, und er wollte endlich kämpfen. Geror schrie ihm zu abzuwarten, doch der Erbprinz hörte nicht auf ihn. Er lenkte seinen Fisch näher zum Kopf des sich windenden Riesen, dessen Bewegungen nun doch allmählich langsamer wurden, und reckte ihm das Schwert entgegen. Eri blieb vor Schreck das Herz beinahe stehen. Er hörte wie Lurion etwas rief, verstand die Worte jedoch nicht.

»Erenwin!«, brüllte der Oberste Jäger verzweifelt. »Du bist am nächsten dran, versuch es zu verhindern!«

Der junge Prinz zuckte erschrocken zusammen, dann war er augenblicklich bei der Sache. Er presste die Beine an den Fischhals, lenkte Dullo herum, auf den monströsen Kopf zu, und seinem Bruder hinterher.

Doch der Schlängelaal richtete seine Aufmerksamkeit bereits auf den Erbprinzen, der in rasender Geschwindigkeit auf ihn zuhielt, das Schwert auf die Stirn gerichtet, zum Stoß bereit. Ein tiefes Brummen ertönte, brachte die See zum Beben und ließ Dullo schlingern, als der Urantereo sich seinem Feind stellte, langsam das grausige Maul öffnete und die riesigen Kiemen, durch die ein Nauraka mühelos hindurchschwimmen könnte, weit öffnete. Alles schien sich zu verlangsamen.

Eri hörte sich aus weiter Ferne schreien, während Dullo mit gewaltigen Auf- und Abwärtsbewegungen seiner Flossen durchs Wasser tauchte, so schnell er konnte. Seine Kiemen stießen das Wasser in kräftigen Schüben aus, was sie zusätzlich vorantrieb. Anheben – einatmen, senken – Stoß.

Eri verließ sich auf seinen Fisch, hob die Armbrust und legte an, nahm als Stütze noch die rechte Hand zu Hilfe, da ihm nur Zeit für einen einzigen Schuss blieb. Er würde bei dieser direkten Konfrontation nicht mehr nachladen können.

Er schloss das schwächere Auge und fixierte sein Ziel: das linke Auge des Riesen. Noch hatte der ihn nicht bemerkt, und noch attackierte er Lurion nicht, der sich über ihm hielt und weiterhin auf die Stirn zielte.

Nur zwei Herzschläge, dann würde er Eris Bruder schnappen, und es war vorbei.

Aber Eri durfte sich dennoch nicht hetzen. Er hatte nur diesen einen Schuss, und dafür musste er so nah wie möglich heran, auch wenn das Auge riesengroß war. Aber der Pfeil musste ganz tief hinein, am besten bis ins Gehirn.

Lurion winkelte den Arm zum Schlag, jeden Moment war es so weit. Die Kiemen des Aals waren zum Ausstoß bereit.

Das linke Auge lag nun direkt vor Eri, der Urantereo bemerkte ihn jedoch nicht.

Ein Gedanke schoss ihm blitzschnell durch den Kopf: *Das wird er mir nie verzeihen*.

»Lurion, weg da!«, brüllte er. Dann löste er die Sehne.

Der Pfeil war schneller als jede andere Bewegung. Er prallte genau auf die Mitte des Auges und bohrte sich hinein, immer tiefer, bis er darin verschwand.

Der Kopf des Urantereo wurde von der Wucht des Einschlags zurückgeschleudert, sein Auge zerplatzte, und augenblicklich setzte der Schmerz ein. Das Wasser flimmerte unruhig, als er schrill aufschrie, seinen Körper krümmte, sich zusammenringelte und wieder öffnete und sich erneut wand.

Lurion stieß einen wütenden Schrei aus, als er von der Druckwelle des Untiers zurückgeschleudert und mit seinem Fisch unkontrolliert durchs Wasser gewirbelt wurde. Die Jäger machten, dass sie von dem Riesen wegkamen, und versuchten die überlebenden Seeschwärmer einzufangen, um dem Kampf ein Ende zu bereiten.

Doch noch war es nicht so weit.

Dullo erkannte es schneller als Eri. Plötzlich warf er sich herum, so abrupt, dass der junge Prinz beinahe den Halt verloren hätte, und sauste in die Tiefe. Eri versuchte einzugreifen, ihn zu halten, aber vergeblich. Kein Wunder. Der Urantereo war bereits hinter ihnen her, rasend vor Schmerz und Wut. Er hatte nur noch ein Ziel: denjenigen zu zerfetzen, der ihm das angetan hatte. Schrill schreiend nahm er die Verfolgung auf, doch der Pfeil musste ihn schwer verletzt haben, denn er war deutlich langsamer als zuvor, und immer wieder krümmte er sich zusammen.

Eri hatte sich inzwischen im Nacken umgedreht. Er verkeilte sich mit den Knien, spannte die Armbrust erneut und legte den nächsten Pfeil ein. Er konnte Dullo sowieso nicht lenken, also war es wohl besser, einen zweiten Versuch zu wagen, der vielleicht noch erfolgreicher war.

Allerdings sollte er sich beeilen, denn der Seeschwärmer tauchte unablässig immer tiefer ab. Hier unten war Mittlicht bereits vorüber, und Dunkeldämmer setzte ein, die Sicht wurde also rasch schlechter. Aber Eri konnte durch die heftigen Schwimmbewegungen kaum zielen. Dullo war schnell genug, den verletzten Urantereo auf Abstand zu halten, konnte ihm jedoch nicht entkommen. Eri erkannte am Geschmack des Wassers, dass sie sich auf vertrautes Gebiet begaben, und geriet in Panik, weil Dullo zu den Gründen wollte und damit den Meeresriesen in die Stadt lockte. Nicht auszudenken! Er spürte mehr, als dass er es sah, dass die Flanke des Vulkans aus dem Dämmer auftauchte, es konnte also nicht mehr weit sein.

Nicht versagen, nur nicht versagen, dachte er mit klappernden Zähnen, *sonst wird die ganze Stadt vernichtet, und es ist alles meine Schuld.*

Der Urantereo schrie, riss das Maul auf und blähte die Kiemen, nahm seine Kräfte ein letztes Mal zusammen, um den Feind, der ihm diese schrecklichen Schmerzen zugefügt hatte, einzuholen.

Eri bemühte sich, seine Angst zu unterdrücken, versuchte die zitternden Hände ruhig zu halten und zu zielen, während Dullo in wilden Schwüngen dahinraste. Der Prinz war ganz allein, Geror konnte ihn nicht mehr anleiten, alles lag nun an ihm. Niemand, der ihm helfen würde. Niemand, der verhindern konnte, was jetzt geschah.

Ein Schuss hatte gesessen, weil Eri blind den Anweisungen folgte, alles ausgeschaltet und sich nur auf das Ziel konzentriert hatte.

Er hatte gar nicht so recht begriffen, was vor sich ging. Doch jetzt …

Jetzt musste er sich zusammenreißen.

Es war doch gar nicht anders als vorhin, um keinen Deut.

… bis auf den Umstand, dass der Abstand noch viel zu groß war, die Sicht dabei immer schlechter wurde und die Heimat bald erreicht war.

Vorhin musste er nur seinen Bruder retten. Jetzt die ganze Stadt. Also … im Grunde dasselbe, oder?

Mit einem wilden Schrei zielte Eri auf das rechte Auge des Riesen und löste die Sehne.

Ein heftiger Sturm brach aus, als auch dieser Pfeil sein Ziel traf und das zweite Auge zerplatzte. Der Todeskampf des Urantereo wühlte die See auf, brachte selbst die Lichtschichten durcheinander, und flirrende Glutlichter breiteten sich aus. Eri und Dullo wurden davongewirbelt. Sie drehten sich um ihre eigene Achse, während der schwarze Fels des Vulkans rasend schnell näher kam. Schließlich konnte der Prinz sich nicht mehr halten und wurde in dem Moment aus dem Nacken des sich verzweifelt drehenden und bockenden Seeschwärmers geschleudert, als sie den Vulkan erreichten.

Eris Kiemen wurden zusammengepresst, als er rücklings gegen den harten Fels prallte und mit dem Kopf aufschlug. Brennender Schmerz flammte in seinem Schädel auf, vor seinen Augen flimmerte es, und zugleich wurde es dunkler. Er versuchte zu schwimmen, konnte aber die Arme nicht mehr bewegen. Dullo schlug einen Haken, wendete und schwamm flossenschlagend davon.

»Dullo!«, versuchte Eri seinem Tiergefährten nachzurufen, doch nur ein unartikuliertes Blubbern kam hervor. »Dullo …«

Dann verlor er das Bewusstsein.

2.

In der Stille

Davon erwachte Eri: Es war zu still. Er erschrak so sehr darüber, dass er mit einem Ruck wieder bei sich war und sich panisch umsah. Sein Schädel brummte, doch dieses Geräusch reichte nicht aus, um ihn zu beruhigen.

Ich sinke, dachte er. Oder schwebte er? Nein, es ging nach unten, er konnte es am zunehmenden Druck auf seine Ohren spüren. Und es wurde immer dunkler. So tief unten war Eri noch nie gewesen, und es war zudem auch streng verboten. Es gab Orte, an die durfte nicht einmal ein Nauraka gelangen, das hatte schon sehr lange Tradition. Gerade der Hochfürst wahrte sie, und er achtete daher streng auf Einhaltung des Tabus. Selbst Eri hatte noch nie gewagt, dagegen zu verstoßen, denn Onkel Turéor warnte ihn besonders davor, allzu leichtsinnig zu sein:

»In den Tiefen lauern Gefahren, die vor allem junge Heißsporne meiden müssen. Hör auf mich, Eri, nur dieses eine Mal: Wenn du je Abenteuer erleben willst, so übertrete andere Verbote und schau dich überall um – aber überschwimme niemals die Grenze des Zwielichts. Was dort unten im Abgrund lauert, ist der Tod für alle Nauraka.«

Es gab genügend andere Dinge, die erforscht werden wollten, deswegen fiel Eri es leicht, das Tabu zu respektieren. Er begnügte sich damit, manchmal an den Rand des Abgrunds zu schwimmen, wo die dunkle Seite des Vulkans steil abfiel in die Finsternis, ohne dass man je den Grund sehen konnte. So erpicht darauf herauszufinden, was in der Schwärze lauerte, war der Knabe nicht, und auch kein anderer Draufgänger seiner Altersgruppe. Natürlich kamen sie immer wieder gern hierher, um einen grusligen Schauder zu spüren, sich gegenseitig zu necken und mit Vermutungen, was dort unten lauerte, Angst einzujagen.

Dass er eines Tages die Grenze über den Graben unfreiwillig übertreten würde, hätte er nie gedacht. Wieder mal typisch – er hätte ja auch auf dem sicheren Sand landen können. Aber nein, er war nach dem Unfall auch noch in den Graben gesunken, und vermutlich hatte es niemand bemerkt. Sicher würden alle glauben, dass der Urantereo ihn vor seinem Tod noch gefressen hatte. Ob der Hochfürst öffentliche Trauer anordnen würde? Wahrscheinlich nicht. »Dein Vater wollte aus politischen Gründen unbedingt noch ein Mädchen«, hatte seine Mutter einmal zu ihm gesagt. »Wäre Lurdèa vor dir geboren worden, hätte es dich nie gegeben.« Das war also die Wahrheit. Eri hatte nie mit jemand anderem darüber gesprochen. Aber er verstand seither, weswegen sein Vater ihn nicht beachtete.

Eri versuchte erneut, seine Arme und Beine zu bewegen, doch es gelang ihm nicht. Seine Gliedmaßen waren von dem Aufprall immer noch wie taub, erst ganz langsam kehrte ein kribbelndes Gefühl zurück, doch er war noch nicht in der Lage, die Muskeln anzuspannen.

Das war also der Grund, weswegen kein Nauraka die Grenze überschreiten sollte. Es war so dunkel hier unten, dass selbst Eris scharfe Augen, denen normalerweise ein schwacher Lichtpunkt zur Sicht genügte, nichts mehr erkennen konnten. Schwärzer als der Vulkan, so kam es ihm vor, denn er konnte nicht einmal mehr dessen Umrisse ausmachen; und stiller als der Tod. Pures Grauen erfasste den jungen Mann. Nicht einmal bei Mhurins Tod hatte er sich so gefühlt. *Bin ich taub? Blind?*, fragte er sich panisch und überlegte, zaghaft hinauszurufen ... aber wer weiß, was er damit anlockte! Hier unten mussten die Ungeheuer leben, von denen die Alten immer Schauermärchen erzählten, um die Kinder zu erschrecken. Lautlos, finster und tödlicher als alles andere. Es gab viele Geschichten von kühnen Helden, die für immer hier unten verschwanden.

Nein, Eri war nicht taub und blind, dessen war er nun sicher. Wenn er die Augen schloss, war es eine andere Finsternis als jene, sobald er die Lider und Nickhäute öffnete. Und er hörte das Blut in seinen Adern pochen, das seinen geschundenen Kopf wie eine Gasblase aufblies.

Es ging abwärts, ohne dass er etwas dagegen tun konnte. Der Druck nahm zu, er hatte Mühe zu atmen. Das Rauschen in seinem Kopf wurde stärker. Eri geriet immer mehr in Panik, doch er war ein Gefangener seines nach wie vor von der Wucht des Aufpralls gelähmten Körpers. Erneut verlor er das Bewusstsein.

Dann war er wieder da. Wie lange er bewusstlos gewesen war, konnte Eri nicht einmal ahnen. Doch etwas hatte sich verändert. Der Druck war plötzlich fort, auch der Schmerz in seinem Kopf.

Jetzt war es *wirklich* still.

Lautlos.

Es war beängstigend und faszinierend zugleich. Eri hätte nie geglaubt, dass so etwas *Absolutes* möglich war. Mehr noch als die Finsternis, die ihn umgab. War dies noch das Meer, das er kannte?

Das Wasser war kalt und hatte einen seltsamen Geschmack. Alt, irgendwie, und doch auch ... sehr frisch, sehr rein. Das Atmen fiel jetzt leichter ... so sehr, dass Eri sich halbwegs berauscht fühlte, fast so wie damals, als er zum ersten Mal vergorenen Sandkürbis verkostet hatte. Dabei war das noch harmlos im Vergleich zur ausgepressten, verkochten, durch lange Lagerung vergorenen Seegurke. Lurion mochte das Gesöff lieben, Eri ekelte sich davor. Er hatte nichts gegen frisch filetierte Seegurke, aber *so* zubereitet ...

Aber jetzt wäre mir das auch egal, dachte Eri vergnügt und kämpfte mit einem Schluckauf. *Ssso wass Gutes wie hier habbich noch nnnie geschmeckt ...*

Dieses Wasser bot alles an Nahrung und Annehmlichkeiten, was man sich nur wünschen konnte, so schien es Eri. Da war die Finsternis nicht mehr gar so erschreckend, auch wenn er sich immer noch ziemlich beengt fühlte. Und er hätte schon gern gewusst, wo er sich befand und ob es aufwärts, seitwärts oder abwärts ging. Er konnte es nicht mehr feststellen.

Immerhin gehorchten ihm Arme und Beine endlich wieder. Die Koordination klappte zwar noch nicht so recht, noch dazu, weil es ziemlich kalt war, aber das spielte momentan keine besondere Rolle – er hatte sowieso völlig die Orientierung verloren.

Das lauerte also in der Tiefe: Kälte und Rausch. Der möglicherweise nie ein Ende fand. Kein Wunder, dass einstmals das Tabu gesetzt wurde! Nur, wer hatte es als Erster ausgerufen, und woher wusste derjenige, dass es keine Rückkehr mehr gab?

Mit diesen Fragen konnte Eri sich jedenfalls die nächsten Korallenstäbe über beschäftigen, während er hier einsam durch die stille Leere trieb. Sterben würde er wohl nicht so schnell, er fühlte sich jetzt bedeutend kräftiger als vorher, spürte die Nachwirkungen des Aufpralls gar nicht mehr. Nauraka waren außerdem sehr zäh, sie konnten lange ohne Nahrung auskommen, indem sie ihre Lebensfunktionen verlangsamten.

Plötzlich spürte Eri eine Erschütterung, als eine Welle gegen ihn schlug. Hier lebte also doch etwas! Schlagartig war er wieder nüchtern und wachsam. Sein Herzschlag dröhnte in der Stille. Was immer dort draußen in der Finsternis war, konnte ihn jetzt hören. Wahrscheinlich sah es den jungen Nauraka bei jedem Pochen wie einen Lichtpunkt aufglühen und wieder erlöschen.

Eri versuchte, sich unter Kontrolle zu bekommen, doch er war zu verwirrt, und alles wirbelte in seinem Kopf durcheinander. Hektisch drehte er sich, versuchte durch die Dunkelheit zu spähen. Doch er konnte nicht einmal sein eigenes Schimmern erkennen, wenn er den Arm vor sich hielt, es wurde von der Schwärze verschluckt.

Die nächste Welle drückte ihn beiseite. Und dann spürte Eri es deutlich. Die Anwesenheit eines anderen Geschöpfes, das ... *groß* war. Viel, viel größer als der Urantereo. Es bewegte sich langsam an ihm vorbei, Welle um Welle. Eri zählte in Gedanken mit, wie viele Wellen er empfing und wie lange es seinem Gespür nach dauerte, bis der Gigant vorbei war.

Ein Sandkorn. Zwei Sandkörner. Drei ...

Zehn Sandkörner maßen etwa ... nein. Nein, das war unmöglich. Und es hörte immer noch nicht auf. Bewegte sich träge seitwärts, wie ein Fisch, nicht wie ein Nauraka oder Seeschwärmer auf und ab. Welle, Sog. Welle, Sog. Es nahm kein Ende.

Eri war vor Entsetzen einer erneuten Ohnmacht nahe. Er war zwar sicher, dass dieses riesige Wesen nicht an ihm interessiert war, ihn vermutlich nicht einmal bemerkt hatte. Für dieses Geschöpf war er nicht größer als ein Sandfloh. Doch ihn verstörte die Unfassbarkeit eines solchen Ungetüms, das offensichtlich die Ausmaße eines Berges hatte. Wenn er sich nicht verrechnet hatte, war er bereits bei fünfzig Mannslängen angelangt.

Einundfünfzig ...

Und dann, bei fünfundfünfzig, war endlich Schluss. Eri spürte nur noch eine leichte Welle, und dann entfernte sich das, was ihn wie eine schwere Last bedrückt hatte, und war schließlich verschwunden.

Der Prinz schlotterte am ganzen Leib. Er war sicher, dass diese Art Begegnung nicht die letzte sein würde – und dass er vermutlich noch gar nicht auf den größten Bewohner dieser Tiefe getroffen war.

Ich-ich-ich will zurück, dachte er panisch. *Nach Hause, sofort, hier kann ich nicht bleiben. Ich kann zwar durch die Leere treiben, aber nicht durch ... das hier. Lautlosigkeit, aber nicht leer. Das ertrage ich nicht ...*

Als hätte ihn jemand gehört, sah er auf einmal kleine Lichtpunkte.

Sie waren winzig, kamen aber rasch näher – und da sausten sie auch schon an ihm vorbei, flirrende, bunte Lichter mit heftigen Flossenschlägen, die der Spur des Giganten folgten. Sie besaßen riesige Augen, die gut ein Viertel ihrer Körpergröße ausmachten, ein weiteres Viertel nahm das weit geöffnete Maul mit langen, spitzen Zähnen in Anspruch, aber insgesamt waren sie nicht größer als eine geballte Faust. Immer mehr tauchten auf, formierten sich zu einer regelrechten Lichterwolke, die Eri in die Mitte nahmen und, ohne langsamer zu werden, links und rechts an ihm vorbeischwirrten. Kurz darauf wurden die Pünktchen schon wieder von der Finsternis verschluckt, und Eri war erneut allein. Aber er hatte sich gemerkt, wie die kleinen Fische geschwommen waren, wusste nun endlich die Richtung und entschloss sich jetzt, bis zum Ende zu tauchen. Irgendwo dort unten musste der Grund sein. Es gab keinen endlosen Abgrund. Entweder er kam auf der anderen Seite der Welt wieder heraus, oder er stieß auf den Boden. Eri war tiefer geschwommen als jeder Nauraka, den er kannte, nicht einmal Onkel Turéor hatte hierüber eine Geschichte gewusst. Also würde er jetzt nicht mittendrin umdrehen, so weit würde er nie wieder kommen.

Eri stieß hinab.

Sein Körper gehorchte ihm wieder vollends, und er tauchte zügig abwärts. Eri hoffte, dass er nicht versehentlich mit jemandem zusammenstieß, denn seine Sinne waren hier unten weitgehend stumpf. Er konnte den Geschmack des Wassers nicht einordnen, und die Anwesenheit des Giganten oder der Fische hatte nicht das übliche rechtzeitig warnende Kribbeln auf seiner Haut verursacht. Erst sehr spät hatte er sie bemerkt. Hier unten war er mit nichts verbunden, als wäre er abgeschnürt, ja ... auf dem Trockenen? So mochte es sein, nach allem, was der Prinz von den Händlern gehört hatte. Die Landbewohner waren einander bei weitem nicht so eng vertraut wie die im Wasser Lebenden. Alle Höhen und Tiefen waren hier gleich, man schwebte leicht hindurch, konnte sich auch einfach dahintreiben lassen. Das alles war an Land anscheinend nicht möglich, dort spürte man sein eigenes Gewicht, war an den Boden gefesselt, wenn man nicht gerade Flügel besaß ... und trotzdem, das würde Eri gern einmal kennenlernen. Onkel Turéor hatte von der Sippe erzählt, die einst das Meer verließ und nie zurückkehrte. Ein letzter Nachfahre sollte heute König sein in einem fernen Land. Durch ihn, so hieß es, sei Waldsee gewandelt worden und stünde jetzt unter dem Schutz des Siebensterns, sicher vor allen Angriffen. Eri begriff das alles nicht so recht, aber er wollte gern wissen, ob dieser König, der nunmehr als Landbewohner lebte, noch wie ein Verwandter war, ob sie einander verstanden oder sich fremd waren.

Überhaupt: Sterne. Und Monde. *Himmel.* Auch das wollte Eri einmal sehen. Ein paarmal war er schon nahe dran gewesen, an die Oberfläche des Wassers zu schwimmen. Als Nauraka konnte er das Wasser schließlich verlassen, genau wie seine Vorfahren, denn er besaß Lungen und konnte auch an Land atmen. Er konnte sogar aufrecht gehen, wenn er sich an die Schwere gewöhnt hatte. Aber bisher war es ihm nicht gelungen, so weit hinaufzukommen. Der Hochfürst ließ die Schicht, wo das Sonnenlicht begann, streng bewachen, niemand durfte aus dem Zwielicht darüber hinwegschwimmen. Gefahren lauerten dort, denen die Nauraka nicht begegnen konnten, hieß es – und niemand sollte wissen, dass es sie noch gab und wo sie lebten. Da war Onkel Turéor ausnahmsweise einmal derselben Meinung: »Wir sind ein heimliches Volk, Eri. Einmal schon waren wir dem Untergang nahe. Unser ganzes Volk wäre damals untergegangen, wenn die königliche Sippe das Meer nicht verlassen hätte. Doch der Alte Feind ist nicht vernichtet. Er ist noch immer dort draußen und sucht nach uns.«

Eri verstand nicht viel von dem Geschwafel (so empfand er es, auch wenn er sich ein bisschen dafür schämte), immer diese Warnungen, Hinweise auf alte Mythen, verdreht und kryptisch. Manchmal hielt auch er den alten Mann, den er sonst sehr respektierte, für einen verwirrten Knurrhahn. Tatsache aber war, dass Eri bisher an den Wachen nicht vorbeigekommen war, egal, welche Tricks er auch versuchte.

Nun gut. Dann schwamm er jetzt eben genau in die andere Richtung – hinab in die unbekannte Tiefe, und niemand hinderte ihn.

Ab und zu fragte sich Eri, wie lange er wohl schon hier unten war. Er hatte keinerlei Zeitgefühl mehr, und seltsamerweise empfand er keine Müdigkeit, obwohl er unentwegt tauchte. Die Bewegung half zudem gegen die Kälte, die ihm immer mehr zusetzte. Ihm war niemand mehr begegnet, und er sehnte sich auch nicht danach. Er war sicher, dass die Richtung immer noch stimmte, dass er nicht versehentlich in die Waagrechte abgedriftet war und nun bis ans Ende der Umschließenden See in Dunkelheit schwamm …

Doch dann änderte sich tatsächlich etwas. Und er wusste, er hatte es geschafft. Unter ihm milderte sich die Finsternis allmählich ab, wurde ... grau. Durchlässiger. Bald konnte der Prinz sein eigenes Schimmern sehen, und dann wurde es zusehends heller. Eris Herz pochte wild; er hatte nicht gewusst, was er erwarten sollte, und natürlich vom Licht geträumt. Dass es nun tatsächlich geschah ...

Zielstrebig schwamm er weiter, dem Licht entgegen. Bald hatte er die Schwelle des Zwielichts durchquert, und er sah eine mattdämmrige, hellgraue Weite um sich. Und von unten herauf strömte es noch heller, spielte mit den Wellen und schaukelte sanft. *Licht.* In dieser absoluten Tiefe. Eri musste zuerst die Nickhaut schließen und dann mehrmals blinzeln, bis seine empfindlichen Augen sich wieder daran gewöhnt hatten.

Und dann sah er den Grund unter sich. Eris Kiemen blähten sich weit vor Aufregung, und er sog das kalte, jetzt würzige Wasser tief ein.

Ein leuchtender Algenteppich erstreckte sich, so weit Eri blicken konnte. Die Grundfarbe mochte Purpur sein, mit vielen gelben, blauen und roten Flecken dazwischen, und aus dem Teppich heraus wuchsen grüne, sich vielfach verzweigende Tangschlingen. Polypen erstreckten sich wie Bäume aus dem Sandboden, mit feinen Ästen und Zweigen, die sich sacht in der Strömung wiegten. An vielen Stellen stiegen Luftblasen wie Vorhänge auf, die sich hoch oben in der Finsternis verloren. Zwischen den Polypen schwammen leuchtend bunte Fische durch den Algenteppich. Riesige Scherenstelzer, mehr als doppelt so groß wie Eri, stolzierten über den Teppich, stocherten darin herum. Die Vielfalt an Leben war kaum zu überschauen, und der junge Nauraka konnte nur so staunen. In einiger Entfernung erkannte er eine schwarze Felswand – der Vater-Vulkan! Also hatte es ihn nicht einmal weit abgetrieben, stellte Eri glücklich und aufgeregt fest. Er hatte einen Anhaltspunkt, der ihm die Richtung nach Hause wies.

Aus dem Algenteppich ragten brodelnde Kamine des Vulkans, und Schlünde, aus denen glühendes Licht strömte, das sich wallend mit dem kalten Wasser mischte. Kein Wunder, dass es hier unten wärmer und vor allem hell war – es gab nichts, das kein Licht abgab.

Bis auf die schwarzen Schlote vielleicht, doch auch sie spien ab und zu Funken.

Und das also war tabu? Der Tod der Nauraka? Eri verstand es nicht. Sicher, die Reise hierher war alles andere als ungefährlich, lange und ermüdend und lohnte sich vermutlich auch nicht. Aber warum durfte niemand sehen, dass es ganz unten in der Tiefe so viel Leben gab?

Eri war froh, dass er nicht aufgegeben hatte. Glücklich streifte er durch den Algenteppich, entdeckte viele Lebewesen, von denen er nicht wusste, ob sie Tier oder Pflanze waren, auch uralte Korallen, knorrig und verschlungen, die scheue Geschöpfe beherbergten. Manche von ihnen waren nicht mehr als handspannenlang, ähnelten im Körperbau ihm selbst und musterten ihn aus großen dunklen Augen, aus sicherer Entfernung und im Schutz der Korallen. Andere waren größer, fast so groß wie er, besaßen aber statt Beinen einen Fischschwanz. Sie waren vielleicht die Vorfahren der Nices, die Eri vom Markt her kannte. All diese Geschöpfe waren ähnlich gesellschaftlich organisiert wie die Nauraka, denn sie schmückten sich, trugen Waffen und bauten sich künstliche Behausungen. Eri versuchte, mit ihnen zu sprechen, aber sie wichen ihm aus. Wenn sie antworteten, so konnte er es nicht hören. Er war hier unten genauso taub wie ein Landgänger in den oberen Wasserschichten. Kein Wesen hier wollte etwas mit ihm zu tun haben, niemand war neugierig. Also ließ er sie nach einer Weile in Ruhe. Und obwohl sein Magen erbärmlich knurrte, ließ er auch davon ab, sich einen Fisch zu fangen und zu verzehren.

Eri lernte rasch, sich auf die Gefahren hier unten einzustellen – sobald die Polypen ihre fein gefiederten Arme einfuhren, duckte er sich schnell in den Teppich, der ihn weich streichelnd umgab, und spähte vorsichtig nach draußen. Doch bisher kam kein Räuber nahe genug; Eri sah einmal in weiter Ferne irgendetwas Riesiges vorbeiziehen, das von der Körperform her an einen Hecht erinnerte, aber viel bizarrer aussah.

Das ganze Gebiet könnte ein eigenständiges Königreich sein. Vielleicht hatten einst die Vorfahren so residiert, weite Flächen des Grundes in Besitz genommen und dann langsam in die Höhe gebaut. Onkel Turéor hatte behauptet, dass damals manche Städte von mehr als hunderttausend Nauraka bewohnt wurden. Auch die Stadt des Hochfürsten sollte auf den Ruinen einer älteren, einst viel größeren Siedlung errichtet worden sein.

Eri strich dicht über dem Teppich dahin, auf den Vulkan zu. Es wurde Zeit, dass er nach Hause zurückkehrte. Hoffentlich hielt Luri ihn nicht schon für tot. Wahrscheinlich war sie ziemlich wütend auf ihn, wenn er zurückkam, weil er ihr so einen Schrecken eingejagt hatte. Aber er konnte sie sicher schnell versöhnen mit dem, was er ihr zu erzählen hatte ...

Nach einer Weile stellte er fest, dass die Sicht hier unten täuschte – der Vulkan war sehr viel weiter weg, als er angenommen hatte. Er würde wohl eine Weile brauchen, bis er dort ankam. Doch er war ein nicht zu übersehendes Ziel, auf das der Prinz zielstrebig zuhielt.

Plötzlich fiel der Grund unter ihm erneut ab und gab den Blick frei auf ein tiefes Tal, eine weite Ebene vor dem Vulkan, und dort lag ...

Ein Skelett. Keine Gräten, sondern *Knochen*, wie sie auch die Nauraka besaßen.

Wie das Wesen einst ausgesehen haben mochte, war nicht mehr erkennbar, denn die gigantischen Knochen lagen durcheinander, teils aufeinandergehäuft, und der Schädel fehlte. Der kleinste Knochen, den Eri entdeckte, war so lang und schmal wie er selbst.

Mit einem mulmigen Gefühl schwamm er über die Überreste hinweg. Wie lange mochten sie wohl schon hier unten verrotten? Dieses Wesen musste noch größer gewesen sein als der Gigant, der in der Dunkelheit an ihm vorübergezogen war.

Eri schwamm schneller, da ihm unheimlich zumute war. Diese Knochen strahlten etwas aus, das ihn beunruhigte, seiner Haut eisige Schauer bescherte, obwohl es hier unten angenehm warm war. Das Wasser veränderte sich, schmeckte seltsam, als würden die Knochen etwas absondern – hoffentlich kein Gift ...

Irgendetwas stimmte jedenfalls nicht, denn es gab keine Fische oder Blumentiere, überhaupt nichts außer dem unverwüstlichen Algenteppich, der hier allerdings eine einheitliche graue Farbe aufwies. Und die Zahl der Vulkanschlote nahm stetig zu.

Der Prinz schüttelte den Kopf, als es plötzlich darin zu summen anfing. Als flüsterten Stimmen, die ihm etwas mitteilen wollten. Er wollte es nicht hören, bemühte sich, das Summen zu ignorieren.

Der Vulkan. Ich muss dorthin und dann an ihm entlang nach oben, dachte er intensiv.

Er paddelte schneller, versuchte, sich von den Knochen nicht zu sehr ablenken zu lassen, und atmete flacher. Bisher schien er die veränderte Zusammensetzung des Wassers gut zu vertragen, doch das konnte sich schnell ändern. *Es ist tot*, rief er sich zur Ordnung, weil es ihn mittlerweile fürchterlich gruselte. *Ein Skelett kann dir nichts tun. Und was die Stimmen betrifft, du bist nur völlig erschöpft, dein Verstand nicht mehr ganz bei sich. Kein Wunder nach diesem Erlebnis.*

Na, da würde er Onkel Turéor aber etwas zu erzählen haben!

Aber zuerst musste er wieder nach oben. Und dann ...

Wie es geschah, wusste Eri nicht. Sein Blick fiel irgendwie darauf, ob zufällig oder nicht, er konnte es nicht sagen. Er hatte die Felswand des Vulkans fast erreicht. Nur noch wenige Knochen lagen hier, dafür gab es unzählige Schlote und Schlünde, die schwarzen Qualm und Funken ausstießen. Aus manchen floss dünnes Magma; das alles kannte Eri auch aus seiner Heimat und war ihm vertraut. Der Algenteppich zog sich zurück, und goldfarbener sandiger Boden breitete sich aus, der teilweise von schwarzer Schlacke überkrustet war.

Und da hatte er es auf einmal gesehen. Zwischen zwei Kaminsäulen hatte etwas aufgeblitzt. Eri hatte es nur flüchtig erblickt, doch es erregte sofort seine Aufmerksamkeit. Das war etwas von Bedeutung, kein Zufall. Kein Gefühl, sondern Gewissheit. Alle Gedanken an daheim waren vergessen.

Er neigte sich leicht zur Seite und tauchte auf die Stelle zu. Doch als er dort ankam, sah er gar nichts. Nur Sand und die beiden Kamine. Konnte er sich so getäuscht haben? War es ein Trugbild seines übermüdeten Verstandes, genau wie die Stimmen? Er musste sich vergewissern. Hektisch begann Eri, im Sand zu wühlen, stöberte überall herum. Der Druck in seinem Kopf nahm zu, und Eri vernahm erneut die Stimmen, die zunehmend lauter wurden. Was wollten sie von ihm? Sie summten, zischten und wisperten, doch er konnte sie nicht verstehen.

»Hört auf«, knurrte er. »Lasst mich in Ruhe!«

Er wurde immer verwirrter, konnte aber dennoch nicht aufhören. Was tat er da überhaupt? Er hatte schon Händler gierig in Kisten voller Geschmeide wühlen sehen, nicht mehr Herr ihrer Sinne. Sie konnten kaum glauben, dass die Nauraka, ein Wasservolk, in der Lage sein sollten, kostbaren Schmuck zu fertigen, der bei den Landvölkern sehr begehrt war. Und nun benahm Eri sich genau wie sie. Er war wie verrückt auf der Suche nach etwas Unbekanntem, das er vorhin entdeckt zu haben glaubte. Und die Stimmen schienen ihn auch noch anzufeuern.

Natürlich hatte er als Kind mit den anderen Schatzsuche gespielt, aber Geld und Geschmeide hatten ihn im Gegensatz zu seinem Bruder nie sonderlich interessiert. Und jetzt konnte er gar nicht mehr aufhören! Was war nur los mit ihm? Hatte er doch irgendein Gift eingeatmet? Machte die Tiefe ihn langsam verrückt, galt deswegen das Tabu? Und dann diese Stimmen ... er konnte ihnen einfach nicht entkommen. Sein Kopf dröhnte, und ihn schwindelte.

»Ich suche, ich suche ja«, stöhnte er und wühlte immer hektischer, versank regelrecht in einer aufgewirbelten Sandwolke. Einige Körner gerieten in den Schlund eines Kamins und vergingen zischend darin.

Wieso musste er überhaupt danach suchen? Er hatte es doch gesehen! Dieses kurze Aufblitzen, wie ein Signal, das ihn zu sich rief. Und jetzt verbarg es sich vor ihm? Er konnte sich nicht getäuscht haben! Wo war es nur?

Immer wütender und hektischer wühlte er alles auf.

Und dann ... trafen seine Finger auf Widerstand. Rund und glatt. Und ziemlich schwer. Eri musste beide Hände zu Hilfe nehmen, so groß war das Ding, und hob es aus dem Sand. Der Glanz seiner Augen spiegelte sich auf seinem Fundstück.

Eine schwarze Perle, so groß, dass Eris Hände sie nicht ganz umfassen konnten. Sie war völlig rund und glatt und schillerte in besonderem Glanz. Eri hatte noch nie etwas so Wunderschönes gesehen. Perlen waren für die Nauraka nichts Besonderes – aber diese hier, schwarz, so groß und so perfekt: Das war eine Sensation. Und Eri begriff, dass diese Perle ihm den Weg an Land ebnen würde oder wohin auch immer, jedenfalls in ein großes Abenteuer. Wenn er sie Hallog anbot, dem Händler, der das meiste Vertrauen genoss, bekam er dafür sicher ein Vermögen. Genug, um auch Luri einen angemessenen Standard bieten zu können. Dann konnte sie ihn begleiten und mit ihm all die Wunder dort draußen kennenlernen, wo man sein eigenes Gewicht spürte. Hallog würde ihnen dabei helfen, »Fuß zu fassen«, wie er sich immer ausdrückte. Das hatte er schon mehrfach angeboten. Und er hatte oft genug betont, dass die Nauraka etwas ganz Besonderes seien und an Land für Aufsehen sorgen würden. Und man würde ihnen mit Respekt begegnen.

Reichtum hatte Eri nie etwas bedeutet, weil er nichts anderes kannte als Luxus und kein richtiges Gefühl für Werte besaß. Er musste niemals Not leiden, trug die kostbarsten Gewänder, und er hätte sich auch genau wie Lurion mit Schmuck behängen können. Er war ein edler Prinz, der anderen befehlen konnte, ohne dass sie widersprechen durften. Es war für ihn eine Selbstverständlichkeit. Vielleicht musste er glücksspielen, so wie Lurion, um zu begreifen, was man verlieren konnte, doch so dumm war er natürlich nicht.

Aber diese Perle … war einzigartig. Selbst die Stimmen schwiegen ehrfürchtig, doch sie waren immer noch da, das konnte Eri spüren. Und die Perle fühlte sich warm an, fast geschmeidig, als wäre es ihr behaglich in seinen Händen. Er presste sie an sich, während er sich umdrehte – und erstarrte.

Die Knochen lagen nicht mehr wild verstreut umher, sondern hatten sich bewegt, sich aneinandergereiht, und nun bildete sich etwas um sie herum, die schemenhaften Konturen jenes Wesens, das hier einst starb; und es richtete sich auf …

Eri wollte nichts mehr sehen und auch nicht abwarten. Voller Panik drehte er sich um und schwamm eilig auf die Felswand des Vulkans zu. Unterwegs barg er die Perle in den Falten seines Gewandes. Er spürte zwar ihr Gewicht, doch sie behinderte ihn nicht in seinen Bewegungen. Seine Finger berührten schroffes Vulkangestein, und er zog sich daran hoch, schlug heftig mit den Fußflossen, während er sich, so schnell er konnte, nach oben bewegte. Er drehte sich nicht um. In seinem Kopf rauschte es, und er glaubte den Atem des riesigen Wesens zu spüren, den Ausstoß gewaltiger Kiemen, der das Wasser durcheinanderwirbelte und ihn an die Felsen drückte.

Darüber nachzudenken, ob dies nun Wirklichkeit war oder Einbildung, war müßig. Weiter, immer nur weiter, die Welt hier unten war nicht die seine. Sie war trügerisch schön, doch er verstand ihre Sprache nicht, konnte sie ja nicht einmal hören und sich niemandem offenbaren, und die Gefahren waren weitaus subtiler als zu Hause. Falls jemals Nauraka in der Stillen Tiefe gelebt hatten, so war dies so lange her, dass davon nichts mehr in den Nachfahren verblieben war, um eine Erinnerung daran zu wecken. Das Tabu bestand zu Recht, das begriff Eri nun, und er empfand mehr Furcht als zuvor in der Finsternis. Doch die Perle mochte dies alles wert sein.

Hinauf ging es schneller und zielstrebiger als hinunter. Als er nach dem Graudämmer in die Finsternis hineinglitt, konnte Eri sich nur noch auf seinen Tastsinn verlassen. Das Vulkangestein war ihm jetzt ein Trost, auch wenn seine Hände inzwischen von den scharfen Kanten zerschnitten waren. Aber es verhalf ihm zur Orientierung und wies ihm den richtigen Weg. Er musste sich nicht mit Suchen aufhalten: Es ging immer nur nach oben, diese Richtung konnte er nicht verfehlen. Und ganz gewiss würde er hier nicht noch einmal verharren.

Dennoch wurde es eine harte Prüfung. Eri hatte ein weites Stück des Falls in Bewusstlosigkeit verbracht, doch nun war er hellwach. Als er die Zone zwischen der finsteren Stille und der oberen Schicht durchquerte, lastete wieder ein ungeheurer Druck auf ihm. Dies war eindeutig die Barriere zwischen der vertrauten Welt und der anderen tief unten, die vermutlich von beiden Seiten so gut wie nie überquert wurde. Er spürte, dass ihm etwas aus den Ohren und der Nase lief, wahrscheinlich Blut. Der Kopfschmerz wandelte sich zu weißglühender Pein, und er hatte das Gefühl, als würde sein Innerstes nach außen gestülpt. Er konnte seine Qual nicht einmal hinausschreien. Wie hatte er das vorher nur ertragen können? *Überleben?*

Mehrmals war Eri nahe daran, das Bewusstsein zu verlieren. Doch das durfte keinesfalls geschehen, dann würde er den Halt verlieren und wieder nach unten sinken, irgendwohin, auf immer verloren. Für einen zweiten Aufstieg würde er weder Kraft noch Mut aufbringen.

Ich werde es nicht schaffen, dachte Eri panisch. Seine Beine gehorchten ihm fast nicht mehr, und er musste sich mühsam an den Felsen entlang nach oben ziehen. Keine Leichtigkeit und Schwerelosigkeit war mehr um ihn, er konnte kaum noch atmen, obwohl seine Kiemen weit gebläht waren und flatterten.

Totale Finsternis, Stille und der furchtbare Schmerz des Drucks.

Nicht mehr lange, und er würde aufgeben müssen.

Doch tief in ihm regte sich Widerstand, der Wille zum Überleben.

Ich habe es einmal überlebt, und da war ich sogar noch von dem Aufprall auf die Felsen geschwächt. Also kann ich es auch auf dem Rückweg schaffen, im Vollbesitz meiner Kräfte. Es ist doch nicht schwer, nach oben zu schwimmen, schon als Winzling habe ich das gekonnt. Und ich kann mich auch noch festhalten, nach oben ziehen.

Es war, als hätte er sich zweigeteilt: Die eine Hälfte sprach sich Mut zu, während die andere Hälfte nur noch Todesangst empfand. Trotzdem trieb es ihn vorwärts, genau wie zuvor gegen den Urantereo.

Weiter, immer weiter.

Setze Hand vor Hand, lass dich nicht irritieren. Dein Körper hat immer noch Kraft, er bringt dich nach oben. Du hast den Halt, du kennst den Weg. Du weißt, die Finsternis währt nicht ewig, du hast sie schon durchkreuzt. Beweg dich schneller, und sie ist schneller zu Ende.

Die Perle. Vergiss nicht die Perle. Sie ist dein kostbarer Gewinn für das, was du auf dich genommen hast. Du hast die Stille Tiefe gefunden, du hast das Tabu gebrochen und mehr gesehen als alle anderen. Du weißt, was dort unten ist. Und die Perle ... ist dein. Sie hat dort auf dich gewartet, sich dir gezeigt. Kein Einziger hat jemals eine große schwarze Perle besessen. Sie ist dein. Bring sie nach Hause, und beginne ein Leben in Freiheit. Sie ist dein.

Er gab sich dem Flüstern in seinem Inneren hin und glitt einfach weiter nach oben.

Und dann endlich war es vorbei.

3.

Der Antrag

Als Eri schließlich wieder den vertrauten Geschmack der Heimat auf der Zunge und in den Kiemen spürte, als seine Haut den ganz bestimmten Salzgehalt erkannte, der nirgends derselbe war, als er das feine Kribbeln vieler anderer Fische, Nauraka und sonstiger Wesen wahrnahm und sein Gehör sich füllte mit den vielen heimischen Lauten und Stimmen, als er wusste, dass er zu Hause war, erlaubte er sich, für einen Moment innezuhalten und sich der tiefen Erschöpfung hinzugeben.

Mit geschlossenen Augen lehnte er am Vater-Vulkan, spürte den bohrenden Hunger in seinen Eingeweiden, fühlte das Zittern der überlasteten Muskeln und hielt das Gewicht der verborgenen Perle in Händen, den Lohn seiner Strapazen. Der Schmerz in seinem Schädel ebbte nur langsam ab, ein dumpfes Rauschen blieb zurück.

In diesem Moment nahm er sich vor, mit dem Aufbruch in ein neues Leben, an ferne Gestade, doch noch ein wenig zu warten. Von spontanen oder unfreiwilligen Abenteuerreisen in fremde Welten hatte er erst einmal genug. Eines hatte er gelernt: Auf die große Reise ohne Wiederkehr musste er sich noch besser vorbereiten und sehr viel gestählter sein.

Jetzt war er noch nicht bereit, sondern, da brauchte er sich gar nichts vorzumachen, ein verwöhnter Prinz, der keine Ahnung von den wirklichen Gefahren des Lebens hatte. Der schon beinahe einem Urantereo zum Opfer gefallen wäre.

Eri wünschte sich, er wäre bereits in seinem Schlafnetz und

könnte ruhen, einen ganzen Korallenring lang, und jemand würde ihn füttern und seinen gequälten Magen beruhigen. Doch zuvor musste er zum Palast schwimmen, und dabei auch noch Haltung bewahren. Es mochte so sein, dass er als Prinz zweiten Ranges in den Augen seines Vaters nicht viel galt, aber vor dem Volk gehörte er zur königlichen Familie und durfte sich keine Blöße geben.

Also dann.

Er öffnete die Augen, stieß sich ab und machte sich auf den Weg.

Bereits bei der ersten unsichtbaren Grenze wurde er entdeckt. Natürlich, niemand konnte in das Reich der Darystis unbemerkt eindringen. Eri achtete nur nie darauf, weil er hier zu Hause und keinen Beschränkungen unterworfen war. Doch die Wächter waren überall, auch wenn man sie nicht sah.

Unfälle wie damals der von Mhurin ereigneten sich äußerst selten, und es würde ewig ein Rätsel bleiben, wie es möglich gewesen war, dass ein Räuber unbemerkt so tief in die Stadt hatte vordringen können. Doch seither waren die Wachen verstärkt worden, und es war nie wieder geschehen.

»Prinz!«

Der Ruf schmerzte in Eris Ohren, die nach seinem Aufenthalt in der Stillen Tiefe an solche weithin schallenden, lauten Geräusche nicht mehr gewöhnt waren. Er brauchte sogar Zeit, um das Wort überhaupt zu verstehen.

Geror schwamm auf ihn zu, und ehe Eri sich's versah, packte der ihn und umarmte ihn zitternd. »Prinz Erenwin, bei Lúvenor und den Seedrachen, du bist am Leben und zurück!«

»Ist schon gut, Geror, mir ist nichts passiert«, erwiderte Eri verlegen. Der Klang seiner Stimme kam ihm seltsam vor. »Wie lange war ich denn weg?«

»Vier Dämmerungszyklen«, antwortete Geror, musterte Eri genau von oben bis unten und drückte dessen Schultern. »Bei der fauligen Tanghexe, ich wollte einfach nicht glauben, dass du tot bist. Ich habe fast die ganze Zeit hier nach dir Ausschau gehalten. Was ist denn nur geschehen?«

»Ich bin in die Tiefe gefallen. In den Abgrund. Ich musste erst aus der Finsternis zurückfinden.« Eri legte die Hand an seinen Bauch. »Vier Dämmerungszyklen? Kein Wunder, dass ich Hunger habe.«

»Komm jetzt. Ich bringe dich zu Luri, und dann verkünde ich deinen Eltern die frohe Botschaft!«

Eri fragte nicht, ob seine Eltern ihn vermisst hatten, weil ihm die Antwort vermutlich nur wehgetan hätte. Er fragte auch nicht, warum Geror noch am Leben war; wäre Lurion verschollen gegangen, hätte Ragdur nicht lange gefackelt, ihn schuldig gesprochen und enthauptet. »Wie geht es Luri?«

»Wie schon, wenn ihr geliebter Bruder als tot gilt«, brummte Geror. »Sie weint sich die ganze Zeit die Augen aus, das Wasser schmeckt schon bis in die Schwimmergründe danach.«

Sie schwammen auf den Palast zu, doch so leicht kam Eri nicht durch die Straßen. Die Nachricht seiner Rückkehr hatte sich schneller verbreitet als ein abgeschossener Pfeil. Von allen Seiten kamen sie auf ihn zu, seine Freunde, die Kinder, denen er ab und zu Geschichten erzählte, und viele vom Volk, die er nicht kannte. Sie begrüßten ihn wie einen Helden, berührten ihn, als wollten sie sich vergewissern, dass er es auch wirklich war. Es war einerseits angenehm, so viel Beachtung zu finden, andererseits machte er sich Sorgen, dass sein kostbarer Fund entdeckt würde. Einmal tastete Eri verstohlen nach der schwarzen Perle, doch sie war gut verborgen und sicher.

Schließlich kam auch Luri angeschwommen. Zuerst umarmte sie ihn, dann schlug sie ihm mit der flachen Hand ins Gesicht, dass er Funken vor den Augen davonstieben sah, und brüllte ihn an, was ihm denn einfiele, ihr solchen Kummer zu bereiten. Zuletzt umarmte sie ihn erneut. Eri hielt sie fest, glücklich, seine Schwester zu fühlen und am Leben zu sein.

»Muss ich gleich zu den Eltern?«, fragte er Luri.

Sie schüttelte den Kopf. »Sie meinten, du solltest dich zuerst erholen«, antwortete sie. »Das bedeutet: Sie wollen dich nicht abgerissen und womöglich verletzt empfangen, schließlich kehrst du nicht von einer siegreichen Schlacht heim. Ich kenne allerdings die Wahrheit von Geror und weiß, dass es doch so ist. Die Sache mit dem Urantereo hat Lurion natürlich für sich beansprucht und sich als Held feiern lassen. Er wird sehr unglücklich sein, dass du noch am Leben bist.«

»Soll er den Sieg behalten, das ist mir egal«, versetzte Eri. »Ich will nur essen und schlafen.«

»Und wann erzählst du mir alles?«

»Beim Essen, weil du mich vorher ja doch nicht schlafen lässt.«

Von der Perle erzählte er noch nichts, das wollte er sich für einen geeigneteren Moment aufsparen. Während Eri, endlich sicher eingewickelt im Hängenetz, alles in sich hineinschlang, was ihm angeboten wurde, berichtete er Luri von den seltsamen Erlebnissen. Er staunte nicht wenig, als sein Onkel Turéor plötzlich hereinkam, und war verlegen, weil er ihm nicht den gebührenden Respekt erweisen konnte, aber dazu er war einfach zu erschöpft.

Turéor war alt ... uralt. Viele Falten zierten sein hageres Gesicht, seine langen weißen Haare waren dünn wie feine Tanghexenhaare. Er war auffallend groß und noch schmaler als gewöhnliche Nauraka, und er verließ sein Gemach nie ohne sein Schwert auf dem Rücken. Sein langes Gewand mit den weiten Ärmeln wurde in der Taille von einem kompliziert gewickelten breiten Gürtel gehalten, in dem ein juwelenbesetztes Messer steckte.

Lange betrachtete er Eri. Seine Augen waren so klar und hell wie das Wasser über dem Zwielicht, knapp vor der verbotenen Zone. Manchmal war sein Blick unstet und unruhig, ein wenig wild und verwirrt, doch nicht heute. Eri wich seinem Blick aus, weil er das Gefühl hatte, dass er viel zu tief reichte.

»Du hast es also gesehen«, sprach Turéor schließlich mit tiefer Stimme. »Und du verschweigst eine Menge.«

»Ich habe Luri schon erzählt ...«, begann Eri schnell, doch Turéor ließ ihn nicht ausreden.

»Du hast ihr erzählt, was du preisgeben wolltest. Doch da ist noch mehr, Erenwin.«

»Onkel, er ist schrecklich müde. Das hat doch bestimmt noch Zeit bis morgen«, half Luri ihrem Bruder.

»Hat es das wirklich, Lurdèa?«, erwiderte er ernst.

Luri runzelte die Stirn. »Ich dachte, du freust dich, ihn zu sehen!«

Turéors Blick richtete sich wieder auf den Prinzen. »Ich sehe einen Körper, der aussieht wie der Erenwins«, sagte er düster. »Aber ich weiß nicht, ob *er* es ist, der aus der Tiefe zurückkehrte.«

»Onkel!«, rief Luri empört. »Ich finde, das geht jetzt zu weit!«

»Du hast ja keine Ahnung, unschuldiges Kind.« Turéor redete scheinbar wirr, aber seine Augen waren nach wie vor klar, und seine Miene sehr besorgt.

»Ich bin ich selbst«, meinte Eri und gähnte. Er hatte für heute genug. »So elend, wie ich mich fühle, ist das gar nicht anders möglich.«

Der alte Adlige bewegte langsam verneinend den Kopf. »Törichter Knabe, wenn es nur so einfach wäre. Niemand, der dorthinunter getaucht ist, kehrt als er selbst zurück. Dort unten lauert der Tod, das habe ich dir früher schon gesagt.« Eri zuckte zurück, als Turéor sich ihm plötzlich näherte, die Hand an sein Gesicht legte, es prüfend in Augenschein nahm und drehte. »Nun. Es ist geschehen. Wir reden ein andermal.«

Dann schwamm er hinaus, ohne sich zu verabschieden. Luri war für einen Moment zwischen Zorn, Lachen und Verwunderung hin- und hergerissen. »Was ist denn mit ihm los? In letzter Zeit wird er immer wunderlicher.«

»Diesen Eindruck machte er auf mich aber gerade heute nicht.« Eri kuschelte sich ins Netz, das ihn sanft schaukelte. Er konnte sich kaum mehr wach halten. »Er hatte Angst, Luri. Ich glaube, seine Vergangenheit holt ihn ein. Er fühlt sich an etwas erinnert, das tiefe Wunden gerissen hat.«

»Du meinst, die Geschichten über seine Sippe und diesen Alten Feind? Aber niemand weiß doch, ob er wirklich dabei war.«

»Luri, ich weiß, dass Onkel Turéor seltsam ist. Aber ich weiß auch, dass er Schreckliches durchgemacht hat, das ihn heute noch peinigt.« Ihm fielen die Augen zu. »Entschuldige, ich ...« Und damit war er auch schon eingeschlafen.

Eri schlief den nächsten Dämmerungszyklus durch und erwachte im Frühdämmer gestärkt und voller Tatendrang. Luri war unterwegs, und Eri wollte sich gerade selbst auf den Weg machen, als ein Diener hereinschaute.

»Erlauchter Prinz, Ihr werdet von Euren Eltern zum Mahl im Thronsaal erwartet«, verkündete er und verbeugte sich. »Wenn Ihr mir bitte folgen wollt.«

Eri nickte und folgte dem Mann auf verschlungenen Wegen durch die Korallen tiefer in den Palast hinein. Für die königliche Familie und die Dienerschaft gab es Wege, die dem gewöhnlichen Volk versperrt waren, daher begegnete ihnen hier niemand. So manch einer war wohl auch auf diesem Wege schon für immer verschwunden. Es gab Gerüchte im Volk, wonach Ragdur sich den Thron erobert hatte, indem er alle Konkurrenten aus dem Weg räumte. Aber natürlich wagte niemand ein Wort darüber verlauten zu lassen, seit er Hochfürst geworden war. Letztendlich spielte es auch keine Rolle, denn er war ein strenger, aber guter Herrscher, der für sein Volk sorgte.

Der Thronsaal war in die Vulkanfelsen gemeißelt worden, der Thron selbst aus einem Stück gefertigt, dessen Sockel fest mit dem geglätteten schwarzen Boden verbunden war. An den Felswänden reihten sich Lampengarnelen, deren mit leuchtenden Kugeln besetzte Fühler einen sanften Glanz verbreiteten. Unermüdlich reinigten sie die glitzergoldenen Wände. Handtellergroße Schimmerdienerchen schwebten durch den Saal, trugen Essen und bauchige Trinkgefäße mit dünnen langen Hälsen. Anmutige Hornnadeln, naurakagroß, schlank und wie eine Welle gebogen, mit prachtvoll farbigen Rückenkämmen und langen Röhrenschnauzen, hielten auf schlanken, mit langen Schleiern besetzten Flossenhänden große Schalen, in denen Leckereien aller Art lagen. Winzige Fliegenfische im Tangkäfig in mundgerechter Größe, die lebend und im Ganzen verspeist wurden, in Vulkanglut geröstete Urantereo-Stücke, roh filetierte Seegurke, in Schneckenkruste gebackener Seeigel und vieles mehr.

Eri lief das Wasser im Mund zusammen, als er all die Köstlichkeiten sah. Seine Eltern hatten sich bereits vor den Schalen in den Sitznetzen, die von Gaskugeln in der Schwebe gehalten wurden, niedergelassen. An ihrer rechten Seite saß blass und sehr aufrecht Onkel Turéor; Eri freute sich, ihn zu sehen. Es war selten genug, dass Hochfürst Ragdur seine Anwesenheit zum Mahl duldete. Links von seiner Mutter rekelte sich Lurion und saugte genüsslich an einem Trinkgefäß. Er würdigte seinen Bruder keines Blickes. Luri hingegen, die neben Onkel Turéor saß, wirkte sehr aufgeregt. Ihre Augen leuchteten wie Juwelen, und ihre samtolivfarbene Haut glühte förmlich. Eri war verwundert; was konnte seine Schwester derart außer Fassung bringen? So kannte er sie in Anwesenheit der Eltern gar nicht, wo sie sich ansonsten sehr kühl und distanziert gab. Dieses Mahl musste also einen besonderen Anlass haben und hatte wohl mit seiner Rückkehr nichts zu tun.

»Ich grüße Euch, Vater, Mutter«, sagte er in angemessener Tonlage und tanzte die Figur der Ehrerbietung. Lurion bemerkte dies und warf ihm einen hasserfüllten Blick zu.

»Hast du dich also doch entschlossen, zu uns zurückzukehren, Erenwin«, bemerkte Hochfürst Ragdur. Er war ein großer, schwerer Mann mit breiten Schultern und Muskeln, die unter dem fürstlichen Gewand deutlich hervortraten.

Hochfürstin Ymde äußerte sich nicht, das tat sie selten. Mit traumumflorten Augen betrachtete sie ihren Sohn; sie war nie ganz von dieser Welt. Die meiste Zeit bewegte ihr Geist sich auf magischen Wegen, um, wie sie sagte, die Gesänge des Meeres zu erforschen. Der Frieden im Reich der Darystis beruhte vor allem auf ihrem Schutz, den sie unermüdlich webte. Sie lebte zurückgezogen in ihren Gemächern, zumeist umgeben von Schamaninnen. Ab und zu braute sie Heiltränke, die sie den Landhändlern im Tausch gegen Kräuter und Tränke aus deren Welt gab. Ymde interessierte sich nicht für weltliche Dinge, sie überließ das Regieren ganz ihrem Gemahl.

Manchmal erinnerte sie sich an ihre Kinder und kümmerte sich einen ganzen Dämmerungszyklus um sie, war liebevoll und erzählte ihnen Geschichten. Doch solche Begebenheiten hatten in frühen Kindertagen selten stattgefunden und kamen nun fast überhaupt nicht mehr vor. Eri war es inzwischen egal, da er ohnehin fast erwachsen war, und Luri hatte sowieso noch nie darunter gelitten. Sie war bodenständig und nüchtern wie ihr Vater. Als Ausgleich allerdings verlangte es sie seit einiger Zeit nach »Romantik«, etwas, das ihre Freundinnen mit ihr teilten und Eri schon in die eine oder andere prekäre (und doch auch prickelnde) Lage gebracht hatte.

»Es tut mir leid, wenn ich Euch erzürnt habe, Gebieter«, sagte Eri demütig und nahm seinen Platz an der Schale ein, die am weitesten von allen anderen entfernt stand. »Es lag nicht in meiner Absicht, Eure Gebote zu missachten.«

»So ist es doch jedes Mal, nicht wahr?«, rügte ihn sein Vater. »Du machst nichts als Ärger, aber du hast mehr Glück als Verstand, dass es immer gut ausgeht.« Er presste die Hände abschließend aneinander. »Nun, lassen wir dies.« Er griff in seine Schale und eröffnete damit das Mahl.

Eri stürzte sich hungrig auf die Speisen, da in seinem Magen noch immer ein riesiges Loch war, das gefüllt werden wollte. Er nahm es hin, dass sich seine Eltern nicht für sein Abenteuer interessierten. Andererseits musste er sich dadurch auch keine weiteren Vorwürfe oder Maßregelungen anhören.

Ragdur wandte sich Lurion zu und unterhielt sich mit ihm; der Rest der Gesellschaft war damit für ihn vergessen. So war es immer. Ymde war in sich selbst versunken, und Turéor machte heute ein so griesgrämiges Gesicht, dass mit ihm auch nichts anzufangen war. Aber Luri: Was war mit ihr los? Eri wollte unbedingt erfahren, was sie so bewegte, doch sie zappelte nur aufgeregt wie eine Sardine in ihrem Sitz umher, grinste ihn verschmitzt an und streckte ihm die Zunge heraus. Sie wollte ihn auf die Folter spannen und ihm keinen, auch nicht den kleinsten Hinweis geben. Eri war beleidigt und schaute nicht mehr zu ihr hin.

»Also gut!«, dröhnte Ragdurs voluminöse Stimme schließlich

durch die Halle. »Dieses gemeinsame familiäre Mahl findet aus einem besonderen Anlass statt. Da wir endlich alle vollzählig versammelt sind und die angemessene Bedenkfrist verstrichen ist, wollen wir nun den offiziellen Teil eröffnen. Haushofmeister, bring den Boten herein.«

Eri sah eine Bewegung hinten im Halbschatten, wo die besonders vertraute Dienerschaft stets wartete, bis sie gerufen wurde, und jemand verschwand. Kurz darauf schwamm ein Mann herein, der in völlig fremdes Ornat gewandet war. Nichts an seiner Kleidung, im Muster, dem Schnitt oder auch nur der Leibbinde, entsprach den Darystis.

Ein sippenfremder Nauraka! Eri klappte der Unterkiefer herunter, und er gaffte den Mann an. Er unterschied sich äußerlich nicht wesentlich von Eri oder den anderen, wirkte höchstens ein wenig asketisch, so wie Turéor, war aber kleiner.

Luri hüpfte noch unruhiger auf und ab, ihre Finger verknoteten sich ineinander. Es hing also mit ihr zusammen! Und Eri schwante auf einmal Übles ...

Zumindest war der Bote gut erzogen. Sein Begrüßungstanz war ausgefeilt und gebührend respektvoll. An der Art des Tanzes konnte Eri erkennen, dass sein Rang dem eines Beraters, wenn nicht gar Vertrauten entsprach; das war kein einfacher Diener oder gewöhnlicher Sendbote. Auch seine Kleidung sprach dafür.

»Fürst Janwe von Karund entbietet neuerlich seinen hochachtungsvollen Gruß an den Hochfürsten Ragdur von Darystis«, begann er mit feierlicher Stimme, nachdem der Körpergruß beendet war. »Die See ist unsere Mutter, wir werden von ihr geboren und wieder aufgenommen, wenn unsere Zeit gekommen ist. Lúvenor ist unser Licht und Verstand, und der Seedrache unser unbesiegbarer Speer.«

Ganz der Tradition gemäß und formvollendet, das musste Eri anerkennen. Aber damit war es noch lange nicht zu Ende; der Bote musste auch Poet zugleich sein, weil er so viel zu preisen wusste. Nicht einmal der hochgeistige Hofbarde Ruful würde etwas so lange ohne Pause vortragen. Eri bemerkte, dass der salbungsvollen und geschraubten Litanei außer ihm keiner mehr zuhörte. Lurion war bereits halb betrunken und ließ sich das vierte Gefäß bringen, Ymde und Turéor waren in eigenen Gedanken versunken, Ragdur hatte ohnehin keinen Sinn für Kunst und Musik, und Luri, das war deutlich zu merken, wollte endlich Eri sprachlos sehen.

Auch der Bote schien zu merken, dass er keine Aufmerksamkeit mehr hatte, denn auf einmal redete er schneller und schien dann die Botschaft abzukürzen. Nach zwei letzten Phrasen kehrte er zum Ausgangspunkt zurück: »Die Sippe der Karund ist noch jung, ebenso wie ihr Fürst. Janwe ist jedoch ein edler Mann, dem Respekt entgegengebracht wird. Als er Karund vor drei Korallenstäben gründete, wurde er, das darf man ruhig offen aussprechen, von den Nachbarn misstrauisch beobachtet, doch inzwischen sind sie von Fürst Janwe überzeugt und vertrauen ihm, und es haben sich zwei weitere Sippen angeschlossen, sodass Karund heute als das drittgrößte Reich der Nauraka gilt.«

Nun hörte Eri aufmerksam zu. Das ziemlich abgelegene Reich der Darystis zählte trotz des hohen Rangs und Herrschaftsanspruchs über alle anderen Gebiete eher zu den kleinen Sippen. Wenn Karund bereits das drittgrößte Reich war, mussten dort mindestens dreißigtausend Nauraka leben.

»Wir handeln mit den Landgängern, aber auch anderen Seevölkern. Um einen Eindruck von den Vermögensverhältnissen und dem erlesenen Geschmack meines Herrn zu vermitteln, wurde ich beauftragt, Euch dies hier als Geschenk darzubieten.« Damit öffnete der Bote seinen Beutel und holte ein Säckchen aus feinem Moosgarn hervor. Ein Schimmerdienerchen schwirrte lichtsprühend herbei, nahm das Säckchen und überbrachte es dem Hochfürsten.

Selbst Hochfürstin Ymde sagte »Oh«, als Ragdur den Beutel öffnete und ein wie ein hauchfeines Netz gearbeitetes, funkelndes Halsgeschmeide hervorzog. Reines, fein ziseliertes Gold, an den Knotenpunkten besetzt mit fein geschliffenen kleinen Juwelen. Ragdur gab dem Schimmerdienerchen einen Wink, das daraufhin zu Luri paddelte und ihr vorsichtig den Schmuck anlegte. Eine sehr schöne Arbeit, das musste Eri zugeben, gewiss auch sehr kostbar. Luris Augen allerdings überstrahlten das Kristallfeuer.

»Wir nehmen diese Gabe als Gastgeschenk an«, sagte Ragdur gnädig, was bedeutete, er erwartete noch eine Menge mehr.

Eri fühlte, wie ihm die Kehle eng wurde, als er seine Schwester so sah. Das konnte doch nicht ihr Ernst sein? Er würde nachher eindringlich mit ihr darüber reden müssen ... Im Stillen verfluchte er jetzt sein Abenteuer, weil er nicht da gewesen war, als der Bote eintraf. Wie es aussah, war alles schon beschlossene Sache.

Gemäß der Tradition hatte der Bote das Anliegen seines Herrn bereits nach der Ankunft vorgetragen, doch erst nach Ablauf der Bedenkfrist – *jetzt* – begann das eigentliche Schachern und Werben. Hätte Luri schon beim ersten Gesuch abgelehnt, wäre es nie zu diesem Auftritt gekommen, der Bote wäre umgehend wieder fortgeschickt worden. Eri fragte sich, ob der Verstand seiner Schwester von einem Hirnfresser befallen war.

»Hast du noch mehr?«, fragte Lurion unverblümt. Er flegelte sich in seinen Sitz und stocherte mit einem dünnen Stachel in seinen makellosen Zähnen.

»Gewiss doch«, antwortete der Bote, ohne eine Miene zu verziehen, und präsentierte noch weitere Gastgeschenke. Schließlich rief er nach jemandem, und dann ging es erst richtig los – ein voll bepacktes Phylothera nach dem anderen wurde in den geräumigen Saal gebracht, der sich zusehends füllte. Phylotherae waren eine weit verbreitete Tierart in der See, und es gab sie in allen Größen. Die Nauraka züchteten mit Vorliebe die großen Phylotherae für das Ziehen von Lasten, aber auch zum Transport der Prunksänften, wenn die königliche Familie sich zu besonderen Gelegenheiten draußen dem Volk zeigte. Die handspannenlangen Phylotherae waren beliebte Spielgefährten für die Kinder. Allen gemeinsam war die anmutige geschwungene Körperform mit dem langen geringelten Schwanz, der auch zum Greifen benutzt werden konnte, die bunten Knochenkämme und die seltsame, senkrecht auf- und abschwingende Fortbewegungsweise. Phylotherae waren nicht schnell und daher bei Räubern sehr beliebt, da sie auch über keinerlei Abwehrmöglichkeiten verfügten – weder Gift noch Blitzschläge, auch keine Stacheln oder gar scharfe Zähne. Lediglich ihr Körperpanzer bot etwas Schutz, was allerdings nur für die großen Tiere galt. Sie waren sanfte, friedliche Geschöpfe, die leicht zu zähmen und zu züchten waren. Deshalb wunderte Eri sich ein wenig, dass die langen, dünnen Mäuler dieser hier stark verschnürt waren und sie ein ungewöhnlich enges, starres Geschirr trugen, an dem die Lastkörbe befestigt waren.

Luri hatte natürlich nur Augen für die teuren Geschenke. Entzückt schwamm sie von Korb zu Korb, nahm alles genau in Augenschein, zupfte hie und da. »Siebzehn Körbe, Vater«, stellte sie fest. »Genau die Anzahl meiner Korallenringe!«

»Zwei Körbe fehlen noch, verehrte Prinzessin«, sagte der Bote und verneigte sich vor ihr. »Diejenigen, die zur Lobpreisung Eurer Schönheit und Eures Liebreizes dienen.«

Luri kicherte angetan.

Eri dachte bei sich, dass dafür Lieder und romantische Klänge besser geeignet wären. Zumindest würde er es so machen, und bei dem einen oder anderen älteren Freund, der eine Angebetete umwarb, hatte er schon mitbekommen, wie gut es aufgenommen wurde. Allmählich wurde er wütend auf seine Schwester und beschloss deshalb, ihr nichts von der schwarzen Perle zu erzählen. Am Ende wollte sie die auch noch haben!

Und jetzt hatte er endgültig genug. »Was ist mir entgangen?«, rief er in die Runde. »Der Bote soll endlich zum Punkt kommen!«

»Ich stimme dir ausnahmsweise zu«, ließ Lurion sich vernehmen. »Ich langweile mich.«

»Nur, weil es mal nicht um euch geht!«, gab Luri aufbrausend zurück.

Der Bote verzog weiterhin keine Miene. »Ich bitte um Verzeihung«, äußerte er und neigte das Haupt. »Selbstverständlich wollte ich Euch nicht missachten. Ich werde umgehend zum Grund meiner Anwesenheit kommen.«

Den natürlich jeder schon kannte, doch all diese Dinge hatten ihre Regeln und Traditionen. Eri hatte gehört, dass es bei anderen Sippen unkonventioneller zuging. Aber das war hier, am Hofe des Hochfürsten, natürlich nicht möglich. Vor allem Ragdur selbst verlangte, dass jeder sich an die strenge Etikette hielt, da es einen untadeligen Ruf und eine hohe Position zu verteidigen galt.

Der Hochfürst hob huldvoll die Hand. »Er möge sprechen.«

Luri besann sich und schwamm zu ihrem Vater, postierte sich aufrecht neben seinem königlichen Sitz und setzte eine stolze Miene auf. Eri vergaß seinen Zorn, denn seine Schwester wirkte plötzlich älter und ganz so, wie man sich eine Prinzessin vorstellte. Dies war eine Pose, die seine Freunde bei öffentlichen Auftritten schon mehr als einmal ins Schwärmen geraten ließ, und zum ersten Mal konnte er sie verstehen, auch wenn er Luris Bruder war.

Auch der Bote wirkte für einen Moment über den plötzlichen Wandel verunsichert, doch er fasste sich schnell, führte den rituellen Einleitungstanz durch, der das große Ereignis ankündigte.

»Euer Hochwohlgeboren, Hochfürst Ragdur von Darystis, ehrenwerte Lady Ymde«, setzte er feierlich an, »mein Herr, Fürst Janwe von Karund, bittet durch mich um die Hand Eurer Tochter, Prinzessin Lurdèa, deren Anmut bereits überall gepriesen wird. Fürst Janwe weiß, dass es viele weitere Bewerber gibt, die edleren und älteren Geblüts sein mögen, aber er versichert, dass er allen Anforderungen und Prüfungen gerecht werden wird, die der Hochfürst an ihn stellt. Karund ist ein junges, aufstrebendes Fürstentum, das das Volk der Nauraka zu neuer Blüte führen wird – falls die Prinzessin einwilligt. Die Vereinigung beider Reiche wird die alte Zeit der Herrschaft der Nauraka über die Umschließende See wieder neu erstehen lassen.«

»Wir werden darüber nachdenken«, sagte Ragdur nach einer Weile. »Vor allem aber ist es notwendig, Fürst Janwe kennenzulernen, da er mir völlig unbekannt ist.«

So, wie du es einst warst, mein lieber Vater, dachte Eri. Immerhin gestand Ragdur dem jungen Fürsten einen Antrag zu. *Leider.*

»Gewiss«, sagte der Bote. »Ich darf deshalb voller Freude den Besuch meines Fürsten ankündigen. Er befindet sich bereits auf der Reise hierher und wartet nur auf meine Nachricht, um seine Aufwartung zu machen. Die Prinzessin soll ihn persönlich kennenlernen und sich von seinen Qualitäten überzeugen, bevor sie ihre Wahl trifft.«

Ragdur dachte nach. »Schön«, sagte er schließlich. »Ich erwarte ihn in zehn Dämmerungszyklen. Wir werden ein Fest abhalten, und meine Tochter soll Gelegenheit erhalten, ihren künftigen Gemahl kennenzulernen und zu prüfen. Wenn sie nach drei Dämmerungszyklen mit ihm einverstanden ist, werden wir Hochzeit feiern.«

Eris Herz blieb für einen Moment stehen. So schnell sollte das gehen? Das bedeutete, in spätestens zwanzig Dämmerungszyklen würde Luri fort sein! Kälte breitete sich in ihm aus. Nur vier Dämmerungszyklen war er weggewesen, und in der Zwischenzeit hatte sich das Leben vollständig verändert! Er starrte seine Schwester an, doch sie beachtete ihn nicht. In seinen Ohren rauschte es. Vermutlich saß er nun mit demselben griesgrämigen und verlorenen Gesichtsausdruck da wie Onkel Turéor. Was weiter besprochen wurde, ging völlig an ihm vorbei, wie eine kalte Meeresströmung.

Doch es dauerte nicht mehr lange. Ohne dass Eri irgendwelche Verabschiedungsfloskeln mitbekommen hätte, war der Bote plötzlich auf dem Weg nach draußen, und die Eltern verließen ihre Plätze. Turéor war bereits fort, nur Lurion ließ sich weitere Trinkgefäße bringen, und Luri kam auf ihren Bruder zu. »Also, was sagst du?«, fragte sie mit leuchtenden blaugrünen Augen.

»K-können wir uns in unserem Gemach unterhalten?«, stieß Eri hervor, wartete keine Antwort ab, ergriff stattdessen ihre Hand und zog sie mit sich hinaus.

»Alles Gute, Schwesterlein!«, rief der Erbprinz ihnen nach. »Gratuliere! Sieht mir nach einem guten Pakt aus.«

Doch sie gaben keine Antwort, drehten sich nicht einmal mehr um.

»Lurdèa«, sprudelte Eri los, kaum dass sie in ihrem kleinen Reich angekommen waren, »was, bei allen Salzdämonen, ist in dich gefahren?« Er nannte seine Schwester so gut wie nie bei ihrem vollen Namen, nur wenn er äußerst aufgebracht war.

Verständnislos blickte sie ihn an. »Ich dachte, du würdest dich mit mir freuen?«

»Freuen?«, rief er. »Worüber denn? Vater verkauft dich für siebzehn oder mehr Körbe und ein Halsgeschmeide, und du machst mit?«

»Er verkauft mich doch nicht, die Entscheidung liegt bei mir ...«

»... dass du dich auch noch selbst verkaufst? Hast du überhaupt keinen Stolz?«

Sie runzelte die Stirn. »Erenwin, so mag ich dich nicht. Anscheinend hast du dein gutes Benehmen in der Tiefe gelassen.«

Eri versuchte sich zu beruhigen, obwohl es in ihm tobte. Am liebsten hätte er seine Schwester gepackt und die Dummheit aus ihr herausgeschüttelt. »Luri, du bist erst siebzehn Korallenringe alt. Wieso willst du dich so früh binden? Unsere Mutter war über einen Korallenbaum alt, unser Vater kaum jünger, als sie heirateten!«

»Ich finde es sehr romantisch«, meinte sie und hob die Schultern.

»D-das ist alles? Und wenn es nicht mehr romantisch ist, was dann? Du kannst nicht einfach wieder gehen, wenn du erst seine Frau bist!« Er war fassungslos. »Nur, weil du es für romantisch hältst, willst du da mitmachen? Merkst du denn nicht, dass du damit nur Vaters Willen erfüllst?«

»Er will das Beste für mich, das hat er selbst gesagt.«

»Aber nur deswegen bist du doch überhaupt auf der Welt!«

Darauf folgte ein langer Moment des Schweigens. Dann sagte Luri langsam: »Was, bitte, soll das heißen?«

Eri biss sich auf die Lippen. Es war zu spät, er hatte geredet, ohne nachzudenken. »Ach, nichts«, wiegelte er ab. »Vergiss, was ich gesagt habe.«

»Nein, das werde ich nicht. Ich kenne dich überhaupt nicht wieder! Was ist nur mit dir passiert dort unten? Bist du wirklich noch du selbst, Eri?«

Er schoss nach oben, bremste erst kurz vor der Decke ab und sank langsam wieder nach unten. »Woher soll ich das wissen, Luri? Ich wusste ja noch nicht einmal vorher, bevor ich in den Abgrund fiel, wer ich bin. Ich bin nur zwei Korallenringe älter als du. Wir kennen beide nichts von der See außer Darystis! Aber es existieren Dinge ... bitte, hör doch auf mich! Sammle zuerst Erfahrungen, bevor du dich bindest ...«

Sie blickte ihn mit verkniffener Miene an. »Ich hab wirklich gedacht, du würdest dich für mich freuen ...«

»Worüber denn?«, erwiderte er leise. »In weniger als zwanzig Dämmerungszyklen bist du verheiratet und verschwindest in ein anderes Leben. Ich hatte ja nicht einmal Zeit, darüber nachzudenken.«

»Daran trägt aber niemand Schuld. Außerdem hattest du doch selbst vor, beim nächsten Markt zu verschwinden! Und der ist in sieben Dämmerungszyklen. Denkst du, ich will allein hier zurückbleiben? Das halte ich nicht aus.«

Eri war wie vor den Kopf gestoßen. Hilflos sah er sich um. Hochdämmer war angebrochen, strahlendes Licht herrschte draußen, und die meisten Nauraka trafen sich zum gemeinsamen Mahl. So unbeschwert hatte er noch nie sein können. Wenn er sie um Rat fragen würde, so hätten sie alle keine Antwort. »Es tut mir leid«, sagte er tief betroffen. »Ich habe immer gedacht, du gehst mit.«

»Ich habe dir jedes Mal gesagt, dass ich das nicht tun werde! Deine Träume sind nicht meine.« Sie glitt mit ihren Fingern durch sein Haar. »Eri, ich dachte, du bist tot«, flüsterte sie. »Geror hat mir zwar gesagt, dass noch eine winzige Chance besteht, weil sie dich im Schlund des Urantereo nicht gefunden haben. Aber ich war außer mir vor Kummer. Und ich war wütend auf dich, weil du einfach ohne Abschied gegangen bist.«

Er ließ den Kopf sinken. »Verdammt. Luri, ich ...«

»Und jetzt willst du mir sagen, dass unser Vater mich nur gezeugt hat, damit ich durch Heirat seine Macht ausweite?«

»Es ist ... was er heute ...«

»Ich weiß das doch, Eri, hältst du mich für dumm? Oder blind? Unser Vater tut nichts ohne Berechnung. Er hat unsere Mutter geheiratet, um Hochfürst zu werden. Denkst du, das genügt ihm? Er will doch genau dasselbe wie dieser Mann, der um meine Hand anhält. Aber sag mir ehrlich: Ist das verwerflich? Du kennst doch Onkel Turéors Geschichten. Wir sind ein vergessenes Volk, möglicherweise sogar von unserem eigenen Gott. Das muss sich ändern.«

»Das willst du auch?« Er sah sie groß an.

Luri nickte. »Du willst Abenteuer erleben und die Welt entdecken. Ich will, dass wir, und zwar wir alle, ein bedeutender Teil davon werden. Und ich will herrschen. Aber anders als unsere Mutter. Hellwach. Ich werde außerdem nicht zulassen, dass das Volk der Nauraka nur noch dem Patriarchat unterworfen ist. Das war früher anders, und so wie damals soll es wieder sein.«

Eri seufzte. »Ich hielt es immer für die Hirngespinste eines Kindes, eines kleinen Mädchens. Ich meine, wir sind beide doch noch so jung ...«

»Wann hat unser Vater uns je jung sein lassen?«, unterbrach sie ihn. »Ständige Erziehung, strenge Regeln, und wir mussten ununterbrochen lernen. So frei wie in den letzten Zyklen waren wir nur kurz. Ich habe es genossen, genau wie du, aber wir haben Pflichten.«

»Ich wohl kaum.«

»Umso besser! Dann geh und erfülle dir deinen Traum, Eri. Und lass mich für mein Volk da sein.«

»Und ... und was ist mit der Liebe?«, fragte er verzagt, weil ihm nichts anderes mehr einfiel.

Da lachte sie, und er kam sich selbst albern vor. »Liebe hat mit Romantik nichts zu tun, lieber Bruder. Ich bin nicht so vermessen anzunehmen, dass mir Liebe vergönnt wäre. Das ist nur den niederrangigen Nauraka möglich, die frei wählen können, doch auch sie haben es schon lange verlernt. Vater hat bereits vor geraumer Zeit mit mir darüber gesprochen, wer für mich als Ehemann in Frage käme, und ich kann dir versichern, Fürst Janwe ist die beste Wahl. Er ist jung und ehrgeizig, sein Antrag hat mir gefallen, und ich finde es romantisch. Wer weiß, vielleicht verliebe ich mich ja tatsächlich in ihn? Jedenfalls werde ich nicht als Jungfrau neben einem vertrockneten alten Fisch enden.«

»Darüber denkst du jetzt nach?«, rief er schockiert.

»Du etwa nicht? Alle unsere Freunde haben es bereits getan. Du auch?«

»Ich ... äh ... möchte nicht darüber sprechen.«

Sie grinste. »Also nein.« Dann wurde sie wieder ernst. »Natürlich nicht, du bist immer noch zur Keuschheit verpflichtet. Lurion kann tun und lassen, was er will, weil er viel älter ist, und das nutzt er auch aus. Aber uns ist das nicht vergönnt, weil wir die Nachgeborenen sind, und ich ... nun ja, eine Frau bin.«

»Aber nur deswegen ... ich meine, eine Bindung fürs ganze Leben ...«

»Ich sagte dir schon, was ich will, und Janwe erscheint mir sehr aussichtsreich. Sollte Vater den Thron je an Lurion übergeben, brauchen wir einen starken Mann, keinen Versager wie unseren lieben Bruder, sonst ist die Blutlinie unserer Mutter für immer im Wasser aufgelöst. Ich werde darauf achten, dass dies nie geschieht.«

Eri musste sich geschlagen geben. Luri hatte immer genau gewusst, was sie wollte. Schon als kleines Mädchen hatte sie sich gern auf den Thron ihres Vaters gesetzt. »Dann versprich mir wenigstens, dass du diesen Kerl genau prüfst und dir die Entscheidung nicht leicht machst.«

»Natürlich werde ich das tun«, versprach sie.

»Ich habe kein gutes Gefühl dabei«, schloss er düster. »Ich weiß nicht, warum, aber irgendetwas sagt mir, dass du dabei bist, einen Riesenfehler zu begehen.«

»Ja, Onkel Turéor.« Sie machte einen Überschlag, um ihn zu necken, und Luftblasen umsprudelten ihn. Als er wieder klar sehen konnte, war Luri verschwunden.

Eri schwebte zu seinem Versteck und tastete nach der schwarzen Perle. Vorsichtig nahm er sie in die Hände und betrachtete sie. Schillernde Schlieren liefen über ihre Oberfläche, bildeten seltsame Muster. Je länger Eri darauf blickte, desto mehr hatte er das Gefühl, als würden sich die Muster nicht zufällig bilden, sondern immer deutlichere Bilder herausarbeiten, die sich abwechselten, wie ... eine Sprache. Doch er konnte sie nicht verstehen.

Das Flüstern in seinem Kopf setzte wieder ein und löste einen kribbelnden Schauer aus. Es klang wie eine Warnung, auch wenn er dies ebenfalls nicht verstand. Hing es mit Luri zusammen? Sollte er ihr die Perle doch zeigen? Vielleicht verstand sie besser als er, worum es ging?

Der Prinz zögerte einen langen Augenblick. Dann verstaute er die Perle wieder sicher in ihrem Versteck, streichelte noch einmal darüber und verließ dann den Raum.

4.

Der Markt

Das große Ereignis, das zweimal im Korallenring stattfand, schlicht »Markt« zu nennen, war typisch für die Nauraka. Die anderen Völker der See hatten sehr viel blumigere Ausdrücke dafür, wie etwa »Zeit der großen Begegnung« oder »Ort von Land und See, Licht und Dämmerung« und dergleichen mehr. Nur zu dieser Zeit trafen sich alle Seevölker, und dementsprechend aufgeregt waren Eri und Luri. Seit sie selbstständig schwimmen konnten, durften sie mit dabei sein; dies war eine der seltenen Vergnügungen, zu denen selbst der gestrenge Hochfürst einmal großzügiger und zugänglicher war und sogar die Grenze zur hell funkelnden Oberwelt übertreten werden durfte.

Sie strömten von allen Seiten zusammen, viele von ihnen waren schon mehrere Dämmerungszyklen unterwegs, um zu handeln, zu tauschen und zu kaufen oder zu verkaufen. Viele Verabredungen wurden wahrgenommen, es war auch ein Ort des Wiedersehens und der Verknüpfung neuer Bande.

Hochfürst Ragdur hatte kurz nach der Thronbesteigung mit dem Bau eines Korallenriffs begonnen, das inzwischen bis an die Oberfläche reichte, wo die Boote der Landhändler festgemacht werden konnten. Zunächst war der Markt nur für die Seevölker gedacht gewesen, doch irgendwann einmal war ein verunglückter Fischer von einem Fischschwänzigen gerettet worden, der weitertrug, was er gesehen hatte. Die meisten hatten ihn natürlich ausgelacht, aber ein paar gewiefte Händler riskierten es einfach, und so war die Verbindung zum Land entstanden. Inzwischen herrschte auch über dem Wasser reger Handel, nicht nur darunter.

Die Nauraka allerdings stiegen nie so weit auf. Und auch wenn Ragdur die Gesetze gelockert hatte, so achtete er doch weiterhin streng darauf, dass niemand seines Volkes zu weit nach oben schwamm. Auch Eri war es nie gelungen, obwohl er sonst sehr gewitzt war. Aber sein Vater war ebenfalls nicht dumm und befahl stets eine Wache an die Seite des Jungen.

Diesmal war das jedoch nicht notwendig, Eri hatte gar kein Verlangen, nach oben zu schwimmen. Er wollte so viel Zeit wie möglich mit Luri verbringen. Noch immer hoffte er, sie von ihrem Entschluss abzubringen. Luri wollte allerdings nichts hören, sie freute sich viel zu sehr auf das große Ereignis. Die Phylotherae waren ihr zu langsam, am liebsten wäre sie geschwommen, doch das ziemte sich bei diesem öffentlichen Ereignis nicht. Eri verstand sie. Ihm ging es auch nicht anders, er durfte ja nicht einmal Dullo mitnehmen. Im Gegensatz zu seinen Eltern war er die Beförderung in der Sänfte nicht gewohnt.

Schließlich erreichten sie die offene See, und es ging schneller vorwärts. Ringsum wurde gelacht und geschwatzt, während überall Soldaten patrouillierten und nach Gefahren Ausschau hielten.

Eri war aufgeregt, als es immer höher ging, in sanftere Gefilde, fast bis an die Grenze vom Zwielicht zur Sonnenschicht. Das Wasser war hier klar wie ein Türkis, durch den goldene Sonnenfunken trieben, genau wie Luris Augen.

Vor ihnen lag das große Korallenriff mit unzähligen Einrichtungen und Kammern, in denen gehandelt und gefeiert wurde. Ragdur hatte schon vor mehreren Dämmerungszyklen die Bewirtung vorbereiten lassen, und es war alles perfekt. Auch die Überreste des Urantereo wurden hier zum Verzehr und Verkauf angeboten. Lurion hatte zäh mit seinem Vater verhandelt und würde wohl den Großteil des Erlöses behalten dürfen. Eri hatte nie richtiggestellt, dass eigentlich er den Schlängelaal getötet hatte; das war nicht seine Art. Vermutlich hätte es ihm auch keine besondere Anerkennung eingebracht, bei Lurion hingegen war das etwas anderes. Wenigstens hatte er dadurch eine Weile vor Lurion Ruhe, bis der Erbprinz wieder alles verspielt hatte.

Es herrschte schon dichtes Gedränge, als die königliche Familie eintraf und ehrerbietig empfangen wurde. Eri sah die fischschwänzigen Nices, deren Oberkörper wie die der Nauraka waren, sowie großäugige, beschuppte Saniki, Flügelrösschen, die blauen Prione und viele mehr. An diesem neutralen Ort gab es keine Kämpfe oder Feindseligkeiten, die Stimmung war lebhaft und freundlich. Damit sich daran auch nichts änderte, waren Ragdurs gut bewaffnete Soldaten überall sichtbar, in blinkende Schuppenhemden und mit Metallriemen verstärkte Beinkleider gewandet. Wer gegen die Regeln verstieß, wurde sofort ohne lange Anhörung oder Diskussion des Marktes verwiesen. Deshalb war allen daran gelegen, sich zurückzuhalten. Gehandelt wurde überall, bis über die Oberfläche hinaus. Wenn Eri nach oben blickte, konnten seine scharfen Augen fern die dunklen Schatten der Boote erkennen, die ruhig am Riff dümpelten.

»Scheint klares Wetter dort oben zu sein«, bemerkte er und wies hinauf.

»Lúvenors Auge ruht gütig und fürsorglich auf uns«, sagte seine Mutter mit abwesendem Lächeln. Sie war wunderschön, doch unnahbar, wie stets. Für das bewundernde Volk mochte das passend sein.

»Erenwin, du kennst den Befehl«, mahnte sein Vater, dessen Misstrauen sofort geweckt war. »Die Nauraka zeigen sich niemandem dort oben. Was der Händler Hallog erzählt, ist seine Sache, und die meisten mögen es für versponnene Tangfäden halten. Doch unser Volk kann nur in Frieden leben, solange es zurückgezogen bleibt.«

»Es war nur eine Anmerkung, Nàru, mich verlangt es nicht dorthin«, versicherte Eri, der sich über die lange Rede des Fürsten wunderte. So viele Worte auf einmal, die an ihn gerichtet waren – das geschah selten. »Ich bleibe bei meiner Schwester und achte auf sie.«

Ragdur hob leicht die schwarzen Brauen, dann nickte er. »Das ist löblich. Ihr beide habt die Erlaubnis, uns zu verlassen.«

Das ließen die Geschwister sich nicht zweimal sagen; in einer wahren Explosion an Luftblasen waren sie auf und davon.

Kaufen konnten sie sich natürlich nichts, denn Ragdur hatte ihnen kein Geld gegeben, aber das störte die Geschwister nicht. Luri hatte daheim siebzehn voll bepackte Körbe und würde bald noch zwei mehr bekommen, und Eri war der Ansicht, dass er mit Dullo und seiner Ausrüstung alles hatte, was er benötigte. Als Prinz lebte er im Wohlstand, er brauchte nicht noch mehr. Da er nicht spielte wie sein Bruder, hatte er keine weiteren Bedürfnisse. Bis auf ... aber Mädchen oder Frauen duldete der Vater ja gar nicht in seiner Nähe.

Hand in Hand streiften die Geschwister über den Markt. Überall ging es hoch her beim Anpreisen und Feilschen. Übersetzer und Vermittler waren jetzt sehr gefragt, ebenso Zeugen für Vertragsabschlüsse, Auguren, um die Zukunft vorherzusagen, und Schamanen für verschiedene magische Dienste.

Hochrufe und Beifall gab es, als plötzlich eine Tauchglocke von oben herabgelassen wurde, zusammen mit Fässern voller Luft, an denen Gewichte hingen, und jeder Menge Warenkörbe. Die Glocke war aus Metall gefertigt und bot innen Platz für zwei Landgänger. Nachdem sie einigermaßen verankert war, kamen zwei Männer, die Atemschläuche im Mund hatten, herausgeschwommen. Einer war ein Mensch, der einen hautengen Anzug aus dünnem Leder trug. Eri sah, wie sein Freund Lalli auf ihn zuschwamm. Lalli war vier Korallenstäbe älter als Eri und arbeitete als Chronist für Ragdur. Der Mensch fing an, in Gebärdensprache seine Waren anzupreisen, während Lalli übersetzte. Die beiden waren gut aufeinander eingespielt, da es nicht ihr erster gemeinsamer Markt war. Ab und zu kehrte der Mensch in die Glocke zurück, um ein Fass Luft hineinzulassen, und paddelte wieder heraus, ohne jemals die Lippen um den Atemschlauch zu lockern. Nur ganz selten einmal entkam eine Luftblase.

»Dort hinten sind meine Freundinnen!«, rief Luri plötzlich und wedelte mit einem Arm. »Du, Eri ...«

Er winkte ab. »Schon gut, Luri, wir treffen uns nachher. Ich will sowieso mit Hallog reden.«

Luri schwang sich anmutig davon, und Eri wandte sich dem zweiten Taucher zu, der kein Mensch war, aber doch recht ähnlich aussah. Sein Körper war dick wie ein Fass, seine Ohren sehr haarig, lang und spitz, und seine Nase so krumm, dass sie fast das stoppelige Kinn erreichte. Aber Hallogs Augen blitzten hellwach, listig und klug. Er stammte von einem Volk, dessen Namen Eri längst vergessen hatte, und beherrschte die Gedankensprache, wenn er die Hand eines anderen berührte. Für Gewässer völlig unpassend trug er die schwere Kleidung eines Landgängers, die nun in vielen Lagen um ihn schwebte, dazu eine Haube mit langen Bändern. Doch trotz dieser unmöglichen Aufmachung konnte er sich gut in der Schwebe halten, ohne sich sonderlich anzustrengen. Ab und zu ließ er absichtlich eine Luftblase aus dem Mund entweichen, deren Größe er selbst bestimmte. Irgendwann einmal hatte er Eri gestanden, dass er ein starker Raucher sei und an Land ständig eine glimmende Pfeife im Mundwinkel tragen würde.

Als der Händler den jungen Prinzen entdeckte, verzog sich sein breiter, dicklippiger Mund zu einem Grinsen, und er hob die Arme. Eri drückte zur Begrüßung seine rechte Hand an Hallogs Linke, und sofort vernahm er den Begrüßungsschwall in seinem Geist.

Eri, mein lieber Junge, was für eine Freude, dich zu sehen! Und gut siehst du aus, ein ganz prächtiger Bursche ist aus dir geworden! Ich muss deinen Eltern gratulieren.

Besser nicht, wiegelte Eri hastig ab. *Wie gehen die Geschäfte, Hallog?* Er wusste, dass er diese Frage besser nicht stellen sollte, denn wie alle Händler brach nun sofort die übliche Tirade über ihn herein: Wie schlecht die Zeiten geworden seien, viele Länder dem Ruin nahe, niemand wolle mehr gute Waren erstehen, man sei gezwungen, weit unter Wert zu liefern, die Steuerlast sei erdrückend, der Gewinn nicht mehr vorhanden und so weiter. Aber es war ein Ritual, das Eri genoss, denn es fasste alles zusammen, was der Markt ihm bedeutete.

Nachdem Hallog mit seiner Klage fertig war, wollte er von Eri wissen, wie es ihm ginge. Nach kurzem Zögern erzählte der Prinz zusammengefasst von seinem jüngsten Abenteuer, und der Händler hörte staunend und aufmerksam zu. Anschließend musste er ein neues Fass Luft öffnen; die Zeit würde bald verstrichen sein, doch für einen Plausch reichte es noch. Der Mensch, der für ihn arbeitete, hatte ohnehin nicht mehr viel Ware feilzubieten, und es musste für Nachschub gesorgt werden.

Nun, Junge, wie steht es denn mit deinen Plänen? Wolltest du diesmal nicht mitkommen, um die Welt zu sehen und Abenteuer zu erleben?

Also, ehrlich gesagt ... mir reicht das Abenteuer, das ich gerade bestanden habe. Und außerdem muss ich für Luri da sein. Sie heiratet wahrscheinlich bald, und das muss ich irgendwie verhindern.

Luri heiratet? Sie ist doch viel zu jung! Das sind ja Sitten wie bei den Menschen!

Vater verkauft sie an einen reichen Nauraka. Er ist ein Fürst und scheint ein ziemlich großes Reich zu besitzen. Es reizt Ragdur natürlich, sich mit ihm zusammenzutun. Luri ist völlig hingerissen, weil der Bote ihr so viele Geschenke gebracht hat, und wenn er auch noch gut aussieht, wird sie ihn heiraten, ohne weiter nachzudenken. Deshalb kann ich sie nicht verlassen. Ich muss auf sie aufpassen, verstehst du?

Zum ersten Mal, seit sie sich kannten, machte Hallog ein ernstes Gesicht. *Dann hast du also kein gutes Gefühl?*

Mehr als das. Ich habe eine schlechte Vorahnung. Ich kann es nicht in Worte fassen, aber ...

Dann hör darauf, Eri. Du bist ein Nauraka, du darfst das nicht leichtnehmen. Das ist mehr als nur die Sorge oder gar Eifersucht eines Bruders. Bring deine Schwester zur Vernunft.

Woher willst du so viel über die Nauraka wissen, Hallog?

Junge, ich bin seit dem ersten Markt dabei, und das ist schon eine Weile her. Da war noch nicht mal dein Bruder geboren. Und natürlich ist auch bei den Landbewohnern das eine oder andere über euch bekannt. Nicht umsonst ist der Friedenskönig von Ardig Hall in Valia ein halber Nauraka, über den man überall spricht.

Eri kannte die Geschichte in groben Zügen, schließlich hatte Onkel Turéor sie gar nicht oft genug wiederholen können. Denn es war seine eigene Geschichte, wenn man es glauben durfte. Die Königssippe der Nauraka hatte einst das Tabernakel gefunden, ein Artefakt von ungeheurer Macht. Doch es hatte ihnen kein Glück gebracht, viele wollten das Tabernakel in ihren Besitz bringen, was beinahe zur Ausrottung des Volkes geführt hätte. Hallog wusste nichts über das Massaker, das Onkel Turéor heute noch verfolgte, doch er hatte Eri erzählt, was kurz vor Lurions Geburt in jenem Land Valia passiert war: Die Macht des Tabernakels war aktiviert worden und hatte sich zum Siebenstern gewandelt, der nun die Welt vor der Finsternis schützte. Und jener Halbnauraka hatte dabei entscheidend mitgewirkt und den Thron des Friedens bestiegen.

So betrachtet war Onkel Turéors Geschichte vielleicht doch kein Märchen oder etwas, das er nur vom Hörensagen kannte. Das Tabernakel war schließlich real, es stand hoch am Himmel, wie die Landgänger erzählten.

Warst du je in Ardig Hall?

Nein, Prinz. Es ist eine weite Reise von hier nach Valia, und ich bleibe lieber im Süden bei meinen Geschäften. Ich wüsste zudem nicht, was ich dem König anbieten sollte.

Eri dachte nach. *Eines Tages ... wenn Luri mich nicht mehr braucht ... denkst du, ich könnte es wagen, dorthin zu gehen? Ich würde gern wissen, wie ein Nauraka an Land lebt.*

Nun, er lebt wie jeder andere von uns auch. Was für dich interessant sein mag, er ist der Letzte seiner Art und zudem nur noch zur Hälfte ein Nauraka. Zur anderen Hälfte ist er ein Dämon.

Oh. Das hast du mir noch gar nicht erzählt ...

Weil es nicht wichtig ist. Er ist ein Herrscher des Friedens, und außerdem ist seine Königin die edelste Frau unter den Sternen, die ...

Sterne ...

Ah. Nun möchtest du doch mit?

Eri lächelte. *Eines Tages, Hallog. Eines Tages ganz bestimmt.*

Der Händler hob die Schultern. *Warte nicht zu lange, ich werde schließlich nicht jünger! Um nicht zu sagen: alt. Ich nähere mich der Fünfzehnhundert, und das ist für meine Art schon so ziemlich das Ende. Achtzig Jahre noch oder neunzig. Da fängst du gerade erst an zu leben ... und hast noch ein paar tausend Jahre vor dir. Jahre ... wie Korallenringe, verstehst du?*

Ja.

So, mein Lieber, meine Zeit hier unten geht vorerst zu Ende. Mein nichtsnutziger Helfer hat keine Waren mehr, und uns geht die Luft aus. War schön, mit dir geplaudert zu haben, ich freue mich immer darauf.

Wir gehen jetzt nach oben und holen Nachschub. Vielleicht sehen wir uns später noch einmal, ansonsten wünsche ich dir und deiner Schwester alles Gute, und ... achte auf deine Gefühle.

Ob er damit auch die Stimmen meinte, die Eri seit seinem Ausflug in die Tiefe hörte? Das brachte ihn auf einen anderen Gedanken.

Eine Frage noch, Hallog.

Nur zu, aber nicht zu lange. Hallog ließ eine große Luftblase aus dem Mund entweichen. Wahrscheinlich litt er weniger an Luftmangel als am Entzug seiner Pfeife.

Gibt es bei euch dort oben so etwas wie schwarze Perlen?

Was? Wie kommst du darauf?

Schlagartig trat in Hallogs Augen ein lauernder Ausdruck, und das typische Glitzern der Gier. Eri musste jetzt sehr vorsichtig sein.

Existieren Geschichten darüber?

Ich frage dich noch mal: Wie kommst du darauf?

Obwohl er Hallog vertraute, wollte er ihm nicht die Wahrheit sagen. Er achtete auf seine Gefühle, ganz wie der Händler ihm geraten hatte, und bewahrte das Geheimnis für sich.

Es ist wieder so eine Geschichte ...

Das war unverfänglich. Eri löcherte Hallog schon seit mehreren Märkten wegen der Geschichten Turéors und lauschte den Berichten von der anderen Welt dort oben, dem Land, das für ihn so weit weg und unvorstellbar fremd war.

Du musst mir deinen Onkel mal vorstellen, Eri, das scheint ja ein ganz merkwürdiger Kauz zu sein.

Merkwürdig ... ein bisschen, ja. Eri konnte sich denken, was Hallog mit »Kauz« ausdrücken wollte. *Aber er kommt nicht auf den Markt hierher, er scheut die Menge und Öffentlichkeit.*

Und er hat von einer schwarzen Perle erzählt?

Nicht nur einer. Er sagte, es gibt schwarze Perlen, aber sie sind sehr selten, und ... ich wollte nur wissen, was dir darüber bekannt ist. Sind sie magisch oder so? Oder einfach nur sehr wertvoll, wie Gold?

Mhm. Wer weiß? Hallogs Miene war jetzt undurchdringlich. *Ich hab nie eine schwarze Perle gesehen oder von jemandem gehört, der damit handeln würde. Manchmal kommt sie in Märchen vor, du weißt schon, wie die Blaue Rose auch. Ich denke, sie ist nur eine Erfindung. Ich kenne weiße und rosafarbene, gelbe und blaugrüne Perlen. Bei der Kehrseite meiner Frau, viele wurden von euch gesammelt! Es gibt ganze Märkte nur für Perlen. Sie werden zu Halsketten und Armbändern, Ringen und Ohrgehängen verarbeitet. Aber noch nie war eine schwarze dabei. Wahrscheinlich würde sie sowieso nur Unglück bringen. Du solltest nicht alles ernst nehmen, was dein Onkel dir erzählt, Prinz. Und jetzt muss ich wirklich nach oben. Wir sehen uns.*

Hallog löste die Hand von Eri, schwamm zurück zu der Tauchglocke, wo der Mensch schon auf ihn wartete, und kurz darauf wurde das ungewöhnliche Konstrukt wieder nach oben gezogen.

Eri machte sich auf die Suche nach seiner Schwester, doch es war nicht leicht, sich in diesem dichten Gewirr überhaupt zurechtzufinden. Und noch schwieriger, den von überall auf ihn einprasselnden Angeboten zu entkommen. So viele Dinge, deren Namen der junge Prinz nicht einmal kannte, und wozu sie gut sein sollten, mochte er kaum glauben.

Beinahe stieß er mit einer jungen Nices zusammen, die ihn schelmisch aus großen, dunklen Augen anzwinkerte. Augen, deren Wimpern so lang und fein waren wie Tangfäden. Ihre unverhüllten Brüste stachen blank und seidig aus dem von feinen Schleiern bedeckten Schuppenkörper hervor, und Eri fühlte, wie sein Blut in Wallung geriet und nicht wusste, wo es zuerst hinschießen sollte. In den Kopf aus Verlegenheit, oder tiefer, sehr viel tiefer ... So freizügig, mit nur wenigen Schleiern und Schmuck bekleidet, zeigte sich kein Nauraka in der Öffentlichkeit. Aber die Fischschwänzigen waren allgemein für ihre Hemmungslosigkeit bekannt. Sie scheuten auch nicht davor zurück, ab und zu Landgänger aus Booten zu sich hinabzuziehen und zu verspeisen. So wollte es zumindest die Mär wissen.

»Hochwohlgeboren«, sagte die Nices mit hoch klingender Stimme, »ich bitte um Vergebung.« An ihren Schultern entsprang ein doppelflügliger Flossensaum, der sich bis fast zum Fischschwanz hinabzog; ein wenig wie Schwingen geformt, die sie seitlich aufstellen und leicht bewegen konnte. Ein zauberhafter natürlicher Körperschmuck, der seinen Reiz auf niemanden verfehlte.

»Dafür, äh, gibt es keinen Grund, äh ...«, stotterte Eri, und nun wusste das Blut ganz genau, wohin es musste: In den Kopf, um ihm ein paar vernünftige Gedanken zu ermöglichen. Doch stattdessen rauschte es nur in seinen Ohren.

Die Nices hielt sich die schlanke Schuppenhand vor den Mund und kicherte. Dann setzte sie die Unterhaltung fort: »Warst du schon mal oben? Über dem Wasser?«

»Nein«, antwortete Eri wahrheitsgemäß. »Das ist tabu für uns.«

»Ach, und wer bestimmt das?«

»Nun ... der Hochfürst. Das ist sein Recht als Herrscher. Es dient unserem Schutz.«

Sie schwamm dicht um ihn herum, ihre lange Schwanzflosse mit den zarten Schleierenden legte sich um ihn und ließ ihn erbeben. Ein Glück, dass die Nauraka feste, vielfach gewickelte Stoffe trugen. »Du hast nie die reine Luft geatmet? Den Himmel gesehen, im Licht der Sonne gebadet? Oder gar im Mondschein getanzt, während das kalte Licht sich tausendfach auf den Wellen bricht?«

Ihre Stimme klang verführerisch, versetzte die Wellen in Schwingungen und brachte seine Haut zum Kribbeln. Eri sah sich besorgt um. Wenn das jetzt ein Vertrauter seines Vaters mitbekam, war die nächste Rüge fällig. Momentan schien er ständig in Schwierigkeiten zu geraten. Ach was, momentan, was war jetzt anders als sonst? Also ... einfach mitten hindurch. Immerhin war es mal eine angenehme, erregende Begegnung. »Das habe ich nicht«, sagte er schließlich.

»Es ist berauschend«, wisperte sie nah an seinem Ohr.

Er spürte, wie sich ihre nackten Brüste an seinen Rücken drückten. Weich und zugleich ... aber nein, das war unmöglich, die Kleidung hielt alles ab, er bildete sich das Ganze nur ein. Das konnte er alles gar nicht spüren. Und sein schwerer Atem hatte bestimmt einen anderen Grund. Schlechtes Wasser, wahrscheinlich, was kein Wunder war bei so vielen verschiedenen Wesen auf engstem Raum und ...

Sie fuhr fort zu säuseln: »Du hörst Melodien, die du hier unten niemals erahnen würdest ...«

»Ich weiß nicht, ob ich das ertragen könnte«, murmelte er und spürte, wie sein Kopf ganz leer wurde. Nachdem er ohnehin keinen vernünftigen Gedanken zustande brachte, wollte sein Blut sich anderswo nützlich machen. *Hoffentlich* merkte niemand, was hier vor sich ging! Der Zorn seines Vaters würde vermutlich keine Grenzen kennen, dass der Prinz der Darystis, auch wenn er nur zweite Wahl war, sich so unzüchtig von einer Nices umgarnen ließ.

»Warum probierst du es nicht einfach aus?«

»Was meinst du damit?«

Sie verharrte vor seinem Gesicht. »Ihr lebt doch am Vulkan, was fragst du also?«

»Ich habe keine Ahnung, wovon du redest«, gestand er verwirrt.

»Es gibt Grotten darin, die nicht geflutet sind«, erklärte die Nices, als sie einsah, dass er wirklich keine Vorstellung hatte. »Der Vulkan erhebt sich über das Wasser hinaus. Du kannst dort gefahrlos ausprobieren, ob dir das Atmen ohne Kiemen gefällt.« Ihre Hand strich behutsam an seinem Hals entlang, an dem die Kiemen weit gebläht waren. »Deine Lungen füllen sich mit Luft, und du nimmst unglaubliche Dinge wahr.«

»Im Vulkan?«

»Oh ja. Such dir einen Weg nach oben, es ist ganz einfach. Gesell dich doch einmal im Dunkeldämmer zu uns. Wir halten uns oft dort auf, drüben auf der anderen Seite von euch, tanzen und singen, und ein paar haben auch Instrumente.«

Eri schluckte mehrmals heftig. »Aber warum ... ich?«

Da kicherte sie wieder. »Süßer, naiver, unschuldiger kleiner Nauraka. Finde es heraus!« Mit einer leichten Drehung war sie fort, in der Menge verschwunden.

Eri beschloss, nicht weiter darüber nachzudenken, sondern besser nach Luri zu suchen. Wahrscheinlich hielten sie und ihre Freundinnen sich inzwischen innerhalb des Korallenriffs auf, um in einer der prächtig ausgestatteten Kavernen etwas zu sich zu nehmen. Also machte er sich auf den Weg dorthin, als plötzlich vor ihm ein Tumult entstand.

Jemand rief: »Haltet den Dieb!«, und im selben Moment sauste etwas Kleines an Eri vorbei. Er vernahm ein warnendes Flüstern in seinem Innern. Instinktiv griff er zu und hielt einen zappelnden Jungen auf, der einen Korb voll Fische bei sich hatte.

»Lass mich los!«, schrie der Junge. »Ich hab nichts getan!« Er mochte nicht mehr als zehn Korallenringe zählen. Seine Kleidung war sehr nachlässig, wies sogar Löcher auf, die dünnen Arme waren unbekleidet, was Eri alles missbilligend zur Kenntnis nahm.

Ein Nauraka mittleren Alters in der Tracht der Essenshändler näherte sich. »Der Korb! Er hat ihn mir gestohlen!«

»Stimmt das?«, fragte Eri den Jungen.

»Ich hab mir nur genommen, was uns zusteht!«, verteidigte sich der Junge.

»Frech ist er auch noch!«, rief der Händler empört. »Na warte, du Bengel, die Strafe wird dir nicht gefallen!« Er wollte nach dem Kind greifen, aber Eri hob warnend die Hand.

»Langsam. Zuerst klären wir diese Angelegenheit. Was wird mit ihm geschehen?«

»Was mit allen Dieben geschieht!«, zischte der Händler, seine weit geblähten Kiemen waren blutrot. Eri schmeckte Angriffslust im Wasser, die auch die Zuschauer aufstachelte.

»Schlag ihm die Hände ab!«, forderten welche, die gar keine Nauraka waren.

»Blende ihn!«

»Verjag ihn aus Darystis!«

Der Junge fing an zu zittern, und er gab die Gegenwehr auf. Seine Haut wurde fahl wie ein toter Fisch. Er bangte um sein Leben, und das zu Recht.

»Es ist nur ein Fischkorb«, sagte Eri verständnislos. »Warum soll er ihn nicht bekommen?«

»Weil er nicht dazu berechtigt ist!«, stieß der Händler in einem Schwall Luftblasen hervor.

»Er ist ein Nauraka.« Er sah den Jungen an. »Bist du von hier?«

Das Kind nickte.

»Also, wo ist das Problem?«, fragte Eri. »Er ist ein Darystis, und per Dekret ist der Hochfürst verpflichtet, Nahrung für sein Volk zu stellen. Der Junge wirkt hungrig auf mich. Gib ihm den Korb, Händler, es ist seiner.«

Die Nicht-Nauraka unter den Zuschauern wirkten erstaunt. Dann verloren sie das Interesse und schwammen weiter. Die Nauraka verstreuten sich ebenfalls, für sie schien der Fall erledigt. Es würde heute wohl keine öffentliche Folter oder gar Hinrichtung geben, da wandte man sich doch spannenderen Dingen zu.

Der Händler allerdings gab nicht so leicht auf. »Und wer will mir das vorschreiben?«

»Prinz Erenwin von Darystis, Sohn des Hochfürsten Ragdur«, antwortete Eri ruhig.

Der Junge bekam kugelrunde Augen. Der Händler wich zurück und vollzog dann den Ritus des Untertanengrußes, verbunden mit der Bitte um Verzeihung.

»Er gehört Euch, ehrenwerter Prinz«, sagte der Händler und wies auf den Korb. »Verfahrt mit ihm, wie Ihr es wünscht.« Nach einer weiteren Verbeugung kehrte er zu seinen Waren zurück.

Eris Kiemen klapperten. Was hatte er da gerade getan? In solche Dinge hatte er sich noch nie eingemischt; er hatte gehandelt, ohne nachzudenken. Ihm war, als hörte er ein befriedigtes Wispern in seinem Innern. Verunsichert schüttelte er den Kopf.

Der Junge holte ihn rasch wieder in die Realität zurück. »Willst du mich nicht endlich loslassen?«, beschwerte er sich und fing wieder an zu zerren.

Mit einem schnellen Griff der freien Hand entriss Eri ihm den Fischkorb, dann ließ er ihn los.

»Gib ihn mir!«, schrie der Junge und angelte nach dem Korb, aber Eri schob ihn von sich.

»Zuerst erklärst du mir mal, was das alles zu bedeuten hat. Wieso bezichtigt dich der Händler des Diebstahls? Und wieso bist du so nachlässig gekleidet?«

Wut funkelte in den dunkelblauen Augen des Jungen. »Als ob du das nicht wüsstest, du feiner Herr!«

»Sei nicht so respektlos«, mahnte Eri. »Ich frage mich, ob du überhaupt ein Nauraka bist, bei so schlechtem Benehmen und Zustand.«

»Ich bin gezeichnet, deswegen!«, fauchte der Junge. Er hob den nackten Arm, wo knapp unter der Achsel ein großes Brandzeichen angebracht war. Eine Sichellanze, gekreuzt mit einem Schwert. Das Wappen der Darystis.

Eri war sprachlos. So wurden bei den Nauraka nur Zuchttiere gebrandmarkt. Nicht einmal Dullo trug so ein Zeichen. Bei anderen Völkern, die Sklavenhaltung betrieben, hatte er auch schon solche Male gesehen. Aber niemals bei seinem Volk ... »Was ... hat man dir angetan?«

»Ich muss für die Verbrechen meines Vaters büßen«, brach es aus dem Jungen hervor. »Weil er mein Vater ist, gehöre ich nicht mehr hierher in die oberen Schichten, sondern muss in der Unterstadt leben!«

»Langsam, langsam«, stammelte Eri und hob die Hand. »Wovon sprichst du, ich verstehe nicht ... was für eine Unterstadt? Und wessen wurde dein Vater beschuldigt, dass du ebenfalls gebrandmarkt wirst?«

»Komm doch mit, wenn du mir nicht glaubst!«, knurrte der Junge.

»Das werde ich auch.« Eri packte den Jungen an der Schulter. »Los, führe mich.« Den Fischkorb behielt er fest im Arm.

Schnell schwammen sie hinab in die Gefilde des Zwielichts und ließen das Riff hinter sich. Eri war erstaunt, als der Junge auf einen Ausläufer des Vater-Vulkans zuhielt, der nicht weit von hier seine finsteren Finger emporreckte. Felsen türmten sich auf, die von schleimigen Algen bewachsen waren. Keine Blumentiere fühlten sich hier wohl, und dementsprechend gab es auch nur wenige Fische. Kein Wunder, dachte Eri bei sich, denn das Wasser hatte hier einen metallischen Geschmack, war fast unangenehm warm, und die vielen brodelnden Schlote trübten die Sicht. Irgendwo in der Nähe, um den Berg herum und tief im Inneren, musste die Vulkanschmiede liegen, deren genaue Position nur Eris Eltern und dem Schmied selbst bekannt war.

Kein schöner Ort zum Leben – und doch schwamm der Junge

genau zwischen den Felsen hindurch, immer tiefer hinein, wo es nur noch trübes Dämmerlicht gab. Eri erkannte schließlich künstlich behauene Höhleneingänge, Löcher in den Felsen, die ... zur Durchsicht dienten? Ein trauriger, kranker Ort – und Nauraka lebten hier. Er konnte es nicht fassen. Männer, Frauen und Kinder. Sie alle trugen dieselben Lumpen wie der Junge, ihre Augen blickten leer und stumpf. Die Höhleneinrichtungen waren jämmerlich, kaum Licht, die Schlafnetze aus grobem Tanggewebe, das nicht einmal die Fischtreiber verwendeten.

Eris Anwesenheit wurde natürlich sofort bemerkt, und die Einwohner kamen von überall her. Der Junge hielt an, als ein Erwachsener, der ihm sehr ähnlich sah und demnach sein Vater sein musste, den Weg versperrte.

»Was ist passiert?«, fragte der Mann und starrte den Prinzen feindselig an.

»Er wollte unbedingt mit«, gab der Junge Auskunft. »Er trägt deine Fische.«

»Her damit«, befahl der Mann.

Eri war so verblüfft, dass er den Korb anstandslos aushändigte. Seine Kiemen wollten sich blähen, doch der Ekel vor dem schlechten Geschmack des Wassers, das nur schwer zu atmen war, hinderte ihn. Ablehnung schlug ihm wie eine eisige Welle entgegen und erweckte Furcht in ihm. Er sollte hier nicht sein. Das hier war noch gefährlicher als der Sturz in die Stille Tiefe. Der Junge war auf dem Markt in Gefahr gewesen, weil er nicht Teil der Welt dort war – und hier war es gerade umgekehrt, nun war Eri der Fremde.

»Wer seid ihr?«, fragte er leise. »Wieso lebt ihr hier?«

»Beleidige uns nicht mit solcher Torheit«, sagte der Mann böse.

»Er weiß es wirklich nicht, Vater«, warf der Junge ein. »Er ist total ahnungslos und dumm.«

»Und wer ist er?«

»Prinz Erenwin. Er half mir gegen den Händler, der mich des Diebstahls bezichtigte.«

Eris Nickhäute klickten hektisch. Hätte der Junge bloß nichts über seine Herkunft gesagt! Das Funkeln, das jetzt in die Augen des abgerissenen Nauraka trat, konnte nur Unheil bedeuten.

»So, der kleine Prinz«, sagte der Mann höhnisch. »Seit wann interessieren sich Angehörige der fürstlichen Familie für die Belange des Volkes?«

»Ich habe nichts hiervon gewusst, und deswegen verlange ich jetzt Aufklärung.« Eri wusste, dass er hier nicht mehr lebend herauskam, wenn er seine Angst zeigte. Natürlich hatte er nicht die geringste Chance gegen all diese Leute, erst recht nicht gegen ihren lang gehegten Hass. Deshalb musste er genug Autorität zeigen, um sie in die Schranken zu weisen. Vielleicht war doch noch ein Funken anerzogener Respekt in ihnen verblieben.

»Also schön, *Prinz* Erenwin«, äußerte der Mann verächtlich. »Was du hier siehst, ist die Unterstadt, die man in euren Gefilden verschweigt. Sicher bist du bisher keinem von uns begegnet, denn Ragdur sorgt dafür, dass die Grenzen gewahrt bleiben. Wir leben auf engem Raum.« Er wies um sich. »Wenn jemand für schuldig befunden wird, wird seine gesamte Familie mit in die Verbannung geschickt. Hierher. Das Wasser erregt Brechreiz und verursacht Erkrankungen der Kiemen, es gibt so gut wie keine Nahrung oder Stoffe, um gute Kleidung oder auch nur eine passende Einrichtung herzustellen. Wir sind die Ausgestoßenen am Rand eurer sauberen, friedlichen, reichen Gesellschaft.«

»Aber ... aber warum?«, flüsterte Eri.

»Nun, Ragdur ist ein strenger Patriarch. Er fällt keine milden Urteile. Wer gegen seine Gesetze verstößt, egal gegen welche, wird für immer verbannt. Es ist wahr, er verurteilt niemanden zum Tode, weswegen man ihn als gütigen Herrscher verehrt und als gerechten noch dazu, weil die Verurteilten schnell verschwinden. Doch sag mir, junger Prinz, was ist dies hier anderes als ein langsames Dahinsiechen?« Der Mann breitete die Arme aus. »Wir haben versucht fortzuschwimmen, doch die Soldaten hindern uns daran. Die See kennt zwar kein Ende, doch genauso wenig Ragdurs Strenge. Wir sind Gefangene und Verdammte auf ewig. Angewiesen auf die Gnade des Fürsten, der uns ab und zu die Reste dessen schickt, was ihr nicht verzehrt. Zu viel zum Sterben, nicht genug zum Leben. Das sind wir.«

Eri schwindelte es, und das lag nicht nur an dem ungesunden

Wasser. Grauen erfasste ihn. »Das werde ich ändern«, wisperte er.

»Was willst du denn tun, Zweitgeborener?«, erwiderte der Mann höhnisch. »Du hast doch überhaupt keinen Einfluss.«

»Ich werde mit meinem Vater reden!«, schrie Eri ihn an. »Es gibt Mittel und Wege, euch zu helfen!«

»Übernimm dich nur nicht, sonst landest du ebenfalls hier unten, während die deinen dich für tot halten. So ergeht es doch den meisten. Leute verschwinden einfach, und man sagt den Zurückgebliebenen, sie seien fortgegangen.« Die Augen des Mannes glühten in einem ungesunden Feuer. »Was du dir vornimmst, kann nicht funktionieren. Aber du hast recht, du wirst tatsächlich alles ändern. Wir werden dich gefangen nehmen und deinen Vater zur Unterredung zwingen.«

Das hatte Eri schon befürchtet und noch Schlimmeres. Zumindest wollten sie ihn nicht gleich umbringen. »Wie du selbst gesagt hast, bin ich nur der Zweitgeborene«, versuchte er es mit Vernunft. »Mein Vater wird euch trotzdem nicht anhören. Ich nutze euch als Geisel gar nichts.«

»Dann haben wir eben unseren Spaß mit dir und schicken dich in Einzelteilen zu Ragdur zurück!«, rief jemand. Zustimmung wurde laut, und die Verbannten schlossen den Kreis um Eri enger.

»Das wäre ein großer Fehler«, brachte der Prinz mühsam hervor. »Ragdur wird das als Respektlosigkeit verurteilen und eine Soldatenschaft hierherschicken, die eure Unterstadt vernichtet. Sie werden auch die Kinder töten, als Sühne für meinen Tod. Ich mag als Lebender wertlos sein, tot aber bin ich ein Mitglied des Fürstenhauses der Darystis, das zum Märtyrer wurde.«

»So jung und solch kluge Wortwahl«, meinte ein alter Nauraka, der auf einem Auge blind war.

Eri wunderte sich selbst. Aber da war auch wieder das Flüstern in ihm. Vielleicht gab es ihm das alles ein, um ihn zu retten. Was auch immer es sein mochte. Es war kein Teil von ihm und doch mit ihm verbunden.

Andererseits ... vielleicht fruchteten auch endlich die vielen Lehren, die ihm eingetrichtert worden waren. So viele Dämmerungszyklen hindurch und so viele Wiederholungen. Auch wenn

Eri kein Wunschkind war, so erhielt er doch dieselbe Ausbildung wie seine Geschwister, und wie es aussah, war sie auf fruchtbaren Boden gefallen, da er nun fast das Mannesalter erreicht hatte. Er hatte einen Urantereo getötet, war aus der Stillen Tiefe zurückgekehrt und lernte nun die Schattenseiten des wundersamen Reichs der Darystis kennen, das von den anderen Völkern so sehr bewundert wurde. In seinem Kopf wirbelten die Gedanken durcheinander und versuchten die Panik niederzuringen, die unbedingt die Oberhand gewinnen wollte.

»Ich bin kein einfacher Nauraka«, sagte Eri stolz. »Ich habe gelernt, seit ich denken kann. Und was ich bisher nicht wusste, hole ich jetzt nach. Und das hier«, er deutete um sich, »wird ein Ende haben. Ich werde nicht zulassen, dass ihr weiter unter diesen elenden Bedingungen leben müsst.«

Schweigen trat daraufhin ringsum ein. Eri kämpfte mühsam den Impuls nieder, sich nach oben freizustrampeln und zu versuchen zu entkommen.

»Ich sage, töten wir ihn«, bemerkte schließlich jemand.

»Ja, töten!«, wurde eine zweite Stimme laut. »Wir haben unsere Rache, und wenn Ragdur uns dafür alle umbringen lässt, ist es noch eine Erlösung!«

Das lief jetzt entschieden verkehrt. Eri begriff, dass sein Leben keine Fischschuppe mehr wert war. Diese Leute hier hatten nichts mehr zu verlieren, sie sehnten den Tod herbei. Nur die Rache zählte, ein wenig Befriedigung, bevor die Vergeltung des Fürsten sie treffen würde. Aber das würde Ragdur seinen Sohn nicht mehr zurückgeben, den er unter demütigenden Umständen verloren hatte. An dieser Schmach würde er noch lange tragen müssen, ohne dass er weitere Rache nehmen konnte.

Hektisch beschwichtigend hob Eri die Hände, dann sah er den Jungen an. »Du schuldest mir was! Mein Leben gegen deines!«

»Darauf geben wir hier nichts«, schnappte der Vater und zückte ein rostiges Messer.

»Dann hat mein Vater euch zu Recht verbannt!«, schrie Eri verzweifelt. Die ersten streckten schon die Hände nach ihm aus. Sie würden ihn in tausend Stücke reißen.

»Wartet!«, rief da der Junge, und tatsächlich hielten sie noch einmal inne. »Vater, du selbst hast mir immer gesagt, das Letzte, was uns geblieben ist, sei unsere Ehre, und die würden wir nicht hergeben. Niemand kann sie uns nehmen, egal, mit wie vielen Zeichen sie uns brandmarken. Das hast du gesagt!«

»Ich weiß, was ich gesagt habe! Hör auf, mir ...«

»Ich gebe meine Ehre nicht her! Der Prinz hat mir das Leben gerettet, das ist wahr, und er hat mir den Fischkorb gegeben, damit ich ihn dir bringen kann! Das schulde ich ihm!«

Sein Vater zögerte. Als dies den anderen zu lange dauerte, wollten sie sich auf Eri stürzen, doch der Mann hielt sie auf. »Nein!«

»Du wirst doch wohl nicht auf deinen Bengel hören?«, beschwerte sich der einäugige Nauraka.

»Er hat recht«, sagte der Mann. »Verflucht sollen seine Gedankengänge sein, aber er hat recht.« Er ließ die Hand mit dem Messer sinken. »Verlass uns, Prinz. Und schnell.«

Eri zögerte keinen Herzschlag lang. Pfeilschnell schoss er nach oben, aus dem Pulk heraus, wand sich durch das Labyrinth zwischen den engen Felsen hindurch. Er hatte sich den Weg hierher gemerkt und keine Schwierigkeiten, wieder hinauszufinden. Bald hörte er wütendes Geschrei und Geheul hinter sich, und dann wusste er, dass sie zur Jagd nach ihm aufgebrochen waren. Der Mann hatte ihm nur einen kurzen Vorsprung verschafft, um der Ehre seines Sohnes Genüge zu tun. Doch nun musste Eri schneller sein als sie. Er war jung und gut genährt, doch sie wurden von Hass und Verzweiflung angetrieben. Wer würde wohl mehr Kraft aufbringen?

Eri sauste aus der Unterstadt hinaus und merkte, wie sehr ihm das Wasser hier zu schaffen machte. Ihm war schwindlig und übel, seine Kiemen pumpten hektisch, und doch hatte er Atemnot. Seine Verfolger, die daran gewöhnt waren, kamen rasch näher. Er konnte sie unter sich sehen, dunkle Schatten im trüben Dämmer. Sie warfen Speere nach ihm, doch sie reichten noch nicht weit genug.

Der Prinz schwamm um sein Leben. Die Arme eng an den Körper gepresst, verließ er sich auf seine Beinarbeit und wandte Techniken an, die er Dullo abgeschaut hatte.

Er wünschte sich, sein Seeschwärmer wäre hier. Doch Ragdur

hatte verboten, diese unberechenbaren Fische mit auf den Markt zu nehmen, was verständlich war. Doch in einem solchen Moment wäre sein Schwimmtier genau der richtige Begleiter gewesen.

Der Abstand zu den Verfolgern wurde kürzer. Sie schienen zu allem entschlossen zu sein, doch auch seine Kräfte waren noch nicht erlahmt. Eri hatte das Freiwasser erreicht und steuerte direkt auf den Markt zu. Dort, unter den vielen Leuten, war er in Sicherheit. Die Verbannten würden nicht wagen, ihn anzugreifen.

»Stell dich uns endlich!«, rief der Vater des jungen Diebes. »Du kannst nicht mehr entkommen!«

Doch da hatte er bereits die Schutzzone überschwommen. Zum ersten Mal in seinem Leben war Eri froh, die Wachen seines Vaters zu sehen, die plötzlich von allen Seiten auf ihn zukamen, an ihm vorbeischwammen und die Waffen gegen die Verfolger zogen.

»Schwimmt weiter zum Markt, Prinz!«, rief einer von ihnen. »Wir erledigen das.«

Das ließ Eri innehalten. Wie war das gemeint? Er warf sich herum und sauste zurück. »Halt!«, rief er und packte den Arm eines Wächters, der mit dem Speer auf den vordersten Verfolger zielte, den erbosten Vater. »Haltet an, alle! Ich bitte euch!«

Überrascht hielten Wachen und Verfolger inne, als Eri zwischen die beiden Fronten schwamm und die Arme zu beiden Seiten hob. »Ihr, Verbannte, schwimmt zurück in eure Heimstatt!«, fuhr Eri fort. »Und ihr, Wachen, lasst sie ziehen und kommt mit mir.«

Die Verfolger zögerten misstrauisch. Der Wächter knurrte: »Unmöglich, Prinz. Es ist unsere Aufgabe ...«

»... zu schützen!«, unterbrach Eri. »Aber mir ist nichts geschehen. Euer beherztes Eingreifen hat mich außer Gefahr gebracht. Ich bin in Sicherheit.«

»Aber sie müssen bestraft werden ...«

»Wofür? Sie haben nichts getan! Es war meine Schuld, dass ich die Grenze zu ihrem Gebiet überschwommen habe.« Der Prinz wandte sich dem Anführer der Verbannten zu. »Verschwindet, schnell! Ich sage es kein weiteres Mal.«

Der Mann starrte ihn aus blutunterlaufenen Augen an, in denen Zweifel lag, Unglauben, Verständnislosigkeit. Doch dann drehte er tatsächlich um, und die anderen folgten ihm. Bald waren sie im Fahldämmer verschwunden.

Der Wächter wandte sich Eri zu: »Dafür werdet Ihr Eurem Vater Rede und Antwort stehen müssen, Prinz.«

»Das werde ich, und zwar jetzt gleich«, stimmte Eri zu. Er war viel zu aufgebracht, um sich vor dieser Begegnung zu fürchten. Und er hatte seinem Vater eine Menge zu sagen.

Im Geleitschutz der Wachen kehrte Eri zum Markt zurück und wurde augenblicklich zu seinem Vater zitiert. Die Botenwege waren sehr kurz in diesen Gefilden, sodass es kein Wunder war, dass Ragdur bereits über alles in Kenntnis gesetzt war. Der Hochfürst hatte sich in einer großen Kaverne niedergelassen, zusammen mit seiner Gemahlin, bedeutenden Händlern und Edelleuten der anderen Völker. Spielleute trugen zur Unterhaltung bei, die Schalen waren voll gefüllt, und Dienerschaft schwirrte eifrig zur Bedienung umher. Große Flimmerquallen, die elegant auf und ab schwebten, leuchteten die Kaverne in allen Farben aus. Als er seinen Sohn erblickte, verließ Ragdur die fröhliche Tafel und zog sich mit ihm in eine Nebenhöhle zurück. Eri war überrascht, dass sein Vater unter vier Augen mit ihm sprechen wollte. War dies nun ein gutes oder ein schlechtes Zeichen? Ein schlechtes, zweifelsohne – etwas Gutes war ihm nach einem überstandenen Abenteuer noch nie widerfahren.

Und er hatte richtig vermutet. »Was hast du nun wieder getan, törichter Knabe?«, ließ Ragdur ohne Einleitung seinem Zorn freien Lauf.

Eri blieb ruhig, und er hatte immer noch keine Angst. Dafür war ihm diese Sache zu wichtig. »Ich habe einem Kind zu seinem Recht verholfen, Vater. Und dann habe ich die Ausgestoßenen gesehen.«

»Es ist eine Schande, was ...«, setzte der Hochfürst an. Seine langen schwarzen Haare wehten wie Krakenpeitschen, und seine Augen sprühten wie der Vater-Vulkan, wenn er Lava spuckte. Trotzdem kam er nicht dazu, weiterzusprechen.

»Eine Schande ist es, wie diese Leute leben müssen!« Eris Körper durchfuhr ein heftiges, kurzes Zittern, und er spürte, wie sich etwas aus seinem Inneren den Weg in die Freiheit bahnte, begleitet von dem unheimlichen Flüstern, das ihn anzuspornen schien. »Wie könnt Ihr nur zulassen, Herr, dass die edlen Nauraka ein derart elendes Leben führen müssen, in Gefangenschaft, ohne Aussicht auf Erlösung! Sogar die unschuldigen Kinder, die für ihre Väter büßen müssen! Das ist weder Gerechtigkeit noch Gnade, sondern Grausamkeit!«

Ragdur verschlug es die Sprache. Er starrte seinen Sohn an, als wäre er zu einem schrecklichen Monster geworden.

Und vielleicht war er das auch. Irgendetwas war mit Eri passiert, dort unten in der Stillen Tiefe, hatte ihn verändert und ließ ihn nun so vorpreschen wie einen ungezähmten Seeschwärmer. Der junge Prinz fühlte keine Furcht, sondern redete sich erst recht in Rage. Es war Gerechtigkeit, um die er kämpfte, und Würde. »Ihr seid ein großer und edler Mann, Vater, und weithin berühmt und hochgeachtet für Eure Weisheit. Ihr sprecht keine Todesurteile aus, und Euer Volk lebt in Reichtum und Müßiggang, es kennt keine Not. Doch ... das ist nur hier oben im Mittlicht so. Wenn wir tiefer tauchen, finden wir diejenigen, die tabu geworden sind. Wir haben sie vergessen und wissen nichts von ihnen, als wären sie unsichtbar. Aber sie sind *da*. Sie dürfen unsere Gründe nicht verlassen, wahrscheinlich, damit niemand erfährt, wie elend sie leben müssen.« Eri wies um sich. »Wie herrlich ist es hier, wie sehr sind wir verwöhnt. Sie hingegen haben kaum Licht, sind mager und krank, atmen schlechtes Wasser und darben. Sie haben keine Hoffnung. Aber ... sie sind *Nauraka*, Vater! Keinem Feind würden wir erlauben, uns so zu behandeln. Keinem Feind würden wir ein solches Martyrium antun, das Korallenbäume währt.«

»Bist du fertig?«, fragte der Hochfürst, der inzwischen seine Sprache wiedergefunden hatte. Sein Gesicht wie auch der Ausdruck seiner Augen waren nunmehr so kalt und lichtlos wie ein toter Fisch.

»Ich ... ich habe die Wächter zurückgehalten und die Verbannten unversehrt in ihre Gründe zurückgeschickt, weil mir nichts geschehen ist«, setzte Eri fort. Er fröstelte, als sich die Aura des Vaters veränderte und ihn mit eisiger Kälte umhüllte. Doch er war immer noch nicht am Ende. »Ich bitte Euch, schickt keine Strafexpedition dorthinunter.«

»Deinetwegen? Sicher nicht. *Du* wirst dich zu ihnen gesellen!«, erwiderte Ragdur. Seine Kiemen waren weit gebläht und blutrot.

Der Prinz schluckte. Damit hatte er rechnen müssen. Doch er war nicht bereit, nachzugeben. »Ich bin Euer Sohn«, wandte er betont ruhig ein. »Wenn ich verschwinde, fällt es auf.«

Der Hochfürst lachte abfällig. »Wem sollte es auffallen? Du steckst ständig in Schwierigkeiten. Jeder wird glauben, dass du endlich von einem Räuber gefressen wurdest.«

»Ich bin Euer Sohn«, wiederholte Eri voller Schmerz.

»Du bist ein Frevler und Aufrührer, du bist ungehorsam und bereitest deiner Mutter nur Schande«, dröhnte Ragdurs tiefe Stimme in Eris Ohren. »Noch niemand hat es je gewagt, mich zu unterbrechen, Kritik an mir zu üben und mich zurechtzuweisen. Allein für diese unerhörte Respektlosigkeit hast du den Tod mehrfach verdient, von meiner eigenen Hand! Du scherst dich nicht um Ehre und Pflicht, und es hat noch keine einzige Dämmerung gegeben, zu der du uns, deinen Eltern, die dir bereitwillig Nahrung und Unterkunft gewähren, jemals Freude bereitet hättest!«

Eri fühlte sich kleiner und kleiner werden, während sein Vater übermächtig über ihm thronte. Wäre er nur nie aus der Stillen Tiefe zurückgekehrt, dort unten hätte er einsam, aber in Frieden leben können. Hier, am Hofe seines Vaters, war das nicht möglich. Das war nicht seine Welt. Schon so lange war diese Erkenntnis in ihm gereift, doch nun war allein der Gedanke, der Gerichtsbarkeit seines Vaters wehrlos unterworfen zu sein, unerträglich geworden.

»Warum habt Ihr mich denn am Leben gelassen, nachdem ich Euch bereits durch meine Geburt so sehr enttäuschte?«, fragte er leise. Seine Augen brannten, und ölige Tränen rannen heiß über seine Wangen, bevor sie sich im Wasser auflösten.

»Deine Mutter ist sentimental«, antwortete Ragdur. »Und ich begehe keine Blutschuld. Das ist eines Nauraka unwürdig.«

»Also bleibt nur die Verbannung ...« Eri war völlig am Boden zerstört. Er bereute nicht, was er seinem Vater an den Kopf geworfen hatte, immer noch brannte der Zorn über die Ungerechtigkeit in ihm, und er hätte noch weitaus mehr Worte dazu gefunden. Doch er würde nicht mehr dazu kommen, sie auszusprechen. Jegliche Hoffnung, eines Tages zu seinem Vater durchdringen, sich mit ihm auseinandersetzen zu können, war ein für alle Mal zerschmettert.

»Ja! Aber nicht gleich«, sagte sein Vater. »Angesichts der bevorstehenden Heirat deiner Schwester will ich sie nicht unglücklich machen, es hängt zu viel davon ab. Ich lege höchsten Wert auf diese bedeutende Verbindung, deshalb werde ich sie nicht gefährden. Lurdèa hängt an dir, mögen die Dämonen wissen, weshalb. Du bekommst also eine Schonfrist. Aber ich warne dich.« Die große Hand des Fürsten schoss vor und schloss sich um Eris Kehle; er spürte die Anspannung der kräftigen Sehnen. Ein winziger Druck, und sein Genick wäre gebrochen. »Reizt du mich nur noch ein einziges Mal, egal wie gering dein Vergehen ist, nehme ich auch auf deine Schwester keine Rücksicht mehr. Ich habe genug von dir, ein für alle Mal. Hast du das verstanden – *Sohn?*«

»Ja, Vater«, krächzte Eri. Seine Kiemen flatterten, als Ragdur ihn losließ. Er sollte jetzt einen Unterwerfungstanz aufführen, doch das brachte er nicht mehr fertig. Die Fronten zwischen ihnen waren geklärt. Egal, was Eri tun würde, sein Vater würde es niemals anerkennen. Mit diesem Urteil war er endgültig verstoßen. Schon nach Luris Hochzeit würden es alle wissen. Dann war Eri in der Stadt nicht mehr sicher, selbst wenn er vielleicht doch nicht in die Verbannung musste, falls seine Mutter sich für ihn einsetzte, und auch nirgends sonst, wo die Nauraka Einfluss hatten.

Er sollte verschwinden, jetzt gleich, nach dem Landhändler Hallog suchen und sich davonmachen.

Aber … da war Luri. Er konnte, durfte sie nicht im Stich lassen, gerade jetzt nicht. Die düstere Vorahnung, dass sie sehenden Auges ins Unglück schwamm, war stärker denn je. Er musste bei ihr bleiben und sie beschützen.

Und da kam ihm ein rettender Gedanke. »Wäre … wäre ich vielleicht besser von Nutzen, wenn ich Lurdèa in ihr neues Reich begleite?«, fragte er langsam. »Das würde ihr sicherlich über den Trennungsschmerz hinweghelfen und die Harmonie beider Staaten festigen.«

Ragdur musterte ihn finster, dachte eine Weile nach, dann nickte er tatsächlich. »Soll Janwe sich mit dir herumschlagen, das ist in jedem Fall der elegantere Weg. Und dieser Tangweber Turéor soll sie ebenfalls begleiten, dann bin ich euch wenigstens beide los, ohne euch noch länger durchfüttern zu müssen, und das Seelenwohl meiner Gattin ist ebenfalls nicht bedroht.« Er wies auf den Ausgang. »Entferne dich, und sieh zu, dass du mir in der nächsten Zeit nicht unter die Augen kommst. *Scher dich weg!*«

Eri drehte sich wortlos, ohne Bückling, um und schwamm zurück in die Kaverne. Niemand beachtete ihn dort, das Fest war in vollem Gange, die Stimmung ausgelassen. Die Wachen ließen ihn anstandslos durch, als er benommen nach draußen tauchte und sich vom Markt entfernte.

Knapp unter der Sonnenlichtgrenze setzte Eri sich auf einen Korallenstamm und blickte sehnsüchtig nach oben, wo in weiter Ferne ein violettfarbenes Schimmern lag.

5.

Das Versprechen

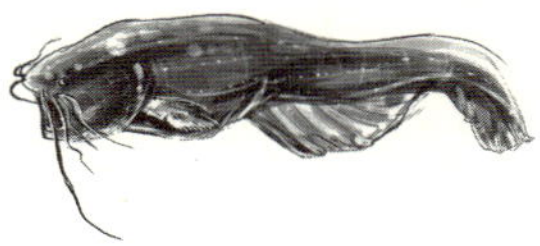

Eri regte sich nicht, als Onkel Turéor bei ihm auftauchte. Der alte Nauraka setzte sich neben ihn und blickte versonnen in die Ferne.

»Ich weiß, was passiert ist«, sagte er schließlich.

»Woher?«, fragte der Prinz leise. Seine Wangen brannten immer noch von dem heißen Öl seiner Augen.

»Ich habe gelauscht, was sonst?« Turéor lächelte kurz, als Eris Kopf ruckartig zu ihm herumfuhr.

»Luri ... sie darf es nie erfahren«, stieß der Jüngling hervor.

»Natürlich nicht. Dein Vater wird auch den Schein wahren, dessen kannst du gewiss sein.«

Eri ließ den Kopf sinken. »Er ist nicht mehr mein Vater«, flüsterte er. »Denn ich bin nicht mehr sein Sohn.«

»Du bleibst aber dennoch der Sohn deiner Mutter«, versetzte Turéor. »Auch, wenn sie dir das nicht zeigen kann. Du musst verstehen, sie ist ... anders. Eine Hüterin der Gefilde. Solche wie sie gibt es nicht mehr, sie ist die Letzte. Man nannte ihre Art einst die *Töchter des Seedrachen*. Sie sind so sehr mit der See verbunden, dass sie kaum von dem berührt werden, was unmittelbar um sie geschieht. Deine Mutter hört die Stimme der See.«

»Wird sie mich vermissen?«

»Nein. Denn sie wird dich nicht verlieren. Sie wird dich aus weiter Ferne als unverwechselbaren Ton hören. Du wirst ein Teil der Stimme der See für sie sein.«

War das ein Trost? Natürlich nicht. Eri hatte nichts für das vergeistigt-magische Wesen der Nauraka übrig. »Onkel ... hast du je geliebt?«

»Warum fragst du danach?« Tiefer Schmerz lag in Turéors Augen, und seine Stimme schwankte.

»Es tut mir leid, ich wollte dich nicht verletzen.« Eri bewegte rasch die Hand in einer Geste der Versöhnlichkeit. »Das war eine dumme Frage.«

Turéor neutralisierte die Geste durch eine schnelle Abweisung. »Du stellst keine dummen Fragen, Erenwin. Ich möchte wissen, was dich bewegt. So lautete meine Gegenfrage.«

Eri sah dem Onkel in die Augen. »Dir hat es wehgetan, geliebt zu haben. Mir tut es weh ... es nicht zu dürfen.«

Der alte Nauraka legte die Hände an seine Schultern. »Was du heute getan hast, war unglaublich mutig und einsichtig, Junge. In dir lebt das Blut der Vorfahren wieder auf. Was du fühlst, was dich beschäftigt, was du als ungerecht empfindest ... all das ist ein Ruf der Vergangenheit. Unser Volk war nicht immer so wie jetzt. Es ist alt geworden und hat sich fast vergessen. Wir leben weit verstreut in kleinen Sippen. Lange Zeit habe ich befürchtet, dass wir aussterben werden. Doch du und Lurdèa ... ihr seid wie ein Neubeginn. Halte daran fest. Vor euch liegt eine große Zukunft. Und glaub mir, deine Liebe wird gebraucht, und sie wird dankbar angenommen werden.«

Eri hätte ihm so gern geglaubt. Aber sein alter Onkel war nicht mehr ganz bei Verstand, das wusste jeder. Er sprach von Dingen, die es längst nicht mehr gab. Alles hatte sich verändert, und das wollte Turéor einfach nicht wahrhaben. Doch man konnte nie mehr zurück. Das hatte Eri von den Jägern gelernt. Auf der Jagd ging es immer nur vorwärts, niemals zurück. Und mit den Nauraka war es nicht anders. Ragdur war nun Hochfürst, und nach ihm würde es Lurion sein. Weder Erenwin noch Lurdèa würden jemals Einfluss ausüben können.

»Sie darf nicht heiraten«, entfuhr es ihm.

»Lurdèa? Das kannst du nicht verhindern. Niemand kann das. Insofern ist es gut, dass Ragdur uns beide als ihre Begleitung mit fortschickt. Wir werden auf sie achten.« Turéor löste seine Hände.

»Wir müssen weg von hier. Und die Prinzessin ist in Gefahr. Der Alte Feind … er ist immer wachsam, und er hat uns nie vergessen. Er wartet auf seine Rache.«

Eri merkte, dass der Geist seines Onkels abdriftete, in Sphären, die nur ihm bekannt waren. Bald würde er nur noch wirr daherreden. Deshalb hatte es auch keinen Sinn, jetzt noch Fragen zu stellen.

Er fuhr zusammen, als Turéor ihn plötzlich fast zornig anfunkelte. »Und wann sagst du es mir?«

»Was meinst du, Onkel?«

»Was du mitgebracht hast aus der Tiefe! Und wer du geworden bist!«

»N-nichts, Onkel, ich …«

»Ah! Bleicher Fisch, keine Qualle mag das. Weiche den Tiefen!«

Damit verschwand der alte Nauraka, und Eri blieb völlig verwirrt und besorgt zurück.

Sein Vater hatte bestimmt, dass Eri ihm aus dem Weg gehen musste. Da er bereits mit dem Landhändler Hallog gesprochen hatte, sah der junge Prinz ohnehin keinen Grund, länger zu verweilen und den Hochfürsten noch mehr zu erzürnen. Luri würde wohl nichts geschehen, außerdem war der Markt ohnehin bald vorbei. Er suchte eine Weile nach seiner Schwester, doch sie war viel zu sehr mit ihren Freundinnen beschäftigt. Daraufhin wandte er sich an Turéor, der sich für gewöhnlich allein am Rand des Riffs aufhielt, kurz vor der Sonnenlinie.

»Onkel, was hältst du davon, wenn wir nach Hause schwimmen?«, fragte Eri, kaum dass er bei dem alten Mann angekommen war.

Der hochgewachsene Nauraka starrte unverwandt nach oben, und Eri war nicht sicher, ob er ihn gehört hatte. Vielleicht erinnerte er sich nicht einmal an ihr kürzliches Gespräch, das mit so seltsamen Worten geendet hatte.

»Der Himmel dort oben ist violett«, sagte Turéor schließlich. »Das war er nicht immer. Kennst du die Sterne, Erenwin?«

»Nein, Onkel Turéor.«

»Sieh sie dir an. Und die Sonne. Atme die wasserlose Luft. Und erkenne, wer du bist.«

Turéor war ein seltsamer Mann. Und manchmal sagte er die Wahrheit, so als wüsste er von Eris Träumen. Aber das war jetzt nicht angebracht. Eri richtete den Blick auf seine Welt, um das Wirkliche zu sehen, worauf er sich konzentrieren musste. Luris wegen.

Unter ihnen schwirrte das Leben, tausende Tonwellen schallten durch das Wasser, und in dem Gewimmel war kaum noch ein einzelnes Wesen auszumachen. Selbst verfeindete Völker pflegten an diesem Ort einen harmonischen Umgang miteinander. Für alle war der Markt ein großes und sehr wichtiges Ereignis, und es kam daher so gut wie nie zu Zwischenfällen. Turéor hatte schon ein paarmal darauf hingewiesen, dass dies Fürstin Ymde zu verdanken war. Durch den Schutz, den sie beständig wob. Und erst beim letzten Gespräch vor kurzem hatte er es noch einmal bekräftigt: Sie war eine Hüterin der See. Unter anderem deshalb waren die Nauraka einst von großer Bedeutung gewesen.

Doch heute nicht mehr. Und wenn es stimmte, dass Eris Mutter die Letzte ihrer Art war, dann war es nach ihrem Tod vorbei damit. Das Volk würde in Vergessenheit versinken und schließlich vergehen, aufgelöst in die See.

»Wäre es so schlimm, wenn die Nauraka dahinschwinden?«, murmelte Eri. Ihm war es nunmehr gleich, ob er ein Nauraka, Nices oder sonst etwas war. Er war immer voller Stolz auf sein Volk gewesen und hatte geglaubt, es sei anderen überlegen. Bis er die Verbannten gesehen hatte und die Selbstverständlichkeit erkannte, mit der alle darüber schwiegen und es als Tabu akzeptierten.

»Es würde alles verändern, Junge«, antwortete Turéor traurig. »Der Seedrache würde sich mit uns auflösen, und dann wäre die Umschließende See nichts weiter als ein namenloses Meer, in das die unwissenden Landfischer ihre Netze werfen. Du verstehst es nicht, aber Waldsees Seele liegt hier verborgen. Die Welt würde ihre Magie verlieren, und in ihrer Melodie würde die Hälfte der Töne verstummen.«

Das kam Eri sehr übertrieben vor, trotzdem jagte es ihm einen

Schauer den Rücken hinunter. »Dann gibt es also noch Seedrachen?« Schon seit Generationen war keines dieser mystischen Wesen mehr gesehen worden.

»Es gibt immer mindestens einen, Eri. Solange es uns gibt.«

»Aber warum sehen wir ihn nie?«

»Weil unsere Augen blind geworden sind. Und unsere Ohren taub.«

»Hm«, machte Eri und kratzte sich den Kopf. »Kann meine Mutter ihn denn nicht hören?«

Turéor richtete zum ersten Mal den Blick auf ihn. »Kluges Bürschlein«, schmunzelte er und fuhr mit einer kurzen zärtlichen Regung durch seine Haare. »Nun denn, du willst nach Darystis zurück?«

»Ich sollte Va... Ragdur besser aus dem Wege gehen«, erklärte der Prinz. »Aber ich darf bestimmt nicht allein los, das würde neuerlich seinen Zorn heraufbeschwören.«

»Und weil er mich ebenso wenig leiden kann wie dich, denkst du, bin ich der beste Begleiter?« Der alte Nauraka lächelte.

»Luri will bestimmt noch nicht zurück, und nur mit den Wachen mag ich nicht reisen.« Eri zeichnete mit den Händen eine auffordernde Geste. »Und ich muss weg hier, sonst mache ich noch etwas Dummes.«

»Das kann ich natürlich nicht zulassen.« Turéor lachte und verließ seinen Platz. Dann musterte er Eri ernst. »Was beschäftigt dich?«

»Die Verbannten, Onkel. Was kann ich für sie tun?«

»Nichts, Junge. Nicht jetzt. Tut mir leid.«

Eri presste verbittert die Lippen aufeinander. »Dann schwimme ich besser fort.«

Sie nahmen keine Sänfte, sondern schwammen selbst. Vier Wachen folgten ihnen in angemessenem Abstand als Geleitschutz, sodass sie sich ungestört fühlen konnten. Aber Turéor redete nicht viel, er schien schwermütiger denn je zu sein, als bedrücke ihn irgendetwas.

Eri war das Schweigen recht, denn ihn beschäftigte selbst viel zu viel. Vor allem zog es ihn zu seiner schwarzen Perle zurück, die jetzt kostbarer denn je für ihn war, denn sie war etwas, das ihm ganz allein gehörte, nachdem er alles andere verloren hatte. Etwas, das ihm Antrieb gab. Vor allem hatte er einmal Zeit nur für sich; die halbe Stadt war auf dem Markt, und er brauchte sich nicht ständig beobachtet zu fühlen. Einiges von dem, was Turéor gesagt hatte, hatte ihm zu denken gegeben. Nach wie vor wusste er nicht, was dessen Verwirrung zuzuschreiben und was Wahrheit war, doch wenigstens eines konnte er herausfinden. Turéor hatte ihn noch einmal aufgefordert, sich den Himmel anzusehen, und diesmal hatte Eri ein offenes Ohr dafür. Die neckische Nices hatte es ihm kurz zuvor ebenfalls vorgeschlagen und ihn neugierig gemacht. Und er wollte es ja sowieso schon lange wissen, schließlich hatte er vorgehabt, mit Hallog zu reisen. Wenn es also eine heimliche Möglichkeit gab, wollte er doch *jetzt* ...

»Was heckst du aus, Junge?«, unterbrach der alte Nauraka seine Gedanken, und Eri flösselte ein wenig hektisch und ertappt, lenkte aber durch weiteren Schwung gleich um auf eine andere Geste, nämlich die der Schalkhaftigkeit.

»Nichts weiter, Onkel, ich dachte nur gerade an ein Mädchen.« Das war nicht einmal gelogen, denn bei der Erinnerung an die schuppenfreien, straffen Brüste der Nices mit den auffällig rot leuchtenden Brustwarzen wurde ihm schon wieder heiß und kalt. Das sollte für den Onkel zur Ablenkung genügen, der nicht zu wissen brauchte, dass Eri seinen Vorschlag gleich in die Tat umsetzen wollte – am Ende verlangte er noch, mitzukommen! Eri wiederum würde seine aufwühlenden Gedanken mit seinem wahren Vorhaben ablenken.

Turéor nickte. »Das ist ganz normal für dein Alter, aber du wirst dich zusammennehmen, verstanden?« Seine Stimme klang ungewohnt streng. »Du weißt, dass dir als Prinz keine Unkeuschheit gestattet ist ...«

»... obwohl ich verstoßen bin und der hohe Erbprinz sich nie daran gehalten hat?«, entfuhr es Eri erbost, und jetzt musste er sofort einen Tanz der Entschuldigung einleiten. Sich so dem ehrwürdigen

Alten gegenüber zu verhalten ziemte sich noch weniger als Unkeuschheit.

Der Onkel ging darüber hinweg. »Er hat sich daran gehalten, Naseweis, doch da warst du noch nicht auf der Welt. Dein Bruder ist schon lange großjährig und berechtigt, du hingegen nicht.«

»Aber alle anderen wissen schon, wie es ist«, maulte Eri, noch während er tanzte. »Und Luris Freundinnen stellen mir nach und machen sich lustig über mich.«

»Du zählst gerade ein paar Korallenringe und lebst noch viele Korallenbäume, und jetzt Schluss damit!« Turéor versetzte ihm einen leichten Schlag an den Kopf. »Du hast nichts als Flausen da drin, junger Mann. Zieh dich in dein Gemach zurück und fang an, dich auf das neue Leben vorzubereiten. Es wird nicht einfacher für dich, sondern schwerer. Viel, viel schwerer.«

»Ja, Onkel. Ich werde in mich gehen und wünsche dir eine schöne Zeit, der Palast gehört ganz dir.«

»Danke«, sagte Onkel Turéor überrascht und spreizte geschmeichelt die Finger. »Ob ich wohl bedient werde?«

»Ganz wie der edle Mann, der du bist«, antwortete der Prinz.

»Das ist durchaus erfreulich, ich werde gleich einiges zu befehlen haben, ja, und dann war da noch der Scherenkneifer ...«, murmelte Turéor zerstreut vor sich hin und trieb davon, ohne weiter auf den Prinzen zu achten.

Fröhlich schwamm Eri weiter, seine Stimmung hatte sich deutlich gebessert. Er konnte tun und lassen, was er wollte, denn Turéor würde die Zeit allein verbringen, wie immer. Niemand, der auf Eri aufpasste oder auf den er aufpassen musste. Ein einziges Mal, dass er sich richtig frei fühlen konnte, wenn auch nur für einen Dämmerungszyklus. Aber er würde jeden Moment nutzen.

Eri vergewisserte sich, dass sein Onkel nicht auf den Gedanken kam, nach ihm zu sehen. Heimlich schwamm er durch Dienstbotengänge und entdeckte Turéor, der sich verträumt durch die königliche Halle treiben ließ. Drei Schimmerdienerchen folgten ihm eifrig, reichten ihm kleine Genüsse oder stäubten ihn mit feinen gelblichen Ölwolken aus Duftschwämmen ein, die sie mit sich führten und ab und zu zusammendrückten. Eri entdeckte auch Jemuma, seine und Luris Amme, mit der sie seit frühesten Tagen vertraut waren. Sie hielt eine Harfe in Händen und sang leise zu einer süßen, ein wenig traurigen Melodie. Jemuma sah kaum jünger als Turéor aus; an Korallenbäumen bestand zwischen ihnen dennoch ein erheblicher Unterschied, da die heutigen Nauraka nicht mehr so langlebig waren. Eris feine Flimmerhärchen unter der Nase konnten anhand der aufgeladenen Strömungen erfassen, dass die beiden Alten vertraut miteinander waren, zwischen ihnen herrschte Harmonie und »gutes Wasser«. Erstaunlich, das hatte er gar nicht gewusst. Umso besser.

Also brauchte er sich keine Gedanken zu machen, sein Onkel war gut versorgt und würde vermutlich nicht nach ihm suchen. Eri machte sich ebenso heimlich davon, wie er gekommen war.

Die Nices hatte zu ihm gesagt, dass es Grotten im Vulkan gab, die an die Oberfläche führten. Und genau dort wollte der junge Prinz jetzt hin. Wichtig war für ihn, dass Helldämmer herrschte, denn er wollte keinesfalls anderen begegnen ... und die schalkhafte Einladung der Fischfrau sowieso nicht annehmen, auch wenn sie noch so verlockend war, denn das würde ihn in die größten Schwierigkeiten von allen bringen.

An den Wachen vorbeizukommen stellte kein Problem dar. Eri kannte den Weg durch den Palast, wo er in der Nähe einer Höhle in den Vulkan herauskam.

Zurück in seinen Gemächern vergewisserte Eri sich, dass die Perle immer noch gut versteckt war. Eine Weile betrachtete er die betörenden Muster der Schlieren auf der glatten Oberfläche und lauschte dem fernen Wispern, das er immer noch nicht verstehen konnte. »Was willst du mir sagen?«, flüsterte er. »Möchtest du, dass ich etwas für dich tue?« Die schwarze Perle schmiegte sich in seine Hände, schien innerlich leicht aufzuglühen, und einige Schlieren flossen auf ihn über, feine schwarze Fäden, die sich wie zu einem Netz ausbreiteten ...

Erschrocken legte Eri die Perle zurück. Wenn es noch eines letzten Beweises bedurft hätte, so wusste er nun, dass dieses seltsame Ding keine richtige Perle sein konnte, es sah nur so aus. Es war demnach höchste Zeit, mit Turéor zu reden. Er wusste sicherlich Rat. Aber was, wenn er von Eri verlangte, die Perle wegzuwerfen oder zurückzubringen? Oder wenn er sie für sich selbst beanspruchen wollte?

Nein, auf keinen Fall. Die Perle war sein Fund, und Eri hörte auf den warnenden Klang der Stimmen in sich. Schon einmal war das Unglück über die Nauraka gekommen, als zwei von ihnen das Tabernakel in der Tiefe fanden und zu ihrer Sippe brachten. Dann wurde öffentlich bekannt, dass es sich um ein gewaltiges magisches Artefakt handelte, und bald entbrannte Krieg, weil es alle begehrten. Am Ende gab es ein Massaker an der königlichen Familie; die Überlebenden verließen das Meer und nahmen das Tabernakel mit sich.

So weit Onkel Turéors Geschichte, und Eri wusste nunmehr vom Landhändler Hallog, dass sie zumindest zum Teil stimmte. Das Tabernakel wandelte sich vor einem Korallenbaum zum Siebenstern, und der letzte Nachfahre der Nauraka, die das Meer verließen, residierte in dem sagenhaften Schloss Ardig Hall, weit entfernt von hier. Am Ende hatte sich alles zum Guten gewendet, doch zu einem sehr hohen Preis.

Der Prinz würde nicht denselben Fehler machen, sondern die Existenz der schwarzen Perle geheim halten. Niemand sollte davon erfahren; er würde selbst herausfinden, welches Geheimnis sie umgab. Solange wollte er sie eifersüchtig hüten. Und die Perle selbst schien das zu wollen: Sie gehörte ihm, ihm allein.

Behutsam legte Eri seinen kostbaren Fund zurück ins Versteck. Als er beim Zurückziehen der Hände sah, dass zwei Nägel der linken Hand schwarz geworden waren, rieb er sie hastig, doch die Verfärbung ging nicht ab. Egal, es fiel sicher niemandem auf, und den Zusammenhang wusste ja keiner. Seltsam war es schon, dass die Perle auf einmal abfärbte, doch darüber würde Eri später nachdenken.

Nach einem kurzen Blick, ob auch keine Wache in der Nähe war, huschte Eri durch einen weiteren Dienstbotengang davon, folgte einem dichten Netz quer durch den Palast. Hier war alles still und verwaist, bis auf wenige Diener befand sich der gesamte Hofstaat auf dem Markt. Schließlich erreichte Eri einen Ausgang in der Nähe des Vulkans. Er vergewisserte sich erneut, dass keine Wachen in der Nähe waren, und huschte dann ins Zwielicht hinaus. In Sichtweite ragte der Vater-Vulkan aus der Tiefe hervor. Man brauchte fast einen ganzen Lichtdämmer, um ihn einmal zu umrunden – wenn man schnell war und sich nicht unnötig aufhielt.

Hinter einer auffälligen Felsformation, die wie eine erhobene Hand aussah, gab es einen Höhleneingang. Eri hatte seinen Vater einmal dabei beobachtet, wie er hineinschwamm, und vermutete, dass es einer der geheimen Wege zur Vulkanschmiede war. Zufällig konnte man diesen Eingang kaum finden, da er gut versteckt lag.

Eris Herz pochte heftig, als er sich dem Eingang näherte. Das hatte er noch nie gewagt. Aber Verbote spielten jetzt keine Rolle mehr für ihn, er war ohnehin verstoßen. Hastig schlängelte er sich in die Dunkelheit der Höhle und hoffte, dass ihn niemand dabei beobachtet hatte.

Seine scharfen Augen gewöhnten sich schnell an die Dunkelheit in Inneren. Es war keineswegs völlig finster, Kristalle in den unterschiedlichsten Farben glitzerten an den schwarzen Felsen, und kleine leuchtende Fische und Quallen waren überall zu finden, die den Weg erhellten.

Der Prinz bewegte sich langsam vorwärts und sah sich fasziniert um. Die ungewohnte Enge bedrückte ihn keineswegs, das war eine ganz neue Erfahrung, und er fand sich gut zurecht. Schließlich erreichte er eine große Kaverne, von der unzählige weitere Gänge abzweigten. Da hieß es, gut zu überlegen. Wie sollte er den richtigen Weg nach oben finden, der in eine Grotte führte? Einer der hochgelegenen Gänge zweifellos, aber auch hier hatte er noch immer eine zu große Auswahl. Eri schätzte, dass es dreißig Abzweigungen waren. Ratlos schwamm er durch die riesige Kaverne, empfand sich nur noch als kleinen Punkt unter vielen. Massen von Fischschwärmen, Kraken und Quallen kreuzten seinen Weg. An den schrundigen Wänden hangelten sich mannsgroße Langusten mit dreimal so langen Fühlern entlang, deren Hinterleiber gelb leuchteten.

Das Wasser schmeckte nach Felsgestein, Algen und … Fischlaich. Während er nach oben schwamm, rechter Hand, wurde es wärmer und roch nach erkaltender Glut. Aus einigen dieser Gänge tauchten auch schwarze Nebelfetzen auf, die im Wasser hin und her trieben. Es war besser, nicht in diese Richtung weiterzuschwimmen, da er ansonsten nur tiefer in den Vulkan hineingelangen würde, in Bereiche, die tabu waren – und es auch bleiben sollten. Trotzdem konnte Eri nicht anders, er näherte sich einem dieser Gänge, aus denen ab und zu ein rötliches Licht flackerte, und riskierte am Eingang einen neugierigen Blick.

Da schnellten zwei Tentakelarme aus dem Gang und packten Eri, bevor er recht begriff, wie ihm geschah. Während er hilflos in der harten Umklammerung zappelte, schob sich ein groteskes Wesen aus dem Höhlengang. Sein Unterleib bestand aus Tentakeln, von denen zwei Eri gefangen hielten. Dazu besaß es zwei lange, bewegliche Scherenarme und einen unförmigen Kopf mit handflächengroßen runden Augen und spitzen Zacken wie bei einem Seeigel. In der Mitte, unterhalb der rotglühenden Augen, befand sich ein zähnestarrendes Maul mit spitz zulaufenden Greiflippen.

»Was hast du hier zu suchen, Larve?«, zischte das Wesen mit einer Stimme, bei der sich Eris Nackenhaare aufstellten.

Seine Kiemen blähten sich weit. »Ich-ich bitte um Verzeihung, ich wollte nicht hinein, nur einen kurzen Blick wagen …«, stammelte er erschrocken. »Bitte, Ihr zerquetscht mich«, ächzte er, als sich die gewaltigen Muskelstränge enger um ihn zogen. Die Augen und das große Maul kamen näher, viel zu nahe.

»Bist du etwa der Hochfürst, Bürschlein?«

»N-nein …«

»Dann ist dein Leben verwirkt, denn nur er darf diese Kaverne betreten.«

»Oh, bitte, ich flehe Euch an, ich wollte doch nur …«

»Keine Ausreden, keine Klagen. Die Lage ist völlig klar, wie der Blick zum Grund.«

»Ich bin der Sohn des Hochfürsten!«, schrie Eri verzweifelt. »Prinz Erenwin, der ...«

»... Zweitgeborene, pah, was sollte mich das kümmern, so bleibt ihm immer noch der Erbprinz. Der war auch schon hier, weißt du? Ich durfte ihm nichts tun, weil er eines Tages Hochfürst ist. Aber ich ließ ihn nicht durch, nein, nein.«

»Lurion war hier?« Eri hielt für einen Moment still. »Dann ... seid Ihr der Schmied?«

Das Wesen lachte in solch dissonanten Wellen, dass sämtliches Getier erschreckt das Weite suchte. »Ich bin nicht der Meister, törichter Knabe, sondern sein Gehilfe ... sein Wächter. Xenes, zu Diensten, Prinz Erenwin. Du brauchst dir meinen Namen nicht zu merken, da du ohnehin gleich stirbst.«

»Aber ich will gar nicht zu deinem Meister!«, beteuerte Eri, der einem Diener gegenüber keine ehrenvolle Anrede mehr benutzte. »Ich brauche kein Geld oder was auch immer Lurion haben wollte.« Er verstummte, als er ein tiefes Grollen aus der Höhle hörte, das ihn bis in die Zehenspitzen erschauern ließ. »Was war das?«, flüsterte er entsetzt. Das rote Glühen wurde stärker, und die Felsen erzitterten unter einem Dröhnen, das vielleicht von einem Schlag herrührte, oder ... nein, nicht auszudenken.

Xenes kicherte wie ein kleiner Nauraka, was sich äußerst bizarr zu seinem Aussehen ausnahm. »Das ist der Meister«, erklärte er vergnügt. »Möchtest du ihn kennenlernen?«

Ein weiteres Grollen und Dröhnen. Kleine Felsstücke bröckelten ab. Ein heißer, funkensprühender Strahl schoss in einem Schwall aus dem Gang und versengte einige von Eris Haaren.

»Neinnein, das ist nicht notwendig«, haspelte er, »ich bin doch nur auf der Durchreise und will überhaupt nicht zur Schmiede ...«

»So, und wo will ein Glasfischlein wie du denn hin?« Eine Schere schnippte vor seinen Augen. Sie war gezackt und konnte seinen Hals vermutlich ohne besondere Anstrengung durchzwicken.

»Nach oben«, antwortete Eri wahrheitsgemäß. »Es soll Grotten hier geben, wo man das Wasser verlassen kann und den Himmel sehen ...«

Der Wächter hielt ihn ein Stück weit von sich, musterte ihn von oben bis unten. »Warum solltest du das Wasser verlassen wollen?«

»Das will ich gar nicht. Ich möchte nur einmal den Himmel sehen und wissen, wie es ist, Luft zu atmen. Ich glaube, das ist eine wichtige Erfahrung.«

»Ah! Nauraka, ganz typisch, immer zieht es euch nach oben, und dann könnt ihr es nicht erwarten, wieder nach unten zu kommen. Ihr gehört dort nicht hin, kapiert? Es stürzt euch nur ins Unglück. Jeden von euch, der es je versuchte. Unglück bringt es über alle, die ganze See. Hier ist euer Platz, im Mittdämmer. Schwimm zurück!«

Eri schluckte seine Angst hinunter. Xenes schien für den Moment vergessen zu haben, dass er ihn töten wollte. »Nein«, sagte er tapfer. »Zuerst will ich es sehen.«

»Wer hat dir diese Sandflöhe ins Gehirn gesetzt?«, keifte der Wächter. »Turéor, der alte Narr? Ja, ich kenne ihn, nur zu gut, wie oft ist er hier, der Träumer! Sicher war's nicht dein Vater, der streng auf die Gesetze achtet. Und die gibt es schließlich nicht umsonst, er weiß das, er weiß das.«

»Mein Onkel ist kein Narr, er ist ein weiser Mann!«, verteidigte Eri ihn.

»Du meinst, da gibt's 'nen Unterschied?« Xenes lachte und schüttelte den Prinzen grob. »Also dann, meinethalben, so such deinen Weg, doch kehr nicht auf demselben zurück! Ich werde dich töten, wenn du es tust.«

»Ich werde einen anderen Weg finden«, versprach Eri. »Doch welchen muss ich überhaupt nehmen, um hinaufzukommen?«

Xenes ließ ihn los, und Eri mühte sich ab, seine Kleidung wieder in Ordnung zu bringen. Demonstrativ schob er den Jugenddolch im Gürtel zurecht, um zu zeigen, dass der Mut ihn nicht ganz verlassen hatte. Doch Xenes interessierte das nicht. Der Wächter zeigte mit einem Tentakel nach oben und deutete auf eine Gruppe Höhleneingänge, die nahe beieinanderlag. »Diese vier ganz oben, egal, welchen du wählst. Es finden sich noch viel mehr, doch mögen dir diese vorerst genügen.«

»Danke«, sagte Eri und tanzte artig eine kurze Bezeugung dazu.

»Nauraka-Bürschlein«, prustete der Wächter, und ein Schwall rosa Schleims kam aus seinem Maul. »Du bist lustig. Komm mich gelegentlich besuchen, das heitert mich auf.« Damit zog er sich in den rötlich glimmenden Gang zurück.

Eri hoffte, dass Xenes sich nicht einen bösen Scherz mit ihm erlaubte. Er schwamm nach oben, und unter ihm füllte sich die Kaverne langsam wieder mit Leben. Auch größere Fische traten jetzt in Erscheinung, und sogar ein Bartelmolch, dreimal so lang wie der Prinz, kroch aus einem dunklen Loch. Eri machte, dass er außer Reichweite des Molchs kam, und wählte den zweiten Gang von links. Er geriet in einen engen dunklen Schacht, in dem er sich nicht umdrehen konnte. Einen kurzen Moment lang war er unschlüssig, ob er besser rückwärts wieder hinausschwimmen und einen anderen Gang wählen sollte, doch dann siegte die Neugier. Vor völliger Finsternis fürchtete er sich nicht mehr, und immerhin konnte er hier noch schemenhaft seine Hände erkennen. Langsam tastete er sich an den schroffen Felsen entlang nach oben. Verirren konnte er sich nicht, da es keine Abzweigung gab, und enger wurde es auch nicht. Ab und zu wurde es etwas heller, wenn Karfunkelsteine aus dem schwarzen Lavagestein glitzerten. Leben gab es hier wohl keines, aber darüber war Eri dankbar. Und es ging stetig nach oben. Schließlich bemerkte er, wie sich der Geschmack des Wassers änderte. Der Salzgehalt wurde geringer, und das Wasser schien … *dünner*, leichter zu werden. Außerdem wurde es sehr still, fast so wie in der Tiefe. Eris Kiemen schlossen sich halb, als das Atmen zusehends unbeschwerter wurde, und er fühlte sich leicht berauscht. Der Geschmack des Wassers war fremd, aber nicht übel. Eri wurde immer neugieriger. Seine Zunge kribbelte, es schmeckte alles sehr aufregend, nach der Ferne, einer anderen Welt, süß und herb zugleich, frisch und leicht. Es trieb ihn fast von alleine nach oben. Als der Gang breiter wurde, öffnete er die Arme und blähte die Häute auf. Wie ein Seeschwärmer schwebte er nun aufwärts. Die seitlich mit dem Rumpf verbundenen Armhäute wurden durch spezielle Schlitze in der Kleidung nicht behindert, und Eri schlug leicht mit den Armen auf und ab, während der Gang sich immer weiter auftat. Die Wände wichen zu den Seiten zurück, und von oben fiel Licht herein und flutete in breiten Strahlen durch das Wasser.

Die Sonne, dachte Eri aufgeregt. *Xenes hat nicht gelogen. Da oben ist der Himmel!*

Und da sah er auch schon die Grenze zwischen Wasser und Luft. Das Zwielicht hatte er bereits hinter sich gelassen, nun schwamm er in der Lichtsphäre. Staunend betrachtete er seine nackten Unterarme, die vom Sonnenlicht umschmeichelt wurden und geradezu aufleuchteten. Wie Perlmutt, mit einem Schimmer von Gold. Der Prinz verharrte und sah sich um. Das Wasser war so klar wie hauchfeines Vulkanglas, das bei den Landhändlern besonders beliebt war. Wie der Schmiedemeister es herstellte, war unbekannt, man wusste nur, dass es mundgeblasen war. Aber von höchster Kunst, hatte Hallog gesagt, an Land gäbe es niemanden, der sich darin ebenbürtig mit ihm messen könne.

Das Wasser hier hatte einen Hauch von Grün, und Eri wurde es leicht schwindlig, weil alle Konturen so scharf umrissen und starr waren. Das Vulkangestein war hier sehr viel heller, teilweise von weißen Streifen durchzogen, und viele Krustenmuscheln, mit Moos und Algen bewachsen, klammerten sich in der sanften Strömung an den porösen Felsen fest.

Eris Herz schlug ihm bis zum Hals. Zum Glück war er allein in dieser Grotte, deren Felsen sich ein Stück weit über ihm wölbten, bevor sie den Blick auf den Himmel freigaben. Zum ersten Mal in seinem Leben hatte er die Oberfläche fast erreicht. Nur noch eine Mannslänge trennte ihn von der Grenze.

Er trieb noch ein Stück durch die Grotte, auf den Ausgang zu, gegen die Strömung. Er hörte das Glucksen der Wellen, die gegen die Felsen rollten. Das Meer war sanft, doch Eri wusste aus Erzählungen der Nices, dass es auch anders sein konnte. Aber Lúvenor schien mit ihm zu sein, denn der Gott des Lichts offenbarte Eri die unverhüllte Sonne und einen tiefvioletten Himmel. So klar und deutlich, so nah hatte er ihn noch nie gesehen, und wenn es nach Hochfürst Ragdur gegangen wäre, hätte es auch nie dazu kommen dürfen.

In Eri tobte ein Vulkan. Ein wenig ziellos schwamm er vor dem Ausgang ins freie Meer auf und ab, verwirrt und unsicher, gleichzeitig überschäumend vor Glück. Er hatte sich einen Teil seines Traums erfüllt, woran er, wenn er ehrlich war, nie so wirklich geglaubt hatte. Hätte Turéor ihn nicht dazu gedrängt, er hätte diesen Tabubruch wahrscheinlich nicht gewagt. Es war eine Sache, vom großen Abenteuer zu reden und zu behaupten, man würde es unternehmen, aber eine ganz andere, es dann tatsächlich zu riskieren. Wie mochte wohl Hallog sich gefühlt haben, als er zum ersten Mal die Tauchglocke bestiegen und danach mit dem Atemschlauch verlassen hatte? War es ein erhabener Moment gewesen, in eine völlig fremde, für einen Landbewohner sogar tödliche Welt einzutauchen?

Noch immer schwamm der Prinz im Kreis. Nur noch eine halbe Mannslänge trennte ihn von der Grenze. Wagte er es? Was würde wohl geschehen? Konnte er es ertragen? Was musste er überhaupt tun?

Seine Finger glitten über die Kiemenlamellen, die hektisch auf- und zuklappten. Allein der Geschmack des Wassers war berauschend, das sollte Lurion mal probieren! Eri konnte es überhaupt nicht in Worte fassen, was nun in ihm vorging. Die Wärme der Sonne zu spüren, den freien, leeren Himmel über sich zu sehen …

Nun, im Grunde hatte er alles erreicht, was er wollte. Er konnte jetzt wieder umdrehen und einen Weg zurück suchen.

Aber würde er es nicht bereuen, die letzte Distanz nicht überwunden zu haben? Würde es ihn nicht umgehend wieder hierher treiben? Und wäre dann sein Mut nicht noch tiefer gesunken?

Ich muss es wissen.

Eri zappelte unruhig wie ein Fisch im Treibnetz. Angst hielt ihn zurück, Neugier trieb ihn voran. Er kam der Grenze immer näher. Schließlich konnte er schon den Arm ausstrecken … und ehe er sich's versah, hatte er die Hand aus dem Wasser gereckt.

Es fühlte sich an wie … *nichts*. Keine schützende Umhüllung mehr, keine Strömung, die ihm verriet, was um ihn her passierte. Nur etwas, das ihm die Nässe von der Hand blies. Wind. *Luft.*

Seine Haut trocknete und zog sich zusammen. Für einen Moment befürchtete Eri, sie würde reißen. Doch als er die Hand bewegte, die Finger krümmte und ausstreckte, war die Haut nach wie vor geschmeidig. Sie fühlte sich nur *anders* an. Rau? Sein Tastsinn war völlig durcheinander.

Er war so beschäftigt, dass er sich von einer stärkeren Welle tiefer in die Grotte tragen und gleich darauf wieder hinausziehen ließ, als sie sich zurückzog.

Und in diesem Moment geriet sein Kopf aus dem Wasser, ebenso der Hals, bis zu den Schultern.

Eri war so erschrocken, dass er reglos verharrte. Zu seinem Entsetzen blieb das Wasser verschwunden. Seine Kiemen klapperten aufgeregt, pressten das letzte Wasser aus ihm, ohne neues nachziehen zu können. Eris Mund schnappte instinktiv auf, bevor er nachdenken konnte, und sog panisch Luft ein. Ein lauter, pfeifender Laut schallte durch die Grotte, als Eri außerhalb des Wassers den ersten Atemzug seines Lebens nahm. Er sog die Luft tief ein – und gleich darauf zog sich alles in ihm zusammen. Stoßweise strömte der Atem wieder heraus und mit ihm ein Schwall Wasser, den er keuchend ausspuckte. Dann öffnete sich sein Mund erneut, und er spürte die Lungen in seinem Körper, die ihn zwangen, weiterzuatmen, sie mit Luft zu versorgen. Dankbar blähten sie sich auf und pressten sich wieder zusammen. Sein Brustkorb dehnte sich und fiel wieder ein, und Eri legte die Hände daran, um das Atmen zu fühlen.

Es war zuerst ein großer Schrecken gewesen, aber es tat nicht weh, und er erholte sich schnell. Fasziniert beobachtete Eri sich selbst beim Atmen, lauschte dem Klang, spürte das Heben und Senken der Brust. Sein Hals war völlig glatt, die Kiemen verschwunden, als wären sie nie vorhanden gewesen. Als er unter seine Arme tastete, waren auch die Häute verschwunden. Mit leichten Fußflossenschlägen hielt er sich auf gleicher Wasserhöhe und hob die Arme. Er tastete in die Luft, fuhr sich durch die nassen Haare, über das Gesicht. Spürte, wie schwer jede Bewegung in der Luft war, ganz anders als im Wasser.

Dann kicherte er, verstummte entsetzt, als er den Klang seiner Stimme in dieser Welt hörte, und kicherte wieder. »Hallo?«, wagte er dann zaghaft ein erstes Wort. »... lo... lo...«, warfen die Wände der Grotte zurück. Das Wasser spiegelte sich in flimmernden Wogen an ihnen, und Eri war sicher, sein erstes Wort darin treiben zu sehen.

Er konnte sprechen, er konnte atmen. Genau, wie die Nices gesagt hatte. Wie Turéor es ihm versprochen hatte.

»Ich ... bin ... Prinz ... Erenwin«, sprach er langsam einen ganzen Satz aus und lauschte sehr aufmerksam auf den Klang und das Echo. War seine Stimme schön? Er konnte es nicht beurteilen. Sie klang sehr fremd, wie alles hier draußen. Viel härter, schärfer und war schnell verklungen. Ein kurzer Nachhall, dann brach der Klang ab.

Hier oben gab es sonst keine Stimmen. Alles war still, abgesehen vom leisen Gluckern des Wassers. Aber da war kein Leben sonst, alles war kahl und verlassen. Selbst das Flüstern in ihm war verstummt, als hätte es die Grenze nicht überqueren können.

Eri sah sich um, ließ die Sonne auf sein Gesicht scheinen, die Haut und Haare trocknete, und gab sich fasziniert dem Gefühl hin. Es war nicht unangenehm. Seine Augen verloren sich im Himmel, der grenzenlos schien, so wie die Weite der See. Dunkle Punkte zogen in der Ferne darüber, wahrscheinlich waren es ... wie hießen sie ... *Vögel?* Ja. Fliegende Wesen, mit Schwingen, ähnlich wie die Seeschwärmer, aber nicht mit Haut, sondern Federn bedeckt. Sie waren den Wasserbewohnern noch am ähnlichsten, denn auch sie kannten Schwerelosigkeit und konnten sich frei durch die Sphären bewegen. Landbewohner waren an den Boden gefesselt. Und dieses Schicksal würde Eri auch drohen, wenn er jemals seinen Traum wahrmachen und mit Hallog gehen würde.

Schreckte es ihn ab? *Nein*, dachte der junge Prinz vergnügt. Schließlich hatte eine ganze Sippe vor langer Zeit das Meer verlassen, und der letzte Nachfahre lebte noch immer an Land. Es mochte unerhört sein, solche Gedanken zu hegen, weil es gegen alle Traditionen, Gebote und Eigenarten der Nauraka sprach.

Erkenne dich selbst, hatte Onkel Turéor gesagt. Und Eri war sich in diesem Moment völlig bewusst: Er musste diese Welt kennenlernen. Er musste alles erfahren, bevor er entscheiden konnte, wer er war ... und was genau es bedeutete, ein Nauraka zu sein. Wenn es überhaupt noch von Bedeutung war. *Unser größter Schatz ist das Wissen.* Auch diese Worte stammten von Onkel Turéor. *Wir haben eine große Verpflichtung, denn wir sind das älteste Volk der See. Wir müssen das Wissen bewahren, und wir müssen Kenntnis über alle Dinge haben.*

Sobald Luri in Sicherheit war, sobald Eri wusste, dass es ihr am Hofe ihres künftigen fürstlichen Gemahls gut ging, würde er seinen Traum wahrmachen. Es gab so viel zu entdecken!

Zunächst aber musste Eri den Rückweg finden. Als er sich umdrehte, sah er staunend, dass in der Tiefe der Grotte Säulen emporragten, die eindeutig nicht natürlich entstanden waren. Die Säulen wirkten alt, die eingeritzten Muster darauf waren verwittert. Vor langer Zeit musste hier jemand gewesen sein, vielleicht sogar gelebt haben, der diese Säulen aus dem Gestein geschlagen hatte. Doch aus welchem Grund? Wie tief reichten die Säulen hinein, was gab es noch zu finden?

Ein andermal, dachte Eri. Es war Zeit, nach Hause zu schwimmen. Bald würde Mittlicht anbrechen, er durfte nicht zu lange wegbleiben.

Ein letztes Mal spürte Eri die sinkende Sonne seinen Rücken streicheln. Dann tauchte er ängstlich wieder ins Wasser ein. Einen törichten Moment lang hielt er die Luft an, bis er das Gefühl hatte zu ersticken und den Atem in einem dicken Schwall Luftblasen ausstieß. Panisch sog er Wasser ein, doch da klappten seine Kiemen bereits auf und sorgten für den nötigen Austausch. Das Gefühl des Ertrinkens verflog.

Ein Glück, dass es so schnell ging, denn dieser Wechsel war grässlich. Eri hoffte, dass es beim nächsten Mal leichter würde. Er schraubte sich in die Tiefe, spürte die wohltuende Feuchtigkeit um sich und nahm den vertrauten Geschmack wieder auf. Hier war alles greifbar, nicht einfach ein *Nichts*. Seine Armhäute blähten sich auf, und er schwebte an den Felsen entlang, um einen neuen Weg zurück zu finden. Denselben durfte er ja nicht nehmen; er nahm Xenes' Drohung absolut ernst.

Es gab viele kleine Löcher und Lücken, aber Eri passte nirgends hindurch. Ein wenig besorgt suchte er die Felsen von oben nach unten ab, während die Sonnenstrahlen immer schräger in die Grotte fielen und ein blaugrünes Licht hineinzauberten. Im Wasser zeigten sich jetzt feine Schwebeteilchen, die es zum Glitzern brachten, sich in Eris Armhärchen verfingen und auch sie zum Funkeln brachten.

Endlich fand Eri einen Durchschlupf, der groß genug war. Aber war es auch der richtige? Oder gab es von hier aus nur einen einzigen Weg? Er hatte keine Wahl, sondern musste es versuchen. Er paddelte hinein, legte die Arme an und schwang die Beine auf und ab. Schnell kam er voran, während es stetig nach unten ging, und schon bald schmeckte er vertraute Gewässer. Er wusste, er war auf dem richtigen Weg. Bis er erkennen musste, dass er sich getäuscht hatte.

Um die Mitte des nächsten Helldämmers kehrte Luri mit den Eltern zurück, und auch Darystis füllte sich langsam wieder. Eri hatte seine Schwester schon erwartet, denn der Brautwerber würde bald eintreffen, und vorher gab es noch einiges zu klären.

Den Weg zur Grotte wusste er inzwischen, und noch eine Menge andere Wege auch. Eri hatte sich auf dem Rückweg heillos verirrt, und hätte er nicht so ein gutes Gedächtnis, das ihm ermöglichte, die zahllosen Gänge in Gedanken zu einer Karte zusammenzusetzen, würde er wahrscheinlich jetzt noch im Vulkan umherirren. Doch nunmehr kannte er sich aus, und zum Abschluss war er sogar noch einmal durch die Kaverne geschwommen. Dabei hielt er sich von dem Zugang zur Schmiede fern, und so begegnete er Xenes kein weiteres Mal. Genau darum war es ihm gegangen.

So kam der Prinz erst sehr spät wieder zurück, als schon längst Dunkeldämmer herrschte, und die Wachen erschraken ziemlich, als er in der Nähe von seinen und Luris Gemächern wieder aus dem Vulkan herauskam. Der junge Prinz war völlig erschöpft nach dem langen Herumirren kreuz und quer durch die verschlungenen Höhlengänge des Vater-Vulkans. Doch seltsamerweise hatte er kein einziges Mal Furcht empfunden, denn er hatte stets einen vertrauten Geschmack auf der Zunge gehabt, und er war keiner Gefahr begegnet. Es war, als würde der Vulkan die Nauraka beschützen; vielleicht hatte auch die Schmiede einen magischen Wall geschaffen. Eri wusste, dass er nur einen Bruchteil des Massivs durchschwommen hatte, in der Nähe von Darystis. Umso größere Ehrfurcht hegte er nun vor dem mächtigen Berg, in dem sicher noch viele Geheimnisse verborgen lagen.

Letztendlich war es Eri erschienen, als hätte seine Perle ihn zu sich gerufen und auf den richtigen Weg geleitet; in seiner Müdigkeit war er einfach den Stimmen gefolgt und dadurch tatsächlich an vertrauter Stelle herausgekommen. Den Wachen erklärte er nichts, denn es war nicht verboten, an dieser Stelle in den Vulkan zu schwimmen, da es hier offenbar nur eine Karfunkelhöhle gab; ein sehr beliebtes Ziel für die Kinder. Der Weg, den Eri gefunden hatte, wurde vermutlich von kaum jemandem sonst benutzt, denn er lag sehr verborgen hinter einem Felsvorhang und konnte selbst durch Zufall kaum entdeckt werden. Er selbst hatte ihn beim Spielen nie gefunden.

Turéor hielt sich noch im Thronsaal auf, und sie nahmen gemeinsam eine kleine Mahlzeit zu sich. Jemuma war ebenfalls anwesend und zupfte träumerische Melodien auf der Harfe. Eri erzählte nichts von seinem Abenteuer, und der alte Nauraka stellte keine Fragen. Sie unterhielten sich ein wenig über dies und das, Turéor vor allem über Begebenheiten aus der Vergangenheit, dann begaben sie sich zur Ruhe.

Luri zeigte sich verärgert, als sie nun zu Eri hereinschwamm. »Wo warst du denn auf einmal? Keine Spur mehr von dir, niemand wusste, wo du bist!«

»Tut mir leid«, sagte er versöhnlich. »Onkel Turéor wollte zurück, und da habe ich ihn begleitet. Er wirkt ein wenig durcheinander, ich meine, noch mehr als sonst. Und du weißt ja, dass unser Vater ohnehin nicht gut auf mich – auf uns beide – zu sprechen ist.«

»Und warum hast du es mir nicht gesagt?«

»Weil ich dich nicht gefunden habe, ganz einfach. Du warst so mit deinen Freundinnen beschäftigt ...«

Luri winkte ab. »Ist ja auch egal, du bist hier, und die Stadt steht noch, das ist die Hauptsache.« Sie grinste verschmitzt. In ihren türkisfarbenen Augen tanzten goldene Funken. »Ich habe auch an ganz andere Dinge zu denken – ich muss mich auf unseren Besuch vorbereiten! Vater hat mir gestattet, etwas von Fürst Janwes Brautgeschenk auszugeben, und ich habe eine Menge Stoffe ausgesucht, die jetzt zu feiner Kleidung verarbeitet werden. Schmuck habe ich ja genug. Ich denke, ich werde ihm angemessen begegnen können.«

»Darüber wollte ich mit dir reden, Luri.« Eri merkte, wie dumm sich das anhörte, und zog leicht den Kopf ein, als seine Schwester ihn missbilligend ansah.

»Wie hörst du dich denn auf einmal an?«

»Vergiss es, Schwester. Ich möchte dir was zeigen. Komm mit!«

»Auf keinen Fall«, lehnte sie ab. »Ich habe sehr viel zu tun, und Jemuma muss mir helfen ...«

»Luri«, unterbrach er eindringlich. »Bitte. Uns bleibt nicht mehr viel Zeit. Bald verlässt du all das hier, und für uns wird sich das ganze Leben verändern.«

Sie hob verwundert die Augenbrauen und legte den Kopf leicht schief. »Was ist denn mit dir los? Seit du aus der Stillen Tiefe zurückgekehrt bist, bist du komisch, Eri.«

»Das hat damit nichts zu tun«, sagte er schnell. »Es geht nur um uns.«

»Mhm ... warum habe ich dann dauernd das Gefühl, du verheimlichst was vor mir? Vor allem hier drin ist dein Blick immer so gehetzt, dauernd schaust du dich um. Hast du etwa was versteckt?« Luri schwamm zu Eris Seite hinüber, und ihm wurde abwechselnd heiß und kalt.

»Nein, hab ich nicht«, beteuerte er.

»Dann stört es dich ja nicht, wenn ich mal nachsehe, oder?«, erwiderte sie schelmisch.

Eri sah, dass sie dem Versteck der schwarzen Perle gefährlich nahe kam, und er hörte auch die Stimmen in sich warnend lauter werden. »Lenk nicht ab!«, rief er. »Komm endlich, ich möchte es dir zeigen, bevor Jemuma dich vereinnahmt, und Vater, und alle anderen auch. Ich glaube, das ist die letzte Gelegenheit für uns als Bruder und Schwester, wo wir noch einmal frei und nur für uns sind. Bitte nimm mir das nicht weg, das ist ein bedeutender Moment für mich, den ich in Erinnerung behalten will!«

Sie wandte sich ihm zu und lachte. »Also, wenn ich es nicht besser wüsste, würde ich glauben, du bist Onkel Turéor!« Sie schwamm zu ihm zurück. »Du verlierst mich doch nicht.«

»Allerdings nicht, denn ich werde mitkommen nach Karund. Vater hat mich dazu beauftragt«, rutschte es ihm heraus. »Und ich möchte, dass unser Onkel mitkommt, der hier nicht wohlgelitten ist.«

Luri sah ihn verdutzt an, dann umarmte sie ihn glücklich. »Oh, dann brauche ich keine Angst vor Heimweh zu haben! Das wird bestimmt lustig, Eri, wir werden gemeinsam reisen und die See kennenlernen! Und natürlich kommt der Onkel mit, er braucht uns.«

Endlich hatte er sie so weit. Er ergriff die Hand seiner Schwester und zog sie mit sich. »Also, dann zeige ich es dir jetzt.«

»Ist es weit?«

»Ja. Und du darfst niemandem davon erzählen. Versprochen?«

»Schwestern-Ehrenwort.« Nun war sie doch neugierig.

Luri staunte nicht schlecht, als Eri den Vulkan ansteuerte. Natürlich kannte sie diese Höhle von ihrer Kindheit her, hatte aber damals schnell das Interesse an ihr verloren. Die Wachen ließen sie anstandslos durch, ohne Fragen zu stellen; im Moment war niemand außer ihnen hier.

»Und was soll hier sein?«, fragte Luri kritisch.

»Nichts.« Eri schüttelte den Kopf. »Das ist auch nur der Eingang.« Er spähte nach allen Seiten, dann führte er seine Schwester zu dem Felsenvorhang – und dahinter.

»Hol mich die Tanghexe!«, wisperte sie aufgeregt mit leuchtenden Augen. »Das hab ich nie entdeckt!«

»Siehst du«, brummte er zufrieden und führte sie zielsicher durch das Höhlengewirr zu der großen Kaverne. Sein phänomenaler Orientierungssinn ließ ihn nicht im Stich, er hatte alles noch genau im Gedächtnis. Er freute sich, als Luri sich begeistert in der Kaverne umsah, in der große Fischschwärme durch das Streulicht schwammen. Nun waren sie wieder beide Kinder, auf Entdeckungsreise wie einst. »Dort hinten, siehst du das rote Flackern?«, flüsterte er und deutete auf die gegenüberliegende Seite. »Dort geht es zur Schmiede.«

»Hast du etwa ...«

»Nein, nicht den Meister ... ich glaube, der ist ziemlich schaurig. Jedenfalls hat er einen Diener und Wächter, der Xenes heißt. Er tötet jeden außer dem Hochfürsten, der dort hindurchwill. Aber wenn wir uns fern genug halten, lässt er uns in Ruhe. Ansonsten darf kein Nauraka diese Kaverne aufsuchen.«

Luri nickte, das gefiel ihr. »Und wohin jetzt?«

»Komm mit.« Eri zog die Prinzessin mit sich nach oben in den Gang, den er gestern gewählt hatte.

»Das ist ja total eng hier!«, beschwerte Luri sich. »Ich werde meine Kleidung zerreißen und meine Frisur ruinieren!«

»Dein Geliebter ist ja nicht hier.«

»Er ist nicht mein Geliebter! Ich kenne ihn ja noch nicht mal.«

Eri schwamm unbeirrt voran, und Luri schimpfte zwar, aber sie folgte ihm weiterhin, sie war viel zu gespannt.

Da Eri sich nunmehr auskannte, ging es ziemlich schnell voran. Bis Luri sagte: »Bruder, was hast du vor? Es geht beständig nach oben! Wir kriegen Riesenärger, wenn Vater das erfährt!«

»Wird er nicht«, versicherte Eri. »Zurück nehmen wir einen anderen Weg, der wieder in die Höhle führt, die nicht verboten ist. Die Wachen werden sich vielleicht wundern, wie lange wir da drin waren, aber sich nichts weiter dabei denken. Wir haben uns früher auch schon versteckt.«

»Und warum mache ich das mit?«, wollte Luri wissen.

»Warte ab! Es wird dir gefallen. Es ist ... wundervoll.«

Und wirklich, als sie in der Grotte herauskamen, staunte Luri nicht schlecht. Sie badete im Sonnenlicht, tauchte durch die Strahlen und lachte über die Glitzerfünkchen an ihren Armen. Ihre Haut leuchtete wie zart getönte Seide mit Perlmuttglanz. Eri, der an der Schwelle zum Erwachsenen stand, hatte in letzter Zeit angefangen, die Mädchen mit anderen Augen zu betrachten. Er hatte sich in Darystis genau umgeschaut und auch auf dem Markt. Keine war so schön wie seine Schwester, sie übertraf selbst ihre sphärische Mutter. Lurdèa war ein kostbares Kleinod, und umso mehr Angst hatte er um sie, aufgestachelt noch durch Turéors Bemerkungen.

»Und jetzt erheben wir uns über die Grenze und schauen uns Sonne und Himmel an, wie die Landbewohner sie sehen«, erklärte er feierlich.

»Auf keinen Fall!«, wehrte sie erschrocken ab. »Das dürfen wir nicht, und wahrscheinlich sind wir dazu gar nicht in der Lage!«

»Ich habe es schon getan«, verkündete er triumphierend.

Sie starrte ihn an. »Du bist verrückt ...«

»Es ist nur für einen Moment schrecklich, Schwester, aber dann ... versuche es, ich bitte dich! Das wollte ich dir zeigen.«

»Aber warum soll ich das tun?«

»Weil du es kannst.«

»Du redest haarsträubenden Unsinn!«

Doch Eri war nicht mehr zu bremsen. »Fühle es!«, forderte er sie auf, dann packte er seine Schwester, bevor sie zurückweichen konnte, und tauchte mit ihr zusammen auf.

Sie strampelte, schlug mit weit aufgerissenen Augen um sich, schnappte und ächzte und rang nach Luft, bevor der Atemreflex der Lungen einsetzte, dann spuckte sie ihn mit einem Schwall Wasser voll. Er hielt sie fest, bis sie begriff, dass sie tatsächlich atmete. Reine, trockene Luft. Sie hörte auf, sich zu wehren, und sah sich staunend um. Eri ließ sie los. Er selbst war durch Luri so abgelenkt gewesen, dass er gar keine Zeit für Panik gehabt und den Wechsel kaum mitbekommen hatte.

»Sag etwas«, scholl seine Stimme durch die sonnendurchflutete Grotte.

Luri sah ihn verwirrt an, hielt sich zuerst erschrocken die Ohren zu, dann nahm sie die Hände vorsichtig weg, öffnete den Mund, und heraus kam ein zaghaftes: »Es ist …« Sie verstummte wieder und lauschte dem Klang ihrer Stimme. Dann erhellte ein verklärtes Lächeln ihre Züge. »… wunderbar«, vollendete sie den Satz.

Gemeinsam schwammen sie an der Wasseroberfläche ein Stück weit aufs Meer hinaus, das blaugrün vor ihnen lag, überspannt von einem violetten, leicht glitzernden Himmel, an dem Lúvenors Auge prangte. Eri erzählte, was ihn hierher getrieben hatte – das letzte Gespräch mit Hallog, sein Wunsch festzustellen, ob er überhaupt jemals an Land gehen konnte, und so weiter. Mit keinem Wort erwähnte er sein Erlebnis am Markt, und dass Ragdur seinen Sohn verstoßen hatte. Aber die Begegnung mit der Nices gab er preis.

Luri neckte ihn sofort: »Dann suchst du wohl nach ihr? Ich kenne sie, das ist Luleemi, die Tochter des Grafen von Undar. Das liegt ganz in der Nähe. Alle sagen, dass sie die schönsten Brüste von hier bis zum Ende der See habe. Ich finde, sie haben recht. Was meinst du?«

»Ich … äh … habe nicht hingesehen …«, stotterte Eri peinlich berührt und bereute, was er erzählt hatte.

Luri lachte. »*Jeder* schaut da hin, Dummkopf! Also stimmst du zu.«

»Ich … ich habe keine Ahnung … woher auch …« Seine Ohren brannten wie Vulkanfeuer, wahrscheinlich leuchteten sie durch seine hellen Haare hindurch. »Außerdem geht dich das gar nichts an!«, schloss er angriffslustig.

»Schon gut«, sagte sie besänftigend. »Also, du hast es mir gezeigt. Und ich danke dir dafür, das ist wirklich eine unglaubliche Erfahrung. Ich … habe noch nie etwas so Besonderes erlebt, und ich bin glücklich. Es ist wie ein Brautgeschenk für mich, wertvoller als alle Edelsteine. Aber was ist der wirkliche Grund?«

»Heirate nicht«, platzte es aus Eri heraus, obwohl er vorher alles sorgfältig überdacht, geplant und vorbereitet hatte. Damit waren alle klugen Worte verpufft, noch bevor er sie ausgesprochen hatte. Andererseits brachte es genau auf den Punkt, worum es ihm ging.

Luris Augen verengten sich. »Eri, das geht wiederum dich nichts an.«

»Ich habe eine düstere Vorahnung«, fuhr Eri verzweifelt fort. »Du begehst einen schrecklichen Fehler!«

»Deine Eifersucht ist lächerlich.«

»Das hat nichts mit Eifersucht zu tun, sondern mit Sorge. Es quält mich schon die ganze Zeit. Tu es nicht, ich bitte dich! Ich kann es dir nicht erklären, aber ich spüre, dass du dich in große Gefahr begibst.«

Luri schwieg einige Zeit, ihr Gesicht war undurchdringlich. »Eri, ich weiß wirklich nicht, was ich davon halten soll«, sagte sie schließlich. »Du übertrittst eines unserer strengsten Gesetze, bringst mich hier herauf, riskierst Vaters Zorn, nur um mir das zu sagen? Willst du, dass er aus Wut, wenn er es herausfindet, meine Hochzeit absagt?«

»Ich kann dir nicht mehr sagen«, wiederholte er. »Du solltest es dir hier oben anhören, in einer fremden Welt, wo alles anders klingt und riecht und schmeckt. Du solltest den Himmel sehen und die Sonne, damit du erkennst, dass es noch viel mehr gibt als das, was die Tradition unserer Sippe uns lehrt. Wir haben größtenteils vergessen, wer wir sind, und wir werden immer mehr in Bedeutungslosigkeit und Vergessen versinken, wenn wir so weitermachen. Du wirst dich in Gefangenschaft begeben, Luri, und dann wird wieder etwas Kostbares verlorengehen.«

»Du bist zu viel mit Onkel Turéor zusammen und plapperst nach, was er dir einflüstert«, erwiderte sie. »Nein, Eri, ich werde meine Entscheidung allein treffen. Wenn Fürst Janwe nicht meinen Vorstellungen entspricht, werde ich die Verbindung ablehnen.«

»Vater wird dich zwingen«, sagte er leise. »Er wird dir die Freiheit der Entscheidung nicht lassen, und das weißt du.«

»Dann kann ich immer noch mit dir fliehen!«, rief sie und hob die Arme. »Ist es das, weswegen wir hier sind? Ja, ich kann an Land leben, wahrscheinlich genauso wie du! Schon einmal hat eine Sippe das Meer verlassen, also warum nicht wir? Vermutlich gefällt es mir sogar, denn das Sonnenlicht ist herrlich, und dieser Himmel!« Sie schüttelte den Kopf. »Aber was ist, wenn du dich irrst? Wenn mir mein künftiger Gemahl gefällt und er mir alle meine Wünsche erfüllt?«

»Also gut«, sagte er. »Also gut. Wenn es so ist, dann begleite ich dich zusammen mit Onkel Turéor. Ich werde dir zur Seite stehen, als deine Leibwache und dein Vertrauter, und auch als Diener, wenn es notwendig sein sollte. Ich werde immer für dich da sein, Luri, und dich beschützen, solange du mich brauchst. Wenn es eine Lebensaufgabe ist, dann nehme ich sie an. Das verspreche ich dir hier und jetzt, vor Lúvenors unverhülltem Auge.«

Lurdèa war gerührt. »Du bist ein romantischer Tölpel«, stellte sie fest und ergriff seine Hand. »Lass uns noch ein wenig hier oben herumschwimmen und reden, bevor wir zurückkehren.«

6.

Brauttanz

Die ganze Familie und die wichtigsten Vertreter des Hofstaats erwarteten festlich gewandet und geschmückt die Ankunft des Brautwerbers. Ragdurs engster Berater Foril war ihnen zusammen mit der Ehrengarde entgegengeschwommen, als ihr Eintreffen an der Grenze von Darystis gemeldet wurde. Er sollte den Fürsten und sein Gefolge ehrenvoll in Empfang nehmen und zur Stadt geleiten, wo sich bereits das Volk versammelte.

Eri wäre gern dabei gewesen, mitten in der Menge, doch er musste sich genauso wie seine Schwester gedulden. Von draußen waren Hochrufe zu hören, und das Wasser strömte unruhig herein und schlug Wellen, brachte eine Menge aufregenden Geschmacks und Gerüche mit. Vertraut, und doch ganz fremd; Eri bemerkte, wie seine Haut vor Erregung leicht ölig wurde, wie in zu großer Wärme. Seine Kiemen klapperten, er war genauso angespannt wie in jenem Moment, als er zum ersten Mal den Kopf aus dem Wasser gestreckt hatte. Obwohl das der aufregendste Moment seines Lebens gewesen war, war dieser nur für ihn von Bedeutung gewesen – nun aber kam es zu einer außergewöhnlichen Begegnung mit einer anderen Nauraka-Sippe, und das war von großem Ausmaß für alle Darystis!

Unruhe entstand am Eingang zur Halle, und dann kam Foril herein, gefolgt von zwei Gardisten, die sich links und rechts mit erhobenen Sichellanzen am Eingang postierten.

Feierlich sagte der Hofstaatmeister, während er die Einleitung zum Staatsbesuch tanzte: »Ehrwürdiger Hochfürst, Herr aller Nauraka, ich darf den Besuch des ehrenwerten Fürsten Janwe von Karund ankündigen und erbitte in seinem Namen Eure Einladung in diese Halle.«

»Sie sei gewährt, in Freundschaft und tiefer Zuneigung«, erklang Ragdurs volltönende Stimme durch die Halle und vermutlich bis nach draußen. »Große Freude beherrscht uns alle in diesem bedeutenden Moment der Zusammenkunft, ja des Zusammenfindens, des Anbruchs einer neuen Zeit.«

Eri warf einen Blick zu Turéor, der keineswegs erwartungsvoll, sondern wie in den vergangenen Dämmerungszyklen traurig und zusammengesunken dasaß. Auf die Frage, warum er so unglücklich sei, hatte er Eri vor einiger Zeit nur eine unverständliche Antwort gegeben: »Was an die Oberfläche gebracht wurde, muss sich erst bewähren, und die Wahrheit ist dunkel. Vielleicht wird sie schwarz. Ich weiß nicht, ob die Zukunft es kennt.« Und dazu hatte er alt und müde ausgesehen. Die Geschwister machten sich Sorgen um Turéor, konnten ihn nicht aus seiner Einsamkeit locken. Eri wagte es schließlich, Jemuma zu fragen. Er wollte sie nicht brüskieren, da er eine gewisse Beziehung zwischen den beiden vermutete, doch die Sorge überwog. Die alte Amme zeigte sich nicht indigniert, sondern seufzte und wiegte bedächtig den Kopf. »Ich weiß nicht, was mit ihm los ist, Eri. Seit du aus der Tiefe zurückgekehrt bist, hat er sich verändert. Er spricht sehr viel von dir, weißt du, aber ich verstehe seine Worte nicht.« Der Prinz erschrak und dachte sofort an die schwarze Perle. Es war doch unmöglich, dass Turéor davon Kenntnis hatte!

Sein Fund war nach wie vor gut verwahrt, und Eri hatte keinem davon erzählt. Luri war inzwischen aufgefallen, dass zwei der bei Nauraka normalerweise weißen Fingernägel schwarz waren, und wollte wissen, mit wem er sich geprügelt hatte. Aber Eri hatte sich seit seiner Rückkehr nicht mehr mit Freunden getroffen, zu viel trennte ihn jetzt von ihnen. Deswegen konnte er nur eine ausweichende Antwort geben. Zum Glück sah Luri keinen Zusammenhang mit ihrer vorherigen Verdächtigung, dass er etwas vor ihr verbarg. Das schien sie vergessen zu haben, und so ahnte auch sie nichts.

Schließlich fasste Eri sich ein Herz und sprach den alten Nauraka direkt darauf an, im Frühdämmer des heutigen Tages: »Ist es die Vergangenheit, die dich einholt? Fürchtest du den Alten Feind, von dem du immer so viel erzählt hast?«

»Wie kommst du gerade jetzt darauf?«, hatte der Onkel, diesmal klar, erwidert.

»Weil du so viel von der Vergangenheit und der Dunkelheit sprichst, mehr als sonst, und düstere Vorahnungen hast.«

»Ja. Dunkelheit wird über uns kommen, Erenwin. Der Schatten der Vergangenheit. So wird es sein.« Danach hüllte er sich wieder in Schweigen. Als sie sich zur Versammlung bereit machten und gemeinsam zur Halle schwammen, brummte er plötzlich: »Du stinkst, junger Mann. Deine Aura hat Flecken bekommen.«

Eri hatte gar nicht gewusst, dass er eine Aura besaß. Seine Mutter hatte eine, ihre Hellseherin, und der Hofheiler auch, ebenso der Zeitmesser, der den uralten Korallenbaum bewachte, an dem die Ringe der Zeit gezählt wurden. Gewiss waren Nauraka magische Wesen, aber die wenigsten von ihnen konnten ihre Magie heutzutage aktiv nutzen; normalerweise nur nach einer besonderen Ausbildung, und die hatte Eri nicht erhalten.

Als er sich von dieser überraschenden Eröffnung erholt hatte, begriff er erst wirklich, was Turéor gesagt hatte, und war beleidigt, dass er *stinken* sollte! An ihm haftete höchstens noch etwas von Dullos Drüsensekret. Sein Reitfisch wurde nämlich geschlechtsreif, und der Prinz hatte sich nach dem letzten Ausflug ziemlich lange schrubben müssen, aber dann war seiner Meinung nach alles in Ordnung gewesen. Luri hatte sich jedenfalls nicht beschwert, was sollte das also? »Du bist unhöflich, Onkel«, entfuhr es ihm; wobei das wiederum ebenfalls kein sonderlich gutes Benehmen war, auch wenn er zu Recht empört war.

»Wie Verwesung«, fuhr Turéor fort, als habe er Eris Entrüstung gar nicht mitbekommen. »Der Tod lauert in dir. Hast du die Knochen berührt?«

Eri schwieg betroffen. Er erinnerte sich an das riesige Skelett in der Stillen Tiefe. Doch er hatte es nicht berührt. Es hatte keinen Sinn zu versuchen, Turéors kryptischen und zumeist sinnlosen Äußerungen zu folgen oder deren Bedeutung zu entschlüsseln. Irgendetwas quälte den alten Mann und brachte ihn noch mehr durcheinander als sonst. Aber er konnte wohl nicht darüber reden.

Und Eri wollte nicht. Das ging ihm alles allmählich zu nahe.

Foril hatte den Einleitungstanz nunmehr abgeschlossen, doch damit war seine Aufgabe noch nicht beendet. Nachdem Ragdurs Worte verklungen waren, schwamm der Hofstaatmeister vor den Thron des Hochfürsten und richtete sich auf. Das Protokoll sah vor, dass die Fürsten nun Willkommen, Vorstellung und Dank tanzten, doch selbstverständlich würde Ragdur nicht einmal einen Finger heben. Er thronte weiterhin mächtig auf seinem Platz, und Foril musste für ihn tanzen; keine leichte Aufgabe. Er durfte keinen Fehler machen. Und ein solcher Tanz gehörte zu den schwierigsten Herausforderungen mit Figuren, die lange geübt werden mussten. Patzte Foril, konnte der edle Gast sich brüskiert fühlen, und der Hochfürst wäre entehrt. Es hatte schon aus geringeren Gründen Krieg unter den Nauraka gegeben. In diesem Fall würde Foril vermutlich nicht in die Verbannung geschickt, sondern von Ragdur eigenhändig erwürgt werden.

Luri konnte sich nur noch mit Mühe zurückhalten. Sie trug das von Janwe dargebotene Halsgeschmeide, und ein Netz aus feinen Perlen schmückte ihre hochgesteckten Haare. Ihr Kleid saß perfekt, gesponnen aus glänzender, dünner Nixenhaarseide, das ihre zierliche Figur sanft umschmeichelte und in der Farbe zu ihren türkisen Augen passte, in denen jetzt viele goldene Funken tanzten.

Eri hatte sich ebenfalls fein herausgeputzt, vor allem seiner Schwester wegen, und auch er bevorzugte die Farben Blau und Grün, am liebsten in einem unruhigen Muster – wie seine eigenen Augen, die keine einheitliche Farbe aufwiesen, sondern dunkelblau und hellgrün gesprenkelt waren. Außergewöhnlich und unverwechselbar, denn in ganz Darystis hatte niemand sonst solche Augen. Laut Onkel Turéor hatte es überhaupt noch niemanden mit solchen Augen gegeben. »Wie die Unvereinbarkeit der Tiefe und der Sonnensphäre«, hatte Jemuma einst gesagt. »Die beiden können sich nie miteinander vermischen, obwohl alles Wasser ist.«

Vielleicht fühlte er sich deswegen nirgends so richtig zu Hause, drängte es ihn immer nach oben und doch wieder nach unten, weil seine unruhige Seele sich in seinen Augen spiegelte. Das zumindest hatte Luri nach ihrem gemeinsamen Ausflug in die Grotte festgestellt: »Du hast deinen Platz noch nicht gefunden.«

»Ich habe dir ein Versprechen gegeben«, versetzte er. Natürlich war er unruhig, er stand kurz vor der Mannesblüte, ließ die Jugend endgültig hinter sich, und eine große Welt wartete dort draußen jenseits der Grenzen. Er würde den Entschluss seiner Schwester nie verstehen lernen, und er hatte nicht herausfinden können, was genau sie dazu bewog. Doch egal, was sie tat, er war an sein Versprechen gebunden. Seltsamerweise hatte er das Gefühl, als hätte auch die schwarze Perle darauf Einfluss genommen und die flüsternden Stimmen seine Entscheidung gutgeheißen.

Und da kamen sie endlich, die Nauraka aus dem fernen Karund. Eri hoffte, dass seine rangniedrige Position, die ihn an ein abgelegenes Ende der Tafel bannte, ihn unauffällig genug machte, damit er die Gäste unverhohlen betrachten konnte. Sein Bruder Lurion saß viel mehr im Licht, an der Seite seiner Mutter, doch das hinderte ihn nicht, sich in den Sitz zu lümmeln und an Vergorenem zu bedienen. Eri hätte erwartet, dass sein Vater ihn angesichts dieses Ereignisses einmal rügen würde, doch nichts dergleichen. Der Erbprinz hatte »volle Narrenfreiheit«, wie Turéor es einmal ausgedrückt hatte. »Aber er soll doch den Thron erben?«, hatte Eri verwundert geäußert. Turéor hatte fast jungenhaft gegrinst. »Erst wenn dein in der Blüte seiner Jahre stehender Vater alt und grau und schwach geworden ist, kleiner Prinz, und bis dahin ist Lurion entweder ehrbar und verantwortungsbewusst geworden oder tot.« Also war Eri deswegen noch am Leben? Damit wenigstens das Blut Ragdurs fortgeführt würde, falls Lurion etwas zustieß?

Immerhin war Lurion zurückhaltend still, doch er schenkte dem Geschehnis kaum Aufmerksamkeit. Schließlich ging es nicht um ihn.

Eri erkannte plötzlich, dass sein älterer Bruder im Grunde genommen zu bedauern war. Er musste noch einige Korallenbäume darauf warten, seinem Vater auf den Thron nachzufolgen, und war an Darystis gebunden. Im Vergleich zu ihm war Eri frei. Erst recht, seit Ragdur ihn verstoßen hatte. Bald würde er Darystis verlassen und anfangen, sein eigenes Leben zu führen – insofern er seine Pflicht Luri gegenüber nicht vernachlässigte. Doch es würde sich bestimmt alles vereinbaren lassen. Und Lurion, der verhätschelte und verwöhnte Erbprinz, würde allein hierbleiben, er hatte dann keinen Bruder mehr, den er piesacken konnte, und musste andere Wege aus der Langeweile finden.

Zuerst schwebte ein Nauraka herein, bei dessen Anblick Eri erschrak, bis ihm klar wurde, dass selbstverständlich nicht der Fürst als Erster in die Halle käme. Der Gast war nur mittelgroß und dicklich, von wenig einnehmendem Äußeren. Die Schärpe seines Gewandes war auf völlig andere Weise gewickelt als bei den Darystis, und er trug den Zeremoniendolch nicht vorn, sondern seitlich, mit nach hinten gerichteter Spitze. Seine braunen Haare waren zu einem strengen Knoten gebunden, eine Strähne davon in ein seltsames, annähernd viereckiges rotes Gebilde geflochten, das auf seinem Kopf thronte. Der einzige Farbtupfer seiner ansonsten eintönigen Aufmachung. Er trug eine Standarte vor sich mit einem fremden Wappen – das Zeichen von Karund, nahm Eri an. Eine rote Hand vor einem weißen Phylothera vor wiederum rotem Hintergrund. Als Nächstes kam ein eher zu magerer Nauraka herein, dessen linke Gesichtshälfte durch eine auffällige Narbe entstellt war. Auch er trug das Haar in einem Knoten, in den ein weißes Dreieck eingeflochten war, und seine Kleidung war genauso grau wie die des Standartenträgers. Darystis würden sich nie so farblos kleiden.

Doch an dem Schmuck seiner Schärpe war erkennbar, dass er ein hoher Würdenträger war; und tatsächlich, er nahm in gerader Linie zu Foril Aufstellung und begann: »In Liebe und tiefster Demut und Untertänigkeit bedanken wir uns für die großherzige Einladung an den Hof des allsehenden, weithörenden, gnädigen Hochfürsten, dessen Weisheit so tief wie das Meer ist und dessen Großmut bis über die Wogen hinaus zum Himmel reicht. Möge sein Herz sich weit öffnen für die Dankbarkeit, die wir empfinden und nahebringen wollen, möge sein Auge gütig auf uns ruhen, wenn wir uns ihm zu Füßen werfen, und seine edle Hand uns liebevoll segnen. Nehmt uns auf als Euren Sohn, der nicht mehr besitzt als bescheidene Gaben, die weder die Schönheit der edlen Prinzessin Lurdèa gebührend lobpreisen können, noch angemessen Euren Ruhm würdigen.«

Eri sah, dass Lurion kurz davorstand herauszuplatzen, doch ausnahmsweise einmal hielt er sich zurück.

Aber damit war es keineswegs getan. Foril konnte mit einer ähnlich geschraubten und salbungsvollen Antwort aufwarten, die doppelt so lange dauerte, und dann erst begannen die beiden den Tanz. Jeder stellte seinen Herrscher vor, und Eri las aus den Rhythmen, Mustern und Haltungen, was für ein großartiger Herr Fürst Janwe sei, dass er einst aus bescheidenen Verhältnissen kam und die Nähe zum Volk nie vergessen habe und dass er große Pläne habe für die Zukunft der Nauraka, um sie aus der Vergessenheit zu holen und die Sippen wieder zu vereinen. Abgesehen vom Eigenlob glaubte der Prinz alles andere; die Frage war nur, ob das etwas Gutes oder Schlechtes bedeutete. Er hoffte Ersteres für Luri.

Hochfürstin Ymde sah mit abwesendem Lächeln zu; nur einmal richtete sie den Blick auf ihre Tochter und hob leicht die Hand, um ihr zuzuwinken, bevor sie wieder in weite Fernen abschweifte.

Der an den Seiten aufgereihte Hofstaat applaudierte höflich, wenn eine Figur besonders gelungen war, und tatsächlich fanden beide Männer am Ende zum Gleichklang mit übereinstimmender abschließender Geste. Das war ein sehr gutes Zeichen und wurde von allen mit Begeisterung aufgenommen.

Hochfürst Ragdur wirkte äußerst zufrieden, und sein erschöpfter Hofstaatmeister durfte seitlich vom Thron Stellung beziehen. Der schwierigste Teil hatte geklappt, nun konnte nicht mehr viel schiefgehen. Vor allem würde es nun aufgelockerter werden.

Glaubte Eri zumindest. Doch zuerst war der Auftritt des Fürsten an der Reihe. Flankiert von den Gardisten, die nun ebenfalls Standarten mit dem Wappen der Darystis hochhielten – der Sichellanze, gekreuzt mit einem Schwert, Silber vor blauem Hintergrund –, schwebte er herein, und Eri war annähernd so gespannt und aufgeregt wie Luri.

Der Hofstaat murmelte anerkennend, dass der junge Fürst die Farben der Darystis trug, Blau und Silber, und lediglich an seiner

Schärpe seine eigenen Farben, Rot und Weiß, zeigte. Eine gelungene Verbindung und gute Einführung.

Janwe mochte etwas größer sein als Eri und war schlank und jung – sicherlich noch keine fünf Korallenkronen, schätzte Eri, also viel jünger als Lurion. In sein gut geschnittenes Gesicht hatten sich jedoch bereits harte Erfahrungen gegraben, es war sehr viel ausdrucksstärker und gereifter als Lurions, der schon einen Korallenbaum zählte. Seine Haltung zeigte, dass er gewohnt war, Befehle zu geben, die befolgt wurden, und seine geschmeidigen Bewegungen, dass er selbst hart zupackte. Seine großen Augen waren so grau wie der frühe Dämmer. Erstaunlich waren seine fast weißen, *kurzen* Haare. So eine Frisur hatte Eri noch nie gesehen, und die dadurch unverhüllten Ohren waren vielfach durchbohrt und trugen kostbaren, fein gearbeiteten Schmuck bis zum Muschelbogen hinauf.

Diese Nauraka waren in jedem Fall *anders* und konnten leicht von den Darystis unterschieden werden, nicht nur aufgrund der Kleidung, sondern auch der ganzen Gestik. Fürst Janwes Gefolge füllte nun die Halle, und allgemeines Raunen und Tuscheln setzte ein.

Der junge Fürst verneigte sich vor dem Hochfürsten und vollzog die Geste der respektvollen Unterwerfung und Anerkennung des höheren Rangs; das geschah auf vollendete, obgleich steife Weise, mit einer Spur Hochmut. Doch Ragdur zeigte sich zufrieden, denn er verließ seinen Thron, glitt auf Janwe zu und legte dann seine Hände auf dessen Schultern. Unter lautem Beifall und Hochrufen aller gab er dem Gast den fürstlichen Kuss auf die Stirn, der besagte, dass Janwe als künftiger Sohn willkommen war. Erst damit durfte er offiziell in den nächsten drei Dämmerungszyklen um Luri werben, was die Prinzessin wahrscheinlich voller Freude guthieß. Und Eri sah seiner Schwester an, dass sie bereits völlig hingerissen war. Eri musste zugeben, dass diesem Moment eine gewisse Romantik zugestanden werden musste.

Das Fest war eröffnet, und fröhliche Ungezwungenheit sollte herrschen. Die Schalen des Banketts wurden ständig nachgefüllt und viele Getränke gereicht, und die Dienerschaft huschte unauffällig und beflissen umher.

Eri merkte jedoch schnell, dass die Gäste keineswegs so ungezwungen und natürlich waren wie die Darystis. Um nicht zu sagen, sie waren ziemlich hochnäsig. Kühl und zurückhaltend, zugleich in ihren Sitten und Verhaltensregeln noch strenger als die Darystis, was kaum zu glauben war. Das störte den Hofstaat allerdings nicht im Geringsten, Hauptsache, es gab ein Fest. In der ganzen Stadt wurde gefeiert und von der Dienerschaft des Palastes Speisung verteilt.

Eri dachte traurig an die Verbannten, die bestimmt nichts von alledem bekommen würden. Kurzzeitig spielte er mit dem Gedanken, heimlich einen Transport zu organisieren, aber sein Vater wäre sicher dahintergekommen, und dann hätte es einen Eklat gegeben. Wie es aussah, war Fürst Janwe seinem künftigen Gesetzesvater nicht unähnlich und wohl von ähnlich harter Gesinnung, zumindest drückte seine Gestik das aus, und auch sein autoritärer Geruch. Er würde also nicht auf Eris Seite stehen und es als rührende Geste ansehen – und Luri wäre die Leidtragende gewesen.

Also blieb ihm nichts anderes übrig, als den Gedanken an die Ausgestoßenen zu verbannen. Er schämte sich dessen. Nach Verwesung stank er, hatte Turéor gesagt? Ja, so war es auch. Der schrullige alte Mann konnte sich vielleicht nicht klar ausdrücken, aber er hatte ein sicheres Gespür für Unrecht, das Eri nun auch beging, nicht nur sein Vater. Eri hätte gern ein zweites Versprechen gegeben, dass er eines Tages dieses unwürdige Dasein der Ausgestoßenen beenden und ihnen die Freiheit geben würde. Aber er konnte sich nicht selbst belügen, nur um sich für den Moment besser zu fühlen. Nichts würde er ändern können, solange Ragdur und dereinst Lurion den Thron innehatten. Er war selbst gezwungen, den Hof zu verlassen, und durfte wahrscheinlich nie mehr zurückkehren. Da half nur, zu vergessen und zu verleugnen, was er wusste.

Reiß dich zusammen, ermahnte er sich, *Luri darf es nicht erfahren.*

Luri konnte es kaum mehr erwarten, dass der junge Fürst endlich zu ihr käme. Sie musste sich jedoch noch ein wenig länger gedulden, da verständlicherweise zuerst ihr Vater mit ihm sprechen wollte; sie zogen sich dazu in einen privaten Audienzraum zurück. Hochfürstin Ymde winkte ihr, sich zu ihr zu gesellen, und die Prinzessin kam der Aufforderung mit glühenden Wangen nach.

»Nun, mein Liebes, gefällt er dir?«, fragte die Mutter und strich ihr flüchtig übers Haar.

»Ja, sehr«, antwortete Luri aufgeregt. »Er sieht richtig gut aus, nicht wahr?«

»Durchaus, und er benimmt sich tadellos wie ein Hochadliger, das hätte ich gar nicht erwartet. Er bringt uns viel Respekt entgegen.«

Eigentlich nur Vater, dachte Luri bei sich. Bei all dem Zeremoniell war die Mutter der künftigen Braut mit keinem Wort erwähnt oder angesprochen worden. Janwe schien gut zu Ragdur zu passen.

Allerdings fiel ihr auf, dass die Karunder zwar dem Hofstaat gegenüber recht hochmütig waren, jedoch allesamt einer nach dem anderen der Fürstin ihre Aufwartung machten und sehr respektvoll dienerten und vollendete Bücklinge vorführten. Und, was noch überraschender war, auch Onkel Turéor gegenüber. Lurion hingegen schienen sie gar nicht zur Kenntnis zu nehmen.

»Dann ist deine Entscheidung wohl schon gefallen, Schwesterlein«, erklang Lurions Stimme von der anderen Seite. Er schob sich gerade ein Stück geräucherten Urantereo in den Mund. Ausnahmsweise schien er einmal nicht betrunken zu sein.

»Das wird sich zeigen«, sagte sie ausweichend. »Zumindest lehne ich nicht sofort ab.«

Er grinste. »Als ob du eine Wahl hättest. Die beiden schachern gerade um dich in zäher Verhandlung, und du darfst gewiss sein, der Preis für dich wird hoch sein.«

»Sohn, vergifte nicht diesen bedeutenden Moment«, mahnte Ymde, doch ihr Blick glitt über ihn hinweg, ohne ihn zu fixieren. »Kümmere dich lieber darum, selbst nach einer geeigneten Braut Ausschau zu halten, das wird dir viel von deiner Unzufriedenheit nehmen.«

»Pah, das tu ich erst, wenn Vater mir den Thron verspricht. Vorher genieße ich das Leben. Und jetzt werde ich mich mal darum kümmern, dass endlich Musik erklingt!« Lurion verneigte sich leicht und verließ seinen Platz.

»Wie ist es, verheiratet zu sein, Nura?«, fragte Luri. Sie hatte noch nie mit ihr darüber sprechen können, aber allmählich wurde es Zeit. Was Mann und Frau miteinander taten, um Kinder zu zeugen, wusste sie natürlich längst, und dass es dabei Spaß geben konnte, auch. Bei ihren Eltern konnte sie sich das zwar nicht vorstellen, diese hatten es vermutlich immer nur als Pflicht angesehen und hielten sich ansonsten voneinander fern. Aber schließlich hatte sie Freundinnen, die ihr alles genau erklären konnten.

»Für dich bedeutet es viele Pflichten, Kind«, sagte Ymde freundlich. »Du bist nicht so frei wie das Volk. Als Dienerin des Volkes musst du auf das Wohlergehen aller achten, dass niemand darbt, und du musst deinen Gemahl beraten, dass er die Dinge nicht nur auf eine Weise betrachtet. Du bist noch sehr jung, aber du wirst dich hineinfinden.«

»Eri hat gesagt, ich begehe eine große Dummheit, weil ich schon so früh heirate.«

»Als Angehörige der Alten Völker hättest du auch sehr viel Zeit. Aber die Nauraka an sich haben diese Zeit vielleicht nicht mehr, Lurdèa. Unser Volk schwindet dahin, und dein Vater hofft durch diese Verbindung, die Entwicklung aufzuhalten. Damit kann nicht zu früh begonnen werden.«

Luris Blick glitt zu Eri, der sich zu Turéor gesellt hatte. Ihr Bruder war schon beinahe so seltsam wie der Alte, der selbst jetzt außer dem Zeremoniendolch noch sein Schwert auf dem Rücken trug. Neben den Wachen war es ihm als Einzigem erlaubt; ein Zugeständnis, das Ragdur notgedrungen gemacht hatte, da Turéor sonst gar nicht gekommen wäre. Luri war gerührt, als ihr plötzlich bewusst wurde, dass ihr Bruder sich ständig um den alten Mann kümmerte, obwohl er in seinem Alter eigentlich mit seinen Freunden zusammen sein sollte. Doch seit einiger Zeit, genauer gesagt seit der Rückkehr aus der Stillen Tiefe, war Eri genauso eigenbrötlerisch und in sich gekehrt geworden wie Turéor. Immerhin, und auch darüber war

Luri gerührt, trug er heute sein bestes Gewand, und auch noch in ihren Farben. Er sah sehr edel und trotz seiner Jugend stattlich aus, umgeben von einem besonderen Glanz. Eri war sich wahrscheinlich gar nicht bewusst, wie sehnsüchtig er stets von den Mädchen und jungen Frauen betrachtet wurde. Vor allem seine ungewöhnlichen Augen waren es, die die Blicke auf sich zogen, dieses seltsame Gesprenkel aus tiefem Glasblau und hellem Kristallgrün, das sich nicht miteinander vermischte. Diese Augen blickten zumeist verträumt, seiner Mutter nicht unähnlich, aber trotzdem ruhte ein starker Wille in ihnen. Erst in letzter Zeit fand sich ein gehetzter Ausdruck darin, der Luri Sorge machte. Aber vielleicht würde sich das legen, wenn sie erst zusammen unterwegs nach Karund waren. Dann fand sich bestimmt auch eine Gelegenheit, über alles zu reden, was ihn quälte. Luri hatte schon mehrmals seinen Wohnbereich durchsucht, weil sie sicher war, dass er etwas aus der Tiefe mitgebracht hatte, das ihn veränderte und ihm nicht guttat, doch nichts gefunden.

Luris Gedanken wurden durch die plötzlich einsetzende Musik unterbrochen, und dann schwebten die ersten Artisten herein, die mit höflichem Applaus empfangen wurden. Allmählich entspannten sich auch die Gäste aus Karund, der eine oder andere lachte inzwischen sogar. Die Prinzessin überlegte, ob sie zu ihrem Bruder schwimmen sollte, als Fürst Janwe zurückkehrte und direkt auf sie zukam.

»Edle Prinzessin«, sagte er und verbeugte sich vollendet vor ihr. »Ich habe Euch sehr lange warten lassen und bitte Euch um Verzeihung. Wenn Ihr erlaubt, würde ich Euch gern ein wenig entführen und mich mit Euch unterhalten.«

Luri sah ihre Mutter an, die zustimmend nickte. Unsicher lächelte sie den Fürsten an und reichte ihm ihre Hand, die er behutsam nahm, und dann zog er sie mit sich.

Janwe wollte sehen, wie Luri lebte, was für eine Stadt Darystis war, und ließ sich von der Prinzessin herumführen. Sie kamen schnell ins Gespräch, denn er stellte viele Fragen, und das nahm Luri bald die Nervosität. Um sie herum herrschte lebhaftes Treiben, überall wurde gefeiert, gespielt und getanzt. Niemand achtete auf sie, trotz der königlichen Kleidung, und die Wachen folgten in weitem Abstand, sodass sie das Gefühl hatten, unter sich zu sein.

»Gestattet nun *mir* eine Frage«, sagte sie schließlich, als sie wieder auf dem Rückweg zum Palast waren. »Weshalb habt Ihr mich gewählt?«

Da lachte er. »Nun, weil Ihr die beste Partie seid, erlauchte Prinzessin, und ich noch sehr viel vorhabe. Durch Euch bekomme ich eine starke Position allen anderen Sippen gegenüber.«

Seine unverblümte Aufrichtigkeit gefiel ihr. Kein blumiges Gerede über ihre Schönheit, die ihm zu Ohren gekommen sei, und dergleichen mehr. Sondern geradeheraus die Wahrheit. »Ich vermute aber, der Preis ist hoch.«

»Oh, Euer Vater ließ gut mit sich handeln, schließlich ist er zehnmal so reich wie ich. Aber ich konnte ihn mit meiner Bewerbung überzeugen, was allen anderen nicht gelang. Immerhin wird sich dadurch auch das Reich Darystis vergrößern, da unsere Sippen eng miteinander verbunden sein werden.«

»Dann erzählt mir von Karund, edler Fürst. Ich habe das Gefühl, es ist dort ganz anders als hier.« Ihr Blick glitt zu seinem kurzen Schopf.

Erneut lachte Janwe und fuhr sich durch die Haare. »Es wird Euch gefallen, Prinzessin. Mein Reich ist jung, wie auch Ihr es seid, neugierig und verspielt.«

»Und werdet Ihr gestatten, dass mein Bruder Erenwin und mein Onkel Turéor mich als mein persönlicher Schutz begleiten?«, wollte sie weiter wissen.

»Das ist bereits beschlossene Sache.« Er nickte. »Für uns ist es eine große Ehre, dass der verehrungswürdige Turéor mitreisen wird. Er und Eure Mutter sind die letzten Angehörigen der ausgelöschten königlichen Sippe.«

Luri war überrascht und wünschte sich, Eri könnte das hören. »Dann sind die Geschichten also wahr, die er erzählt?«

»Aber natürlich«, erwiderte Janwe erstaunt. »Habt Ihr etwa je daran gezweifelt? Unserem Wissen nach gehört Turéor sogar direkt zur königlichen Linie, wohingegen Hochfürstin Ymde einer Seitenlinie entstammt, die dem ersten Massaker entging, aber infolge des Rachefeldzugs des Alten Feindes ebenfalls nahezu ausgelöscht wurde. Dies geschah, nachdem der König mit seiner Familie das Meer verließ und das Tabernakel mit sich nahm, das so großes Unglück gebracht hatte. An Land siechte seine Sippe rasch dahin, doch zurück konnten sie nicht mehr.«

»Ja, davon weiß ich«, sagte Luri verdutzt. »Es gibt nur noch einen letzten Nachkommen, der jedoch nicht mehr reinblütig ist.«

»Trotzdem ein großer Herrscher. Er führt die Tradition des Friedens fort, und genau das möchte ich hier in der See, unserer Heimat, auch wieder erreichen. Es soll eines Tages wieder einen Königsthron geben. Noch immer haben wir das Wissen und die Kräfte, aber wir nutzen sie nicht, sondern vegetieren langsam vergehend dahin, ohne Antrieb, ohne Bewusstsein der glorreichen Vergangenheit.« Janwe redete leidenschaftlich, und Luri begriff, was er sich von dieser Hochzeit versprach. Die Frage war aber, ob das für eine eheliche Verbindung ausreichte. Sie hielt seinen Ehrgeiz nicht für falsch und sah auch eine Möglichkeit, selbst zur Erhaltung des Volkes beizutragen und in die Fußstapfen ihrer Mutter zu treten, für ein kommendes größeres Reich. Janwe brauchte eine mäßigende Frau an seiner Seite, denn nach all dem, was sie bereits von ihm erfahren hatte, war er von starkem Ehrgeiz beherrscht und ähnlich streng und unnachgiebig wie ihr Vater.

»Dann verbindet uns also nur Politik?«, meinte sie mit leichter Herausforderung in der Stimme. Dafür konnte man auch einen Vertrag schließen, eine Heirat war nicht notwendig.

Janwe hielt an und wandte sich ihr zu. Sie hatten inzwischen einen Korallenausläufer des Palastes erreicht, niemand befand sich in der Nähe, und die Wachen warteten beim Eingang zur Halle. Vielleicht hatte er den Moment abgepasst, bis sie wirklich allein waren; jedenfalls hatte sie ihre Frage anscheinend im passenden Augenblick gestellt, denn sie erhielt die Antwort, die sie erhoffte.

»Nein.« Janwe legte die Hände an ihre Schultern und zog sie an sich, bis ihr Gesicht dem seinen ganz nah war. »Was für eine dumme Frage von so einem liebreizenden Geschöpf wie Euch, Prinzessin.

Ihr seid das Schönste, was ich je erblickt habe, und ich danke Euch, dass Ihr mein Geschenk angenommen habt. Seht mich an, ich bin jung wie Ihr, und wir sind füreinander wie geschaffen. Wie könnte ich mich nicht in Euch verlieben, Lurdèa, und ich werde die Bemühungen meiner Werbung um Euch verdoppeln, denn ich will Euch mehr denn je an meiner Seite. Werdet meine Fürstin, ich flehe Euch an. Ich lege mein Herz und mein Reich in Eure Hände. Prüft mich in den nächsten drei Zyklen, und dann, ich bitte Euch, geht in Euch und denkt über Eure Entscheidung nach. Lasst Euch nicht von Äußerlichkeiten oder Höflichkeiten blenden. Ich weiß, mein Äußeres gefällt Euch, und wenn ich Euch sage, was meine Hände bereits in diesem Moment gern mit Eurem Körper anstellen würden, wärt Ihr nicht abgeneigt, es zu erfahren. Doch bedenkt wohl, Eure Entscheidung ist für immer; wenn Ihr zustimmt, seid Ihr auf ewig an mich gebunden. Also macht es nicht abhängig von Verlangen oder Schmeichelei. Ich werde Euch mit aller gebotenen Leidenschaftlichkeit lieben, doch es braucht mehr, um die Verantwortung eines Fürstenthrons zu übernehmen.«

Sie war atemlos nach dieser langen Rede, als hätte sie sie selbst geführt, und hielt still, als er seinen Mund auf ihre Lippen legte, nur für einen kurzen, flüchtigen Moment, nicht mehr als eine zarte Berührung. Dennoch löste sie einen wahren Sturm in ihr aus, der nach mehr verlangte, sehr viel mehr.

»Eure Augen sprühen goldenes Feuer«, sagte er sanft. »Wir werden jetzt in die Halle zurückkehren, wo ich meine Werbung mit einem Tanz für Euch beginne, und zwar auf der Stelle, sonst geschehen hier Dinge, die sich nicht ziemen. Aber umso mehr bin ich in der richtigen Stimmung und werde mich hoffentlich nicht allzu sehr blamieren. Ihr dürft natürlich lachen, meine Prinzessin, aber bitte nicht zu laut: Lasst mir die Illusion, dass ich es gut mache.«

»Ihr seid geschickt im Umgang mit Worten und ein Schmeichler«, lächelte sie strahlend und folgte ihm, obwohl ihr die unziemlichen Dinge sehr viel lieber gewesen wären. Was kümmerten sie noch die strengen Regeln des Protokolls. Sie war so nah dran!

Als hätte er ihre Gedanken erraten, lachte Janwe leise. »Auch dies gehört dazu – uns zu finden, erlauchte Prinzessin. Die Glut der

Leidenschaft ist gerade erst entfacht. Lasst sie uns langsam nähren und uns der süßen Qual der Ungeduld hingeben.«

Luri hatte ihrem Bruder versprochen, den Bräutigam genau zu prüfen, auf alles zu achten und auf ihre innere Stimme zu hören. Sie hätte kühl und distanziert sein müssen, aber damit war es vorbei. Sie war verliebt. Fürst Janwe entsprach so sehr ihrer Vorstellung eines edlen Mannes, und er verstand es, ihr Herz für sich zu gewinnen. Über seinen Brauttanz würde in Darystis noch lange geredet werden, selbst Turéor hatte mit weit geöffneten Kiemen zugeschaut. Janwe beherrschte seinen Körper bis in die Fingerspitzen, und Luri sah ihn dabei ohne Kleidung vor sich, dazu brauchte es nicht viel Vorstellungskraft. Er war sehnig, glatt und vollkommen, daran konnte kein Zweifel bestehen, und seine Arme um sich zu spüren war das Beste, was sie je gefühlt hatte. Noch niemals hatte jemand sie so gehalten, besitzergreifend und behutsam zugleich. Nicht wie ein Bruder oder Freund, sondern wie ein Mann, der sie begehrte.

Nach Janwes Tanz zog Luri sich dem Anstand entsprechend für einige Zeit von der Gesellschaft zurück, und erzählte Eri, der ungeduldig in ihren Gemächern wartete, alles von Anfang bis Ende, auch die Sache mit Turéors Abstammung.

»Du hast dich verliebt«, war seine einzige Anmerkung dazu.

»Hast du nicht zugehört, was ich über Onkel Turéor sagte?«

»Du hast dich verliebt«, bekräftigte er.

Nach einer Weile des Schweigens gestand sie: »Ja.«

»Also wirst du ihn heiraten?«

»Die Zeit der Werbung ist gerade erst angebrochen ...«

»Du wirst es tun. Vater will es so, Janwe will es so, Mutter hat nichts dagegen. Lurion ist es egal. Hauptsache, er ist mich und Turéor los. Er gefällt dir, du hast dich in ihn verliebt, du wirst Fürstin sein ... also warum solltest du es nicht tun?«

»Was sagst *du* denn dazu?«, fragte sie leise.

Er hob hilflos die Schultern. »Ich kann nicht gegen meine Vorahnungen ankämpfen, Luri. Janwe gefällt mir auch, ich gebe es zu. Er ist kompromisslos und geradeheraus, aber wie er mit dir umgeht, dich ansieht ... ich glaube, das ist mehr, als unser Vater je unserer Mutter entgegengebracht hat. Seine Haltung dir gegenüber ist stets respektvoll. Er ist so ganz anders als sein bornierter Hofstaat, der um ihn herumscharwenzelt und schleimt wie eine Nacktschnecke. An seinem Hof stimmt etwas nicht, das weiß ich. Vielleicht ist Janwe in Ordnung, und die Gefahr lauert woanders, und ihr *beide* seid in Gefahr. Dann ... muss ich erst recht mitkommen.«

»Ich will wissen, ob du einverstanden bist.«

»Habe ich eine Wahl?«

»Sag mir, ob du glaubst, dass er der Richtige für mich ist!«

»Ich habe ihn mir anders vorgestellt. Er macht einen sehr viel besseren Eindruck, als ich angenommen hatte. Und es sieht so aus, als würdet ihr harmonieren. Vielleicht macht er dich wirklich glücklich und gibt dir ... na ja. Liebe?«

»Immer noch die Sehnsucht nach Liebe«, lachte sie.

»Du nicht?«, gab er zurück.

»Ich hätte nie erwartet, zu bekommen, was Janwe mir bereits jetzt gibt. Ich weiß nicht, ob das Liebe ist, Eri. Das wird sich erweisen.«

Die Werbung fand nach den Regeln der Tradition vor vielen Augen statt, doch immer wieder ergab sich eine Gelegenheit, dass die Brautleute für wenige Momente nur unter sich waren und sich näherkamen. Janwe war dann überraschend zurückhaltend und eher unsicher, ob er alles richtig machte.

»Bitte sag mir, wenn ich dich beleidige«, forderte er sie auf. »Ich habe keine Erfahrung in diesen Dingen. Bisher bestand mein Leben zum größten Teil aus Kampf und harter Arbeit. Wahrscheinlich stoße ich dich ständig vor den Kopf, Luri.«

»Nein«, erwiderte sie sanft. »Das tust du nicht. Allein dein Tanz war schon vollkommen.«

»Du ahnst ja nicht, wie viel ich geübt habe«, meinte er erleichtert. »Doch der Anfang war vergleichsweise leicht, aber jetzt erreichen wir eine Phase ... wo ich nicht mehr weiterweiß. Ich habe meinen ganzen Charme ausgespielt, und nun fällt mir nichts mehr ein. Was kann ich noch tun, um dich für mich zu gewinnen?«

»Du könntest mich küssen.«

Daraufhin schloss er seine Arme um sie. »Du hast mich sehr lange darauf warten lassen«, murmelte er, und diesmal blieb es nicht bei der flüchtigen Berührung.

Luri war überrascht, plötzlich seine Zunge in ihrem Mund zu fühlen, doch dann fand sie schnell in das Spiel und schlang die Arme um ihn, während er immer leidenschaftlicher wurde. Selbst durch die dicken Stoffschichten hindurch konnte sie sein Herz schlagen hören. Und sie wusste, der Moment der Entscheidung war gekommen.

ZWEITER TEIL

Verrat

7.

Nach Karund

Luri verkündete zum festgelegten Zeitpunkt offiziell ihre Entscheidung. Alle waren sehr gespannt, denn sie hatte sich vorher nicht darüber geäußert, keinem gegenüber. Auch Fürst Janwe zeigte sich sehr nervös, als er sie in die Mitte der Halle schwimmen sah.

Luri hatte es sich nicht leicht gemacht. Dass sie und Janwe sich mehrmals geküsst und zärtlich im Arm gehalten hatten, durfte nicht ausschlaggebend sein. Sie hielt sich an ihr Versprechen, das sie ihrem Bruder gegeben hatte, mit allem gebotenen Ernst in sich zu gehen. Und was dabei herauskam, war Folgendes:

Erstens – sie war verliebt.

Zweitens – Janwe war der Mann ihrer Träume. Er sah gut aus, er war reich und von Ansehen, und er hatte sehr intensiv um sie geworben. Mehr, als ein Mann getan hätte, dem es nur um Politik ging. Denn schließlich konnte er nicht verlieren. Der Handel mit Ragdur war abgeschlossen. Wenn Luri sich jetzt zierte, würde sie nach angemessener Zeit einfach gezwungen werden. Darüber machte sie sich nach einer Unterhaltung mit ihrer Mutter keine Illusionen mehr.

Drittens – genau das war einer der Gründe, weswegen auch sie nach höherer Position strebte. Ansehen und Status der Frauen waren bei den Nauraka beschämend gesunken. Waren sie früher Ratgeberinnen gewesen, deren Entscheidung ausschlaggebend war, so hatten sie heute so gut wie keine Bedeutung mehr. Luri wurmte es immer noch, dass ihre Mutter beim ersten Zeremoniell völlig übergangen worden war, obwohl Ragdur ihr alles verdankte. Janwe hatte seine

Aufwartung nach dem ersten Gespräch mit Luri nachgeholt, und in sehr versöhnender Weise. Aber das änderte nichts daran, dass er in vielem Ragdur zu sehr ähnelte. Luri sagte sich, dass er es bisher nicht besser wusste. Doch er war jung und konnte lernen.

Viertens – Luri hatte längst von Eris Abenteuer bei den Ausgestoßenen erfahren, von Onkel Turéor nämlich, der sie aufgesucht und ihr alles berichtet hatte. »Du kannst etwas daran ändern, Luri. Nicht heute, nicht morgen, aber ganz sicher irgendeines Helldämmers.« Sie wusste, wie sehr Eri sich deswegen quälte, und auch, wie ihr Vater darauf reagiert hatte. Um Eris willen und aller Nauraka, die ein unwürdiges Dasein fristen mussten, würde sie daran etwas ändern. Die Zeit dafür würde kommen.

Fünftens – es würde sehr schwer werden. Janwe konnte Widerspruch nicht leiden, das hatte sie schnell festgestellt. Und er unterlag den Einflüsterungen seiner Berater, von denen Luri überhaupt nichts hielt. Diese hochmütigen Hofschranzen, deren Herkunft niemand kannte, hielten sich für etwas Besseres und verfolgten eigene, eigensüchtige Ziele, deshalb ließen sie Janwe so gut wie nie aus den Augen.

Sechstens – was konnte sie sonst tun? Was blieb ihr übrig? Selbst wenn ihr Vater ihre Ablehnung akzeptieren würde, so würde er sie eines Tages doch verheiraten, womöglich mit einem Widerling irgendeiner unbedeutenden Sippe. Bis dahin würde Luri weiterhin als Prinzessin im goldenen Käfig leben, ohne Verantwortung und voller Oberflächlichkeit. Aber das wollte sie nicht. Und noch weniger wollte sie die Trennung von Eri. Für ihn gab es gar keinen Ausweg mehr, er war schließlich verstoßen. Er hatte ihr das Versprechen gegeben, sie zu schützen, aber deshalb war sie nicht weniger verantwortlich für ihn.

Die Grotte ging Luri nicht mehr aus dem Sinn, was Eri ihr dort gezeigt hatte, und der erste Atemzug aus Lungen. Seither fühlte sie sich in Darystis eingeschränkt, beengt. Nun wollte sie mehr, genau wie Eri. Auf dem richtigen Wege, wie sie hoffte.

Erstaunlicherweise war sie ganz ruhig, als sie nun in der Mitte der Halle verharrte, umringt von über hundert Nauraka, die sie alle gespannt und zum Teil sehr nervös anschauten. Es war nur noch eine

Geste, alles war entschieden, und sie würde dazu stehen. Eine neue, aufregende Welt erwartete sie, und genau wie Janwe hatte sie viel vor. Sie wusste, was sie wollte.

Luri richtete den Blick nach innen, als sie ihren Tanz begann. Sie fühlte nur noch ihren Körper, die Bewegungen der See, deren Teil sie war. Es war kein spektakulärer, aufwühlender Tanz, überschäumend vor Emotionen. Sondern leise und sanft, fast auf der Stelle, mit hauchzarten Bewegungen der Fingerspitzen, mit anmutigen Biegungen ihres geschmeidigen zarten Körpers. Jede Geste hatte ihre eigene Bedeutung, die von allen gelesen werden konnte. Luri erzählte von der Unbeschwertheit ihrer Jugend bis vor wenigen Dämmerungszyklen, von den aufgewühlten Empfindungen, als sie von einem Mann umworben wurde. Sie beschrieb ihre Gefühle, ihre Sehnsüchte und ihre Gedanken, was diese Veränderung bedeutete. Ihre Furcht, das Falsche zu tun. Und ihre Freude, an das Richtige zu glauben.

Als sie endete, herrschte für einen Moment Stille, nur das heftige Klappern der Kiemen und die Wellenbewegung daraus war zu spüren. Luri sah zu ihren Eltern und entdeckte zu ihrem Erstaunen, dass Tränenöl aus den Augen ihrer Mutter trieb. Onkel Turéor sah trauriger denn je aus, aber ... war da nicht trotzdem ein Funken Hoffnung in der Tiefe seiner Augen? Eri sah verwirrt und eingeschüchtert aus; Lurion starrte seine Schwester an, als würde er sie zum ersten Mal wahrnehmen. Jemuma, die Hellseherin, alle, die Teil an ihrer Erziehung seit frühester Kindheit gehabt hatten, waren sehr gerührt, und Stolz glänzte in ihren Augen. Und Ragdur, nun, er war zufrieden. Seine Miene war deutlich gelöster, nicht so grimmig wie sonst, und er schenkte ihr huldvoll eine Geste der Gunst. Das war mehr, als sie in ihrem ganzen Leben zusammengefasst an Zuneigung erhalten hatte.

Nun erst wandte Luri sich Fürst Janwe zu, der tatsächlich einigermaßen sprachlos wirkte. Sicherlich hatte er auf ihre Einwilligung gehofft, sie sogar erwartet, doch bestimmt nicht *so*. Er hob die Arme und rief in die Runde: »Ein Hoch auf die Prinzessin von Darystis und Fürstin von Karund!«

Da brach der Begeisterungssturm los; und noch mittendrin verschwanden Jemuma und ein Großteil der Dienerschaft, um alles für das Hochzeitszeremoniell vorzubereiten.

Noch vor dem Mittlicht fand die Feierlichkeit statt, unter dem heiligen Korallenbaum der Zeit. Der versteinerte Urstamm des Baumes reichte bis in die dunkle Tiefe hinab, den Ursprung des versunkenen Königreiches, auf dessen Ruinen Darystis aufgebaut wurde. Als Ragdur mit der Besiedlung begann, konnte ein letzter lebender Ast des Urbaums geborgen werden, der seither als Zeitmesser verwendet wurde und bereits zu vielfachen Kronen verzweigt war.

Als Eri und Luri noch klein gewesen waren, hatte Meister Zeitmesser sie im Unterricht mit in die Tiefe genommen und ihnen am Urstamm entlang die Überreste des ursprünglichen Königreiches gezeigt. Viel gab es nicht mehr zu sehen, die Zerstörungen waren sehr gründlich gewesen. Damals hatten die Kinder noch nicht so recht daran glauben wollen, dass der ominöse »Alte Feind« aus Turéors Erzählungen dafür verantwortlich gewesen sein sollte. Allgemein war man von einem viel weitreichenderen Krieg ausgegangen, der vor allem unter den Nauraka wütete und das Volk zersplitterte.

Bis zu Ragdurs Ankunft war das damalige Geschehnis in Vergessenheit geraten und alles von Tang und Algenmoos überwuchert, und nur wenig Leben fühlte sich hier wohl, als würde der Geschmack des Todes noch immer darüberliegen. Doch es war ein gutes Fundament für einen Neubeginn an einem geschichtsträchtigen Ort, und Janwe versicherte, dass Darystis ein zauberhaftes, verwunschenes Reich sei, viel schöner noch als in den Legenden. Den Baum betrachtete er geradezu ehrfürchtig, mit einem seltsamen Glanz in den Augen. »Ein kostbarer Besitz, um den ich Euch beneide, ehrwürdiger Gesetzesvater.«

»Ein guter Ort, um einen Bund zu schließen«, sagte der Hochfürst.

Ein letztes Bankett wurde abgehalten, und ganz Darystis feierte nun die Hochzeit und Verbrüderung mit dem jungen Reich Karund. Luri strahlte vor Glück, und selbst Turéor holte sie zum Tanz und wünschte ihr nur das Beste. Eine kleine Trübung für Luri gab es, als der Bräutigam der Braut in einem kurzen Moment, als sie alleine waren, nach einem innigen Kuss erklärte, dass sie diesen Dunkeldämmer allein schlafen musste: »Ich habe noch sehr viel mit deinem Vater zu besprechen, und bereits morgen im Frühlicht brechen wir auf.«

»Dann muss ich also weiterhin warten?«, entfuhr es ihr enttäuscht, woraufhin er ihr einen weiteren Kuss gab und seine Hand über ihren Körper gleiten ließ, für einen kurzen Moment in den Ausschnitt ihres Kleides schlüpfte, sodass sie zum ersten Mal seine Berührung auf ihrer Haut spürte. Ein Schauer der Erregung überlief sie, und so wurde es noch schwerer für sie.

»Ich kann es auch kaum mehr erwarten«, gestand er mit weit geöffneten Kiemen. »Doch wir müssen uns immer noch gedulden. Es soll ein unvergesslicher Moment werden, meine Gemahlin, und nicht unter den Augen deines strengen Vaters geschehen. Morgen reisen wir nach Hause, nach Karund. Meiner fürstlichen Pflicht gemäß muss ich dort ein Bankett geben, aber danach ... haben wir ein Gemach nur für uns und Ruhe. Ich will Zeit haben für dich und an nichts anderes denken müssen. Wir werden alles nachholen, ich verspreche es dir.«

»Du bist ein strenger Mann«, murmelte sie. Doch sie fügte sich.

Eri und Turéor hatten ihre Sachen schnell gepackt. Eri brauchte nur ein kleines Bündel für die Dinge, an denen er hing, dazu seine Jugendwaffen und eine Armbrust für die Jagd, Ersatzkleidung und verborgen in einer Falte die schwarze Perle. Turéor nahm nichts mit außer dem, was er am Leibe trug. »So bin ich gekommen, so werde ich auch wieder gehen.«

»Wo warst du vorher?«, fragte Eri. »Wenn hier unten die ursprüngliche königliche Stadt lag ...«

»Weit fort«, murmelte er. »Ich habe lange gebraucht, um zurückzufinden.«

»Fällt dir der Abschied schwer?«

»Nein, denn mein Weg ist bald zu Ende.«

Das gefiel Eri gar nicht, doch er ging nicht weiter darauf ein.

Luri schwirrte aufgeregt umher, während noch alle feierten und Dunkeldämmer hereinbrach, und konnte sich nicht entscheiden, was sie mitnehmen wollte; vor allem grübelte sie über die Aufteilung ihrer Brautgeschenke nach. »Neunzehn Körbe mitschleppen, das geht doch nicht!« Da ihr Vater es mit deutlichem Nachdruck erwartete, gab sie ihm neun Körbe, allerdings nicht direkt, sondern ihrer Mutter zu treuen Händen. Sie sollten nur verwendet werden, wenn es notwendig war, ansonsten mussten sie für ihre künftigen Kinder als Hinterlassenschaft verwahrt werden. Einen Korb schenkte sie Lurion, der so fassungslos war, dass er seine Schwester sprachlos umarmte. Einen Korb wollte sie Eri geben, der rundheraus ablehnte. »Ich brauche nichts.« Sieben Körbe versteckte Luri und sagte niemandem, wo. Nicht einmal Eri wusste, wie sie es angestellt hatte, die Körbe heimlich wegzubringen. Sie weigerte sich auch hartnäckig preiszugeben, weshalb sie sie versteckte.

Einen Korb spannte Luri an einen Phylothera. Dann nahm sie ihren Bruder an der Hand. »Komm mit.« Er folgte ihr und war erstaunt, als sie zu den Seeschwärmergründen tauchte, wo Geror am Rande wohnte. Seit seiner Rückkehr aus der Tiefe hatte Eri den Obersten Jäger nicht mehr gesehen; er hatte nicht einmal gewusst, dass Luri ihn kannte. Die beiden sahen sich um, doch es war niemand in der Nähe, nicht einmal eine Wache – nicht hier bei den Jägern. Außerdem war ganz Darystis mit Feiern beschäftigt. Luri stieß eine Reihe von seltsamen Lauten aus, und gleich darauf kamen zwei Jäger und holten den Phylothera. Dann schwamm Luri zusammen mit ihrem Bruder zu Gerors Quartier, der sie schon erwartete.

»Was hat das zu bedeuten?«, fragte Eri misstrauisch.

Luri wandte sich ihm zu. »Onkel Turéor hat mir alles erzählt.«

Ihm blieb die Luft weg, als die Kiemen sich im Schock heftig schlossen. Er brauchte nicht nachzufragen, was Turéor erzählt hatte, da gab es nur eine Sache. »Er hat es mir versprochen«, keuchte er.

»Es war gut, dass er es mir erzählt hat«, erwiderte sie. »Ich habe deswegen Geror gebeten, etwas zu tun.«

Nun verstand Eri. »Der Korb …«

»Ja. Es ist nicht viel, aber es darf ja auch nicht auffallen. Geror ist ein sehr geachteter und beliebter Mann, er wird eine Möglichkeit finden, meinen Korb an Vaters wachsamen Augen vorbei nach und nach gegen Nahrung einzutauschen und den Ausgestoßenen zu bringen. In deinem Namen.«

»Aber Luri ...«

»Still, Bruder. Ich habe in den letzten Dämmerungszyklen eine Menge beobachtet, genau, wie du mir aufgetragen hast. Und mir ist klar geworden, dass ich entsprechend meiner Ausbildung handeln muss. Nun war es gut, dass unser Vater uns von Anfang an, als wir noch ganz klein waren, gezwungen hat zu lernen. Kinder durften wir nie sein, und das habe ich ihm lange übel genommen. Aber ich denke, jetzt bin ich dankbar. Mir sind die Augen geöffnet worden.«

Eri war fassungslos. »Danke.« Mehr fiel ihm nicht ein. Seine jüngere Schwester, auf die er aufpassen sollte, war reifer als er. Er hatte in ihr immer noch ein Kind gesehen, aber sie hatte recht: Sie beide hatten nie Kinder sein dürfen und mussten früh Reife erlangen. Erst seit dem letzten Korallenring hatten sie weitgehend unbeschwert leben dürfen, ein kurzer Augenblick des Glücks und frei von Verantwortung.

»Also, lasst euch nicht erwischen!«, ermahnte Luri Geror. Dann nickte sie Eri zu: »Wir müssen zurück, bevor es auffällt.«

Nun war nur noch ein Korb übrig. »Das ist meiner«, erklärte Luri im Frühdämmer vergnügt ihrem Ehemann, als er sich erstaunt über ihr geringes Gepäck äußerte.

»Nur ein einziger von neunzehn?«

»Ich dachte, du bist reich?«

Er starrte sie verdutzt an, dann musste er ebenfalls lachen. »Du hast recht. Nicht zu viel Ballast in ein neues Leben, und mein Palast bietet ohnehin alles, um dir ein angenehmes Leben zu ermöglichen. Ich habe einen Bereich nur für dich eingerichtet, und Frauen, die dich verwöhnen, deine Kleider nähen ...«

»Siehst du«, unterbrach sie ihn heiter. »Diesen Korb nehme ich mit als Erinnerung, wie es mit uns begann. Jedes Stück ist für mich von besonderer Bedeutung.«

»Wie lange werden wir für die Reise brauchen?«, wollte Eri wissen.

»Ein paar Dämmerungszyklen werden es wohl sein«, antwortete Janwe achselzuckend.

»Wir könnten Seeschwärmer nehmen«, schlug der Prinz vor. »Ich reise ohnehin mit Dullo, und ich weiß, Vater wird uns weitere zur Verfügung stellen.«

Der Fürst dachte nach. »Aber ich werde nicht alle meine Hofschranzen dazu bewegen können, sich auf einem derart gefährlichen und wilden Reittier fortzubewegen.«

»Das ist auch nicht notwendig«, grinste Eri. »Die können ja auf dem gewohnten Wege hinter uns herkommen. Wir aber brauchen nur die Hälfte der Zeit, könnten unterwegs jagen und sogar auf den Seeschwärmern schlafen, während sie im Dunkeldämmer langsam weiterziehen. Sie sind noch dazu ein besserer Schutz als deine Soldaten, Janwe – falls wir etwas da draußen fürchten müssen.«

Janwes Augen leuchteten auf. »Ich habe noch nie ... ist das denn möglich?«

»Es gibt ein paar Tricks, mit denen auch ein Ungeübter am Leben bleibt«, erklärte Eri. »Wir haben zudem mindestens einen sehr friedlichen Fisch in unseren Gründen, dem es nichts ausmacht, wenn ein Fremder in seinem Nacken sitzt. Solche gibt es immer mal wieder.«

»Ich kann reiten!«, rief Luri. »Wir könnten doch einen Schwärmer für uns beide nehmen, Janwe!«

»Schwester, du kannst nicht reiten«, belehrte der Prinz sie. »Was wir als Kinder getan haben ist was anderes als das, was jetzt gefordert ist.«

Janwe wandte ein: »Aber sie hat zumindest mehr Erfahrung als ich. Mein Reich ist zu jung, für die langwierige Seeschwärmerzucht hatte ich bisher keine Zeit. Ich habe eure Seeschwärmer bisher lieber aus der Ferne betrachtet. Aber ich lerne gern dazu.« Er nickte. »Einverstanden! Je früher wir Karund erreichen, desto besser.« Wieder war ein Leuchten in seinen grauen Augen, und Luri schmiegte sich kurz an ihn.

Damit war der Abschied gekommen. Eltern und Erbprinz winkten ihnen nach, während drei Seeschwärmer für die Reise bereit gemacht wurden. Eri ritt Dullo, Luri und Janwe teilten sich den zweiten, und den dritten beanspruchte Turéor, und er hatte tatsächlich Jemuma überreden können, mit ihm zu reisen, anstatt in einer bequemen Sänfte. Jemuma erklärte sich aber vor allem deswegen bereit, weil sie in Luris Nähe bleiben wollte.

Janwes Begleiter waren zuerst entsetzt gewesen und drängten darauf, wenigstens sechs Soldaten als Schutz mitzunehmen, aber der Fürst lehnte ab. Also reisten die Hofschranzen als Erste in ihren von Phylotherae gezogenen Sänften ab, samt Gepäck und Proviant, den Ragdur großzügig zur Verfügung gestellt hatte.

Luri übernahm die Lenkung des Seeschwärmers, und Janwe saß hinter ihr, Waffen und Gepäck auf den Rücken geschnallt. Ganz Darystis war versammelt, als die Seeschwärmer langsam aufstiegen und dann Kurs auf die Weite nahmen. Die Dämmerung verschluckte bald das Licht der Stadt, und selbst der mächtige Vater-Vulkan wurde rasch kleiner, ein schwarzer Fleck in der blauen Tiefe.

Als sie die Grenze von Darystis hinter sich ließen, musste Luri ihre Tränen hinunterschlucken, und ein Zittern durchlief sie. Aber da fühlte sie, wie Janwe seinen Körper eng an ihren presste, sie mit seinen Armen von hinten umschlang, die Hände besitzergreifend über ihre Brüste gleiten ließ und seine Lippen in ihren Nacken presste. »Ich bin jetzt deine Heimat«, murmelte er in ihr Ohr. »Du brauchst keine andere.«

Glücklich lehnte sie sich an ihn, schloss die Augen und ließ den Seeschwärmer treiben, der willig den anderen folgte.

Eris Herz pochte, als sie nur noch von blauer Weite umgeben waren. So weit hinaus war er noch nie geschwommen. Die Grenze von Darystis, des Reiches Silberspeer, lag schon weit hinter ihnen, und im Wasser gab es nichts Vertrautes mehr, wonach er sich orientieren konnte. Er empfand den Geschmack nicht als bitter oder süß, sondern einfach nur *anders*. Nichts Fremdes war darin, der Inhalt fast so wie in der Heimat, aber die Zusammensetzung anders. Vor allem fehlte die naurakische Duftnote. Eri erkannte die Gerüche von vielen Fischen, hörte den fernen Gesang der Wale, spürte die Erschütterung von jagenden Raubfischen. Leben pulsierte in Schwingungen um ihn herum, so vielfältig, dass er Schwierigkeiten hatte, es auseinanderzuhalten. Nah und fern zogen Fischschwärme vorbei, und Familienverbände der unterschiedlichsten und skurrilsten Arten, von denen er höchstens die Namen kannte. Ab und zu geriet das Wasser in Unruhe, wenn Räuber ihren Weg kreuzten, doch den Seeschwärmern wichen sie aus. Die Seeschwärmer wiederum witterten rechtzeitig die Riesen und glitten aus ihrer Strömung, um sie nicht auf sich aufmerksam zu machen.

Obwohl es seit einiger Zeit keine optischen Anhaltspunkte mehr gab, würde Eri dennoch problemlos wieder zurückfinden. Jeder Wasserbewohner verfügte über einen besonderen Orientierungssinn, der ihn selten fehlleitete. Der Händler Hallog hatte Eri einmal gefragt, wie genau dieser funktionierte, aber der Nauraka hatte es nicht erklären können. Es waren die Wellenbewegungen, der Geschmack und Geruch des Wassers, die kleinen, kribbelnden Schläge, die mit der Haut aufgenommen wurden. Bei den Nauraka saß in der Kerbe zwischen Mund und Nase zudem noch ein besonders empfindliches Sinnesorgan, das hauchfeine Schwingungen und Veränderungen erspürte, auch den Unterschied an Wärme und Kälte auf weite Entfernung.

»Wie ist unsere Route?«, wollte er von Janwe wissen, als sein Seeschwärmer zu ihm aufschloss.

»Wir gelangen auf fast direktem Wege nach Karund«, antwortete der Fürst und gab Eri eine Beschreibung, worauf er achten musste und anhand derer sich der Prinz eine ungefähre Vorstellung machen konnte. Er schätzte, dass sie bei dieser Geschwindigkeit in spätestens drei Dämmerungszyklen am Ziel waren. Das Gefolge würde mehr als doppelt so lange brauchen.

Die Seeschwärmer zogen mit ruhigen, aber kraftvollen Schlägen ihre Bahn, und sie kamen schnell voran. Luri und Janwe trieben immer wieder ab, weil der Fürst unbedingt das Reiten lernen wollte, wobei Luri selbst kaum lenken konnte, wie Eri gewarnt hatte. Doch der Seeschwärmer, der von Geror mit einem starken Beruhigungsmittel gefügig gemacht worden war, ließ sich nicht aus der Ruhe bringen.

Turéor und Jemuma blieben die ganze Zeit auf Kurs. Sie wirkten völlig entspannt und ruhig. Ob sie über den Abschied nachdachten? Eri verdrängte jeden Gedanken daran.

Kurz nach Mittlicht schwenkte Janwe vom Kurs ab, und sie erreichten ein großes Felsengebiet, das aus der Tiefe emporwuchs. Verwitterte, moosbewachsene, löchrige Steine, dicht besetzt mit Blumentieren, zwischen denen leuchtend bunte kleine Fische schwammen.

»Dort hinein!«, rief Janwe und deutete auf eine Spalte zwischen den Felsen, und Eri lenkte Dullo als Erster darauf zu. Die Spalte öffnete sich bald zu einer Schlucht inmitten der Felsen, und darin, nach unten abfallend, lag eine aus bearbeitetem Stein errichtete Stadt. Bei weitem nicht so erhaben und filigran wie Darystis, aber beeindruckend, fand Eri.

Schon kamen ihnen Bewohner entgegen, und der Prinz erkannte die mehr einem Fisch denn einem Nauraka ähnelnden Schuppenkörper der Saniki mit ihren unverhältnismäßig großen, dunklen Augen.

»Wir lassen die Seeschwärmer hier oben, in der Stadt ist nicht genug Platz, außerdem würden sie zu viel Schrecken verbreiten«, sagte Janwe.

Eri nickte und winkte Turéor. »Wir kümmern uns darum, du kannst unbesorgt unsere Gastgeber begrüßen.«

Der Fürst und seine junge Gemahlin schwammen auf die Saniki zu, gefolgt von Jemuma, die ihren Schützling nie aus den Augen ließ.

Bald waren die Seeschwärmer vertäut und mit Feuerflossengift ruhiggestellt, und Eri und sein Onkel folgten den anderen.

»Willkommen«, wurden sie von einem grünschuppigen Saniki begrüßt. Eri vermochte aus dem flachen Gesicht mit dem kleinen Mund keine Gefühlsregung abzulesen, doch er konnte in der Haltung keine Ablehnung feststellen.

»Ich bin Hrllur, Haushofmeister des Palastes von Rllam, der Stadt in der Moosschlucht. Mein Herr Ferllam lädt Euch ein, zum Mahl zu bleiben und den Dunkeldämmer in unseren gastlichen Räumen zu verbringen.«

»Vielen Dank«, äußerte Janwe ohne die sonstigen geschraubten

Floskeln, und Eri war überrascht. »Wir nehmen diese Einladung gern an. Wie Ihr seht, begleitet meine soeben angetraute Gemahlin Lurdèa von Darystis mich sowie ihr Bruder, Prinz Erenwin, der ehrwürdige Turéor und Schutzdame Jemuma.«

»Ich gratuliere Euch zu Eurer erfolgreichen Werbung, sie wird in diesen Gefilden große Freude auslösen«, sagte Hrllur mit gewöhnungsbedürftiger blubbernder Aussprache. »Folgt mir nun bitte.«

Der Bankettsaal, wie er genannt wurde, war recht schlicht gehalten; die Saniki allgemein schienen ziemlich nüchtern zu sein. Sie trugen keine Kleidung, nur zweckmäßige Gürtel mit Taschen. Männer und Frauen waren kaum voneinander zu unterscheiden, und die Kinder sahen aus wie kleine Abbilder der Erwachsenen. Lediglich in der Schuppenfarbe variierten sie etwas, was Eri dabei half, sie nicht alle miteinander zu verwechseln.

Die gereichten Fische lebten noch und wurden ohne weitere Gewürze und Aufbereitungen roh verschlungen. Wenn sie in der Weite unterwegs waren, nahmen auch die Nauraka Nahrung auf diese Weise zu sich, doch hier verwunderte es Eri. Anscheinend bedeutete Essen für die Saniki nichts weiter als notwendige Stärkung.

Luri tauschte einen leicht angeekelten Blick mit ihm, und er verstand, was sie meinte, als sie dem Fisch den Kopf abbiss und eine Blutwolke aufstieg. Das war wirklich wenig appetitlich in gesitteter Umgebung.

Eri beteiligte sich nicht an der Unterhaltung zwischen Janwe und dem Herrn dieser Stadt; die beiden kannten sich offensichtlich und verhandelten leise über irgendetwas. Nachdem er sich gesättigt hatte, wurde in bauchigen Schnabelgefäßen ein Getränk herumgereicht, das Eri leicht vergoren vorkam, aber süß schmeckte und wohlige Wärme im Magen verbreitete.

Ferllam unterschied sich in nichts von seinen Artgenossen. Er trug keine Insignien, Schmuck oder sonst ein Zeichen der Herrscherwürde. Eri hätte nicht zu sagen gewusst, wer von den zahlreich anwesenden Saniki zu seiner Familie gehörte; lediglich die Diener konnte er daran erkennen, dass sie schweigend auftrugen und auf jeden Wink reagierten.

Abgesehen von den beiden Herrschern, die sich angeregt miteinander unterhielten, wurde nur wenig geredet und die Gäste kaum beachtet. Turéor immerhin wurde bei der Bedienung ein wenig mehr Aufmerksamkeit geschenkt, doch er schien es nicht zu bemerken. Sein Blick, seine Gedanken waren wie immer nach innen gerichtet.

Mehr und mehr hatte Eri das Gefühl, als würden sie nur wegen des bei allen Völkern als höchstes Gesetz geltenden Gastrechts aufgenommen, weil sie nun einmal hier waren und Dunkeldämmer hereingebrochen war, aber damit erschöpfte sich auch schon das allgemeine Interesse. Er konnte nichts aus den Gesten oder der Körperhaltung lesen, was sich auf ihn oder die anderen Nauraka bezog. In Darystis wäre das alles ganz anders verlaufen.

Turéor war der Erste, der sich zum Gastgemach bringen ließ, dann war Eri an der Reihe. Er fühlte sich nicht recht wohl hier, und das Flüstern in seinem Inneren rauschte immer stärker durch seine Ohren, als wolle es ihn zu etwas drängen. Vielleicht lag es an der Trennung von Darystis, dass er plötzlich den Zwang verspürte, allein sein zu müssen. Andererseits wollte er seine Schwester nicht aus den Augen verlieren, auch wenn sie neben ihrem Gemahl an diesem Ort in Sicherheit schien. Jemuma, die treue Amme, die ihn von klein auf kannte, schien seine Gedanken zu spüren und warf ihm einen beruhigenden Blick zu: Sie würde noch bleiben und aufpassen. Eri nickte ihr zu, und ein Diener geleitete ihn zu seiner Kammer.

Ein völlig schmuckloses Loch in den Felsen, das mit Ausnahme einer Vorrichtung zur Befestigung des Hängeschlafnetzes vollkommen leer war. Eri musste unwillkürlich schmunzeln und war froh, dass er sein eigenes Netz eingepackt und mitgenommen hatte, nun konnte er es aufhängen und wenigstens bequem schlafen. Die geschlossene Enge um ihn herum irritierte ihn, in Darystis gab es so etwas nicht. Jeder Raum besaß Öffnungen zum Durchschwimmen oder Hinaussehen, und seien es auch nur Abstände zwischen dem Korallengeflecht. Geschlossene Türen wie hier gab es nicht. Als Lichtquelle fanden sich hier nur zwei magere Glühfische in einem viel zu engen Käfig. Aber Eri wollte sich nicht beklagen und auch nicht zu anspruchsvoll sein, schließlich hatte er die Heimat zum ersten Mal verlassen und wusste längst durch die Besuche auf dem Markt, dass er bislang ziemlich verwöhnt gelebt hatte. Umso bedeutungsvoller war es, dass er auch einmal andere Lebensweisen kennenlernte.

Der Prinz kuschelte sich in sein Hängenetz, zog die schwarze Perle hervor und betrachtete sie im trüben Dämmer. Die Schlieren liefen unruhig über das Schwarz, und Eri fühlte einen dumpfen Druck im Kopf. Da war etwas, das er erledigen musste, das ihn dazu drängte, etwas zu tun. Aber er verstand nach wie vor nicht, was es sein sollte. »Was willst du mir sagen?«, flüsterte er wie so oft. Er hatte das Gefühl, auf dem richtigen Weg zu sein, aber noch nicht das Richtige zu tun. Seufzend verbarg er seinen Schatz wieder, legte die Hände darüber und schlief ein.

Eri erwachte schlagartig, als er einen warnenden Schrei in seinem Innern hörte. Er schlug die Augen auf und erkannte im selben Moment einen Saniki über sich, der mit seiner von Schwimmhäuten bedeckten Schuppenhand soeben in sein Gewand greifen wollte.

Ein unerklärlicher Impuls in seinem Innern zwang ihn, blitzschnell zu handeln. Ohne nachzudenken oder gar zu erschrecken, schoss seine Hand nach oben, packte die Gestalt am Hals und stieß sie zurück. Der Saniki stieß einen erschrockenen Laut aus. Er hatte offensichtlich nicht damit gerechnet, dass der Prinz so schnell erwachte.

Der Trank, schoss es Eri durch den Kopf. *Er hat mich müde gemacht, und ich sollte schlafen, damit ich ausgeraubt werden konnte.* Aber irgendetwas in ihm war rechtzeitig erwacht, ein bisher unbekannter Instinkt, der ihn gewarnt hatte. Oder war es etwa die schwarze Perle gewesen?

»Was willst du?«, zischte Eri, erhob sich aus dem Netz und packte den Saniki, bevor er fliehen konnte. »Was hast du hier zu suchen?«

»Ich hatte nur den Auftrag nachzusehen, ob auch alles in Ordnung mit Euch ist …«

»Und mich so nebenbei auszurauben! Schöne Gastfreundschaft!« Eris Wut baute sich auf wie eine Springwelle.

»Ich bitte um Vergebung, Herr, ich tue nur, was mir befohlen wird«, stammelte der Saniki und hob die Hände. »Bitte verratet mich nicht, ich habe keine Wahl! Ich werde sagen, dass ich nichts gefunden habe, wenn Ihr mich gehen lasst ...«

»Das hast du auch nicht, denn ich besitze nichts«, unterbrach Eri unwirsch. Sein Blick verschleierte sich, und er sah rote Funken vor den Augen tanzen. »Und was ist mit dem Brautkorb meiner Schwester? Habt ihr den auch schon geraubt?«

»Nein, Herr, gewiss nicht, Herr, sie ist die Fürstin ...«

»... und ich nur ein Bettler. Ich werde dich lehren, was es heißt, einen Gast zu bestehlen!«

Der Saniki schrie jämmerlich auf, als Eri ihn packte und gegen die Felswand schleuderte. Er war um einiges kleiner als der Prinz und schmaler. Er wagte es nicht, sich zur Wehr zu setzen, völlig verängstigt flehte er um Gnade. Aber Eri war außer sich und kannte keine Zurückhaltung mehr, er schlug auf den Eindringling ein, bis Blut aus Mund und Nase schoss, und dann schloss er die Hände um die Kiemen an seinem Hals und drückte zu.

»Herr«, wimmerte der Saniki, er hatte kaum mehr Kraft, sich in dem erbarmungslosen Griff zu winden. »Bitte, edler Herr, schont mich, zeigt Gnade ...« Seine Laute gingen in ein Röcheln über.

Plötzlich ging die Tür auf, und Turéor kam herein. »Erenwin, was tust du?«, rief er. »Du vergisst dich!« Er packte den Prinz und riss ihn von dem Saniki weg.

»Er wollte sie mir wegnehmen!«, schrie Eri, der sich heftig gegen seinen Onkel wehrte, wie von Sinnen. »Er muss sterben! Sie gehört mir, mir ganz allein!«

»Sieh zu, dass du verschwindest, Knecht, und denk dir eine gute Geschichte für deinen Herrn aus!«, herrschte Turéor den völlig verstörten Saniki an, der augenblicklich machte, dass er wegkam. Dann schüttelte er Eri. »Komm endlich zu dir, Junge!«

Eris Blick klärte sich erst wieder, als Turéor ihm eine kräftige Ohrfeige gab und ihn nochmals schüttelte, und er erkannte, dass da etwas ganz und gar schiefgelaufen war. »Ich ... was ... was ist passiert?«, stieß er hervor. »Onkel, was habe ich da gerade getan?«

»Das frage ich dich!«, sagte Turéor besorgt. »Ich bin gerade noch im rechten Moment gekommen, sonst hättest du den armen Tropf tatsächlich umgebracht.«

Eri rieb sich die Stirn. »Verdient hätte er es, der Dieb«, murmelte er, obwohl das ungerecht war. Was gab er da nur von sich? »Was ist das für ein fürchterlicher Ort hier, Onkel? Wo Gäste betäubt und überfallen werden?«

»Besser, du gewöhnst dich daran«, brummte Turéor. »So ist das Leben hier draußen.«

»Aber wer hat ihn dazu angestiftet?«

»Sein Herr, nehme ich an. Das braucht uns nicht weiter zu kümmern. Ich möchte vielmehr wissen, was du derart heftig verteidigt hast, dass du beinahe einen Mord dafür begehst!«

Eri war wie gelähmt, er konnte nicht begreifen, was er gerade getan hatte. Noch nie hatte er jemanden so angegriffen. Doch er spürte immer noch ein Flackern der Wut in sich und konnte kaum den Zwang unterdrücken, nach der Perle zu tasten und sich zu vergewissern, dass mit ihr alles in Ordnung war. Und das Flüstern in ihm bedrängte ihn mehr denn je.

»Ich ... wegen Lurdèa ...«, stotterte er, suchte nach einer Ausrede.

»Sie ist nicht hier, also ging es nicht um sie.« Turéor redete so klar wie selten, und seine Augen glühten beunruhigend, als er sich über Eri beugte. »Rede mit mir!«

Eri schüttelte den Kopf. »Es tut mir leid, Onkel, ich bin immer noch völlig durcheinander. Ich habe schlecht geträumt, und als ich erwachte, war dieser Dummkopf über mir und betatschte mich. Ich war immer noch nicht richtig wach und brachte alles durcheinander ...«

Turéor wich wie vom Schlag getroffen zurück, seine Miene verdüsterte sich. »Dunkelheit umfängt dich, Erenwin, und ich kann dir nicht helfen. Zu spät, zu spät.« Dann eilte er nach draußen und warf die Tür zu.

Eri kehrte voller Herzklopfen in sein Netz zurück, tastete in die verborgene Falte und umschloss zitternd die Perle. »Was geschieht mit mir?«, wisperte er ängstlich, doch die Stimme in ihm schwieg. Er hielt die Perle vor seine Augen, verlangte eine Antwort, doch sie gab keine. Es sah so aus, als sei sie kleiner geworden, aber deswegen nicht leichter. *Ich muss mich täuschen*, dachte Eri. Doch es war nicht zu leugnen, er konnte die Hände darum schließen. Wie war das möglich?

Morgen ist alles vorbei, und ich werde mich besser fühlen.

Luri sprach ihn jedoch im Frühlicht an: »Was ist denn mit deinem kleinen Finger passiert? Der ist ja ganz schwarz.«

»Ich habe ihn versehentlich in der Tür eingeklemmt«, erwiderte Eri und hoffte, dass sie ihm glaubte. Ratlos rieb er sich heimlich den Finger; es war alles in Ordnung mit ihm, abgesehen davon, dass er sich wie die Nägel zuvor schwarz verfärbt hatte.

Immer tiefer ging es in fremde Gefilde, durch unendlich scheinendes diffuses Blau. Bis Janwe sie im Verlauf des Glanzlichts plötzlich nach oben führte, und der Grund dafür wurde bald ersichtlich. Aus der Tiefe wuchs hügeliger, heller Sandboden empor, und das Wasser wurde glasklar und zartgrün. Versteinerte Röhrenwürmer bildeten den Grundstock für Klammertang und Seidenalgen; Gurken, Spinnen und Igel wanderten durch den Sand oder versteckten sich vor den Scherenschnäppern. Aale warfen schlängelnde Schatten in den Sand, aus denen die Stielaugen der Speerzungenrochen ragten. Große Fußmuscheln krochen über Gesteinsbrocken und kamen dabei den gefährlichen Perlenschnecken und Schnappmuscheln bedrohlich nahe.

Eri konnte sich gar nicht sattsehen daran und lenkte Dullo tiefer, um mittendrin zu sein. Auch Luri hatte ihre Freude und lauschte Janwes Erzählungen.

Es würde keine weitere Unterkunft und Übernachtung geben, da Janwe auf dem kürzesten und schnellsten Wege in sein Reich wollte. Daher mussten sie selbst für Nahrung sorgen. Sie schwammen im Mittlicht durch einen Schwarm Sardinen und machten sich einen Spaß daraus, sie zu fangen. Auch die Seeschwärmer hatten Vergnügen daran, durch die silbernen Wolken zu fegen; dabei öffneten sie nur das Maul und schluckten, mehr brauchten sie nicht zu tun. Die Nauraka tauchten schließlich aus dem Schwarm und trieben sich die Beute gegenseitig zu, bis jeder zwei zappelnde Fische in der Hand hielt. Sie machten am Rand eines Tangwaldes Rast und verzehrten die Fische. Hier draußen, umgeben von Wildnis, schmeckte Eri der Fisch sehr viel besser, und auch das herumtreibende Blut machte ihm nichts aus. Dass keine ungebetenen Räuber davon angelockt wurden, dafür sorgten die in der Nähe schwebenden Seeschwärmer.

»Janwe, du hast mir nie von deinen Eltern erzählt«, sagte Luri während des Schmauses.

»Das liegt daran, dass ich keine mehr habe und auch sonst keine Familie«, antwortete der Fürst. »Meine Eltern starben durch einen tragischen Unfall, und ich war früh auf mich allein gestellt. Ich musste mich durchschlagen, bis ich schließlich Karund ... eroberte, kann man wohl sagen. Es befindet sich noch im Aufbau, aber mein Palast kann sich sehen lassen. Natürlich nicht so groß und schön wie Darystis, doch ich bin durchaus stolz darauf.«

»Zu Recht, da bin ich sicher«, meinte Luri. »Tut mir leid, das mit deinen Eltern.«

»Ich habe ja jetzt wieder eine Familie«, lächelte er. »Dich, deinen Bruder und vor allem den edlen Turéor. Das wird mein Ansehen um ein Vielfaches steigern und die Verhandlungen mit den benachbarten Sippen, die noch nicht zu Karund gehören, erleichtern.«

»Ich lege keinen Wert auf Berühmtheit«, sagte der alte Nauraka griesgrämig. »Es gibt keinen Grund, mich zu verehren.«

»Oh, das sehen wir aber anders. Schließlich repräsentiert Ihr die legendäre Königslinie.«

»Wer gehört denn bereits zu deinem Reich?«, wollte Eri ablenkend wissen, als er sah, dass die hellen Augen seines Onkels sich trübten.

»Haland und Jerkil«, gab Janwe Auskunft. »Sagt dir das etwas?«

»Nur die Namen, mehr weiß ich nicht«, gab Eri zu. »Sie sind jedenfalls älter als Karund, das mir bis jetzt völlig unbekannt war.«

»Sehr viel älter, was nicht schwer ist – schließlich besteht mein Reich erst seit drei Korallenstäben. Doch es ist von Bedeutung, dass wir uns wieder vereinen, denn andere Nauraka-Reiche und mit ihnen ihr Wissen sind bereits unwiederbringlich verloren.«

»Du bist sehr ehrgeizig, nicht wahr?«

»Allerdings, ich habe viel vor. Und deine Schwester wird mir beistehen, mit Rat und Tat.«

Nach dem Mahl zogen sie weiter durch die seichte See. Das Wasser wurde wärmer, und die Sonne drang fast bis zu ihnen durch.

»Haben deine Eltern dich geliebt?«, fragte Eri, als sie nebeneinander durch die Fluten zogen.

»Ich habe nie darüber nachgedacht«, gestand Janwe überrascht. »Warum fragst du das?«

»Weil das vielleicht der Grund unseres Dahinschwindens ist«, sagte Eri nachdenklich. »Wir haben die Liebe verloren.«

»Wir haben etwas verloren, das sehr viel wichtiger ist«, mischte sich Turéor ein, der seinen Seeschwärmer an Eris andere Seite lenkte. »Das, was am Ende übrig bleibt.«

»Hoffnung?«, fragte Luri.

»Glaube?«, überlegte Janwe.

»Beides ist nicht das Ende«, erwiderte Turéor, »sondern der Beginn.«

»Los, sag es schon!«, drängte Eri.

»Ich kann nichts sehen in der Dunkelheit«, murmelte der alte Nauraka. »Das Schwert ist nicht mehr scharf genug.« Sein Seeschwärmer driftete ab, und Eri sah, wie Jemuma eine Hand auf Turéors Schulter legte und beruhigend auf ihn einredete.

»Er ist ein sehr weiser alter Mann, und ich bin ein junger Unwissender, dass ich ihn nicht verstehe«, äußerte Janwe verwirrt.

»Das tut niemand«, meinte Luri und trieb ihren Seeschwärmer an.

Kurz vor dem Mittlicht wurde das Gewässer wieder tiefer und die Grenze zwischen Grün und Blau wurde deutlich erkennbar. Der Grund war immer noch sichtbar, doch nun größtenteils von Tang und Algen verschleiert, und dazwischen lagen große, merkwürdige Gebilde ... »Was ist das?«, fragte Eri und deutete hinunter.

»Gesunkene Schiffe«, antwortete Janwe. »Von Seevölkern und Menschen, mit denen sie das Meer bereisen. Manche wurden im

Kampf versenkt, andere gingen im Sturm unter. Würden wir uns nämlich nach rechts halten, kämen wir in unruhiges Gewässer, kurz vor dem Land, dort geschehen häufig Unglücke oder kriegerische Auseinandersetzungen. Diese Wracks sind eine wichtige Wegmarkierung, sie bedeuten, dass wir nicht mehr weit von meiner Heimat entfernt sind.«

»Schiffe«, murmelte Eri staunend und lenkte Dullo abwärts. Er hatte bisher die Händlerboote immer nur von unten gesehen, aber die waren nicht so groß gewesen wie diese Gebilde hier auf dem Grund, aus Holz und Metall. Eri wusste von Bäumen, und was man mit ihrem Holz anstellte, aber er berührte es hier zum ersten Mal. Das faszinierte ihn. Als er die Splitter eines zerklüfteten Loches abtastete, zog er sich einen Schnitt am Finger zu und betrachtete verdutzt die kleine Wunde. »Holz ist scharf?«

»Man macht auch Waffen daraus, Erenwin.«

»Also ganz ähnlich wie Korallen ...« Eri sah, dass die Schiffe innen ganz hohl waren, mit Öffnungen und merkwürdigen Stabaufbauten.

»Masten auf dem Deck«, rief Janwe lachend zu ihm herunter, als er sich verwundert darüber äußerte.

»Kannst du mir mehr dazu erzählen?«

»Sicher, gern, wir sind noch lange genug unterwegs.«

Viele Tiere fühlten sich in den Wracks wohl, und Dullo schwang eilig zur Seite, als aus einem Loch ein langer, dicker Krakententakel hangelte. Plötzlich wibbelte und wuselte es nur so, und Eri trieb seinen Fisch eilig zurück zu den anderen.

»Das ist unheimlich!«

»Ja, viele haben schon ihr Leben verloren, die nach Schätzen tauchten«, stimmte Janwe zu. »Die Leichen der Ertrunkenen liegen auch noch dort, und so mancher Fluch sucht seither die Neugierigen heim. Es gibt viele Geschichten, die sich die Landgänger gern erzählen.«

Eri warf einen schaudernden Blick zurück. »Und kommen wir auch darin vor?«

»Nicht in diesen, Erenwin. Nur noch in Legenden, und vielleicht auch, wenn man über den König von Ardig Hall spricht.

Viele dort oben glauben, dass es außer ihm keine Nauraka mehr gibt.«

»Aber wir treiben doch Handel mit ihnen!«, rief Luri dazwischen.

Janwe wiegte den Kopf. »Das ist nicht allgemein bekannt. Das Land dort oben ist groß, die Wege weit, und viele Völker herrschen über Reiche, auf deren Grenzen sie eifersüchtig achten. Da geht unterwegs viel verloren, anderes wird dazugedichtet …«

Eri überlegte, dann stellte er doch die Frage: »Warst du schon mal an Land?«

»Ja«, antwortete Janwe überraschend. »Deswegen weiß ich so viel über Schiffe und dergleichen. Als ich noch ein Kind war, geriet ich in ein Fischernetz. Aber ich blieb nicht lange.«

»Davon musst du mir mehr erzählen«, forderte Luri ihn aufgeregt auf.

»Darüber spreche ich nicht gerne«, wich er aus. »Ich verdränge die Erinnerung daran, so gut ich kann.«

Eri spürte plötzlich das Gewicht der schwarzen Perle, wie es ihn nach unten zog, und sein Kopf dröhnte. Eine Warnung, ahnte er. Doch wovor? Vor Janwe oder dem, was vor ihnen lag?

Er hatte den versuchten Diebstahl gestern nicht erwähnt, um Janwe nicht zu brüskieren. Wahrscheinlich wusste er nichts über die Gepflogenheiten seines Geschäftspartners, und Eri würde sicher nicht noch einmal dorthin zurückkehren. Doch es war ihm eine erste Warnung gewesen, dass viele Dinge außerhalb von Darystis anders liefen.

Kurz vor dem Dunkeldämmer führte Janwe sie ins seichte Gewässer, auf eine sanfte Sandbank, wo sie ruhen konnten. Auch den Seeschwärmern gefiel es hier, sie legten sich im Kreis um die Reisenden und gruben sich mit ihren breiten Schwingen ein.

»Ein schöner Platz«, stellte Eri fest, während er sich in den weichen Sand rekelte, den Arm unter den Kopf legte und nach oben blickte.

»Ja, es war eine gute Idee von dir, dass wir uns von den anderen abgesetzt haben«, stimmte Janwe zu, der nicht weit von ihm lag, mit Luri im Arm. »Sonst hätten wir hier nicht verweilen können.«

Turéor und Jemuma hatten sich abgesondert, jeder für sich.

»Aber müssen wir hier nicht Wache halten?«

»Sagtest du nicht selbst: Die Seeschwärmer sind unsere besten Wachen?« Janwe lachte. »Aber ich kann dich beruhigen. Wir befinden uns bereits im Einflussgebiet meines Reiches. Man kennt mich hier und wird sich nicht unaufgefordert nähern. Außerdem sind überall meine Soldaten auf Patrouille; schon möglich, dass sie uns sogar entdecken. Noch vor dem Glanzlicht morgen sind wir da.«

»Was ist das da oben?«, fragte Luri und deutete zur Wassergrenze hinauf. Dort war es sehr dunkel, doch auch Eri konnte undeutlich etwas ausmachen – winzige, unruhige Lichtpunkte, die wie Diamanten funkelten.

»Das sind Sterne«, antwortete Janwe schmunzelnd.

»Sterne ...«, wiederholten die Geschwister andächtig im Chor, und dann schwiegen sie.

8.

Neue Regeln

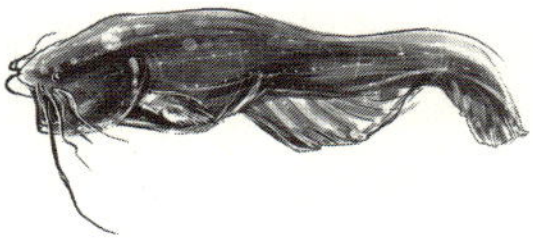

Luri weckte alle auf, als der erste Frühdämmer einsetzte; sie konnte es jetzt wohl nicht mehr erwarten. Eri schrak zusammen, als sie ihn schüttelte; beinahe wäre die Perle aus ihrem Versteck gefallen, und er fuhr sie an: »Warum erschreckst du mich so?«

»Was ist denn mit dir los?«, gab sie erstaunt zurück. »Immer noch deine Hand? Zeig sie mir.«

»Da ist nichts!«, knurrte er und versteckte die linke Hand rasch zwischen den Falten. »Mir tut nichts weh, und der Finger ist auch nur noch ein bisschen dunkel.« Das war glatt gelogen, aber er ging davon aus, dass Luri in der nächsten Zeit anderes zu tun hatte, als auf einen schwarzen Finger zu achten.

»Griesgrämiger Molch«, meinte sie schnippisch und stieß ihn leicht gegen die Schulter. »Und jetzt lass uns endlich aufbrechen!«

Eri konnte sich mehrere Gründe für ihre Eile denken – sie wollte ihre neue Heimat sehen, und wahrscheinlich wollte sie endlich ihren Ehemann im Netz haben. Seit der Hochzeit hatten die beiden keinen Augenblick allein miteinander verbringen können, und das war sicherlich eine harte Prüfung.

Kurz darauf waren sie unterwegs, auch Janwe war nun ungeduldig. Der Meeresgrund fiel unter ihnen wieder steil in die Tiefe. Schiffswracks, Algen und Tang verschwanden, dafür kamen sie in felsenreiches Gebiet und steuerten auf einen Vulkan zu. Er war sehr viel kleiner als der Vater-Vulkan von Darystis, nicht mehr als ein Ausläufer, aber er bot Möglichkeiten für eine Schmiede, erzählte Janwe, und dort ließ er Schwerter, Rüstungen und dergleichen herstellen. Und natürlich fand sich darin auch ein wenig Gold; doch den größten Teil seines Reichtums, sagte er, habe er sich selbst erarbeitet. Durch Handel mit den ringsum lebenden Völkern und vor allem, seit zwei weitere Naurakareiche »hinzugewachsen« waren.

Eri ließ sich davon nicht einlullen. Er hatte eine ziemlich genaue Vorstellung davon, wie Janwe sich den Reichtum »erarbeitet« hatte – indem er die anderen Völker überfiel oder auspresste. Irgendwie musste er es geschafft haben, genügend Anhänger um sich zu scharen und sie auszurüsten, damit er sein Reich mit dem nötigen Druck aufbauen konnte.

Genau so war auch Ragdur damals vorgegangen, sonst wäre das Hochfürstentum niemals entstanden. Die Kriege um die Grenzen von Darystis waren allerdings schon lange beendet, Verträge geschlossen und schließlich der Markt gegründet worden. Diesen Weg hatte Karund noch vor sich, und insofern war es für Janwe von besonderer Bedeutung, die Nachkommen des Hochfürsten dauerhaft in seiner Heimat begrüßen zu dürfen – von der symbolischen Bedeutung Turéors ganz zu schweigen.

Eri schämte sich ein wenig, weil er den alten Nauraka immer ein wenig belächelt und nicht ganz ernst genommen hatte. Hier wurde er in allen Ehren empfangen, fast noch mehr als Janwe.

Noch bevor die Stadt sichtbar wurde, kamen Soldaten und Einwohner von Karund angeschwommen und hießen sie willkommen. Sie brachten Wasserlilienkränze, Perlenketten, Muscheln als kleine Geschenke, die sie hochhielten und schwenkten; in die Nähe der imposanten Seeschwärmer trauten sie sich nicht.

Nun verstand Eri, wieso Janwe so schnell mit seinem Vorschlag einverstanden gewesen war: Der Einzug auf Seeschwärmern war natürlich weitaus eindrucksvoller als in Sänften.

Das Ganze machte einen sehr schönen Eindruck, dieser Jubel und die Begeisterung, doch Eri ließ sich nicht täuschen. Nach wie vor vermisste er die Farben, mit denen die Darystis sich gern schmückten, vielfarbiges, weithin strahlendes Licht und eine bunte Wasserwelt; gerade in diesem felsenreichen Gebiet müsste doch sehr viel wachsen und leben. Doch es gab kaum etwas, und vor allem das Wasser bewies, dass Janwe keineswegs ein geliebter, sondern ein gefürchteter Herrscher war. Der Geschmack war schal, und es wirkte trüb. Eri sah sehr wohl die Soldaten im Rücken des jubelnden Volkes, die genau auf jede Bewegung achteten.

Es war ein junges Reich, aber kein glückliches, das sagte ihm jeder seiner Sinne, selbst das Flüstern in seinem Inneren schien seiner Vermutung zuzustimmen. Doch er wollte seiner düsteren Vorahnung noch nicht recht geben, es konnte sich alles zum Guten wenden.

Schließlich kam die Stadt Karund in Sicht, und Eri musste anerkennen, dass Janwe sich Mühe gegeben hatte. Wie auch Darystis war sie teils in die Felsen geschlagen, teils aus verschiedenen Korallenbrüchen zusammengetragen und gemauert. Auch junge Korallen wuchsen bereits, die entsprechend geformt wurden. Gelbliches Licht fand sich überall durch Leuchtkristalle und Lampenaale. Die Farben Dunkelblau, Schwarzgrün und Grau herrschten vor, lediglich die Standarten bildeten mit dem Weiß und Rot eine Abwechslung.

Knechte kamen, um die Seeschwärmer in Empfang zu nehmen; Eri hoffte für sie, dass sie sich einigermaßen mit den Fischen auskannten und gab ihnen eine Muschelflöte, mit der alle drei Tiere einfachen Befehlen gehorchen würden. Dullo würde sich wahrscheinlich bald selbstständig machen, doch er würde sich nie zu weit von seinem Herrn, der ihn aufgezogen hatte, entfernen. Die anderen beiden würden sich gut in den neuen Gründen halten lassen, wenn sie entsprechend gefüttert und mit der Flöte beruhigt wurden.

Turéor wirkte blass, als er neben Eri schwamm. »Du schmeckst es auch, nicht wahr?«, sagte er leise.

Eri nickte. »Es ist höchste Zeit, dass wir eingetroffen sind. Ich hoffe, dass Luri Einfluss auf Janwe nehmen kann, denn auf Dauer kann er sich so nicht halten.«

»Vor allem ist es unwürdig den Nauraka gegenüber. Sie werden hier *allesamt* genauso unterdrückt und behandelt wie die Verurteilten zu Hause«, brummte sein Onkel. »Und du warst deswegen wütend auf deinen Vater ...«

»Er wollte mich doch in die Verbannung schicken, nicht wahr?«, machte Eri einen schwachen Witz. »Aber vielleicht sind wir auch einfach nur überempfindlich.«

Janwe jedenfalls wirkte aufgekratzt und gut gelaunt. »Kommt!«, rief er. »Ich zeige euch meinen Palast. Bald wird das Bankett vorbereitet sein!«

Das fürstliche Herrenhaus thronte über der Stadt, mit einem großen Portal als Eingang, vor dem gut gerüstete Soldaten Wache hielten, und es wirkte fast so luftig wie Darystis.

Immerhin gab es innen ein wenig Schmuck und strahlenderes Licht, und auch die Thronhalle wirkte einladender und für einen Nauraka anheimelnder als beispielsweise das nüchterne Bankett bei den Saniki. Dienerschaft eilte geschäftig umher, und Eri sah besonders geformte, geschwungene Sitze für Janwe und Luri. Auch hier waren an den weiteren vier Ausgängen Wachen postiert.

»Eure künftigen Gemächer, die natürlich erst vorbereitet werden müssen, liegen hier.« Janwe schwebte auf den ersten Ausgang auf der linken Seite zu; nach einem kurzen Gang wurde der Blick auf zwei Gästezimmer freigegeben, die großzügig angelegt waren. Eri konnte sich über die Größe des Hängenetzes nicht beklagen, und es sah auch sehr bequem aus. Auch hier gab es Türen, wie bei den Saniki. In diesem Teil der See war das wohl so üblich. Der Ausguck war so klein, dass man zwar hindurchsehen, aber nicht hindurchschwimmen konnte – der einzige Ausgang führte durch den Bankettsaal.

»Heimlich davonmachen kann man sich hier nicht«, witzelte Eri.

»Die Sicherheit meiner Gäste geht über alles«, versetzte Janwe, und Eri fühlte ein unruhiges Kribbeln im Nacken.

»Der zweite Ausgang auf dieser Seite führt zu meiner Schmiede und Verwaltung, diese Tür ist stets verschlossen«, erläuterte der Fürst, als sie in die Halle zurückkamen, und wies auf den entsprechenden Gang, vor dem zwei besonders grimmig aussehende Nauraka postiert waren. Er durchquerte die Halle und zeigte auf den ersten Ausgang rechts. »Hier geht es zu meinen Gemächern, die euch kaum interessieren dürften – schmucklos und langweilig, denn ich stamme aus einfachen Verhältnissen und bin mehr Soldat denn Edelmann. Aber hier«, er wies auf den zweiten Gang, dessen Bogen reichlich verziert und geschmückt war, »das ist vor allem für dich von Bedeutung, Lurdèa: dein neues Reich, das Frauenhaus, wo außer mir sonst kein Mann Zutritt hat.« Er lächelte. »Aber zur Besichtigung, und weil du deine Räume noch nicht bezogen hast, machen wir eine Ausnahme. Das soll auch zur Beruhigung deines Bruders dienen, dass du gut untergebracht bist. Seht es euch an!«

Luri nahm aufgeregt Janwes Hand und schwamm mit ihm voran, gefolgt von Jemuma, Eri und Turéor.

»Schau dich gut um«, wisperte Turéor ihm zu, und Eri nickte. Das hatte er ohnehin vor.

Tatsächlich waren die Gemächer groß und schön, so fürstlich, wie man es sich nur vorstellen konnte. Luri schwamm entzückt im Kreis umher. »Hier wird es mir gefallen!«

»Sehr schön«, sagte Janwe erfreut. »Ich hegte schon Befürchtungen, dass dir die Gemächer nicht zusagen, aber anscheinend waren die Ratschläge deiner neuen Dienerinnen doch zu etwas gut. Sag nur, wenn du etwas anders haben möchtest, alle Wünsche werden erfüllt.«

»Das wird sich zeigen, vorerst lassen wir alles so.«

Eri fragte: »Hast du das ernst gemeint, vorhin? Ich darf meine Schwester hier nicht besuchen?«

Janwe nickte. »Ja, werter Brautbruder. Hier gibt es leider sehr strenge Regeln, die ich noch nicht abmildern konnte. Die hiesigen Nauraka achten sehr auf die Sitten und haben vor allem ihre Fürsten unter genauer Beobachtung. Anstand und Würde gehen über alles. So einfach wie das Volk haben wir es hier nicht mehr.«

»Das war zu Hause auch nicht anders«, brummelte Eri und dachte an seinen Keuschheitszwang. Aber man konnte dennoch unzeremoniellen Umgang miteinander pflegen.

»Du musst das verstehen, Erenwin«, fuhr Janwe versöhnlich fort, »die Korallen meines Reiches sind noch jung und zerbrechlich. Wenn ich nicht gewisse Zugeständnisse mache, kann ich meine Position nicht halten – und ich habe wirklich schwer darum gerungen.«

»Aber wir können uns doch sicher jederzeit in der Thronhalle treffen?«, fragte Luri.

»Selbstverständlich, ihr könnt viel Zeit miteinander verbringen. Nur deine Räume sind tabu, das ist hier Sitte und Tradition. Und damit kommen wir gleich zum nächsten Punkt: Bis zum Bankett heute Abend muss ich dich bitten, dass du in deinen Räumen bleibst. Mein Hofstaat darf dich erst zum gemeinsamen Mahl sehen. Außerdem habe ich noch sehr viel mit den Vorbereitungen zu tun und könnte mich nicht angemessen um dich kümmern. Dass du ohne mich herumschwimmst, schickt sich nicht, du bist gerade erst angekommen.«

Luri konnte sich ein Lachen kaum verbeißen, doch in ihren Augen funkelte auch leiser Zorn. »Natürlich, ich werde warten. Was ist mit Jemuma?«

»Sie bleibt bei dir. Dein Gepäck wird bald eintreffen. Sieh dich in Ruhe um, erhol dich und freu dich auf ein gutes Essen.« Janwe gab ihr einen Kuss auf die Stirn und wandte sich an Eri und Turéor. »Nun, ihr seid sicherlich auch müde! Meine Diener werden bald fertig sein, also seht euch in aller Ruhe in euren Gemächern um, sprecht Änderungswünsche aus. Ich lasse euch später abholen.«

Das war deutlich genug. Eri und seinem Onkel blieb nichts anderes übrig, als der Aufforderung zu folgen.

Immerhin waren ihre Räume miteinander verbunden, und während die Diener in seinem Gemach beschäftigt waren, schwamm Eri nach dem Schließen der Tür zur Halle durch die offene Verbindung zu Turéor.

»Wir sitzen in der Falle, nicht wahr?«, fragte er. Sein Puls raste, seine Kiemen flatterten. In seinem Bauch kochte der Zorn, doch in seinem Nacken saß kalte Angst.

»Haben wir das nicht geahnt?«, erwiderte der alte Mann. »Deswegen sind wir doch hier.«

»Ich hatte so sehr gehofft, es würde anders sein. Janwe macht einen vernünftigen Eindruck … und seine Verehrung für dich ist aufrichtig.«

»Mhm. Wir hätten es auch schlimmer treffen können, Erenwin.« Turéor ließ sich ins Hängenetz sinken. »Oh, hervorragende Arbeit. Da kann ich sogar mein Schwert bei mir behalten.«

»Wir hätten es schlimmer treffen können?«, flüsterte Eri blass.

»Unschuldiges Glasfischlein«, murmelte Turéor und gähnte. »Dachtest du, dein Vater schickt dich in eine angenehme Verbannung? Dachtest du, alle Nauraka leben so idyllisch wie in Darystis … von den Verurteilten abgesehen? Wem hat das Volk dort es wohl zu verdanken?«

Eri riss die Augen auf. »Mutter?«

»Ich sagte dir schon, sie ist die letzte Hüterin. Einst waren die Frauen der Nauraka hochverehrt, von großer Weisheit und Bedeutung. Aber das ist lange vorbei. Lurdèa hofft, daran etwas zu ändern, deswegen hat sie der Heirat zugestimmt. Doch sie wird scheitern, wie wir alle.«

»Dann hättest du das nicht zulassen dürfen …«

»Nichts hätte es verhindern können, Junge. Wir konnten nur das Beste daraus machen, indem wir deine Schwester schützen.« Turéor öffnete ein Auge. »Wie gut bist du eigentlich im Schwertkampf?«

Eri hatte schon früh eine Ausbildung erhalten, wie in allen anderen Dingen. »Ich bin nicht mehr sehr geübt, Onkel. Auf der Jagd, mit der Armbrust, bin ich besser.«

»Ah. Dann haben wir beide viel zu tun, in der nächsten Zeit … und jetzt schlaf ein wenig.«

»Wie kannst du jetzt nur schlafen?«, rief Eri, doch sein Onkel antwortete nicht mehr.

Ihm blieb nichts anderes übrig, als nach nebenan zu schwimmen, wo die Dienerschaft, zwei Männer und eine Frau, erschrocken in alle Richtungen davonschoss, als sie ihn bemerkte.

»Verzeihung, ich wollte nicht …«, setzte Eri an, doch sie tanzten eilig Unterwerfung und Entschuldigung, und gestikulierten hastig, sie nicht zu bestrafen. Er begriff, dass gesprochene Worte nicht angebracht waren, und gab beruhigende Gesten zurück, um ihnen klarzumachen, dass er nicht so war wie der Fürst. Er bedankte sich mit einem kurzen Tanz und entließ sie.

Verwirrt und voller Sorge wickelte er sich in sein neues Hängenetz – und war kurz darauf eingeschlafen.

Eri erwachte, als er die Druckwelle der sich öffnenden Tür spürte, und den veränderten Geschmack des Wassers, der von draußen hereinkam. Turéor war bereits auf und blickte vom Nebeneingang herein. »Also dann, ich habe Hunger.«

»Ich auch«, gestand der Prinz, und sie folgten der Wache in den Thronsaal, der festlich geschmückt und dämmrig beleuchtet war. An den voll beladenen Schalen, die an Genüssen tatsächlich nichts zu wünschen übrig ließen, waren die Damen und Herren des Hofstaats versammelt, die ihnen allerdings nur kurz zunickten, als die beiden Darystis an der rechten Seite zum Kopfende Platz nahmen. Kurz darauf erschien Fürst Janwe mit seiner jungen Gemahlin, beide prächtig herausgeputzt. Luri strahlte wie eine Meerfee, wunderschön und glücklich. Der Hofstaat verneigte sich vor ihr und applaudierte höflich, während sie an Janwes linker Seite Platz nahm.

Der jung getraute Gemahl hielt eine Ansprache, und dann durften alle zugreifen. Eri war heißhungrig, und es schmeckte köstlich. Seine Blicke schweiften durch den Saal, während er aß. Er lauschte den leisen Unterhaltungen und ließ die Wellenbewegung auf sich einwirken. Es störte ihn nicht, dass ihn niemand beachtete, das war er in Darystis auch nicht anders gewohnt gewesen. Die Überheblichkeit der Hofschranzen kannte er ebenfalls hinreichend, und ihre leeren Unterhaltungen nicht minder. Insofern schien Karund sich kaum von Darystis zu unterscheiden. Lediglich die Dienerschaft fiel Eri weiterhin auf, die sich in demütiger Haltung im Hintergrund hielt; zwar gut gekleidet, aber sicher nur deswegen, weil Janwe Gästen und Händlern seinen Reichtum präsentieren wollte. Doch Eri fielen die glanzlosen Augen auf, die furchtsamen Mienen, wenn der Fürst seine Blicke auf sie richtete und nach Bedienung verlangte.

Man konnte gegen Ragdur sagen, was man wollte. Er behandelte seine Diener zwar eher gleichgültig denn gut, aber eben auch nicht schlecht. Er konnte ihnen getrost den Rücken zukehren. In seinem Thronsaal gab es nicht einmal Wachen, im Gegensatz zu hier, wo an jedem Ausgang zwei Wachposten standen.

Janwe musste in dieser Hinsicht noch einiges lernen, wenn er lange auf dem Thron sitzen und seine Macht mehren wollte. Vor allem mit Luri an seiner Seite, die, genau wie Eri, jeden, auch Diener, gleichermaßen freundlich behandelte. Jemuma beispielsweise war für sie eine mütterliche Freundin, der sie viel anvertrauten.

Seltsam, dass ein Nauraka Unterschiede im Respekt einem anderen Nauraka gegenüber zeigte. Das kannte Eri gar nicht. Ragdur behandelte alle gleich, nämlich von oben herab, und das Volk zollte der fürstlichen Familie Respekt, aber untereinander gab es kaum Unterschiede. Ansehen musste man sich verdienen, so wie Geror.

Hier aber herrschte eine deutliche Hierarchie. Eri war gespannt, wie es draußen in der Stadt zugehen mochte. Herrschte Janwe nur in seinem Palast so streng oder dem ganzen Volk gegenüber? Und wie verhielt er sich zu den beiden angeschlossenen Sippen, wie ließen diese sich das gefallen?

Ich habe eine Menge zu lernen, dachte Eri.

Nach dem Mahl zogen sich die Frauen zurück, und die bis auf Luri nur noch aus Männern bestehende Gesellschaft wurde gelöster. Vergorener Seegurkensaft und andere berauschende Getränke und Tangwurzeln machten die Runde, Musik erklang, und die Unterhaltungen wurden zusehends lauter, derber und zotiger.

Eri merkte, wie seine Schwester unruhig wurde. Sie hatte bisher kaum ein Wort gesprochen, und das zunehmend grobe Verhalten der Männer missbilligte sie, je weiter der Dunkeldämmer voranschritt. Vor allem, da Janwe fröhlich mit den anderen mithielt, lachte und trank, als wäre er einer von ihnen.

Plötzlich erhob Luri sich, und die Gesellschaft hielt für einen Moment inne und starrte sie an.

»Ich bitte um Entschuldigung«, sagte sie mit lieblichem Lächeln, »doch ich werde mich jetzt zurückziehen.« Sie wandte sich ihrem Gemahl zu. »Ich hoffe, du lässt mich nicht zu lange warten ...«

Eris Kiemen blähten sich auf, als er für einen winzigen Augenblick Zorn, dann den seltsamen Glanz in Janwes Augen aufblitzen sah, den er nun schon ein paarmal gesehen hatte und der ihn jetzt sehr beunruhigte.

»Aber sicher!«, rief er. »Wie könnte ich meine liebreizende Gemahlin vernachlässigen!«

Die Runde lachte, und in Eri stieg Wut auf. Das gehörte sich nicht seiner Schwester gegenüber, und er wollte auffahren, doch Turéor legte ihm die Hand beschwichtigend auf seinen Arm und hielt ihn fest.

»Nein, Junge, halte dich zurück«, sagte der Alte leise.

»Aber sie beleidigen –«

»Ich weiß. Und sie werden bezahlen. Aber zu unseren Bedingungen, die jedoch zu diesem Zeitpunkt schlecht sind.« Sein Blick schwenkte vielsagend zu den Wachen.

Ein Wächter öffnete Luri die Tür zu den Frauengemächern.

Nun war endlich der ersehnte Augenblick gekommen. Nach all den Aufmerksamkeiten, die ihr Ehemann ihr bei der Werbung hatte zukommen lassen, stellte Luri sich einen romantischen Moment der Vollendung der Hochzeit vor. Janwe hatte es ihr versprochen, sie vertröstet, zugleich aber ihr Verlangen gesteigert. Sie wollte ihm diesen Dunkeldämmer ihre Jungfräulichkeit darbieten, keinen Moment länger wollte sie warten. Es war Zeit, dass sie in allen Belangen Frau und Mann wurden, dass dieses Band vertieft und unauflöslich zusammengeknüpft wurde.

Natürlich hatte sie ein wenig Furcht, wie es sein würde. Es war eine Sache, beim Spiel der Wale zuzusehen oder mit den Mädchen und Frauen darüber zu tuscheln, aber eine andere, es am eigenen Leib zu erfahren. Bisher hatte sie Janwes Berührungen genossen, wenn sie einmal ohne Beobachtung einen leidenschaftlichen Kuss getauscht hatten und er seine Hand flüchtig, aber besitzergreifend über ihre Brust gleiten ließ. Er hatte mehr als einmal deutlich gemacht, dass er die Vereinigung genauso wenig erwarten konnte wie sie.

Und jetzt war es so weit. Luri hatte das passende Schleiergewand angezogen, prüfte die Schlingen des Hängenetzes, ob sie auch wirklich gut verknüpft waren und entsprechenden Belastungen standhalten konnten, und machte die vorgeschriebenen Beinübungen, damit sich die verbindenden Häute zurückbildeten und die Schenkel dem stürmischen Liebhaber geöffnet werden konnten. So zumindest hatte es ihr Jemuma heute während der Ruhe erklärt. »Es wird genauso gemacht wie bei den Landgängern«, hatte Jemuma gekichert. »Aber wir sind darin viel besser. Du kannst dich um ihn schlingen, und ihr werdet zu einem Ganzen.« Und sie hatte Luri noch einiges ins Ohr geflüstert, wozu Naurakafrauen fähig waren, das die junge Fürstin zum Erröten gebracht, ihre Erwartungen aber noch gesteigert hatten. Darüber hatten ihre Freundinnen noch nie gesprochen.

Anfänglich war sie besorgt, ob sie alles richtig machte, aber dann zogen sich die Häutchen tatsächlich zurück, und sie bewegte zum ersten Mal ihre Beine unabhängig voneinander. Eine Übung, die neu war und eine Menge Geschick und Konzentration erforderte, bis sie es zustande brachte. Doch dann machte es großen Spaß. Ein völlig neues, aufregendes Gefühl, und sie kicherte wie ein kleines Mädchen, als sie versuchte zu schwimmen und ungeschickt durch das Gemach taumelte und paddelte. Kopfüber landete sie wieder im Netz und strampelte mit den Beinen vor Vergnügen. So also fühlten die Landgänger ihre Beine? Neugierig ließ sie sich wieder aus dem Netz gleiten, hielt sich daran fest und versuchte dann, sich auf den Felsenboden zu stellen. Was für ein Gefühl! Ihre Beine kribbelten, ihre leicht flossenartigen Schwimmfüße tasteten über das Gestein, versuchten festen Halt zu finden, doch es trieb sie wieder nach oben.

Mit diesen kleinen Spielen wartete Luri voller Vorfreude.

Als Janwe tatsächlich bald darauf hereinkam, wollte sie strahlend auf ihn zueilen, doch er hielt abwehrend die Hand vor sich, und kein Lächeln lag auf seinem Gesicht. »Du hast mich vor meinen Freunden bloßgestellt.«

»Ich? Aber ... inwiefern denn?«, fragte sie erstaunt.

»Du hast dich ohne meine Erlaubnis entfernt, und nicht nur das, alle haben mitbekommen, dass du mein Nachfolgen sehr bald wünschtest.« Janwes weiße Brauen zogen sich finster zusammen. »Nun glauben sie, dass du diejenige bist, die den Ton angibt, und ich unter deiner Knute stehe!«

Luri wusste nicht, ob sie lachen oder empört sein sollte. Seine Vorwürfe konnten doch nicht ernst gemeint sein! »Aber Janwe, es ist Sitte, dass die Braut vor dem Mann geht, so zumindest habe ich es gelernt. Und ... ich meine, wir beide sind doch jetzt in unserem Heim, und ich ... ich sehne mich nach dir ...«

»So?« Sein Blick glitt an ihren Beinen hinunter, und da blitzte etwas in seinen Augen auf. »Wahrhaftig!« Er lachte auf. »Du bist ein gut erzogenes Mädchen, und das schon beim ersten Mal! Ich bin erfreut. Dann bringen wir es hinter uns.«

Luris Mund öffnete sich verdutzt, doch zu mehr kam sie nicht.

Ohne lange Vorbereitung fiel Janwe über sie her, presste sie ins Netz, riss ihr das Gewand herunter, öffnete seine Kleidung unterhalb des Gürtels und entblößte sich. Seine Hand quetschte nacheinander ihre zierlichen Brüste, während er sich zwischen ihre Beine drängte, und dann rammte er sich in sie hinein, durchstieß mit derart rücksichtsloser Gewalt ihre Jungfräulichkeit, als wäre sie ein Bollwerk des Feindes, das es ohne Schonung zu erobern galt.

Luri war zuerst so überrascht, wie schnell und grausam es geschah, dass sie zu keiner Regung fähig war, bis der brennende Schmerz sie überspülte. Ihre Kiemen blähten sich weit auf, doch sie unterdrückte die Schreie, die aus ihrer Kehle drängen wollten. Instinktiv erkannte sie, dass der Ausdruck ihrer Pein ihn nur noch mehr aufstacheln würde, sie sah es an dem gierigen Glitzern seiner Augen, dem wilden, verzerrten Grinsen, während er sie bearbeitete. Sie wandte voller Entsetzen den Blick ab und schloss die Augen; hoffte, dass ihm nicht auffiel, welche Qualen er ihr bereitete und welchen Traum er soeben brutal zerstörte. Wenigstens küsste er sie nicht, so viel Anstand besaß er noch.

Zum Glück dauerte es nicht lange, schon nach wenigen Stößen ergoss er sich in sie und zog sich danach augenblicklich zurück. »Nun, mein Schatz, hat es dir gefallen?«, fragte er höhnisch, während er sein Gewand wieder schloss.

Luri wagte nicht, nach ihrem Kleid zu angeln, um ihre Blöße zu bedecken. Sie verharrte zusammengekrümmt in der Wiege. »Du hast zu viel getrunken, das muss der Grund für dieses Verhalten sein«, sagte sie voller Schmerz. »Du bist nicht der Mann, in den ich mich verliebte, weil er so galant um mich warb, und der mir noch vor der Abreise einen besonderen Moment versprach.«

»Damit kein Missverständnis aufkommt: Dieser Mann war ich nie«, versetzte er völlig nüchtern. »Ich habe sehr lange geübt und dieses ganze Schauspiel nur aufgeführt, um dich zu bekommen, denn über dich gelange ich an den Thron deines Vaters, und das schon bald. Dein naiver Bruder wird uns nicht im Weg stehen, und dieser versoffene, hochverschuldete Erbprinz erst recht nicht. Nach einer angemessenen Frist werden beide bedauerliche Unfälle erleiden, und dann bist du die Thronfolgerin. Deine uralte, hochadlige Blutlinie ist von höchster Bedeutung für mich.«

»Also geschah es doch nur deswegen, aus nichts als Machtgier?«, flüsterte sie und kämpfte die Tränen zurück.

Er streckte die Hand aus und strich das wehende schwarze Haar vor ihrem Gesicht beiseite. »Nicht ganz. Du bist ein guter Preis, Herzchen. Schön, jung und kräftig. Diese Art der Eroberung ist weitaus angenehmer als ein Aufmarsch der Soldaten, und der Aufwand hat sich gelohnt. Man wird mich nicht nur wegen deiner Abstammung um dich beneiden, auch deine Schönheit erhöht mein Ansehen. Man wird dich überall preisen und mich umso mehr anerkennen. Ich hätte kein größeres Glück finden können.«

»Ich habe nicht erwartet, dass du mich liebst«, sagte sie niedergeschlagen. »Aber ich glaubte, du wärst verliebt in mich, so wie ich in dich ...«

»Weil du dich so zäh an den Wunsch nach Romantik geklammert hast«, erwiderte er gelassen. »Du hast es mir leicht gemacht. Ich habe dir genau das gegeben, was du wolltest. Aber ich habe dir auch gesagt, du sollst nicht auf Artigkeiten achten. Ich habe dir meine Ziele nicht verheimlicht. Nur nicht alle offenbart.«

»Und gelogen ...«

»In Bezug auf dich? Nein. Du bist das Schönste und Liebreizendste, was mir je begegnet ist, und das ist die reine Wahrheit. Du bist ein kostbarer Besitz, und meine Anstrengungen waren von großem Ehrgeiz beseelt, dich zu gewinnen. Jemanden wie dich gibt es nur einmal, du bist alles, was ein Mann sich erträumen kann.

Deswegen werde ich dafür sorgen, dass kein anderer dich auch nur ansehen darf. Du gehörst mir ganz und gar. Du wirst mir viele Kinder gebären, die meine Linie sichern und vergrößern werden. Und darüber hinaus werde ich dich genießen, wann immer ich will.«

Luri schaltete den brennenden Schmerz in ihrem Becken aus. Ihre Beinmuskeln waren völlig verkrampft, und sie spürte, wie etwas aus ihr floss, wahrscheinlich Blut. Innerlich fühlte sie sich völlig zerrissen. »Das werde ich nicht zulassen«, sagte sie leise, aber stolz. »Ich werde dich verlassen und ...«

»Gar nichts wirst du!«, herrschte er sie an, packte sie im Genick und zog sie dicht zu sich heran. »Du bist meine Ehefrau. Wir gehören zu den Alten Völkern, und damit gilt dieser Bund bis zum Tode! Du wirst mir gehorchen und dienen, und jeden meiner Befehle befolgen, ansonsten geht es dir schlecht!«

»Du ... kannst mich ... nicht zwingen ...«, stieß sie gepresst hervor.

Da schlug er das erste Mal zu. Mit geballter Faust ins Gesicht, knapp an der Nase vorbei. Luris Kopf ruckte nach hinten, daraufhin ließ er sie los, und das Geflecht der Wiege fing ihren weichenden Körper auf. Sie konnte nicht einmal mehr schreien, als der Schmerz in ihrem Kopf explodierte.

»Ich sage das nur einmal«, zischte Janwe. »Du wirst gehorchen, freiwillig oder nicht!« Er drehte sich um und schwamm auf die Tür zu. »Ab jetzt wirst du das Frauengemach ohne meine Erlaubnis nicht mehr verlassen«, schloss er kalt. »Jeglicher Kontakt zu anderen ist dir untersagt. Du bekommst eine neue, von mir ausgewählte Dienerin, die sich ausschließlich um dich kümmern wird.« Kurz glättete sich seine Miene, und in leutseligem Tonfall setzte er hinzu, als wäre nichts geschehen und er ein aufmerksamer Ehemann: »Und jetzt schlaf und ruh dich aus. Ich kehre zur Feier zurück und werde meinen Becher auf dich erheben. Ich werde ihnen berichten, was wir getan haben und was für eine Erfüllung du für einen Mann bist, und alle werden dich ehren und nicht mehr an meiner Männlichkeit zweifeln.«

Damit ging er, und die Tür wurde versperrt.

Luri weinte lange. Der seelische Schmerz war bedeutend schlimmer als der körperliche, den würde sie bald überwinden. Aber nicht, wie sehr sie sich getäuscht hatte. Nun konnte sie sich auch vorstellen, weshalb Janwe nicht über seine Eltern und deren *tragischen Unfall* und seine Zeit danach reden wollte. Er war schon immer so gewesen, ehrgeizig und besitzergreifend, rücksichtslos und nur auf Macht über andere bedacht. Sicherlich hatte er seine Familie aus dem Weg geräumt, um schneller voranzukommen.

Eri, du hast recht gehabt, dachte sie verzweifelt. *Warum habe ich nur nicht auf dich gehört!*

Turéor war bereits eingenickt, doch Eri wollte das Fest noch nicht verlassen. Er musste sichergehen, dass es Luri gut ging und dass sie unbesorgt in Janwes Armen schlief.

Doch da kehrte Janwe schon zurück. Er sah entspannt, zufrieden und ausgeglichen aus, seine Augen waren klar, ohne den unnatürlichen Glanz.

Die Männer begrüßten ihn mit Hochrufen und tranken dann lärmend weiter, ohne sich um den Fürsten zu kümmern.

Genau das schien Janwe erwartet zu haben, als er sich direkt zu Eri und Turéor setzte. Sie waren jetzt unter sich, trotz der Gesellschaft um sie herum.

Die Hand seines Onkels krallte sich warnend in Eris Arm, damit er den Mund hielt. Eri zwang sich dazu, seine Kiemen normal offen zu halten, durch nichts durfte er seinen inneren Aufruhr verraten und sich eine Blöße geben. Das würde Janwes Überlegenheit nur noch mehr verdeutlichen.

»Nun sind wir also hier angekommen«, begann Janwe lächelnd. »Und ab sofort gelten neue Regeln, auch für euch.«

Turéor und Eri schwiegen, damit hatten sie bereits gerechnet. Also sollte der Fürst auch endlich seine Bedingungen nennen.

»Der ehrenwerte Turéor ist von sehr großer Bedeutung für uns, es wird ihm an nichts mangeln«, setzte Janwe fort und sah dabei den alten Mann an. »Eine Ehrengarde von zwei Männern wird ihn ständig begleiten. Damit er stets in allem versorgt ist und jemand Vertrauten um sich hat, darf Jemuma bei ihm wohnen. Lurdèa benötigt ihre Dienste nicht länger, und die gute Amme soll den Rest ihres Lebens genießen dürfen.«

Turéor richtete seine Augen auf den Fürsten. »Ich brauche keine Amme.«

»Nun«, versetzte Janwe leichthin, »ich auch nicht, offen gestanden, aber wenn ich keine andere Verwendung für sie finde ...«

»Schon gut«, unterbrach Turéor ihn. »Ihre Nähe ist mir nicht unangenehm. Sie kann ruhig bei mir leben, was schert mich mein Ruf.«

»Schön!«, sagte Janwe erfreut. »Ich bin sicher, Ihr werdet Euch sehr wohl bei uns fühlen, edler Turéor, denn hier erfahrt Ihr nur Achtung, im Gegensatz zu den Darystis. Ich hoffe, Ihr seid als Berater so oft wie möglich an meiner Seite, möchte Euch aber keine Vorschriften machen. Ihr dürft Euch überall frei bewegen, das Volk wird sich darüber freuen, wenn es Euch zu Gesicht bekommt.«

»Ich werde weiter so leben, wie ich es gewohnt bin«, erklärte Turéor ruhig. »Sehr zurückgezogen. Politik war nie meine Sache, und ich denke, Ihr macht Eure Sache auch ohne mich ausgezeichnet, werter Fürst Janwe. Doch werde ich sicher gelegentliche Spaziergänge genießen, und natürlich teile ich jedes Mahl und Bankett mit Euch und stehe zur Verfügung.«

»Das akzeptiere ich ohne Vorbehalte. Ihr werdet Euch schnell eingewöhnen, und wenn Ihr feststellt, dass das Volk Euch gernhat, werdet Ihr auch sicher mehr Freude daran finden, Euch zu zeigen.« Damit war Eri an der Reihe, und Janwe wandte sich ihm zu.

»Nun, lieber Brautbruder, für dich habe ich derzeit noch keine Verwendung. Du bist sehr jung und groß gewachsen, aber viel zu schmächtig. Kannst du überhaupt schon ein Schwert heben?«

»Sogar schwingen«, brummte Eri. »Aber nicht gegen Nauraka und nur zur Verteidigung.«

»Ein romantischer Idealist«, seufzte Janwe. »Kaum zu ertragen. Aber Lurdèa hängt an dir, deswegen bleibst du hier wohnen.«

»Wann kann ich zu ihr?«

»Gemach, gemach. Sie muss sich erst eingewöhnen. Die Regeln, verstehst du? Euren anstößigen Umgang, den ihr in Darystis gepflegt habt – dass ihr sogar ein gemeinsames Gelass geteilt habt –, kann ich hier nicht dulden. Lurdèa ist nun eine ehrenwerte Frau und Fürstin, sie ist meine Gemahlin. Der nötige Abstand zu ihrem Bruder muss gewahrt sein.«

»Was genau willst du von mir?«, fragte Eri herausfordernd, da konnte Turéor ihn zwicken, so viel er wollte. Das Maß war voll.

»Sprechen wir ganz offen: Du bist ein nutzloses, wertloses Anhängsel«, führte Janwe aus, und seine Miene war nun kalt und nüchtern. »Dein Vater hat dich aus Sentimentalität deiner Mutter gegenüber am Leben gelassen, und weil du vielleicht als Ersatz dienst, wenn dem Erbprinzen etwas geschieht. Aber ansonsten hast du keine Daseinsberechtigung. Und wozu taugst du schon? Du hast keine besonderen Fähigkeiten und hängst unrealistischen Träumen nach.« Er lehnte sich zurück und hob die Hände. »Es steht dir völlig frei, zu verschwinden und deinen Träumen nachzujagen.«

Eri schwieg. Janwe wusste genau, dass er von seinem Vater verstoßen wurde und nirgendwo anders hinkonnte. Bei den Nauraka gab es keinen Platz mehr für ihn, und bei anderen Seevölkern zu leben konnte er sich nicht vorstellen. Sie würden ihn niemals als ihresgleichen anerkennen und genauso belächeln, wie sie Turéor immer belächelt hatten. Der einzige Ausweg, der ihm blieb, war das Land. Und vielleicht würde er dies eines Tages auch wahrnehmen. Aber er hatte Luri das Versprechen gegeben, und sie brauchte ihn jetzt mehr denn je. Ganz gleich, was er dafür auf sich nehmen musste – er würde in ihrer Nähe bleiben.

»Nun?«, hakte Janwe nach.

»Ich bleibe«, sagte Eri schwer atmend. »Natürlich bleibe ich, denkst du, ich überlasse meine Schwester schutzlos deinen machtgierigen Tentakeln?«

»Dann wirst du dich wohl an die Regeln halten müssen, liebster Brautbruder, denn sonst kann ich weder für Lurdèas Sicherheit noch für die deines Onkels garantieren«, erklärte Janwe süffisant. »Halte dich zurück. Du kannst dich frei bewegen, aber du wirst die Grenzen nicht verlassen. Und du wirst mir den Treueid schwören. Du kannst dich einleben, bis ich festgestellt habe, wofür du taugst, und dich dann entsprechend einsetzen. Du wirst widerspruchslos gehorchen. Wenn du dich anständig aufführst, darfst du deine Schwester sehen. Wenn nicht, bleibt die Tür geschlossen. Haben wir uns verstanden?«

»Sicher«, stieß Eri zwischen zusammengebissenen Zähnen hervor. »Alles, was du willst, lieber Schwestergemahl. Ich bin dein demütiger Diener.«

»Oh, noch lange nicht«, grinste Janwe. »Du bist ein stolzer Prinz. Aber bewahre dir das ruhig, denn du bist keiner vom Volk, und das sollen sie auch wissen. Egal, was ich mit dir mache – allen anderen gegenüber bist du der edle Prinz aus Darystis, Sohn des Hochfürsten. Wenn sie dir keinen Respekt entgegenbringen, töte sie. Wir dürfen keinerlei Schwäche zeigen.«

»Ja.«

»Dann schwöre mir jetzt!«

Eri sah zu Turéor, der ruhig und unbeteiligt dasaß, als ginge ihn das alles nichts an. Wie es aussah, würde er sich nicht dazu äußern, ihm Rat geben oder ihn unterstützen. Er musste die Entscheidung ganz allein treffen.

»Also gut«, sagte er mühsam. »Ich schwöre dir hiermit die Treue, Janwe von Karund, dass ich zu dir stehe und deine Befehle befolge, bis ich sterbe oder du mich davon entbindest.«

Janwe öffnete den Mund, um den Schwur anzunehmen, doch Eri war noch nicht fertig.

»Oder bis du deine fürstliche Verpflichtung mir oder dem naurakischen Volk gegenüber brichst.«

Denn ein Treueid zog immer auch Konsequenzen von der anderen Seite nach sich: Der Fürst war dazu verpflichtet, Eri zu versorgen, und er hatte auch eine Pflicht dem naurakischen Volk gegenüber, es vor allen Gefahren von außen zu schützen. Diese Pflicht eines Herrschers war unumstößliches Gesetz; Janwe brauchte im Grunde daran nicht erinnert zu werden, aber Eri wollte ihm zeigen, dass er keineswegs dumm war und sich in diesen Dingen auskannte. Kein Eidpflichtiger musste seine Ehre aufs Spiel setzen, wenn sein Herr Verrat übte. Das naurakische Volk stand immer über allem.

»Wohl gesprochen«, sagte Janwe erstaunt. »Der fürstliche Eid. Ich dachte, den kennt heutzutage keiner mehr.«

»Darauf trinke ich«, rief Turéor dazwischen und griff nach einem Schnabelkrug.

»Also nimmst du an?«

»Ich nehme an.«

Natürlich nahm Eri an, er hatte gar keine andere Wahl. Auch wenn er nur der Zweite in der Thronfolge war und derzeit als verstoßen galt, stand Eri als geborenes Mitglied der durch seine Mutter repräsentierten königlichen Sippe im Rang über dem Fürsten von Karund. Dieses Blut zählte auch heute noch mehr als jedes andere; das beste Beispiel war Turéor. Doch Janwe nahm es nicht übel. Er lachte und hob ebenfalls seinen Krug mit dem langen, dünnen Schnabel. »Auf euch, meine Verbündeten und geliebten Brautverwandten!«

9.

Keine Aussicht

Fürst Janwe schloss sich nun der grölenden Männergesellschaft an, und Eri und Turéor zogen sich in ihre Gemächer zurück. Die Wachen zeigten keinerlei Regung, machten ihnen nicht einmal die Tür auf. Eri wollte gleich zu seiner Kammer, als er das Schluchzen aus Turéors Raum hörte, und er folgte dem Onkel.

»Jemuma!«, rief er. Eilig schwamm er zu ihr und nahm sie in die Arme. »Liebe Jemuma, weine nicht.«

»Sie haben mich von ihr getrennt«, schluchzte die alte Frau. »Ich hörte sie weinen, aber ich durfte nicht zu ihr …«

»Was hat er mit ihr gemacht?«, fragte Eri, während sich sein Magen erneut zusammenklumpte.

»Ich weiß es nicht, Eri, aber es kann nichts Gutes sein, wenn es deine Schwester zum Weinen bringt … das tut sie nie!« Hilflos blickte sie auf. »Was soll ich jetzt nur tun? Wo soll ich hin?«

»Du wirst bei mir leben«, antwortete Turéor. »Janwe hat es so angeordnet.«

»Aber ich … das geht doch nicht …«

»Doch, das geht«, unterbrach Eri. »Vater ist nicht hier als Sittenwächter. Wir sind in der Fremde und haben nur noch uns. Wir müssen zusammenhalten und zusammenbleiben. Wenn du willst, kannst du mein Hängenetz haben, hier ist Platz genug.« Er seufzte. »Und ich glaube, es ist wirklich gut für Onkel Turéor, wenn du bei ihm bleibst.« Er schaute seinen Onkel an. »Ist es nicht so?«

»Ich … ich fühle mich besser, wenn sie bei mir ist«, gestand der alte Mann zögernd.

»Dann ist es beschlossen. Nur so bist du auch sicher, Jemuma. Und Luri werden wir auch irgendwie befreien. Zunächst aber müssen wir uns fügen und mitmachen, und Onkel Turéor … du wirst mir wirklich den Schwertkampf beibringen müssen.« Wobei er nicht wusste, ob der Alte dazu überhaupt in der Lage war. Noch niemand hatte ihn jemals das Schwert ziehen sehen. Aber es spielte keine Rolle, sie mussten sich jetzt gegenseitig stützen und aufbauen, Karund genau auskundschaften, um die gemeinsame Flucht zu planen. Eri wusste zwar noch nicht, wie er den Treueid ohne Konsequenzen umgehen könnte, aber ihm würde schon etwas einfallen.

An diesen Trost hielt er sich, ließ die beiden Alten allein und schwamm in sein Gemach nebenan. Hier drin herrschte trübes Licht, und von draußen fiel nur Dunkeldämmer herein. Eri war sehr müde, obwohl er bereits vor dem Bankett geschlummert hatte. Doch die Umstellung auf dieses schale Wasser und all die Veränderungen hatten ihn stark belastet. Er würde einige Dämmerungszyklen brauchen, um sich anzupassen.

Seine Augen blinzelten träge ins schwermütige Dunkel, während er sich ins Schlafnetz kuschelte.

Er war schon ein wenig eingenickt, als er plötzlich merkte, dass er nicht mehr allein war. Dabei hatte er die Wellenbewegung der Tür und die Veränderung des Wassers nicht bemerkt!

Eri riss die Augen auf, seine Hand fuhr nach oben, packte etwas – und starrte in die ängstlichen Augen einer Dienerin, die er am Hals erwischt hatte. Sofort ließ er sie los. Er hatte das Mädchen heute schon während des Banketts gesehen, es hatte ihm aufgewartet.

»Was willst du hier?«, flüsterte er verdutzt. Er lauschte nach nebenan, doch dort war alles still; sicher schliefen Turéor und Jemuma fest.

»Mein Herr schickt mich«, wisperte das Mädchen, das nur wenig älter als Eri zu sein schien.

»Wozu?«, entfuhr es Eri, obwohl das eine dumme Frage war. Es gab schließlich nur zwei Möglichkeiten, wobei eine davon eher unwahrscheinlich war. Weswegen sollte Janwe einen verstoßenen, mittellosen Prinzen berauben wollen?

»Er möchte Euch seinen innigsten Dank aussprechen für Euren

Eid und Euch versichern, dass er Euch in tiefer Zuneigung zugetan ist und seiner Verpflichtung Euch gegenüber zur Erfüllung des Eides voll und ganz nachkommen wird.« Die Augen der Dienerin wirkten völlig abwesend, während sie die auswendig gelernte Rede herunterleierte.

Gleichzeitig fing sie an, Eris Gürtel zu öffnen.

»Hör auf!«, sagte er schärfer als beabsichtigt. »Ich unterstehe dem Keuschheitsgebot.«

»Nicht mehr«, antwortete sie. Janwe hatte also mit seinem Widerstand gerechnet und auch hier eine Antwort vorgegeben. »Ihr steht in neuen Diensten und seid Darystis gegenüber nicht mehr verpflichtet. Karund ist nun Eure Heimat und Familie, und hier geltet Ihr als volljährig, mit allen Privilegien eines hochrangigen Eidpflichtigen gegenüber dem Fürsten.«

Sie fuhr fort, sein Gewand zu öffnen, und Eri zuckte zusammen, als ihre kleinen Hände sein befreites Glied berührten, das bei so viel unerwarteter Aufmerksamkeit sofort freudig erwachte. Was kümmerte es seinen Körper, welche Gedanken über Anstand, Stolz und Sitte seinen Verstand, seine Seele beschäftigten? Er war jung und hungrig, gierte schon so lange danach. Nie gekannte, berauschende Gefühle der Erregung überschwemmten Eri, und er verlor beinahe die Beherrschung.

»Aber ich will das nicht, nicht so«, stieß er gepresst hervor. »Nicht auf diese Weise.« Er versuchte, die Dienerin wegzuschieben, doch sie sah ihn mit einem solch herzzerreißenden Ausdruck an, dass er betroffen die Hände sinken ließ.

»Ich muss es tun, Herr«, wisperte sie. »Der Fürst duldet keinen Widerspruch. Er wird mich bestrafen.«

»Du kannst ihm sagen, du hättest deine Pflicht erfüllt«, meinte er. »*Oh*, bei Lúvenors Güte ...«

»Er würde es wissen.«

»Unsinn. Verflixt, hör endlich auf, ich kann nicht nachdenken ... ich möchte keinen Zwang ... nur weil ... oh, bei allen Tanghexen, das ist ...« Eri merkte, wie sich etwas in ihm aufbaute, das hinauswollte, ein gewaltiger Vulkanausbruch, dem eine Springflut folgen würde. Er konnte sich kaum mehr zurückhalten. Mit letzter

Kraft richtete er sich auf und schaffte es endlich, die Dienerin von sich zu schieben.

»Nein«, keuchte er. »Zum letzten Mal: nicht so.«

Da trat plötzlich ein warmer Glanz in ihre Augen. »Findet Ihr mich abstoßend?«, wisperte sie. Doch sie wirkte nicht bekümmert, ganz im Gegenteil.

»N-nein, du bist hübsch«, stammelte er verwirrt. Sie war jung und anziehend, das war nicht gelogen. Sie könnte ihm durchaus gefallen, aber er wollte nicht, dass sie es aus Zwang tat, aufgrund eines Befehls. Seine Lenden pochten, sie verlangten nach mehr, aber sein Verstand war immer noch klar. Er würde Janwe niemals diesen Gefallen tun: so zu werden wie er.

»Herr«, flüsterte sie daraufhin und fing an, sein Gewand auf der Brust zu öffnen.

Panisch dachte Eri an seine Perle, als die Dienerin die Hüllen beiseiteschob. Doch sie war gut verborgen, und dann hatte er sein Geheimnis auch schon wieder vergessen. Seine Kiemen flatterten, als er das Aufleuchten in den Augen der Dienerin sah, während ihr Blick über seinen Körper glitt. Das sollte jetzt ganz schnell aufhören, aber der Befehl seines Verstandes fand den Weg zu seinen Armen nicht mehr. Er schloss für einen Moment die Augen, als ihre sanften Hände über seine glatte Brust strichen. Es war so schön.

Die Dienerin drückte ihre weichen Lippen auf seine Brust. »Bitte weist mich nicht ab. Jemand wie Ihr ... ein schöner Prinz aus fernen Landen ... wisst Ihr, dass wir einfachen Mädchen nur davon träumen? Glaubt Ihr, so ein Traum könnte je in Erfüllung gehen?«

»Ich ... äh ... weiß es nicht ...«

»Ihr ahnt ja nicht. Für uns gibt es keinen Ausweg. Wir werden nieder geboren und sind Diener, die nur Befehlen gehorchen. Der Dienst an den Edlen und Gästen gehört dazu. Aber ... noch niemand hat mich je so respektvoll behandelt wie Ihr. Ihr seid ein Traum. *Mein* Traum. Jetzt und hier. Denkt Ihr ernsthaft, ich würde angesichts Eures vollkommenen Körpers, der Gefallen an mir hat, immer noch auf Befehl handeln?«

Irgendetwas lief hier grundsätzlich verkehrt. Eri hatte das Gefühl, als würde ihm die Situation immer mehr entgleiten. Als hätte das Mädchen plötzlich alles in der Hand ... *o ja.*

»Also du ... möchtest es auch? Wirklich?« Das änderte einiges, fand er, und rückte die Situation in ein ganz anderes, *besseres* Licht.

Sie nickte und strahlte plötzlich. »Wenn Ihr gestattet, Herr ...« Dann streifte sie ohne jede Scheu ihre Kleidung ab, und Eri starrte sie an, auf ihre Beine, die sich plötzlich teilten, und dann waren ihm der gute Rat seines Verstandes und sein Stolz völlig egal. So etwas Sinnliches hatte er noch nie gesehen, und er würde keinesfalls den Traum eines jungen Mädchens zerstören, nicht hier, nicht jetzt. Schließlich war er ein Prinz, ein Diener des Volkes. Er konnte ihr ansehen, an ihren Bewegungen erkennen, dass sie nunmehr tatsächlich freiwillig handelte, dass sie dasselbe wollte wie er. Das Wasser war überschwemmt mit Lockstoffen, die seinen Verstand in einen glückseligen Rausch versetzten und ihm anzeigten, dass es Zeit zur Paarung war, dass beide dazu bereit waren und es keine Veranlassung gab, sich noch länger zur Wehr zu setzen.

Er stöhnte auf, als sie über ihn glitt, als er zum ersten Mal im Leben die Haut einer Frau berührte, an Stellen, die sonst stets verhüllt waren, und gab sich hemmungslos hin.

Die Dienerin verschwand, noch bevor Eri wieder richtig zu sich gekommen war, und er verbrachte den Rest des Dunkeldämmers in tiefem, ruhigem Schlaf.

Im ersten Frühlicht erwachte er, denn sein feiner Nasensinn empfing durch die hereinströmenden Wellen Veränderungen im Wasser, Bewegungen und eine Zunahme an Duftstoffen, und nichts davon war ihm vertraut, bis auf die Tatsache, dass es Nauraka waren.

Er fühlte, dass sich etwas verändert hatte in seinem Innern, und das lag nicht allein an seinem Abenteuer vergangene Nacht. Auch die Unterhaltung mit Janwe, die vielen neuen Erfahrungen hatten dazu beigetragen. Mit dem Aufwachen war er nicht mehr derselbe.

Er hatte den festen Willen, seine Schwester so bald wie möglich zu befreien, und vor allem die schwarze Perle schien ihn dazu zu drängen. Das Flüstern in ihm war eindringlicher denn je, und immer öfter nahm er das magische Ding in die Hand und betrachtete die Schlieren, die über die Oberfläche liefen. Inzwischen konnte er sie schon mit einer Hand umschließen; als würde ständig etwas von ihr auf ihn überfließen. Neue Kräfte, vielleicht, denn er fühlte sich besser und reifer, auch stärker. *Sie wird mir dabei helfen, Janwe zu überlisten*, dachte er.

Was ihn ein wenig beunruhigte, war seine linke Hand, die nun fast vollständig schwarz verfärbt war. Es rührte sicher nicht von einer Krankheit oder Verletzung her, mit der Haut war alles in Ordnung, und dennoch konnte er sich nicht erklären, warum sie jeden Dämmerungszyklus noch ein bisschen schwärzer wurde. Der Verdacht, dass es mit der Perle und vor allem ihrer Schrumpfung zusammenhing, lag nahe. Aber warum geschah das, und was veränderte es in ihm? War es zum Guten oder Schlechten? Immerhin warnte das Flüstern ihn vor Gefahren und Dummheiten, andererseits drängte es ihn immer heftiger, etwas Bestimmtes zu tun. Doch er konnte nicht herausfinden, was. Er verstand die Worte nicht, und die Perle war ihm dabei keine Hilfe. Ob die Stimme überhaupt aus ihr kam? Oder stammte sie von etwas anderem, das er unbemerkt von seiner Reise in die Stille Tiefe mitgebracht hatte, wie etwa einen Bannfluch oder einen umhertreibenden Seelenfetzen eines verlorenen Geistes?

Kurz vor der Abreise hatte Eri vorgehabt, mit seiner Mutter darüber zu sprechen, doch es war nicht dazu gekommen. Sein Mund war wie versiegelt gewesen, und Ymde hatte seine Anwesenheit nicht einmal bemerkt.

»Gut geschlafen?« Turéor kam herein, und erstaunlicherweise sah er nicht so traurig und verloren wie sonst aus.

»Ja.« Eri schwang sich aus dem Netz und streckte sich ausführlich. Ein wenig lauernd sah er seinen Onkel an, ob er eine Bemerkung machen würde. Hatte er etwas mitbekommen? Und wieso wirkte er selbst derart zufrieden? »Ein seltsames Wasser ist das hier.«

»Allerdings. Lass uns zum Morgenmahl schwimmen, und dann sehen wir uns draußen um.«

»Ob so früh schon bedient wird?«

»Sehen wir nach.« Turéor schwamm voraus, öffnete die Tür und tauchte in den Saal. Eri folgte ihm; die Wachen würdigten sie beide keines Blickes, wie gestern auch. Immerhin war die Tür nicht versperrt gewesen, obwohl Eri damit gerechnet hatte. Anscheinend hielt Janwe Wort, dass sie sich frei bewegen durften.

Der Fürst saß bereits vor seiner Schale und ließ sich etwas zu trinken reichen. Normalerweise benötigten Nauraka wie alle Wasserwesen nichts zu trinken, die Feuchtigkeit im Essen reichte, aber sie hatten Gefallen daran, da sie Feinschmecker waren und diese Genüsse gern aufnahmen; es war jahrtausendelange Tradition.

Janwe grinste Eri unverhohlen anzüglich an, doch der sah darüber hinweg und ließ sich nicht provozieren. Im Gegenteil, er forderte den Schwestergemahl selbst heraus, indem er statt eines Morgengrußes und höflicher Gesten gleich zur Sache kam: »Wie geht es Luri?«

»Sie ist wohlauf«, antwortete Janwe, dessen Lächeln kurz einfror. »Es gibt keinen Grund zur Sorge.«

»Wann kann ich sie sehen?«

»Ich nannte dir bereits die Bedingung.«

»Ich rede nur vom Sehen. Irgendeine Lücke wird es doch wohl geben, durch die man blicken kann. Ich werde sie weder ansprechen noch ihr nahe kommen, aber ich will sie sehen.«

Janwe wirkte nun deutlich verärgert. »Es gibt keine Lücke, da es unsittlich wäre und vor allem ungehörig, die Fürstin durch ein Fenster zu beobachten. Glaubst du etwa, ich habe ihr etwas angetan?«

»Ich traue dir so ziemlich alles zu, Janwe.« Eri ließ sich an einer Schale nieder und griff zu. Den erstaunten Blick seines Onkels ignorierte er.

»Ist dir gestern etwas nicht gut bekommen?«, stieß der Fürst in kaum gezügelter Wut hervor.

Eri grinste. Das war der Vorteil des fürstlichen Eids, den er geleistet hatte: Janwe konnte ihn nicht einfach zur Rechenschaft ziehen oder ihn willkürlich bestrafen. Eri musste ihm gehorchen, das stand außer Frage. Doch sein Herr konnte sich durch die gegenseitige Verpflichtung nicht alles erlauben. »Deine Speisen lassen keinerlei Wünsche offen, und sie sind bestens verdaulich«, erwiderte er. »Ich habe dir meinen tiefsten Dank auszusprechen.« Er biss in ein Stück rotfleischigen Sarakim, durch den würzige Seekräuterstiele gezogen waren. »Onkel Turéor und ich möchten uns heute ein wenig umsehen, ist das möglich?«

»Ich habe euch gestern zugesichert, dass ihr euch frei bewegen könnt«, sagte Janwe stirnrunzelnd. »Dem Volk wird es gefallen. Lasst euch feiern. Ich kann euch nicht begleiten, denn ich habe nach meiner langen Abwesenheit sehr viel zu tun, und bald wird der nichtsnutzige Rest meines Gefolges eintreffen. Dann will ich die nächsten Schritte vorbereitet haben.«

»Ich danke dir.« Eri konnte nicht lockerlassen, sein Blick richtete sich fixierend auf den Fürsten. »Und wann kann ich Luri sehen?«

»Genug!«

Die Dienerschaft duckte sich ängstlich an die Wände, als Janwe hochfuhr.

»Achte auf deine Worte, Erenwin, du kannst dir nicht alles erlauben!«

Eri blieb ruhig. »Luri wird es erfahren, wenn mir etwas zustößt.«

»Doch auch ihr kann etwas zustoßen, wenn du mich zu sehr verärgerst«, zischte Janwe. »Jeder Handel hat zwei Seiten, Brautbruder! Halte dich im Zaun, und benimm dich nicht wie ein ungezähmter Seeschwärmer. Das dulde ich nicht an meinem Hof, nicht einmal von dir.«

»Ich muss wissen, dass es meiner Schwester gut geht!«, gab Eri aufgebracht zurück. »Mein Eid dir gegenüber schließt sie ein!«

»Und dementsprechend halte ich mein Wort, so wie du deines.« Janwe atmete schwer, dann beruhigte er sich wieder. »Also gut, ich denke, das war notwendig, um das trübe Wasser zwischen uns zu reinigen. Aber jetzt entferne dich besser aus meinen Augen. Wir sehen uns heute Abend.«

Damit gab sich Eri vorerst zufrieden. Er sah, dass Turéor seine Mahlzeit beendet hatte, und verließ seinen Platz. Sein Onkel nickte ihm zu, und sie schwammen auf den Ausgang zur Stadt zu, gefolgt von vier Wachen.

»Was ist mit dir los?«, fragte Turéor unterwegs. »Du bist völlig verändert, ich kenne dich überhaupt nicht wieder. Bist du im Schlaf ausgetauscht worden, Erenwin?«

»Nein, ich bin es selbst«, erwiderte der Prinz ruhig. »Der Eid gestern hat mich befreit. Und die Autorität meines Vaters ist fern. Nun treffe ich meine eigenen Entscheidungen.«

»Du meinst, die trifft Janwe für dich, und du bist sein Handlanger.«

»Ich werde einen Weg finden, von dem Eid entbunden zu werden, ohne wortbrüchig zu werden. Und bis dahin werden wir an unserem Fluchtplan arbeiten, uns alles genau ansehen und uns körperlich ertüchtigen.«

Bevor er sie zurückziehen konnte, griff Turéor nach seiner linken Hand und betrachtete sie. »Und was ist mit deiner Hand?«

»Nichts weiter, sie ist verfärbt. Ich bin bei den Schiffswracks einem Kraken zu nahe gekommen, der muss mich mit Tinte bespritzt haben.« Eri war erstaunt, wie viele klare und deutliche Worte sein Onkel sprach. Anscheinend war auch mit ihm etwas vorgegangen, das ihn verändert hatte.

»Sie hat sich nicht erst verfärbt, nachdem du dich entschieden hattest, den Eid nicht zu erfüllen?«

»Wie ... wie kommst du darauf?«

»Ach, nichts. Vielleicht bist du auch einfach nur erwachsen geworden, Junge.«

Ein bisschen mehr schon, dachte Eri und fühlte, wie er leicht errötete. »Ich habe nur ein klares Ziel vor Augen, Onkel – meine Schwester hier herauszuholen.«

Turéors Blick richtete sich in die Ferne. »Und dann?«, fragte er leise. »Hast du schon darüber nachgedacht, wohin wir gehen sollen?«

»Natürlich. An Land.« Das war der einzige Ausweg, das wusste auch Luri. Und sicher war sie mit allem einverstanden, solange sie nur von ihrem Ehemann wegkam.

»Dafür bin ich zu alt, Eri.« Turéor schüttelte den Kopf. »Aber das spielt keine Rolle. Du hast ein Ziel, und daran wirst du festhalten.«

»Wir können nach einem See suchen, wo wir leben können«, schlug Eri eifrig vor. »Hallog hat mir erzählt, dass es viele davon gibt. Dort findet sich auch ein Platz für dich, Onkel, und Jemuma.«

Turéor sah ihn jedoch nur voller Sorge an.

»Glaubst du mir nicht?«, fragte er verunsichert.

»Doch, Erenwin. Nur ... ich fürchte den Preis, den du für das alles zahlen musst. Du hast dich auf einen gefährlichen Pfad begeben, von dem es möglicherweise keine Rückkehr mehr gibt.« Er beendete das Gespräch, indem er schneller wurde und in die Stadt zurückschwamm.

Die beiden Darystis ließen sich den ganzen Helldämmer hindurch Zeit, um sich in der Stadt umzusehen. Das Volk bemerkte sie selbstverständlich, da fremde Schwingungen von ihnen ausgingen, die nicht mit den Karundern harmonisierten, und nach kurzem Zögern erkannten die Nauraka auch, um wen es sich handelte. Nicht zuletzt an ihrer andersartigen Kleidung und der besonders aufgeputzten Ehrengarde, die in einigem Abstand folgte.

Schüchtern verneigten sich die Leute, wagten einen kurzen Tanz, bevor sie weiterhasteten und sich um ihre Angelegenheiten kümmerten. Janwes Soldaten waren allgegenwärtig in Karund. Eri sah kaum Freude in den Gesichtern, nur selten einmal erklang ein Kinderlachen. Die Stadt selbst wirkte sauber und ordentlich, zwar ein wenig farblos, aber man sah durchaus, dass es hier keine Armut gab. Die Karunder waren gepflegt und gut gekleidet, und sie gingen ihren Verrichtungen nach wie in Darystis auch. Dennoch war es kein Vergleich.

Als Eri und sein Onkel nach den Seeschwärmern sehen wollten, sausten die Gardisten plötzlich an ihnen vorbei und hielten sie auf.

»Nicht weiter«, sagte einer von ihnen. »Hier endet die Erlaubnis.«

Die Stadtgrenze war erreicht und damit der weitere Weg versperrt.

»Ich möchte wissen, wie es meinem Reitfisch geht«, erklärte Eri. »Er ist ein sehr kostbarer Besitz, ein künftiger Schwarmvater.«

»Es ist alles in Ordnung«, versicherte der Gardist. »Der Herr achtet sehr streng darauf. Sollten sich Probleme ergeben, würdet Ihr sofort benachrichtigt.«

Also wieder zurück. Eri konnte den Anblick der Leute bald nicht mehr ertragen, ihre Demut machte ihn allmählich wütend. Warum ließen sie sich die Unterdrückung durch Janwe gefallen? Trotz seiner Soldaten könnte er sich nicht gegen alle durchsetzen, seine Anhänger waren in der Minderzahl. Aber anscheinend hatte er genau den richtigen Weg gefunden, um genügend Druck auszuüben. Eri wollte nicht wissen, wie es in den beiden angeschlossenen Reichen aussah. Und bei den anderen Wasservölkern, die hier ringsum lebten.

Manchmal hatte Eri das Gefühl, als würde der eine oder andere Karunder ihn auffordernd, ja regelrecht bittend ansehen, bevor er schnell Abstand nahm. Sie erwarteten doch wohl keine Unterstützung von ihm? Er hatte ja nicht einmal den Verbannten von Darystis helfen können. Geschweige denn sich selbst.

Aber das werde ich jetzt ändern, dachte er grimmig und tastete nach der schwarzen Perle, die er immer bei sich trug. Sie ruhte dicht an seinem Herzen und konnte durch ihre geringere Größe leicht versteckt werden. *Du gibst mir Kraft, ich spüre es. Mein Verstand ist so klar und scharf wie noch nie, und ich habe in den wenigen Dämmerungszyklen seit dem Aufbruch sehr viel gelernt. Ich werde mein Versprechen einlösen, Luri zu beschützen.*

Als sie zu ihren Gemächern zurückkehrten, war die Thronhalle bis auf die Wachen verlassen. Turéor schwamm auf die Tür zu, doch Eri hielt ihn zurück.

Er baute sich vor einem Posten auf und funkelte ihn streng an, sodass der andere nicht mehr durch ihn hindurchsehen konnte.

»Weißt du, wen du vor dir hast?«, zischte er.

»Den ehrenwerten Turéor und den Prinzen Erenwin aus Darystis«, antwortete der Mann, behielt seine überhebliche Haltung jedoch bei.

»Sehr gut«, sagte Eri in lobendem, aber keineswegs freundlichem Tonfall. Dann näherte er sein Gesicht dem anderen, bis dessen grobe Hautporen sich wie Krater vor ihm öffneten. »Und jetzt öffne uns die Tür, Knecht!«

Eingeschüchtert wich der Soldat zurück und öffnete tatsächlich die Tür mit einer Verbeugung.

»Nach dir, verehrter Onkel«, sagte Eri mit einladender Geste, und folgte Turéor hocherhobenen Hauptes.

Nachdem sich die Tür hinter ihnen geschlossen hatte, nickte Turéor ihm zu. »Das war gut.«

»Janwe hat mir gestern einige Lektionen erteilt, durch die ich mehr und schneller lernte als in all den Korallenringen davor«, knurrte Eri. »Er hat gesagt, ich solle mir Respekt verschaffen, also befolge ich diesen Befehl. Und wenn ich dadurch seinen Respekt erringe, wird er mich am Leben lassen, weil ich vielleicht doch nicht ganz *nutzlos* bin.«

Die Zeit verging schnell. Eri nahm bei seinem Onkel heimlich Unterricht im Schwertkampf; das Gemach bot zwar nicht allzu viel Platz, aber es genügte, um sich eine gewisse Fertigkeit anzueignen. Der Prinz musste anerkennen, dass Turéor trotz seines Alters und seiner mangelnden Übung genau wusste, was er tat. In seiner Jugend musste er ein großer Kämpfer gewesen sein. Wieder einmal zeigte sich, dass er von höchster Abstammung war und dass die Geschichten seines Lebens möglicherweise doch stimmten.

Eri lernte in vielen Helldämmern die Stadt genau kennen und prägte sich jede einzelne Korallenbiegung des Palastes ein. Jedes Mittlicht suchte er nach einer Möglichkeit, zu Luri zu gelangen, oder sie wenigstens zu sehen. Er gab einfach nicht auf, und es war ihm völlig gleich, ob die Wachen Janwe seine beharrliche Suche berichteten oder nicht. Sollte der Fürst ruhig wissen, dass Eri nicht daran dachte, seine Schwester ihrem Schicksal zu überlassen.

Doch je mehr Dämmerungszyklen ohne Ergebnis verstrichen, desto ungeduldiger und gereizter wurde Eri. Das drängende Flüstern in seinem Inneren wurde lauter, und die schwarze Perle fühlte sich heiß an, wog immer schwerer, als erwäge sie, sich von ihm zu lösen und sich fallen zu lassen, um von jemandem gefunden zu werden, der würdiger war als er. Was wollte sie denn noch? Er unternahm doch schon alles, was in seiner Macht stand! Aber Janwe hatte beim Bau seiner Stadt vorgesorgt. Deswegen hatte er so leichtfertig versprechen können, dass sie sich frei bewegen durften. Es gab keine Möglichkeit, von hier zu entkommen, und schon gar keine, zu Luri vorzudringen. Eri hatte sogar nach ihr gerufen, nach kleinen Botenfischlein gejagt, die er ihr heimlich schicken konnte; er hatte alles versucht, doch es gab nur den einen Zugang.

Um sich nicht ablenken zu lassen, ließ er keine Dienerinnen mehr in sein Netz; einmal war genug. Nun wusste er, wie es ging, und er wusste es durchaus zu schätzen. Aber jetzt gab es wichtigere Dinge.

Das schien nicht unbemerkt zu bleiben, denn am Hof begann man über den *keuschen* Prinzen zu tuscheln und hämische Grimassen zu ziehen, wenn er zufällig hinzukam. Anfangs ging er einfach darüber hinweg, doch als es nicht abriss, wurde auch sein Geduldsfaden dünner.

»Habt ihr nichts Besseres zu tun, als euch das Maul zu zerreißen?«, herrschte er kurz vor Beginn eines Nachtmahls zwei Hofschranzen an, die ihn bei ihrer Unterhaltung plötzlich ansahen und versteckt kicherten.

Dummerweise traf auch Janwe gerade ein und konnte sich ein Bild darüber machen, wie man sich über seinen edlen Verwandten aus dem fernen Darystis lustig machte.

Als die beiden sich wortlos von ihm abwenden wollten, verlor der Prinz die Beherrschung. »Ich rede mit euch, seht mich gefälligst an!«, schrie er quer durch die Halle.

Schlagartig trat Stille ein, und den beiden Hofschranzen blieb nichts anderes übrig, als sich zu ihm zu drehen.

»Nun«, fuhr Eri fort, und seine Miene verdüsterte sich immer mehr, »also, worüber habt ihr gesprochen? Lasst mich daran teilnehmen, da doch mein Name fiel!«

»Oh, aber ich bitte Euch, das hat gar nichts mit Euch …«, fing der eine an.

»Wir sprechen nur voller Hochachtung«, warf der andere ein.

Schöne Worte, doch ihre Haltungen drückten etwas ganz anderes aus.

»Wagt es nicht noch einmal, hinter meinem Rücken über mich zu reden und mich auszulachen«, zischte Eri. Er spürte, wie es dunkel in ihm wurde, wie Kälte über seine linke Hand den Arm hinaufkroch und ihn schwarz verfärbte. Das Flüstern in ihm klang wie eine Mahnung. »Entschuldigt euch!«

Die beiden zögerten und hoben indigniert die Brauen.

Das war zu viel.

Mit einem Wutschrei stürzte Eri sich auf den Ersten, packte ihn und schlug ihm mit voller Wucht ins Gesicht, zweimal, dreimal, bis das Blut spritzte und sein Körper erschlaffte. Als der andere fliehen wollte, wandte der Prinz sich augenblicklich ihm zu, holte ihn ein und schlug ihn ebenfalls mit bloßer Faust nieder, prügelte auf ihn ein, bis er um Gnade wimmerte.

Eri hätte noch weitergemacht, wäre da nicht auf einmal Turéor gewesen, der ihn festhielt und behutsam, aber bestimmt von seinem Opfer wegzog. »Es ist genug, Prinz, deiner Ehre ist Genüge getan«, sagte er eindringlich.

Eri war noch immer außer sich, sah alles nur durch trübe Schlieren und Schleier. »Ist hier noch jemand, der über mich lachen will?«, schrie er in die Stille hinein. Nicht einmal die Wachen regten sich. »Wem soll ich den angemessenen Respekt beibringen?«

Die beiden Hofschranzen taumelten blutend und sich gegenseitig stützend und klagend davon.

Eris finstere Wut vergiftete das Wasser ringsum, sodass sich weiterhin niemand rührte.

Bis Fürst Janwes Stimme erklang. »Nun wisst ihr es! Es gibt keinen Grund, an der Männlichkeit meines Brautbruders zu zweifeln, und ich warne euch: Wenn mir auch nur *einmal* ein Gerücht zu Ohren kommt, werde ich persönlich drastische Strafen verhängen!«

In Eris Ohren rauschte es immer noch, als Turéor ihn zu seinem Platz brachte.

»Dein Arm ist schwarz geworden«, bemerkte er, während das Mahl und die Unterhaltung eröffnet wurde. »Willst du immer noch behaupten, du hättest nichts aus der Stillen Tiefe mitgebracht?«

»Durchsuch mich doch«, knurrte Eri. »Ich habe dir damals nichts zu sagen gehabt, und jetzt habe ich dir auch nichts zu sagen.«

Doch als er am Abend die schwarze Perle hervorzog, war sie nur noch halb so groß wie seine Handfläche, und die Schwärze hatte sich bis zu seiner Schulter ausgebreitet.

Es blieb nicht der einzige Vorfall dieser Art. Eri war aufbrausend und angriffslustig geworden. Der kleinste Anlass genügte, um ihn gewalttätig werden zu lassen. Jemuma vermutete, dass es das Wasser war, das Eri krank machte. »Karund ist Gift für ihn«, sagte sie kummervoll. »Ich erkenne meinen sanften, verträumten Prinzen nicht mehr wieder!«

»Ja, es liegt an diesem Ort und an dem, was er ausstrahlt«, stimmte Turéor zu. »Aber nicht allein.«

»Ich bin jedenfalls keiner dieser Kiemenflatterer da draußen«, brummte Eri. »Ich habe keine Angst vor Janwe, und ich trachte nur danach, wie ich ihn ausschalten und mich damit von dem Eid lösen kann, der mich an ihn bindet.«

»Wahrscheinlich hat dieser Eid zwischen euch ein Band geschaffen, das verflucht ist, von Janwe selbst herbeigeführt«, befürchtete Jemuma. »Du wirst ihm immer ähnlicher.«

Eri winkte ab. »Ich muss Luri befreien! Jeder Dämmerungszyklus, der vergeht, wird sie dem Untergang näher bringen. So lange schon ist sie gefangen, das kann sie irgendwann nicht mehr ertragen! Sie wird zerbrechen und zugrunde gehen, und das ist allein meine Schuld.«

»Dem ist nicht so, und das weißt du«, mahnte Jemuma.

Eri blickte zu Turéor auf. »Warum sind diese Leute hier nur so, Onkel? Warum gestatten sie Janwe, sie zu unterdrücken?«

»Sie haben mit der Zeit dem ständigen Druck nachgegeben und damit sich selbst aufgegeben. Sie haben das Letzte verloren«, antwortete der. »Das, was bleibt.«

»Keine Liebe«, stieß Eri hervor. »Das ist es, ich sage es dir. Sie ist allen verwehrt und mir nicht weniger. Kann ich sie irgendwo finden, Onkel? Damit ich Heilung finde für mein Herz, das nur noch Hass und Wut empfindet?«

»Nun redest du genauso verworren wie dein Onkel.« Jemuma legte die Hand an seine Stirn. »Du hast Fieber«, sagte sie besorgt. »Eri, du bist sehr krank, und ich fürchte um deinen Verstand.« Entschlossen raffte sie ihr Gewand. »Jetzt werde ich das Ganze in die Hand nehmen!«

10.

Nur noch ein Korn

Luri fand keinen Weg hinaus. Sie hatte keine Möglichkeit, sich mit Eri in Verbindung zu setzen, auch Jemuma war nicht mehr erreichbar. Janwes Dienerinnen, die für sie sorgten, waren scheu und stumm, viele hatten Verstümmelungen. Sie lebten in einem nicht minder abgeschotteten Bereich wie dem ihrigen, angrenzend an Luris Gemächer tiefer im Fels, aus dem sie nie herauskamen. Die übrige Dienerschaft draußen wusste wahrscheinlich nicht einmal, dass sie hier existierten. Für sie gab es überhaupt keine Hoffnung, jemals ihrem Gefängnis zu entkommen. Sie würden ihren Herrn aus Angst niemals verraten und waren daher nicht bestechlich. Lediglich Rahi, ihre Leibdienerin, unterhielt sich mit ihr, doch nur über Belangloses. Luri merkte deutlich, dass diese Frau ihrem Herrn freiwillig treu ergeben war und alles für ihn tun würde – aus welchem Grund auch immer. Egal, was Luri tat, sie würde Rahi niemals für sich gewinnen können.

Dass sie alle Annehmlichkeiten hatte, in luxuriösen Gemächern lebte, von den Frauen verwöhnt wurde und nur feinste und exquisite Genüsse erhielt, konnte nicht darüber hinwegtäuschen, dass sie eine Gefangene war. Sie hatte keinen Ausblick nach draußen, nur in einen Innenhof, in dem sie ein wenig herumschwimmen und mit kleinen Phylotherae spielen konnte. Niemand sonst hielt sich hier auf, alles war streng abgeriegelt, ohne Schlupfloch oder selbst die kleinste Ritze zum Durchspähen.

Luri hatte überhaupt nichts zu tun, war gequält von Langeweile und entsetzlich einsam. Doch was sie noch mehr fürchtete als die

Einsamkeit, waren Janwes Besuche, vor allem, wenn er mehrmals während eines Dämmerungszyklus zu ihr kam. Er schien ihrer nicht so schnell überdrüssig zu werden, wie sie erhofft hatte.

Die junge Fürstin war den unberechenbaren Launen ihres Gemahls völlig ausgeliefert. Sie schaffte es im Lauf der Zeit nicht, Einfluss auf ihn zu nehmen, ihn zu mildern oder gar umzustimmen. Er fand immer neue Wege, sie zu quälen, und die brutalen Schläge waren dabei nicht das Schlimmste. Wobei er bei aller Grausamkeit manchmal durchaus charmant sein konnte und sogar gelegentlich rücksichtsvoll, wenn er sie nahm. Doch für sie war der Schmerz immer gleich, denn sie konnte sich ihm nicht öffnen, selbst wenn er sich in Liebkosungen versuchte. Es war zu spät, ihr Körper konnte und wollte auf seine Berührung nicht mehr reagieren. Sie empfand nur Ekel und Abscheu, und selbst der Anblick seines nackten, schön gewachsenen Körpers, die lustvollen Strömungen seiner Botenstoffe, denen eine Naurakafrau normalerweise nicht widerstehen konnte, vermochten sie nicht zu reizen. Das schien ihm allerdings nichts auszumachen, denn er kümmerte sich nicht darum und fragte auch nie, wie sie sich fühlte.

»Wann wirst du guter Hoffnung?«, fragte er sie eines Mittlichts, nachdem er sich ausführlich Zeit gelassen hatte, bis er sich stöhnend in ihr verströmte.

»Ich weiß es nicht«, sagte sie. Von diesem Mann ein Kind zu bekommen war eine schreckliche Vorstellung. Sie tat alles, um es zu verhindern.

»Ich werde Rahi beauftragen, deinen Zyklus zu beobachten«, brummte er.

Gedemütigt und beschämt schwieg sie. Jeden Dämmerungszyklus zerbrach sie ein bisschen mehr. Manchmal sehnte sie die Gleichgültigkeit herbei, doch wenn sie sich einmal dabei ertappte, wie ihr Geist in dumpfer Resignation versank, rüttelte die Angst sie wieder auf. Sie wollte sich nicht aufgeben, nicht so schnell.

»Wann darf ich meinen Bruder sehen?«, bat sie leise.

»Wenn ich zufrieden mit dir bin, aber derzeit bin ich es nicht«, antwortete er. »Ich glaube, du leistest mir Widerstand, und das gefällt mir nicht. Wir können keine Harmonie finden, wenn du dich mir nicht unterwirfst und ganz hingibst. Deshalb kann ich dich auch nicht dem Volk vorstellen. Die Öffentlichkeit würde merken, dass du nicht zu mir stehst. Ich will an meiner Seite eine glückliche Frau mit dem Spross meines Samens in ihrem Bauch, nur so können wir einen großen, neuen Staat aufbauen. Harmonie ist das Fundament, nicht Misstrauen, Zweifel und Unsicherheit. Wir müssen uns dem Volk als Einheit zeigen, als hoffnungsvolle Zukunft.«

»Nur meinen Bruder will ich sehen, nicht das Volk«, wisperte sie. »Bitte, nur einmal, wenigstens kurz, damit ich weiß, dass es ihm gut geht.«

»Es geht ihm gut«, versetzte er unwirsch. »Zu gut, wenn du mich fragst. Er hat sich so gut eingelebt, dass er anfängt, Streit zu suchen. Er wurde schon einige Male angeklagt, aber ich habe es natürlich stets zurückgewiesen. Schließlich ist er von hohem Adel, und die Kläger waren nur vom einfachen Volk oder meine nichtsnutzigen Hofschranzen.«

»Das klingt nicht nach Eri.«

»Dein verhätschelter Bruder hat sich sehr verändert, du würdest dich wundern. Ich kann nicht sagen, dass mir diese Entwicklung missfällt. Wenn er so weitermacht, wird er für mich sogar noch nützlich, und ich lasse ihn doch am Leben.«

Wut und Verzweiflung kochten in ihr hoch. »Was hast du mit ihm gemacht?« Luri fuhr auf, ihr Arm schoss vor, um ihm das Gesicht zu zerkratzen.

Doch Janwe war schneller. Er packte ihren Arm und drückte sie mühelos nieder. »Wilder als eine Muräne, da nimmt es nicht Wunder, dass es auch in deinem Bruder steckt«, sagte er höhnisch.

Luris Geduldsgrenze und Hinnahmebereitschaft war erreicht. Sie gab nicht nach, sondern wehrte sich weiterhin gegen ihn, wollte ihm wenigstens ein einziges Mal wehtun, ihm zurückgeben, was er ihr antat. Es war nicht das erste Mal, dass sie ihn angriff, obwohl sie es jedes Mal bitter bereuen musste und es zudem aussichtslos war. Er war viel stärker als sie, und nach kurzem Zorn machte ihr Widerstand ihm sogar Spaß, so auch diesmal. Er griff nach ihrer Brust, während er noch mit ihr rang. Sie spürte an ihrem Bauch, wie sein Glied sich versteifte, und biss die Zähne zusammen, als er kurz darauf grob in sie stieß. Immerhin währte der Akt nur kurz, da er sich zuvor gründlich verausgabt hatte. Ein Zittern durchlief ihn, er keuchte und grunzte, und sein Gesicht nahm einen zufriedenen Ausdruck an; wie jedes Mal, nachdem er ihr Gewalt angetan hatte, gleich welcher Form.

»Ich habe nichts mit deinem Bruder gemacht, das ist gar nicht notwendig«, setzte er die Unterhaltung fort, als hätte es keine Unterbrechung gegeben, während er sich aus ihr zurückzog und nach seiner Kleidung griff. »Also gut, schließen wir einen Handel. Werde schwanger, und du darfst deinen Bruder sehen. Ich werde dir sogar erlauben, ihn zu besuchen. Und wenn du nicht so töricht bist und eine Flucht planst, muss es nicht bei diesem einen Mal bleiben.«

»Nur kurz«, flehte sie. »Heute. Oder morgen.«

»Ich habe dir die Bedingung genannt. Es liegt bei dir«, erwiderte er leichthin und verließ sie.

Eri streifte allein durch die Stadt – das bedeutete, ohne seinen Onkel, da dessen Wachen natürlich immer in seiner Nähe waren – und dachte nach. Es entsprach schon den Tatsachen: Jeden Dämmerungszyklus, den er länger hier verbrachte, wurde er gereizter, ungeduldiger, angriffslustiger. Wahrscheinlich lag es an allem zusammen – der flüsternde Einfluss seiner Perle, der ihn zwang, Dinge zu tun, die er im Grunde seines Herzens nicht wollte, dazu die Strömungen des Wassers und sein Unvermögen, etwas gegen Janwe zu unternehmen.

Allem Anschein nach bereitete der Fürst einen Kriegszug gegen eine benachbarte Sippe der Nices vor. Kein leichtes Unterfangen, denn die Nices waren ernstzunehmende Gegner. Janwe hatte Eri bereits mitgeteilt, dass er ihn mitnehmen würde. Vermutlich hoffte er, dass Eri im Kampf umkam, in erster Linie aber wäre der Prinz noch weiter von seiner Schwester entfernt. Das bedeutete für die Darystis, sie mussten bald etwas unternehmen, denn sonst hätten sie wohl kaum noch Gelegenheit dazu.

Um das Volk auf die neuen Ziele vorzubereiten, hatte Janwe zwei öffentliche Ansprachen gehalten, mit Turéor und Eri an seiner

Seite. Es waren flammende Reden gewesen, die tatsächlich auch ihn mitrissen, das musste Eri zugeben, und der Jubel des Volkes schallte ihm jetzt noch in den Ohren. Janwe versprach neue Gründe, eine Vergrößerung der Stadt, mehr Reichtum für alle, und er verstand sich auf die richtigen Worte, Tonfall und Gesten.

Nun, arm waren sie ja nicht gerade. Genau wie Ragdur versorgte Janwe sein Volk gut. Aber es war nicht frei. Nur wer Soldat oder Jäger war, durfte die Grenze verlassen, sonst niemand.

Es gab hier keine Verbannten, denn Janwe verhängte in aller Regel das Todesurteil, wenn er nicht ausnahmsweise einmal großzügig war und Gnade walten ließ. Manchmal zwang er einen Verurteilten, wenn er Familie hatte, auch zur Knechtschaft in seinem Palast.

Eri war niedergeschlagen und wütend, über sich, aber auch die Karunder, die alles hinnahmen. Die drei Korallenstäbe unter Janwes Regierung hatten ausgereicht, um sie zu brechen. Und Luri blühte genau dasselbe Schicksal; dass Eri hingegen nicht lange genug leben würde, ihr Los zu teilen, darüber machte er sich keine Illusionen. Janwe machte in letzter Zeit einen zunehmend ungeduldigen Eindruck auf ihn, wenn er aus dem Frauengemach kam. Für Eri ein Zeichen, dass Luri Janwe weiterhin Widerstand leistete, noch nicht aufgegeben hatte und am Leben war. Eris Lebenszeit aber verkürzte sich dadurch vermutlich, denn wenn Janwe kein anderer Ausweg mehr blieb, würde er seiner Gemahlin den Schmerz über den Tod ihres Bruders zumuten, um sie gefügig zu machen.

»Herr?«

Eri zuckte erschrocken zusammen. Er war so in Gedanken gewesen, dass er nicht auf die Umgebung geachtet hatte. Zudem war er noch nie angesprochen worden, da die Karunder demütig Distanz zu ihm hielten. Er sah sich um; die Wachen waren ein wenig zurückgeblieben und unterhielten sich mit einem von Janwes Beratern. Er lebte nun schon so lange hier, dass sie inzwischen nachlässig geworden waren in ihrem Dienst. Die kindliche Stimme war aus einem Felsloch gekommen, und Eri näherte sich scheinbar unbeteiligt.

»Was ist?«, fragte er ungehalten. Das fehlte ihm noch, dass er diesen Leuten zu nahe kam und Anteil an ihrem Schicksal nahm. Wohin das führte, hatte sein Vater ihm so deutlich aufgezeigt, dass er es nie wieder so weit kommen lassen würde.

»Ich bin allein, Herr.« Eri sah in dem Halbdunkel zwei große blaue Augen aufblitzen und die Konturen eines schmächtigen Jungen von etwa acht Korallenringen.

»Was meinst du damit?«

»Mein Vater wurde zum Tode verurteilt. Meine Mutter und meine Schwester wurden fortgebracht. Sie verschwanden im Palast.«

Eri ballte die Faust. Er konnte sich denken, wo sie waren. In dem abgesperrten Bereich, den Janwe »Verwaltung« genannt hatte und der zur Entspannung seiner Soldaten diente. »Und was habe ich damit zu tun?«

»Ich weiß nicht, wo ich hinsoll«, flüsterte der Junge. »Ich habe niemanden mehr, und meine Nachbarn wollen mich nicht aufnehmen, aus Angst, dass sie auch verhaftet werden.«

Schwarze Wut verklumpte Eris Magen. »Ich kann dir nicht helfen.« Er bemerkte, dass die Soldaten die Unterhaltung bald beenden und auf ihn aufmerksam werden würden. »Ich muss weiter.«

Ölige Tränen trübten das Wasser. »Bitte, edler Herr«, flehte der Junge. »Vielleicht kann ich Euer Diener werden, damit ich Schutz habe? Wenn ich niemanden finde, bin ich den Soldaten ausgeliefert, und ich weiß nicht, wie ich an Essen kommen soll ...«

Eine kleine Hand tastete nach ihm, doch Eri wich zurück. »Ich kann nichts für dich tun! Ich bin selbst ein Gefangener. Du bist kräftig, such dir Arbeit.«

»Herr«, schluchzte der Junge, doch Eri schüttelte ihn ab, zischte heiser:

»Lass mich in Ruhe! Ich kann nichts für dich tun.«

Hastig schwamm er weiter, so schnell er konnte, ohne sich umzusehen. Die Wachen fuhren herum und folgten ihm eilig, doch er war zu schnell für sie. Damit sie nicht glaubten, er wolle fliehen, nahm er Kurs auf den Palast. Er hatte hier in der Stadt auch nichts mehr verloren, musste weg, sich abschotten und allein sein. Wie recht

Turéor hatte. Nun verstand er das zurückgezogene Verhalten seines Onkels endlich!

Die Türwachen beeilten sich zu öffnen, als Eri hereinraste und noch einige Zeit in seinem Gemach wild im Kreis schwamm, bis er sich endlich einigermaßen beruhigt hatte.

»Ich kann nichts tun!«, schrie er. »Was verlangt er da nur von mir! Ich tauge zu nichts, ich bin nur Aussatz, ich kann nicht einmal meine Schwester beschützen!«

Rastlos schwebte er auf und ab, zornig und verzweifelt. Der einzige Trost war seine Perle, nur auf sie konnte er sich verlassen. Er griff in sein Gewand, in die Tasche über dem Herzen, und musste lange suchen und tasten, bis er sie endlich fand.

Fassungslos sah er sie an.

Sie war nur noch so groß wie ein Samenkorn, wog jedoch unglaublich schwer und heiß in seiner Hand, glühte von innen heraus. In Eris Kopf dröhnte die Stimme, und vor seinen Augen tanzten schwarze Schleier.

»Also gut«, flüsterte er. »Ich verliere dich, du wendest dich von mir ab. Doch das werde ich nicht zulassen. Du bist das Einzige, was mir geblieben ist. Du hast mir Stärke gegeben, einen Mann aus mir gemacht. Ich habe dich unter großen Entbehrungen gefunden und mit mir genommen. Du bist mein Eigentum, niemand hat ein Recht über dich. Du gehörst mir, für immer. Und ich werde auf deine Kraft nicht verzichten.«

Nur noch ein Samenkorn, mehr nicht. Das war das, was blieb. Und er würde es bewahren.

Mit einer kurzen entschlossenen Bewegung führte Eri die Hand zum Mund und schluckte die schwarze Perle hinunter.

Ein tiefer Schlund tat sich auf und verschlang Eri. In einer rasenden Spirale stürzte er kopfüber abwärts in einen endlosen Abgrund. Schmerz raste durch seinen Körper, als würde sein Innerstes nach außen gestülpt. In seinem Geist explodierte ein Feuerball und schien ihn zu verbrennen, weißglühende Funken barsten vor seinen Augen. Das Flüstern steigerte sich zu brüllendem Donner, und riesige Schemen schienen nach ihm zu greifen, ihre Klauen in ihn zu schlagen, ihn zu zerquetschen und zu zerreißen, bis nichts mehr von ihm übrig blieb.

Keuchend, am Ende seiner Kräfte, sank Eri zu Boden. Seine Haut sonderte blutiges Öl ab, seine Kiemen waren weit gebläht, sämtliche Sinne überfluteten ihn mit Reizen, und er übergab sich würgend, wieder und wieder. Er spürte, dass die schwarze Perle in seinem Inneren festsaß und sich nicht mehr wegrührte, sich heiß in seine Eingeweide brannte und plötzlich Tonnen zu wiegen schien. Sie war nun ein Teil von ihm.

Turéor und Jemuma schnellten herein, während Eri sich noch am Boden wand und wie ein sterbender Fisch darüberrollte.

»Wir haben dich schreien gehört«, rief Jemuma. »Was ist mit dir, Eri?«

Endlich ließen die Qualen nach, und Jemumas Stimme drang zu ihm durch. Eri gelang es, mit einem leichten Flossenschlag hochzuschweben. Ein Zittern durchlief seinen Körper, aber der Schmerz war so abrupt verklungen, wie er gekommen war, und alles normalisierte sich. Er streifte Öl und sandigen Bodenbelag ab, richtete sich auf und blickte zu den beiden besorgten Alten.

»Es ist alles in Ordnung«, sagte er ruhig mit völlig veränderter Stimme; tiefer, klangvoller. Nicht übel, fand er. Mit jedem Atemzug fühlte er sich besser. *Viel* besser. Lediglich mit seinen Augen stimmte etwas nicht, als läge ein grauer Schleier darüber. Er sah nicht mehr so scharf und klar wie zuvor, und die Farben waren blasser. Aber das würde sich bestimmt bald legen.

Sie starrten ihn an.

»Was habt ihr?«

»Deine Stimme«, antwortete Turéor.

»Deine Augen«, wisperte Jemuma.

»Was ist mit ihnen?«

»Sie sind schwarz ...« Jemuma hielt sich entsetzt die Hand vor den Mund. »Oh, Eri, was ist nur mit dir geschehen ...«

»Nicht Eri«, erwiderte der Nauraka mit den schwarzen Augen. »Erenwin.«

11.

Der Namenlose

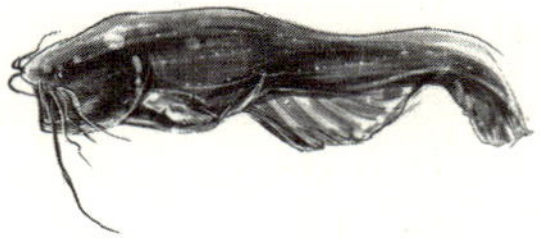

»Wir müssen Janwe an seiner schwächsten Stelle packen«, erklärte Jemuma einmal nach dem Abendessen. »Etwas finden, womit wir ihn unter Druck setzen können.«

»Besser wäre es, ihn umzubringen«, brummte Erenwin.

»Dann sind seine Berater außer Kontrolle, und seine beiden engsten Vertrauten sind nicht weniger ehrgeizig als er«, widersprach die Amme. Janwe hatte sie nach geraumer Zeit als Aufsicht seiner Dienerschaft eingesetzt und war zufrieden mit ihren Diensten. Daher kannte Jemuma sich am Hofstaat mittlerweile besser aus als die beiden Männer. »Ich hatte genug Zeit und Möglichkeiten, sie alle zu beobachten. Wir hätten damit nichts gewonnen, sondern würden eher Luris Leben in Gefahr bringen.«

»Aber wie sollen wir seine Schwäche herausfinden?«, fragte Turéor.

»Ihr müsst in seine persönlichen Gemächer«, antwortete Jemuma. »Und ich kann euch helfen hineinzugelangen.«

»An den Wachen vorbei?«

Sie grinste verschwörerisch. »Wir müssen nur den richtigen Wachwechsel abwarten.«

»Aber die anderen beobachten uns doch«, wandte Erenwin ein.

»Gewiss, und sie werden lediglich sehen, dass ihr Zutritt zu Janwe erhaltet. Das ist zwar ungewöhnlich, aber nicht ausgeschlossen – wie es bei Luri der Fall wäre. Verlasst euch ganz auf mich!«

»Also gut«, gaben die beiden Männer nach.

Erenwin war ungeduldig, aber er musste sich bezähmen. Er fühlte immer noch eine lodernde Flamme in sich, die ihn antrieb und ihm ungeahnte Energien verlieh.

Janwe war die Veränderung des Brautbruders bisher nicht aufgefallen, weil er viel zu beschäftigt mit den Kriegsvorbereitungen war. Und auch sonst merkte es keiner. Das Gesinde sah ihm nie in die Augen, und die Hofschranzen ignorierten ihn ohnehin oder blickten demonstrativ an ihm vorbei.

Turéor und Jemuma sprachen ihn schon lange nicht mehr auf die Veränderung an, weil sie spürten, dass er nicht darüber reden wollte. Nach dem ersten Ausbruch war auch nichts mehr davon zu bemerken – bis auf seine Augen, das war nicht rückgängig zu machen. Doch das störte Erenwin nicht weiter, er fühlte sich ausgezeichnet und vor allem zielstrebig. Janwe würde ihn nie wieder als *nichtsnutzig* bezeichnen.

Seit der Wandlung hatte Erenwin sich zurückgezogen und grübelte über sein neues Leben nach und was sich daraus ergab.

Das Ziel, Luri zu befreien, war in greifbare Nähe gerückt. Doch Turéor hatte recht, es wurde Zeit, über das Danach zu entscheiden. Sie kannten kein anderes Nauraka-Reich, bei dem sie Asyl suchen konnten; falls überhaupt irgendeines es wagen würde, sie aufzunehmen. Gerade weil sie die Kinder des Hochfürsten waren, dessen Zorn vermutlich keine Grenzen kennen würde, sobald er von der Flucht erfuhr. Ragdur würde niemals Verständnis für ihre Lage zeigen, egal, was sie ihm zur Erklärung vorbringen würden.

Schließlich bedeutete Jemuma den beiden, ihr zu folgen: »Es ist so weit. Janwe hat sich gerade zurückgezogen – und er hatte es sehr eilig. Ich denke, er hat etwas Bestimmtes vor.«

»Wie kommst du darauf?«, wollte Erenwin wissen.

»Ich bin sicher, dass er den Zugang zu seinen privaten Gemächern aus einem bestimmten Grund verwehrt, den keiner erfahren darf«, antwortete die Amme. »Denn fast niemand darf zu ihm, nur ab und zu einmal in letzter Zeit war es seinen engsten Vertrauen erlaubt. Dort drin geht irgendetwas vor, sage ich euch, was mit seinem Kriegsvorhaben zu tun hat.«

»Also dann, worauf warten wir?«, drängte Turéor.

Erenwin war skeptisch. »Wie sollen wir hineingelangen? Was hast du vor, Jemuma?«

Sie hielt eine kleine Phiole hoch. »Das wird die Wachen besänftigen. Ich mache das schon! Bleibt einfach hinter mir und tut so, als hätte ich euch im Auftrag Janwes gerufen.«

Sie schwammen in die Halle hinaus. Der Zeitpunkt war gut gewählt, denn abgesehen von den Wachen hielt sich niemand dort auf. Es war kurz vor dem Nachtmahl, im Spätdämmer; eine Zeit, wo alle ruhten und die Nauraka sich ein wenig zurückzogen, bevor sie der Gesellschaft frönten.

»Du hast an alles gedacht«, flüsterte Erenwin seiner Amme zu und war stolz auf sie.

»Janwe hat angeordnet, dass ihn jetzt niemand stören darf, und das ist umso besser für uns«, gab sie halblaut kichernd zurück. Sie durchquerte schnurstracks die Halle und steuerte den Zugang zu den Fürstengemächern an. »Heda, Wache!«, rief sie laut.

Erenwin und Turéor fuhren zusammen. »Was machst du, närrisches Weib?«, zischte Turéor.

»Die Wachen auf uns aufmerksam, damit sie merken, dass alles mit rechten Dingen zugeht und sie sich nicht weiter zu kümmern brauchen«, wisperte sie. »Niemand, der etwas Unrechtmäßiges vorhat, veranstaltet einen derartigen Lärm. Jetzt werden sie beruhigt weiterdösen.«

Erenwin sah sich verstohlen um, und Jemuma hatte recht. Die Wachen sanken wieder mit nach innen gekehrtem Blick in sich zusammen. Lediglich die Posten vor Janwes Tür blinzelten hellwach und misstrauisch, als die drei auf sie zukamen.

»Fürst Janwe wünscht seine Verwandten zu sehen«, sagte Jemuma, während die beiden Männer hinter ihr blieben.

»Davon ist mir nichts bekannt«, erwiderte ein Wächter misstrauisch.

»Wurde dir schon jemals vorher mitgeteilt, wenn er jemanden zu sich rief?«, fragte Jemuma mit genau *der* scharfen Ammenzunge, wenn sie zu einer Belehrung ansetzte. Gegen diesen Tonfall kam keiner an, nicht einmal hier in diesem überaus patriarchalischen Reich.

»N-nein«, stotterte der Mann und zog den Kopf leicht ein.

»Es gibt auch keinen Grund, weswegen er alle in Kenntnis setzen sollte. Da kann er gleich eine öffentliche Versammlung abhalten.«

»Hast du etwas zur Freigabe dabei?«, fragte der andere. »Dein Wort allein reicht mir nicht, alte Vettel.«

»Gewiss«, behauptete Jemuma lächelnd. »Seht mal her.«

Und im selben Moment wusste Erenwin, was in der Phiole war. Ein *Guckmich*, ein fröhlicher, pikanter Scherz, den sich junge Paare zu Beginn einer Beziehung häufig schenkten. Jeder, der hineinsah, erblickte in der Phiole etwas aus seinen Träumen über Paarungsverhalten, sobald sie entkorkt wurde. Der Inhalt bestand aus Pollenkörnern des Anemonensterns, die sich sofort zu Staub verflüchtigten, sobald sie leicht angestoßen wurden. Der Duft, den sie dabei verströmten, betäubte die Sinne und löste prickelnde Halluzinationen aus.

Erenwin und Turéor hielten Abstand, während Jemuma die Phiole schüttelte und entkorkte. Gleich darauf nahmen die Gesichter der Wachen einen verklärten Ausdruck an, und sie regten sich nicht mehr.

Ungehindert schwammen die beiden Darystis an ihnen vorbei, öffneten die Tür zu Janwes Gemach und huschten hinein.

Düsteres Licht empfing sie in einem grob behauenen, runden Gang, der an die Röhre einer Pfeifmuschel erinnerte.

Janwe hatte nicht untertrieben, als er seine Behausung als »nüchtern und bescheiden«, bezeichnet hatte. Sie war rein zweckmäßig und völlig schmucklos eingerichtet. Es gab keine Fenster, und das Licht rührte hauptsächlich von diffusen Gasblasen her, die an den Felsen klebten.

Die beiden Darystis bemühten sich, so wenig Wellenbewegung wie möglich zu erzeugen. Ihre Ausdünstungen konnten sie nicht kontrollieren, aber ihnen war schon aufgefallen, dass die Sinne der Karunder bei weitem nicht so fein waren wie ihre eigenen. Sie achteten mehr auf Auge und Gehör, dementsprechend waren auch ihre Gesten und Tänze weniger ausgefeilt. *Abgestumpft*, hatte Turéor sich einmal abfällig geäußert. *Ein schwacher Schatten dessen, was einen Nauraka ausmacht.*

Es war sehr still hier, ganz ungewohnt. Nichts von draußen drang herein, und es gab kein Leben, das irgendeine Vibration auslösen könnte. Damit hatten sie nicht gerechnet; selbst dem wenig sensiblen Karunder müsste ihre Anwesenheit deshalb sofort auffallen.

Sobald Janwe sie entdeckte, hätten sie ein ziemliches Problem, über dessen Lösung sie bisher nicht nachgedacht hatten. Aber nach einem kurzen Austausch von Blicken waren sich die beiden einig: Da sie nun einmal hier waren, würden sie es trotzdem riskieren. Sie waren zu zweit, und Janwe hoffentlich allein.

Schließlich verbreiterte der Gang sich zu einer kleinen Kaverne, von der drei Gemächer abgingen.

Aus dem mittleren erklang Janwes Stimme: »Es ist bald so weit, Vater. Alles wird ausgeführt, wie du es wünschst.«

Die beiden Darystis sahen sich erstaunt an. Mit wem redete Janwe? Erenwin fiel vor allem auf, dass er nicht die Anrede *Nàru* benutzte, die für den leiblichen Vater stand, sondern *A-Nabúru* für Ziehvater. Sein Herzschlag beschleunigte sich. Janwe hatte erzählt, dass er seine Eltern früh verloren hatte – aber nie einen Ziehvater erwähnt!

Während Turéor die Umgebung im Auge behielt, schwamm Erenwin eilig die beiden Gemächer links und rechts ab. Er verstand sich auf schnelles Vorankommen, ohne zu viele Wellen zu schlagen, genau wie ein sich anschleichender Seeschwärmer. Schon von früher Kindheit an hatte der Prinz sich unverwechselbare Bewegungen angeeignet, die er im Lauf der Korallenringe so verfeinerte, dass seine Freunde ihn schon auf weite Entfernung an der Art zu schwimmen erkennen konnten.

Seine Freunde. Wie lange war es her, dass er sorglos mit ihnen getaucht war auf der Suche nach Abenteuern! Er hatte sich nicht einmal von ihnen verabschiedet, um die Schande nicht offenbaren zu müssen, dass er verbannt war.

Und nun drang er ins Innerste seines Feindes vor, mit der Aussicht auf den baldigen Tod …

Niemand hielt sich in den beiden Gemächern auf. Das eine

diente Janwe als Schlafkammer, mit einem bescheidenen Schlafnetz, und das andere war mit allem Möglichen vollgestellt: Truhen, Kisten, Schränken – hier gab es sicher einiges zu entdecken. Doch dafür blieb jetzt keine Zeit.

Erenwin gab seinem Onkel ein Zeichen, als er wieder herauskam, und dann wagten sie sich in das mittlere Gemach, aus dem Janwes Stimme erklungen war.

An die Wände gepresst, tasteten sie sich durch einen kurzen Gang vorwärts. Dann öffnete sich eine runde Höhle vor ihnen, mit nichts als nackten Wänden – und einem mehr als mannshohen und mindestens so breiten schwarzen Spiegel.

Der junge Fürst schwebte in demütiger Haltung davor, er schien immer noch auf eine Antwort zu warten. Er achtete in seiner Konzentration nicht darauf, was um ihn herum geschah. Normalerweise vor allem für einen Soldaten ein sträflicher Leichtsinn, war es hier jedoch verständlich, da Janwe in seinen eigenen Räumen bestimmt noch nie heimlich beobachtet worden war und sich absolut sicher wähnen konnte.

Erenwin und Turéor verharrten, als der Rahmen des Spiegels plötzlich aufglühte und sich graue, nebelartige Konturen in dem tiefen Schwarz abzeichneten. Eine magische Strömung griff nach Erenwin, und er fühlte einen schmerzhaften Druck in seinem Leib, als würde die schwarze Perle sich dagegen wehren.

»Du bringst gute Nachricht, Sohn?«, erklang eine fremdartige Stimme aus dem Spiegel, und Erenwins Herz setzte für einen Schlag aus, als er begriff, woher dieser seltsame Klang kam. Das war ein Landgänger!

»Ja, mein Vater«, antwortete Janwe. »Ich freue mich, dass du Zeit für mich hast. Wie ich dir bereits gemeldet habe, ist alles vorbereitet. Ich kann bald in den Krieg ziehen.«

»Das ist gut. Du brauchst mehr Gebiet. Wenn du die Nices unterworfen hast, ziehe deine Truppen zusammen. Jeder, der eine Waffe halten kann, wird verpflichtet. Bilde sie gut aus, aber beeil dich damit.«

Der Schemen im Spiegel wurde leider nicht deutlicher. Die Stimme klang irgendwie *falsch*, ohne irgendeine Färbung. *Wahrscheinlich absichtlich verfremdet*, dachte Erenwin, *um unerkannt zu bleiben*. Man konnte eine naurakaähnliche Gestalt erahnen, aber mehr war nicht zu erkennen.

Atemlos lauschte Erenwin dem Gespräch. Der Schock, dass Janwe hier in selbsterniedrigender Haltung mit einem Landgänger sprach, saß tief.

»Es wird alles geschehen, wie du es geplant hast, Vater«, versicherte Janwe, überhaupt nicht überheblich und autoritär wie sonst. Er unterwarf sich dem Schemen völlig. Wie konnte er einen Landgänger nur als Ziehvater bezeichnen? Was war damals geschehen, als ein Fischer ihn in seinem Netz fing und an Land brachte? Janwe hatte behauptet, er wäre nicht lange an Land geblieben, und sich nicht weiter dazu äußern wollen. Kein Wunder, denn er hatte gelogen, wie in fast allem, was er den Darystis vorgegaukelt hatte.

»Das ist gut. Ich habe so lange gewartet! Und nun endlich, endlich, ist die Stunde der Vergeltung nahe.«

»Ich werde dich nicht enttäuschen.«

»Dessen bin ich mir sicher. Du hast bisher sehr gute Dienste geleistet. Der Thron des Hochfürsten soll dein Lohn sein, du hast ihn dir redlich verdient. Als mein Vasall wirst du herrschen.«

»Ich werde nicht König sein?« Janwe klang enttäuscht.

Die schaurige Gestalt bewegte sich, und ein Lachen drang aus dem Spiegel, das durch die Höhle schallte. »König bin *ich*, du junger Narr! Ein großes Reich harrt meiner.«

»Ja, Herr.« Janwe neigte demütig das Haupt.

»Was ist mit Lurdèa?«

»Sie ist eine Augenweide, Vater, du wirst deine reine Freude an ihr haben. Obwohl – ich hätte sie gern für mich behalten, sie passt sehr gut zu mir ...«

»Denk nicht einmal daran, Janwe. Sie ist allein für mich bestimmt, du hattest ausreichend Zeit mit ihr und zudem ihre Jungfräulichkeit dargeboten bekommen. Du solltest dankbar sein für mein großzügiges Geschenk, anstatt mehr zu fordern. Ist sie wenigstens inzwischen guter Hoffnung?«

»Ich ... äh ... nein. Noch nicht ...«

»Dann muss ich das also erledigen. Nun gut, das ist sowieso besser.«

Janwe bewegte sich unruhig. »Du wirst zufrieden sein, Vater. Lurdèa ist eine gute und gehorsame Dienerin, und sie ist schön wie ein Kleinod, liebreizend wie keine andere Frau. Ich habe sie gut erzogen.«

Der Schemen stieß ein grunzendes Geräusch aus. »Also genau die Königin, die ich erwartet habe. Das Volk wird sie so sehr lieben, wie es mich bereits hasst, und damit habe ich es vollkommen in der Hand.«

»Ganz gewiss. Wann soll ich sie dir bringen?«

»Janwe, ich höre sehr wohl den Widerstand in deiner Stimme, doch ich sage dir noch einmal: Du kannst dich mit ihr vergnügen, doch das ist nicht von Dauer! Schon bald werde ich die Frau zu mir holen. Ich bin neugierig und ungeduldig. Mein Bett ist schon so lange leer, der Thron neben meinem verwaist ...«

»Dann reise bald her, und nimm sie in Empfang! Denn wenn ich zum Kriegszug aufbreche, was nicht mehr lange dauern wird, will ich sie in Sicherheit wissen. Ich habe ihrem Bruder bereits gesagt, dass er mich begleiten muss ...«

»Ah ja, Erenwin, der Zweitgeborene. Ich hoffe, er ist wohlauf?«

»Bei bester Gesundheit, und er hat sich sehr gut entwickelt, besser, als ich dachte.«

»Ja ...« Die Stimme hallte nun wie von ferne, doch die Magie dröhnte umso lauter in Erenwins Ohren. Er konnte kaum noch verstehen, was gesprochen wurde.

»Das ist kein Wunder«, schallte es plötzlich wieder klar und deutlich. »Ich spüre, dass er gefunden hat, wonach ich schon so lange suche!«

Eisiger Schreck durchfuhr den Prinzen. Damit konnte nur die schwarze Perle gemeint sein. Aber wie konnte der Landgänger davon wissen? War er ein Mächtiger? Jedenfalls verfügte er über außergewöhnliche Kräfte.

»Wirklich?«, sagte Janwe verwundert. »Aber er hatte gar nichts bei sich ...«

»Solche Dinge verbergen sich gut, Junge. Ich spüre in deiner Nähe die Vibration einer Macht, die ich schon sehr lange vermisse. Du ahnst nicht, seit wann! Seit jener Zeit habe ich diese Schwingungen nie mehr gespürt, und nun ... nähert sich alles dem triumphalen Ende. Und es gibt keinen Zweifel, Erenwin hat gefunden, wonach es mich verlangt. Ich spüre den Klang des königlichen Bluts, wenn es dem Artefakt antwortet. Diese Schwingungen können in den magischen Sphären nicht verborgen bleiben.« Der Schemen wurde plötzlich größer, füllte den ganzen Rahmen aus. »Bring mir auch den Prinzen!«, befahl er. »Beide Geschwister sind der Schlüssel und zugleich das Instrument meiner Rache!«

»Alles wird geschehen, wie du verlangst und ich dir geschworen habe«, stieß Janwe feierlich hervor. »Und ebenso bringe ich dir den ehrwürdigen Turéor ...«

»Ah! Sag, ist er immer noch am Leben?«

»Er ist alt, aber kräftig, wenn auch nicht mehr ganz bei Verstand.«

»Dann ist auch er endlich am Ziel angekommen! Das hast du gut gemacht. Alles fügt sich zusammen. Ich werde umgehend meine Abreise vorbereiten. Aber zuerst berichte mir von deiner Strategie, denn es darf kein Fehler geschehen.«

Erenwin hatte genug gehört, ihn schwindelte, und es rauschte in seinen Ohren. Er musste fort von hier, auf der Stelle. Sie waren ohnehin viel zu lange hier. Wahrscheinlich wirkte der Phiolenzauber schon gar nicht mehr, und die Wachen erwarteten sie mit blankgezogenen Schwertern. Der Prinz wandte sich seinem Onkel zu, und erkannte zu seinem Schrecken, dass dieser ohnmächtig geworden war.

Erenwin lauschte, doch Janwe und sein A-Nabúru waren weiterhin ins Gespräch vertieft, und er wagte es, auf die andere Seite zu huschen. Dann legte er behutsam den Arm um seinen Onkel und zog ihn mit sich, den Gang zurück, öffnete die Tür und schwamm hinaus.

Bevor die Wachen reagieren konnten, herrschte er sie an: »Was seid ihr nur für Wachen! Seht meinen Onkel an, er hat einen Schwächeanfall erlitten, weil ihr nicht aufgepasst habt!«

Die Wächter duckten sich sofort vor dem Tonfall. Janwe hatte sie wie jeden in seinem Staat erzogen, sofort der Autorität nachzugeben. »J-ja, Herr«, stotterte der eine, und der andere: »Aber was haben wir denn übersehen ...«

»Woher soll ich das wissen, ist es etwa meine Aufgabe, meinen Herrn zu schützen?«, schrie Erenwin, der es nun genau wie Jemuma vorhin hielt, nämlich alle auf sich aufmerksam zu machen. Und auch diesmal wirkte der Trick; die anderen Wachen beeilten sich, wegzusehen und beschäftigt zu wirken, um seiner Aufmerksamkeit zu entgehen. Fürst Janwe war schnell mit Strafen bei der Hand, und dem wollte sich keiner aussetzen. Und Erenwins kurzer Geduldsfaden war ebenfalls bekannt, nachdem er zu Beginn zwei Hofschranzen blutig geschlagen hatte und seither keinem Streit mehr aus dem Wege ging. Über ihn lachte schon lange keiner mehr.

»Bitte um Vergebung, Herr, wir ...«

»Ich habe gar nichts zu vergeben, Dummkopf, das kann nur der Fürst! Am besten schwimme ich gleich zurück und berichte ihm.«

Die Posten wurden leichenblass. Innerlich hätte Erenwin gelacht, wenn er nicht so aufgewühlt gewesen wäre. Er spürte, wie seine königliche Aura gegen die Wächter schlug und sie zusätzlich einschüchterte. In Darystis wäre das nicht möglich gewesen, jene Soldaten dort hätten sich nicht so leicht übertölpeln lassen. Sie waren selbstbewusst und durften noch selbstständig denken und handeln. Aber hier, wo Angst und Unterdrückung regierte, sah jeder zu, so wenig wie möglich aufzufallen. In dieser Hinsicht sollte Janwe besser noch einiges lernen. Seine Leute gehorchten ihm bedingungslos, aber sie waren ihm nicht treu ergeben. Ohne Befehl würden sie nicht handeln.

»Herr, bitte ... wenn wir Euch noch irgendwie dienen können ...«

Erenwin winkte ab. Er musste sich beeilen. Janwe konnte jeden Augenblick wieder herauskommen. »Nun ... Schwamm drüber. Lassen wir es auf sich beruhen, mir ist auch nicht daran gelegen, den

Zorn meines Schwestergemahls heraufzubeschwören. Wenn ihr schweigt, tue ich es ebenfalls.«

Sie wirkten unendlich erleichtert, und die Gesten der Dankbarkeit zeigten auch den anderen Wächtern, dass alles gerade noch einmal gut gegangen war.

Erenwin schwamm mit seinem bewusstlosen Onkel weiter und rief den Wachen am Haupteingang zu: »Wir dürfen nicht gestört werden! Lasst niemanden herein, das Nachtmahl findet später statt!«

Dann öffnete er die Tür zu seinen und Turéors Gemächern und schloss sie eilig hinter sich. »Schnell, Jemuma!«, rief er, als die Amme ihm besorgt entgegenkam. »Wir müssen ihn zu sich bringen! Und dann pack zusammen, was du mitnehmen willst, wir werden sofort Luri befreien und fliehen.«

»Aber es ist bereits kurz vor Dunkeldämmer ...«

»Dullo findet sich auch im Dunklen zurecht, und er ist schnell. Das ist unsere einzige Chance, Jemuma, eine andere bekommen wir nicht. Es war genau der richtige Moment, dass wir zu Janwe vorgedrungen sind ...«

Beide bemühten sich, den alten Darystis zu sich zu bringen, und schließlich schlug er die Augen auf. Doch sie waren trüb und grau, und sein Gesicht war von Wahnsinn gezeichnet. Als er anfing, um sich zu schlagen, hielten sie ihn mit vereinten Kräften fest.

»Onkel, beruhige dich, ich bin's!«, rief Erenwin. »Erenwin, dein Verwandter!«

»Ich-ich kenne dich nicht!«, stammelte der völlig verstörte Mann. »Deine Augen ... ich habe nur einmal solche Augen gesehen ...«

»Halte ihn fest, Erenwin, ich hole etwas zur Stärkung«, sagte Jemuma und paddelte eilig zu einer Truhe, in der sie ihren Beutel mit Heilutensilien aufbewahrte.

»Ich weiß, meine Augen sind ... seltsam geworden, aber ich bin es immer noch, Onkel Turéor, glaub mir!«, beteuerte Erenwin und hielt den Alten fest im Arm. »Beruhige dich, gleich wird es besser.«

Jemuma kam zurück und drückte Turéor einen Schwamm an die

Zähne. Eine dunkelblaue Flüssigkeit quoll heraus, und der Verstörte schluckte unwillkürlich. Kurz darauf wurde er tatsächlich ruhiger und sein Blick klar.

»Erenwin ...«, flüsterte er. »Es tut mir leid, aber dieser Anblick raubte mir die Sinne, ich konnte nichts dagegen machen. Der Mann im Spiegel ... das ... ist der Alte Feind!«

Jemuma fuhr zurück. Erenwin murmelte: »Du ... du musst dich täuschen, Onkel, der muss schon lange tot sein ...«

»Ich bin es doch auch nicht, Junge!«, unterbrach Turéor. »Wir haben beide weit über unsere Zeit hinaus gelebt, und zwar deswegen, wie es scheint, weil wir aneinander gebunden waren und er nie aufgehört hat, nach mir zu suchen!«

Erenwins Kiemen stellten sich steil auf. Er erinnerte sich an jedes Wort, das der Schemen gesagt hatte. Und es stimmte haargenau mit dem überein, was Turéor nun behauptete. »Aber das ist doch einfach nicht möglich ...«, hauchte er.

»Was ist da drin geschehen?«, verlangte Jemuma energisch zu wissen.

Erenwin sah betroffen zu ihr. »Janwe ... Janwe hat uns alle verraten ... das ganze Volk der Nauraka ... an einen Landgänger, der in einem magischen Spiegel steckt ...« Er schüttelte den Kopf. »Er sprach mit einem merkwürdigen Akzent, Onkel, aber wieso konnte ich ihn so gut verstehen?«

»Weil die Hochsprache von uns stammt«, antwortete Turéor. »Wir sind das älteste Volk Waldsees und waren einst die Lehrer aller! Das alles ist damals verlorengegangen, und nichts ist uns mehr geblieben. Es ist vorbei und zu spät, der Alte Feind hat letztendlich endgültig gesiegt, und jetzt kann ich ihm nicht mehr entkommen.«

»Nun, wenn wir wissen, wer er ist, können wir auch etwas gegen ihn unternehmen. Was für einen Namen trägt er?«, fragte Jemuma.

»Keinen. Wir nannten ihn nur den Namenlosen. Wir haben nie herausgefunden, wer er war, oder von welchem Volk er stammte. Er war ein nicht greifbarer Schrecken, todbringend und alles zerstörend.« Turéor erholte sich zusehends von seinem tiefen Schock, doch es fiel ihm schwer, darüber zu reden. Er konnte nur stockend sprechen.

»Wir dürfen uns nicht länger zurückhalten«, mahnte Erenwin. »Jetzt müssen wir kämpfen!«

»Aber Erenwin, dein Eid ...«, wandte die Amme ein, doch er lachte nur kalt.

»Der ist beendet, Jemuma! Ich bin nicht mehr daran gebunden, denn Janwe hat seinen Teil des fürstlichen Eids gebrochen, indem er uns alle verriet und Luri an den Alten Feind verkauft hat!«

»*Was?*«, schrien Turéor und Jemuma gleichzeitig.

Erenwin nickte heftig. »Das habe ich euch noch nicht erzählt. Janwe hat Luri verkauft und anschließend mich, von dir gar nicht erst zu reden, Onkel. Damit bin ich von meinem Schwur befreit!«

»Worauf warten wir dann noch?«, rief Turéor und schnellte, von plötzlicher Kraft erfüllt, empor. Er schien geradezu von innen heraus zu leuchten. »Holen wir Lurdèa und verschwinden von hier!«

Turéor riss die Tür auf und schwamm in die Mitte der Halle. Die Wachen hatten tatsächlich den Befehl befolgt und keinen hereingelassen. Die Halle war vollkommen leer, auch Janwe befand sich nicht hier.

Langsam zog der alte Nauraka das Schwert aus der Scheide von seinem Rücken, und Erenwin war erstaunt, seinen Onkel auf einmal so entschlossen zu sehen; in diesem Moment sah er aus wie ein Krieger und nicht nur wie der Schatten eines solchen.

»Kommt her, alle!«, rief er durch die Halle. »Fordert mich heraus, und ich zeige euch, wie man kämpft und nicht herumhampelt, so wie ihr!«

Die Wachen wirkten verdutzt. Erenwin nutzte die Ablenkung, um sich zu Luris Gemach vorzutasten.

»Na los, ich warte!«, donnerte Turéor und hielt das Schwert hoch. »Bin ich nur von feigen Memmen umgeben?«

Allmählich wurden sie neugierig. Zwei Soldaten verließen ihren Posten und kamen langsam näher.

»Beruhigt Euch, edler Herr«, sagte der eine.

»Wir meinen es nur gut«, der andere.

»Behandelt mich nicht wie einen Irren«, schnaubte Turéor. »Versucht, meine Klinge zu schlagen! Ich werde euch Respekt lehren, ihr fischgrätigen Knaben, und es euch austreiben, hinter meinem Rücken über mich zu lachen!«

Verunsichert verharrten die beiden. Die anderen Wachen kamen nun auch langsam näher.

»Edler Herr, bitte ...«

»Kreuze deine Klinge mit meiner oder verschwinde, ich bin nicht zum Reden hier!«

Einer war nun schon fast in Schlagweite. »Dieses Schwert kann man tatsächlich benutzen?«

Turéor lachte freudlos. »Ich weiß, es scheint schon so sehr mit mir verwachsen, dass keiner mehr daran denkt, dass es eine Waffe ist. Nur deswegen darf ich als Einziger überhaupt stets das Schwert tragen, das war schon in Darystis so.« Er seufzte, doch das Glimmen in seinen Augen wirkte nunmehr bedrohlich, seine Miene äußerst entschlossen.

Erenwin bewunderte seinen Onkel in diesem Moment zutiefst und tat im Stillen Abbitte, dass er ihn früher nicht für ernst genommen hatte. Dass er seinem Alter nicht genügend Ehrfurcht gezollt hatte.

»Ja, das Schwert kann man benutzen«, fuhr Turéor fort, »und es ist scharf. Wollt ihr mal sehen?«

Dann fuhr er wie ein Jagdhai unter die vier Soldaten, die ihn nun in Gewahrsam nehmen wollten, und ehe sie sich's versahen, waren zwei von ihnen entwaffnet, und die anderen stießen verdutzte Laute aus, als Turéors Schwert mit schneidendem Klang auf ihre Klingen traf.

Das war das Zeichen für die anderen einzugreifen.

»Herr, Ihr vergesst Euch! Legt sofort das Schwert nieder!«

»Bei den Barteln des grauen Sichelwelses, das werde ich ganz bestimmt nicht tun! Los, greift mich an, und ich zeige euch, was Kampfkunst ist!«

»Er ist verrückt geworden! – Wir müssen ihn aufhalten! – Gib einer dem Fürsten Bescheid! – Bist du auch durchgedreht? Das wäre unser Todesurteil!«, riefen sie alle durcheinander und vergaßen dabei völlig Erenwin und dazu Jemuma, die nun von der anderen Seite herankam.

Turéor würde seine Sache gut machen und sie lange genug beschäftigen, daran hegte der Prinz nicht den geringsten Zweifel. Die Soldaten würden es niemals wagen, ihn auch nur anzuritzen; Ergreifen und Festhalten des Hochadligen war ebenfalls streng untersagt, insofern konnte dieses Hin und Her eine ganze Weile dauern. Wahrscheinlich würden sie hoffen, dass der alte Nauraka irgendwann ermüden oder des Spiels überdrüssig werden würde.

»Schnell, schnell!«, spornte Erenwin die Amme an, die sich am Schloss zu schaffen machte, während er die Halle beobachtete.

Turéor machte sich einen Spaß daraus, die Soldaten ins Leere laufen zu lassen. Er war bemüht, sie nicht zu verletzen, wich ihnen lediglich aus, schlug ihnen das Schwert aus der Hand oder kreuzte die Klinge. Elegant und schnell tauchte er durchs Wasser, nützte alle Richtungen aus und entschlüpfte ihnen immer wieder, obwohl sie in der Überzahl waren.

»Ich mach ja schon«, wisperte Jemuma und murmelte vor sich hin, während sie am Schloss fummelte. Schließlich hellte sich ihr Gesicht auf. »Geschafft!«

Erenwins Herz fing an zu rasen. Er wollte sich nicht ausmalen, in was für einem Zustand er Luri vielleicht antreffen würde, und er hoffte, dass es kein Schock für ihn wäre.

Aber nein, Janwe hatte seinem A-Nabúru gegenüber versichert, dass seine Gemahlin wunderschön sei, zumindest also konnte sie äußerlich nicht entstellt sein. Anders ... als er.

Kaum war die Tür einen Spaltbreit offen, quetschte er sich schon ungeduldig hindurch. Jegliche Vorsicht außer Acht lassend sauste er den Gang entlang. »Luri!«, rief er. »Luri, wo bist du?«

Er lauschte, und dann stockte sein Herz, als er eine zaghafte Antwort hörte: »Eri? Bist du das?«

Ihre Stimme! Kein Zweifel! »Luri, ich komme, wir holen dich jetzt hier raus!« Wie ein Hammerhai stürmte er voran; männliche Wachen brauchte er nicht zu befürchten, und die Dienerinnen würden kein Hindernis sein.

Er fand Luri in ihrem Gemach vor, das er zuletzt bei der Ankunft gesehen hatte, und hielt abrupt an, als wäre er gegen eine Wand geprallt.

Auch sie erstarrte, als sie ihn erblickte.

Erenwin registrierte am Rande, dass die Dienerinnen verschreckt auseinanderstoben und durch eine Tür die Flucht ergriffen, die tiefer in den Fels führte. Kein Wunder, denn die einzige männliche Person, die sie hier je antrafen, war Janwe, und Erenwin strahlte Angriffslust und Kampfbereitschaft aus.

»Luri ...«, flüsterte er, als er seine Schwester endlich wiedersah. »Lurdèa«, verbesserte er sich. So viel Zeit war schon vergangen? Auch sie hatte eine Wandlung durchgemacht. Auf einem Thron saß unverkennbar seine kleine Schwester, nunmehr eine herangereifte Frau, in kostbaren Gewändern, die ihrer Schönheit jedoch nicht gerecht werden konnten. Sie strahlte Anmut und Adel aus, und ... er fand keine Worte dafür. »Bei Lúvenor ...«, stieß er hervor und ballte die Faust, als er an Janwes Unterhaltung mit dem Alten Feind denken musste. Dieses königliche Wesen sollte an einen finsteren Landgänger verschachert werden, der die Nauraka beinahe ausgelöscht hätte? Niemals!

»Was ist nur aus dir geworden?«, fragte Lurdèa fassungslos und voller Entsetzen. »Ich sehe einen groß gewachsenen stolzen Mann vor mir, aber keinen Nauraka ...«

»Ja, ich weiß, ich bin nicht mehr sehr hübsch«, stieß er hervor. Er wusste selbst, wie er aussah. Eine fremde Hülle mit pechschwarzen Augen, die viel von ihrer Sehkraft verloren hatten, starrte ihm entgegen, wenn er an einem in der Halle aufgehängten spiegelblank polierten Schild verharrte und sich betrachtete. Seltsame schwarze Muster zeichneten seine einst perlmuttschimmernde Haut, die sich bei genauem Hinsehen bewegten. Seine hellen Haare, das Einzige, was ihm von seinem früheren Aussehen verblieben war, fielen ihm mittlerweile bis fast zu den Hüften herab.

»Selbst deine Stimme, Erenwin«, fuhr sie betroffen fort. »Gewiss, sie war noch nicht ausgereift, aber nun ... ist auch etwas Fremdes, Kaltes in ihr ...«

»Ja, ja«, sagte er. »Es ist etwas geschehen, das ich dir beichten muss, doch nicht jetzt, wir müssen weg! Wir haben keine Zeit mehr …«

»Wären es nicht deine unverwechselbaren Gesten und Bewegungen, ich würde dich nicht erkennen, selbst dein Geruch ist anders.« Lurdèa schien nicht zu begreifen, was hier vor sich ging. Sie sah ihn nur an.

Deshalb schwamm Erenwin eilig zu ihr und packte sie am Arm. »Wir sind hier, um dich zu befreien, verstehst du? Du kommst hier raus!«

Der Blick ihrer türkisfarbenen Augen verschleierte sich kurz. »Er wird es nicht zulassen«, wisperte sie. »Ich habe schon lange jeden Gedanken an Flucht aufgegeben … ich fürchte mich sogar, weil ich nicht mehr weiß, wie es draußen ist …«

»Rede keinen Unsinn, und komm jetzt«, drängte er. »Du wirst dich schnell wieder erinnern.«

Er wollte sie mit sich zerren, doch dann hielt er inne, als sie ihre zarte Hand an seine Wange legte. Ölige Tränen schwebten von ihr zu ihm. »Deine Augen«, hauchte sie. »Was ist nur mit deinen wunderschönen, einzigartigen Augen geschehen?«

»Sie sind … ich … ach, das muss warten. Später! Wir müssen fort, und wenn du nicht gleich mitkommst, werde ich dich einfach wegschleppen. Ich bin inzwischen ein wenig kräftiger als zuletzt, bevor wir uns trennen mussten.«

In diesem Augenblick stürmte eine Dienerin herein, die anders war als die übrigen. Ohne Furcht, groß, stämmig und mit einem Messer bewaffnet.

»Fort von meiner Herrin!«, schrie sie und wollte Erenwin angreifen.

»Rahi!«, rief Lurdèa. »Halt ein, es ist mein Bruder!«

Die Frau hielt inne und starrte zuerst Erenwin, dann Lurdèa an. »Du verrätst meinen Herrn?«, zischte sie, und Hass loderte aus ihren Augen. »Nach allem, was er für dich getan hat, wagst du es, ihn zu hintergehen?«

»Und *du* wagst es, deine Herrin zu duzen? Weg da!«, rief Jemuma. »Diese niederträchtige Schlampe gehört mir!«

Bevor die Geschwister eine Bewegung machen konnten, sauste

sie an ihnen vorbei, rammte die überraschte Rahi, riss sie mit ihrem Schwung mit sich und schmetterte sie gegen die Wand.

»Jemuma erledigt das«, stellte Erenwin zufrieden fest, legte den Arm um Lurdèas Taille und zog sie mit sich. »Und jetzt hinaus in die Freiheit, Schwester!«

Sie zögerte immer noch. »Wie kann es dort draußen Freiheit geben?«

»Wenn wir uns beeilen, werden wir sie finden.« Erenwin spürte glücklich den Körper seiner Schwester an seinem; sie lebte und war gesund. Nun würde er sein Versprechen halten und sie in Sicherheit bringen.

In der Halle war Turéor noch immer damit beschäftigt, die Wachen abzulenken. Keinerlei Müdigkeit war ihm anzumerken. In dem Augenblick, als Erenwin mit Lurdèa aus dem Frauenhaus kam, ging eine weitere Veränderung mit ihm vor.

»Genug gespielt!«, rief er. »Jetzt wird es ernst.« Und noch während seiner letzten Worte schwang er das Schwert, stieß es nach vorn und dem ihm am nächsten befindlichen Soldaten tief in den Leib.

Diese Ablenkung nutzte Jemuma, die gerade aus dem Frauenhaus kam, zur Flucht und riss einen Speer, der zur Dekoration an einem Schild befestigt war, an sich und folgte eilig den Geschwistern.

Die Wächter waren so überrascht und starr vor Entsetzen über Turéors tödlichen Angriff, dass sie einen weiteren wertvollen Augenblick verloren – und den nächsten Mann. Turéor zog die Klinge genauso schnell aus dem Soldaten, wie er sie hineingetrieben hatte, und noch während die Leiche in einer Blutwolke nach unten sank, führte er einen seitlichen Hieb und rammte die scharfe Schneide einem weiteren Wachmann in die Hüfte.

Endlich kamen die Soldaten zu sich, erinnerten sich an ihre Ausbildung, als ein weiterer Gefährte Blut spuckend davontrieb und im Wasser sich der beißende Geschmack des Todes ausbreitete.

»Alarm!«, rief der Soldat, der am weitesten entfernt war. »Der Fürst wird angegriffen!« Er warf sich herum – und entdeckte in diesem Moment Erenwin, der gerade das Tor entriegelte. Seine Stimme überschlug sich fast, als er noch lauter *Alarm!* schrie, und er deutete in fassungslosem Entsetzen auf die fliehende Fürstin. Die übrigen Wachen waren völlig kopflos, mussten sich einerseits Turéors Angriffe erwehren, andererseits die Fliehenden verfolgen. So einen Aufruhr hatte es sicher noch nie gegeben, es war einfach undenkbar gewesen.

»Onkel Turéor, komm schon!«, rief der Prinz, während er Lurdèa und Jemuma hinausschob.

Der alte Nauraka schnellte aus dem Chaos steil nach oben, schlug einen Bogen und tauchte Erenwin nach. Da wurde die Tür zu Janwes Gemächern aufgerissen, und der Fürst eilte mit gezogenem Schwert heraus. »Haltet sie auf, ihr Narren!«, brüllte er. »Rettet die Fürstin, sie wird entführt! Bringt sie in Sicherheit!«

Aus dem vierten Gang, der »Verwaltung«, strömten jetzt die Soldaten herbei, aufgeschreckt durch die Alarmschreie, und waren schnell im Bilde.

Erenwin schubste Turéor an sich vorbei nach draußen, schlüpfte nun selbst durch das Portal und schmetterte es von außen zu, noch bevor die Soldaten heran waren. Jemuma versperrte es eilig mit dem Speer, den sie durch die Griffe schob, und für einen kurzen Moment huschte ein jugendliches Grinsen über ihre faltigen Züge, als sie die Wutschreie und das Hämmern hörte.

In der Stadt war außer den Patrouillen niemand unterwegs, Dunkeldämmer war gerade angebrochen, und das Treiben würde erst wieder beginnen. Die Darystis sausten in höchster Eile davon, angeführt von Erenwin, der den kürzesten und zugleich verborgensten Weg dorthin kannte, wo die Seeschwärmer gehalten wurden. Janwe hatte vorgehabt, sie für seine Kriegszwecke einzusetzen, doch nun würde er auf sie verzichten müssen.

Die Patrouillen bemerkten rasch, dass etwas nicht in Ordnung war; die meisten schwammen zum Palast, von dem Janwes schrille Stimme erklang, die anderen aber nahmen die Witterung der Darystis auf und folgten ihnen.

Erenwin zog seine Schwester mit sich, die ihn jedoch nur mit matten Bewegungen unterstützte und die Geschwindigkeit deutlich verlangsamte.

»Macht schneller, gebt alles!«, rief Turéor hinter ihnen. »Jemuma, schaffst du es?«

»Bin dicht bei dir«, antwortete die Amme, und Erenwin wunderte sich, wie viel Kraft und Ausdauer die beiden Alten aufbrachten. Das hätte er ihnen nie zugetraut.

»Hilf mir endlich, beweg dich!«, ermahnte er Lurdèa, die nun endlich zu erwachen schien, und Leben kam in ihre trägen Bewegungen. Gleich darauf sausten sie nur so dahin, und die Fürstin stieß ein paarmal erschrockene Schreie aus, als Erenwin halsbrecherische Kurven nahm, um von einem Gang in den anderen zu wechseln, und sie haarscharf an spitzen Felsen entlangkamen. Manchmal wurde es so eng, dass sie kaum zu zweit durchpassten, und ein oder zwei schlaftrunkene Karunder zogen sich gerade noch rechtzeitig zurück, bevor es zum Zusammenstoß kam.

»Weißt du überhaupt, wohin?«, fragte Turéor, der sich mit Jemuma zusammen weiterhin nah bei ihm hielt. »Ich kann keinen Plan erkennen ...«

»Ich nehme nicht den direkten Weg«, antwortete Erenwin, »um unseren Feinden nicht vorzeitig zu erkennen zu geben, wohin wir wollen.«

»Das können sie sich doch denken!«

»Noch wissen sie nicht, warum sie uns folgen. Sie tun es, weil wir so schnell vom Palast weggeschwommen sind und Janwe herumschreit. Das nutzen wir aus. Außerdem verteilen sich unsere Dünste besser, und sie werden unsere Spur nicht mehr so einfach weiterverfolgen können bei der Vielzahl an Gängen.«

Die Stadt besaß in der Mitte eine große Freifläche, ringsum befand sich ein einziges Labyrinth aus Felsen, gemauerten toten Korallen und heranwachsenden neuen. Sie könnte noch einmal so viele Karunder aufnehmen, wie hier lebten; Janwes Pläne mussten weit in die Zukunft reichen.

Erenwin kannte den Weg genau. Er hatte ihn sich bestens eingeprägt und konnte sich nach wie vor auf seinen Orientierungssinn verlassen, auch wenn seine Augen nicht mehr so gut waren wie früher. Keiner der Gardisten hatte je seine wahre Absicht erahnt, als er begonnen hatte, seine ausgedehnten Ausflüge durch die Stadt zu unternehmen, die er später dann nahezu eingestellt hatte. Nicht einmal Janwe, der sich stets berichten ließ, war misstrauisch geworden. Er hatte wahrscheinlich nicht damit gerechnet, dass Erenwin niemals aufhören würde, an Flucht zu denken, und nur auf den geeigneten Moment wartete.

Und genau jetzt, da Janwe einen Krieg vorbereitete und der Alte Feind auf dem Weg hierher war, durchkreuzte der verachtete, nie für ernst genommene Brautbruder seine Pläne.

Schließlich mussten sie die Deckung verlassen, doch es war ohnehin nicht mehr weit zu den Gründen am Rand der Stadt. Erenwin wusste, dass die Seeschwärmer immer noch da und gut versorgt waren. Sie gehorchten Dullo als Schwarmführer, der sich ohne seinen Herrn nirgendwohin bewegen würde. Diese Treue sollte jetzt belohnt werden, indem er ihn nach Hause brachte.

»Sind sie schon hinter uns?«, fragte er, ohne sich umzudrehen.

»Nein, wir haben einen Vorsprung«, antwortete Turéor. »Dein Plan ist gut, Junge. Du hast wirklich viel von Janwe gelernt.«

»Musst du das erwähnen?«, erwiderte der Prinz zähneknirschend.

Sein Onkel lachte wie ein Trompetenfisch.

Doch Erenwin hatte keine Zeit, sich weiter damit zu beschäftigen. »Gleich haben wir die Grenze erreicht!«, rief er triumphierend. »Wir schaffen es!«

Dann wurde er unerwartet herumgerissen, und er war so verblüfft darüber, dass er es völlig willenlos geschehen ließ, ohne sich dagegenzustemmen.

Lurdèa hatte abrupt angehalten und ihm dadurch fast den Arm ausgekugelt. Erenwin kreiselte um sie herum, fand endlich seinen Gleichgewichtssinn wieder und blies die Armhäute auf, um den Schwung abzufangen und einen Zusammenstoß mit ihr zu vermeiden.

»Was ist denn jetzt los?«, fragte er verdutzt, als er ihr abweisendes Gesicht sah. Turéor und Jemuma schwammen ein wenig voraus und sicherten die Umgegend.

»Du verstehst es nicht, oder?«, sagte Lurdèa.

Das tat er nicht im Geringsten. »Wovon sprichst du?«

»Ich bin nicht frei, Erenwin, ich werde nie frei sein. Ich bin seine angetraute Gemahlin, dieser Bund gilt bis zum Tode. Janwe wird es nicht hinnehmen, dass ich ihn verlasse. Er wird nie aufhören, mich zu suchen. Wohin ich auch gehe, ich werde niemals mehr Ruhe finden.«

»Das kann nicht dein Ernst sein!«, rief er aus.

Sie aber nickte. »Es ist mir bitterernst, Bruder. Flieht ihr, aber ich werde bleiben. Vielleicht kann ich Janwe dazu bringen, dass er von einer Verfolgung ablässt, wenn ich noch da bin.«

»Luri ... Lurdèa, ich glaube, *du* begreifst es nicht«, widersprach er erschüttert. »Er wird sich furchtbar an dir rächen und dich mehr quälen als zuvor.«

»Denkst du, das bin ich nicht längst gewohnt?«, gab sie heftig zurück, und kurzzeitig blitzte in ihren Augen unendlicher Schmerz auf. »Ich lebe schon so lange mit der Angst und der Pein, ich werde auch das ertragen und überstehen.«

Er konnte es nicht fassen. »Aber welches Ziel hast du denn noch? Willst du auf ewig im Frauenhaus gefangen dahinvegetieren, seiner Grausamkeit ausgeliefert? Warum?«

»Vielleicht erklärt er Vater den Krieg, Erenwin«, sagte sie müde. »Wenn ich bleibe, hat er keinen Grund dazu.«

Er schüttelte heftig den Kopf. »Du willst dich opfern, und das ist nicht nur töricht, sondern dumm. Alles ist besser als deine Gefangenschaft, Lurdèa, denn es ist nicht deine Schuld, was nun geschieht. Es war nie deine Schuld, allein Janwe ist dafür verantwortlich. Er hat dir Unrecht angetan, und er muss dafür bezahlen. Unser Vater kann sein Reich verteidigen, wie er es früher auch getan hat. Glaubst du ernsthaft, Janwe würde von einem Kriegszug gegen Darystis ablassen, nur weil du geblieben bist? Ganz im Gegenteil! Du ahnst ja nicht, was er mit dir vorhat ...«

»Hört endlich auf zu reden und macht, dass ihr wegkommt!«, fuhr Turéor dazwischen. »Sie sind schon fast da.«

»Ha!«, rief Erenwin verächtlich, nun wieder ganz bei der Sache. »Niemand kann einen Seeschwärmer einholen.«

»Lurdèa«, sagte Jemuma streng zu der Fürstin. »Du wirst jetzt mit Erenwin fliehen, sonst binde ich dich eigenhändig auf dem Seeschwärmer fest. Du bist eine freie Nauraka höchsten Geblüts, und

Janwe ist ein Röhrenwurm, der aus irgendeinem Schlammloch gekrochen ist. Ich kann nicht glauben, dass er dich gebrochen hat! Du bist so stolz gewesen, das kann man nicht einfach auslöschen.«

»Aber ich habe Angst«, flüsterte Lurdèa. »Großes Unglück wird dadurch ausgelöst …«

»Das wurde vor vielen Jahrtausenden durch den Alten Feind ausgelöst, Liebes, nicht durch dich. Du bist nur ein weiteres Steinchen auf dem Strategiefeld, das manipuliert und verschoben wird. Besinne dich auf dich selbst, Kind! Was wolltest du wirklich für die Nauraka? Daran halte fest – und kämpfe darum!« Jemuma packte ihre Hände und drückte sie fest. »Nichts kann Janwes Plan verhindern – außer deiner Flucht.«

Turéor sah sich besorgt um. »Ich kann sie riechen, und die Wellen schlagen hoch. Janwe ist bei ihnen.«

»Mhm«, machte Erenwin, der seine Muschelflöte hervorgeholt hatte und sich konzentrierte. Er hatte lange nicht mehr darauf gespielt und durfte sich keinen Fehler erlauben. Er setzte sie an den Mund und blies leicht in die Flöte. Als der erste Ton genau die richtige Welle schlug, fand er sich schnell hinein und spielte eine Melodie, die alle drei Seeschwärmer sofort anlocken würde. Sie schwang wie ein schmales Band durch das Wasser, sank hinab in die Gründe … und erhielt Antwort.

Erenwin erkannte sofort den Klang seines Seeschwärmers, der kaum hörbar, nicht mehr als ein dünnes Zirpen, herauffloss. Die Karunder konnten diesen Laut sicher nicht hören. Er setzte die Melodie fort, und dann schlugen plötzlich Wellen von unten herauf – und der erste Seeschwärmer stieg über den Bruch, mit gewaltigen Schwingen und einem leuchtend roten Fleck an der Seite.

»Dullo, bist du etwa gewachsen?«, rief der Prinz fassungslos.

Der Seeschwärmer zirpte zur Antwort und ging in die Waagrechte. Hinter ihm folgten die beiden anderen nach.

Gleichzeitig hörte Erenwin die Schreie der Karunder, und er sah sie näher kommen, bis an die Zähne bewaffnet und zu allem entschlossen.

»Komm, Luri, wir müssen los«, drängte er seine Schwester, die abwesend auf die herannahenden Feinde starrte.

»Kann es sein …«, flüsterte sie. »Ich träume doch nur … oder Janwe spielt mir einen bösen Streich …«

Erenwin musste schlucken. Was seine Schwester durchgemacht hatte, war vermutlich nicht zu erfassen. Es hatte sie beinahe zerbrochen … aber nicht völlig. Sie konnte sich wieder erholen, wenn sie in Sicherheit war, unter Jemumas Fürsorge, und Onkel Turéor würde ihr beistehen.

Behutsam legte er den Arm um sie und zog sie mit sich auf Dullo, der geduldig wartete. Turéor und Jemuma übernahmen den zweiten Seeschwärmer, der dritte würde ihnen von selbst folgen.

Dann spannte Erenwin die Beinmuskeln an, verlagerte sein Gewicht auf eine bestimmte Weise, und es ging los. Sie schwammen einen kurzen Bogen, um Höhe zu gewinnen, sodass Erenwin Janwes weißen Haarschopf inmitten der gerüsteten Soldaten erkennen konnte. Sie waren bereits außer Reichweite der Speere. Der Fürst reckte ihnen das Schwert entgegen und rief: »Ich kriege dich, Schlammkriecher, und werde dich eigenhändig langsam zu Tode foltern, das schwöre ich dir!«

Dann ging es auch schon hinaus in die Dunkelheit.

Erenwin hatte sich in der Jugend so manchen Dunkeldämmer hinausgeschlichen, um mit seinen Freunden verbotenerweise zu jagen. Es hatte ihm nie etwas ausgemacht, doch jetzt fühlte er sich aufgrund der grauen Schleier vor den Augen geradezu blind. Er konnte fast nichts mehr erkennen und musste sich auf den Seeschwärmer verlassen. Dass sie in die richtige Richtung tauchten, wusste er, sein Orientierungssinn funktionierte nach wie vor auch hier draußen. Doch diese Schlieren vor den Augen empfand er als weitaus schlimmer als die totale Finsternis, die er schon durchlebt hatte. Er wusste, dass er sich früher, mit seinen gesunden Augen, ohne Schwierigkeiten zurechtgefunden und immer noch genug erkannt hätte, um sich ein Bild machen zu können.

Er durfte es niemandem sagen, wie hilflos er sich fühlte. Wenn es jetzt zum Kampf käme, wäre er völlig nutzlos.

Aber Dullo kannte den Weg nach Hause genauso gut, und er

wusste, was sein Herr von ihm wollte. Er sauste mit kräftigen Schwingenschlägen durch die Dunkelheit, gefolgt von den anderen.

»Es wird alles gut«, murmelte Erenwin und wusste in diesem Moment nicht, wen er damit beruhigen wollte – sich oder seine Schwester, die ihre Arme um ihn geschlungen hatte.

»Ich wünschte, ich könnte dir glauben«, sagte sie dicht an seinem Ohr.

»Dein Geist ist zerrüttet und krank«, versetzte er besorgt. »Aber du bist von Janwe befreit, du musst einfach nur fest daran glauben! Es wird einen anderen Mann geben, der dich liebt und der fürsorglich ist.«

»Du bist immer noch auf der Suche nach Liebe? Gibst du denn nie auf?«

»Nein, niemals. Ich weiß, es existiert jemand für dich und für mich, wir werden unsere Gefährten finden. Unsere Gedanken waren bisher immer so eingeengt. Wir kannten nichts anderes als die Grenzen von Darystis und das Gefängnis von Karund. Doch es gibt so viel mehr ... und das steht auch uns offen.«

»Aber wohin sollen wir schwimmen, Erenwin? Vater wird es nicht zulassen, dass ich Janwe verlasse.«

»Wir müssen trotzdem nach Hause, denn ich muss ihn warnen«, erwiderte er. »Janwe hat uns alle an einen Landgänger verkauft, und Onkel Turéor sagt, es sei der Alte Feind. Es wird Krieg geben, Schwester. Doch für dich ist er schon jetzt zu Ende. Wenn du bei den Darystis keine Heimat mehr findest, bringe ich dich anderswo in Sicherheit. Es gibt immer eine Möglichkeit, und ich werde sie finden. Ich habe dich schließlich auch befreit, nicht wahr? Ich habe mein Versprechen zur Hälfte eingelöst.«

»Ich begreife nur langsam, was mit mir geschieht«, wisperte sie. Ihr langes schwarzes Haar umwehte Erenwin wie ein Schleier, und er fühlte sich davon getröstet. Als würde der Haarschleier sich schützend um ihn schlingen und vor dem weiteren Sturz in den Abgrund bewahren.

»Es gibt so vieles, das ich dir erzählen muss. Und es wird dir nicht gefallen ...«

Sie waren sehr viel schneller als auf der Herreise; bald schon mussten sie das seichte Gewässer und die vielen gesunkenen Schiffe erreichen, Erenwin konnte es schon schmecken. Danach endete Janwes Einflussbereich, und sie befanden sich in freiem Gewässer.

Turéor kam neben ihn und schwenkte den Arm. »Sie holen auf!«, rief er.

Erenwins Herz blieb für einen Moment stehen. »Unmöglich! Nichts ist so schnell wie unsere Seeschwärmer.«

»Du vergisst den A-Nabúru.« Turéor lachte bitter. »Er ist ein Mächtiger! Janwe wird von ihm unterstützt, durch ihn wird er Magie wirken! Da findet er gewiss auch einen Weg, schneller voranzukommen.«

Erenwin lauschte, setzte mit Ausnahme der Augen alle Sinne ein, doch er konnte keine Annäherung des Feindes erspüren. »Wie kommst du nur darauf, Onkel?«

»Ich spüre *ihn.*«

»Aber …«

»Glaub mir, Erenwin! Ich täusche mich nicht, das ist unauslöschlich in mein Gedächtnis gebrannt. Es ist Zeit.«

»Zeit? Wofür?«, fragte der Prinz verwirrt.

»Ah, wir sind schon da! Das seichte Gewässer. Erinnerst du dich an die Sandbank?«

»Und an die Schiffe, Onkel, selbstverständlich. Janwes Reich endet hier. Dullo ist so schnell wie noch nie geschwommen, wir haben die Strecke in der halben Zeit geschafft.«

»Und jetzt gehen wir runter! Zu den Schiffen, los!«

»Was? Das ist nicht dein Ernst …«

Aber Turéor lenkte seinen Seeschwärmer bereits abwärts, und sie rasten an den sandigen Hängen entlang in die Tiefe. Erenwin blieb nichts anderes übrig, als ihm zu folgen, dennoch hielt er es für einen schweren Fehler. Magie hin oder her, es war dunkel, und die Seeschwärmer konnten noch mindestens einen ganzen Dämmerungszyklus durchhalten. Sie würden schon bald in Darystis sein und damit vorerst in Sicherheit. Janwe würde nicht sofort einen offenen Angriff wagen.

»Onkel, was tust du da? Wir müssen weiter, sonst schaffen wir es nicht!«

»Ich sagte, es ist an der Zeit«, gab der Alte zurück. »Lurdèa, verhalte dich vorerst so still wie möglich, damit keine Schwingungen von dir entstehen. Ich erkläre euch gleich alles, aber zuerst brauchen wir einen geeigneten Platz für den Kampf.«

Erenwins Kiemen klapperten. »Wir können nicht kämpfen, das ist aussichtslos!«

»Du wirst auch nicht kämpfen und Lurdèa ebenfalls nicht. Jetzt halte den Mund und folge mir!«

Ihm blieb nichts anderes übrig, Turéor war nicht mehr aufzuhalten. Erenwin gab Dullo den Befehl, seinem Onkel zu folgen. Eine Weile kreuzten sie zwischen den Wracks umher, bis Turéor endlich einen geeigneten Platz gefunden hatte. Erenwin konnte nichts dazu sagen, er hatte Mühe, überhaupt etwas zu erkennen, und konnte die Strategie seines Onkels nicht ergründen.

Die Seeschwärmer ließen sich auf dem Rumpf eines Schiffes nieder, ihre raue Haut schabte über das modernde Holz.

»Das ist ein guter Platz«, stellte Turéor fest. »Komm zu mir, Erenwin, lass uns reden.«

»Ich kümmere mich um Lurdèa«, erklärte Jemuma und schwamm zu der Fürstin.

Erenwin verließ Dullos Nacken und schwamm zu seinem Onkel, der ihn am Rand der Schwinge erwartete.

Er zuckte zusammen, als Turéors Hand sich über seine Augen legte. »Du bist fast blind, nicht wahr? Mach mir nichts vor.«

»Nur in der Dunkelheit«, gestand er beschämt ein.

»Das ist auch nicht weiter schlimm, denn du hast genügend andere Sinne, die wichtiger als die Augen sind. Du bist schon zu sehr Karunder geworden, dass du dich mit deiner mangelnden Sehfähigkeit belastest, dabei solltest du es besser wissen. Konzentriere dich!« Er zwang Erenwin stillzuhalten, drehte ihn in die Richtung, aus der sie gekommen waren. »Kannst du sie jetzt endlich spüren?«, flüsterte er.

Erenwin lauschte in die Dunkelheit hinaus.

Und dann empfing das Sinnesorgan über seiner Lippe tatsächlich den Hauch einer Schwingung, deren Ausläufer ihn jedoch wie ein Schlag traf, nun, da er sich darauf konzentrierte.

»Ja, sie kommen ... und es sind so viele.«

»Mhm. Janwe begeht kein zweites Mal den Fehler, uns zu unterschätzen.«

»Aber was hast du nun vor? Du kannst nicht gegen sie kämpfen ...«

»Gegen sie alle nicht, das ist wahr. Aber gegen einige schon.«

Erenwin nickte. »Du ... du kämpfst verdammt gut.«

»Erenwin, du närrischer Tölpel, hältst du mich etwa immer noch für einen verwirrten Träumer?«, rief Turéor zornig. »Hast du es denn nicht selbst gehört, als du Janwe und den Alten Feind belauscht hast? Ich *bin* der Letzte meiner Sippe, die das Meer verließ! Nicht alle sind damals mit dem König gegangen, und sie bezahlten mit dem Leben, als der Alte Feind, den wir nur den Namenlosen nannten, ihn nicht mehr belangen konnte und dafür unter uns wütete. Ich war der Einzige, der entkam, und ich war damals gerade so alt wie Lurdèa, als sie Janwe heiratete! Kannst du dir vorstellen, wie das für mich war? Ich habe alle verloren, die ich liebte, das Mädchen, an das ich zum ersten und einzigen Mal in meinem langen Leben mein Herz verschenkt hatte ... alle wurden vor meinen Augen dahingemetzelt! Ich ertrank fast in den Strömen von Blut, und ich weiß nicht mehr, wie ich entkam.«

Turéor packte Erenwin an den Schultern und schüttelte ihn. Ein Schluchzen lag in seiner Stimme. »Denkst du, solche Geschichten erfindet man? Denkst du, ich bin nur deswegen zu deiner Mutter gereist, um im Alter einen sicheren Platz bei ihr zu haben? Ich habe nur versucht, es eines Tages wiedergutzumachen!«

»Es tut mir leid!«, rief Erenwin. »Es tut mir vor allem leid, dass du dich so sehr quälst, aber das ist doch nicht deine Schuld! Du darfst es dir nicht zum Vorwurf machen, dass du überlebt hast.«

»Das habe ich mir auch nicht zum Vorwurf gemacht, sondern es wurde zu meinem Fluch, weil nur ich verhindern konnte, dass der Alte Feind vergessen wurde! Genau deswegen wollte ich euch beschützen, wollte ich den Nauraka die Erinnerung bewahren, weil nur das der Grund gewesen sein kann, dass ich entkam. Deswegen währte mein Leben länger als das jedes anderen Nauraka, weit über meine Zeit hinaus, da auch er überlebte und auf den Tag der Rache wartete.« Turéor legte seine schlanke, sehnige Hand an Erenwins Gesicht. »Aber nun bin ich am Ende angekommen, Erenwin. Ich kann und will nicht mehr weiter. Hier werde ich in Ehren meinen Frieden finden. Nimm deine Schwester und flieh. Gib meinem Tod einen Sinn, den ich im Leben nie fand.«

»Ich muss dir beistehen«, widersprach der Prinz.

»So blind, wie du bist?« Turéor stieß einen schnaubenden Laut aus. »Du bist nur ein Hindernis! Beschütze Lurdèa – das ist ein Befehl. Ein königlicher Befehl, wenn du so willst, denn als der letzte direkte Nachkomme habe ich Anspruch auf die Königswürde. Und du bist nur ein zweitgeborener Prinz.«

»Danke, dass du mich daran erinnerst«, sagte Erenwin verzweifelt. Er wusste, wie Turéor es meinte, doch es war kein Trost. »Onkel, ich bitte dich, das darfst du nicht tun ...«

»Ich habe es bereits getan, Junge. Mein Leben endet hier, so oder so. Janwe bekommt mich nicht in seine Fänge.« Turéor klang nun ruhig und gefasst. »Jemuma hat ein Gift zusammengebraut, das ihr und mir in unserem letzten Dämmer ungeahnte Kräfte und Ausdauer verleiht. Hast du dich nicht gewundert, wie gut wir durchgehalten haben? Nun, jetzt kennst du den Grund. Danach, wenn die stärkende Wirkung nachlässt, werden wir sterben.«

»W-was ...?«, flüsterte Erenwin, und seine Kiemen klappten zusammen. »Ihr ... ihr habt beide ...« Durch den Schleier seiner Augen sah er einen seltsam friedlichen Ausdruck auf dem Gesicht seines Onkels und ein sanftes Lächeln.

»Es ist das Letzte, was ich tun kann, und dann ist es genug. Ich muss endlich gehen, Erenwin, ich kann die Bürde des Lebens nicht länger tragen, sie erdrückt mich. Ich bin einfach zu weit über meine Zeit hinaus. Lange genug hat es gedauert, aber nun kann ich meinen Frieden finden. Es wird ein guter Kampf, und ein letztes Mal rüttle ich die Erinnerung an die Nauraka wach, wie sie waren, und erteile Janwe eine Lektion.«

»Aber … aber Jemuma …«

»Sie bestand darauf, weil sie mich nicht verlassen wollte. Und auch sie ist alt. Sie will den Zeitpunkt selbst bestimmen. Ich werde ihr das nicht verwehren.«

Erenwin zuckte zusammen, als Turéors Hand sich an seine Brust legte. »Es tut mir so leid, Junge. Die Bürde, die du dir aufgeladen hast … hättest du nur mit mir darüber gesprochen. Aber nun ist es zu spät. Nichts kann dich jetzt mehr retten, außer du findest den Weg der Erlösung.«

»Ich … ich weiß nicht, wovon du sprichst …«

»Die schwarze Perle«, sagte der alte Nauraka. »Der Namenlose wusste genau, dass die Geschichte sich eines Dämmers wiederholen würde. So wie deine Vorfahren damals das Tabernakel, den Siebenstern fanden, so musstest auch du dereinst die schwarze Perle finden, nach der unser Alter Feind nun trachtet. Er hat das Tabernakel verloren, aber die Perle gewonnen … durch dich. Mein armes, armes Kind, was hast du dir nur angetan.«

»A-aber wenn du es wusstest …«, stammelte Erenwin, ihm war schwindlig.

»Ich *wusste* es nicht, Erenwin. Es wurde mir in dem Moment offenbart, als ich den Namenlosen im Spiegel erblickte und das Bewusstsein verlor. Doch seine Worte sickerten in meinen Verstand und brannten sich hinein. Ich bin sicher, er wollte es so, als Triumph, mich endlich gefunden zu haben – und dass ich nichts verhindern konnte. Ich ahnte wohl, dass du etwas aus der Stillen Tiefe mitgebracht hattest, doch jetzt erfuhr ich erst, was.« Bedauern, Trost, Sanftmut lagen in Turéors Stimme. »Schütze deine Schwester, bring sie in Sicherheit, und dann suche nach Erlösung, oder du wirst grausam enden. Warum nur hast du nicht mit mir geredet! Ich hätte dir helfen können. Vorher. Doch jetzt ist es zu spät. Zu spät, wie einst für mich.«

»Ich werde ihm die Perle nicht überlassen«, flüsterte der Prinz.

»Du bist verloren, und das weißt du genau. Deshalb muss Lurdèa überleben, sie ist die letzte Hoffnung unseres Volkes. Du aber musst deinen Kampf einsam und in der Ferne ausfechten, und es besteht wenig Hoffnung. Doch sie *ist* da, und daran halte fest.« Seine Hand strich liebevoll durch Eris Haare. Zufriedenheit lag nun auf seinen Zügen, als wäre bereits alles in bester Ordnung, und plötzlich wirkte er noch um vieles älter, schon ein wenig in Auflösung begriffen. »Es liegt nun an dir, Erenwin. Beschreite unaufhaltsam deinen Weg, und gib nicht auf. Furchtbares wird dir widerfahren, und dir wird scheinen, als habe die Welt dich verstoßen. Du wirst alles verlieren, bis auf eines. Das musst du dir bewahren! Ich weiß, du wirst nicht auf mich hören, doch vielleicht erinnerst du dich im letzten Moment daran, was es ist: das Letzte, was bleibt. Und nun leb wohl.«

Turéor schob ihn ohne weitere Erklärung zu Dullo zurück, wo Lurdèa wartete. Der alte Mann ergriff ihre Hände und hielt sie fest in seinen. »Auch du leb wohl, geliebtes Kind. Du wirst finden, was in dir steckt – große Kraft und die Zukunft der Nauraka. Auch für dich gilt: Bewahre dir das, was bleibt. Eines Tages wirst du verstehen, was ich meine.«

»Onkel ...«, sagte sie mit brüchiger Stimme.

Er gab ihre Hände frei und tätschelte ihren Arm. »Bald bist du von deinem Gemahl befreit.«

Dann stieß er einen Pfiff aus, und Dullo ruckte so unerwartet hoch, dass sich die Geschwister hastig festhalten mussten. Die anderen beiden Seeschwärmer blieben liegen. Obwohl Erenwin die Muschelpfeife hatte, gehorchten sie alle drei dem alten königlichen Nachkommen, als wäre das schon immer so gewesen.

Lurdèa hielt sich an Erenwin fest, als Dullo kraftvoll mit den Schwingen schlug und Richtung Darystis tauchte.

»Es ist so weit«, sagte Turéor zu Jemuma. »Hast du Angst?«

»Wovor denn?«, erwiderte sie prustend. »Ich bin doch schon tot.« Sie lehnte sich an ihn. Der lange Dolch, den sie Rahi abgenommen hatte, lag in ihrer Hand. »Es ist ein gutes Ende für uns, alter Mann.«

»Du warst schon immer sehr frech, junge Dame«, brummte er. »Schon damals, als ich an den Hof kam.«

»Ich war zu der Zeit bereits in mittleren Jahren, mein bester Herr.

Ja, und ich staunte über dich und ... nun, die Nähe war uns erst in unserer letzten Dämmerung vergönnt, doch ich bereue nichts.«

»Dein Anblick, dein stets frischer Geist und deine Fürsorglichkeit waren mir immer angenehm, Jemuma. Es tut mir leid, dass ich dir nicht mehr geben konnte.«

»Schon gut. Es war meine Entscheidung. Ich gehe nun gern mit dir in den Kampf.«

»Eine Amme, die zugleich Kriegerin ist. Das gefällt mir«, lächelte Turéor. »Ganz wie früher.« Er hob den Kopf. »Sie sind gleich da. Gut. Die Markierung der Geschwister ist immer noch vorhanden, sie werden nicht so schnell bemerken, dass unsere Schützlinge bereits fort sind.«

»Und wir werden sie entsprechend beschäftigen, dass es auch dabei bleibt.« Jemuma umfasste den Griff des Dolches fester und setzte eine grimmige Miene auf.

Turéor betrachtete die Klinge genauer. »Ist da Blut dran?«

»Ja. Von Luris Leibdienerin. Sie war Janwe total hörig. Doch er wird nun ohne sie auskommen müssen.«

»Bereits zwei Niederlagen. Und jetzt werden wir ihm die dritte bereiten.«

Sie verstummten, als sie den Wellenschlag vieler Körper spürten, die sich sehr schnell näherten. Hoch oben breitete sich bereits ein erster fahler Dämmer aus, und Turéor konnte bereits die ersten Konturen im Schwarzgrau ausmachen.

»So viele gegen uns!«, frohlockte Jemuma neben ihm.

Er war stolz auf sie. Keine Furcht, sondern Kampfwille lag in ihrer Strömung. Sie hatten auch keinen Grund, sich zu fürchten. Noch ein letztes Aufbäumen, und wenn sie alle Kräfte verbraucht hatten, würde ihr Herz einfach stehenbleiben. Turéor freute sich darauf.

»Und dabei ahnen sie noch gar nichts von meiner Überraschung«, grinste er. »Wir werden ihnen zeigen, wie Nauraka kämpfen!«

Und dann waren sie auch schon heran, wie eine dunkle Wolke, die sich schemenhaft gegen das stärker werdende Grau abzeichnete, mit Speeren, Lanzen und Schwertern, die wie Stacheln hervorragten.

Etwa dreißig Lichtbahnen entfernt hielten sie an, und eine Gestalt löste sich aus dem Pulk und kam näher heran. Janwes kurze, helle Haare zeichneten sich deutlich ab, als er bis auf fünfzehn Lichtbahnen heranschwamm.

»Wenn ihr euch sofort ergebt, verspreche ich euch Schonung«, schallte seine Stimme herüber. »Ihr habt keinerlei Aussicht, uns zu besiegen, und noch weniger zu entkommen.«

»Schonung?«, gab Turéor zurück. »Indem du die edle Lurdèa erst morgen vergewaltigst und erniedrigst und nicht schon heute? Und indem du mich und Erenwin nur folterst, ohne uns zu töten? Oder was verstehst du darunter, Janwe?«

»Turéor, ich habe Eu... dich wirklich verehrt«, erwiderte der Fürst in kaum verhohlener Wut. »Diese Worte stehen deinem hohen Blut nicht an.«

Turéor lachte abfällig. »Du hast von Benehmen und Traditionen nicht die geringste Ahnung, du bist nur ein Wurm, der aus einem Schlammloch gekrochen ist, in die Haut eines Nauraka schlüpfte und nun glaubt, er sei ein solcher!«

»Genug davon!«, schrie Janwe. »Ich habe einhundert Soldaten bei mir! Zum letzten Mal fordere ich euch auf: Kehrt freiwillig zurück, und ich bin zur Verhandlung bereit! Egal, wo meine Frau sich verstecken mag, sie gehört mir, und der Prinz ebenso!«

»Einhundert!«, rief Jemuma. »So viele Verehrer, welche Ehre für mich! Ich erröte gleich. Aber nicht alle auf einmal, ich bin schließlich nicht mehr die Jüngste!«

Turéor hielt das Schwert vor sich. »Kommt nur her! Je mehr du schickst, Janwe, desto kleiner wird dein Heer. In Schmach und Schande werden wir dich von diesem Platz fegen!«

Der Fürst verlor endgültig die Fassung. Turéor und Jemuma hatten ihn absichtlich provoziert, damit er nicht etwa auf den Gedanken kam, Lurdèa und Erenwin wären bereits geflohen, und der Plan ging auf.

»Gonit!«, befahl er einen seiner Leute zu sich. »Hol die Seeschwärmer herauf!«

Turéor entspannte sich wieder, ließ das Schwert sinken und verschränkte abwartend die Arme.

Der Soldat tat, wie ihm befohlen. Er zückte die Muschelflöte, die Erenwin ihm gegeben hatte, und spielte die einfache Melodie, die er gelernt hatte.

Die beiden Seeschwärmer rührten sich nicht. Groß und dunkel lagen sie auf dem Wrack, sie zuckten nicht einmal mit dem Stachelschwanz.

Janwe war außer sich vor Wut. »Dummkopf, was tust du da? Du sollst sie hierher befehlen, sage ich!«

»Aber ich versuche es ja, Herr!«, beteuerte der Soldat und spielte ein ums andere Mal, doch ohne Erfolg.

Turéor lachte so laut, dass ihn wahrscheinlich auch der letzte Soldat ganz hinten noch hören konnte. »Du ahnungsloser junger Narr! Es gehört schon mehr dazu als eine Flöte, um einem Seeschwärmer zu befehlen! Und mehr als nur ein paar Töne, linkisch und ungeschickt hervorgebracht. Diese stolzen Tiere folgen nur demjenigen, der sie beeindrucken kann. Aber bei euch muss man nur hinsehen, um zu erkennen, dass ihr dazu nicht in der Lage seid!«

Daraufhin blieb Janwe nur noch eines, sonst würde er noch das Gesicht vor seinen Leuten verlieren. »Zum Angriff!«

»Hundert gegen zwei«, bemerkte Jemuma.

»Zuzüglich der zwei Seeschwärmer, von denen normalerweise jeder für sich für hundert zählt.« Turéor vollzog eine bestimmte Geste und pfiff dazu.

Augenblicklich erhoben sich die zwei Riesenfische und rasten den angreifenden Soldaten entgegen. Die ersten konnten nicht mehr ausweichen, sie wurden mit wenigen Bissen in Stücke gerissen und färbten das sich gerade aufhellende Wasser dunkel. Fleischfetzen, Köpfe und Knochen trieben in alle Richtungen davon. Die restlichen Angreifer verteilten sich augenblicklich und schwärmten auseinander. Sie konnten sich nicht auf Turéor konzentrieren und mussten sich zuerst den Seeschwärmern stellen.

Damit war die erste Hundertschaft beschäftigt, doch die nächste rückte bereits an. Janwe hatte gelogen, wie zumeist, sich noch einen Trumpf in der Hinterhand behalten, den er notgedrungen jetzt schon einsetzen musste.

»Ich sagte doch, er begeht nicht noch einmal den Fehler, uns zu unterschätzen«, knurrte Turéor und machte sich bereit.

Während die beiden Seeschwärmer wie ein verheerender Sturm durch die erste Hundertschaft pflügten und einen Soldaten nach dem anderen zerfetzten, galt die zweite Angriffswelle Turéor und Jemuma.

»So«, sagte der alte Darystis zu seiner Gefährtin. »Jetzt setze ich meine Geheimwaffe ein, die ich mir vom letzten Mal gemerkt habe.«

»Da bin ich aber mal gespannt, was das sein mag.«

»Ein Lebewesen besonderer Art.«

»Und wie willst du ihm befehlen?«

»Es ist nicht anders als bei den Seeschwärmern. In mir ruht immer noch die alte Macht und Stärke, Jemuma, wie in euch allen, ihr habt es nur vergessen. Einst haben wir die ganze See beherrscht und Zwiesprache mit dem Drachen gehalten. Ein wenig davon habe ich mir bewahrt.«

»Dann beeil dich besser, sie sind fast da ...«

»Und du wirst dich auch gleich beeilen, meine Liebe. Wir nehmen schnurstracks Kurs auf Janwe und versuchen, ihn zu töten. Das ist unser Ziel, alles andere kümmert uns nicht.«

»Zu Befehl.« Sie grinste ihn mit blitzenden Augen an. Beide hatten sie nichts mehr zu verlieren. »Die Rache gebührt uns, und dafür bin ich dankbar.«

Turéor tauchte zu dem aufgerissenen Bauch des Schiffes. Jemuma sah, dass er einen merkwürdigen Tanz aufführte, der irritierende Wellen schlug, und einen schief klingenden Singsang von sich gab. Dann schoss der alte Nauraka plötzlich zu ihr hoch, das Schwert vor sich gereckt, und wedelte hektisch mit dem freien Arm. »Weg hier, schnell, schnell, auf das Weitere habe ich jetzt keinen Einfluss mehr!«

Die vordersten Soldaten bremsten verdutzt ab, als sie die beiden alten Nauraka direkt auf sich zukommen sahen, doch bevor sie entsprechend reagieren konnten, bekamen sie anderes zu tun.

Das Innere des Schiffes explodierte plötzlich zu vielarmigem Leben, das zuerst aus allen Löchern und Ritzen schlug, bevor sich ein monströses Wesen aus dem großen Loch presste und quetschte und sich dann auseinanderfaltete.

Die Soldaten stießen überraschte Schreie aus und drängten sich zusammen, unsicher, was sie tun sollten. »Ein Riesenkrakaun!«

»Gut erkannt!«, rief Turéor. »Und er ist *sehr* gereizt, weil seine Ruhe gestört wurde!«

Die vordersten Soldaten machten kehrt und flohen, während die anderen nachdrängten, die noch nicht begriffen hatten, was hier vor sich ging. Turéor und Jemuma kämpften sich durch dieses heillose Durcheinander und Gedränge, während die Panik immer stärkere Wellen schlug. Die Ausdünstungen der Furcht versetzten die Seeschwärmer erst recht in Blutrausch und den Krakaun in Raserei. Er war ein Wesen aus der Urzeit der Welt, der Ahne aller anderen im Vergleich zu ihm eher harmlosen Kraken; eine riesenhafte, pechschwarze Kugel mit unzähligen, verschieden langen, wirbelnden Tentakeln überall am Körper und einem zähnestarrenden Maul im Zentrum, mit vier glutroten, handtellergroßen Augen darüber. Er war doppelt so groß wie beide Seeschwärmer zusammen und fiel mit furchtbarer Gewalt über Janwes Soldaten her.

Turéor und Jemuma schwammen durch ein Blutbad, und ihre Kiemen klapperten heftig vor Ekel über den furchtbaren Geschmack. Doch sie waren zu allem entschlossen und ließen sich nicht mehr aufhalten.

Janwe brüllte weiterhin Befehle, doch er musste selbst zusehen, dass er außerhalb der Gefahr blieb. Er hatte keinerlei Kontrolle mehr über seine Soldaten, die nur noch um ihr eigenes Leben schwammen, flohen oder sich mit dem Mut der Verzweiflung verteidigten.

»So macht man das!«, rief Turéor ihm zu, als der Fürst in greifbare Nähe kam.

Doch bevor er sich mit dem Schwert auf ihn stürzen konnte, versperrten ihm die letzten verbliebenen vier Gardisten den Weg.

»Warte auf mich!«, rief Jemuma. Die beiden Alten ließen sich nicht aufhalten, sie griffen gemeinsam die Gardisten an, die zögernd die Schwerter hoben.

»Keine Gnade!«, befahl Janwe. »Tötet sie!«

Die Gesichter der Gardisten verhärteten sich daraufhin, sie würden sich nicht gegen den Befehl stellen.

Jemuma starb als Erste, da sie den Gardisten hoffnungslos unterlegen war. Dennoch gelang es ihr, das Messer tief in den Arm eines Mannes zu rammen, bevor sein Schwert in ihren Leib drang und ihr Herz zerfetzte. Während das Blut aus ihrem Mund sprudelte, gelang ihr ein letztes Lächeln, das sie Turéor schenkte, der ihr aufmunternd zurief: »Geh nur voraus, ich komme gleich nach!« Dann entriss er dem Verwundeten das Schwert, stieß ihn beiseite und griff die übrigen drei mit zwei wirbelnden Klingen an.

Turéor machte es ihnen nicht leicht. Er fuhr wie ein nicht greifbarer Aal durch die Feinde hindurch, teilte Hiebe nach allen Seiten aus und zeigte in einem letzten, das Wasser aufwühlenden Tanz seine wahren Künste. Die drei Gardisten setzten sich mit aller Kraft und Können zur Wehr, doch das reichte nicht aus. Selbst als der Verwundete noch helfend eingreifen wollte, behielt Turéor die Oberhand und zeigte ihnen, dass er eine Technik beherrschte, die heute niemand mehr kannte, und die besser war als alles, was sie zusammen zu bieten hatten.

Doch die Gardisten konnten die ihnen erteilten Lektionen nicht mehr verarbeiten. Einer nach dem anderen starben sie, und dann war der Weg frei zu Janwe.

Turéor hielt die beiden Schwerter vor sich gekreuzt, während er auf den Fürsten zuschwamm, der ihn kampfbereit erwartete.

Doch kurz bevor er ihn erreichte, hielt der alte Nauraka abrupt an, und ein staunender Ausdruck trat auf sein Gesicht. Dann lächelte er.

»Du musst ein Spieler sein, Janwe, bei so viel Glück«, stieß er mit dem letzten verbliebenen Atem aus. Seine Kräfte waren vollends aufgebraucht, und das Gift tat seine Wirkung.

»Ich werde dich töten, alter Mann, und mich damit brüsten, den Letzten der königlichen Sippe besiegt zu haben«, zischte Janwe.

»Zu spät«, sagte Turéor vergnügt. »Ein anderer wird dich der verdienten Strafe zuführen. Ich habe meine Rache gehabt, und deine zwei Hundertschaften sind verloren. Sieh hin! Eine schmachvolle Niederlage, die sich rasch herumsprechen wird, denn wir sind längst nicht mehr allein. Viele Zuschauer haben sich eingefunden, ich kann sie alle spüren, und jeder von ihnen sieht, wie ich sterbe – und nicht durch deine Hand. Und auch der Alte Feind hat mich verloren, für immer.«

Turéor hatte alles gesagt, was es noch zu sagen gab und ließ freudig los, die Schwerter entglitten seinen kraftlosen Händen und sanken rasch zum Grund hinab, denn die Zeit der Waffen und des Blutes war vorbei. Der alte Nauraka breitete die Arme aus, blähte die Häute auf, dass es aussah, als trüge er Schwingen, und drehte sich langsam auf den Rücken, schwebte ruhig, von seinem Element getragen.

In diesem Augenblick brach Licht von oben herunter, Helldämmer zog auf, und ein einzelner Sonnenstrahl aus der weiten Ferne des Himmels fiel auf das Wasser und hindurch, bahnte sich unbeirrt seinen Weg durch das Zwielicht über die blaue Grenze hinweg, fand sein Ziel und umhüllte den Sterbenden mit strahlendem Schein.

Janwe wich mit einem Ausdruck des Entsetzens zurück, und selbst die Kämpfe ruhten für einen Augenblick, als der letzte der naurakischen Könige in seinem Tode ins Licht aufgenommen wurde. Wie ein Stern strahlte er weithin und warf seinen Schatten, der Flügel zu besitzen schien, scharf umrissen bis auf den Grund.

»In deine Hände, Lúvenor«, hauchte Turéor und war es zufrieden.

12.

Der Fluch

Dullo raste mit weiten Schlägen seiner stetig auf- und abschwingenden Flossen dahin, ohne müde zu werden. Die Geschwister schwiegen, jeder war mit seinen Selbstvorwürfen beschäftigt. Erenwin haderte mit sich, weil er Turéor im Stich gelassen hatte, und Lurdèa, weil sie Janwe nicht aufgehalten hatte. Sie brauchten keine Worte zu tauschen, um die Gedanken des anderen zu kennen.

Wohin sind wir gekommen?, dachte der Prinz. *Spielzeug sind wir beide, ohne Einfluss auf unser Schicksal nehmen zu können. Wir sind dafür geboren worden, auf dem Strategiefeld hin und her geschoben zu werden. Das ist weder gerecht, noch wird es je zum Gleichgewicht führen. Und es kann nicht der Sinn unseres Lebens sein, wenn wir nur dafür bestimmt sind ...*

Hass ballte sich in seinem Magen zu einem finsteren Klumpen zusammen, und das Flüstern in ihm drängte ihn, etwas zu unternehmen. Doch noch immer wusste er nicht, was die schwarze Perle von ihm wollte. Er bezweifelte, dass er es je herausfinden würde. Schließlich war er nur der Träger, der das Artefakt zum Alten Feind bringen sollte, auf die eine oder andere Weise. Wie sollte er es verhindern, wenn nicht einmal sein Onkel dem Namenlosen entkommen konnte?

Wer mag es nur sein, der unser Volk schon so lange quält? Warum tut er das?

Vermutlich lag die Lösung des Konflikts darin, dass er genau das herausfinden musste. Nur so konnte er einen Angriffspunkt bei dem

Namenlosen finden, nur so konnten sie ihm endlich ein Gesicht geben und ihm begegnen. Widerstand leisten.

Die Weite See erstreckte sich rings um sie, Darystis war nicht mehr fern. Frühlicht brach an, und Erenwin konnte endlich wieder besser sehen, wenn auch nach wie vor durch einen grauen Schleier. Doch es genügte, um sich zurechtzufinden.

»Wie haben es bald geschafft«, richtete er die ersten Worte seit ihrer Flucht zu zweit an seine Schwester.

»Ich denke auch nicht, dass sie uns noch einholen können«, sagte sie.

Da rollte plötzlich eine Welle hinter ihnen heran, die sie zunächst nur als kleine Erschütterung wahrnahmen, die sich jedoch rasch aufbaute zu einer gewaltigen Woge. Dullo schwankte leicht und musste sich anstrengen, das Gleichgewicht zu halten. Er zog die Schwingen leicht ein und ging ins Gleiten über, was die Geschwindigkeit deutlich verringerte, aber nun ritt er auf der Welle entlang und ließ sich von ihr tragen.

Doch die Woge hinter ihnen kam näher und baute sich immer weiter auf, anstatt sich zu verlaufen.

»Was ist das?«, fragte Lurdèa erstaunt. »Dort oben ist doch kein Sturm ... und ein Vulkan ist auch nicht ausgebrochen ... oder?«

»Ich weiß, was es ist«, stieß Erenwin mit zusammengebissenen Zähnen hervor. Ein Zittern durchlief seinen Körper.

»Sag schon«, drängte seine Schwester besorgt.

»Onkel Turéor ... ist tot.«

»Was? Aber ... wie kann das solche Auswirkungen haben?«

»Lausche in dein Inneres, Luri, du weißt es doch auch. Ich glaube, wir alle können spüren, dass der letzte große König von uns gegangen ist und dass von nun an die See nie mehr so sein wird, wie sie einst war. Wir alle haben ihn unser Leben lang verkannt und nie ernst genommen, dabei hat er immer nur die Wahrheit gesprochen. Jetzt wissen wir es.«

Lurdèa schwieg, und bald darauf hörte Erenwin sie leise schluchzen. »Du hast recht«, wisperte sie. »Ich kann es spüren ...«

Es war ein nicht greifbarer Schmerz des Verlustes. Etwas, das immer da gewesen war, war nun verschwunden, hatte sich verflüchtigt, für immer. Eine große Lücke blieb zurück, die nicht mehr gefüllt werden konnte. Erenwin war, als hätte er plötzlich ein Loch in seinem Herzen. »Verdammt!«, schrie er auf. »Dafür wirst du büßen, Janwe!«

»Aber vielleicht hat Turéor ihn …«

»Nein, ich bin sicher, er lebt noch. Er hat sich wieder herausgewunden wie ein Aal, und jetzt wird er sich auf den Angriff auf Darystis vorbereiten …«

Auch der Seeschwärmer schien Turéors Tod spüren zu können, denn er zirpte klagend, und seine Flecken verloren ihre Leuchtkraft. Die riesige Woge rauschte über sie hinweg und riss sie mit sich, und dann begann der Sturm.

»Festhalten!«, schrie Erenwin, als Woge um Woge über und unter ihnen vorbeirollte. Dullo zirpte lauter und kämpfte gegen die Strömungen an.

»Was ist das nur?«, erklang Lurdèas panische Stimme durch den Sturm. »Das kann doch unmöglich die Auswirkung von Onkel Turéors Tod sein!«

Erenwin konnte nicht antworten, er bekam kaum mehr Luft. Die Perle in ihm schien zu wachsen, pochte wie ein zweites Herz, pumpte und schlug. Das Flüstern in ihm wuchs an zu schrillen, fordernden Lauten, die seinen Geist bald vollständig ausfüllten.

In weiter Ferne regte sich etwas, der Boden unter ihnen erzitterte, und Risse und Spalten bildeten sich. Sand wirbelte auf, hüllte sie ein und verstopfte die Kiemenspalten. Die Nauraka keuchten und husteten, auch die Bewegungen des Seeschwärmers wurden unkoordinierter, und seine Kiemen schlugen heftig.

»Da kommt etwas«, sagte Lurdèa dicht an Erenwins Ohr. »Etwas ist erwacht und bringt die See zum Beben.«

Dröhnende Wellen schlugen über ihnen zusammen, spülten über sie hinweg. Dullo versuchte den Kurs zu halten, aber er wurde immer wieder abgetrieben und kämpfte sich mühsam weiter. Sein Zirpen wurde dünner, allmählich erlahmten seine Kräfte.

»Wir sind verloren«, stellte Lurdèa seltsam sachlich fest. »Wir haben uns unserer Bestimmung entzogen, und nun erhalten wir die Strafe.«

Erenwin rang nach Atem. »Rede ... nicht ... so ... einen ... Unsinn ...«, stieß er keuchend hervor. Der Schmerz in seinem Inneren war unerträglich, und er fing an zu würgen. Die schwarze Perle musste aus ihm heraus, sonst brachte sie ihn noch um. Doch sie saugte sich hartnäckig in ihm fest und bewegte sich nicht, während er immer weiter würgte.

»Was ist mit dir?«, rief Lurdèa. »Eri!«

Er konnte sie kaum hören. Die Stimme brüllte in seinem Kopf, alles krampfte sich in ihm zusammen. »D-der Sturm ...«, presste er mühsam hervor. »Nicht unsere ... Schuld ... jemand anders ...«

»Aber wer? Und warum?«

»Gefüge ... im Schwanken ...«

»Wir müssen zurück, Bruder! Wir müssen Janwe zum Frieden zwingen, und ...«

»Der Sp-sp-sp...« Vollkommen entkräftet sank er vornüber, klammerte sich verkrampft an seinem Fisch fest.

Sie waren den Gewalten hilflos ausgeliefert. Was auch immer tief am Meeresgrund erwacht war, bewegte sich nun nach oben. Schlug weitere Wellen, beschwor den nächsten Sturm herauf. Aber das war es nicht allein. Erenwin hatte das Gefühl, als würde sich auch über ihnen ein Sturm zusammenbrauen, der Himmel wurde dunkler, das Licht fahler. Zwei Mächte prallten aufeinander.

Nichts konnte diesem magischen Wüten entgehen. Erenwin sah Fische, Mollusken, Quallen und viele andere Seewesen, die hilflos durch das trübe Wasser gewirbelt wurden, selbst große Haie. Bisher hielt Dullo sich tapfer, doch dann gerieten sie selbst in einen Wirbel, als sie einen Bruch überquerten. Bevor sie recht wussten, wie ihnen geschah, wurden sie von einem aus der Tiefe heraufströmenden Strudel erfasst. Der Seeschwärmer zirpte jämmerlich und unternahm heftige Anstrengungen, dem Sog zu entkommen, doch dies überstieg seine Kräfte. In einem rasenden Kreisel wurden sie umhergeschleudert und überschlugen sich dabei mehrfach. Erenwin und Lurdèa hielten sich krampfhaft fest, während es in halsbrecherischer Geschwindigkeit nach oben ging, und dann ... waren sie plötzlich draußen.

Der Strudel schleuderte sie aus dem Wasser, spie sie voller Wut aus, und sie flogen in hohem Bogen darüber hinweg, sich weiter überschlagend. Die Welt drehte sich um Erenwin, bis er vollkommen die Orientierung verloren hatte und nicht mehr unterscheiden konnte, wo oben und unten war. Er sah verzerrte Bilder und Abrisse von Himmel, Wolken und stürmischem Meer; sah weit entfernt Wale emporspringen und andere Wesen, die er noch nie erblickt hatte. Sie alle flohen aus dem Wasser, das zu ihrem Feind geworden war.

Aber keiner konnte ihm entkommen. Auch Dullos Kopf neigte sich nach unten, und noch bevor Erenwin sich umstellen und einen Atemzug aus Lungen nehmen musste, tauchten sie schon wieder ein ins Wasser, und es ging unglaublich schnell wieder hinunter in die Tiefe. Sie waren hinter dem Strudel hinabgesunken, das Meer war hier ruhiger, und Dullo breitete die Schwingen aus und begann heftig zu schlagen. In mächtigen Schwüngen sauste er immer tiefer, wo es keine Wellen mehr gab, und dann nahm er Kurs auf Darystis, so schnell er konnte, zirpend und voller Furcht. Er wollte nur noch weiter, sich in den Schutz seiner Gründe flüchten, fort von dem Grauen.

Erenwin konnte ihn nicht steuern, sich nur weiterhin festklammern und gegen alle Widerstände ankämpfen.

Sie hatten die Grenze von Darystis bereits passiert, als er bemerkte, dass Lurdèa nicht mehr da war.

Mit aller Gewalt gelang es Erenwin endlich, den Seeschwärmer zum Halten zu bringen. Das Meer hatte sich beruhigt, als wäre nichts geschehen. Mittlicht war bereits fast vorbei, und der nächste Dunkeldämmer erwartete ihn. Noch immer würgte es den Prinzen, doch das Toben in seinem Inneren klang langsam ab. Keine außergewöhnliche Bewegung war mehr zu spüren. Nichts hielt sich in der Nähe auf. Es gab nur noch ihn und Dullo.

»Luri«, flüsterte er. »Bei allen Tanghexen, wo bist du?« Er lenkte den Seeschwärmer zurück, der widerstrebend gehorchte, aber zusehends williger wurde, als er feststellte, dass keine Gefahr mehr drohte. »Hilf mir suchen, Dullo ... wir müssen sie finden ...«

Sie suchten den Rest des Helldämmers, den ganzen Dunkeldämmer hindurch und noch bis zur Mitte des nächsten Helldämmers.

Keine Spur von Lurdèa war zu finden, nicht ein winziger Hauch ihres ausgestoßenen Atems. Sie war fort.

Erenwin fühlte nur noch dumpfe Leere in sich, als er Dullo schließlich Richtung Darystis lenkte. Die tiefe Erschöpfung, die seinen Körper ergriffen hatte, drang nicht bis zu seinem Geist durch. Er hatte seine Schwester verloren. Das konnte er sich nie verzeihen.

Niedergeschlagen erreichte Erenwin die Stadt. Die Patrouille hatte ihn längst bemerkt und eskortiert, jedoch in respektvollem Abstand. Der Prinz kehrte in einem Zustand wie aus einer verlustreichen Schlacht zurück, auch sein Seeschwärmer schlug nur noch müde mit den Schwingen und glitt flach durchs Wasser.

Erenwin zwang den Schlaf zurück, der ihn zu überkommen drohte. Zuerst musste er es hinter sich bringen.

Als er die Gründe erreichte, erwartete ihn bereits Geror. Erenwin rutschte vom Nacken des Seeschwärmers herunter und übergab ihn wortlos dem Obersten Jäger. Er registrierte nur am Rande den entsetzten Blick des Mannes, als er den Prinzen von nahem in Augenschein nahm. Wahrscheinlich erkannte er ihn kaum wieder.

Dann schleppte er sich weiter durch die Stadt, flankiert von der Wache, die das Volk von ihm fernhielt. Von überall her strömten sie zusammen, um ihn anzustarren, doch niemand wagte ein lautes Wort oder eine Frage. Trauernde Stille herrschte allgemein, und Erenwin begriff, dass auch hier alle den Tod Turéors gespürt hatten. Mehr konnten sie vermutlich nicht wissen und noch weniger verstehen, was geschehen war.

Erenwin verstand es selbst nicht, obwohl er mittendrin gewesen war. Er war wie gelähmt, betäubt. Der Nebel vor seinen Augen wallte nun auch durch seinen Geist, selbst seinen Körper.

Sein Vater erwartete ihn bereits in der Thronhalle, seine Mutter saß ebenfalls auf ihrem Thron, was nur sehr selten vorkam. Lurion hielt sich am Rand; er tat so, als würde er Erenwin nicht bemerken.

»Du brauchst nichts zu erzählen, was wir schon wissen«, dröhnte ihm die harte Stimme Ragdurs entgegen, kaum dass er hereingeschwommen war. »Turéor ist tot. Aber wie konnte das geschehen? Du bist hier, warum? Und in was für einem Zustand – ich erkenne dich kaum wieder!«

»Ich will Euch alles erklären«, sagte Erenwin leise. »Doch es wird eine Weile dauern.«

Er verschwieg, was mit ihm geschehen war. Aber er erzählte alles über Lurdèas Martyrium, ihre Befreiung, Turéors Kampf und die Flucht. Er berichtete, was Turéor ihm aufgetragen hatte und dass er den Tod freiwillig wählte, um seinen Frieden zu finden. Er gab die Wahrheit über Turéors Herkunft preis und die bittere Erkenntnis über den Alten Feind. Die Bedrohung durch ihn und den Verrat von Janwe.

Als er von der Suche nach Lurdèa sprach, merkte Ymde an, dass ihre Tochter das Meer verlassen habe. Nichts von ihr sei mehr zu spüren, kein noch so kleiner Tropfen. Sie sei fort, verloren. Erenwin vermutete daraufhin, dass er sie bereits bei dem Sprung aus dem Wasser verloren hatte.

Der Hochfürst hörte die ganze Zeit mit finsterer Miene zu, ohne ihn zu unterbrechen. Nicht ein Funke Verständnis blitzte in seinen Augen auf.

»Und nach alldem«, sagte er schließlich langsam, nachdem Erenwin geendet hatte, »*wagst* du es auch noch, hierherzukommen und mir diese Schande zu bereiten? Du hättest den Tod tausendmal mehr verdient als Turéor, und du hättest anstelle deiner Schwester verschwinden sollen!«

»Vater!«, rief Erenwin voller Schmerz. »In diesem schrecklichen Moment brauche ich Euren Rat, Eure Unterstützung, Eure Zuneigung! Empfindet Ihr denn gar nichts für mich, Euren leiblichen Sohn, Blut von Eurem Blut?«

»Doch: Abscheu«, grollte Ragdur. »Geh mir aus den Augen, Erenwin, doch vorher noch wird mein Fluch dich hier und jetzt treffen! Nie wieder darfst du durch diese Gefilde streifen, es gibt keinen Ort in der See mehr für dich, wo du verweilen darfst. Diesmal verstoße ich dich nicht, sondern ich verfluche und brandmarke dich, auf dass jedes Volk der See von deiner Schande erfährt, dass du deine Schwester im Stich gelassen und verraten hast! Du bist nun allein auf dich gestellt, gehörst keinem Volk mehr an.«

Erenwins Herz krampfte sich schmerzhaft zusammen, und er griff sich an die Brust. »Nàru ...«

»Sprich mich nie wieder an! Du hast alles in den Untergang getrieben. Wenn es nun zum Krieg kommt, ist es allein deine Schuld! Nicht Janwe ist der Verräter, sondern du, am ganzen Volk der Nauraka und allen anderen Völkern dazu!«

Erenwins Lippen zitterten. »Habt Ihr nicht gehört, was ich gesagt habe? Janwe hat Lurdèa, mich und Onkel Turéor an einen Landgänger verkauft, den der ehrwürdige Turéor als den Alten Feind erkannte! Mein Onkel ging für uns in den Tod, damit ich die Warnung weitertrage zu Euch, Hochfürst Ragdur! Ihr *könnt* die Augen nicht davor verschließen und müsst erkennen, dass der Krieg nie geendet hat! Es gab nur eine lange Pause, doch die ist nun vorbei. Der Alte Feind wird kommen und sein Werk von damals vollenden!«

»Ich sagte, *geh*«, wiederholte Ragdur.

Erenwins Augen füllten sich mit Tränen, und für einen Moment wich der graue Schleier vor seinem Blick. Verzweifelt sah er seine Mutter an. »Nura ...«

»Erenwin«, sagte Ymde sanft. »Du musst gehen. Was du in dir trägst, kann hier nicht bleiben. Es beschleunigt nur den Untergang.«

»Ich ... ich werde an Land gehen und Lurdèa finden, denn nur dort kann sie sein, nachdem sie das Meer verlassen hat«, schluchzte er. »Ich weiß, dass sie am Leben ist, denn ich konnte ihren Tod nicht spüren, und auch Ihr habt es Euren Worten nach nicht, Mutter. Ich habe ihr versprochen, sie zu beschützen, und das werde ich auch halten. Sie wird zu Euch zurückkehren und Euch die Wahrheit berichten, und dann mögt Ihr mich richten, wenn das Wort eines Fürsten von irgendwo mehr zählt als das Wohl Eurer eigenen Tochter.«

Ragdur jedoch wandte sich von ihm ab, für ihn war er damit nicht mehr existent. Das Urteil war gefällt, und nichts konnte es mehr rückgängig machen. Erenwin war von diesem Moment an ein Toter, behaftet mit dem Fluch der Schande.

Ymde lächelte ihm abwesend zu, als wäre gar nichts weiter geschehen. Ihr waren solche Auseinandersetzungen fern. Für sie war ihr Sohn nur ein weiterer Tropfen im Meer, durch das ihr Geist beständig tauchte, sie würde ihn erst dann für tot erklären, wenn auch sein letzter Hauch vergangen war.

Erenwin war nicht sicher, ob ihr überhaupt noch bewusst war, dass sie ihn einst in sich getragen und geboren hatte.

Es gab nichts mehr zu sagen, er würde auf nichts mehr eine Antwort erhalten. Ein Toter hatte keine Stimme mehr, man konnte ihn nicht hören. Der Fluch zeigte bereits Wirkung, Erenwin spürte, wie die Bindung an seine Heimat und seine Eltern abriss und sich auflöste.

Der graue Schleier vor seinen Augen zog sich zu. Weinend drehte er sich um und schwamm aus dem Palast.

Draußen wurde er von der wartenden Garde in Empfang genommen, die auch weiterhin Distanz zu ihm hielt. Verschwommen sah er, dass viele Darystis zusammengekommen waren, die ihn nun scheu aus der Ferne beobachteten. Sie konnten bereits *riechen*, dass er nicht mehr zu ihnen gehörte. Er war nun wie die verwesende Wasserleiche eines Landgängers, die zu tief herabgesunken war.

»Wir haben Befehl, Euch an die Grenze zu geleiten«, sagte der Anführer der Garde. Er klang völlig neutral, weder respektvoll noch herablassend, erfüllte nur seine Pflicht, ohne darüber nachzudenken. Mied allerdings seinen Blick und sah an ihm vorbei.

Erenwin merkte, dass auch sein Geist sich bereits von seinem Volk entfernte und sein Verstehen und Verständnis schwanden. All seine Fragen, die er schon seit der Kindheit stellte, waren nicht beantwortet worden. Was auch immer Erenwin suchte, hier konnte er es nicht finden, das hatte Onkel Turéor ihm schon vor langer Zeit gesagt. Die Nauraka hatten so viel verloren. Liebe, Hoffnung … und das geheimnisvolle Letzte, was blieb.

Ja, es war an der Zeit, an Land zu gehen und zu erfahren, was dieses Letzte war, damit er endlich verstehen lernte. Nur so konnte er auch Lurdèa jemals wiederfinden, seine Schwester, die seine Hilfe brauchte. Er musste sein Versprechen einlösen, sonst traf ihn ein Fluch, der weitaus schlimmer war als der seines Vaters.

»Ja, ich verschwinde«, sagte Erenwin zu dem Gardisten und meinte es absolut wörtlich.

Die Darystis folgten ihm nicht, aber sie sahen ihm nach, als er an ihnen vorüberzog; die ganze Stadt, wie ihm schien. Das eine oder andere Gesicht kannte er noch aus unbeschwerten Tagen, und nicht alle wirkten feindlich, manch einer versuchte sogar, tröstend zu lächeln.

Erenwin fühlte in sich nur noch Dunkelheit und Leere, der Fluch zeigte bereits Wirkung. Ragdur hatte ihm alles entrissen, selbst das letzte verbliebene Schimmern seiner Haut zwischen all den schwarzen Flecken war ausgelöscht.

An der Grenze sah er Geror mit Dullo, seinem treuen Seeschwärmer. *Ich passe auf ihn auf*, signalisierte der Oberste Jäger mit Gesten. *Er wird bis zu deiner Rückkehr auf dich warten*.

Das brachte Erenwin erneut an den Rand seiner Beherrschung. Wie sollte er ertragen können, dass noch jemand an ihn glaubte? Er konnte Lurdèa den Weg nach Hause nur noch ermöglichen, sie aber nicht begleiten, nie wieder. Ragdurs Fluch galt über ihre Befreiung hinaus, nur er könnte ihn jemals zurücknehmen. Aber das würde er nie tun. Er vergab niemals.

Erenwin schickte ein letztes trauriges, endgültiges *Lebewohl* zu Geror und Dullo und wandte sich dann der Grenze zu. Sobald er sie überquert hatte, gab es kein Zurück mehr, dann galt er als tabu und würde bei neuerlicher Übertretung getötet werden. Doch es gab nichts, was ihn noch halten könnte, was er noch zu sagen oder erledigen hätte.

Überrascht sah er dann die Hellseherin seiner Mutter und Lurion auf sich zukommen!

Die Wache wollte sich zuerst in den Weg stellen, doch ein Wink des Erbprinzen genügte, und sie wichen betreten beiseite.

Lurions Mienenspiel zeigte den Zwiespalt, in dem er steckte. Er hatte nie etwas für den jüngeren Bruder übriggehabt, also warum war er hier?

»Aus zwei Gründen«, antwortete er auf Erenwins unausgesprochene Frage. »Erstens, wegen Lurdèa. Sie hat dieses Schicksal nicht verdient, und ich hoffe, du findest sie und bringst sie uns zurück. Sie ist eine Nauraka, eine hochedle Fürstin, sie gehört hierher an den Hof, unter ihresgleichen.«

Erenwin schluckte.

Lurion fuhr fort: »Zweitens halte ich Ragdurs Entscheidung für einen schweren Fehler. Dein Fluch wird die Position unserer Familie schwächen. Es hätte in der Familie bleiben und niemals hinausgetragen werden dürfen. Alle werden das für ein Zeichen von Schwäche halten, dass der Hochfürst sich nicht mehr in der Gewalt hat und Fehlentscheidungen trifft. Wenn ein kleiner Sippenanführer seinen Sohn verstößt, ist das eine Sache. Aber der Hochfürst? Ich sage dir, seine Tage sind gezählt. Und insofern bin ich dir wohl noch zu Dank verpflichtet.«

»Und ich bin fort, für immer«, sagte Erenwin leise.

»Ja, Bruder, und ich sollte erfreut darüber sein – doch ich bin es nicht. In der Tiefe meines Herzens habe ich immer gewusst, dass du mir den Thron nie streitig machen würdest. Ich wollte dich aus dem Weg haben, aber nicht so. Das hast selbst du nicht verdient. Und lass dir gesagt sein, ich nehme deine Warnung ernst.«

»Wie kommt es zu dieser Sinneswandlung?«

»Seit Luri mir den Korb schenkte, hat sich viel verändert. Ich habe lange darüber nachgedacht. Und ich glaube, dass Vater mir nur deswegen alles durchgehen ließ, damit er meine Konkurrenz nicht fürchten musste. Aber das ist vorbei.« Lurion lächelte finster. »Der Thron gehört mir. Ich werde meine Vorteile aus dem Krieg gegen Janwe ziehen. Was Janwe kann, kann ich auch. Und ich habe den Vorteil, dass ich der Erbprinz *bin* und einen rechtmäßigen Anspruch auf den Thron besitze.« Er hob die Hand, um das Gespräch zu beenden. »Wie dem auch sei, das braucht dich nicht mehr zu kümmern, du beschreitest nun einen anderen Weg.« Er hielt Erenwin eine Schwertscheide mit gekreuzten Bändern hin, die zur Befestigung auf dem Rücken dienten. Ein langes Schwert mit fein gehämmertem Griff steckte darin.

Erenwin nahm das Geschenk verblüfft entgegen. »Lurion, ich weiß nicht ...«

»Es ist ein gutes Schwert«, unterbrach ihn sein Bruder. »Ich habe es bisher selbst getragen. Du musst noch ein bisschen mehr Muskeln ansetzen, um das Gewicht richtig ausgleichen zu können, doch du wirst es an Land benutzen können. Es soll dir bei deiner Suche behilflich sein.«

»Danke ...«

»Leb wohl, Bruder. Ich schätze, wir werden uns nie wiedersehen. Alles Gute auf deinem Weg.« Lurion drehte ab und schwamm davon.

Die Hellseherin aber blieb. »Erenwin, da ist noch etwas, das du wissen musst«, sagte sie ernst. »Du trägst einen weiteren Fluch, und zwar tief in dir. Eine Finsternis, die ich nicht zu ergründen vermag, doch sie ist eng an Lurdèas Schicksal gebunden. Dir bleibt nicht mehr viel Zeit. Findest du deine Schwester nicht rechtzeitig, wirst du die Verwandlung nicht mehr aufhalten können.«

»Verwandlung?«, flüsterte Erenwin.

»Nun, selbst dir dürften die Veränderungen nicht entgangen sein, die mit deinem Körper geschehen«, antwortete die Hellseherin. »Sie werden fortschreiten. Kannst du dein Versprechen nicht einlösen, wird ein schreckliches Unwesen aus dir. Zug um Zug wirst du alles Naurakische verlieren und dich in ein namenloses Grauen verwandeln.«

Tiefes Entsetzen erfasste Erenwin. »Aber wie kann das sein ...«

»Was du aus der Stillen Tiefe mitgebracht hast, ist nicht für uns bestimmt«, antwortete die Frau. »Es tut mir leid um dich. Nicht du hast es in Besitz genommen, sondern es dich. Es gibt keine Hoffnung mehr für dich, aber vielleicht Erlösung, wenn du deine Schwester zurückbringst. Sie bestimmt die Zukunft der Nauraka.«

Erenwin sah der Hellseherin nicht nach, als sie ihn verließ. Ohne einen letzten Blick zurückzuwerfen, verließ er das Reich der Darystis und tauchte in die blaue Weite der See ein.

Sein Weg war klar vorgezeichnet. Und er wusste auch schon, wo er an Land gehen würde – an der Stelle, wo die vielen Schiffe auf Grund gesunken waren und das Wasser seicht wurde. Dort hatte Janwes Weg begonnen, und nicht weit entfernt war ihm auch Luri entrissen worden. Es war der beste und einzige Anhaltspunkt, den er hatte.

Am schmerzlichsten vermisste Erenwin Turéor, doch dieses Abenteuer wäre ohnehin zu viel gewesen für den alten Mann. Erst jetzt fiel dem Verbannten auf, dass sie sein Leben lang fast jeden Helldämmer miteinander verbracht hatten und seit der Reise nach Karund auch noch den Dunkeldämmer in einer gemeinsam bewohnten Kaverne.

Turéor hatte meist kryptisch gesprochen, doch es hatte immer viel Wahrheit und Erfahrung in seinen Worten gesteckt. Auch er hatte Erenwin gesagt, dass die schwarze Perle ein Fluch für ihn sei. Kein Wunder, wenn der Alte Feind nach ihrem Besitz trachtete!

Noch immer hatte Erenwin keine Vorstellung, welche Fähigkeiten sich der Namenlose von der Perle erwartete, welche Macht sie darstellte. Er war nur ihr Träger, und, wie es aussah, ihrem Willen unterworfen, der ihn zusehends veränderte. In die Finsternis trieb.

Lurdèa, dachte Erenwin. *Nur das zählt. Das ist mein einziges Ziel: Meine Schwester zu finden und heimzubringen. Nichts wird mich davon abbringen oder ablenken. Du wirst mir die dazu nötige Kraft verleihen, schwarze Perle, mich aber nicht beherrschen.*

In den Augen der Nauraka bin ich tot. Als Toter gehe ich auf die Reise, und ich habe nur noch eines in meinem verbrannten Herzen bewahrt: die Bindung an meine Schwester. Nichts anderes wird mehr darin eindringen und Schmerz und Leid hineintragen. Nie wieder. Das lasse ich jetzt alles zurück, auch meine Erinnerungen. Meine Familie existiert nicht mehr. Nur Lurdèa.

Mit kraftvollen Beinschlägen schwamm er voran.

DRITTER TEIL

Landgänger

13.

Die ersten Schritte

Das Wasser war klar, doch Erenwins feine Sinne ließen sich nicht täuschen. Der Geschmack nach Blut und Tod war nicht so leicht auszulöschen. Auch war es viel zu still und einsam. Ein Fischschwarm, der seinen Weg kreuzte, schwenkte plötzlich ab und verfolgte eine andere Richtung. Ganz offensichtlich mieden die Tiere diese Gegend, und das wunderte Erenwin nicht. Hier musste ein Massaker stattgefunden haben, auch wenn nur noch wenige Spuren zu finden waren. Keine Leichenteile lagen herum, da sie von den großen Räubern längst beseitigt worden waren, aber die weitreichenden Zerstörungen an den Pflanzen waren noch zu erkennen. Ein Tangwald war völlig niedergemäht worden, und auch die Wracks wiesen frische Löcher und Risse auf. Ab und zu fanden sich verlorene Waffen und Helme, die man beim Abzug vergessen hatte.

Hier war Turéor gestorben. Erenwin kam es so vor, als könne er immer noch einen letzten Geschmack von ihm durch die Kiemen filtern, aber sicher war das nur Einbildung. Auch Jemuma, seine Amme seit ihren frühesten Kindertagen, war nicht mehr. Es gab für den Verbannten keine Verbindung mehr zu früher, alles war ausgelöscht.

Was genau geschehen war, konnte er nicht nachvollziehen. Er ging davon aus, dass Janwe noch am Leben war, sein Ziehvater würde ihn schon mit einem entsprechenden magischen Schutz ausgestattet haben. Aber er musste große Verluste erlitten haben. Vermutlich konnte er so schnell keinen weiteren Kriegszug planen und musste sich erst von dieser Niederlage erholen. Turéor jedenfalls hatte einen großen und würdigen Abgang gehabt.

Um ihn zu ehren, führte Erenwin einen letzten einsamen Tanz auf, der nur Turéor gewidmet war. Zwischen all den modernden Schiffen, den übrig gebliebenen Algen und Tang, in diesem hellen, klaren Wasser vor blutig verfärbtem Sand. Er ließ sich Zeit, denn niemand würde ihn hier stören.

Erenwin hatte das Tanzen seit seiner Kindheit immer geliebt, und seine Schwester hatte ihm oft dabei zugesehen und ihm applaudiert. »Es gibt niemanden, der sich so bewegt wie du!« Seine Gewandtheit war immer sein Vorteil gewesen, der kleine Eri war schneller und wendiger als alle Gleichaltrigen und sogar die meisten Erwachsenen gewesen. Schon von weitem konnte man ihn erkennen.

Damit war es nun vorbei, für immer.

Erenwin widmete den Tanz zuletzt auch sich selbst, als Abschied von seinem Element, seiner Heimat. Vorbei waren die kühnen Pläne des Abenteuers, mit dem Händler an Land zu gehen und dann im Triumph heimzukehren, um von seinen Reisen zu berichten. Um auf diese Weise Anerkennung und Beachtung von den Eltern zu bekommen. Vorbei der heimliche Plan, nach der Grotte der Nices zu suchen und noch einmal die erstaunlichen Brüste der jungen Luleemi, der Tochter des Grafen von Undar, zu betrachten, und diesmal genauer, und ihr ein unzüchtiges Angebot zu machen, dem sie wohl nicht abgeneigt gewesen wäre.

Erenwin ließ in den letzten Teil seines Tanzes seine ganze Traurigkeit, seinen Schmerz und den Verlust fließen, aber auch die Erinnerung an die vergangenen glücklichen Tage, an gelungene Streiche, aufregende Jagden und turbulente Kinderabenteuer. Er tanzte das Aufwachsen mit seiner Schwester, ihre häufigen Dispute und Raufereien, bis sie in das gemeinsame Jugendgemach umzogen, am Rande des Palastes, und lernten, einander besser zu verstehen. Erenwin als der ältere Bruder hatte dabei größere Schwierigkeiten gehabt, denn Lurdèa hatte noch mehr Flausen als er, sie war stets übersprudelnd und immer gut gelaunt.

All dies tanzte er, mit fein abgestimmten Bewegungen, ohne

einen einzigen Fehler. Seine ganze Seele lag in diesem Tanz, und für wenige Augenblicke zog sich sogar der Schleier von seinen Augen zurück, und er konnte wieder so klar und farbig wie früher sehen, und er bemerkte auch, wie sich die schwarzen, beweglichen Netzmuster auf seinen Armen zurückzogen und das Perlmuttschimmern der Haut freigaben. Hier, außerhalb der Grenzen von Darystis und dem Fluch seines Vaters, war dies möglich.

Ein letztes Mal noch ein Nauraka sein. Erenwin gab sich seinem Tanz hin, teilte sich der See mit, bat um Verzeihung. Er dankte der See, dass sie ihn so lange aufgenommen und beschützt hatte, dass er ein Teil von ihr sein durfte. Zuletzt schickte er seiner Mutter einen Gruß, wusste, dass sie diesen empfangen würde. Ob er ihr etwas bedeutete, wer wusste das schon zu sagen. Doch der Gruß gehörte zu dem großen Ganzen dazu und zum Abschied. Bald würde der Prinz von Darystis verschwunden sein, und nichts würde von ihm bleiben.

Erenwin tanzte, bis er sich völlig leer fühlte, und ließ dann die Dunkelheit in sich ein, nahm nun die schwarze Perle als neue Heimat an, die er in seinem Inneren trug. Der Schleier und die Schlieren kehrten zurück. Er schwamm zu der Sandbank hinauf, wo die Wassergrenze schon ganz nahe war, und folgte der ansteigenden Linie.

Schließlich war das Wasser so flach, dass er sich auf dem Sand entlang kriechend fortbewegte. Obwohl er schon Luft geatmet hatte, verspürte er jetzt große Angst, denn beim ersten Versuch war sein Körper im sicheren Wasser geblieben.

Doch irgendwann konnte er es nicht mehr hinauszögern. Die Linie war nun direkt über ihm, und er konnte die Sonne bereits auf seinem Rücken spüren. Der Sand war warm und rieselte unter seinen Händen davon, als wolle er flüchten. Erstaunt bemerkte er, dass sich die Schwimmhäute bereits zurückbildeten, die Falten zwischen den Armen waren schon vollständig verschwunden. Auch seine Beine veränderten sich, und Erenwin dachte bei sich, dass eine Frau damit wohl besser zurechtkam, da sie diese Kunst ohnehin beherrschte. Sein Körper bereitete sich vor, als wüsste er, was auf ihn zukam. Vermutlich lag es an der stark veränderten Zusammensetzung des Wassers, die Erenwins Kiemen überhaupt nicht behagte. Das Atmen fiel ihm immer schwerer, und schließlich blieb ihm nichts anderes übrig, als sich auf den Armen abzustützen und den Kopf aus dem Wasser zu recken. Noch einmal stand der furchtbare Moment der Umstellung bevor, den er schon kannte, doch diesmal ging es leichter und schneller. Er schnappte nach Luft und blinzelte um sich. Das Licht war hell, doch aufgrund des grauen Schleiers vor seinen Augen erträglich. Die Maserungen auf seinen Armen spielten mit dem reflektierenden Sonnenlicht.

Staunend verharrte Erenwin. Das Meer verlief sich an einem Sandstrand, und dahinter lag Land. So weit er schauen konnte. Eine große, hügelige Weite mit gelegentlichen Bäumen – *Holz* –, ganz wie Hallog der Händler ihm einst erzählt hatte. Die Bäume sahen von der Form her so ähnlich aus wie der Korallenbaum, nur mit weiter ausladenden, größeren Kronen, bedeckt von grünen *Blättern*.

Erenwin fühlte große Erregung, weil er nun all das erblickte, was er bisher nur aus Erzählungen kannte. Jede Bezeichnung, die er eifrig gelernt und sich gemerkt hatte, bekam nun endlich greifbare Bedeutung. Er erkannte alles wieder, als habe er es schon einmal gesehen.

Das Land sah einsam und verlassen aus, aber das konnte auch an der niedrigen Perspektive liegen, denn von hier aus wirkten die Hügel höher, als sie vermutlich waren, und behinderten die Sicht auf das, was hinter ihnen lag.

Hoffentlich blieb es so einsam. Erenwin wollte niemanden in seiner Nähe wissen, wenn er zum ersten Mal das Wasser verließ. Weder Freund noch Feind; dies war ein sehr intimer Moment, der nur ihm allein gehörte.

Die Sonne trocknete die Haare auf seinem Kopf, und die Haut begann zu jucken. Es war sehr warm, und Erenwin sah sich nach einer Stelle um, wo er Schatten finden konnte. Doch weit und breit war nur ein schmales Band aus feinem, goldgelbem Sand, kein Baum, kein Busch. Das trocknende Gefühl auf seiner Gesichtshaut war ebenfalls nicht angenehm, und er war froh um die schützende Kleidung.

Er sollte es hinter sich bringen. Am besten kriechend, denn so vermessen zu glauben, dass er gleich aufstehen und gehen könnte, war er gewiss nicht. Dazu benötigte es Übung. Er wusste von den Nices, dass sie mit ihren Fischschwänzen geschickt genug waren, um sich auf Felsen zu setzen, aber so richtig an Land gehen konnten sie nicht. Ihre Schuppenhaut wurde auch schnell rissig und begann zu bluten, wenn sie sich zu lange außerhalb des Wassers aufhielten.

Niemand war wie die Nauraka. *Und ich bin immer noch ein Nauraka*, dachte Erenwin trotzig, *ich bin so geboren und werde auch so sterben, meine Hülle will ich nicht abstreifen und mein Bewusstsein auch nicht. Hier an Land weiß niemand, dass ich verflucht bin und nicht zu meinem Volk zurückdarf. Ich werde daran festhalten, und an meinem Namen, denn er ist mir als Einziges geblieben. Den hat Ragdur mir nicht entrissen ... vielleicht aus Rücksicht auf meine Mutter. Also werde ich ihn weiterhin tragen.*

Das Flüstern in ihm schien ihn zu ermahnen, sich nicht weiter abzulenken, sondern die Trennung zu vollenden.

Er streckte die Arme nach vorn und zog seinen Körper ganz langsam, Stück für Stück, an den Strand. Doch schon nach der Hälfte, als sein Oberkörper das Land erreicht hatte, brach er fast zusammen. Es war schwer, *so* schwer!

»Ich ... ich schaffe es nicht ...«, wimmerte er und fiel in den warmen Sand, der an seiner Haut klebte. Seine Beine trieben noch im Wasser, schienen ihn zurückziehen zu wollen in die Schwerelosigkeit. Er hätte nie gedacht, was für ein Gewicht die Landgänger mit sich herumschleppten. Wie schaffte Hallog das nur, bei seinen gewaltigen Fettmassen? Verfügte er über einen Leichtigkeitszauber?

Es konnte nicht sein, dass er bereits hier scheiterte und elend zugrunde ging. Welchen Sinn hätte dann alles gehabt?

Also, auf mit dir, edler Prinz, der du mal gewesen bist! Von frühesten Kindheitstagen an bist du ausgebildet worden, du kannst jagen und kämpfen, da wirst du auch das Gehen lernen!

Diese Qual war weit von seinen Abenteuerträumen entfernt. Was für ein törichter Knabe war er damals doch gewesen! Und nun war er ein Mann und musste sich schämen.

Seine Finger krallten sich tiefer in den Sand, bis in die unteren, feuchten, festeren Schichten, die zugleich lindernde Kühle boten. Weiter zog er sich, schwach und elend. Das Gewicht lastete nun voll auf seinen ungeübten Lungen, und er rang mühsam nach Luft. Nach Luft, die so trocken und beißend war, voller Sand und Salz, dass er husten musste, was alles nur noch mühsamer machte. Wieder fiel er in den Sand, dem Erstickungstod nahe. Vielleicht sollte er doch zurück ins Wasser und erst im Mittlicht einen neuen Versuch wagen, wenn die Sonne nicht mehr so heiß auf seinen Rücken brannte. Es fühlte sich an wie ein Vulkanschlot, dem Erenwin einmal zu nahe gekommen war und der ihm die Kleidung weggesengt hatte; einige Zyklen lang hatte er Brandblasen auf dem nackten Rücken getragen, bis er wieder Kleidung anlegen konnte.

Doch es gab kein Zurück mehr. Die Beine waren schon fast aus dem Wasser, und Erenwin spürte, dass sie nicht mehr miteinander verbunden waren. Als er sich mühsam drehte und an sich hinabsah, erblickte er zum ersten Mal seine Füße ohne Schwimmhäute und die Flossenfortsätze. Alles ans Meer Angepasste hatte sich zurückgebildet, und nun sahen seine Füße so aus wie die von Hallogs Gehilfen, schmal und mit kleinen Zehen, die er einzeln bewegen konnte, wenn er sich anstrengte. Diese zerbrechlichen Füße sollten sein ganzes Gewicht tragen? Auf ihnen sollte er aufrecht stehen und gehen können?

Noch ein Stück, nur ein kleines weiteres Stück, damit er das Wasser endgültig hinter sich ließ, das Ufer hinauf, um vielleicht dahinter in einer Senke Schatten zu finden. Dorthin wollte er sich zurückziehen, bis es dunkler wurde und er den nächsten *Schritt* wagen konnte.

Er fasste sich an den Hals, doch die Kiemen waren bereits vollständig verschwunden, auch zwischen seinen Fingern war kein Häutchen mehr. Er war nicht mehr von einem Landgänger zu unterscheiden. Das machte vieles einfacher.

Erneut stemmte er die Hände in den Sand, spannte seine Muskeln an und versuchte seine Beine mit einzusetzen. Er keuchte, Öl lief aus seinen Gesichtsporen, rann über die Brauen zur Nasenwurzel und tropfte von dort aus in den Sand. Tatsächlich gelang es ihm, auch die Füße so zu verankern, dass er seinen Körper aus dem Sand erhob.

Ja!, dachte er triumphierend, und wenn er noch Kraft gehabt hätte, hätte er laut geschrien. *Ich schaffe es! Es wird mir gelingen!*

Dann wurde ihm schwarz vor Augen, und er sackte bewusstlos zusammen.

Laoren hatte das unbestimmte Gefühl, er sollte heute früher an den Strand gehen. Und weil er stets auf diese Regungen und Eingebungen achtete, zögerte er auch diesmal nicht, sondern machte sich umgehend auf den Weg. Und da er schon dabei war, nahm er auch gleich eine lange Schlinge, Messer, Netz und dergleichen mehr mit, was ein Treibgutsammler eben so brauchte. Obwohl es in letzter Zeit kaum Wetterumschwünge gegeben hatte und das Meer sich von seiner freundlichen Seite zeigte, würde er heute etwas finden, da war er sich sicher. In den letzten Tagen hatte er nichts entdeckt, trotzdem war er am Strand auf- und abgelaufen. Man wusste ja nie, so manches Goldstück war auf diese Weise schon in den Beutel eines armen Mannes gewandert.

Obwohl, das mit dem schönen Wetter stimmte nicht ganz. Vor mehreren Tagen hatte es fern über dem Meer so etwas wie ein Gewitter gegeben, das jedoch nicht natürlichen Ursprungs gewesen sein konnte. Trotz sonnigen Himmels ringsum war es über einer ganz bestimmten Stelle dunkel geworden, ein Orkan hatte sich zusammengeballt, Blitz und Donner schlugen aus schwarzen Wolken, die aus dem Nichts entstanden schienen. Und dann waren Wale aus dem Wasser gesprungen, so hoch wie nie zuvor, und klatschend wieder aufgeschlagen. Laoren hatte ihre pfeifenden Schreie, die ein ebenfalls unnatürlicher Wind mit sich gebracht hatte, bis nach Hause gehört. Dies war kein Zeichen der Freude, sondern der Furcht gewesen. Die Wale hatten versucht, der See zu entfliehen!

Dann wurde das Meer plötzlich blutrot und fing an zu leuchten, und Laoren strengte seine alten Augen an, als er das Gefühl hatte, dass weit entfernt, schon fast am Horizont, etwas Gigantisches aus dem Wasser aufstieg, hoch und immer höher, umgeben von weißer Gischt. Und das Unwetter darüber schien erst recht in Zorn zu geraten, denn Blitze prasselten auf den titanischen Schemen herab, begleitet von krachendem Donner, und es wurde noch dunkler. Über den Donner hinweg glaubte Laoren ein Brüllen zu hören, das nicht von dieser Welt schien. Die tobenden Elemente kämpften bis zum Abend miteinander, dann versank alles im Dunkel der Nacht. Laoren konnte nichts mehr erkennen, und er hörte auch nichts mehr.

Am Morgen lag die See still und ruhig.

Seitdem hielt der Sammler jeden Tag Ausschau nach Ungewöhnlichem, denn er kannte die Umschließende See nur zu genau, schließlich erlebte er sie jeden Tag. Sie war die Seele Waldsees, schenkte das Leben, doch sie war auch launisch und tückisch und immer für eine Überraschung gut. Man durfte ihr nie trauen. Sie konnte so tun, als wäre nichts geschehen, und Laoren konnte es auf eine Einbildung seines langsam vergreisenden Verstandes oder auf den übermäßigen Genuss von Rauschkraut schieben – doch sie wussten beide, dass dem nicht so war.

Etwas *war* geschehen, etwas ungeheuer Bedeutendes, dessen Tragweite noch nicht abzusehen war. Vielleicht würde Laoren es nie herausfinden, weil seine Lebenszeit nicht mehr reichte, doch er würde alles daransetzen, was er an Erfahrung und Können aufbieten konnte.

Und an diesem Tag sagte ihm sein Bauchnabel, der sich selten irrte, dass er sofort zum Strand gehen musste.

Als er mit allem bepackt aufbrechen wollte, drehte er doch noch einmal um und holte einen Eimer, wenn er auch nicht wusste, wozu. Doch dieser Eimer musste wohl mit dabei sein.

Jetzt schien er alles beisammenzuhaben, und Laoren konnte endlich aufbrechen. Die Sonne stand bereits hoch am Mittag, und wie sein Gefühl ihm mitteilte, sollte er sich besser beeilen. Der Sommer war warm, und der Sand würde bald glühen vor Hitze. So manches Treibgut verdarb da schnell oder ging gar in Flammen auf.

So schnell ihn seine dürren alten Beine trugen, hastete Laoren über die grasbewachsenen Dünen. Seine grauen Haare hingen ihm strähnig in die Stirn, und er musste mehrmals den Gürtel um seinen verschlissenen groben Kittel neu schnüren, da er ständig verrutschte. »Diese Eile, diese Eile«, brummte er, »und das in meinem Alter.« Er spürte bereits die aufsteigende Hitze unter dem Leder seiner Schnürsandalen. Zu dieser Zeit suchte man besser den Schatten auf und döste, anstatt über den Sand zu laufen. Doch was sollte er machen? Er musste dem Gefühl folgen, sonst ging er am Ende leer aus. Schon mehrmals waren Strandräuber hier zugange gewesen, die Laoren um einen bescheidenen Reichtum gebracht hatten, weil sie alles einsammelten und er leer ausging.

Schließlich erreichte er den Uferkamm und tanzte ein wenig auf der Stelle, weil heißer Sand in seine Sandalen gerieselt war. Er beschattete die Augen mit der Hand und sah sich prüfend, mit halb zusammengekniffenen Augen, um. Der Schweiß rann an ihm in Strömen hinab, und er verfluchte sich, weil er vergessen hatte, Trinkwasser mitzunehmen. Das hatte sein Gefühl ihm nicht gesagt! Normalerweise war das auch nicht notwendig, da er nie zu dieser Stunde aus dem Haus ging. Das taten nur Verrückte.

Laoren fuhr sich mit der Zunge über die trockenen Lippen. Er fühlte sich bereits ausgedörrt wie ein Schmorapfel, doch gleich darauf vergaß er alle Beschwerden, denn er sah etwas am Strand liegen.

Ein unförmiger Haufen, den seine alten Augen nicht mehr richtig erfassen konnten. Also machte er sich auf den Weg an den Strand, und bald erkannte er den Haufen als Wesen mit zwei Armen und zwei Beinen und sehr langem, hellem Haar, das in der Sonne leuchtete.

»Eine Frau? Eine Frau?« Laoren rieb sich die Hände und kicherte entzückt. Das wäre ja mal ein Geschenk! Wie mochte sie hierhergekommen sein? War sie noch am Leben?

Die lange, schmale Gestalt war in seltsame, kostbare, farbenfrohe

Gewänder gehüllt, mit ... einem Schwert auf dem Rücken. Laorens Mundwinkel sackten nach unten. Die Wahrscheinlichkeit, dass es sich um eine Frau handelte, war soeben fast auf den Nullpunkt gesunken. Natürlich gab es Kriegerinnen, sogar Ritterinnen in einem fernen Land, wie Laoren schon gehört hatte, doch das Schwert war der Größe der Scheide nach zu urteilen zu lang für eine Frauenhand und vermutlich auch zu schwer.

Laorens Schritt verlangsamte sich, je näher er kam. Vieles an der Gestalt war seltsam. Kleidung und Bewaffnung gehörten zu einem Reichen, doch trug er keine Schuhe! Dass nach einem unfreiwilligen Bad ein Stiefel oder Schuh verlorenging, kam vor. Aber beide Schuhe? Und diese Füße sahen ein wenig seltsam aus, mit ungewöhnlich langen Zehen. Das war kein normaler Schiffbrüchiger, der hier an Land gespült worden war.

Laoren sah sich um. Weit und breit war kein Schiffswrack zu sehen, oder auch nur Teile davon. Keinerlei Hinweise am Strand, bis auf diese hellhaarige Gestalt. Der alte Mann ließ den Blick von dem Wesen Richtung Wasser schweifen. Derzeit herrschte Ebbe, und die See tastete sich nur behutsam an den Strand heran. Die Spuren waren immer noch deutlich zu sehen; der Schiffbrüchige, oder was auch immer er war, war an Land gerobbt, nicht einfach angespült worden, was bei Ebbe auch kaum möglich gewesen wäre. Das bedeutete, er hatte noch gelebt, als er hier ankam!

Laoren ließ sich Zeit und nahm die Gestalt aufmerksam aus sicherer Entfernung genau in Augenschein. Dann entschied er, dass es keine Falle war oder irgendeine Gefahr drohte. Er näherte sich dem Gestrandeten, kniete bei ihm nieder und drehte ihn so, dass er sein Gesicht erkennen konnte, und strich ihm die langen Haare von der Wange.

»Bei allen Seedämonen!«, rief er aus.

Es war ein junger Mann, mit den fein gemeißelten Zügen eines Hochadligen, Gesicht und Hände von einer seltsamen schwarzen Maserung überzogen, die sich ... *bewegte?* Die übrige Haut war sehr hell, von einem besonderen Schimmer, den kein Landwesen besaß.

»Hol mich der Steuereintreiber«, murmelte Laoren. Seine Finger tasteten an den Hals des jungen Mannes, prüften und fühlten. Er nickte, dann untersuchte er Hände und Füße, betastete den Stoff der Kleidung. »Na, mein Bürschlein, holla, holla«, fuhr er verdattert fort. »So einen wie dich hat man an diesen Gestaden schon lange nicht mehr gesehen. Und ich noch nie, um genau zu sein, zumindest nicht lebendig.«

Die Brust des Bewusstlosen hob und senkte sich ein wenig zittrig, seine Nasenflügel waren weit gebläht, und er röchelte beim Atemholen. Die Sonne hatte eine Gesichtshälfte schon halb verbrannt, sie warf Blasen, und seine Stirn war glühend heiß. Er hatte hohes Fieber. Ansonsten schien er auf den ersten Blick unverletzt zu sein. Aber die ungewohnte Sonne könnte ihn schneller umbringen, als Laoren Flüche einfielen. Deshalb also der Eimer, auf sein Gefühl war eben Verlass. Der alte Mann stand ächzend auf, füllte den Eimer im Meer und schüttete ihn über dem Gestrandeten aus.

Der zuckte nicht einmal mit den Lidern, aber die ausgetrocknete Haut zischte und platzte an verschiedenen Stellen auf.

»Bürschlein, du musst so schnell wie möglich von hier weg, sonst war alles umsonst mit meinem Gefühl, und ich habe mich sinnlos einem Sonnenstich ausgesetzt.« Laoren holte noch einen Eimer Wasser, benetzte ein Tuch damit, wickelte es um den Kopf des jungen Mannes, dass nur noch die Nase frei blieb, und ließ den Rest aus dem Eimer langsam über das Tuch laufen.

Tatsächlich ging der Atem ein wenig ruhiger, und Laoren nickte zufrieden. Jetzt kam der schwere Teil.

Er zog die Schlinge hervor, wickelte sie um den Bewusstlosen, knüpfte ein paar Knoten, und lud ihn sich dann der Länge nach wie einen schweren Sack auf den krummen Rücken. Laoren war kein kleiner Mann, aber dieser Meerling musste ihn um Hauptеslänge überragen. Ächzend und stöhnend schleppte der Treibgutsammler seine Last über die Dünen, wobei die schon ganz roten Füße des Bewusstlosen durch den Sand schleiften.

Wie er es bis zur Hütte geschafft hatte, wusste Laoren später selbst nicht mehr. In seinen alten Knochen steckte doch noch eine Menge. Als er bei seinem Lager angekommen war und den Gestrandeten ablegen wollte, fiel er mit ihm zusammen um. Einige Zeit konnte er nur erschöpft daliegen und warten, bis sich sein unregelmäßiger Herzschlag beruhigte. Sein überhitzter Körper benötigte jetzt als Erstes Wasser. Die muffige Dunkelheit in der Hütte tat wohl, und er tastete sich zur Herdstelle, schöpfte aus dem großen Krug und ließ sich zuerst das Wasser über den Kopf laufen, bevor er gierig trank.

Anschließend sorgte er für eine bequeme Lage seines Gastes, zog ihm die Gewänder aus, verstaute sie mitsamt Schwert in einer Truhe im hinteren Winkel und sperrte sie sorgfältig ab. Zum Glück hatte die Sonne nur Gesicht, Arme und Füße erreichen können, der Rest seines Körpers war unversehrt.

Laoren betrachtete lange kopfschüttelnd die seltsamen, beweglichen Maserungen, die sich über den gesamten Leib zogen. So etwas hatte er noch nie gesehen, und er konnte sich nicht vorstellen, dass alle dieser Art so etwas besaßen. Zumindest wurde in den Legenden nichts davon erwähnt. Er holte aus seinem Schränkchen diverse Salben und Öle, mit denen er den Körper einrieb, vor allem die sonnenverbrannten Stellen pflegte. Dann deckte er ihn zu und flößte ihm mit einem Schwamm ein fiebersenkendes Mittel ein, das zugleich das Herz stärken sollte. Den Rest mussten sein Körper und sein Lebenswille selbstständig tun.

Der Meerling kämpfte den Rest des Tages und die ganze Nacht um sein Leben. Er musste schon am Rande der Erschöpfung gewesen sein, bevor er aus dem Wasser kam. Doch gegen Morgen flaute das Fieber endlich ab, nicht zuletzt dank Laorens Fürsorge, der selbst kaum ein Auge zumachte.

Als er merkte, dass sein Gast überleben würde, stopfte er sich eine Pfeife mit einer besonderen Auswahl an Rauschkräutern, kauerte sich in die Nähe des Lagers im Schneidersitz und paffte drauflos. Da er gestern nichts mehr gegessen hatte, taten die Kräuter bald ihre Wirkung, und er fühlte, wie sich sein Geist benebelte, die zielgerichteten Gedanken sich jedoch zusehends verschärften. Das war die angemessene Weise, um einem so unerhörten Ereignis gebührende Aufmerksamkeit zu schenken.

Draußen ging gerade die Sonne auf und schickte ein paar schräge Strahlen in die Riedhütte, die ihre Schäbigkeit nur noch deutlicher aufzeigten. Es gab nur diesen einen Raum, in dem man nicht einmal aufrecht stehen konnte, eine Kochstelle mit Abzug, ein Lager, auf dem der Gestrandete lag, eine Truhe, ein Regal, auf dem verschiedene Heilmittel standen und Werkzeug. Eine zweite Person konnte gerade so Platz finden, wenn sie ihr Lager direkt an der niedrigen Wand aufschlug. Aber Laoren genügte der Platz, er lebte sowieso schon seit Jahrzehnten allein und galt allgemein als wunderlicher Eremit. Niemand wusste, was genau er hier draußen tat und warum, und dabei sollte es ruhig auch bleiben.

Er zuckte kurz zusammen, als der junge Mann schließlich die Augen aufschlug. Sie waren völlig schwarz, ohne jegliches Weiß oder irgendeine Abstufung, und ein unheilvoller Glanz ging von ihnen aus; Laoren hatte den Eindruck, als liefen Schlieren darüber. Diese Augen verhießen nichts Gutes, ihnen haftete etwas an, das selbst für ein außergewöhnliches Wesen wie diesen Meerling nicht normal sein konnte.

Eine Weile blieb der Gestrandete liegen, ohne sich zu rühren, nur seine Augen irrten durch den Raum und blieben schließlich an Laoren hängen. Ein fragender Ausdruck erschien auf dem edlen Gesicht, das durch diese Augen jedoch derart entstellt wurde, dass man freiwillig kein zweites Mal hinblickte.

»Kannst du mich verstehen?«, begann Laoren das Verhör, während er weiterrauchte und die Hütte mit süßlichen Dunstschwaden füllte, die den Gestrandeten fügsam machen sollten.

Der junge Mann nickte langsam. »Wo ...«, begann er mit leiser, rauer Stimme. Die Betonung klang seltsam, doch sie verstanden einander, das war schon eine Erleichterung.

»An Land, mein Junge. Hattest du das beabsichtigt?«

»Ja ... aber es ist schwer, so schwer ...«

»Mhm. Du musst lernen, dein Gewicht zu tragen. Ich werde dir dabei helfen.«

»Was ist ... mit mir ...« Der Meerling griff sich an den Kopf. Dann stutzte er und starrte seine Hände an, die er soeben mühelos bewegt hatte. Er fing schon an zu lernen, das war gut, und ganz nutzlos waren seine Muskeln nicht.

»Du warst über alle Maßen erschöpft und zudem der brennenden Sonne ausgesetzt. Du hast einen Hitzschlag erlitten. Aber es ist überstanden. Benötigst du Wasser?«

»Es ... geht schon ...« Er versuchte sich aufzurichten, doch das gelang ihm noch nicht. Keuchend sank er wieder zurück.

»Du bist noch sehr schwach«, bemerkte Laoren. »Bevor wir weitermachen, verrate mir deinen Namen.«

»Erenwin.«

»Ich bin Laoren.« Der Alte veränderte leicht die Sitzhaltung und stopfte neue Kräuter in die Pfeife. »Und du bist also ein Meerling.«

»Und du ein Landgänger.« Die Stimme war immer noch leise, bekam aber zusehends Klang und Tiefe.

»Welcher von denen aus der Tiefe bist du?«, wollte Laoren weiter wissen.

»Nauraka.«

»Potzdonner! Tausend Wüstenwinde, ich wusste es!« Laoren schlug sich auf den Schenkel. »Was für ein Glückstreffer, Junge! Weißt du, dass man deine Art für ausgestorben hält?«

»Das ist falsch.« Der Gestrandete, der sich Erenwin nannte, drehte sich leicht auf die Seite, was ihm einen weiteren Schweißausbruch bescherte. »Außerdem lebt einer von uns schon sehr lange hier an Land.«

»Ah, du meinst diesen König im fernen Valia?« Laoren winkte ab. »Sicher, ich habe von ihm gehört. Wer nicht! Er soll sogar schon bis hierher in den Süden gereist sein. Aber er ist ja kein so richtiger Nauraka mehr, nicht wahr? Zur Hälfte ein Dämon, heißt es. Schaurige Mischung, wenn du mich fragst!«

»Dann bin ich der Einzige?«

»Sieht so aus.«

»Kein ... anderer wurde an diese Gestade angespült ... vorher?«

Laoren runzelte die Stirn. »Nein. Warum fragst du?«

»Weil ich auf der Suche bin. Ich muss den anderen finden, so schnell wie möglich.«

»Hm. Ich werde mich umhören, Erenwin von den Nauraka. Aber mach dir keine allzu großen Hoffnungen.«

»Die haben wir schon lange verloren ...«

Laoren merkte, dass sein Gast rasch ermüdete. Er klopfte die Pfeife aus und erhob sich; mit seinem krummen Rücken konnte er sich einigermaßen in der Hütte bewegen. »Was ist passiert, dass du so über Gebühr erschöpft bist?«

»Zu viel«, sagte der Nauraka leise. Dann wurde er wieder bewusstlos.

Als der Nauraka das nächste Mal erwachte, war er bedeutend munterer. In erster Linie hatte er wohl Schlaf benötigt, denn nun konnte er sich ohne Schwierigkeiten aufrichten und die Beine anziehen.

»Mir tut alles weh«, gestand er mit seiner ungewohnt klingenden Stimme und dem noch auffälligeren Dialekt. »Das Lager ist sehr hart. Ich habe immer in einem Hängenetz geschlafen ... und wir kennen ohnehin keine Schwere.«

Laoren grinste. »Dein erstes Mal?«

»Ja.« Erenwin sah sich um. »Das ist alles sehr ärmlich hier, wie bei den Verbannten.« Sein Gesicht zeigte einen Ausdruck des Entsetzens, als er sah, dass Laoren ihm einen einfachen Kittel mit Gürtel angezogen hatte. »Was sind das für Lumpen? Wo sind meine Sachen?«

»Gut verwahrt. Wie du siehst, bin ich kein reicher Mann. Es wäre nicht gut, wenn sich herumsprechen würde, dass ein vermögender junger Mann Gast bei mir ist.«

»Ich habe kein Geld.«

»Das ist mir auch schon aufgefallen.«

Ein beunruhigender Funke blitzte in den glasschwarzen Augen des Nauraka auf. »Du wolltest mich berauben?«

»Immerhin habe ich dir das Leben gerettet, oder nicht?«, erwiderte Laoren leichthin. Er entzündete seine Pfeife. »Du hast bisher wohl recht behütet gelebt.«

»Ich bin Prinz Erenwin von Darystis«, schnaubte der Nauraka. »Ich hatte stets Respekt und Bedienung!«

»Aber kein Geld.«

»Nein. Ich brauchte keines, denn ich hatte alles, was ich wollte.«

Laoren lehnte sich zurück. »Also schön, mein stolzer junger Freund namens Prinz Erenwin von Darystis, dann erkläre ich dir, wie das bei mir läuft: Dein Adel und hoher Rang interessieren mich nicht im Mindesten. Nur Geld, denn damit kann ich mir alles kaufen, was ich will, auch Respekt.«

Daraufhin schwieg Erenwin eine Weile, und Laoren vermutete, dass er über die Unterschiede zwischen Wasser und Land nachdachte. Dann versuchte er aufzustehen. Allerdings hatte er noch nicht geübt, die Beine unabhängig voneinander zu bewegen, und so kippte er sofort wieder um.

Laoren amüsierte sich prächtig, so viel Spaß hatte er schon seit Jahren nicht mehr gehabt. Erenwin betrachtete seine bloßen Füße, tastete die halbnackten Beine ab und probierte nacheinander seine Muskeln aus. Schließlich konnte er gezielt den linken oder den rechten Fuß hochheben und strahlte glücklich.

Noch vor dem Mittagessen konnte er gehen.

»Was passiert, wenn das ganze Blut in den Füßen ist?«, fragte er ratlos, während er noch ein wenig unsicher schwankend die Hütte verließ. Draußen richtete er sich zu seiner vollen Größe auf und staunte nur so über sein neues Körperbewusstsein.

»Es kommt auch wieder zurück«, versicherte Laoren grinsend. »Ist wohl ein ganz neues Gefühl, senkrecht und nicht mehr waagrecht zu sein, wie?«

»Vor allem, wie schwer alles fällt, wie langsam jede Bewegung ist. Ich glaube aber, man kann sich schnell daran gewöhnen«, erwiderte Erenwin und schritt schon sehr viel sicherer aus.

Laoren musste zugeben, dass der junge Meerling sehr geschickt und anpassungsfähig war. Seine Bewegungen zeugten bereits schon jetzt von Anmut. Der alte Mann musste zugeben, dass die Legenden über die Nauraka nicht zu Unrecht bestanden. Sie waren wahrhaftig ätherische, ganz besondere Geschöpfe. Was für ein unvermuteter Glücksfall!

Er gab seinem Gast von dem zu essen, was der Gemüsegarten hergab, und dazu rohen Fisch, den er heute Morgen aus der Reuse geholt hatte. Den Fisch verschlang der Nauraka sofort, das Gemüse hingegen beäugte er misstrauisch. Doch er sah wohl ein, dass er nicht viel Auswahl hatte, und knabberte vorsichtig daran. Mit der Zeit würde sein Magen sich auf die neue Nahrung einstellen, da war Laoren sicher.

»Ich muss bald aufbrechen«, sagte Erenwin, nachdem er den Teller geleert hatte. »Meine Suche fortsetzen.«

»Nicht so schnell, junger Freund«, erwiderte Laoren. »Du schuldest mir was für deine Rettung.«

»Gilt bei euch Landgängern das Gastrecht denn gar nichts?«, schrie der Nauraka ihn zornig an und stand auf.

»Oh, durchaus«, versetzte Laoren gleichmütig. »Wer es sich leisten kann ... doch zu denen gehöre ich nicht.«

»Ich verlange, sofort meine Kleidung und mein Schwert ausgehändigt zu bekommen, und dann werde ich gehen!«

»Ja, ich dachte mir schon, dass du an deinem offen gestanden ziemlich streng riechenden Zeug hängst. Deswegen habe ich dir auch ein paar Kräuter unters Gemüse gemischt, die dich gleich etwas umgänglicher machen werden.«

Laoren hielt plötzlich ein kleines silbernes Medaillon, das an einer Kette befestigt war, in der Hand und schwenkte es vor Erenwins Augen leicht hin und her. »Schau mal, was ich hier habe.«

Erenwin wollte sich widersetzen, doch seine Augen folgten unwillkürlich dem Pendeln, fixierten das Medaillon, und er setzte sich wieder ruhig hin.

»So ist's brav«, lobte Laoren. »Und jetzt hör mir gut zu, Meerling. Du musst noch eine Menge über uns Landbewohner lernen, wenn du hier überleben willst. Das mag deine Suche verzögern, vielleicht sogar sinnlos machen, aber wenn du jetzt gleich irgendwohin aufbrichst, gehst du ganz schnell unter. Also lass uns einen Handel schließen. Du wirst mir hier zur Hand gehen, und dafür werde ich dich unterrichten. Einverstanden? Ja, ich sehe schon, wir sind uns einig. Das freut mich!«

Erenwins Blick war leer, seine Augen glänzten wie schwarzes Glas, in dem nur Laoren sich spiegelte.

Zufrieden steckte dieser das Medaillon wieder ein. Gute Zeiten würden folgen.

14.

Auf See, nicht darunter

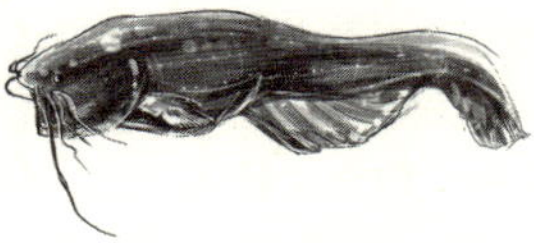

Lurdèa verlor den Halt, als würden ihre Hände mit Gewalt weggerissen, und sie schrie laut auf, doch weder Erenwin noch Dullo schienen sie zu hören. In hohem Bogen flog sie in eine Richtung davon, während die anderen beiden entgegengesetzt abgetrieben wurden und unter Wasser verschwanden.

Erst jetzt stürzte auch die junge Frau wieder der See entgegen, die unter ihr brodelte und schäumte, und tauchte schließlich ein. Doch damit war der Kampf noch nicht beendet, erneut wurde sie von dem Wirbel erfasst, erlitt damit dasselbe Schicksal wie eine Menge Fische und andere Wasserbewohner auch. Hilflos wurden sie fortgetragen, während sie sich wieder und wieder überschlugen, zusammenstießen, von Luftblasen und aufgewirbeltem Sand umhüllt wurden.

Lurdèa unternahm alles, um nach unten in die Tiefe zu gelangen, doch ihre Kräfte reichten nicht aus. Sie paddelte um ihr Leben, denn auch große Räuber befanden sich in dem Reigen, mit aufgerissenen Mäulern, in denen große, scharfe Zähne saßen, und stachligen Schuppen.

Plötzlich sah sie aus dem Augenwinkel etwas Dunkles auf sie zurasen, erkannte eine Schwanzflosse, versuchte noch auszuweichen, aber da wurde sie schon mit Wucht am Kopf getroffen, und sie wurde ohnmächtig.

Als Lurdèa zu sich kam, schmeckte sie als Erstes die Fremdheit des Wassers. Irgendwann während ihrer Ohnmacht hatte der Strudel sie freigegeben, und nun trieb sie in der Fremde dahin, wo nichts nach Vertrautem schmeckte. Hier lebten in der Nähe keine Nauraka, und auch ihr Bruder war unerreichbar fern.

Sie tastete ihren Körper nach Verletzungen ab und stellte erleichtert fest, dass sie keine weitere Verletzung davongetragen hatte, außer einer ziemlich großen Beule am Kopf, die heftig pochte und klopfte. Doch das würde rasch vergehen, Nauraka waren zäh, und Lurdèa hatte schon weitaus mehr erdulden müssen.

In welche Richtung sollte sie jetzt schwimmen? Sie hatte keinerlei Orientierung, wo ihre Heimat liegen mochte, was daran liegen mochte, dass sie sich in den oberen Schichten befand, die über der Zwielichtgrenze lagen. Die Sonne streute ihr Licht durch das Wasser, spielte mit den Wellen und erzeugte Spiegelungen, die Lurdèas Sinne verwirrten. Das bedeutete, sie musste in die Tiefe, um dort irgendeinen Anhaltspunkt zu finden. Den Strömungen nachspüren, sie mit denen in der Heimat vergleichen, dann würde sie sich schon zurechtfinden.

Vielleicht fand sie unterwegs das Gebiet eines befreundeten Seevolkes, das ihr weiterhelfen konnte. Zumindest hoffte sie sehr darauf, denn ganz allein zu reisen war in den Weiten der See gefährlich, und Lurdèa zudem in diesen Dingen völlig unerfahren. Vor allem erschreckte sie nach ihrer langen Gefangenschaft in dem Frauenhaus mit den engen Wänden nun diese Grenzenlosigkeit. Keine Felsen, Korallen, Tangwälder, nur grün flirrendes Wasser, so weit sie blickte. Ab und zu ein Fischschwarm oder ein einzelner Jäger; sie alle wussten, wohin sie wollten, und kannten den Weg dorthin.

Lurdèa war sich nicht sicher, ob sie die Reise nach Darystis wagen sollte. Ihr Vater würde sie keineswegs mit offenen Armen empfangen, nachdem sie ihre Pflicht vernachlässigt hatte. Ihn würde es wenig kümmern, wie Janwe seine Tochter behandelte, solange zwischen den beiden Reichen alles bestens stand. Und äußerlich war Lurdèa auch nichts anzusehen, die Narben trug sie alle innerlich. Wenn Janwe sie körperlich misshandelt hatte, hatte er immer sehr genau darauf geachtet, dass nichts auf Dauer zurückblieb.

Ob Erenwin es geschafft hatte? Und Janwe, hatte er sich nach dem Sturm zurückziehen müssen, oder war er bereits nach Darystis unterwegs?

An dieser Stelle ihrer Überlegungen angekommen, war Lurdèa klar, was sie tun musste – auch wenn sie Angst davor hatte. Vor allem davor, dass Ragdur sie Janwe einfach wieder übergeben würde, um den Frieden zu wahren. Aber das Volk musste gewarnt werden, sie musste es allen sagen und auch Erenwin beistehen, falls er vor ihr eingetroffen war. Sie konnte sich nicht einfach abwenden, die Wahrheit musste bekannt werden, auch wenn sie keiner hören wollte. Aber Lurdèa wollte keinen Zweifel an sich aufkommen lassen.

Sie zitterte vor Angst, vor der Reise an sich und der Begegnung mit ihrem Vater. Aber auch wegen der Zeitnot, und weil sie sich so verloren fühlte. Selbst in ihrem Gefängnis war immer jemand um sie gewesen, doch jetzt ... war sie zum ersten Mal in ihrem Leben völlig allein und auf sich gestellt.

Genau das Abenteuer, das Erenwin sich immer gewünscht hatte, nicht wahr? Nur, dass sie trotz seiner Begeisterung keinen Anteil daran haben wollte.

Genug der ablenkenden Gedanken, sie musste jetzt in die Tiefe. Lurdèa streckte die Arme aus und stieß sich mit den Beinen ab. Für einen kurzen Moment war es wie ein Rausch, als sie durch das sonnendurchflutete Wasser tauchte, endlich wieder in freier Bewegung, ohne Hindernis, so weit sie wollte. Sie hatte ganz vergessen, wie viel Kraft noch in ihr steckte und wie wunderbar es war. Wäre Eri nur hier, sie wären jetzt um die Wette geschwommen, hätten getanzt und gespielt und ...

... da prallte sie auf. Lurdèa war so verdutzt, dass sie es gleich noch einmal versuchte. Dann erst erkannten ihre Augen die feinen Stäbe, die sich rasend schnell zusammenzogen. War vorher noch ein Durchkommen möglich gewesen, so war der Weg jetzt verwehrt.

»Nein«, keuchte Lurdèa, »*nein!* Nicht schon wieder, keine Gefangenschaft mehr, ich bin frei!«

Sie drehte um und schwamm nach oben; nach einem kurzen

Blick zurück stellte sie fest, dass die Stäbe selbst für ihre scharfen Augen wieder unsichtbar waren. Perfekt an das Licht- und Wasserspiel in dieser Sphäre angepasst.

Auch andere waren in diese Falle geraten, wie sie jetzt sah, Scherenstelzer, Fische, Armfänger und viele mehr. Wie groß war dieser Käfig wohl ursprünglich gewesen, bevor er zusammengezogen wurde?

Diesmal entdeckte Lurdèa die Gitter rechtzeitig und bremste ab. Es gab eine Schleuse nach oben, doch sie war geschlossen. Lurdèa musste während ihrer Bewusstlosigkeit hier hineingetrieben sein, und nun kam sie nicht mehr heraus.

Landgänger, schoss es ihr durch den Kopf. *Es sind Fischer, und jetzt werden sie mich herausziehen, mit allen anderen Fischen und Getier . . . aber dazu gehöre ich nicht, ich . . . ich . . .*

Panik überspülte sie und schwemmte ihre Gedanken davon. Lurdèa schrie und rüttelte an den Gittern, die jedoch unnachgiebig waren und sich immer enger zusammenzogen. Bald hatte sie kaum eine Ausweichmöglichkeit mehr, konnte nur noch hilflos kreisen, zwischen den Fischen hindurch, die panisch um sie herumzappelten.

Schließlich gab es keine Möglichkeit mehr, sich zu bewegen, und Lurdèa hielt sich krampfhaft an den Gittern fest, als es ruckartig nach oben ging.

Sie hatte keine Zeit, darüber nachzudenken, was jetzt folgte. Ihr Körper, der bereits gelernt hatte, was zu tun war, reagierte jedoch selbstständig und sehr schnell. Die Kiemen pressten mit kräftigem Druck das Wasser aus, als der Käfig an die Oberfläche kam, und der Mund öffnete sich und sog Luft ein, hustete letzte Reste der See aus.

Lurdèa klammerte sich immer noch fest, spürte entsetzliche Schwere, die sie niederdrückte, als der Käfig herumgeschwenkt und an Bord eines Schiffes gezogen wurde. Ein Schiff, genau wie diejenigen unten in der Tiefe, doch völlig intakt, das munter auf dem Wasser trieb.

Schreie brachen um sie herum aus, als die Fischer sie erblickten, sicher hatten sie jemanden wie Lurdèa noch nie erblickt. Sie konnte überhaupt nichts tun, als einfach nur nach Luft zu schnappen. Die Kräfte hatten sie längst verlassen, die Finger waren von den Gittern geglitten, und sie lag zwischen all den Fischen und fühlte nur Pein, weil sie die Schwerelosigkeit verloren hatte.

Halb bewusstlos, mit trüben Augen bekam sie mit, dass der Käfig geöffnet wurde und die Fische über den harten Boden flossen. Die Sonne stach ihr ins Gesicht, und sie wimmerte, weil es in den Augen schmerzte. Jemand packte sie an den Armen und zerrte sie heraus; in den Schatten, und sie blinzelte erleichtert. Sie wurde an eine Wand gelehnt, aufgeregt rannten die Leute hin und her und schrien sich gegenseitig etwas zu. Jemand kippte einen Eimer Wasser über ihr aus, und sie schmeckte Süße, ganz anders als die See.

Sie versuchte sich zu bewegen, aber das war nicht möglich, auf ihr lastete das Gewicht eines ganzen Felsens. Als sie an der Wand hinabrutschte, half man ihr wieder, sich halb aufzusetzen und anzulehnen, und schob ihr die Haare aus dem Gesicht.

Endlich konnte sie ihren Blick scharf stellen, und sie erkannte das faltenreiche Antlitz eines Mannes in verschlissener Kleidung, der sie zahnlos angrinste.

»Na, geht's wieder, kleine Meerling?«, fragte er.

Lurdèa brauchte eine Weile, um ihn zu verstehen, doch immerhin war es möglich. »Wo ...«, setzte sie mit krächzender, ungeübter Stimme an.

»Sie spricht?«, schrie jemand. »Kommt schnell, die Meerling kann reden!«

Im Nu war Lurdèa von einer Menge nackter Füße umstellt, die zu Männern unterschiedlichen Alters, Hautfarbe und Aussehen gehörten. Doch allen gleich war die farbenfrohe, leicht abgerissene Kleidung.

»Los, sag was!«, forderte sie ein rothaariger, sommersprossiger Jüngling auf. »Irgendwas!«

»Friedvoller ... Gruß ...?«, sagte sie zögernd.

Daraufhin kicherten alle begeistert, machten jedoch eilig, dass sie fortkamen, als eine polternde Stimme ertönte: »Weg da! An die Arbeit, ihr Faulpelze, oder ich kürze euren Anteil!«

Lurdèa sah einen gewichtig aussehenden Mann auf sich zukommen, der so etwas wie eine Uniform trug. Nicht direkt eine Rüstung, sondern der Teil darunter, wie ihn Ragdurs Garde bei bestimmten Anlässen trug.

»Beim Barte meiner Frau«, sagte er, ging neben ihr in die Hocke und nahm sie aus hellen Augen genauer in Augenschein. Sein Gesicht war grobschlächtig und ohne besonderen Ausdruck. »Du bist eine von den Alten, stimmt's?«

Zaghaft nickte Lurdèa. »Und du bist ...«

»Ein Mensch. Horwik aus Lamur, der prächtigen Seestadt im Land Nerovia. Sind dir diese beiden Orte ein Begriff?«

»Nein«, musste sie zugeben. »Ich habe die Tiefe noch nie verlassen.«

Seine Augen weiteten sich. »Willst du damit sagen ... du bist *tatsächlich* eine Meerling und nicht eine von den Schwimmenden Seevölkern, die während des Sturms von der Plattform fiel?«

»Ich ... ich lebe dort unten, nicht oben. Bitte ... kann ich wieder zurück? Ich muss dringend nach Hause ...«

»Nun, nun, *hrm*, so beruhige dich, da wird sich schon ein Weg finden«, beschwichtigte Horwik. »Sag mir erst mal deinen Namen.«

»Lurdèa.« Alles Weitere ließ sie weg. Janwe hatte sie Misstrauen gelehrt. Womöglich kannten diese Landgänger hier ihren Ehemann sogar noch, schließlich hatte er erzählt, dass er einige Zeit an Land bei Fischern gelebt habe.

»Hübsch. Bedeutet er was?«

»Nicht in Worten«, sagte sie. Sie konnte es in ihrem Geist formulieren, aber nicht aussprechen. Alle Namen der Nauraka waren von Bedeutung, sie wurden nie zufällig vergeben. Doch diese Bedeutung konnte nur in Tanz und Gestik ausgedrückt werden, in einem entsprechenden Bild. Stimmsprache benutzten Nauraka nur für die normale, schnelle Verständigung, Körpersprache und Haltung waren sehr viel intensiver und ausdrucksvoller, auch die Botenstoffe, die man abgab.

Das würde dieser Landgänger vermutlich nie verstehen, er verfügte nicht über feine Sinne, sonst würde er keine solchen Fragen stellen und respektvoller sein.

»Aha. Nun ...« Horwik unterbrach sich, als ein weiterer Mann hinzutrat, dessen stechende Augen keinen guten Eindruck auf Lurdèa machten. Er war schmal und dünnlippig. »Ja, Palong?«

»Kapitän, wir müssen uns beeilen, wenn wir den Markt noch rechtzeitig erreichen wollen«, setzte der Palong genannte Mann an. »Unsere Fangerfolge sind bisher eher bescheiden, und da wäre noch dieses Problem mit Euren ... Verbindlichkeiten.«

»Worauf wollt Ihr hinaus, Händler?«

»Nun ... seht Euch ihre kostbare Kleidung an, ihre fein geschnittenen Gesichtszüge. Das ist nicht einfach irgendein Meerweib, sondern sie ist von edler Abstammung. Wenn wir sie als *Prinzessin von Siebensturm* verkaufen, wäre dies die erfolgreichste Fahrt seit langem.«

Horwik zögerte. »Glaubt Ihr wirklich? Sie stinkt ja schon ein wenig.«

»Weil sie im Meer lebt, Kapitän, aber dagegen können wir etwas tun!«, rief Palong erbost. »Ich kann Euch auf einen Schlag ein halbes Dutzend Händler aus den Wüsteneien im Süden unten nennen, deren Herren kostbare Perlen und Geschmeide sammeln, und die sich gern mit Frauen schmücken, die niemand sonst hat. Eine Meerfrau von den Alten Völkern ist eine Sensation!«

Lurdèa war fassungslos. Nicht nur, dass die beiden Männer sich ungeniert in ihrer Gegenwart über sie unterhielten, sie wollten sie einfach verschachern wie einen guten Fisch! Dabei hatte sie ein Martyrium gerade erst hinter sich gebracht – und jetzt sollte sie ins nächste geschickt werden?

»Ich bitte Euch, edle Herren«, sprach sie dazwischen und bemühte sich, die Worte genauso auszusprechen und zu betonen wie die Landgänger. »Meine Familie ist in sehr großer Gefahr. Ich muss sofort nach Hause. Bitte, lasst mich schwimmen, ich kann das Land ohnehin nicht lange ertragen und werde sterben, wenn ich mich zu lange außerhalb des Wassers aufhalte.«

Die beiden Männer wandten sich ihr zu. »Netter Versuch«, meinte Palong grinsend. »Aber du präsentierst dich perfekt angepasst, Meerling. Ich sehe keine Flossen, keine Kiemen, keinen Unterschied zu uns.«

»Notfalls stecken wir dich in einen Bottich, der mit Meerwasser gefüllt ist«, fügte Horwik hinzu.

»Ihr habt kein Recht dazu!«, sagte sie empört.

»Gegen diesen Kampfgeist müssen wir aber etwas unternehmen, mein Bester.«

»Da gibt es Mittel, Kapitän, und was danach geschieht ... nun, das ist nicht unser Problem.«

»Ihr habt von Wüsteneien gesprochen. Hitze und Trockenheit sind wie tödliches Gift für mich«, versuchte Lurdèa es noch einmal.

Diesmal glaubten sie ihr, denn ihre im Halbschatten liegenden Füße wurden bereits rot und schwollen an. Außerdem dürfte selbst ihnen bekannt sein, dass in der Tiefe dämmrige Kühle vorherrschte.

»Na, dann«, sagte Horwik enttäuscht und schien schon fast geneigt, sie wieder zurückzuwerfen.

»Langsam!«, lachte Palong. »Ich kenne auch ein halbes Dutzend Händler aus dem Nordosten, wo es einsame Burgherren gibt, die nach einer angemessenen Frau suchen.«

Das Gesicht des Kapitäns hellte sich sofort wieder auf.

Lurdèa hatte genug gehört. Es war nicht weit bis zum Meer, nur ein paar Schritte und ein kurzer Sprung. Das konnte sie schaffen.

Sie schüttelte die Schwere ab und zwang sich hoch, spannte alle Muskeln an.

Ich bin ein Aal, der durch die Kluft gleitet, ich bin ein Fisch, der vor dem Sturm herschwimmt, ich bin ein Wal, der auf den Wellen reitet, ich bin der Seeschwärmer, der durch die Sphären schwebt, ich bin die Muräne, die im Finstren lauert. Ich bin Nauraka!

Bereits jedes Kleinkind lernte das Gebet, um ein unüberwindlich scheinendes Problem zu lösen. Es verbannte Furcht und störende Gedanken und ermöglichte völlige Konzentration.

Lurdèa dachte an nichts anderes, während sie sich auf die Füße kämpfte. Ihr war schwindlig und übel, und der Schmerz in den Beinen wollte sie niederzwingen, ihre Muskeln bebten vor Anstrengung. Ihr Haar klebte wie Schlingtang an ihr, und sie spürte die Kraft der Sonne mit voller Wucht, als sie aus dem Schatten trat, zum ersten Mal auf ihren Füßen stand, erstaunt über das Wunder, wie diese kleinen Stützen ihr gesamtes Gewicht tragen sollten.

Das Meer war greifbar nahe. Nur zwei Schritte und ein kleiner Sprung. Niemand konnte sie aufhalten, sie war Nauraka und zu schnell für die plumpen Landgänger, die ohnehin viel zu begriffsstutzig waren. Sie rührten sich ja nicht einmal; waren langsam, so langsam.

Gleich war sie dort, niemand konnte ihr dann in die Tiefe folgen. Lurdèa unternahm den nächsten Schritt, ungeachtet der Hitze, die ihre Haut austrocknete und zum Glühen brachte, die zitternden Muskeln weiterzwingend, denn ihr Wille war stärker als ihr Körper.

Dann fiel sie um.

»Hupps«, machte Horwick.

»Tja«, bemerkte Palong, »es ist eben doch ein Unterschied, senkrecht oder waagrecht zu sein. Aber mach dir nichts draus, Meerling – die meisten Männer wollen dich ohnehin am liebsten in der Waagrechten.«

Der Kapitän kicherte albern. »Aber vielleicht ist sie jetzt beschädigt, was machen wir dann?«

»Bei der dicken Kleidung, die sie trägt? Keine Sorge. Der wird nichts fehlen.«

»Was machen wir überhaupt mit ihrer Kleidung? Sie riecht ja schon ein wenig streng.«

»Wenn Ihr nichts Besseres habt, lassen wir sie ihr, denn sie braucht Schutz vor der Sonne. Wir wollen doch nicht, dass ihre zarte Haut verbrennt!«

»Recht habt Ihr. Und schön bunt ist diese Kleidung außerdem.

Ich denke, ein paar Güsse mit Süßwasser und genügend frische Luft, dann wird sich das rasch verflüchtigen.«

Lurdèa hätte gern etwas dazu gesagt. Und sie hätte den beiden Männern noch lieber in die Weichteile getreten, hätte sich für alle Demütigungen gerächt, denen sie in Karund so lange wehrlos ausgesetzt gewesen war, und die hier ihren Höhepunkt zu finden schienen. Doch sie war viel zu schwach und fiebrig, sie konnte nicht einmal mehr einen Finger heben und selbst die Lider nur halb offenhalten.

Sie hasste das Land und alles darauf, und sie hasste ihren Bruder, der immer davon geträumt hatte. Erenwin, der sie befreit hatte, ohne darüber nachzudenken, wie es danach weitergehen sollte, der es aus Ehrgefühl wegen seines Versprechens getan und dadurch alles nur noch schlimmer gemacht hatte. Nun würde Janwe Darystis angreifen und Ragdur mit einer Kriegserklärung antworten, Erenwin würde wahrscheinlich getötet, weil er zwischen den Fronten stand, und Lurdèa ... nun, sie war von einer Gefangenschaft in die nächste geraten. War Karund für sie schon ein fremder Ort gewesen, so befand sie sich hier in einer merkwürdigen Welt, die nicht die ihre war, die sie nicht verstand und wahrscheinlich nie verstehen lernen würde. Wie hatte die königliche Sippe damals das Meer nur freiwillig verlassen können? Gewiss, es war eine Flucht gewesen, aber dennoch ... sie waren nie mehr zurückgekehrt.

»W-Wasser«, jammerte sie leise, während Horwik und Palong über die Möglichkeiten ihres Verkaufs und den zu erwartenden Preis debattierten.

»Hilfe kommt sofort«, sagte der Kapitän daraufhin. »Armes Ding, verzeih, wir haben dich in der brütenden Sonne liegen lassen. Normalerweise missachten wir Frauen nicht derart, aber bei dir sind wir uns noch nicht ganz im Klaren, ob du überhaupt eine bist.«

»Sieht man das etwa nicht?«, entrüstete sich Palong, als würde er Lurdèa verteidigen wollen.

»Ach, das arme Ding ist doch viel zu mager, und wenn Ihr mich fragt, auch zu hochgewachsen.«

»Für Euch vielleicht, der es mehr mit drallen Formen in handlicher Größe hat. Den Burgadel jedoch wird sie begeistern.«

Endlich rief Horwik jemanden herbei, der Lurdèa an den Armen packte und sie über den Holzboden zog, zu einem anderen Teil des Schiffes, wo eine Menge Käfige nebeneinanderstanden.

Bis auf wenige Ausnahmen waren alle besetzt, doch das registrierte Lurdèa nur noch am Rande. Sie wurde in einen Käfig geschoben, der im Schatten lag, dann wurden zwei Eimer Wasser über ihr ausgekippt und die Tür verriegelt. Gnädige Ohnmacht umfing sie.

Hoffentlich war alles nur ein böser Traum. Lurdèa kam zu sich, als die Sonne bereits unterging und die brütende Hitze des Tages von einem milden Wind vertrieben wurde. Also war es nicht vorbei. Sie lag wirklich in einem Käfig, aufbewahrt wie ein Fisch zum Verzehr. Kleidung und Haare waren inzwischen trocken, und sie konnte sich immerhin aufrichten. Ihr Körper gewöhnte sich zusehends an die Trägheit und Schwere des Landes und die eingeschränkten Bewegungsmöglichkeiten. Allerdings tat ihr alles weh, denn sie war noch nie auf hartem Grund gelegen. Es gab keine einzige Stelle an ihrem Körper, die nicht schmerzte und ihr bewusst machte, dass sie lebte und kein Albtraum sie gefangen hielt.

Jemand hatte ihr etwas zu essen in den Käfig geschoben, eine Schale mit rohem Fisch und Beiwerk, das ihr unbekannt war, dazu ein Krug Wasser. Gierig stürzte sie sich auf die Nahrung, denn sie brauchte Kraft, sehr viel Kraft. Sie konnte nur hoffen, dass ihr Magen in der Lage war, alles zu verdauen. Zumindest war das Zeug nicht verdorben, wenngleich völlig geschmacklos, da war sie weitaus Besseres gewöhnt. Doch Ansprüche konnte sie hier kaum stellen.

Nachdem sie sich einigermaßen gesättigt und ihr Magen sich beruhigt hatte, sah Lurdèa sich um. Die übrigen Gefangenen kauerten still in ihren Käfigen und dösten vor sich hin; anscheinend hatten sie sich in ihr Schicksal ergeben. Die meisten schienen Menschen wie Horwik und Palong zu sein, drei oder vier entstammten deutlich erkennbar anderen Völkern, sie waren stark behaart und von skurrilem Aussehen, wie Lurdèa fand. Keiner von ihnen interessierte sich für sie.

Fast keiner. Lurdèa fuhr zusammen, als ihr Blick auf einen Käfig fiel, der nur zwei oder drei Schritte von ihr entfernt stand. Und in diesem saß ein Mann mit schulterlangen, gelockten braunen Haaren. Er hatte die langen Beine angezogen und die Arme darumgeschlungen. Unverwandt betrachtete er sie aus dunklen Augen, ohne ein Wort zu sagen.

Als er ihren Blick auffing, hielt er ihn umgehend fest. Sein markantes, bärtiges Gesicht verzog sich zu einem verschmitzt wirkenden Grinsen. »Hallo«, sagte er mit leicht rauer Stimme. Er trug wie alle anderen Landbewohner einfache Kleidung, ohne Wickelung und Schnürung, allerdings aus gutem Stoff; Hemd und Wams, Gürtel und Hose und Fußbekleidung, die bis zu den Knien reichte. Genau wie Lurdèa passte er nicht hierher – falls man überhaupt in einen Käfig passen konnte. Alle anderen Gefangenen waren ärmliche Geschöpfe, die wahrscheinlich schon ihr ganzes Dasein als Sklaven verbrachten. Das war Lurdèa nicht unbekannt, einige Seevölker wie die Nices hielten sich ebenfalls Sklaven. Dieser Mann jedoch war noch nie in seinem Leben Sklave gewesen, dazu sah er viel zu gut, fast edel und vor allem gepflegt aus. Er schien bis zu diesem Moment eher Befehle gegeben denn befolgt zu haben.

»Hallo«, gab sie schüchtern zurück.

»Deine Ankunft hat bei den Menschen ziemlich viel Aufsehen erregt«, fuhr er fort. »Eine nette Abwechslung bei dieser sonst langweiligen Seereise.«

»Du sprichst so, als wärst du kein Mensch«, sagte sie misstrauisch.

»Bin ich auch nicht – genauso wenig wie du.« Er deutete mit dem Kopf nickend eine Verbeugung an und grinste dabei noch breiter. »Berenvil, zu deinen Diensten, Prinzessin.«

»Ich bin keine . . .«, wollte sie abwehren, doch er hob sacht einen Zeigefinger.

»Mach mir nichts vor. Du gehörst zu den Alten Völkern, genau wie ich, und du bist von hohem Adel. Keine einfache Dirne vom

Land sieht so aus und auch keine feine Stadtdame.« Berenvil sah sich um und rutschte dann näher ans Gitter. »Ich kenne dein Volk«, flüsterte er.

Lurdèa durchfuhr es siedend heiß. »Gar nichts weißt du«, gab sie leise zurück, »Berenvil *Irgendwer.*«

Er lachte leise. »Auch dies ist ein Beweis, meine liebe Lurdèa, deren Namen ich vorhin hörte. Du bist von den Nauraka. Na, liege ich richtig?« Er zwinkerte. »Nur dein Volk ist derart überheblich und stolz.«

Lurdèa schluckte. »Das ist lange vorbei«, murmelte sie. Sie glaubte ihm kein Wort, wahrscheinlich hatte er einfach drauflosgeraten. Schließlich existierten heutzutage noch genügend Legenden über die Nauraka, wie Hallog der Händler versichert hatte, und nicht viele Meeresbewohner sahen den Landgängern zum Verwechseln ähnlich. Einen Treffer mit dieser Vermutung zu erzielen war daher sehr wahrscheinlich.

»Leider denken diese beiden Menschen nicht richtig nach, und daher werden sie dich auf dem Markt verkaufen, ohne deinen wahren Wert zu erkennen. Der Händler grübelt gerade über einen scheinbaren Nachweis deiner edlen Herkunft nach, dabei bräuchte er einfach nur die Wahrheit zu erfahren.«

Sie presste sich ans Gitter. »Bitte, verrate mich nicht«, flehte sie. »Große Schande käme über mein Volk, würde das bekannt ...«

Er winkte ab. »Keine Sorge, ich könnte kaum einen Vorteil für mich herausschlagen, deswegen werde ich nichts sagen. Und wir Alten Völker müssen zusammenhalten, nicht wahr?«

Ihr gefiel sein selbstbewusstes, geradezu unverschämtes Lächeln, denn auf seltsame Weise tröstete es sie. Einen von den Alten zu treffen, der in derselben misslichen Lage war wie sie – damit fühlte sie sich nicht mehr gar so allein und ausgeliefert. Noch dazu, da er ein Landgänger war und ein Mann; das bedeutete, hier an Land wurde wohl jedermann schlecht behandelt, der es nicht zu einem bestimmten Status gebracht hatte.

»Warum sitzt du überhaupt in diesem Käfig?«, fragte sie geradeheraus.

»Ah, eine lange und unrühmliche Geschichte«, winkte er ab.

Lurdèa wies auf die Gitterstäbe. »Ich habe Zeit.«

Er seufzte. »Na schön. Aber ich gebe nur die Kurzfassung preis, denn es ist mir zu peinlich. Eine Blamage.« Er setzte sich ein wenig bequemer hin. »Ich bin ein Abenteurer, Lurdèa von den Nauraka, mal hier, mal da und überall, nirgends lange. Ich weiß nicht, ob es noch andere aus meinem Volk gibt – falls ich überhaupt zu einem einzigen gehöre, was ich bezweifle. Denn solange ich unterwegs bin, traf ich niemanden wie mich. Vermutlich bin ich ein Bastard mit derart gemischtem Blut, dass ich mich nur allgemein als Angehöriger der Alten Völker bezeichnen kann. Meine Eltern kenne ich nicht, ich musste mich früh allein durchs Leben schlagen und lernte so allerlei. Und natürlich eignete ich mir auch Schwächen an – eine davon ist das Glücksspiel.« Diesmal grinste er verlegen. »Ich verlor eine gewaltige Summe, und so nahm der Gewinner mich selbst als Bezahlung und verkauft mich nun in Nuramar, der wunderbaren Seerose, die ich als freier Mann gern besucht habe. Kapitän Horwik übernahm freundlicherweise meine Passage, er nimmt so ziemlich alles an Bord, was gewinnversprechend ist, denn vom Fischfang allein kann er bei *seiner* Spielsucht nämlich nicht leben. Immerhin verbindet uns das ein bisschen. Er hat Mitleid mit mir, und ich kann mich über die Behandlung hier nicht beklagen, nur die Unterkunft lässt zu wünschen übrig. Vor allem, wenn es regnet.«

Lurdèa konnte nicht anders, sie musste lachen. Die gute Laune und Unbekümmertheit des Mannes waren ansteckend und halfen ihr aus der Verzweiflung. »Aber konntest du denn keinen anderen Vorschlag machen?«, fragte sie. »Ich meine – bist du denn so viel wert, wie du verspielt hast?«

»Ich muss doch sehr bitten!«, rief er empört, doch seine Augen blitzten belustigt.

»Ich halte es für wenig realistisch«, fuhr sie fort. Gewiss, Berenvil stand dem Augenschein nach in der Blüte seiner Jahre, er war ansehnlich und kräftig gebaut. Aber wenn er nicht etwas ganz Besonderes zu bieten hatte, konnte der Preis nicht so hoch sein.

»Nun … also, es ging um eine Wette«, gestand er kleinlaut. »Und es ist ein ziemlich böser Streich, der mir da gespielt wurde.

Aber ich komme da wieder raus! Habe schon in ganz anderen Schwierigkeiten gesteckt.«

»Kann man von diesem Schiff entkommen?«, fragte Lurdèa angespannt.

»Ich muss dich enttäuschen: Nein«, antwortete Berenvil. »Ich habe alles ausprobiert. Ausbrechen, bestechen, erpressen und dergleichen mehr. Aber Horwik ist ein erfahrener alter Fuchs, schließlich ist er noch nie aufgebracht worden.«

Lurdèa blickte sehnsüchtig aufs Meer hinaus. So nah und doch unerreichbar fern. »Aufgebracht?«, fragte sie abwesend. Eigentlich wollte sie die Unterhaltung nicht mehr weiterführen. Das kurze Aufflackern ihrer natürlichen Heiterkeit war vorbei, als die Aussichtslosigkeit ihrer Lage wieder in ihre Gedanken sickerte. Da nutzte auch keine launige Geschichte etwas, mochte sie wahr sein oder nicht.

»Nun, Sklavenhandel ist in Nerovia streng verboten«, erklärte ihr Leidensgefährte. »Sklaven*besitz* allerdings nicht. Seltsames Gesetz, ich weiß, aber ich habe es ja auch nicht gemacht. Du musst dazu wissen, dass Nerovia in sechs Fürstentümer zersplittert ist, die zur Einhaltung des allgemeinen Friedens einen gemeinsamen Kodex verfasst haben, an den sich auch die Baronien und Burgherren halten müssen. Dadurch kommen merkwürdige Gesetzgebungen zustande. Jedenfalls findet deshalb der Sklavenmarkt auf dem freien Meer statt, und von dort aus werden die Sklaven wieder aufs Festland verschifft und an ihre Bestimmungsorte gebracht.«

»Da kann ja dann alles Mögliche passieren«, sinnierte Lurdèa. Sie war völlig hin- und hergerissen zwischen tiefer Niedergeschlagenheit und zaghafter Hoffnung. Vor allem war sie von den vielen Eindrücken überwältigt und dem Kontakt zu Fremdvölkern nach ihrer langen Isolation.

Berenvil hob eine dunkle Braue. »Allerdings, liebe Freundin aus dem Meer. Das denke ich auch.«

Lurdèa wandte sich ab und signalisierte Berenvil damit, dass sie sich nicht weiter unterhalten wollte. Sie musste nachdenken.

Irgendwann, als es dunkel wurde, fing sie leise an zu weinen.

Die nächsten beiden Tage auf See lernte Lurdèa eine Menge über das Leben der Landbewohner und viele neue Worte. Allmählich gewöhnte sie sich auch an die Betonungen, und mit dem Essen kam sie ebenfalls zurecht. Wie es aussah, waren die Nauraka zumindest noch anpassungsfähig, auch wenn sie das Meer schon lange nicht mehr verlassen hatten.

Zweimal hatte Palong sie aus dem Käfig geholt, damit sie das Gehen lernte. Dabei ließ er sie allerdings nicht aus den Augen, und sie durfte sich nur in der Mitte des Decks, umgeben von einem undurchdringlichen Ring Matrosen, bewegen. Immerhin hatte der Händler verfügt, dass niemand sie anrühren durfte, auch Horwik nicht, der von seinem Kapitänsrecht Gebrauch machen wollte.

»Sie ist sehr zerbrechlich und hat große Furcht vor der Nähe eines Mannes«, warnte er seinen Geschäftspartner. »Ich werde kein Risiko eingehen, das ihren Preis mindert, nur weil Ihr brunftig wie ein Hirsch seid. Bis Nuramar könnt Ihr es abwarten.«

Um Palongs Ansicht zu untermauern, zeigte Lurdèa sich nun erst recht empfindsam und scheu, wobei sie sich nicht einmal besonders verstellen musste. Je näher sie dem Sklavenmarkt kamen, umso verzagter wurde sie. Sie musste ständig an ihren Bruder denken, und die Sehnsucht nach dem Meer fing an, sie zu zermürben.

Auch mit dem stets gut gelaunten Berenvil wollte sie sich am Ende des zweiten Tages nicht mehr unterhalten, sondern starrte nur ununterbrochen auf die See hinaus.

Am Morgen erwachte Lurdèa durch die Unruhe rings um sie. Horwik brüllte Befehle, die Besatzung lief aufgescheucht umher, und auch die Sklaven erwachten plötzlich zu Leben und schnatterten durcheinander.

»Was ist los?«, fragte die Nauraka verschlafen. Sie fühlte sich jeden Tag müder, ihr Körper mochte sich nicht an den harten Boden gewöhnen und schmerzte nach wie vor.

»Sieh doch hin«, forderte Berenvil sie auf und deutete nach links.

Lurdèa richtete sich auf, zog sich an den Gitterstäben hoch und verharrte staunend.

Das also war mit »Seerose« gemeint ... es war tatsächlich eine! Ein riesiges, weit ausladendes dunkelgrünes Blatt lag auf dem Meer, auf dem es viele gitterförmige Aufbauten aus stabilem, jedoch leichtem, hohlem Rundholz gab, mit bunten Dächern aus Segeltuch als Sonnenschutz, und aneinandergereihte Hütten. Aus der Mitte des Blattes wuchs ein Stiel von mehreren Mannslängen Höhe, und darauf saß eine gewaltige weiße Seerosenblüte, auf deren halb geöffneten Blättern eine Art Palast errichtet worden war, mit Wandelbögen, Verbindungsstegen und luftigen Gemächern, in deren Fenstern bunte Vorhänge wehten, mit Erkern und Türmchen. Lurdèa glaubte, Gestalten an den Fenstern zu sehen, die mit Tüchern winkten.

»Der Zugang ist nur per Fallreep möglich«, erklärte Berenvil amüsiert. »Nuram der Zweite hat viele Töchter, die er eifersüchtig bewacht.«

Lurdèa merkte, dass ihr Mund offenstand, und nahm sich verlegen zusammen. »So etwas habe ich noch nie gesehen«, gestand sie.

»Kein Wunder, denn es gibt nicht viele von ihnen«, erwiderte er. »Was ich so auf meinen Reisen hörte, wohl nicht mehr als fünf in der ganzen Umschließenden See. Alle sind in der Hand einer einzigen Familie, die in enger Verbindung zu der Pflanze steht, sie hegt und pflegt und dort oben im Palast wohnt. Sie verlassen die Seerose niemals, kreuzen ihr ganzes Leben lang auf dem Meer und treiben Handel, nichts als Handel. Jeden Tag, auch nachts, ohne Unterlass. Hier gibt es keine Beschränkungen, keine Zölle und Steuern, man kann Arbeit suchen, sich dem Vergnügen hingeben oder glücksspielen – alles ist möglich.«

Bald füllte Nuramar den gesamten Horizont aus, es mussten Tausende Leute darauf Platz haben. Der Blattrand schien in die Höhe zu wachsen, je näher sie dem Gebilde kamen, viele Mannslängen hoch, ein unnachgiebiges Bollwerk gegen anstürmende Feinde und wogende Wellen.

Lurdèa sah rote Adern am Blattrand entlanglaufen, die sich

nach oben zu vielfach verästelten, zur Unterseite hin jedoch immer heller und dicker wurden, als würden sie verknorpeln. Die obere Kante wies lanzenartige Spitzen auf, die laut Berenvil tödlich scharf waren.

Von überall her kamen Schiffe, auch Boote von in der Nähe treibenden Plattformen, auf denen Seevölker wie auf Inseln lebten, Siedlungen errichtet hatten, sogar Gärten und Wälder pflegten, Ackerbau und Viehzucht betrieben. Obwohl sie keinerlei Reichtümer besaßen, ging keiner von ihnen unbewaffnet, und sie galten selbst unter Piraten als gefürchtet.

Lurdèa lauschte Berenvils Erzählungen, während sie alles staunend in sich aufnahm. Sie glaubte ihm, dass die Schwimmenden Seevölker keinen Kampf scheuten, denn Männer wie Frauen traten selbstbewusst, mit verschlossenen, fast finsteren Mienen auf. Sogar die Kinder waren bewaffnet und zeigten denselben ernsten, misstrauischen Gesichtsausdruck.

Horwiks Schiff legte an, aus einer Öffnung im Blattrand wurde eine Planke ausgefahren, und dann begann sofort das Löschen der Ladung. Palong und Horwik gingen von Bord, und Lurdèa wurde ungeduldig.

»Was geschieht jetzt?«

»Sie suchen nach Interessenten für uns.«

»Wir ... wir werden dort drin nicht zur Schau gestellt?«

Berenvil stieß ein verächtliches Geräusch aus. »Nur Billigsklaven, die versteigert werden. Hier aber bemühen sich die Käufer zu Horwik, denn er bietet nicht jedem alles an. Er hat einen guten Ruf.«

Das Schiff schaukelte leicht in der Dünung, und Lurdèa roch die See, die Ausdünstungen der Seerose und die vielen verschiedenen Wesen darauf, die handelten, tauschten und kauften. Der Lärm schlug bis hierher zu ihnen durch, und ein wenig fühlte sie sich an den Markt von Darystis erinnert.

»Was geschieht jetzt mit uns, Berenvil?«, fragte sie leise. »Welche Zukunft erwartet mich?«

»Du hast nie über dich gesprochen, Lurdèa, doch ich glaube, du bist tief verletzt worden. In deinen Augen liegt Seelenschmerz. Und ich habe dich beobachtet, wie du dich in deinem Käfig bewegst. Wie jemand, der Enge gewohnt ist und feste Mauern um sich herum.«

»Und nichts Besseres habe ich zu erwarten, willst du mir das sagen? Ich bin aus der Gefangenschaft geflohen, um in eine andere zu geraten?«

Er sah sie ernst, fast mitfühlend an. »Tut mir leid, Lurdèa. Du hast etwas anderes verdient, aber es gibt wohl keinen Ausweg. Hoffe darauf, dass der Mann, der dich kauft, nicht so grausam ist wie derjenige, dem du entflohen bist.«

Es schüttelte sie, als sie daran zurückdachte. Dann schob sie die Schultern zurück. »Dich erwartet auch kein erfreuliches Schicksal.«

»Oh, mach dir um mich keine Gedanken«, versetzte er. »Ich überlebe alles.«

»Dann werde ich das auch«, sagte sie energisch.

Schließlich wurden die Sklaven einer nach dem anderen aus den Käfigen geholt; kein einziger kehrte zurück. Zuletzt waren Lurdèa und Berenvil an der Reihe.

Die Fürstin wusste nicht, wie sie auftreten sollte. Stolz oder demütig, schwach oder stark? Was konnte für sie von Vorteil sein? Schließlich entschied sie sich, unauffällig wie ein Mensch zu gehen und sich so zu geben, als wäre sie nichts Besonderes.

Berenvil schien ganz ähnlich zu denken, denn auch er bewegte sich im wenig anmutigen Schlenkergang der Menschen und schien sich nicht im Mindesten für das Geschehen um sich herum zu interessieren.

Einen kurzen Moment lang hoffte Lurdèa, dass sie von der Planke springen könnte, doch sie wurde in die Mitte zwischen zwei Matrosen genommen, die sie festhielten und erst auf der anderen Seite von ihr wichen. An Händen und Füßen mit Ketten versehen musste sie warten.

Lurdèa fühlte, wie sich ihre Kehle zuschnürte. Bald würde sie ihren einzigen Verbündeten verlieren und wieder ganz allein sein.

Und völlig verloren, denn hierher konnte nicht einmal Erenwin kommen und sie befreien. Er hatte keine Aussicht, sie jemals finden zu können.

Sie wurde von ihrem Kummer abgelenkt, als sie den Boden der Seerose Nuramar betrat. Er gab leicht unter ihr nach, fühlte sich weich und kühl an, eine Wohltat für ihre bloßen Füße. Trotzdem war das Blatt stabil genug, um einen ganzen Markt zu tragen und die vielen verschiedenen Wesen dazu. Es war fast wie in Darystis, nur oberhalb des Wassers, und über allem thronte die riesige Blüte, in die der Palast der Herren Nuramars perfekt eingepasst war. Ein Ort der Begegnung und voller Schönheit noch dazu, allein schon aufgrund der Waren – Stoffe und Geschmeide, Kunstwerke, Früchte von fernen Gestaden, Düfte, Kräuter ... dass hier auch Schicksale verkauft wurden, ging dabei unter, das geschah wohl irgendwo am Rand.

Lurdèa zuckte zusammen, als plötzlich ein Schatten über sie fiel, und sie sah ein fliegendes Geschöpf, das kein Vogel war. In den vergangenen Tagen hatten immer wieder Möwen den Weg des Schiffes gekreuzt und um Abfälle gebettelt. Doch dieses Wesen hier besaß die Gestalt eines Menschen oder Nauraka – und gewaltige braunweiße Federschwingen, mit denen es durch die Lüfte gleiten konnte.

»Was ist das?«, fragte sie aufgeregt.

»Ein Daranil«, antwortete Berenvil. »Der Berühmteste von ihnen ist Hyan, einer der Helden im Krieg um das Tabernakel.«

Der Daranil flog einen Bogen und setzte dann zur Landung in der Nähe des Palastes an. Bald war er im Getümmel verschwunden.

»Wie ein Nauraka«, seufzte Lurdèa hingerissen. »Er kennt keine Grenzen, sondern kann sich überall frei bewegen.«

»Oh, täusche dich nicht. Das Fliegen kostet viel Kraft, und das Wetter spielt auch nicht immer mit. Es ist nicht ganz so einfach wie in eurer friedlichen Ruhe dort unten. Trotzdem ... beneidenswert, ja.«

Lurdèas Herz klopfte ihr bis zum Hals, als sie Palong und den Kapitän mit einer Gruppe von Händlern auf sich zukommen sah. Verzweifelt hoffte sie auf ein Wunder, das diese Demütigung hier beenden und sie vor der Sklaverei bewahren würde. Sie rief Lúvenor nicht an, denn das wäre zwecklos – kein Gott durfte nach vollendeter Schöpfung in das Weltgeschehen eingreifen. Es gab Regeln, an die sich auch Götter halten mussten, damit das Gleichgewicht gewahrt wurde. Aber es musste ja auch nicht unbedingt ein Gott sein, der hier rettend eingriff. Lurdèa wäre schon mit einer kleinen Ablenkung zufrieden gewesen, die ihr die Möglichkeit zur Flucht verschafft hätte.

Sie kamen immer näher, schienen schon vertieft in Verhandlungen, als sie abrupt stehenblieben und mit einem deutlichen Ausdruck des Entsetzens nach oben starrten.

Lurdèa wandte sich verdutzt um, und dann begriff sie. Ihr Gebet war tatsächlich erhört worden!

Ein riesiger Kopf mit nach hinten gebogenem Horn und langem, zähnestarrendem Schnabel erhob sich auf einem langen Hals über den Rand des Blattes, stieß ein schrilles Kreischen aus und senkte sich dann langsam herab. Lurdèa sah mehrere Geschöpfe oben auf dem breiten Schädel des Untiers, die sich mit rasender Geschwindigkeit an langen Seilen herabließen.

Sofort brach Panik in Nuramar aus, alle schrien und rannten durcheinander, jeder versuchte seine Waren oder sich selbst in Sicherheit zu bringen.

»Piraten!«, rief Berenvil lachend. »Nun sieh mal einer an, das hat mir gerade noch gefehlt.« Er nickte Lurdèa zu. »Ich darf mich empfehlen, meine Liebe, denn das ist die Gelegenheit, zu verschwinden.« Er hüpfte mit seinen engen Fußfesseln davon, und niemand hinderte ihn daran. Jeder war nur noch mit sich selbst beschäftigt.

Lurdèa hörte Horwik schreien, als die Planke zu seinem Schiff plötzlich zurückgezogen wurde; die Händler waren schon auf und davon, und Palong folgte eilig dem Kapitän.

Die ersten Piraten waren inzwischen gelandet, knorrige, kräftige Wesen mit spitzen, haarigen Ohren und flachen Gesichtern. Mit lauten Angriffsschreien und erhobenen Waffen stürzten sie sich in das Durcheinander, während das Seeungeheuer mit dem Schnabel Dächer einschlug und Hütten aus der Verankerung riss. Aus dem Palast erklang eine laute, weithin schallende Alarmglocke, und

Schutztruppen strömten aus dem Stiel hervor und versuchten, sich durch das Chaos zu kämpfen, um sich den Piraten zu stellen.

Lurdèa drehte sich um, spannte die Muskeln an und sprang auf die Planke zu. Horwik und Palong hatten sie erreicht und retteten sich mit einem letzten Sprung auf ihr Schiff, als die Planke plötzlich in die Tiefe stürzte und die Öffnung sich schloss.

Gerade in dem Moment, als Lurdèa dort ankam und bereits zum Sprung ansetzte. Sie zog gerade noch rechtzeitig den Kopf ein und drehte die Schulter nach vorn, schlug gegen den Blattrand und schrie auf. Die Pflanzenmauer war hart wie ein Felsen und mit winzigen scharfen Zacken besetzt. Stöhnend fiel die Fürstin auf den Blattboden, ihre Schulter schmerzte höllisch, die Kleidung darüber war zerfetzt, und Blut rann aus den Schnittwunden.

Wütend trat sie gegen die Mauer, doch sie gab nicht nach. Lurdèa rollte sich gerade noch rechtzeitig herum, als der Schnabel plötzlich über sie hinwegfegte, gleichzeitig schlugen Speere und Pfeile am Rand ein und blieben stecken. Die Herren von Nuramar hatten den Kampf aufgenommen und leisteten erbitterten Widerstand. Lurdèa musste zusehen, nicht versehentlich zwischen die Fronten zu geraten, und gleichzeitig nach einem Ausweg suchen. Mühsam kämpfte sie sich wieder auf die Beine und bewegte sich hüpfend am Rand entlang.

»Eine Lücke«, murmelte sie, »eine winzige Lücke nur, die muss es doch geben ... mehr will ich gar nicht ...« Das Meer war da, sie konnte es unter ihren Füßen spüren, diese sanft wiegenden Bewegungen, es schien auf sie zu warten, sie zu locken.

Als ein Schatten über sie fiel, warf sie sich sofort der Länge nach hin und rollte sich herum. Erneut fegte der riesige Schnabel über sie hinweg, und dann sah sie den Daranil angreifen; er zielte mit einem Speer auf ein Auge des Ungeheuers und lenkte es ab.

Lurdèa rappelte sich auf und erkannte, dass die Piraten bereits reiche Beute gemacht hatten und sich anscheinend schon wieder auf dem Rückzug befanden.

Und dort, unter dem Kopf des Ungeheuers, sah sie endlich eine Lücke, die sich nicht schließen konnte, da die Planke sich verkeilt hatte. Fliehende drängelten sich davor, schubsten sich dann gegenseitig hindurch.

Es war Wahnsinn, sich dorthin zu bewegen, aber der einzige Weg. Mit grotesken, kräftezehrenden Sprüngen bewegte Lurdèa sich auf das ersehnte Fenster zur Freiheit zu. Von dem Tumult in der Nähe durfte sie sich nicht beeindrucken lassen, Piraten und Nuramar waren vollauf miteinander beschäftigt, niemand würde sie bemerken.

Das Ungeheuer schwenkte seinen Schnabel über den Markt und achtete nicht auf das, was direkt unter ihm geschah.

Lurdèa nahm all ihren Mut zusammen, sie sah nur noch das Ziel vor Augen, glaubte schon das erlösende Wasser um sich zu fühlen.

Da entdeckte sie einen der Piraten, der ihren Weg kreuzte, nur noch einen Sprung von der Lücke entfernt. Sie hielt an und erkannte sofort zwei Dinge: Zum einen wollte der Pirat ihr gar nicht den Weg versperren, sondern war auf der Flucht, und zum anderen war es ein Piratenkind, ein Knabe von vielleicht zwölf Korallenringen.

Lurdèas Augen erfassten blitzschnell den Verfolger, ein bärtiger Mann, der einen Speer hielt und in dessen Augen nackte Mordlust glühte.

Ein Kind, dachte sie. *Er will einfach ein Kind umbringen.*

Und dann handelte sie.

Der Angreifer hob den Speer, zog den Arm zum Wurf durch, und Lurdèa streckte die gefesselten Hände aus, so weit es ihr möglich war, sprang auf den völlig überraschten Jungen zu, erwischte ihn am Arm, stieß sich ein zweites Mal ab und hechtete mit ihm zusammen durch die Lücke ins Wasser.

Der Fall war nicht tief, und schon im nächsten Moment schlugen die Wellen über ihnen zusammen. Der Junge strampelte panisch, mit angstvoll aufgerissenen Augen, wohingegen Lurdèa voller Glück die samtene Nässe um sich spürte, die sie liebkoste und umarmte. Doch sie durfte nicht zu lange verweilen, das Kind musste zum Atmen sofort an die Oberfläche. Mit kräftigem Beinschwung trug sie den Jungen wieder nach oben und durchbrach mit ihm zusammen die Wasserlinie.

Hastig schnappte sie nach Luft und hielt das Kind fest, das immer noch wild um sich schlug.

»Lass mich los!«, schrie es mit sich überschlagender Stimme. »Lass mich sofort los!«

»Halt still!«, gab sie zurück, und als der Knabe anfing, nach ihr zu treten, tauchte sie ihn kurz unter Wasser, zog ihn wieder hoch und schüttelte ihn. »Reiß dich zusammen, Pirat!«, fuhr sie ihn barsch an. »Ich rette dich, ich will dich nicht töten!«

Der Junge gab endlich auf und starrte sie hasserfüllt an. »Ein Pirat braucht keine Hilfe! Und schon gar nicht von einer Meerfrau!«

»Sei ruhig, oder ich tauche dich noch einmal unter, und dann bleibst du länger unten!«, drohte sie. Hastig sah sie sich um. Auf der Seerose wurde immer noch gekämpft. Inzwischen hatten sich viele ins Wasser geflüchtet und versuchten, die fliehenden Schiffe zu erreichen. Lurdèa konnte nicht erkennen, welches davon Horwik gehörte. Aber vermutlich wäre es ohnehin keine gute Idee, sich von ihm an Bord ziehen zu lassen.

»Bring mich zu meinem Dsuntari, sofort!«, verlangte der Junge.

Lurdèa musste unwillkürlich schlucken. Das riesige Geschöpf, das in der Nähe im Wasser schaukelte, musste über vierzig Mannslängen messen, sein Schwanz war halb so lang wie sein Hals. Vier Paddelflossen trugen einen sehr breiten, flachen, mit einem Rückenpanzer bedeckten Körper, auf dem die Piraten eine gewaltige Festung gebaut hatten. Die Ränder des Panzers waren nach außen aufgebogen, mit vier hornartigen Auswüchsen.

Kein Wunder, dass niemand die Annäherung der Piraten bemerkt hatte, mit diesem Wesen waren sie vermutlich rasend schnell unterwegs und hielten sich beim Angriff so knapp über der Wasserlinie, dass die Festung zu einer Plattform der Schwimmenden Seevölker zu gehören schien und sie erst im letzten Moment erkannt werden konnten, wenn es bereits zu spät war.

»Schwimm selber hin, ich muss weiter«, sagte sie zu dem Jungen und wollte ihn loslassen, da klammerte er sich panisch an sie.

»Das kann ich nicht!«

»Du kannst nicht schwimmen?«, wiederholte sie ungläubig.

Der Junge heulte beinahe. »So ist es eben, na und? Trotzdem kann ich ein Pirat sein!«

»Was habe ich da nur getan«, murmelte sie, packte ihn und schwamm langsam auf den Dsuntari zu. Kurz bevor sie eine der riesigen Flossen erreichten, wurden sie bemerkt und aus dem Wasser gefischt.

»Brave Beute, ergibt sich uns freiwillig, schon gefesselt!«, kicherte einer der Piraten, und seine wolligen Ohren wackelten.

Lurdèa verzichtete auf eine Antwort und ließ sich abführen.

Der Rückzug der Piraten war fast beendet, als Lurdèa auf dem Rückenpanzer ankam. Zusammen mit anderen Gefangenen wurde sie ins Innere der steinernen Festung gebracht, in einen mit Gitterstäben versehenen Kerker.

Sie war nicht einmal erstaunt, Berenvil vorzufinden.

»Du hast es wohl auch nicht auf ein Schiff geschafft?«, stellte sie fast schadenfroh fest. Kein Nauraka hätte seinen Leidensgefährten einfach im Stich gelassen und sich allein davongemacht.

Er schüttelte den Kopf und grinste. »Ich fürchte, wir beide haben unsere Lage nicht gerade verbessert.«

Nein, das konnte man wirklich nicht sagen. Unglücklich fühlte Lurdèa, wie das Seewasser an ihr bereits wieder trocknete und zu Salz zerbröselte. Nur ein kurzer, glücklicher Moment, bevor die Hoffnung erneut zerstoben war.

»Was ich nicht verstehe«, fuhr er fort, »wieso bist du hier? Warum bist du nicht einfach weggetaucht?«

»Darüber will ich nicht reden«, murmelte sie, suchte sich einen freien Platz und ließ sich nieder. Sie war sehr erschöpft und niedergeschlagen. Hätte sie das Kind nicht gerettet, wäre sie jetzt frei. Janwe hätte gar nicht darüber nachgedacht, und auch Ragdur nicht. *Nachgedacht habe ich auch nicht*, dachte sie resigniert. *Ich sah nur das Kind, die Angst in seinen Augen, den verzweifelten Lebenswillen.*

Die übrigen Gefangenen liefen unruhig herum und debattierten über ihre Lage; kein einziger von ihnen war ein Sklave, alle waren Händler – und zwar gut betuchte, wie es aussah. Die Piraten hatten genau gewusst, wen sie sich schnappten.

Lurdèa spürte, dass sie bereits wieder auf dem Meer unterwegs waren, in östliche Richtung. Wer wusste schon zu sagen, wie weit Darystis inzwischen entfernt war.

Berenvil setzte sich zu Lurdèa. »Du bist verletzt. Darf ich mir das ansehen?«

»Das heilt schon«, sagte sie unwirsch. Jetzt, da er sie daran erinnerte, überfiel sie brennender Schmerz, den sie vorher völlig ignoriert hatte.

»Es könnte sich auch entzünden«, erwiderte er mild zurechtweisend.

Widerstrebend gab sie nach und schloss kurz die Augen, als sie seine Berührung an ihrer Schulter spürte. Es war ihr mehr als unangenehm, und sie verspürte einen ekelhaften Geschmack im Mund.

»Du magst es nicht, wenn dich ein Mann anfasst«, bemerkte Berenvil, während er sie vorsichtig untersuchte, die Wunde notdürftig reinigte und dann nickte. »Das wird schon wieder, die offenen Stellen schließen sich bereits.«

»Danke. Nein, ich mag es nicht besonders.« Lurdèa tastete nach ihrer Schulter. »Was ist das hier für ein Volk?«

»Das sind die Ruadim«, erklärte Berenvil. »Seit Jahrtausenden ziehen sie auf den Dsuntaris über das Meer und überfallen Schiffe, Schwimmende Seevölker, manchmal auch kleine Inseln. Wie die Bewohner der Seerosen sind sie mit ihrem Schwimmtier eng verbunden und gleiten pfeilschnell durchs Wasser, schneller als jedes Schiff und die meisten Fische. Sie führen nur Blitzangriffe, raffen in einem kurzen Zeitabschnitt alles zusammen, was sie erwischen können und verschwinden wieder, bevor die Überfallenen sich richtig zur Verteidigung rüsten können. Sobald sie einen Angriff durchgeführt haben, verlassen sie sofort das Gebiet und verkaufen anderswo ihre Beute, tauschen sie ein oder horten Schätze. Noch keinem ist es gelungen, auch nur eine ihrer Sippen zu stellen. Allerdings führen sie untereinander Krieg, um sich die Beute gegenseitig abzujagen.«

Lurdèa sah auf, als ein Ruadim in Begleitung von sechs Wachen vor ihren Kerker trat. Der Kleidung und seinem Gebaren nach zu urteilen war er der Anführer.

»Nun, ihr da drin«, begann er, »könnt ihr alle die Hochsprache verstehen? Aber sicher, ihr seid ja weitgereiste Männer. Seid unbesorgt, ihr werdet unsere Gastfreundschaft nur kurz in Anspruch nehmen. Schon morgen erreichen wir die Gestade von Nerovia, und noch heute werden wir unsere Botenvögel aussenden, die eure Heimkehr ankündigen werden. Bevor wir beginnen – ist hier jemand, für den kein Lösegeld bezahlt wird? Den werden wir nämlich umgehend ins Meer werfen.«

Die Händler rührten sich nicht. Lurdèa sah Berenvil an, der sich ebenfalls nicht regte. Dann stand sie auf und trat ans Gitter. »Für mich bezahlt niemand«, sagte sie. »Also werft mich ins Meer.«

Der Anführer der Piraten musterte sie misstrauisch; es musste ihm merkwürdig vorkommen, dass jemand freiwillig im Nirgendwo des Meeres ausgesetzt werden wollte, um zu ertrinken.

»Das ist sie, Papa!«, erklang eine helle Stimme, und der gerettete Junge kam heran, deutete aufgeregt auf Lurdèa. »Sie ist eine aus der Tiefe, ich habe ihre Kiemen gesehen!«

Der Anführer sah wieder zu Lurdèa und grinste. »Netter Versuch.«

Doch so schnell verlor sie nicht die Fassung. »Ich habe deinen Sohn vor dem sicheren Tod bewahrt«, sagte sie ruhig. »Ein Nuramar wollte ihn töten.«

Sie bemerkte Berenvils fragenden Blick von der Seite und die hochgezogenen Augenbrauen, achtete aber nicht auf ihn.

Stirnrunzelnd blickte der Ruadim auf seinen Sohn hinab. »Was hattest du dort zu suchen? Ich hatte dir doch verboten ...«

»S-sie lügt«, stammelte der Junge.

»Du bleibst besser bei der Wahrheit, Kleiner«, unterbrach Lurdèa streng, »oder ich offenbare deinem Vater auch den Rest.«

Daraufhin zog er den Kopf ein und murmelte: »Ich wollte an deiner Seite kämpfen, Papa, denn ich bin alt genug und habe keine Angst.«

Das rührte den Piraten, und er strich seinem Sohn über den Kopf. »Na, schon gut.« Dann wandte er seine Aufmerksamkeit wieder Lurdèa zu. »Für dich gibt es sicher auch noch Verwendung.«

»Du schuldest mir was!«, rief sie wütend. »Für das Leben deines Sohnes!«

Das brachte ihn immerhin zum Nachdenken. »Also schön, wir bringen dich an Land und lassen dich frei.«

»Nein, ihr lasst mich *jetzt* frei!«

»Ausgeschlossen. Du würdest deine Sippe alarmieren, und das bringt uns nur Ärger ein. Wir werden dich so lange an Land behalten, bis wir weit genug entfernt sind. Dann magst du in dein Meer zurückkehren. Aber nicht vorher.«

Immerhin, dieses Angebot klang besser als alles andere bisher. Lurdèa wusste nicht, ob sie dem Piraten trauen konnte, aber zumindest hatte er es ihr zugesagt. Vielleicht hielt er ja sein Versprechen. »Also gut. Ich verpflichte mich, dass ich noch fünf Tage an Land bleibe, bevor ich ins Meer zurückkehre.«

»Schön, wir sind uns einig. Und ihr anderen«, wandte er sich an die übrigen Gefangenen, »meine Schreiber werden jetzt zu euch kommen und über die jeweilige Summe mit euch verhandeln.« Dann fiel sein Blick auf Berenvil, der die ganze Zeit neben Lurdèa stand und seiner Miene nach zu urteilen nicht so recht zu begreifen schien, was da eben zwischen ihr und dem Piraten geschehen war. »Du siehst mir nicht aus wie ein Händler. Wird für dich irgendjemand zahlen?«

»Äh, ja«, antwortete Berenvil, und nun war es an Lurdèa, ihn anzustarren. »Wäre schon möglich, aber die Antwort könnte dauern, da ich ein wenig ... abgelegen lebe.«

»Unsere Vögel sind schnell und finden jeden Weg. Sprich mit meinem Schreiber, und wir scheiden als beste Freunde.« Der Pirat nickte den Gefangenen zu. »War mir eine Freude, mit euch Geschäfte zu machen. Bis zum nächsten Mal!«

Damit verließ er sie.

Lurdèa bedeutete Berenvil, sich mit ihr ein Stück weit von den anderen zu entfernen. »Was hast du mir vorgemacht?«, zischte sie aufgebracht.

»Ich sagte doch, es ist eine peinliche Geschichte, und ich trage nur die Kurzfassung vor«, verteidigte er sich. »Und überhaupt, was wirfst du mir vor? Du hast mir doch auch nicht alles erzählt!«

»Das ist … warum … ach, ist ja auch egal.« Wütend winkte sie ab. Ruhiger fuhr sie fort: »Also, du hast jemanden, der für dich zahlt?«

»Mhm. Könnte man sagen.«

»Demnach hast du also doch ein eigenes Heim?«

»Ja, ich denke schon. Hör mal, Lurdèa, ich …«

Sie schüttelte den Kopf. »Lass nur. Ich bin es gewohnt, belogen zu werden, und ich bin es auch gewohnt, immer noch darauf hereinzufallen.« Sie wandte sich ab und kehrte an ihren Platz zurück.

Es war bereits dunkel, und die Schreiber hatten die Verhandlungen abgeschlossen, als Berenvil sich zu Lurdèa wagte. Sie lag auf dem Rücken, den Arm unter den Kopf als Stütze gelegt. Sie hatte versucht zu schlafen, doch zu viele Gedanken kreisten in ihrem Kopf, und ihre Schulter schmerzte zu sehr. Fernab rauschte das Meer, durch das unermüdlich der Dsuntari pflügte, in einem kleinen Ausschnitt über der Festung konnte sie den nächtlichen Sternenhimmel sehen. Aus der Festung klang fröhlicher Lärm, die Piraten feierten ihren Erfolg, tanzten noch im Hof zu flotter Musik. Überall brannten Fackeln, um die Nachtalken klagend kreisten.

»Glaubst du, er wird sein Versprechen mir gegenüber halten?«, fragte sie leise, ohne sich aufzurichten.

»Ich weiß es nicht, Lurdèa, aber darum brauchst du dich nicht zu sorgen. Ich habe für dich auch ein Lösegeld vereinbart.«

Abrupt fuhr sie auf. »Was? Aber wie kannst du … warum …«

Verlegen rieb er sich das bärtige Kinn. »Du hast dieses Kind gerettet, einfach so. Da wollte ich nicht hintenanstehen, nachdem ich vorhin einfach abgehauen bin. Ich wollte es wiedergutmachen.«

»Damit bin ich dir verpflichtet, Berenvil, und das gefällt mir nicht«, sagte sie, halb verärgert und halb gerührt.

»Rede keinen Unsinn. Sobald wir an Land gebracht werden, bist du frei. Dann kannst du nach Hause.« Er sah sie eindringlich an. »Aber wenn du dich schon verpflichtet fühlst, kann ich dich um etwas bitten. Dann sind wir quitt. Einverstanden?«

»Ja … falls ich deine Bitte erfüllen kann.«

»Erzähl mir deine Geschichte. Wir teilen nun seit Tagen dasselbe Schicksal, und ich möchte wissen, was dir angetan wurde, und warum du keinen Mann in deiner Nähe erträgst.«

»Du bist selbst ein Mann.«

»Eben deswegen.«

Sie legte sich wieder hin. Vielleicht half es ihr ja, das Geschehene besser zu verarbeiten, wenn sie einem Fremden ihre Geschichte erzählte. Ihre Beziehung zu Berenvil war etwas Besonderes, sie waren sich als Schicksalsgefährten in der Fremde begegnet. Bald würden sie beide frei sein und sich nie wiedersehen.

»Gib dir einen Ruck«, forderte er sie auf. »Du bist eine Nauraka, selbst für meinesgleichen entstammst du damit einem Volk, das wir nur noch der Sage nach kennen. Ich möchte mehr erfahren.«

Zu Beginn fiel es ihr schwer, zu sprechen, doch dann kam sie immer mehr in Fluss. Manchmal hatte sie ihre Stimme kaum noch unter Kontrolle, Wut und Hass kochten in ihr hoch. Aber je weiter sie vorankam, desto ruhiger und befreiter fühlte sie sich. Sie merkte schließlich, dass sie nur für sich selbst redete, dass es wichtig war, endlich Worte zu finden für das, was sie erduldet hatte, und diese Worte laut auszusprechen. Damit verlor Janwe seine Macht über sie, und sie fürchtete ihn nicht mehr.

Berenvil hörte still zu. Als sie ihre Erzählung beendet hatte, drehte Lurdèa ihm ohne ein weiteres Wort den Rücken zu und schlief ein.

Am Morgen erwachte Lurdèa, als ein einzelner Sonnenstrahl sich bis in den Kerker verirrte und ihr ins Auge stach. Auch die anderen Gefangenen kamen langsam zu sich. Berenvil stand bereits am Gitter und starrte angestrengt hinaus.

Lurdèa bemerkte seine angespannte Haltung, stand auf und ging zu ihm.

»Das gefällt mir nicht«, sagte er und wies vor sich.

Von hier aus war nur ein schmales Band des Meeres zu erkennen, darüber hing ein dunstverhangener violetter Himmel. Knapp über der Horizontlinie sah Lurdèa dunkle Punkte, die sich auf und ab bewegten. Und dahinter ... sah sie einen dünnen Streifen Grün. »Ist das Land?«

Er nickte. »Aber der Schwarm dort sieht mir nach Schwarzmöwen aus. Sie sind wie Krähen und folgen einem großen Räuber, um sich ihren Anteil zu holen.«

»Was könnte das sein?«

»Ein Herantado. Halb so groß wie der Dsuntari, aber mit einem riesigen Maul voller Zähne, dem nichts entkommt. Er kreuzt zu dieser Jahreszeit gern vor den Gestaden Nerovias, wegen der reichen Fischgründe und kalbenden Wale.«

Lurdèa war beeindruckt. »Kann er dieser schwimmenden Festung hier gefährlich werden?« Der Dsuntari war nicht nur riesig, seine Haut war so dick und undurchdringlich wie eine Rüstung, der Rückenpanzer hart wie Stein, und die Trutzburg der Ruadim darauf gegen jeden Angriff gewappnet.

»Nein, das glaube ich nicht. Aber die Ruadim können nicht bis ans Ufer, sie müssen Boote herablassen und uns an Land bringen. Das Lösegeld gibt es erst dann, wenn wir alle sicher angekommen sind.«

»Dann werden sie bestimmt warten.«

»Ich würde nicht drauf wetten, denn je länger sie hier verweilen, desto höher steigt das Risiko, dass eine Flotte zum Angriff ausläuft. Sie können den Dsuntari zwar nicht einholen, aber ein neuer Treffpunkt müsste vereinbart werden, und das alles kostet viel Zeit und lockt womöglich eine weitere Piratensippe an.«

Lurdèa schüttelte den Kopf. »Das Meer ist so groß und weit ...«

»Aber die Pfründe knapp bemessen. Es ist nicht einfach, Lurdèa.«

Bald darauf wurden die Gefangenen unter strenger Bewachung an den Rand des Rückenpanzers gebracht, zur hinteren Schwimmflosse, auf der Boote bereitlagen. Der Dsuntari verharrte still auf der Stelle und dümpelte im ruhigen Gewässer. Mit seinem langen Schnabel stocherte er im Wasser, stieß plötzlich zu und verschluckte gleich darauf einen sich windenden Fisch, der beinahe so groß wie Lurdèa war.

Wie Berenvil vorausgesehen hatte, wollten die Piraten keine Zeit verlieren. »Der Herantado tut uns nichts, wir hatten noch nie Schwierigkeiten mit ihm.«

Die Gefangenen kletterten auf die Flosse hinunter und verteilten sich auf die Boote. Das Meer war nur noch einen Fußbreit entfernt, aber Lurdèa ferner denn je. Sie wurde besonders streng bewacht, und Ruadim hatte sie nochmals an ihr Versprechen erinnert – und deutlich gemacht, dass Berenvil erhebliche Schwierigkeiten bekommen würde, wenn sie sich ohne Lösegeldzahlung davonmachte.

»Siehst du, ich bin dir doch verpflichtet«, sagte sie.

»Entschuldigung«, brummelte er. »Ich dachte eben nur an deine Sicherheit.«

Immerhin konnte sie ihre Hand ins Wasser tauchen, die darin samtgolden schimmerte, von der Sonne mit einem besonderen Perlmuttglanz versehen. Sogar die feinen Schwimmhäute bliesen sich ein wenig auf. Sehnsucht malte sich auf ihrem Antlitz, doch sie würde sich in Geduld üben. Bald war sie frei und konnte in die Tiefe zurückkehren. Das konnte sie nun auch noch erwarten.

Die Boote legten ab und nahmen Kurs aufs Festland, dessen schmales grünes Band bald näher rückte und breiter wurde. In der Ferne konnte Lurdèa ein großes Gebirge ausmachen. Besonders hervorstechend war ein hoher, einzeln stehender Berg mit einer weißen Gipfelkrone.

»Gibt es hier auch Vulkane?«, fragte sie.

»Der schneebedeckte Einsiedler, den du vor dir siehst, ist sogar einer, allerdings schon lange erloschen«, antwortete Berenvil. »Dennoch steigt immer noch Wärme aus seinem Inneren empor, und es gibt auch starke magische Strömungen. Viele haben versucht, dem Berg seine Geheimnisse und Schätze zu entreißen, doch alle sind gescheitert. Er heißt Domgar, Erleuchteter Berg.«

Den Berg fand Lurdèa faszinierend. Von dort oben musste es so scheinen, als würde einem die ganze Welt zu Füßen liegen, es musste wie in der See ein Gefühl der Weite sein, eine Verbindung zu allem. »Schnee, das ist kalter Regen, nicht wahr?«

»Ja. Manchmal besser als die Hitze hier unten, meistens aber scheußlicher Frost.«

Die Boote glitten ruhig dahin. Der Piratenanführer hatte recht gehabt, der Herantado interessierte sich überhaupt nicht für sie, sondern ging in einiger Entfernung auf Jagd, immer begleitet von den schwarzen Möwen.

Plötzlich stieß einer der Händler einen Schrei aus, als ein zahnbewehrtes, schlauchartiges Maul aus dem Wasser nach seiner Hand schnappte. Das Boot schaukelte unter einem heftigen Stoß, und nun schrien alle Händler, als das Wasser um sie zu kochen begann.

»Hört sofort auf!«, schrie der Mann am Steuer, während die Ruderer heftig um das Gleichgewicht kämpften. »Setzt euch ruhig hin, ihr bringt uns noch zum Kentern!« Er riss das Steuer herum, als das Boot in gefährliche Schieflage geriet. Von den anderen Booten wurden wütende Befehle gerufen, doch die Händler waren kopflos vor Angst, und das Schaukeln wurde immer stärker.

Einer der Piraten fackelte nicht lange. Er stieß mit dem Speer zu und hatte im nächsten Moment einen der Schnapper aufgespießt. Triumphierend hielt er den sich windenden Fisch hoch. »Da, seht ihr? Völlig harmlos!« Mit einer ruckartigen Bewegung schleuderte er ihn zurück ins Wasser, das erneut zu brodeln anfing, als die anderen über ihn herfielen.

»Idiot!«, schrie ein Pirat aus dem anderen Boot, das gerade zu Hilfe eilen wollte. »Bist du wahnsinnig geworden!«

Der Steuermann in Lurdèas Boot bellte die Ruderer an: »Schneller, schneller, auf direktem Wege zum Strand, setzt euch von den anderen ab!«

Doch es war schon zu spät. Die Schwarzmöwen witterten sofort das Blut und kamen kreischend näher. Der Herantado verstand dies als Aufforderung und wendete ebenfalls. Lurdèa sah eine riesige, nach hinten gebogene Rückenflosse Furchen durchs Wasser schneiden, als er in hoher Geschwindigkeit näher kam.

Nun brach auf sämtlichen Booten Panik aus. Alarme und Befehle gellten übers Wasser, und hinter ihnen drehte der Dsuntari bei, um ihnen zu Hilfe zu kommen.

Der Schwarm Möwen war bereits über ihnen und griff sie kreischend mit scharfen gelben Schnäbeln an. Lurdèa hielt abwehrend die Arme hoch, und sie hackten auf ihre Ärmel ein, die weitere Löcher und Risse bekamen. Die Piraten hatten keinen Einfluss mehr auf ihre Gefangenen, die völlig durchdrehten. Sämtliche Boote schwankten jetzt, und der Herantado kam immer näher, von der anderen Seite der Dsuntari. Erste Pfeile und Speere flogen von der Festung durch die Luft und blieben in der Rückenflosse stecken. Kurzzeitig sah Lurdèa ein wahrhaft riesiges, breites, mit langen Barteln besetztes Maul aus dem Wasser auftauchen, bevor es wieder platschend darin versank.

Die Ruderer versuchten, die Paddel einzuziehen. Einem Piraten wurde eines aus der Hand gerissen, wirbelte über das Boot und traf Berenvil mit voller Wucht am Kopf, der ohne einen Laut zusammensackte.

In diesem Moment kenterte das Boot und schlug um.

Lurdèas Kiemen öffneten sich, sie schwamm durch die strampelnden und zappelnden Leiber und suchte nach Berenvil. Schließlich entdeckte sie ihn, wie er reglos in die Tiefe sank. Aus seiner Nase stiegen feine Luftbläschen, und aus seiner Kopfwunde zogen sich Blutfäden, die langsam zur Oberfläche strebten.

Lurdèa tauchte eilig zu ihm, während sie von der anderen Seite den gewaltigen, dicken, über und über mit schleimigen Barteln besetzten Leib des Herantado herannahen sah, das Maul bereits zur reichen Ernte geöffnet. Ein ganzer Händler fand darin Platz, wie Lurdèa schaudernd mitbekam, und sie beeilte sich noch mehr.

Endlich hatte sie Berenvil erreicht, packte ihn und schoss mit ihm durch die Fluten davon, hinaus aus dem Chaos, ohne sich umzusehen. Ihre Beine schlugen kräftig, die Flossen waren inzwischen vollkommen ausgebildet. Berenvils Gewicht, das sie an Land nicht einmal zur Hälfte hätte heben können, bemerkte sie hier kaum. Ihre Kiemen pumpten hektisch Wasser, sodass sie einen Schwall an Luftblasen zurückließ, aber sie ging nicht von einer Verfolgung aus.

Besorgt sah sie, wie Berenvils Haut aschfahl wurde, mit leicht bläulichem Ton, und aus seiner Nase drangen nur noch vereinzelt Luftbläschen. Doch sie konnte noch nicht mit ihm auftauchen, es war zu gefährlich, sie mussten größeren Abstand gewinnen. Einen letzen Rest Luft hatte sie noch in den Lungen; inzwischen konnte ihr Körper sich so schnell umstellen, dass es fast keinen Übergang mehr gab. Lurdèa zögerte, denn was sie nun tun musste, ging weit über das hinaus, was sie jemals wieder ertragen wollte. Doch er starb, wenn sie nichts unternahm, sein Leben lag in ihrer Hand. Sie presste die Lippen auf seinen Mund, verschloss ihn außen fest, und stieß dann ihren Atem in ihn hinein. Derweil schlugen ihre Füße unablässig auf und ab und trieben sie beide weiter voran. Berenvil blieb weich und schlaff in ihren Armen. Seine Augen waren nach wie vor geschlossen, doch das musste noch nicht das Ende bedeuten. Es war vielleicht sogar besser, dass er nicht bei Bewusstsein war, da er sonst in Panik geraten könnte und vorzeitig an die Oberfläche musste.

Die Münder immer noch fest miteinander verschweißt, schwamm Lurdèa weiter, so schnell sie konnte. Der Kampflärm hinter ihr schwand, sodass sie es schließlich wagen konnte, vorsichtig aufzutauchen. Erst als sie die Oberfläche erreicht hatten, wagte sie es, den Mund von ihm zu lösen. Sie hielt Berenvils Kopf über Wasser und sah sich um. Hinter ihnen tobte der Kampf, das Wasser war aufgewühlt wie bei einem schweren Sturm. So weit hatten sie es geschafft. Nun musste sie das Land erreichen, um ihn in Sicherheit zu bringen. Aus seiner Kopfwunde sickerte immer noch Blut, und hustend fing er wieder an zu atmen, nur das Bewusstsein erlangte er noch nicht zurück. Aber das war vielleicht besser so, denn auf diese Weise kam Lurdèa schneller voran.

Sie legte den Mann halb auf sich, damit Mund und Nase über Wasser blieben, während sie knapp unter der Linie zielstrebig Richtung Land tauchte.

Schließlich stieg der Grund an, das Wasser wurde wärmer und grüner. Die Sonne hatte den Zenit bereits überschritten, als Lurdèa einen feinen Sandstrand erreichte. Sie streckte den Kopf aus dem Wasser, stemmte die Füße in den Sand und wartete, bis die Anpassung abgeschlossen war, bevor sie den bewusstlosen Berenvil mühsam aus dem Wasser und durch den Sand zog, bis hinter die Flutlinie. Dann ließ sie ihn los und sank erschöpft neben ihm nieder.

Einige Zeit lag sie reglos da und lauschte ihrem keuchenden Atem. Der Kampf auf dem Meer schien ebenfalls beendet, denn die See hatte sich wieder beruhigt. Als Lurdèa den Kopf hob, konnte sie nur noch die davontreibenden Boote als vereinzelte kleine Pünktchen auf dem Wasser ausmachen. Sie befand sich weitab davon in Sicherheit, zum ersten Mal seit der Flucht aus Karund.

Die Fürstin vom Meer drehte sich zur Seite und sah nach dem Mann, der immer noch ein Fremder für sie war, obwohl sie ihm ihr Leben offenbart hatte, und den sie soeben gerettet hatte.

Seine Brust hob und senkte sich regelmäßig, die Wunde an seinem Kopf hatte aufgehört zu bluten. Seine Haut war ein wenig blass, sah aber nicht ungesund aus. Vermutlich würde er bald mit einem Brummschädel zu sich kommen.

»Also gut«, flüsterte sie. »Du bist nun hier und in Freiheit. Es wird Zeit, dass wir uns trennen, wir sind einander nicht mehr verpflichtet. Ich kehre in meine Welt zurück und du in deine.«

Sie stand auf und ging langsam auf das Meer zu. Ihre Zehen liebkosten den weichen Sand, spürten erfreut die zunehmende Feuchtigkeit, als kleine Wellen dagegenschlugen.

Was hast du da getan?, dachte sie. *Warum spürst du seine Lippen noch immer . . .*

Sie machte sich zu viele Gedanken. Mit dem Landgänger verband sie nichts, außer dass sie beide zu den Alten Völkern gehörten. Aber sie lebten in verschiedenen Welten, und mehr als eine kurze gemeinsame Episode teilten sie nicht miteinander. Ihre Wege hatten sich kurz gekreuzt und würden sich nun wieder trennen.

»Lurdèa . . .«

Er war erwacht.

Sie drehte sich um, ging zu ihm und setzte sich neben ihn. »Wie fühlst du dich?«

»Ich habe einen harten Schädel.« Ächzend richtete er sich auf und griff sich an den Kopf. »Was ist passiert?«

»Wir sind gekentert, und ich bin mit dir zusammen hierhergeschwommen. An Land. Ist das Nerovia?«

»Ich nehme es an. Ist der Berg noch da?«

»Ja, an derselben Stelle, über dem Dunst des Nachmittags.«

Allmählich erholte Berenvil sich und schaute sich um. »Wir haben es also geschafft und sind frei.«

»Ja. Ich muss gehen, Berenvil.«

»Weißt du denn, wohin?«

Sie hielt inne. »Was meinst du damit?«

»Lurdèa.« Er schien ihre Hand ergreifen zu wollen, ließ es dann aber sein, zuckte scheu zurück. »Die See ist fast unendlich. Weißt du, wo Darystis liegt, und wie lange du dorthin brauchst?«

Sie zögerte. »Nein ...«

»Die Gewässer hier sind sehr gefährlich, du hast es selbst erlebt. Du bist allein und keine Kriegerin. Wie stellst du dir das vor?«

»Ich gehe in die Tiefe, dort ...«

»... gibt es nicht weniger Gefahren. Und die Reichsgrenzen anderer Völker, die deine Herkunft vielleicht nicht zu schätzen wissen, kein Gastrecht kennen oder was auch immer. Lurdèa, du bist eine edle Frau, du ... *kannst* nicht einfach so waffenlos und allein durch die See tauchen!«

Ihre Finger krallten sich in den Sand. »Worauf willst du hinaus, Berenvil?«

»Du ... du hast mein Leben gerettet«, stammelte er. »Ich lasse nicht zu, dass du deins jetzt leichtfertig aufs Spiel setzt. Und wofür, frage ich dich!«

»Ich muss zu meiner Familie, ich habe Verpflichtungen ...«, setzte sie an, wurde aber durch sein wütendes Schnauben unterbrochen.

»Eine Familie, die dich an einen Mann verkauft hat, der dich die ganze Zeit nur misshandelte! Was denkst du wohl, werden sie mit dir machen, wenn du nach Hause kommst? Dein Vater wird keinen Lidschlag zögern, dich deinem Gemahl sofort wieder auszuliefern! Und dann bist du für immer verloren.«

Sie hob die Schultern. »Wenn dadurch ein Krieg verhindert werden kann, muss ich das eben tun.«

»Lurdèa, für dieses dumme Zeug solltest du für einen Tag nackt auf einem Ameisenhaufen ausgesetzt werden!«, rief er wütend. »Es wird auf jeden Fall Krieg geben, Janwe hat es dir selbst schon zu Beginn gesagt. Dein Vater ist ein Kriegsherr, er weiß sein Reich zu verteidigen, und deinen Rat würde er ohnehin nicht annehmen. Du bist weder ihm noch deinem Ehemann gegenüber verpflichtet, verstehst du? Du schuldest ihnen nichts, sondern sie im Gegenteil dir eine Menge. Nichts, was du tust, kann verhindern, was geschehen wird – der Krieg zwischen den beiden Reichen. Warum fliehst du von dem einen Sklavenmarkt, wenn du dich auf dem anderen freiwillig zur Schau stellst?«

Sie schüttelte den Kopf. »Da ist auch noch mein Bruder, er hat mich befreit.«

Berenvil atmete tief durch, um sich zu beruhigen. »Lurdèa«, sagte er betont langsam. »Dein Bruder ist erwachsen, er kann auf sich selbst aufpassen. Wer weiß, wo er inzwischen ist! Bis du den Weg nach Hause gefunden hast, ist ohnehin schon alles vorüber. Bereits jetzt ist so viel Zeit vergangen, dass du nichts mehr unternehmen könntest, selbst wenn es möglich wäre. Es ist längst alles entschieden! Wofür willst du dich opfern?«

Ihre Augen wurden feucht. »Aber ich ... ich kann doch nicht ins Exil gehen ... wo soll ich denn sonst hin?«

Er zögerte. »Komm mit mir«, bat er dann leise. »Ich meine ... wie du schon sagst, wohin solltest du gehen? Du bist hier an Land noch mehr in Gefahr als in der See. Aber du könntest mit mir kommen und dich an das Leben hier gewöhnen, bis du eine Entscheidung getroffen hast. Ganz ohne Verpflichtung«, fügte er schnell hinzu. »Ich meine ... das schulde ich dir. Du hast mein Leben gerettet, obwohl du dazu keine Veranlassung hattest. Erst recht nicht, nachdem ich dich so schmählich auf der Seerose im Stich gelassen habe.«

Sie starrte auf den Sand. Berenvil hatte in allem recht; sie war auch deswegen immer noch bei ihm, weil er ihr einziger Anhaltspunkt war, den sie hatte, ihr Anker. Sie wusste nicht, wohin sie gehen konnte, wie sie ihr Leben jeden Tag aufs Neue verteidigen sollte, wie sie ihren Lebensunterhalt bestreiten sollte. Sie wusste nicht, wo ihre Heimat lag, und wahrscheinlich war sie tatsächlich längst verstoßen und gleichzeitig für tot erklärt worden. Möglicherweise war genau dies sogar die Lösung für den Frieden: Janwe gab sich vielleicht mit ihrem Tod zufrieden und unternahm keinen Angriff auf Darystis.

Die ganze Zeit hatte sie es gewusst, schon seit ihrer Befreiung, dass sie nie wieder nach Darystis konnte, egal, was sie sich vormachen wollte. Sie hatte keinen anderen Ausweg gesehen, es schien ihr einziges mögliches Ziel zu sein. Das einzige, was sie kannte.

Wenn sie bei Berenvil blieb, konnte sie lernen, wie das Leben an Land war. Sie konnte vorerst bei ihm zur Ruhe kommen, ihre Seele gesunden lassen und dann neu anfangen. Auch wenn es für einige Zeit, vielleicht sogar Jahre, den Abschied von der See bedeutete.

»Du musst es hinter dir lassen«, redete Berenvil eindringlich auf sie ein. »Du darfst dich nicht mehr mit der Vergangenheit belasten. Vergiss sie!«

»Ich kann doch nicht das Meer vergessen«, flüsterte sie. Noch immer drängte alles in ihr danach, einfach hineinzuspringen und wegzutauchen, zu fliehen ... irgendwohin, was letztendlich im Nirgendwo enden würde. Sie ließ den Kopf hängen, ihre schwarzen Haare fielen wie ein Vorhang vor ihr Gesicht. »Aber ich muss es, nicht wahr? Ich habe alle verraten ...«

»Dein Volk hat dich verraten, Lurdèa, nicht du dein Volk. Und ich verspreche dir, du wirst ins Meer zurückkehren. Ich werde nach einem Weg suchen, Darystis zu finden und auszuloten, ob du dort willkommen bist.«

Voller Verzweiflung sah sie ihn an. »Warum tust du das? Was kostet es mich?«

Er erwiderte ihren Blick traurig. »Wenn du nur wüsstest, wie schön du bist«, sagte er leise. »Das Meer spiegelt sich in deinen Augen, an der Stelle, wo goldene Sandbänke unter seichtem Wasser funkeln, wo auch wir Landgänger gern darin versinken und träumen. Du bist etwas ganz Besonderes, und ich glaube, dass unsere

Begegnung nicht so enden darf. Nimm meine Freundschaft an, ich bitte dich. Ich möchte dir gern mein kleines Reich zeigen und mein Volk, und ich glaube, du wirst dort vieles zum Guten verändern. *Mein* Volk wird dich lieben.«

»Liebe?«, sagte sie zaghaft. »Dazu bin ich nicht fähig, Berenvil, keiner von uns. Das ist nur eine romantische Vorstellung, die du wahrscheinlich von den Menschen übernommen hast.«

»Mein Volk *sind* Menschen«, erwiderte er. »Nun ja, die meisten.«

Sie seufzte. »Du bist also ein Landesherr?«

»Hmm ... ja. Hab ich das nicht gerade gesagt?«

Sie winkte ab. »Und wohin gehen wir?«

Er machte ein schuldbewusstes Gesicht und deutete dann auf den Domgar, der in der Nachmittagssonne über allem thronte.

»Was?«, rief sie. »Sagtest du nicht, jeder wäre daran gescheitert, seine Schätze und Geheimnisse zu ergründen?«

»Äh ... ja. Das habe ich aber nicht getan, ich habe nur eine kleine Burg da oben gebaut, an der Schneegrenze«, sagte er kleinlaut. »Und dann fingen die Leute an, sich unten anzusiedeln. Ich schützte sie vor Räubern, und ... so wurde ich wohl zum Burgherrn.«

Sie schüttelte fassungslos den Kopf. »Du bist unglaublich! Warum hast du das nicht gleich erzählt?«

»Ich dachte, du glaubst mir nicht. Und auch auf die Gefahr hin, dass ich mich wiederhole: Es war mir peinlich. Ich meine, wie sieht das denn aus, ein Herrscher wird auf dem Sklavenmarkt angeboten.«

»Und wieso warst du nun wirklich in dem Käfig? Ich bin gespannt auf deine dritte Geschichte.«

»Ich habe verloren, genau wie ich sagte«, murmelte er. »Gegen einen anderen Baron. Er hielt es wohl für eine witzige Idee. Ich habe ihn anscheinend mal verärgert. Aber ... das ist eine Sache, die *ich* gern vergessen möchte.« Diesmal wagte er es, behutsam nach ihrer Hand zu tasten, und sie ließ es zu.

15.

Die Traurige Festung

Erenwin hasste Laoren mit jeder Faser seines Seins. Der Alte war ein launischer Nörgler, der ihn den ganzen Tag schikanierte, oft betrunken und meistens von seinen Kräutern berauscht war. Von welchem Volk er stammte, fand der Nauraka nicht heraus, doch Laoren verstand sich immerhin so weit auf Magie, dass er seinen »Gast«, wie er Erenwin ab und zu höhnisch bezeichnete, unter Kontrolle hielt.

Es gab stets viel zu erledigen, wenngleich Erenwin den Sinn dahinter nicht immer ergründen konnte. Aber er hatte keine Wahl. Er konnte sich nicht einmal einen Schritt zu weit von dem Alten entfernen, ohne dass er bitter dafür büßen musste. Jedes Mal fiel die Strafe anders aus; manchmal fuhr ein Blitz auf ihn herab, der ihn wie einen Baum fällte und ohnmächtig werden ließ, und danach war ihm oft noch tagelang übel, und wenn er Wasser trank, wurde er von einem Schlag getroffen, der ihn zusammenbrechen ließ. Manchmal versanken seine Füße im Sand, und er steckte darin fest, ohne sich befreien zu können, der erbarmungslosen Sonne ausgesetzt, bis er ohnmächtig wurde. Sogar Schläge von unsichtbarer Hand, wie von einer Keule, hatte er empfangen, bis sein Körper von Blutergüssen angeschwollen und verfärbt war und er sich kaum noch rühren konnte.

Am schlimmsten war es, wenn Laoren einen besonders unkontrollierten Wutausbruch bekam und den jungen Mann in eine Grube warf, die unter dem Sand verborgen lag, gleich neben dem Brunnen. Er schaufelte Bretter frei, schob sie beiseite und zwang

Erenwin, in den feuchtkalten Schacht zu steigen, in dem so wenig Platz war, dass er sich mit eng angezogenen Beinen hinkauern musste. Dann legte Laoren die Bretter über die Grube und schaufelte wieder Sand darüber. Manchmal verbrachte Erenwin Tage darin, bis der Alte sich endlich wieder an ihn zu erinnern schien und ihn herausließ.

Jede Nacht kettete er Erenwin an seinem Lager an, und auch tagsüber, wenn Laoren ans Meer ging, um Strandgut zu sammeln.

Erenwin litt unter der trockenen Hitze, wenn er draußen arbeiten musste, und unter der muffigen Dunkelheit in der Hütte. Nahrung bekam er gerade so viel, dass er bei Kräften blieb, doch er litt nicht selten Hunger und vor allem Durst.

Und er konnte nicht entkommen. Der Alte hatte sein Pendel immer griffbereit und erneuerte den Bann, sobald er anfing, sich zu lösen. Erenwin hatte allerlei Tricks versucht, um ihn zu täuschen, doch Laoren merkte es sofort und zog hämisch grinsend das Medaillon hervor.

»Willst du mich bis ans Ende deiner Tage als Sklaven halten?«, fragte Erenwin nicht zum ersten Mal, als er wieder einmal aus der Grube stieg. Diesmal hatte Laoren ihn darin verborgen, weil Händler vorbeigekommen waren, um Strandgut, Kräuter und Salben zu kaufen und allerlei Dinge zur Beschwörung. Laoren wollte nicht, dass jemand von seiner Anwesenheit erfuhr. Bemerkbar machen konnte Erenwin sich nicht, weil der Alte ihn geknebelt und gefesselt hatte.

»Ich finde das sehr praktisch«, kicherte Laoren boshaft. »So viel Spaß hatte ich schon lange nicht mehr. Außerdem habe ich jemanden zur Unterhaltung. Und für dich ist es eine gute Lehre, Prinzenbürschlein, Bescheidenheit zu lernen.«

Laoren war nicht immer grausam; vor allem beim gemeinsamen Abendessen konnte er durchaus umgänglich sein und zeigte sich als Gelehrter mit viel Wissen, das er bereitwillig preisgab und das Erenwin begierig in sich aufsog.

»Laoren«, sagte er in solch friedlichen Momenten, »bitte, lass mich frei. Du weißt, dass ich meine Schwester suchen muss. Wenn du mich auf ewig daran hinderst, wird es dich das Leben kosten, denn ich stehe unter einem Bann. Der Fluch wird auch dich treffen, sollte ich meine Verpflichtung nicht erfüllen können.«

»Was verstehst du denn von diesen Dingen?«, erwiderte der Alte verächtlich.

»Genug, um zu wissen, dass es so ist. Ich werde freikommen, aber du wirst bezahlen. Je länger du mich hier behältst, umso schlimmer wird es dich treffen.«

»Darauf lasse ich es ankommen.«

Erenwin sagte nichts mehr, doch er fühlte die Dunkelheit in sich wachsen, und das wütende Flüstern der schwarzen Perle.

Wie lange er nun schon hier war, vermochte er nicht zu sagen. Die Jahreszeiten, von denen Laoren erzählt hatte, waren hier im Süden des Landes Nerovia kaum zu bemerken. Ab und zu wurde es ein bisschen angenehmer, wenn die Sonne schräger als sonst am Himmel stand, die Tage kürzer wurden und ein kühler Wind vom Meer her blies.

Für Erenwin veränderte sich dabei nicht viel, außer dass er mehr Schlaf bekam und Laoren öfter im Rausch dahindämmerte. Doch die Arbeit blieb dieselbe und der tägliche Rhythmus auch. Ab und zu kamen Händler, und nie gelang es Erenwin, sie auf sich aufmerksam zu machen.

Seine Sinne wären längst abgestumpft, wäre da nicht das fordernde Flüstern in ihm gewesen und das Bewusstsein der Schuld, weil er Lurdèa im Stich gelassen hatte. Immerhin hatte die Sehnsucht nach dem Meer endlich nachgelassen; seine Seele hatte wohl erkannt und akzeptiert, dass es kein Zurück mehr gab. Zumindest nicht, bis er seine Schwester gefunden hatte. Wenn er denn je die Suche nach ihr fortsetzen konnte.

Doch nachdem immer mehr Zeit verging, sah er ein, dass er keine Möglichkeit mehr hatte, jemals ihre Spur zu finden. Dann war das eben das Schicksal seines Lebens, er konnte es nicht ändern. Der Fluch seines Vaters zwang ihn zu suchen, selbst wenn Lurdèa gar nicht mehr am Leben sein sollte – oder sogar den Weg nach Hause schon gefunden hatte.

Jeden Tag entwarf Erenwin einen neuen Plan für seine Flucht, und jeden Tag vereitelte Laoren ihn. Es war ein immerwährender Wettkampf zwischen ihnen. Der Alte durfte niemals in seiner Aufmerksamkeit nachlassen, und der Nauraka würde niemals aufhören, ihn herauszufordern.

Erenwins Körper hatte sich durch die harte Arbeit gut an das Landleben angepasst, seine Muskeln waren prächtig entwickelt, und er war geschmeidig und schnell. Sobald er Gelegenheit dazu hatte, übte er heimlich mit einem Stock den Schwertkampf und hielt seinen Körper in Form. An die Truhe mit seiner Kleidung und Lurions Schwert kam er nie heran, so oft er es auch versuchte. Allerdings verkaufte Laoren die Sachen auch nicht, obwohl er sonst so geldgierig war und schon eine Menge gehortet hatte, wofür auch immer, denn er gab nie etwas davon aus.

»Solange ich deinen Besitz habe, besitze ich dich«, gackerte der Alte, als Erenwin wieder einmal unter den Folgen eines fehlgeschlagenen Versuchs zu leiden hatte.

»Ich werde nie aufgeben, und du wirst bezahlen«, knurrte Erenwin. »Für jeden einzelnen Tag, den ich hier verbringen muss. Dein Ende ist schon nah, alter Mann.«

Dreihundert Mann zogen durch das Reich Morang und trieben die Steuern ein. Wer nicht zahlen konnte, wurde zum Frondienst gepresst. Manch einen traf dabei ein besseres Los als vorher, wenn er kräftig und jung genug war, denn dann wurde er eingezogen und erhielt gute Kleidung, bekam regelmäßig Nahrung und teilte Schläge aus, anstatt welche einzustecken.

Fangur führte eine kleine Truppe von zwanzig Mann an, die genügte, um das Gebiet an der Küste zu durchforsten. Hier lebten nicht viele Leute, und ohnehin war Fangur nur an einem einzigen Mann interessiert.

Laoren schien um keinen Tag in den vergangenen Jahren gealtert, als Fangurs Weg zu seiner Hütte führte. Alles sah genauso heruntergekommen wie immer aus, und der Alte lief in denselben Lumpen herum.

»Ich habe dich schon erwartet«, kicherte er, als Fangur das Pferd beim Brunnen parierte. Seine Männer warteten ein wenig abseits. »Du bist wie immer pünktlich.«

»Dann wirst du ja alles bereithaben, und ich muss mich nicht lange aufhalten.« Was Laoren zu bieten hatte, war nur Fangur vorbehalten, das Wenigste davon landete in der Steuertruhe. Die ausgewählten zwanzig Männer erhielten ihren Anteil und bewahrten Stillschweigen.

»Was ich diesmal für dich habe, wird dich sehr zufriedenstellen«, meinte der Alte.

»Was könntest du schon besitzen, das für mich von Interesse wäre?«, knurrte Fangur verächtlich.

»Ich habe ein interessantes Fischlein aus dem Meer gezogen.« Laoren ging in seine Hütte, Fangur hörte ihn mit Ketten rasseln, und dann weiteten sich seine Augen, als der Alte mit einem an den Händen gefesselten, bartlosen jungen Mann wieder herauskam.

So einen merkwürdigen Burschen hatte er noch nie gesehen. Er war hochgewachsen und schlank, besaß edle Gesichtszüge, doch er schien an einer schrecklichen Hautkrankheit zu leiden, denn schwarze, sich bewegende Schlieren überzogen die Haut von oben bis unten. Im Kontrast dazu standen seine langen, hellen Haare. Er trug dieselbe rissige Kutte wie Laoren und war barfuß. »Was soll ich mit dem?«, fragte Fangur angewidert. Die völlig schwarzen Augen des Mannes blickten ausdruckslos an ihm vorbei.

»Ob du's glaubst oder nicht, das ist ein Nauraka!«, gackerte Laoren.

Fangur tippte sich an die Stirn. »Du bist verrückt, dieses Volk ist schon lange ausgestorben.«

»Er nennt sich Prinz Erenwin von Darystis, und ich *weiß*, dass er ein Nauraka ist. Ich verkaufe ihn dir zu einem guten Preis, und dann verfahre mit ihm nach Belieben. Ich glaube, du wirst in der Traurigen Festung eine Menge Aufsehen mit ihm erregen, und die Gunst des Fürsten ist dir sicher!«

»Und was ist das für eine Hautkrankheit, unter der er leidet?«

»Nur ein Fluch, der dich nicht weiter zu bekümmern braucht.«

Der seltsame Mann wandte sich dem Alten zu. »Dafür also? Um mich zu verkaufen?«

»Man muss sehen, wo man bleibt, Junge«, versetzte Laoren. »Du hast ja keine Ahnung, wie dieses Land hier ausgepresst wird und wie behütet du bei mir gelebt hast. Fürst Morangars Lebensstil ist äußerst aufwendig und sein Hofstaat sehr verwöhnt. Du wirst dort sehr beliebt sein und Morangars Ansehen gegenüber den anderen Fürsten um ein Vielfaches erhöhen, wenn er einen wie dich als Diener vorzuweisen hat.«

Fangur dachte nach. »Na schön, ich erlasse dir die Steuern für fünf Jahre. Hoffen wir, dass er es auch wirklich wert ist.«

»Abgemacht!«, stimmte Laoren zu und übergab ihm die Führkette.

»Komm her, Erenwin«, sagte Fangur, der immer noch nicht so recht wusste, was er von der Sache halten sollte. Doch irgendetwas war an diesem jungen Mann, das an ihm rührte und etwas in ihm weckte, das er verloren geglaubt hatte.

Der angebliche Nauraka näherte sich schweigend dem Pferd. Er hob den Kopf und sagte ausdruckslos: »Da ist noch mehr in der Hütte, das von nicht unbedeutendem Wert ist.«

»Augenblick«, warf Laoren ein, »der Handel gilt bereits!«

Fangur hob eine Braue. Dann gab er zwei Männern einen Wink. »Durchsucht die Hütte.«

»Was sollte ich schon verbergen? Ihr wisst, das habe ich noch nie getan!«, rief der Alte und hastete den Soldaten hinterher.

Kurz darauf kam ein Mann zurück und hielt kostbar aussehende, farbenfrohe Kleidung und ein Schwert samt Scheide hoch. Aus der Hütte erklang Laorens Zetern und gleich darauf Kampfgeräusche.

»Meine Sachen«, sagte der Mann mit den glasschwarzen Augen. »Laoren hat sie mir gestohlen.«

»Nun, du wirst neue Kleidung erhalten, das Schwert allerdings behalte ich. Es sieht wertvoll aus und passt nicht zu einem Sklaven«, erklärte Fangur, und seine Männer grinsten.

Der Gefangene verzog keine Miene. Dann drehte er sich zur Hütte. »Such hinter der Herdstelle!«, rief er hinein. »Dort gibt es ein Versteck unter dem Sand.«

»Erenwin, was tust du?«, schrie Laoren und stolperte mit wedelnden Armen aus der Hütte. Seine weiteren Worte gingen im Lachen des Soldaten unter, der nun herauskam und einen prallen, schwer wirkenden Beutel schwenkte.

»Sieh mal, was uns der Kerl all die Jahre vorenthalten hat!«

»Vielen Dank«, sagte Fangur zu dem angeblichen Nauraka.

»Keine Ursache.«

»Wie ... wie konntest du davon wissen?«, stieß Laoren mit brüchiger Stimme hervor.

»Ich habe dich gewarnt!«, zischte der Mann so scharf, dass selbst Fangur zusammenfuhr.

Laoren wich verstört zurück und schwieg.

»Also gut, lasst uns aufbrechen!«, rief Fangur. »Hier haben wir nichts mehr verloren. Bis in fünf Jahren, Laoren.«

Die beiden Soldaten saßen auf, der Trupp wendete, und mit Fangur an der Spitze, der Erenwin an der Kette hinter sich herzog, ritten sie davon. Als sie die erste Düne erreichten, blieb der angebliche Nauraka stehen.

»Was ist?«, fragte Fangur und runzelte die Stirn.

»Laoren ist nicht mehr von Nutzen«, sagte der Gefangene, »außer für den Verrat.«

Die Soldaten drehten sich ungeduldig um. »Wir müssen weiter, wenn wir noch ein Gasthaus erreichen wollen!«

»Augenblick«, sagte Fangur und starrte auf den Mann hinab. »Was willst du damit sagen?«

»Ihr habt ihm seinen gesamten Besitz genommen«, antwortete er. »Er ist alt und allein, dem Rauschkraut völlig verfallen. In fünf Jahren kann er nicht genug für den Zehnten aufbringen. Also wird er euch alle miteinander verkaufen, um sich die Gunst des Fürsten zu sichern.«

»Du kennst ihn gut ...«

»Ich habe lange genug als Sklave bei ihm gelebt.«

Der rothaarige, hünenhafte Koldar ritt an Fangurs Seite. »Der Bursche ist gar nicht mal so dumm«, bemerkte er. »Wir könnten tatsächlich Ärger bekommen, wenn wir diesen Beutel unterschlagen, denn die Händler, die Laoren bezahlt haben, müssen darüber

Bescheid wissen. Fürst Morangar ist ohnehin schon misstrauisch und stellt Fragen.«

Die anderen stimmten zu, und Fangur entschied kurzerhand: »Tötet den alten Nörgler, und brennt die Hütte nieder.«

Während die zwanzig Mann die Düne hinunterstürmten, um den grausamen Befehl auszuführen, beobachtete Fangur den Gefangenen. Doch dessen Gesicht zeigte keinerlei Ausdruck.

Rauch stieg hinter ihnen auf, während sie Sand aufwirbelnd über die Dünen ritten. Niemand würde um Laoren trauern, und die Händler würden sich einen anderen Strandgutsammler suchen.

Fangur war erbost, als sein Gefangener ein zweites Mal an der Kette riss. »Was ist denn jetzt schon wieder?«

»Ich will meine Sachen und ein Pferd«, antwortete der junge Mann bestimmt.

Koldar kam hinzu. »Was ist denn mit dem los?«, rief er. »Seine Haut ist ja vollständig schwarz geworden! So können wir ihn nicht mehr verkaufen. Hoffentlich ist das nicht ansteckend!«

»Er hat einen Sonnenstich«, erwiderte Fangur. »Er verlangt seine Sachen und ein Pferd.«

Die Soldaten lachten schallend.

»Wir könnten ihn als Spaßmacher anbieten«, fügte Koldar hinzu.

»Als Krieger bin ich nützlicher«, sagte der Gefangene.

»Halte dich nicht auf, Hauptmann!«, rief Dengür. »Wir sollten uns dieses Burschen entledigen, der wird uns nur Ärger machen.«

»Moment«, wies Fangur ihn ab. »Ich muss nachdenken.« Er blickte auf den Gefangenen hinab, und wieder beschlich ihn das Gefühl, dass er von Bedeutung war. Irgendetwas in seiner Ausstrahlung, seiner Haltung ... »Du behauptest, ein Krieger zu sein?«

»Stell mich auf die Probe.« Der Schwarzhäutige wies auf Koldar. »Gib mir ein Pferd, und ich trete mit einem Holzstock gegen ihn an. Ich werfe ihn aus dem Sattel, und wenn mir das gelingt, bekomme ich sein Pferd und meine Sachen.«

»Mit einem Stock?«, sagte Koldar ungläubig.

»Dein Tod wäre nutzlose Verschwendung, der Hauptmann braucht jeden Mann.«

Diesmal blieb den Soldaten das Lachen im Halse stecken, und sie blinzelten verwirrt.

»Also gut, einen Versuch ist es wert«, entschied Fangur. »Wenn du ihn aus dem Sattel wirfst, bekommst du sein Pferd und anständige Kleidung. Über deine Sachen reden wir später.«

Koldar lachte dröhnend. »Mir soll's recht sein!«

»Hast du schon einmal auf einem Pferd gesessen?«, fragte Fangur, während er die Ketten löste.

Der Gefangene spuckte aus. »Ich habe Seeschwärmer geritten.« Er rieb sich kurz die Handgelenke, schüttelte die Arme und nickte. »Ich bin bereit.«

Ein Soldat lieh ihm sein Pferd, und die anderen rissen die Augen auf, als der Gefangene sich mit unerwarteter Geschmeidigkeit und sicherem Gleichgewicht in den Sattel schwang. Er nahm einen Speer, hielt ihn mit dem dick mit Stoff umwickelten Ende nach vorn und stürmte dann los, noch bevor Koldar, der ein Stück abseits geritten war, sein Schwert gezogen hatte.

Das Pferd gehorchte dem barfüßigen Mann, der nicht einmal die Zügel in die Hand genommen hatte, als hätte es nie einen anderen Reiter gehabt. Dabei schien er sich kaum zu bewegen, nur seine Beinmuskeln spannten sich abwechselnd an. Wie festgewachsen saß er im Sattel, als das Pferd durch den Sand galoppierte.

In der Mitte der Düne prallten die beiden aufeinander, und Koldar stieß einen Schrei aus, als der Speerschaft ihn an der Schulter traf und aus dem Sattel hebelte. Unter dem Hohngelächter seiner Gefährten landete er kopfüber im Sand, kam hustend und Staub spuckend wieder hoch und suchte fluchend nach seinem Schwert.

Die Soldaten applaudierten, als der Schwarzhäutige in ruhigem Trab zurückkam, aus dem Sattel glitt und den Speer zurückgab.

Fangur lachte mit den anderen. »Gebt ihm etwas Ordentliches anzuziehen!«, befahl er. »Und du, Koldar, suchst dir jemanden, bei dem du aufsitzen darfst!«

Am Abend lagerten sie in den Dünen, entfachten ein Feuer und brieten frisch gefangenen Fisch. Auch der Gefangene, an Händen und Füßen gefesselt, damit er nicht davonlaufen konnte, erhielt seinen gerechten Anteil. Er trug inzwischen saubere Kleidung, die aus Hemd, Hose, Gürtel und Lederwams bestand, allerdings nach wie vor keine Schuhe. Er sei daran nicht gewöhnt, erklärte er, weil er noch nie Schuhe getragen habe.

Die Sonne ging rot leuchtend im Meer unter, das wie ein schlummernder Vulkan aufglühte. Mit weißer Gischt gekrönte Flutwellen rollten über den Strand und spuckten gepanzerte Schnappkröten aus, die auf Jagd nach Wandermuscheln gingen. Über ihnen wurde der violette, stets leicht verschleierte Himmel allmählich dunkler, und in der Ferne prangte schon der siebenstrahlige Schutzstern.

»So«, sagte Fangur. »Du heißt also Erenwin.«

»Ja.«

»Und du bist wirklich ein Nauraka?«

»Wirf mich ins Meer, und du weißt es.«

Fangur grinste. »Dein voller Name ...«

»Prinz Erenwin von Darystis. Aber das spielt keine Rolle hier an Land, wie ich feststellen musste.« Er verzehrte den letzten Rest Fisch und leckte sich die Finger ab.

»Darystis, was heißt das?«

»Silberspeer.«

Fangur nahm eine bequemere Haltung ein. Einer der Soldaten legte Holz nach, die anderen lagerten darum herum und erzählten sich launige Geschichten. »Nun, Erenwin Silberspeer – verrate mir, was einen edlen Prinzen von einem sagenumwobenen Volk der Tiefe an Land treibt, in die Gefangenschaft eines halbverrückten Alten.«

»Eine Suche«, antwortete Erenwin. »Und ein Fluch. Vielleicht auch zwei.«

Fangurs Neugier wuchs, und er kam immer mehr von dem Plan ab, den bedeutsamen Fund Laorens zu verkaufen. »Erzähl mir mehr. Du gehörst zwar zu den Alten Völkern, aber du bist noch jung, nicht wahr?«

Erenwin nickte. »Ungefähr Mitte zwanzig, glaube ich. Ich habe nicht so genau mitgezählt. Vor Jahren habe ich jemandem ein Versprechen gegeben, ihn zu beschützen. Weil ich es nicht einhalten konnte, wurde ich verflucht. Das bedeutete, ich musste mein Volk und das Meer verlassen, allein mein Name, meine Kleidung und das Schwert sind mir geblieben. Ich kann den Fluch nur abwenden, wenn ich meine Suche beende.«

»Und wenn dir das nicht mehr möglich ist?«, fragte Fangur. »Ich meine, es sind schon Jahre vergangen. Hast du eine Spur aufnehmen können?«

»Nein. Wenn ich meine Suche nicht beenden kann, muss ich eben mein Leben lang dem Fluch folgen und weitersuchen, dann gibt es keine Erlösung für mich.«

»Kommt deine schwarze Haut daher? Du bist nicht damit geboren, das haben wir vorhin gesehen, als die letzten hellen Flecken plötzlich verschwunden waren.«

Erenwin nahm einen langen Zug Wasser. »Das ist eine andere Sache«, brummte er. »Der zweite Fluch, den ich erwähnte, und der auf einem anderen, älteren Fehler beruht. Aber beides hängt zusammen. Und jedes Mal, wenn ich eine böse Tat begehe, kehrt sich meine schwarze Seele nach außen und verändert mich. Eine Hellseherin sagte mir, dass ich zu einem Ungeheuer werde, wenn ich meine Suche nicht beenden kann.«

Fangur stieß einen leisen Pfiff aus. »Beeindruckende Geschichte.«

»Glaubst du die etwa?«, fragte Koldar, der gerade hinzukam und sich mit schmerzlicher Miene seine verletzte Schulter rieb. Ächzend ließ er sich in den Sand fallen.

»Ich habe keinen Grund, sie nicht zu glauben«, versetzte der Hauptmann. »So etwas Absurdes kann sich niemand ausdenken.« Zu Erenwin gewandt, fuhr er fort: »Du hast von bösen Taten gesprochen. Dann hast du also Gewissensbisse wegen Laoren?«

»Nein«, antwortete der Nauraka, doch dabei geriet sein Gesicht in unkontrollierte Zuckungen, und für einen Moment schimmerte helle Haut durch das Schwarz. Stöhnend sank er zur Seite und übergab sich. Ein unterdrücktes Wimmern drang dabei aus seiner Kehle.

»So viel dazu«, bemerkte Koldar. »Ein Jammer um das schöne Essen.«

»Hol ihm noch was, er muss bei Kräften bleiben.«

»Aber es ist nicht mehr viel da!«, protestierte Koldar, gehorchte aber, als Fangur ihm einen strengen Blick zuwarf.

Erenwin erholte sich rasch, seine Gesichtsmuskeln kamen zur Ruhe, die Haut wurde wieder durchgehend schwarz. »Das hat nichts zu bedeuten«, versicherte er. »Nichts darf mich ablenken.«

Fangur sagte nichts dazu, er half Erenwin aufzustehen und wechselte mit ihm den Platz.

Koldar kam mit einem gefüllten Teller zurück, und der Gefangene fing an zu essen, als wäre nichts geschehen.

Fangur legte die Stirn in Falten und rieb sich das bärtige Kinn. »Was sollen wir jetzt mit dir machen, Erenwin?«, fragte er.

Darauf schien der Schwarzhäutige nur gewartet zu haben. »Warum heißt es Traurige Festung?«

»Niemand mit Ausnahme der Herrschenden hat dort viel zu lachen«, antwortete Fangur. »Fürst Morangar ist der Fürst des ärmsten Reiches von Nerovia. Vor ihm und seinem Vater mag es einst bessere Herrscher gegeben haben, doch seither wird das Land ausgepresst, während Fürst und Hofschranzen aus dem Vollen leben. Das Volk gab der Festung ihren Namen. Am besten lebt man hier als Soldat.«

»Vor allem, wenn man Steuern unterschlägt«, bemerkte Erenwin.

»Man muss sehen, wo man bleibt«, erwiderte Fangur gelassen. »Ich bin fünfunddreißig Jahre alt und habe eine Familie zu ernähren, wie alle hier. Der Jüngste ist gerade so alt wie du und wird bald Vater. Koldar geht schon auf die fünfzig zu und ist bereits Großvater.«

»Sag mal«, mischte Koldar sich ein, »worauf willst du eigentlich hinaus, Meerling?«

Erenwins glasschwarze Augen blitzten kurz auf. »Ich helfe euch, den Fürsten zu entmachten, und dafür bekomme ich meine Kleidung und mein Schwert.«

Fangur fühlte Koldars bohrenden Blick auf sich und wurde unruhig, aber zu seinem eigenen Erstaunen war er nicht empört. »Du schlägst Landesverrat vor? Wir einfachen Leute sollen gegen einen adligen Fürsten rebellieren? Damit wären wir alle verflucht.«

»Nicht, wenn ich es bin, der den Fürsten absetzt«, versetzte Erenwin. »Ich begehe keinen Verrat, da ich kein Untertan bin und ihm in keiner Weise verpflichtet. Wahrscheinlich tue ich dem ganzen Land damit einen Gefallen – falls du ein besserer Herr bist, Fangur.«

»Ich?«, sagte der Hauptmann verblüfft.

»Wer sonst? Zieh alle Männer zusammen, denen du vertraust. Bring mich ins Schloss, vor den Fürsten, und ich erledige den Rest. Dann übernimmst du den Thron und entscheidest, ob es besser oder schlechter wird. Das ist dann nicht mehr meine Angelegenheit.«

Koldars Brauen stießen über der Nasenwurzel zusammen. »Und wer sagt uns, dass du nicht den Thron willst?«

»Warum sollte der mich interessieren?«, sagte Erenwin verächtlich. »Ein unbedeutendes kleines Reich, das in Armut lebt, darauf kann ich verzichten. Ich bin zudem nicht an Macht interessiert. Und ich muss meine Suche fortsetzen.«

»Ich sollte dir die Zunge herausreißen, und dann vergessen wir diese Angelegenheit ganz schnell wieder«, brummte Fangur.

»Welche Skrupel hast du, Hauptmann? Du hintergehst deinen Fürsten doch ohnehin seit Jahren, und es berührt dich nicht im Mindesten, einen alten Mann getötet zu haben – auch wenn er es verdient hatte. Du hast mir einen Gefallen getan, nun tue ich dir einen.«

Fangur war immer noch nicht wirklich aufgebracht. Weder riss er Erenwin die Zunge heraus, noch schnitt er ihm die Kehle durch. Was war nur los mit ihm? Auch Koldar rührte sich nicht. Im Gegenteil, er sah ihn auffordernd an.

Im vergangenen Jahr hatten sie sich ab und zu darüber unterhalten, was wohl geschehen würde, wenn Fürst Morangar unvermutet starb. Dem Alter nach war er zwar noch weit davon entfernt, aber er lebte sehr ausschweifend und war fett und kurzatmig. Da konnte schon einmal das Herz plötzlich versagen. Aber natürlich hatte keiner an Verrat gedacht, es war nur ein Gedankenspiel gewesen.

Erenwins Stimme drang in seine Überlegungen. »Das ist mein Preis: Ich helfe euch, und dafür erlange ich die Freiheit, meine Sachen und ein Pferd.« Er hielt sich die Hand vor den Mund und gähnte. »Überleg es dir, Hauptmann Fangur. Bisher hast du geglaubt, nichts tun zu können, und nun biete ich dir eine Gelegenheit, die du nur einmal bekommst. Du hast die Wahl.« Damit drehte er sich auf die Seite, legte sich hin und war kurz darauf eingeschlafen.

Fangur und Koldar sahen sich verblüfft und beunruhigt an.

Dann gingen sie zu den anderen Soldaten.

Fangur weckte Erenwin am nächsten Morgen persönlich.

»Oh«, sagte er fast erstaunt. »Ich bin ja noch am Leben.«

»Denkst du, ich will so enden wie Laoren?«, bemerkte der Hauptmann. Er war übermüdet nach einer Nacht voller aufwühlender Gedanken. »Während du selig geschlummert hast, habe ich mich mit meinen Leuten über deinen Vorschlag beraten.«

Erenwin streckte sich und gähnte. »Demnach sieht es gut für mich aus.«

»Für uns alle, wenn du uns nicht zu viel versprochen hast.« Fangur löste die Ketten, und Erenwin sah ihm verdutzt dabei zu. »Ich habe mich entschlossen, dir zu vertrauen. Ich habe keine Ahnung, weshalb – aber vermutlich kann es nicht mehr schlimmer kommen, und ich will nicht auch noch das letzte bisschen Selbstachtung verlieren, das ich besitze. Ab sofort reitest du als mein Soldat. Du wirst dich an meine Befehle halten und nichts Eigenmächtiges unternehmen. Hältst du dich an die Vereinbarung, werde ich das auch tun.«

Der schwarzhäutige Nauraka stand auf und klopfte sich den Sand ab. »Abgemacht. Ich werde ebenso kühn sein wie du und dich beizeiten an dein Versprechen erinnern.«

Koldar kam heran. »Wir haben die Kleidung des Bürschleins genauer durchsucht und festgestellt, dass da noch ein juwelenverzierter Dolch und sogar eine Armbrust in den Falten verborgen waren. Nicht mal Laoren hat das gefunden. Diese Kleidung ist hervorragend! Wir sollten das Geheimnis dieser Schneiderkunst herausfinden.«

»Mein Jugenddolch«, sagte Erenwin, und für einen winzigen Augenblick huschte ein heller, weicher Schimmer über sein Gesicht. »Ich wäre euch verbunden, wenn ihr ihn nicht verkaufen würdet, er ist meine letzte Erinnerung an glücklichere Tage.«

»Wir haben kein Interesse daran«, sagte Fangur und sah Koldar streng an. Der brummelte irgendetwas vor sich hin und trollte sich. »Kannst du mit der Armbrust umgehen?«

»Ich habe einem wild gewordenen Urantereo die Augen ausgeschossen – ich glaube also schon.«

»Was ist das für ein Tier?«

»Oh, ein Schlängelaal, zwanzig oder mehr Mannslängen groß und mit Zähnen so dick wie der Schädel deines Pferdes. Die Augen sind normalerweise nicht schwer zu verfehlen, weil sie sehr groß sind, aber wenn ein Urantereo wütend ist, wirbelt er das Wasser ziemlich durcheinander, und das macht das Zielen fast unmöglich.«

Fangur entschloss sich, keine weiteren Fragen mehr zu stellen. Entweder war dieser schwarzhäutige junge Mann völlig verrückt, oder er war gefährlicher, als es seine eher schmächtige Gestalt vermuten ließ.

Sie nahmen den direkten Weg zur Traurigen Festung. Fünf seiner Soldaten hatte Fangur als Boten ausgeschickt, die Übrigen zu benachrichtigen. Er war sicher, dass sie im geeigneten Moment alle mitmachen würden, sie waren eher ihm als dem launischen, unberechenbaren Fürst Morangar ergeben, der zudem so misstrauisch war, dass er sich nur fünf Mann als Leibgarde hielt, die er ständig beobachtete. Mit denen konnten sie leicht fertig werden, und wenn Morangar erst aus dem Weg geräumt war, würden die übrigen Soldaten auch überlaufen.

Fangur hätte diesen Schritt niemals gewagt, wenn Erenwin nicht gewesen wäre. Dass sein Verrat keineswegs dadurch geschmälert wurde, dass ein anderer das Attentat ausführte, verdrängte er. Vor dem Volk würde es anders aussehen, es würde ihn feiern, wenn er die prall gefüllten Vorratskammern öffnete und das Essen verteilte.

Zur Abwechslung würde er mal etwas Gutes tun und sein in Heldengeschichten vernarrter Sohn, der ihn sonst mit Verachtung strafte, würde stolz auf ihn sein.

Allmählich gewöhnte er sich an den Gedanken, den Thron zu übernehmen. Es wäre nicht das erste Mal, dass es solch einen Wechsel gab, und es musste ja auch nicht für immer sein.

Fangur hütete sich, die Wahrheit bekannt werden zu lassen, als alle am vereinbarten Treffpunkt erschienen waren. Er begründete den vorzeitigen Abbruch ihrer Steuereintreibung mit einem dringenden Ruf des Fürsten.

Erenwin hatte sich inzwischen gut in die Truppe eingefügt. Er war wortkarg und distanziert, doch es gab keinen Grund zur Beanstandung. Er ritt besser als sie alle zusammen und befolgte widerspruchslos jeden Befehl.

Und er unternahm keinen einzigen Fluchtversuch.

Als sie den letzten Abend unter freiem Himmel verbrachten, bevor sie am nächsten Morgen die Burg erreichen würden, saßen Fangur und seine engsten Vertrauten zu einer letzten Beratung am Feuer, während die übrigen Soldaten verstreut um sie herum lagerten. Alle schienen zufrieden, ein wenig Ruhe zu haben, und freuten sich auf ihre Familien, Geliebten, und Wein und Bier machten die Runde.

Nur einer war nervös, Fangur selbst, da sich morgen sein Schicksal entscheiden würde.

»Nun, Erenwin«, sagte Koldar gut gelaunt, »wie denkst du jetzt über uns Landgänger, nachdem wir schon eine Weile miteinander reiten?«

»Ihr seid langweilig, einfallslos, armselig in eurem Verhalten«, antwortete der Nauraka und versetzte alle in Sprachlosigkeit. »Kein Tanz, keine Gestik, höchstens ein wenig anmutiges Wedeln mit den Händen. Nauraka achten weniger auf Worte und Aussehen, sondern beobachten die Haltung des Gegenübers und können sich verständigen, ohne sprechen zu müssen. Ihr seid zu bedauern.«

Koldar schluckte hörbar und wischte sich den Bierschaum aus

dem Oberlippenbart. »Danke für deine hohe Meinung«, sagte er finster.

»Ich wollte euch nicht beleidigen, es ist die reine Wahrheit«, versetzte Erenwin. »Eure Sinne sind stumpf. Ich aber erkenne schon von weitem am Geruch, ob jemand Angst hat, egal, wie martialisch er sich geben mag. Ich sehe das Unbewusste, was ihr durch falsche Gesten vertuschen wollt. Ich habe hier«, er legte den Finger zwischen Lippe und Nase, »einen besonderen Tastsinn für Gefahr, für Furcht, aber auch für Ausgeglichenheit. Sträubt sich da etwa gerade dein Bart, Koldar, weil du spürst, dass etwas mit dem Bier nicht in Ordnung ist?«

Kurzes Gelächter machte die Runde, als Koldars Hand unwillkürlich wieder zum Mund hochzuckte. »Was ist denn damit nicht in Ordnung?«, rief er.

»Palfir hat vorhin einen Fischschwanz in den Krug geworfen, bevor er dir nachgoss«, antwortete Erenwin.

Entsetzt kippte Koldar den Rest aus, und tatsächlich, ein Fischschwanz fiel heraus. Nun brüllten viele vor Lachen, während der rothaarige Hüne fluchend dem bereits fliehenden Scherzbold hinterherrannte.

»Erzähl uns etwas über den Kampf, Erenwin!«, rief einer aus der Menge.

»Ja, wie kämpfen die Nauraka?«, fielen andere ein.

»Im Kampf sind sie Menschen gegenüber ebenfalls im Vorteil«, sagte Erenwin. »Hier an Land kann man nur nach zwei Seiten kämpfen – vor oder zurück, links oder rechts. Das ist plump und schwerfällig, und voraussehbar, weil der Kampf derart beschränkt ist. Ich kann hier an Land leicht berechnen, was mein Gegner als Nächstes tun kann, und aus wenigen Möglichkeiten die wahrscheinlichste wählen. Nauraka hingegen kämpfen in alle Richtungen, auch oben und unten ist ihnen nicht verwehrt. Sie müssen ihre Sinne auf vier Richtungen ausdehnen. Das ist gleichwohl herausfordernder und schwieriger, zugleich eleganter.«

Fangur glaubte dem jungen Mann jedes Wort, fragte sich aber, wie viel Erfahrung und Können er selbst besitzen mochte, nachdem er mindestens zwei Jahre bei Laoren in Knechtschaft verbracht hatte.

»In welchem Alter lernt ein Nauraka zu kämpfen?«, stellte jemand die richtige Frage.

»Ich war fünf Korallenringe alt... ich meine fünf Jahre, als meine Ausbildung begann«, erklärte Erenwin. »Und nicht nur im Kampf, sondern auch in der Geistesbildung. Jeden Tag, oder Helldämmer, wie es in der Tiefe heißt. Manchmal auch nachts. Allerdings ist das nur bei den Adligen der Fall, das einfache Volk hat es leichter.«

»Vermisst du dein Volk?«, fragte Fangur dazwischen, der immer nachdenklicher wurde und dem sehr wohl aufgefallen war, dass Erenwin nie von »wir«, sprach, sondern von »den« Nauraka.

»Ich habe kein Volk mehr«, antwortete er.

»Weißt du was, Erenwin?«, sagte Koldar, der gerade zurückkam und sich schwer atmend in den Sand fallen ließ. Der Schweiß tropfte ihm von der Stirn, und er rieb sich die Fingerknöchel der rechten Hand. »Genau das ist dein Problem. Du fühlst dich über uns erhaben, aber andererseits hast du keine Möglichkeit mehr, zu deinem ach so edlen Volk zurückzukehren. Du hast keinen Anteil an unserem Leben, du bist nur auf dich selbst fixiert und schiebst deinen Fluch vor, um zu niemandem eine Beziehung aufbauen zu müssen. Deswegen willst du auch so bereitwillig die Schmutzarbeit für andere übernehmen, weil sie keine Bedeutung für dich hat. Nichts bedeutet dir etwas. Hast du auf dem Ritt hierher überhaupt bemerkt, in welchem Zustand die Dörfer waren, durch die wir kamen? Und die Menschen, die wir im Auftrag des Fürsten berauben? Du wandelst durch unsere Welt wie ein Toter.«

Daraufhin trat Schweigen ein. Viele wandten sich betreten ab. Fangur bekam beinahe Mitleid, als er den Ausdruck auf dem Gesicht des jungen Mannes sah, in dessen glasschwarzen Augen sich das Feuer spiegelte, ohne Wärme zu zeigen.

»Ich bin ... ein Toter«, sagte Erenwin schließlich leise. »Jeder in der See weiß das, selbst die anderen Völker. Ich kann dort nirgends leben, nicht einmal als Einsiedler. Ich trage etwas in mir, das mich zu Dingen zwingt, die ich nicht tun will und die meine Seele zerstören. Gleichzeitig werde ich innerlich immer tauber und leerer, unfähig, noch etwas Gutes zu empfinden. Stück um Stück geht verloren, bis nichts mehr bleibt. Ich klammere mich an meine Suche, ich will die Hoffnung nicht aufgeben, dass ich ... meine Schwester finde. Lurdèa. Ich gab ihr mein Versprechen und habe sie verloren.« Er blickte auf, und Fangur sah eine Träne über seine Wange rollen, die eine helle Spur hinterließ.

»Hm«, murmelte Koldar. »Wir alle suchen nach Liebe und Anerkennung, Erenwin, auf die eine oder andere Weise. Das unterscheidet dich dann gar nicht so sehr von uns. Vielleicht findet deine Suche ja doch eines Tages Erfüllung. Lange genug wirst du dafür leben. Ich wünsche dir viel Glück dabei.« Damit suchte er sich einen Platz bei seinen Gefährten.

»Du bist nicht zu beneiden«, bemerkte Fangur.

Doch die Tränenspur war bereits getrocknet und die Haut nahtlos schwarz. Erenwins Gesicht war so ausdruckslos wie zuvor.

»Es wird jeden Tag leichter«, entgegnete er ruhig.

Fangur ließ sich wie gewohnt beim Fürsten anmelden. Vergangene Nacht, wie auch in den gesamten letzten Nächten, hatte er so gut wie kein Auge zugetan, aber seine Männer waren fest entschlossen, den Plan durchzuführen. Auf dem Weg hierher hatten alle erkannt, dass sie Familien beraubten, nur um ihre eigene zu ernähren, dass sie genau wie Erenwin auf Distanz gegangen waren, um sich nicht schuldig zu fühlen.

Koldars Standpauke, die an Erenwin gerichtet war, hatte alle Verschwörer zum Nachdenken gebracht. Und sie waren nun mehr denn je entschlossen, lieber die Schuld eines Fürstenmordes auf sich zu laden, als weiter gegen ihre eigenen Leute vorzugehen. Noch dazu, da sie einen Außenstehenden hatten, auf den sie sehr bequem die gesamte Verantwortung abladen konnten. Wie sie es bisher auch getan hatten, indem sie lediglich die Anweisungen des Fürsten ausgeführt hatten. So viel Unterschied bestand also gar nicht, aber vielleicht wurde das Joch dadurch leichter.

Fangur fragte Erenwin nicht, wie er das Attentat durchzuführen gedenke, und er gab ihm auch keine Waffe. Der Nauraka beschwerte sich deswegen nicht. Sollte er entgegen der Vereinbarung vorhaben, die Verschwörer zu verraten, um die Gunst des Fürsten zu gewinnen, würde er es schwerhaben, den Fürsten von dem Verrat zu überzeugen. Niemand kannte ihn hier am Hofe, und Fangur genoss schon seit zehn Jahren hohes Ansehen als treuer Soldat seines Herrn. Der Hauptmann glaubte nicht, dass Erenwin so dumm sein würde. Er machte keinen verschlagenen Eindruck, obwohl er bei Laoren in die Lehre gegangen war.

Bis zu Erenwins Vorschlag hatte Fangur nie darüber nachgedacht, welche Konsequenzen diese Treue dem Fürsten gegenüber bisher nach sich gezogen hatte. Es war eben so, dass er nur seine Pflicht erfüllte, hatte er seiner Familie erklärt. Und als sein Sohn wissen wollte, worin diese Pflicht bestünde, hatte er geantwortet: euch zu ernähren und in Sicherheit zu wissen.

Doch was war denn nun tatsächlich seine *Pflicht?*

Der Dienst am Volk, war er zu dem Schluss gekommen, genau darauf hatte er damals auch seinen Eid geleistet. Der Nauraka aus der Tiefe des Meeres hatte ihm erst die Augen öffnen müssen, damit er sein Gewissen entdeckte. Er musste das Grundlegendste von einem Mann lernen, der in keine Welt mehr gehörte, der keine Heimat und keine Familie hatte, getrieben von einem merkwürdigen Fluch, der ihn in ein Ungeheuer verwandelte.

Er würde gut in die Traurige Festung passen.

Innerhalb eines einzigen Tages war Fangurs Leben komplett auf den Kopf gestellt worden, und seither haderte er mit sich. Doch jetzt würde er keinen Rückzieher mehr machen, sonst musste er das Land verlassen und anderswo in Schimpf und Schande leben. Denn so konnte er nicht mehr weitermachen.

Fangur hatte gelernt, seine Gefühle hinter einer kühlen Maske zu verbergen, als Hauptmann war das unumgänglich, und das kam ihm auch jetzt zugute. Es war alles wie immer, als er durch das Portal in die Traurige Festung schritt, einem Bauwerk aus dicken Mauern und Gittern ohne äußere Schnörkel oder Verzierungen. Ein quadratischer Klotz inmitten einer baumlosen Ebene, dessen Eingang vier Mannslängen hoch lag und nur über eine einzige Stufenbrücke über einen tiefen Graben zu erreichen war. Die Brücke war so schmal, dass nur gut ausgebildete Pferde sich darüber wagten.

Vor dem Graben befand sich das befestigte Soldatenlager, wo der Großteil verbleiben musste, bis Fangur nach ihnen rufen würde.

Morangars Vater hatte an alles gedacht, als er aus dem ursprünglichen Fürstenschloss diese unzugängliche Festung gebaut hatte. Die Stadt, die einst davor lag, war vollständig zerstört worden, die Einwohner versprengt, damit nie zu viel Volk auf einem Fleck beisammen war und vielleicht auf dumme Gedanken käme. Nur die verstreut liegenden Dörfer und einsamen Gehöfte waren verblieben. So waren Fangur und alle anderen aufgewachsen und hatten bis zu der Begegnung mit Erenwin nie darüber nachgedacht, ob es nicht auch anders sein könnte.

»Kein Wunder, dass es Traurige Festung heißt«, bemerkte Erenwin. »Die Steine müssen ja weinen über ihre eigene Scheußlichkeit.«

»Warte ab, bis du ins Innere kommst«, entgegnete Fangur und sollte recht behalten.

»Das ist ja noch scheußlicher«, stellte der Nauraka angesichts der völlig überladenen Einrichtung angeekelt fest. »An Geschmacklosigkeit nicht zu überbieten.«

»Aber dafür protzig, und ich wette, man könnte durch den Verkauf eine Menge Geld erhalten, das man anderweitig verwenden kann.«

Doch darauf wollten sie jetzt nicht achten. Morangar erwartete sie bereits, und der gesamte Hofstaat tummelte sich ebenfalls in der riesigen, mit Gold und Edelsteinen überladenen Halle.

Fangur hatte seine zwanzig Mitverschwörer im Gefolge, das war nicht unüblich, denn sie mussten schließlich die schweren Steuertruhen hereinschleppen.

Morangars Leibgarde stand wie gewohnt an den Seiten, nur eine Wache am Haupteingang. Mehr als die fünf brauchte es nicht – von wem sollte dem Fürsten hier auch Gefahr drohen? Keiner der Hofschranzen durfte Waffen tragen, falls überhaupt einer in der Lage war, ein Messer richtig herum zu halten, und für eventuelle Giftmischer waren die Vorkoster zuständig.

Der Fürst saß auf seinem Thron, ein fetter Mann mit schlaffen

Muskeln und von Ausschweifungen gezeichnetem Gesicht, der seine Festung schon seit Jahren nicht mehr verlassen hatte.

Fangur fragte sich plötzlich, wie er zehn Jahre damit hatte leben können. Wirklich nur seiner Familie wegen? Es konnte nicht anders sein. Anfangs hatte er sich vielleicht noch geekelt, aber dann einfach weggesehen und genommen, was er bekam, und das Beste daraus gemacht. Wie so viele.

Es geschah, bevor auch nur ein einziges Wort gefallen war. Morangar kam lediglich dazu, den Mund zu öffnen, aber nur, um seinen letzten Atemhauch statt einer Silbe auszustoßen.

Erenwin bewegte sich so schnell, dass Fangur kaum mit den Augen folgen konnte, obwohl er höchst konzentriert und auf alles gefasst war. Er sah gerade noch aus dem Augenwinkel einen schwarzen Schemen, der eine seltsam schlierige Nebelbahn durch den Saal zog.

Ein Herzschlag.

Eine Gestalt formte sich aus dem Nebel, direkt hinter dem Fürsten.

Der zweite Herzschlag.

Fangur sah es, doch es geschah zu schnell, um es wirklich zu begreifen. Die erhobenen Arme, die Hände wie Klauen verkrümmt, fuhren auf den Fürsten herab.

Der dritte Herzschlag.

Alles verschwamm vor Fangurs Augen, und das Nächste, was er klar sah, war Morangars grotesk verdrehter Kopf und sein feister Körper, der auf dem Thron zusammensackte.

Der vierte Herzschlag.

Fangur atmete gerade aus. Und hastig wieder ein.

Der fünfte Herzschlag.

Erenwin drehte den Kopf des Fürsten zurück, dessen Kinn auf die Brust sank. Er sah Fangur an.

»Jetzt!«, rief Fangur und hoffte, dass seine Leute schneller waren als alle anderen.

Sie waren es, denn genau wie er waren sie darauf vorbereitet gewesen und hatten alles genau beobachtet. Sie hatten gewusst, was geschehen würde. In rasender Geschwindigkeit – Fangur erschien es jedoch nach Erenwins unglaublich schnellen Bewegungen furchtbar langsam – verteilten sie sich im Saal, entwaffneten die fünf Gardisten und richteten die Waffen auf die Hofschranzen. Koldar verschloss das Portal und postierte sich davor. Erenwin stand in dem Moment bereits wieder neben Fangur.

Der zwanzigste Herzschlag.

»Niemand rührt sich!«, rief Fangur, während die Hofschranzen erst die Trägheit abschüttelten, sich staunend umsahen und immer noch nicht begriffen. Sie hatten überhaupt nichts mitbekommen; alles, was sie jetzt sahen, waren Speere und Schwerter, die sie plötzlich bedrohten, ohne dass sie den Grund dafür erkennen konnten.

Der fünfzigste Herzschlag.

»Unser Fürst Morangar ist soeben einem bedauerlichen Herzanfall erlegen«, fuhr der Hauptmann fort und wies auf den Thron. Es sah so aus, als wäre der Herrscher eingeschlafen, wäre da nicht die wächserne, sich allmählich ins Grau wandelnde Hautfarbe gewesen. »Ich rufe hiermit die vorgeschriebene dreitägige allgemeine Staatstrauer aus. Das Protokoll sieht vor, dass alle Angehörigen des Hofes sich auf ihre Zimmer begeben müssen, um dort den Tod unseres geliebten Fürsten angemessen zu beweinen. Ich werde persönlich für eure Sicherheit sorgen und die Geschäfte führen, bis wir einen Nachfolger auf den Thron gefunden haben. Bis dahin soll es euch an nichts mangeln.«

Die Hofschranzen waren immer noch wie gelähmt, begriffen nicht, was vorgefallen war, und fügten sich gehorsam, als Fangurs Soldaten anfingen, sie sanft, aber bestimmt hinauszudrängen. Die fünf Gardisten wurden abgeführt, mit ihnen würde Fangur sich später beschäftigen.

Noch nicht einmal hundert Herzschläge waren vergangen, während dies geschah und sechs kräftige Diener Morangars Leichnam hinausschafften.

Erst jetzt schien die Zeit wieder in normaler Geschwindigkeit zu verstreichen.

Bald waren sie nur noch zu dritt im Saal, Koldar, Fangur und Erenwin.

»Das war unglaublich«, sagte der Hauptmann zu dem Nauraka, der völlig unbeteiligt dastand.

»Ich sagte es dir doch«, erwiderte der. »Und wie geht es nun weiter?«

Fangur hob eine Braue. »Es wäre ein Leichtes, dich als Attentäter dem Volk zum Fraß vorzuwerfen und mich als Held feiern zu lassen.«

»Ich weiß.«

»Warum hast du es dann trotzdem getan?«

»Weil dich dein Gewissen handeln ließ, nicht Machtgier. Es schwelte schon lange in dir, aber das weißt du besser als ich. Du hast danach verlangt, dass ich dir den Weg weise, um es dir leichter zu machen. Nun trage deine Schuld ab, indem du deinem Volk hilfst.«

Fangur tippte mit dem Finger gegen den Hals des Nauraka, an dem sich ein seltsamer Schorf, wie ein Auswuchs, gebildet hatte. Er war hart wie Stein. »Und was ist mit deiner Schuld?«

»Du hast sie gerade berührt.«

Fangur gab Koldar einen Wink. »Bring ihm seine Sachen.« Er nickte Erenwin zu. »Draußen wartet dein Pferd. Ich hoffe, dass wir uns nie wiedersehen.«

»Verlass dich drauf«, sagte Erenwin.

Kurz darauf galoppierte er mit seinem Pferd über die Ebene davon.

»Eigentlich schade«, meinte Koldar. »Mit ihm könnten wir das ganze Land an einem einzigen Tag erobern und bereits beim Abendessen den Sieg feiern.«

»Ja, Koldar. Und jetzt schaffen wir hier Ordnung.«

16.

Mohnblüte

Langsam kamen sie sich auf der Reise näher. Lurdèa musste zugeben, dass Berenvil ein angenehmer Begleiter war, er war immer gut aufgelegt, oft jungenhaft heiter und wusste viel zu erzählen.

Es blieb nicht umhin, dass er anfing, um Lurdèa zu werben, und diese musste sich eingestehen, dass es ihr nicht unangenehm war, sondern ganz im Gegenteil eine Wohltat. So viel Aufmerksamkeit, ohne dass er jemals fordernd oder aufdringlich wurde, tat ihr gut. Je weiter sie sich vom Meer entfernte, desto weniger vermisste sie es. Berenvil lenkte sie so sehr ab, dass sie immer weniger an ihre Vergangenheit dachte, auch Erenwin schob sie aus ihren Gedanken, denn sie konnte nichts mehr für ihn tun. Sie hoffte, dass er seinen Weg ging und dass sie ihn eines Tages wiedersah. Aber zuerst musste sie sich ihre eigene Zukunft schaffen.

Und Berenvil … nun, sie hätte es schlechter treffen können. Sie fühlte sich zu ihm hingezogen, so wie auch er offensichtlich an ihr Gefallen gefunden hatte. Da sie von den Alten Völkern stammten, verstanden sie sich auf eine Weise, wie es mit einem Menschen nie möglich gewesen wäre.

Lurdèa mochte die Menschen, sie stellten das zahlreichste Volk dar, und sie begegnete ihnen täglich auf die unterschiedlichste Weise. Sie waren skurril, unberechenbar, aber auch voller Humor und vor allem Lebenskraft. Da sie nur eine sehr kurze Lebensspanne zur Verfügung hatten, nutzten sie diese so intensiv wie möglich; Geduld zählte deshalb nicht zu ihren Stärken. Sie dachten nur in engen, kurzen Bahnen, waren aber dafür sehr einfallsreich. Hauptsächlich aber waren sie sehr leidenschaftliche, um nicht zu sagen hitzköpfige Geschöpfe, die in vielen Geschichten und Liedern hauptsächlich die Liebe priesen. Jene Liebe, nach der Erenwin stets auf der Suche gewesen war. Lurdèa lauschte den Geschichten, und der eine oder andere, Frau oder Mann, wusste sogar aus dem eigenen Leben zu berichten, was die Liebe ihm oder ihr gebracht hatte.

Die meisten Menschen erhoben die Liebe zu dem Ideal, das am meisten erstrebenswert war. Das galt selbst für diejenigen, die nur nach Macht strebten, denn dies war dann ihre Liebe, das, was sie unter Erfüllung verstanden. Es gab sehr viele Bezeichnungen für so etwas nicht Greifbares.

Lurdèa begegnete auf der Reise fahrenden Rittern, die nach der Dame ihres Herzens suchten, manche folgten dabei dem Märchen von der Blauen Rose und wollten es wahr werden lassen. Ein Barde erzählte ihr von der wahrhaft stattgefundenen, zweihundert Jahre dauernden Reise der Prinzessin Alasanferantu, die von ihrem Vater verstoßen wurde und ihr Volk aufgegeben hatte, um nach ihrem nicht standesgemäßen Geliebten zu suchen, und ihn schließlich als Visionenritter wiederfand. Aus dieser Verbindung, die zu einer der größten Legenden wurde, entstand dereinst Arlyn Antasa, Herrin von Farnheim und Königin von Ardig Hall, die wiederum ihr Herz an den letzten Nauraka, der das Meer verließ, verschenkte. »Die schönste aller Frauen«, schwärmte der singende Dichter. »Ihre Heilkunst und Herzlichkeit sind weit über Valia hinaus bekannt, und auch in Nerovia findest du Statuen und Gemälde von ihr.«

»Und liebt der König von Ardig Hall sie auch?«, fragte Lurdèa, die das am meisten interessierte.

»Mit aller Hingabe, er betet sie an«, antwortete der Barde. »Und das ist kein Wunder: Die Nauraka, wo auch immer sie heute sein mögen, haben dereinst die Liebe aus der Tiefe mitgebracht.«

Wenn dem so war, hatten die Nauraka das schon lange vergessen. Lurdèa dachte bei sich, wie sehr Erenwin sich seit der Kindheit wünschte, dieses hehre Ziel zu erreichen. Und vielleicht war es auch richtig, diesem Traum nachzujagen. Sie selbst konnte jedoch nicht nachvollziehen, was nun wirklich damit gemeint war und wie man empfand, wenn man »liebte«. Es war nicht dasselbe, was sie für

Berenvil empfand und er seinerseits für sie. Gewiss, sie besaßen viel Zuneigung füreinander, aber reichte das aus?

Auf die Frage, wie er zur Liebe stünde, hob er nur die Schultern und grinste: »Ich habe meine Erfahrung noch nicht gemacht. Aber ... ich denke, ich bin nah dran.« Und dabei hatte er sie mit einem seltsamen Ausdruck angesehen, der ihr durch und durch ging. Tiefes Begehren, das auch in ihr reichlich unzüchtige Gedanken auslöste.

»Brauchen wir denn Liebe?«, fuhr er fort. »Mir gefällt die übersprudelnde Verliebtheit, die einen kopfstehen lässt.«

»Mir genügt Harmonie«, erwiderte sie. »Und Gleichgewicht.«

»Das Geteilte vereint«, schmunzelte er. »Und schon wäre der Ewige Krieg beendet.«

Sie lachte. »So einfach ist es leider nicht. Aber mir scheint, für uns beide wäre es möglich.«

»Das würde mir gefallen.«

»Ja. Mir auch.«

Er legte den Arm um ihre Schultern und drückte sie leicht an sich. »Vermisst du das Meer?«

Sie schüttelte den Kopf. »Du bist mein Meer, Berenvil.«

Dass Berenvil sich von Anfang an bescheidener gegeben hatte, als es der Wahrheit entsprach, erfuhr Lurdèa schnell. Überall wurde er erkannt und ehrerbietig aufgenommen, ohne dass er auch nur ein Geldstück opfern musste. Bei den Menschen galt er als Gelehrter, sie bewunderten ihn für sein einsames Leben hoch oben auf dem Berg und verliehen ihm allein dadurch einen höheren Status. Die anderen Völker begegneten ihm mit Respekt, als bekanntem Handelspartner oder sogar Schlichter in Streitfragen.

»Du bist mehr als nur ein Burgherr!«, warf sie ihm streng vor.

»Ich schwöre dir, mein Reich ist wirklich sehr klein!«, gab er lachend zur Antwort. »Aber bevor ich sesshaft wurde, bin ich viel herumgezogen und meistens in irgendwelche Situationen geraten, die sich herumsprachen, daher kennt man mich in diesem Teil Nerovias recht gut. Stört es dich?«

»Solange wir damit täglich ein Bett und eine Mahlzeit bekommen, nicht im Geringsten.« Lurdèa verzieh ihm ohnehin alles, sie sah auch keinen Grund, warum sie es nicht tun sollte. Er bot ihr Schutz und Auskommen, war immer gut zu ihr, und sie wollte sich ein Leben ohne ihn gar nicht mehr vorstellen.

Berenvil hielt es für besser, dass niemand ihre wahre Herkunft erfuhr, denn wer wusste schon zu sagen, wie manche darauf reagieren würden, wenn sie erführen, dass die Nauraka immer noch existierten. Als Erstes erhielt sie deshalb andere Kleidung, die den Landgängern angepasst war und nicht so auffällig wie ihre ohnehin inzwischen abgerissene, dennoch bunte, aufwendig gestaltete Tracht. Und er gab Lurdèa einen anderen Namen, mit dem er sie vorstellte: Raëlle, Mohnblüte. Denn es gäbe in den Bergen einen Mohn gleichen Namens, erzählte er, dessen Blätter genauso türkisfarben seien wie ihre Augen und dessen Kern golden glänzte, so wie die Funken in ihren Augen, wenn sie freudig erregt war.

Sie nahm den Namen an, als Sinnbild für ihr neues Leben. Das schweißte sie vor allem zusammen: Sie teilten beide dieselbe Einsamkeit. Es gab sonst niemanden, der so war wie sie, und das bildete eine Brücke zwischen ihren Welten. Was Lurdèa besonders an Berenvil gefiel, war, dass er trotz seines Selbstbewusstseins manchmal ihr gegenüber unsicher war, wie er sich verhalten sollte. Das zeigte, dass er nicht sonderlich viel Erfahrung mit Frauen hatte, zumindest war er an keine feste Bindung gewöhnt, sie aber als gleichwertig respektierte.

»Ich hatte nie eine Familie«, sagte er eines Abends am Fuße des Domgar in einem lärmenden Gasthaus; jemand feierte gerade Geburtstag, und alle wurden freigehalten. Trotzdem blieben die beiden unter sich, und darüber war Lurdèa froh – immerhin war das Ziel der Reise nun greifbar nahe und damit eine Entscheidung zu fällen.

»Vielleicht«, fuhr Berenvil fort, »hänge ich deswegen so sehr an dir. Mir ist noch nie jemand wie du begegnet. Ich möchte immer für dich da sein, Luri.« Wenn sie sich derart vertraulich unterhielten, benutzte er gern die Koseform, auch wenn er immer öfter ihren neuen Namen aussprach, selbst wenn sie nur zu zweit waren.

»Kühne Worte«, meinte sie leichthin, um ihm nicht zu zeigen, wie aufgewühlt sie bereits war. »Wie kannst du das wissen?«

»Ich fühle es eben. Es ist wie ein Zwang, ich will immer nur in deiner Nähe sein. Tut mir leid, wenn ich dich damit brüskiere, aber ... wir haben Domgar erreicht, und es gibt da ein paar Dinge, über die wir reden müssen. Vorher.« Er spielte mit dem Krug in seinen Händen und mied ihren Blick.

Sie war nicht überrascht. Beiden war klar gewesen, dass dieser Augenblick kommen musste, auch wenn sie ihn vor sich hergeschoben hatten. Sie waren Freunde ... aber eben auch mehr. Lurdèa schätzte es inzwischen, wenn Berenvil ihre Hand in seine nahm, wenn er manchmal eine Haarsträhne aus ihrem Gesicht strich, und die Art, wie er sie ansah. Sie war immer noch zu scheu, um größere Nähe zuzulassen, doch das lag an ihrer verletzten Seele, nicht an ihrem Körper. Der sehnte sich längst nach zwei kräftigen Armen, die ihn festhielten und wärmten. War das Liebe? Nein, so weit wollte sie nicht gehen. Aber zumindest war es aufrichtige Zuneigung und das Verlangen nach körperlicher Zärtlichkeit.

Ja, sie mussten an dieser Stelle beide eine Entscheidung treffen.

»Du hast recht«, sagte sie.

»Eine Frage beschäftigt mich schon seit langem«, fuhr Berenvil zögerlich fort. »Damals, als du mich vor dem Ertrinken bewahrt hast ... ich war bewusstlos, aber als ich zu mir kam, hatte ich eine seltsame Erinnerung. Ein *Gefühl*. Deinen ... Mund auf meinem.«

Lurdèa nickte lächelnd und ein wenig verlegen. Daran erinnerte sie sich auch noch, und jedes Mal mit einem seltsamen Kribbeln. »Ich habe dir etwas von meinem Atem gegeben.«

Er fuhr sich durch die dunklen Locken, und ein seltsamer Ausdruck lag in seinen unergründlichen Augen. »Wie konntest du dich dazu überwinden?«

»Ich habe nicht nachgedacht. Das scheint meine hervorstechendste Eigenschaft zu sein.«

»Und danach? Als du wieder nachgedacht hast?« Seine Finger tasteten vorsichtig nach ihrer Hand.

Sie errötete leicht. »Ich wollte es nicht missen«, gestand sie.

Berenvil atmete tief ein. »Also dann«, gab er sich einen Ruck, ergriff Lurdèas Hände, legte sie zwischen seine und sah sie fest an. »Ich lebe allein dort oben auf dem Berg, Lurdèa von den Nauraka. Es ist kalt und zugig, aber ich habe die Burg so gebaut, dass die Wärme der Kamine gut in Inneren gehalten wird. Es gibt viele Teppiche und Bequemlichkeiten, vor allem weiche Betten, auch für Gäste … obwohl ich noch nie welche hatte, glaube ich. Nicht jeder schätzt die Unwirtlichkeit und den beschwerlichen Weg hinauf. Ich aber lebe dort oben, weil ich jeden Tag eine atemberaubende Aussicht habe und weil mir niemand dieses kleine Reich streitig macht. Ich kann tun und lassen, was ich will. In meiner Schatzkammer lagere ich einen bescheidenen Reichtum, der für Dienstboten und sogar eine Soldatentruppe reicht. Das Dorf unten am Fuß des Berges versorgt mich mit allem, was ich brauche. Der Berg gehört mir zwar nicht, aber dieses Dorf und ein bisschen Land. Meine Burg heißt Dorluvan, Eislicht, wie mein Reich.

Und jetzt offenbare ich dir endlich, aus welchem Grund ich den Berg verlassen habe und mich von diesem adligen Mistkerl übertölpeln ließ. Ich war nämlich auf der Suche nach einer Frau.«

Beinahe hätte sie gelacht, aber sie riss sich zusammen. Berenvil wirkte so ernst und feierlich wie nie zuvor, es war ihm sehr wichtig. Und sie hatte inzwischen ziemliches Herzklopfen, wie sie sich eingestehen musste.

»Die Einzelheiten der Blamage erspare ich dir auch weiterhin. Der Kerl wartete nur auf seine Stunde der Rache, wegen einer Sache, die ich schon lange vergessen hatte. Statt der Tochter des Barons bekam ich also eins über den Schädel und landete im Sklavenkäfig. Sicher wäre ich da wieder rausgekommen, irgendein Händler in Nuramar hätte mich schon ausgelöst, denn man kennt mich dort. Anschließend hätte ich mich gerächt, das kannst du mir glauben.

Aber dann … kamst du.« Sein Blick ging in die Ferne, und ein verträumtes Lächeln huschte über sein Gesicht. »Verstehst du, es war wie die Fügung des Schicksals. All das musste geschehen, damit ich dir begegne. Glaubst du an solche Fügungen?«

»Ich kenne sie aus Geschichten, die man sich in der Tiefe erzählt und auch hier an Land, aber … nein, ich glaube nicht daran«, gestand Lurdèa. »Nicht mehr. Ich habe es einmal getan und mich getäuscht, das brachte mir nur Unglück.«

Er fuhr fort: »Bei mir war es gerade umgekehrt. Bisher hielt ich mich ausschließlich selbst verantwortlich für mein Schicksal, doch dein Anblick erschütterte mich zutiefst und warf mich aus der Bahn. Ich war so verwirrt und überwältigt zugleich, dass ich unverzeihlicherweise meinen Verstand verlor, obwohl ich allgemein als kühl und sachlich gelte. Deshalb ... floh ich auch in Nuramar vor dir, wofür ich mich jetzt noch schäme. Aber mir ging es so wie dir: Ich habe nicht nachgedacht. Ich konnte nicht glauben, was mir da widerfuhr, und wollte wegrennen, weil ich mich auf einer schwankenden Brücke über einem Abgrund wähnte. Ich hatte die Kontrolle verloren.

Doch dann wurden wir wieder zusammengeführt, und das musste einfach Fügung sein, und diesmal wollte ich dich festhalten. Ich wollte herausfinden, ob ich nur ein Narr war oder ... ob du wirklich die Frau bist, die ich an meiner Seite haben will, als meine Burgherrin. Schließlich war ich auf der Suche nach einer Frau – und habe dich gefunden.«

Seine Hände zitterten leicht, wie auch ihre. Es war ein äußerst wortreicher Antrag, den er ihr da machte, doch sie hörte gern weiter zu.

»Wenn du mit mir nach Dorluvan gehst, erwartet dich beste Bedienung, und du erhältst neue Kleider und alles, was du willst. Ich lege für dich einen See an, in dem du schwimmen und tauchen kannst, selbst im Winter, denn der Vulkan hat heiße Quellen. Auf Domgar bist du zwar so weit vom Meer entfernt, wie es nur möglich sein kann. Aber trotzdem wirst du dich dort zu Hause fühlen, denn du hast viel Weite um dich herum, und beinahe Schwerelosigkeit im Wind.«

»Du verlockst mich, Berenvil.«

»Das will ich auch hoffen, schließlich habe ich diese Rede sehr lange vorbereitet, und jetzt bin ich so nervös wie ein Jüngling vor seinem ersten heimlichen Treffen. Wo war ich? Ach ja. Du musst mich heiraten, Luri, alles andere wäre unziemlich.«

Als er sie atemlos ansah, war sie für einen Augenblick verdutzt, dann konnte sie das Lachen nicht mehr zurückhalten. Es hörte zum Glück niemand um sie herum, denn die meisten Gäste waren schon ziemlich betrunken und grölten Trinklieder.

»Das ist dein formvollendeter Heiratsantrag?«, lachte Lurdèa weiter. »Oh, bei den Nauraka würdest du dafür nur Spott ernten!«

»Ich weiß.« Er grinste schief. »Aber ich habe den Rest meiner Rede vergessen, das alles dauert mir zu lange. Bitte heirate mich, Luri, ich flehe dich an. Geh mit mir nach Eislicht und herrsche mit mir, teile meine Einsamkeit mit mir, so wie ich die deine mit dir teile.«

Über ihr Gesicht fiel ein Schatten. »Ich bin schon verheiratet, wie du weißt.«

»Na und?« Er machte eine wegwerfende Geste. »Dann hast du eben zwei Männer, einen im Wasser, einen an Land! Bei den Antahera'andu ist das sogar Tradition, und die sind ein Volk großer Seefahrer, also fast ein bisschen mit dir verwandt. Außerdem hat Janwe dich sicherlich längst öffentlich für tot erklärt, damit bist du von ihm frei! Und das ist jetzt das letzte Mal, dass wir von ihm sprechen, ab sofort ist er für dich auch tot und vergessen. Verbanne ihn aus deinen Gedanken! Darin ist nur noch für mich Platz«, schloss er entschieden und nickte bekräftigend.

»Du bist unmöglich, Berenvil.« Sie seufzte.

»Ja, und was sagst du?«

Sie lächelte. »Gut, ich werde mit dir gehen und dich heiraten.«

Er strahlte und drückte vor Glück ihre Hände so fest, dass sie einen Schmerzlaut ausstieß, und er ließ sie erschrocken los.

»Doch ich knüpfe Bedingungen daran«, fuhr sie ernst fort. »Bevor wir den Bund schließen, sehe ich mir alles an und erbitte drei Tage Bedenkzeit. Den Bund wird jemand schließen, der Schamane oder mindestens Heiler ist, und nur wir beide werden zugegen sein. Danach magst du ein Fest für Volk und Gesinde ausrichten, das gehört sich so.«

»Einverstanden, ich –«

»Ich war noch nicht fertig, mein Lieber. Dieser Bund wird nur vorübergehend geschlossen. Er ist auf ein Jahr und einen Tag befristet. Erst danach werde ich, wenn ich immer noch gewillt bin, den endgültigen Bund mit dir eingehen, andernfalls ist er hinfällig, und ich kann gehen.«

Er lächelte sie an. »Noch immer einverstanden«, erklärte er, und damit war es beschlossene Sache.

Der Rest kam Lurdèa wie ein Traum vor. Berenvil konnte es jetzt nicht mehr erwarten, nach Hause zu kommen. Am nächsten Tag, in aller Frühe, schickte er einen geflügelten Boten zu seiner Burg hinauf, die von hier unten aus schon als kleiner, dunkler Abriss vor der Schneepracht kurz vor dem Gipfel zu erkennen war. Dann führte er seine Braut an den Rand einer Kluft, von der aus kräftige Winde herauffauchten, bis zu den Flanken des Berges zischten und sich lüstern am Gestein rieben.

Kurz darauf sah Lurdèa staunend hoch oben einen riesigen Greifvogel aufsteigen, dessen Gefieder unten leuchtend rot und oben pechschwarz war, mit gelbem Schnabel und gelben Fängen. Er stieß einen hohen Pfiff aus und schraubte sich dann in Spiralen herab.

»Sahum, einer der Himmelskönige«, sagte Berenvil stolz. »Sie leben versteckt in hohen Gebirgen. Ich fand ihn als Jungvogel, der aus dem Nest gefallen war, und zog ihn selbst auf. Ist er nicht herrlich?«

»Ja«, gab Lurdèa bewundernd zu. »Das Gegenstück zu unseren Seeschwärmern, er dürfte auch fast so groß sein.«

Sahum landete auf einem Felsen nah an der Kluft, seine mächtigen Krallen gruben sich knirschend in das Gestein. Er faltete die Flügel zusammen und beäugte Lurdèa neugierig aus nebelgrauen Augen, die von innen heraus zu glühen schienen.

»Damit sind wir in wenigen Augenblicken in meiner Burg«, sagte Berenvil. »Ich will sie dir als Erstes zeigen und danach alles andere.«

»Das heißt, wir reiten, ich meine, wir fliegen auf ihm?« Lurdèas Stimme überschlug sich fast.

»Hast du Angst?«, fragte er verwundert und besorgt.

»Angst? Ich? Ich habe Seeschwärmer geritten! Ich kann es kaum erwarten!« Begeistert kletterte sie in den Nacken des gewaltigen

Vogels, setzte sich direkt am Flügelansatz darauf, während Berenvil vor ihr Platz nahm.

Dann breitete der Himmelskönig auch schon seine Schwingen aus, stieß sich ab und ließ sich in die Kluft fallen. Einen kurzen Moment ging es rasend schnell abwärts, doch dann erwischte er den richtigen Aufwind, und nun ging es noch schneller nach oben.

Lurdèa schrie und lachte und jubelte die ganze Zeit, bis sie heiser war, und weinte vor Glück. Es war fast wie in der Tiefe, und sie breitete die Arme aus und tauchte in den Wind ein.

Burg Dorluvan ragte aus schroffen Felsen heraus, zu der nur ein einziger, aus Tausenden Stufen bestehender Weg führte, der sich an der Flanke des Berges entlangwand.

Domgar war ein mächtiger, steil aufragender, unwirtlicher Berg. Gleich über der Burg begann die Schneegrenze, im Winter sank sie bis fast ins Tiefland hinab. Seine eisige Spitze überragte alle anderen Berge, kratzte fast an den Wolken und bot einen imposanten Anblick aus der Warte eines Greifs.

Lurdèa wollte von Berenvil noch wissen, wie es ihm gelungen war, diese massive, aus schwarzem Gestein gemauerte Burg hier oben zu errichten, die zum Teil über dem Abgrund, nur von riesigen Stützbögen gehalten, schwebte. Die Außenmauer war unüberwindlich und beschützte im Inneren ein fünfeckiges Hauptgebäude, dessen oberstes Stockwerk über die Mauer hinausragte. Direkt daneben angebaut, das Gebäude überragend, erhob sich ein gewaltiger fünfeckiger Turm mit einer Spitze, die dem Berggipfel nachgeahmt war.

Dienerschaft und Wachmannschaft liefen zusammen, als Sahum auf der Außenmauer landete und die Schwingen anschließend geöffnet ließ, damit Lurdèa und Berenvil auf den Wehrgang hinabsteigen konnten. Noch bevor sie sich umwandten, hatte der Himmelskönig sich bereits wieder in die Lüfte erhoben und flog mit einem letzten Pfiff davon.

Berenvil wurde begeistert begrüßt, und das beruhigte Lurdèa über alle Maßen. Seine Untergebenen schienen an ihrem Herrn zu hängen und sich hier oben in der Einsamkeit nicht als Gefangene zu fühlen.

Sie verbesserte ihn nicht, als er sie als Raëlle vorstellte, und dann zeigte er ihr die Burg. Er hatte nicht zu viel versprochen, sie war anheimelnd und üppig ausgestattet mit Holz, Teppichen, Kissen, Skulpturen und Schnitzereien. Viele Kerzen verbreiteten warmes Licht, die Fenster waren groß und gut abgedichtet. Überall hingen duftende Kräutersträuße.

Am meisten freute Lurdèa sich auf ein heißes Bad, das bereits vorbereitet wurde, und ihr neues Bett, das fast so weich war wie ihr Hängenetz, sauber und duftend.

»Dein Gemach liegt neben meinem«, sagte Berenvil. »Du kannst es einrichten, wie du magst.«

Das Zimmer war nicht groß, doch es genügte vollauf, um sich wohlzufühlen. Bis auf den Gastsaal, wie Berenvil ihn nannte, gab es keine größeren Räume und nur schmale Gänge, um die Kaminwärme bestmöglich zu nutzen.

Die nächsten drei Tage vergingen schnell. Lurdèa nahm sich Zeit, sich alles anzusehen, flog mit Berenvil auf Sahum ins Dorf hinunter und sprach mit den Menschen dort, denen sie als künftige Burgherrin vorgestellt wurde. Sie achtete sehr genau auf Gestik und Haltung, auf das Unbewusste, und war beruhigt. In der Tiefe hatte das Wasser hier einen guten Geschmack gehabt. Die Leute waren einfach, aber sauber gekleidet und litten offensichtlich keine Not. Sie zeigten deutlichen Respekt vor dem Burgherrn, aber keine Angst. Auch ihre Augen blickten klar und lebhaft.

Nach drei Tagen war Lurdèa bereit, den ersten vereinbarten Schritt zu tun. Sie fühlte, dass sie das Richtige getan hatte, um sich ein neues Leben im Exil aufzubauen. Sie versöhnte sich mit ihrem Schicksal, streifte die Vergangenheit endgültig zusammen mit ihrem Namen ab, um sich eine Zukunft mit Berenvil aufzubauen.

Die Zeremonie fand statt, wie sie es gewünscht hatte, und anschließend durften alle mitfeiern. Der Saal war brechend voll, da auch viele aus dem Dorf den stundenlangen beschwerlichen Weg auf sich genommen hatten. Lurdèa – nunmehr Raëlle – wurde allerdings recht still, je weiter der Abend voranschritt. Berenvil respektierte ihre Zurückhaltung und verlangte keine ständige Aufmerksamkeit von ihr, achtete allerdings darauf, dass sie gut bedient wurde. Sie nahm erfreut zur Kenntnis, dass er nur sehr wenig trank. Während der ganzen Reise schon hatte er sich damit zurückgehalten. Sie hatte ihn nie ausfallend oder zornig erlebt, er wirkte stets ausgeglichen und gelassen. Seinen Untergebenen gegenüber war er durchaus streng, aber nicht ausfallend.

Als das Fest auf dem Höhepunkt war, noch vor Mitternacht, wollte Raëlle sich zurückziehen, doch sie wusste nicht, wie sie es ihrem Gemahl mitteilen sollte, und fürchtete sich vor diesem Moment und dem, was folgen würde. *Darüber* hatten sie nie gesprochen. Doch bald konnte sie es nicht mehr aufschieben, sie musste ihm sagen, dass sie das Bett nicht mit ihm teilen konnte, dass sie zu diesem letzten Schritt noch nicht bereit war. Berenvil hatte sich bisher zurückgehalten, da er ziemlich traditionell in diesen Dingen war. Er hatte sie noch nicht einmal geküsst, doch sie glaubte nicht, dass er nun noch länger warten würde.

Sie hätte längst mit ihm reden sollen. Aber sie hatte sich zu sehr geschämt und sich vor seiner Reaktion gefürchtet.

Als hätte er ihre Nöte bemerkt, beugte Berenvil sich plötzlich zu ihr herüber und wisperte in ihr Ohr: »Luri …« Allein dabei wurde ihr schon warm ums Herz, dass er gerade in diesem Moment ihren Kindernamen verwendete. »Wenn du müde bist, geh zu Bett. Du hast eine sehr lange, anstrengende Reise hinter dir und eine neue Welt betreten. Dies ist dein Moment, er gehört nur dir. Ziehe dich zurück, und lasse deinen Gedanken freien Lauf. Wenn du etwas wünschst, lass es deine Leibdienerin wissen. Aber nun geh unbesorgt, meine Mohnblume. Sei versichert, ich bin heute der glücklichste Mann in ganz Nerovia.«

»Ich danke dir«, wisperte sie scheu. »Dann ziehe ich mich jetzt zurück, mit deiner Erlaubnis.«

»Du brauchst keine Erlaubnis, du bist frei und kannst gehen, wann und wohin du willst.« Berenvil erhob sich auf der Stelle, als sie ihren Platz verließ, nahm ihre Hand und hauchte mit einer Verbeugung einen Kuss darauf. »Meine Verehrung, edle Dame. Darf ich … dich später noch besuchen, um dir Gute Nacht zu wünschen?«

Sie schluckte. »Aber natürlich, mein Herr.«

»Falls du bereits schläfst, werde ich dich nicht wecken. Aber ich würde dich wenigstens gern noch einmal sehen, gerade heute.« Er blieb stehen, bis ein Diener sie abgeholt und zur Tür gebracht hatte.

Im Gang erwartete sie ihre Leibdienerin und begleitete sie bis zum Eingang des herrschaftlichen Wohnbereichs, der hinter dem Saal lag und durch einen Torbogen betreten wurde.

Raëlle wanderte still durch ihr Gemach, in dem Kerzen brannten und ein Feuer angenehme Wärme verbreitete. Es gab ein großes Fenster, zugleich die Tür auf den Balkon, den sie mit Berenvil teilte. Draußen strahlte der Siebenstern vom Himmel, und hinter dem Gebirge ging soeben der Perlmond auf, gefolgt von den anderen beiden Monden, und alle drei übergossen die Berggipfel mit silbernem und grünlichem Licht. Es war so still und friedlich hier oben, so weit entfernt allem Weltlichen. Raëlle konnte verstehen, wieso Berenvil hier lebte.

So gut behütet wie hier hatte sie zuletzt in Darystis geschlafen. Unbesorgt, frei von Furcht.

Bis zu diesem Moment.

Mit zusammengefalteten Händen setzte sie sich in den Sessel und wartete.

Nach Mitternacht klopfte Berenvil an die Tür. Raëlle hatte sich seither nicht bewegt. »Darf ich hereinkommen?«, erklang seine Stimme dumpf durch das Holz.

»Gewiss«, antwortete sie. »Jetzt ist es *ziemlich*, nicht wahr?« Ein jämmerlicher Scherz, der ihre erbärmliche Verfassung nur noch deutlicher hervorstrich.

Doch er lachte, während er eintrat und die Tür hinter sich schloss. Dann blieb er abrupt stehen und starrte sie an.

Bestimmt hatte er nicht erwartet, dass seine junge Gemahlin ihn nach all der Zeit, die sie schon miteinander verbracht hatten, bebend vor Furcht, in völlig verkrampfter Haltung, erwarten würde. Tränen der Scham rollten über ihre Wangen. »Es-es tut mir leid«, flüsterte sie. »Aber ... ich kann das einfach nicht.«

»Luri ...« Er wurde nicht wütend, sondern sah besorgt aus. Sie schlotterte unkontrolliert am ganzen Körper, als er auf sie zuging, sie sanft bei den Schultern nahm und hochzog. »Du bist ja völlig außer dir.«

»Ich kann nichts dagegen machen«, schluchzte sie.

»Doch, das kannst du«, erwiderte er. »Kämpfe dagegen an!«

»Wie denn?«, wimmerte sie.

»Es ist ein Schritt«, sagte er. »Nur ein Schritt.« Er rieb sanft ihren Rücken, um sie zu wärmen. »Als Erstes solltest du ruhig und gleichmäßig atmen. Keine Angst, du schaffst das schon.«

Sie gab sich Mühe, und nach einer Weile beruhigte sie sich tatsächlich. Seine Nähe, seine Wärme taten ihr gut. Ihre Tränen waren versiegt, und sie blickte zu ihm auf.

»Siehst du?«, lächelte er. »Und nun sag mir, was du willst.«

»W-was meinst du ...«

»Du weißt genau, was ich meine. Du hast Angst, weil du glaubst zu wissen, was *ich* will. Und jetzt reden wir darüber, einverstanden? Hör mir zu.

Ja, ich begehre dich, Luri, ich möchte deinen Körper nah an meinem spüren, endlich die Samtheit deiner Haut fühlen und ergründen, was dir gefällt, was dich erregt. Ich möchte dich lieben, jeden Tag, jede Nacht, ein Leben lang. Du musst mir glauben, dass ich noch bei keiner Frau *so* empfunden habe. Seit ich hier oben lebe, habe ich mühelos jede Nacht ohne Frau verbracht. Jetzt aber erinnerst du mich daran, dass ich immer noch ein Mann bin. Und dieser Mann will sich nicht nur mit dir vereinigen, er will auch eine Familie mit Kindern. Das ist mein Ziel.

Und nun bist du dran.«

Seine Worte lösten Herzklopfen in ihr aus, und sie merkte, wie die Wärme seiner Hände sie immer tiefer durchströmte. »Du verzeihst mir?«

»Was sollte ich zu verzeihen haben?«, gab er verwundert zurück. »Ich will nur wissen: Soll ich gehen oder bleiben?«

Sie konnte keine Antwort geben, ihre innere Zerrissenheit spiegelte sich auf ihrem Gesicht.

»Luri«, sagte er daraufhin sanft. »Komm.« Er führte sie zu ihrem Bett. »Leg dich hin und entspanne dich. Ich tue nichts, was dir missfällt. Ich verspreche es dir.«

Kämpfe dagegen an.

Sie wollte nicht ihr Leben lang einsam schlafen, sie wollte wieder gesund sein und all das erleben, wovon die Frauen auf der Reise hierher in den Gasthäusern hinter vorgehaltener Hand kichernd gesprochen hatten, mit einem rosigen Schimmer auf den Wangen.

Langsam ließ sie sich zurücksinken und sah zu, wie er ihre Kleidung öffnete und sie behutsam abstreifte.

»Wie schön du bist«, sagte er leise. »Wunderschön. Du solltest deinen Körper viel mehr schätzen, er hat es verdient.«

»Schmeichler«, entfuhr es ihr. Es half ihr tatsächlich, sich etwas zu entspannen. Sie beobachtete, wie er sich selbst entkleidete, und musste anerkennen, dass er einen erfreulichen Anblick bot. Den Blick auf seine Lenden mied sie allerdings rasch, denn er war bereits erregt, und gerade diesen Zustand eines Mannes fürchtete sie.

Doch sie würde das jetzt zu Ende bringen. Sie musste es wissen.

»Gut«, flüsterte er, ihre Gedanken erratend, nahm ihre Hand hoch und küsste ihre Fingerspitzen. »Sei unbesorgt, meine Mohnblume. Denk nicht daran, denk überhaupt nicht, sondern überlasse ab jetzt alles deinem Körper und seinen Empfindungen.«

»Ja«, seufzte sie. Sie *wollte* es wissen.

Sie schloss die Augen, als er sie zum ersten Mal berührte und sie seine warme Hand auf ihrer kühlen Haut spürte, die er über Schulter und Arme, den Bauch, dann die Beine hinab zu den Füßen gleiten ließ.

»Gut?«

»M-hm«, murmelte sie und ließ die Augen geschlossen. Es war nicht unangenehm. Es tat nicht weh.

Er machte weiter, strich über ihre Haut, fing an, sie leicht zu kneten und zu massieren. Als sie leise seufzte, beugte er sich über sie und fing an, sie zu küssen. Sein warmer Atem glitt über sie, und sie erschauerte, merkte erstaunt, wie ihre Brustspitzen sich aufrichteten, als er ihr so nahe kam, dass sie seinen männlichen Geruch aufnehmen konnte. Ihre Nasenflügel blähten sich leicht.

Sie öffnete die Lider und sah sein Gesicht nah über sich. Er lächelte, seine Augen glänzten. Alles hatte sich zwischen ihnen verändert, und sie fühlte, wie etwas lange Verschüttetes sich zaghaft in ihr regte. *Begehren.*

Ihre Lippen öffneten sich, als er seinen Mund darauflegte, und sie erwiderte seinen Kuss mit zunehmender Hingabe. Ihr Rücken bog sich durch, als er das erste Mal ihre Brüste berührte und streichelte, und sie schob die Furcht endgültig von sich. Sie legte die Hand in seinen Nacken und presste ihren Mund noch inniger auf seinen, nunmehr fordernd.

Er schnappte nach Luft, als sie ihn endlich freigab, und grinste dann. »Das ist die Antwort, die ich erhoffte.«

Sie wich nicht zurück, als er sich dicht zu ihr legte und anfing, sie zu liebkosen, Empfindungen in ihr zu wecken, die sie nie erahnt hätte, während er sie weiterküsste. Sie öffnete die Schenkel, als seine Hand über ihren Bauch hinab tiefer glitt, und stöhnte glücklich, als er sie behutsam im Zentrum ihrer erwachten Sinnlichkeit berührte. Als würde sie im Meer schwimmen, frei und ungezwungen, sich den Strömungen hingeben. Sie wand sich vor Lust, drängte sich ihm entgegen – und erstarrte überrascht, als er seine Hand plötzlich zurückzog und sich aufrichtete.

»So«, sagte er, griff nach der Decke und zog sie über sie. »Damit gehst du jetzt schlafen.«

Verwirrt sah sie ihn an. »Aber ... aber du ... « Unwillkürlich glitt ihr Blick an ihm nach unten, und diesmal sah sie genau hin.

»Auch ich gehe damit schlafen«, schmunzelte er. »Es ist genug für heute, meine Mohnblume. Wir haben Zeit und werden nichts überstürzen. Wenn du aufhörst, an mein Bedürfnis zu denken, sondern *mich* willst, weil dein Körper mit jeder Faser danach verlangt, sind wir so weit.« Er drückte ihr einen letzten Kuss auf die Stirn, griff nach seinen Kleidern und verließ sie.

Als er die Tür hinter sich schließen wollte, rief sie: »Bitte ...«

Er sah noch einmal verwundert herein, dann begriff er. »Verzeih. Natürlich.« Er ließ die Tür einen Spaltbreit offen. »Kein Schlüssel, kein Riegel. Wenn du Angst bekommst ... ich bin gleich nebenan. Zögere nicht, nach mir zu rufen, wenn du mich brauchst.«

»Warum tust du das?«, fragte sie.

»Auf diese dumme Frage verdienst du keine Antwort, Luri«, erwiderte er.

»Raëlle!«, rief sie und fühlte sich vorbehaltlos glücklich. »Gute Nacht ... mein Gemahl.«

Er zwinkerte ihr zu. »Gute Nacht, meine Gemahlin.«

17.

Die Wolkenfänger

Viele Jahre wanderte Erenwin durch das große Land Nerovia. An keinem einzigen Ort hörte er von einer Naurakafrau noch jemals den Namen seiner Schwester. Ihm selbst allerdings eilte sein Ruf zumeist voraus. Die Menschen nannten ihn den Barfüßigen Reiter, andere Völker den Ewig Suchenden, die Zwerge bezeichneten ihn als Dugar, Schwarzer Fels.

Mit jeder Gewalttat, die er beging, bildeten sich neue steinerne Auswüchse, sodass sein Aussehen groteske Formen annahm. Er wurde schon von weitem erkannt, denn es gab niemanden, der so verwachsen und bizarr aussah wie er.

Dennoch durfte man ihn nicht unterschätzen. Trotz seiner scheinbaren Unbeweglichkeit durch die steinernen Auswüchse war er rasend schnell und mit jeder Waffe in der Hand gefürchtet. Seine Armbrust traf auf weite Entfernung immer ins Ziel, selbst bei starkem Wind, er war kräftiger als selbst ein Zwerg, und im Schwertkampf konnte sich keiner mit ihm messen.

Anfänglich gab es noch ein paar Hitzköpfe unter den Menschen, die ihn herausforderten und sich einen eigenen berüchtigten Ruf verschaffen wollten. Doch da kein Einziger überlebte, kamen die anderen sogenannten Helden davon ab.

Der Barfüßige Reiter galt als gnadenlos. Einen Auftrag erledigte er bis zur letzten Konsequenz, egal, welche Hinderungsgründe es geben mochte, ob es gerecht war oder ungerecht. Es kümmerte ihn nicht, dass auch Frauen und Kinder zu Opfern wurden. Er handelte und tötete völlig emotionslos. Es bedeutete ihm nichts, weder empfand er Reue noch Freude bei dem, was er tat. Er erklärte niemals, warum er es tat, vielleicht konnte er es nicht.

Manche Wanderer sahen den Barfüßigen Reiter im Mondlicht über die Hügel ziehen und schworen, seine weithin schallenden Schreie, die ihnen durch Mark und Bein gingen, gehört zu haben. Unartigen Kindern wurde daraufhin die Legende des schreienden Schwarzen Nauraka erzählt, der sie holen würde, wenn sie nicht brav wären.

Viele adlige Landbesitzer und Herrscher luden ihn zu sich ein, um seine Söldnerdienste in Anspruch zu nehmen. Er nahm die Aufträge einfach wortlos an, erledigte sie und ritt weiter. Ohne viele Worte oder Begründung.

Jeder wusste aber, dass er auf einer tragischen Suche war, was ihn in den Augen derjenigen, deren Wege er nicht kreuzte, zusehends verklärter erscheinen ließ. Die Leute begannen sich umzuhören, ob es noch einen zweiten Nauraka gab, eine ätherische Frau mit langen schwarzen Haaren und Augen, türkisfarben wie das Meer, mit goldenen Funken darin, wenn sie lachte. Doch niemand hatte je von ihr gehört oder sie gar gesehen. Es gab nicht einmal die Andeutung eines Gerüchts oder einer Vermutung.

Selbst Auguren fingen an, die magischen Sphären zu durchsuchen. »Vielleicht ist sie nicht in Nercvia«, versuchten sie ihre Unfähigkeit zu kaschieren.

»Sie ist hier«, erwiderte Erenwin. »Was in mir ist, führt mich.«

»Möglicherweise nur in die Irre«, lautete die Antwort daraufhin, denn niemand hatte eine Ahnung, was das sein sollte. So etwas gab es genauso wenig wie einen zweiten Nauraka an Land – abgesehen vielleicht …

»Ich weiß«, unterbrach Erenwin unwirsch. »Doch er kann mir auch nicht helfen. Nach Valia führt mein Weg nicht, erst recht und schon gar nicht nach Ardig Hall. Der König dort ist ein Herrscher des Friedens, ich werde seine hellen Hallen nicht mit meiner Dunkelheit beschmutzen.«

Die Barden begannen, romantische Balladen über die mystische Suche zu schreiben. Sie wussten es ja schließlich nicht besser, dass seine Taten alles andere als rühmenswert waren, da es nie Überlebende gab, die berichten konnten, was genau geschehen war. Aber dann brach der eine oder andere Barde doch entsetzt bei der Vorführung ab, wenn der Ewig Suchende ausgerechnet in dem Moment sein Pferd vor diesem Gasthaus anhielt.

Stets rannte der Wirt geflissentlich vor die Tür, da der Reiter nie abstieg und hereinkam, worüber jeder dankbar war. »Was kann ich für Euch tun, edler Herr Erenwin?«, fragte er unterwürfig, ob nun in Felsingor, in Sulva oder Hallberg.

»Eine Mahlzeit und ein ruhiger Platz im Stall sind alles, was ich brauche«, lautete stets seine Antwort.

»Aber, bitte, kommt doch herein und wärmt Euch am Kaminfeuer. Ich habe ein schönes Zimmer für Euch …«

»Nein. Ich würde nur Eure Gäste verjagen, Herr Wirt, oder sie zumindest dazu bringen, sich zu übergeben, wenn sie mich erblicken. Gebt mir eine Mahlzeit, Wasser und Heu für mein Pferd und einen Platz für uns beide im Stall.«

So war es jedes Mal: ein seltsam höflicher Austausch, und kein einziger Wirt wollte Bezahlung von ihm, sondern jeder hielt ihn frei. Denn allein dadurch, dass er sich damit rühmen konnte, den Barfüßigen Reiter bei sich beherbergt zu haben, stieg die Gästezahl und verschaffte ihm vielfach mehr Gewinn, als er durch den Verzicht auf zwei Mahlzeiten und ein Strohlager verloren hatte.

So mancher Burgherr lud ihn ein, länger bei ihm zu verweilen (zumeist nicht ohne Hintergedanken, doch in höfliche Worte gekleidet): »Ihr braucht doch Gesellschaft und Freunde.«

»Ich brauche niemanden«, lehnte Erenwin ab. »Es gibt nur die Suche.«

Und bei seiner letzten Abreise fügte er hinzu: »Mir bleibt nicht mehr viel Zeit.«

Allem Anschein nach hatte er wohl recht damit. Seine Stimme veränderte sich, sein Gesicht verformte sich, der Mund wurde länger, die Nüstern größer, und die Zähne wuchsen. Sein Atem ging schwerer, rasselnder, und ein seltsames Glühen lag manchmal in seinen glasschwarzen Augen. Noch immer besaß er sein langes, helles Haar, doch nichts sonst erinnerte mehr an den Nauraka, der einst das Meer verlassen hatte. Und manchmal war er auch nicht mehr er selbst, verhielt sich mehr wie ein Tier und konnte sich hinterher an nichts mehr erinnern.

Fortan mied er die öffentlichen Wege, fing an, in den Wäldern zu jagen und sich selbst zu versorgen. Noch immer trug er seine auffällige, unverwüstliche Prinzenkleidung, doch sie würde ihm wohl nicht mehr lange passen.

Das Pferd war treu und brav, ihm war es gleich, wie sein Herr aussah, und es hatte auch nicht unter ihm zu leiden. Zur Nachtruhe durfte es frei grasen, und am Morgen wartete es in der Nähe seines Herrn. Als Erenwin eines Tages feststellte, dass das Pferd zu alt und gebrechlich geworden war, um ihn weiterhin zu tragen, nahm er ihm den Sattel ab, jagte es davon und ging zu Fuß weiter. Drei Tage folgte ihm das Pferd, bis er es in felsenreichem Gebiet endlich abschütteln konnte.

So verschwand der Barfüßige Reiter aus der Sicht der Menschen und anderen Völker, aber keineswegs aus den Legenden, die sich weiterhin mit immer neuen Verzweigungen um ihn rankten und ihren Weg bereits weit über die Grenzen Nerovias hinaus fanden. Eine so romantische und tragische Geschichte hatte es schon lange nicht mehr gegeben – noch dazu von einem Nauraka, die bis zu diesem Zeitpunkt als ausgestorben gegolten hatten.

Erenwin erreichte eines Tages das große Grenzgebirge von Nerovia, dessen letzte Ausläufer bereits bis nach Valia hineinreichten. Auf dieser Seite hieß es Himmelskönig, benannt nach den Riesengreifen, die hier lebten und die als Botentiere der Götter galten. Es hieß, dass die Götter manchmal auf den höchsten Gipfeln verweilten, um sich ihrer Schöpfung nahe zu fühlen.

Die Sonne, Lúvenors Auge, begleitete den Nauraka jeden Tag. Er konnte sie selbst hinter Wolken und in Regenschauern spüren und fühlte sich getröstet. Der Himmel mit seinen Sternen war hier besonders nah, und oft sah er stundenlang hinauf, erinnerte sich an seine Jugendträume und betrachtete den weithin strahlenden Siebenstern.

Die Witterung spürte er kaum mehr, entsprechend wenig machte es ihm aus, ohne besondere Ausrüstung weiter nach Norden zu gehen, immer tiefer ins Gebirge hinein, wo stürmische Winde wehten und Schnee lag.

Wenn er von hier aus auf dem Ausläufer einer Reichsstraße nach Westen wanderte, erreichte er den Domgar. Auf dem Gipfel des Erleuchteten Berges sollte ein Burgherr leben, der als Weiser galt, weil sein Blick weit über die Welt reichte. Berenvil war sein Name, und er war in vielen Teilen Nerovias ein geachteter Mann.

Zu ihm wollte Erenwin gehen, um sich einen letzten Rat zu holen, bevor die Wandlung zum Ungeheuer abgeschlossen war. Er wusste nicht mehr weiter, niemand hatte ihm helfen können. Kein Augur, kein Thaumaturg, kein Magier. Über Berenvil sagte man, dass er ein Mächtiger sei, und so wurde er zu Erenwins letzter Hoffnung und Zielpunkt.

Auch das Flüstern der schwarzen Perle drängte ihn dazu, so hatte er den Eindruck. In all den Jahren hatte er nie gelernt, sie zu verstehen, hatte mit ihr gehadert und sie verflucht, doch sie war auch Antrieb und Lebenskraft gewesen. Noch immer gab es für sie etwas zu erledigen, ihr Drängen hatte nie nachgelassen, und Erenwin hoffte, dass sich die Antworten endlich auf dem Domgar finden würden, der als magischer Berg galt. Viele Schicksale hatten sich dort wohl schon erfüllt.

Erenwin nahm eine Abkürzung über einen Felsgrat, als die Straße einen weiten Bogen um einen Berg machte. Er folgte einem schmalen Ziegenpfad, als er plötzlich einen Schrei über sich hörte und mit einem schnellen Blick nach oben einen wirbelnden Punkt erfasste, der sich rasch näherte. Er streckte unwillkürlich die Arme aus, und im selben Moment plumpste eine gedrungene Gestalt mit blitzenden blauen Augen und beginnendem Bartwuchs hinein.

»Huii«, machte der junge Zwerg, er mochte so etwa siebzehn Frühlinge zählen, »das nenne ich aber eine geglückte Landung!«

Erenwin stellte ihn auf den Boden. »Wolltest du das Fliegen ohne Flügel lernen?«

»Also, offen gestanden wollte ich ein paar Steinhuhneier aus einem Nest holen, als Leckerbissen für meinen kleinen Bruder, der heute Geburtstag hat. Aber ich habe meine Kletterkünste wohl überschätzt.« Der Zwerg grinste, klopfte sich ab und blickte unbefangen zu Erenwin hoch. »Danke für meine Rettung, du hast meiner Mutter schweren Kummer erspart. Ich bin übrigens Hagvinn.«

»Erenwin.«

»Klar bist du Erenwin. Wer sonst sieht so aus wie Erenwin Dugar? Glaub nicht, dass wir hier völlig abgeschieden leben, natürlich wissen wir alles über dich.«

»Dann solltest du besser Furcht empfinden«, knurrte Erenwin.

»Entschuldigung, aber du hast mich gerettet, nicht umgebracht, also was sollte daran fürchterlich sein? Und wer weiß, was an diesen Geschichten alles dran ist. Meine Schwester schwärmt im Übrigen fast jeden Tag von dir. Na, ich bin ja mal gespannt, wie sie reagiert, wenn sie dich sieht.« Hagvinn lachte schallend. »Ich glaube, ganz so hässlich stellt sie sich dich nicht vor.«

»Ich werde mit jedem Tag hässlicher«, sagte Erenwin. »Früher war ich ein recht passabler Bursche.«

»Ha! Du wirst meinem Vater gefallen. Komm mit, ich stelle dich meiner Familie vor.«

»Das geht nicht, ich muss weiter.«

Hagvinn schüttelte energisch den Kopf. »Rede keinen Unsinn, du hast mir das Leben gerettet, und damit bist du verpflichtet, die Kochkünste meiner Mutter kennenzulernen. Außerdem wird es bald dunkel, und wenn ich mir die gelbschwarzen Wolken da hinten so ansehe, wird wohl bald der erste Schnee des Jahres fallen.«

Hagvinn ließ Erenwin überhaupt keine Wahl, und so folgte er zu seinem eigenen Erstaunen dem munteren jungen Zwerg bis zu einer Berghütte, die am höchsten Punkt einer weit verstreuten kleinen Stadt lag. »Lugar – klein, aber unser ganzer Stolz. Benannt nach Lugdur, unserem listenreichen Gott. Du brauchst nicht zufällig Kleidung, Waffen, Schmuck?«

»Nein.«

»Aber ein bisschen mehr Fröhlichkeit, was?«

»Wenn ich dich über den Felsgrat hinunterwerfe, könnte ich mich vielleicht zu einem Lächeln durchringen.«

»Ah! Du wirst meinem Vater *wirklich* gefallen!«

Hagvinn lief voraus auf die Hütte zu, rief nach seiner Familie und setzte sie mit wenigen Worten in Kenntnis. Die Eltern und Geschwister drängten sich am Eingang und starrten ihn an, doch dann winkte Hagvinns Vater ihn herein.

Erenwin blieb zuerst abwartend stehen, ohne sich erklären zu können, warum er das tat, aber ehe er sich's versah, stand er plötzlich in der warmen Stube, die ein wenig niedrig für ihn war und wo jeder noch so kleine Platz, auch die Deckenbalken, für allerlei Krimskrams genutzt wurde. Er hatte noch nie eine Einladung angenommen und sollte gar nicht erst damit anfangen, aber dem duftenden Eintopf konnte er nicht widerstehen. Sein feiner Geruchs- und Spürsinn hatte unter der Veränderung nicht gelitten, und es tat wohl, einmal etwas ... *Gutes* zu spüren.

Seine Füße führten ihn zu einem Stuhl am Tisch, und dann saß er.

Zögernd fragte er: »Wie könnt Ihr mir Gastfreundschaft gewähren? Ich bin ein Schlächter und Mörder, ich habe immer nur Tod und Vernichtung hinterlassen, wohin ich meinen Fuß setzte.«

Hagvinns Vater musterte ihn aus hellwachen Augen. »Es ist Euch vielleicht nicht bewusst, aber es ist schon Jahre her, seit Ihr aus den besiedelten Gebieten verschwunden seid. Manche hielten Euch schon für tot. Inzwischen ranken sich ganz andere Geschichten um Euch, wie etwa, dass Ihr die Verbrechen sühnen wollt, die Ihr begangen habt.«

Erenwin stieß einen trockenen Laut aus. »Ich sühne gar nichts. Was ich getan habe, kann nicht gesühnt werden, nur gestraft. Auf der Suche bin ich, sonst nichts.«

»Esst«, sagte die Zwergenmutter und rückte auffordernd seine Schale zurecht. »Was vergangen ist, ist vergangen. Ihr seid nicht der Einzige, der in Blut gewatet ist. Und erst recht nicht der Schlimmste, das sind eher diejenigen, die Euch zu diesen Taten beauftragten. Ihr habt getan, was jeder Söldner tut. Und heute habt Ihr meinen Sohn gerettet, und dafür müsst Ihr meinen Dank annehmen.«

Unsicher gab er nach. Er konnte etwas zu essen vertragen.

»Ich habe schon davon gehört, dass man den Zwergen nicht widerstehen kann«, murmelte er.

»Und noch weniger den Zwergenfrauen«, grinste Hagvinns Vater und entzündete eine Pfeife.

Sein Aussehen schien den Zwergen nicht allzu viel auszumachen, und sie gingen völlig natürlich mit ihm um. Erenwin konnte sich nur wundern.

Hagvinns Schwester hatte zuerst zwar ein wenig erschrocken dreingeschaut, ihre Scheu aber schnell überwunden und bestürmte ihn mit Fragen über seine Abenteuer, die sie als »Heldentaten« bezeichnete. Sie zog allerdings den Kopf ein, als Erenwin sie anfauchte: »Es ist keine Heldentat, jemanden zu töten! Erst recht nicht so, wie ich es tat.« Er hielt die Faust hoch und spannte die Muskeln an. »Zwischen diesen Fingern zermalmte ich Kinderknochen. Da gibt es nichts zu verklären!«

»Doch«, wisperte sie in die verlegene Stille hinein. »Eure Suche, Erenwin Dugar.«

»Pah!«, brummte Hagvinns Vater. »Glaubt Ihr, ich habe noch keine Köpfe gespalten? Irgendeinen Krieg gibt es doch immer, und ich bin zweihundertzwanzig Jahre alt. Einhundertfünfzig Jahre davon war ich Söldner, so wie Ihr, bis mein Weib mich bekehrte, und nun lebe ich hier in Frieden. Auch für unsereins gibt es Vergebung.«

»Von wem?«, fragte er ruhig.

»Die Erlösung von Eurem Fluch wird Eure Vergebung sein«, erklärte Hagvinns Schwester mit rosigen Wangen.

Erenwin gab resigniert auf, es ging einfach nicht in ihre Köpfe, weil sie es nicht gesehen hatten. Keiner von ihnen war dabei gewesen. Er hatte nie einen Überlebenden zurückgelassen, der von den Gräueln berichten konnte. Die Menschen hatten den Schrecken in eine Heldengeschichte umgewandelt, nachdem er aus ihren Landen verschwunden war, und die Zwerge hatten sie übernommen. Da war einfach nichts zu machen. Schweigend aß er weiter.

Hagvinns kleiner Bruder fand, es wäre das schönste Geburtstagsgeschenk überhaupt, dass er den berühmten Dugar Schwarzfels beherbergte, und unterstützte seine Schwester bei den Fragen.

»Wollt Ihr Eure Rüstung nicht ablegen, Herr?«, fragte er eifrig, vermutlich wollte er sie genau untersuchen und vielleicht sogar selbst anprobieren, obwohl er Erenwin gerade mal an die Hüfte reichte. »Es ist doch recht warm hier drin, und Gefahr droht Euch auch nicht.«

»Das ist keine Rüstung«, knurrte er ungehalten. »Diese Verhornungen sind Teil meines Körpers.«

»Oh.« Der Junge riss die Augen auf, dann verließ er seinen Platz und eilte um den Tisch. »Darf ich?«

Bevor Erenwin es verhindern konnte, berührte der Kleine ihn, klopfte gegen die Auswüchse, die einen tönernen Klang von sich gaben. »Spürt Ihr das?«

»Ich spüre gar nichts, und jetzt scher dich wieder auf deinen Platz.«

Der junge Zwerg flüchtete kichernd und starrte Erenwin den Rest des Abends verträumt an.

Erenwin mutete das alles seltsam an, und er fühlte sich zusehends hilfloser. Schon lange hatte er keine solche Nähe zu anderen mehr gestattet, erst recht keiner Familie mit Kindern. Er war ein tödlicher Krieger, der nach erledigtem Auftrag einsam weiterzog, nie blieb, um an einem Bankett teilzunehmen oder sich feiern zu lassen. Wie sollte er sich hier nun verhalten? Er war viel zu wortkarg, um lange Geschichten preiszugeben, zu denen Hagvinns Schwester ihn weiterhin hartnäckig drängte, und er wollte es ohnehin nicht. In ihnen ging es nur um Tod und Folter, so etwas sollte nicht bewahrt werden. Daran, dass er früher, schon als Jugendlicher, Kinder mit seinen Erzählungen begeistert hatte, erinnerte er sich kaum noch. Warum hatte er das überhaupt getan?

Schließlich war es Zeit zum Schlafengehen, und Erenwin zog sich auf das Gastlager zurück, auf dem er einigermaßen Platz fand, wenn er sich entsprechend zusammenrollte.

Noch vor dem Morgengrauen stand er auf. Die Mutter war bereits wach und bereitete das Morgenmahl vor. Erenwin dankte ihr für die Gastfreundschaft und sagte abschließend: »Ich muss jetzt gehen.«

»Wohin?«, fragte sie.

»Nach Domgar.«

Sie nickte. »Ja, das ist gut. Vielleicht der beste Weg für Euch, Herr Erenwin.« Sie berührte vorsichtig seine steinernen Auswüchse. »Tut es nicht doch weh?«

»Nein, überhaupt nicht. Ich spüre so gut wie nichts mehr, weder innen noch außen. Ich denke, die Wandlung ist bald abgeschlossen, und dann mögen die Götter wissen, was aus mir wird. Vielleicht kann ich sogar meinen Fluch nicht mehr erfüllen und werde die Länder als dunkler Schrecken heimsuchen, als Albtraumwesen, das niemals Ruhe finden wird.«

Die Zwergin lächelte ihn gütig an. Sie war ein rosiges Geschöpf mit wohlgerundeten weiblichen Formen und trug wie alle Zwergenfrauen die lange Haartracht zu einer komplizierten Frisur hochgesteckt sowie kunstvoll bestickte Kleidung. Erenwin hatte schon von der Klugheit der Zwergenfrauen und ihrer magischen Anziehungskraft auf Männer aller Völker gehört. Zwerge allgemein schienen sehr unkompliziert und von heiterer Wesensart zu sein, die für alle Dinge eine Erklärung hatten und niemals in Trübsal versanken.

»Ihr werdet erlöst, Erenwin, und das sage ich nicht nur, um Euch zu trösten. Es gibt immer Erlösung, weil Euch noch eines geblieben ist.«

Erenwin fühlte sich an seinen lange verstorbenen Onkel Turéor erinnert, den er immer noch vermisste. Auch jener hatte ihm das einst gesagt. »Ich weiß nicht, was das ist.«

»Ihr werdet es erkennen, wenn es so weit ist.« Einen letzten Rat hatte sie noch, bevor er aufbrach: »Hütet Euch vor den Krahim.«

Hagvinn würde vermutlich enttäuscht sein, wenn Erenwin schon fort war, doch seine Eltern würden ihn hoffentlich daran hindern, ihm zu folgen.

Worüber mache ich mir Gedanken?, dachte Erenwin. *Kinder bedeuten mir nichts.* Kinder, Familie, das war etwas für die Menschen, Zwerge und das eine oder andere Alte Volk. Aber damit hatte er nichts zu tun. Insoweit war er immer noch Nauraka – auch bei ihnen gab es immer weniger Kinder. Sie waren ein sterbendes Volk, da war nichts mehr zu machen, und Erenwin hatte das Naurakische schon lange verloren. Es brauchte ihn nicht mehr zu bekümmern, es gab nur ihn und die schwarze Perle und seine Suche.

In der Ferne konnte er schon den weißen, alles überragenden spitzen Gipfel des Domgar sehen, der unverwechselbar einsam und abgeschieden am Rand einer Gebirgskette aufragte.

Weit abseits davon verlief die Reichsstraße, und Erenwin entschied, weiter quer durchs Gebirge zu wandern. Er fühlte sich in der zunehmenden Höhe wohl, wenn er das so als seine Empfindung behaupten konnte, die pfeifenden Winde taten ihm gut, da ihre Strömungen ihn ein wenig an das Meer erinnerten. Es war auch angenehm, endlich der Hitze des Tieflandes zu entkommen, obwohl er sich im Lauf der Zeit besser daran gewöhnt hatte. Sein verkrusteter Hautpanzer schützte ihn vor Hitze und Kälte gleichermaßen, aber das Atmen hier in der Kühle fiel leichter.

In der Nacht hatte es tatsächlich ein wenig geschneit, und Erenwin betrachtete die weiße Schicht mit seltsamer Neugier, ließ seine Finger durch die schmelzende Kälte gleiten und probierte sogar davon. Das war eine ganz neue Erfahrung, viel besser als Regen. Anfangs hatte er unter dem Regen gelitten, der von oben auf ihn herunterprasselte, seine Kiemen hatten sich irritiert immer wieder aufgeklappt und geschlossen, und auch seine Haut fühlte sich unangenehm berührt von Nässe, die nicht umschließend und gleichmäßig war.

Doch als hier der Schnee in sanften, dicken Flocken niederfiel, während er weiter aufstieg, empfand er es wie eine zärtliche Berührung der See, leicht wie ein Hauch nur und nicht mehr als eine Erinnerung, aber doch ein Trost.

Vor allem der Blick in die Weite wurde immer interessanter, die Welt dort unten mit ihren Kümmernissen und Kriegen wich zurück und machte einer Leichtigkeit Platz, die er zuletzt als unschuldiger Jüngling empfunden hatte.

Der Pfad führte einen schmalen Grat entlang, über dem sehr große Krähen schwebten. Das Gefieder war schwarz wie Vulkanschlacke, Schnabel, Augen und Beine metallischblau. Ihre rauen

Rufe schallten durch die Berge und kamen als vielfaches Echo zurück. Von Nestern in schwindelnder Höhe schwangen sich weitere herab und schlossen sich kreischend den anderen an. Ein ganzer Schwarm kreiste nun über Erenwin und machte ihm deutlich, dass er ein unerwünschter Eindringling war. Einige von ihnen wagten sich immer näher heran, bis Erenwin ungeduldig mit dem Arm nach ihnen schlug. Daraufhin flatterten sie misstönend schimpfend hoch und kehrten zu den anderen zurück.

Der schmale Grat zog sich wie eine auf und ab führende Brücke über eine weite Strecke zwischen zwei Bergketten entlang. Ein herrlicher Weg, der Erenwin zum ersten Mal seit der Flucht aus Karund so etwas wie Heiterkeit und fast Unbeschwertheit bescherte. Er hatte keinerlei Probleme, das Gleichgewicht zu wahren, und seine langen Zehen fanden zudem problemlos Halt. Er setzte Fuß vor Fuß, scharfe Kanten störten ihn nicht, und kam so schnell voran.

Eine schwarze Wolke aus Krähen kreiste über ihm, und es wurden immer mehr. Allmählich wurde er doch ein wenig unruhig, denn diese Vögel waren sehr groß, und in dieser Anzahl konnten sie ihn womöglich doch aus dem Gleichgewicht bringen.

Und dann gingen die Krähen tatsächlich zum Angriff über, stießen kreischend auf ihn herab, umflatterten ihn, hackten mit dem Schnabel nach ihm, versuchten die Krallen in ihn zu schlagen. Erenwin zog sein Schwert und wirbelte es um sich, so schnell, dass er mehrere Vögel auf einmal erwischte, und sie trudelten mit gebrochenem Genick oder zerfetztem Flügel in die Tiefe. Die anderen wurden noch wütender, aber Erenwin allmählich auch. Er kam jetzt in Kampfstimmung, ließ das Schwert weiter kreisen und schätzte die Angriffsrichtungen ab. Einer Herausforderung wie dieser war er an Land bisher noch kaum begegnet, er musste tatsächlich auf vier Richtungen Acht geben. Das gefiel ihm zunehmend und stellte eine gute Übung dar. Er schlug, hackte und zerfetzte, bis die Krähen die Flucht ergriffen, nachdem sie mehr als fünfzehn Gefährten verloren hatten.

Erenwin war noch nicht einmal außer Atem und schrie ihnen hinterher: »Packt euch, und lasst euch nicht mehr hier blicken! Ich will nichts von euch, nur diese Berge durchqueren!«

Vorsichtshalber behielt er das Schwert in der Hand, während er den Grat weiterwanderte, der sich immer weiter und weiter zwischen den Bergen hindurchschlängelte. Was anfangs nur wie eine kleine Kuppe ausgesehen hatte, erwies sich nun als gewaltiger Bergrücken. Links und rechts ging es steil bergab, ohne eine Möglichkeit, auf einen anderen Pfad zu wechseln. Umzukehren hatte keinen Sinn, dafür war er schon viel zu weit vorangekommen, und er sah immer den weiß leuchtenden Domgar als Ziel vor sich.

Die morgendliche Kühle war verflogen, die Sonne brannte von einem wolkenlosen Himmel herab und verwandelte die dünne Luft in wallende Hitzeschleier. Lediglich der Wind bot Linderung.

Erenwin hatte gerade die nächste Biegung hinter sich gelassen, als die Krähen zurückkehrten – und diesmal waren es Hunderte. Das war eine wenig erfreuliche Aussicht, denn er hatte hier keinerlei Deckung oder Ausweichmöglichkeit. Von überall her kamen sie, die Bergflanken wurden geradezu schwarz, und ihr Geschrei übertönte jedes andere Geräusch, selbst das Echo.

Der schwarze Nauraka hielt das Schwert bereit. Sobald er für genügend Durcheinander gesorgt hatte, würde er rennen, kämpfen, rennen, kämpfen – bis er irgendwann Deckung fand oder dieser ewige Grat endete. Der riesige Schwarm verdeckte inzwischen die Sonne und hüllte alles in zuckende Schatten.

Dann lösten sich zwei der Krähen, ließen sich zu Erenwin herabfallen – und setzten vor ihm zur Landung an. Noch während sie herabsanken, verwandelten sie sich in Menschen.

Statt Haare hatten sie feine schwarze Federn auf dem Haupt, Augen, Gesicht und Beine, die mit Krähenfüßen versehen waren, leuchteten wie bei den Krähen zuvor in Metallblau, der Rest des Körpers war dicht von schwarzen Flaumfedern bedeckt.

Erenwin sah sich um und war nicht überrascht, weitere der Wandelkrähen auf dem Steg zu sehen.

»Ihr seid die Krahim«, vermutete er.

Der erste Vogelmensch legte den Kopf leicht schief. »Du kennst uns? Welche Ehre!«, krächzte er.

Eine Wandelkrähe hinter ihm zischte: »Doch wir kennen dich nicht, sollten wir?«

»Nein, nein«, schnarrte ein dritter Krahim. »Wir kennen niemanden, nur Futter und Feind.«

»Ich bin kein Feind«, beteuerte Erenwin. »Ich möchte nur passieren. Mein Ziel ist der Domgar. Von euch will ich nichts.«

»Hast Krahim getötet«, fuhr der Anführer fort und kam langsam näher, die Arme leicht vom schmalen Körper gespreizt. Er war fast so groß wie der Nauraka. Die Nickhäute seiner Augen schnappten auf und zu, und sein Kopfgefieder sträubte sich.

»Ich habe mich nur verteidigt.«

»Krahim lassen niemand durch!«, schrie die Wandelkrähe hinter ihm, und dann stießen immer mehr herab, verwandelten sich und besetzten den Grat.

»Verbotener Weg!«

»Wir töten jeden!«

»Ich bitte euch«, sagte Erenwin betont langsam und ruhig. »Ich will keinen Streit. Ich kann nicht mehr umkehren, deshalb lasst mich weitergehen. Das ist alles, was ich will – meinen Weg fortsetzen. Ohne zu verweilen.«

Der Anführer schnalzte, und als er die Arme bewegte, bildeten sich Flügelschatten darum. »Oh nein«, krächzte er. »Krahim lassen niemanden passieren. Und was nicht Feind ist, ist Futter.«

Dann fielen sie alle gleichzeitig über Erenwin her.

Er erwehrte sich seiner Haut, doch die Krahim waren einfach zu viele. Und sie hatten nur ein einziges Ziel. Der Grat war zu schmal, um auszuweichen oder richtigen Stand zu bekommen. Erenwin sprang hoch, und die vordersten, die ihn vom Grat stoßen wollten, liefen ins Leere, stießen zusammen und fielen vom Steg. Schnell verwandelten sie sich in die Vogelgestalt und stiegen wütend krächzend auf.

Noch während er das Schwert schwang, sprang Erenwin ein zweites Mal hoch. Allein mit den ersten Schlägen hatte er sechs weitere Krahim aus der Luft geholt und vom Grat gefegt, doch zur Landung kam er nicht mehr.

Der Anführer war bereits hochgeflattert, flog einen Bogen, und dann rammte er den Nauraka seitlich als zurückverwandelter Mensch, mit aller Wucht, und schleuderte ihn weit über den Grat.

Erenwin schwebte für einen Moment im Nichts, alles um ihn herum schien sich zu verlangsamen, und die Geräusche schwanden. Er sah die Krahim aufflattern, und der Anführer, der ihn heruntergestoßen hatte, wich von ihm. Höher und höher stieg er mit den anderen, in rasanter Geschwindigkeit.

Nein. Nein, das konnte nicht sein.

Er war es, der fiel, stürzte, in die Tiefe raste, dem Abgrund entgegen.

Damit hätte ich am wenigsten gerechnet, dachte er erstaunt.

Dann prallte er auf.

Erenwin spürte keinen Schmerz, aber er hörte ein hässliches Krachen, doch bevor er sich darum kümmern konnte, fiel er über die nächste Kante, und so ging es weiter, begleitet von Knirschen, Knacken und Reißen, und er wusste nicht, ob es die Felsen waren oder er oder beide. Dann fiel er erneut frei durch die Luft und dachte bei sich, dass es doch irgendwann einmal ein Ende haben musste.

Er sah ein Felsplateau auf sich zurasen. *Nicht ganz so schnell*, überlegte er, *das ist nicht gut*.

Da schlug er auch schon auf, hörte ein letztes unerfreuliches Knacksen, dann verlor er das Bewusstsein.

Yahi hob das Berghorn an den Mund und blies kräftig hinein. Ein tiefer, markerschütternder Ton hallte durch die Berge und brachte die Felsen zum Erzittern, sodass das Echo kraftlos von ihnen herunterfiel, ohne gehört zu werden.

»Verdammte Krahim!«, schrie der junge Daranil, während seine kräftigen Schwingen ihn über die Berge trugen. »Verschwindet, ihr elenden Unglücksbringer!«

Er blies ein zweites Mal, einen etwas höheren Ton, der die Wandelkrähen endgültig vertrieb. Sie flohen kreischend, flatterten zu den Schneegipfeln hinauf und verschwanden in den Klüften.

Yahis scharfe Augen suchten die Felsen ab und erspähten bald einen reglosen, verkrümmt daliegenden dunklen Körper auf einem Felsen. Mit wenigen Schlägen, den Fallwind nutzend, kreiste er über der Stelle und ließ sich dann herabsinken. Als seine Sandalen den Stein berührten, falteten sich die Schwingen auf seinem Rücken zusammen, und er kniete bei dem Gestürzten nieder.

»*Er* ist es«, flüsterte er. »Aber ich fürchte, es ist kein Knochen mehr heil geblieben.« Er tastete mit schlanken Fingern den Hals des Bewusstlosen ab und nickte erleichtert. »Du atmest noch, Freund, wenn auch nicht mehr viel. Vielleicht schaffen wir es.« Er stellte sich aufrecht hin und blies in rascher Folge vier Signale ins Horn.

Dann lauschte er. Kurz darauf antworteten fünf Töne, und er antwortete noch einmal, um seine Position anzugeben. Er ließ sich wieder neben dem Verletzten nieder, öffnete den Wasserschlauch und benetzte das Gesicht, träufelte vorsichtig ein paar Tropfen in den halb geöffneten Mund.

Yahi blickte nach oben, als Schatten über ihn fielen, und sah vier Geflügelte aus der Sonne herabsinken. Sie drängelten sich auf dem kleinen Plateau, falteten die Flügel und staunten.

»Bei allen Winden, ist das nicht . . .«, setzte Helur an. Die anderen drei fielen ihm gleichzeitig ins Wort: »Der Ewig Suchende! – Erenwin der Nauraka! – Ich dachte, der wäre längst tot?«

»Noch nicht«, sagte Yahi. »Aber bald, wenn wir uns noch länger aufhalten.«

»Er ist aber ganz schön hässlich«, bemerkte Lokha, der meistens eine seltsame Wortwahl traf.

»Und sicher schwer.« Helur kratzte sich das lang herabfallende Kopfgefieder. »Können wir es überhaupt wagen, ihn zu bewegen? Sieht nach vielen Knochenbrüchen aus.«

»Wir haben keine Wahl«, sagte Yahi. »Hier kann er nicht bleiben. Alrydis muss sich so schnell wie möglich um ihn kümmern.«

Glücklicherweise erwachte der Verletzte nicht, als sie seine Glieder behutsam wieder an die richtige Stelle rückten und ihn zu viert hochhoben. Yahi wollte sich dann in der Luft unter ihn legen und ihn mit seinem Rücken stützen. Er war ein wenig kleiner als Erenwin, aber es würde gehen.

»Wer hat ihm das angetan?«, fragte Helur.

»Die Krahim«, antwortete Yahi. »Mindestens zweihundert, wenn nicht mehr.«

»Verflucht sollen sie sein«, zischte Helur.

Sie hoben ab, und Yahi nahm seine Position ein. Er konnte mit den Schwingen jetzt nur noch gleiten und hielt sich an Helurs und Lokhas Beinen fest, die den Verletzten vorne hielten. Tief in den Bergen krächzten die Krahim ihnen Flüche nach, während sie mit kräftigen Flügelschlägen auf einen dreifach gespaltenen Berg zuhielten, hinter dem sich eine riesige Wolkenansammlung auftürmte.

Und dies war auch die Grenze. Dahinter begann das ewige Wolkenmeer, das gleißend im Sonnenlicht lag, und am Rand, kurz vor dem Berg, dümpelte leicht schwankend die *Meaglea*, das sagenhafte Wolkenschiff der Daranil, mit knatternden goldenen Segeln. Kein Mensch oder Zwerg und nur sehr wenige Auserwählte der Alten Völker bekamen dieses sagenhafte, große Reich der Daranil jemals zu Gesicht.

Vorn an der Reling, an der Landeplattform, stand eine große schmale Frau in einem dunkelgrünen, bodenlangen Gewand, mit beigefarbenem Gürtel, an dem die Utensilien eines Heilers hingen. Lange dunkelbraune Haare und der beigefarbene Umhang wehten im Wind, und das blaue Leuchten der Augen war auf weite Entfernung noch erkennbar, ebenso der sanfte Schimmer der Aura über der samtfarbenen Haut. Sie war von der Gestalt den Geflügelten ähnlich, besaß aber keine Flügel, und ihr Gesicht war menschlich.

Kurz darauf setzten die Daranil zur Landung an, und Yahi verließ seine Position.

»Alrydis!«, rief er aufgeregt. »Du wirst es nicht glauben, aber wir – ich habe den Nauraka gefunden!«

Sie hatte ihn schon selbst erkannt, als die vier Träger auf der Plattform ankamen. Das ganze Schiff lief zusammen, doch Kapitän Fwyll mahnte zur Ordnung, denn er befürchtete, dass schon ein Windhauch den Verletzten auseinanderfallen lassen könnte. Unruhig scharrend blieben sie auf Distanz und tuschelten miteinander, während der Bewusstlose unter Deck getragen wurde, wo er nach

Alrydis' Anweisung zuerst auf dem Untersuchungstisch abgelegt wurde.

»Es kann noch nicht lange her sein«, sagte sie nach dem ersten Augenschein. »Gut gemacht, Yahi.«

Der junge Daranil strahlte. »Kannst du ihn heilen?«

»Ich weiß es noch nicht«, antwortete sie. »Seine Verletzungen sind sehr schwer, das kann man auch ohne Untersuchung erkennen. Andererseits verfügen Nauraka über eine unglaubliche Selbstheilungskraft.« Sie schüttelte das Haupt. »Und dabei hält er immer noch das Schwert in der Hand.« Sie sah Helur an. »Du hilfst mir, ihr anderen verschwindet. Ich rufe euch, wenn wir ihn umbetten können.«

Helur war bereits dabei, die verkrampften Finger von dem Schwert zu lösen. »Am besten schneiden wir sein Gewand auf ...«

»Auf keinen Fall!«, lehnte die Heilerin ab. »Das Gewand ist traditionell bei den Nauraka von großer Wichtigkeit, und dass er es nie abgelegt hat, zeigt, wie viel es immer noch bedeutet.«

»Aber wie sollen wir ihm das ausziehen, ohne ihm auch noch die restlichen Knochen zu brechen?«, protestierte Helur.

»Wir müssen eben aufpassen.«

Mit vereinten Kräften gelang es ihnen schließlich, und Helur brachte die Sachen fort, während Alrydis an die Arbeit ging.

»Große Götter«, flüsterte sie. »Das ist ja entsetzlich.«

Am Abend ging Alrydis erschöpft nach oben und erstattete Fwyll Bericht.

»Er liegt jetzt im Heilschlaf. Ich konnte ihn nicht vollständig schienen, aber ich habe Stützverbände angelegt, wo es möglich war, und ihn fest im Bett verkeilt und fixiert, damit er sich nicht bewegen kann.«

»Wird er es schaffen?«

»Er hat hohes Fieber, innere Blutungen, und ich glaube, nicht ein Knochen ist mehr heil. Aber – ja, ich glaube, er wird es schaffen. Was auch immer sein Äußeres verändert, beginnt bereits mit der Heilung. Und der Fluch hält ihn vermutlich ebenfalls am Leben.

Doch es ist nicht ausgeschlossen, dass der Schmerz ihn halb wahnsinnig macht.«

Fwyll nickte. Er war ein großer, schwerer Daranil höheren Alters, der nur noch selten die Schwingen ausbreitete. Die *Meaglea* war seine Heimat, mit der er durchs Wolkenmeer kreuzte. »Ich habe bereits einen Botenfalk zu deinem Vater geschickt. Vielleicht möchte er, dass wir den Nauraka zu ihm bringen.«

Alrydis strich sich eine Haarsträhne aus der sorgengefurchten Stirn. »Das müssen wir Erenwin überlassen, Fwyll. Wir nehmen Kurs auf Chrysaora und hören uns an, was Hyan dazu zu sagen hat. Außerdem kann ich mich dort besser um Erenwin kümmern, hier sind meine Möglichkeiten doch sehr beschränkt.«

Helur, ein Mann mittleren Alters, trat zu ihnen. »Wenn er ansprechbar ist, muss ich zu ihm«, bat er. »Ich muss ihm etwas erzählen.«

»Alles zu seiner Zeit, Helur. Im Augenblick kann ich noch nicht einmal sagen, ob er überhaupt bei Verstand sein wird, wenn er erwacht.«

Erenwin tauchte durch ein glühend heißes, blutrotes Meer, durch das schwarze Schlieren tanzten. Gleichmäßig bewegte er sich auf und ab, atmete durch die Kiemen, breitete die Armhäute aus. Ein Farbenrausch explodierte um ihn herum, löste sich in grellgelben Blitzen auf. Violette Blasen platzten aus kochender Magma, die Erenwin gierig trank. Er hielt seine Hände vor sich gestreckt, von denen silberblaue Flammen züngelten, und hustete eine Feuerwolke aus.

Stöhnend kam er zu sich, zum Schreien fehlte ihm die Kraft, und seine Lungen brannten immer noch. Er öffnete die Augen, und die Welt war wieder grau und schwer.

Sein Körper war so fest verschnürt und von Holz eingeschlossen, dass er nicht einmal mit einem Fingerglied zucken konnte. Die einzige freie Bewegung war seinen Augen gestattet. Erenwin erinnerte sich an seinen Traum und wusste jetzt, dass der Schmerz grelle Farben hatte. Er hörte seinen eigenen rasselnden Atem, spürte den

Schweiß auf seiner fieberheißen Stirn verdampfen, ohne dass er kurze lindernde Kühle spenden konnte.

Aus dieser Pein gab es keinen Ausweg, sie war unendlich, füllte ihn bis in den letzten Winkel seines Seins aus, ließ keinen Raum mehr für etwas anderes.

Etwas schob sich verschwommen vor seine Augen, und er merkte, dass seine Nickhäute, die normalerweise nur unter Wasser hervorkamen, sich schützend davorgeschoben hatten. Mit einiger Anstrengung öffnete er sie.

Es war wohltuend dämmrig und erinnerte ihn an die Tiefe. Doch in diesem Graudämmer war ein Schimmern, das genau über ihm schwebte und das Gesicht einer Frau umrahmte, die sich über ihn beugte. Ihre Augen strahlten wie Sterne. Fast könnte er glauben, sie wäre eine Nauraka. Aber sie hatte keine Kiemen, und vieles an ihr war anders. Und doch vertraut.

Erenwin konnte in diesem Augenblick kein schönerer und tröstlicherer Anblick zuteilwerden. Er öffnete die Lippen und hauchte: »Verwandte ...«

Da lächelte sie, und er fühlte die Berührung ihrer Hand auf seiner glühenden Stirn, die wohltuende Kühle und Heilung auf ihn übertrug, in einem stetigen schimmernden Strom. »Schlaf ...«, sagte sie sanft mit glockenklarem Klang.

Er schloss die Augen und gehorchte.

Mehrere Mondzyklen vergingen, bis Erenwin das erste Mal in der Lage war, das Bett zu verlassen. Er lag in einem Haus, das nur ein Zimmer hatte, mit einem von Grün überwucherten Dach und Gitterwänden mit glaslosen Fenstern. Luft und Licht konnten ungehindert hereinströmen und verweilen, wie sie wollten. Es war hell und freundlich, und es standen ein Bett und eine Truhe darin, mehr Einrichtung gab es nicht. Aber Erenwin konnte sich sowieso nicht bewegen und war vollständig auf die Hilfe anderer angewiesen. Er wusste nicht, was er davon halten sollte, und nahm es schließlich hin, wie er stets alles hinnahm. Die ganze Zeit wich Alrydis ihm nie von der Seite, und wenn sie einmal nicht da war, wartete er ungeduldig auf sie. Sie berichtete ihm täglich vom Fortschritt seiner Heilung, bis er so weit war, Fragen zu stellen.

»Wer bist du, so nah und doch fern?«

»Ich bin Ylwanin«, antwortete sie. »Mein Volk ist sehr jung, und es gibt noch nicht viele von uns. König Rowarn von Ardig Hall ist mein Vater, Königin Arlyn Antasa meine Mutter.« Es stellte sich heraus, dass sie beide ungefähr gleich alt waren.

»Du besitzt das Schimmern der Nauraka in Dunkelheit ...«

»... und die Heilkräfte meiner Mutter, was ein Glück für dich gewesen sein mag.«

Erenwin war fasziniert und wollte alles über Ardig Hall und seinen König wissen.

»Wenn du möchtest, kann ich dich zu ihm bringen«, erklärte sie. »Er hat dich eingeladen.«

»Ich kann Nerovia nicht verlassen«, sagte er traurig. »Der Fluch hält mich hier.«

Alrydis zeigte sich nicht minder interessiert an ihm und wollte in der Folge alles über die Nauraka erfahren. Zum ersten Mal in all den Jahren löste sich Erenwins Zunge ganz von selbst, und er erzählte von seinem langen Weg in ungewöhnlich vielen Worten. Sie war eine Verwandte, und er konnte verstehen, was sie bewegte, fühlte eine vertraute Schwingung. Ihm selbst tat es gut, mit jemandem darüber zu sprechen, der wiederum ihn verstehen konnte. Bis auf die schwarze Perle offenbarte er alles.

Es war ihm angenehm, sie in seiner Nähe zu wissen, doch er hatte den Eindruck, dass sie sich öfter bei ihm aufhielt, als notwendig gewesen wäre. »Gehört es zu deinen Pflichten, so viel Zeit bei einem Genesenden zu verbringen?«

»Nein«, gab sie zu. »Aber du bist ein Nauraka, und ich fühle mich dir verbunden. Ich höre gern deine Geschichten.«

Er dachte nicht darüber nach, warum sie seine Nähe suchte, und warum er es ihn nach ihrer Nähe verlangte. Es erschien ihm ganz natürlich. Immerhin waren sie gewissermaßen verwandt und die Einzigen ihrer Art in dieser Fremde.

Nacheinander kamen auch jene Daranil zu Besuch, die ihn von dem Felsplateau gerettet hatten, allen voran der gerade erst zwanzigjährige Yahi. Erenwin fiel auf, dass kein einziger Daranil dasselbe Gefiedermuster wie ein anderer aufwies. Er entdeckte verschiedene Abstufungen von Hell und Dunkel, mit Schattierungen dazwischen. Mit etwas Übung konnte man sie, selbst wenn viele von ihnen gemeinsam am Himmel flogen, gut voneinander unterscheiden, und es war ein schöner Anblick, wie Blumen auf einer Wiese. Ihre vogelähnlichen Gesichter mit den großen hellen, geschlitzten Augen wirkten anfangs befremdlich auf ihn – was ein wenig seltsam anmutete, wenn man bedachte, wie er selbst aussah. Statt Haare fielen feine, dünne lange Federn von ihren Köpfen herab, die sie entweder offen oder geflochten trugen; bei starker Erregung konnten sie die Kiele sogar leicht aufstellen. Ansonsten unterschieden sie sich körperlich in nichts von ihm oder den Menschen. Sie trugen leichte, luftige, prächtig bestickte Kleidung, keine Beinkleider und fein geschnürte Sandalen.

Die Daranil wiederum begegneten ihm ebenso unbefangen wie die Zwerge. Er sah nicht einmal Mitleid über seinen Zustand in ihren Augen, stattdessen bestaunten sie ihn vielmehr wie ein Wunder. Daranilfrauen brachten ihm kleine Süßigkeiten vorbei und stellten ihre Kinder vor, und alle wollten seine Geschichte hören.

»Warum so viel Aufmerksamkeit?«, fragte er Alrydis erstaunt.

»Du bist der Nauraka«, antwortete sie, als würde das alles erklären.

In erster Linie waren sie wohl einfach neugierig.

»Die Alten Völker hegen kaum Vorbehalte wegen des Aussehens eines anderen«, sagte Alrydis zu ihm. »Es gibt genügend Wesen, die von bizarrer Gestalt sind, daran stören wir uns nicht.«

»Doch ich trage meine schwarze Seele offen zur Schau und bin nicht mit dieser Gestalt geboren worden«, erwiderte er. »Das müsst ihr doch spüren, es ist abstoßend.«

»Du warst zu lange bei den Menschen, dass du so viel Wert auf Äußerlichkeiten legst«, versetzte sie leichthin.

»Nein, zu lange bei den Nauraka, die ihre Gestalt für die perfekte halten«, murmelte er und schämte sich.

Helur streckte den Kopf herein. »Ich muss dir was erzählen«, sagte er und kam näher. »Vor vielen Jahren flog ich zur Seerose

Nuramar, und dort sah ich kurz eine Frau, deren Haut wie Perlmutt schimmerte, mit türkisfarbenen Augen wie das Meer über einer Sandbank, und langen schwarzen Haaren. Zierlich, aber hochgewachsen, kaum kleiner als ich. Sie war außergewöhnlich anmutig und schön, niemand sah so aus wie sie, deshalb fiel sie mir auf.«

»Lurdèa!«, schrie Erenwin auf. »Das war sie, kein Zweifel! Sie lebt also, sie lebt! Sie ist in Nerovia, ich wusste es!«

Helur hob beschwichtigend die Hände. »Nun, es ist sehr lange her, wie gesagt, bestimmt schon an die zwanzig Jahre. Damals zumindest lebte sie. Ich war kaum auf der Seerose gelandet, als Nuramar von Piraten überfallen wurde, und ich war so beschäftigt mit dem Kampf gegen den Dsuntari, dass ich die Frau aus den Augen verlor. Ich suchte später nach ihr, aber wahrscheinlich hatten die Piraten sie verschleppt – oder sie konnte sich ins Meer retten. Erst Jahre später begriff ich, dass sie die Nauraka gewesen sein musste, die du suchst.«

Erenwin fing an zu weinen. »Warum sind wir uns nicht früher begegnet? Hast du jemals wieder eine Spur von ihr gefunden?«

»Nein, tut mir leid, ich flog danach kaum mehr über die Lande, sondern war die meiste Zeit mit den Wolkenfängern unterwegs.«

»Erenwin, vielleicht hat sie ja ihren Namen geändert, weil sie ...«, begann Alrydis.

»Nein, nein«, unterbrach er verzweifelt, »sie heißt Lurdèa, sie ist eine Nauraka und würde ihren Namen niemals verleugnen. Unsere Namen sind ein Teil von uns, wenn wir sie ablegen, verlieren wir auch uns selbst und sind keine Nauraka mehr!«

»Helur, du gehst jetzt besser«, sagte die Ylwanin beunruhigt. »Erenwin ist viel zu aufgeregt.«

»Ich wollte doch nur ...«, murmelte der Daranil erschrocken.

»Du hast das Richtige getan«, unterbrach sie. »Er musste das erfahren. Aber jetzt geh besser, ich glaube, er bekommt gleich einen Anfall.«

Sie versuchte Erenwin zu halten, aber er bäumte sich bereits auf, Schaum quoll aus seinem Mund, und er schrie, bis sich seine Stimme überschlug. Alrydis sah keinen anderen Weg, als sich mit ihrem ganzen Gewicht auf ihn zu legen und die Arme um ihn zu schließen, um ihn zu halten. Nach einer Weile schlang auch er seine Arme um sie und weinte lange an ihrer Schulter ölige schwarze Tränen, während sie ihn festhielt.

Eines Tages konnte Erenwin es wagen, aufzustehen und hinauszugehen. Alrydis blieb an seiner Seite, während er vorsichtig Schritt vor Schritt setzte, wie damals, als er das Meer verlassen hatte. Schnell fand er seine Kräfte wieder und trat aus dem kleinen Haus, in dem er die letzten Mondzyklen verbracht hatte, in das Wolkenmeer hinaus.

Staunend verharrte er.

»Das ist Chrysaora«, erklärte Alrydis lächelnd. »Die große Nebelqualle.«

Eine Qualle, deren mehrere hundert Mannslängen messende Nesselfäden sanft durch die Wolken tasteten und sich wiegten, während sie sich langsam und sanft durch die Sphäre über den Wolken bewegte, mit auf- und abschwingendem Kronensaum. Das gasgefüllte Gallertwesen war teils durchsichtig, teils milchig, und leuchtende Fäden zogen sich durch ihr Inneres.

Chrysaora war so groß, dass eine ganze Stadt für tausend und mehr Daranil auf ihr Platz hatte, mit luftigen, filigran wirkenden Häusern, um die sich Rosen und Wein rankten. Wandelwege waren dazwischen angelegt, mit gläsernen Bäumen, deren Zweige sich sanft im Wind wiegten und leise, liebliche Klänge erzeugten. Wasser fand sich in Auffangbecken, eingebettet in blühende Büsche.

In der Nähe, am Rand von Chrysaora lag ein schlankes Schiff mit spitzem Bug vor Anker, an das Erenwin eine dunkle Erinnerung hatte.

»Ja, das ist die *Meaglea*«, sagte die Ylwanin. »Der Stolz der Flotte der Wolkenfänger.«

»Wolkenfänger?«, wiederholte er verwundert.

Sie schmunzelte. »Sie kreuzen durchs Wolkenmeer und fangen mit Netzen, was darin lebt.«

»Da drin gibt es Leben?«

»Du ahnst nicht, wie viel. Es gibt sogar schwebendes Land, aufgebaut auf Gaskorallen …«

Sein Gesicht nahm einen verträumten Ausdruck an. »Wie in der Tiefe ...«

»Ja, fast wie deine Heimat.« Sie nahm seinen Arm und führte ihn ein Stück weiter, wo sie die Sonne sehen konnten, die gerade im Westen versank. »Ist das nicht ein wunderbares Farbenspiel, wenn die Sonne in die Wolken eintaucht? Ich kann mich nie daran sattsehen.«

»Ich kann keine Farben sehen«, erwiderte er.

Sie wandte sich ihm zu, und er hob die Schultern.

»Meine Augen sind nicht mehr besonders gut. Zuerst war es nur ein grauer Schleier, der manchmal verschwand, doch seit vielen Jahren ist meine Welt nur noch grau. Nachts bin ich blind, was mir aber nichts ausmacht, weil meine anderen Sinne hervorragend funktionieren. Nur dein ... dein Schimmern, das kann ich ... sehr deutlich sehen, so klar wie ... wie ...« Er führte den Satz nicht zu Ende und drehte sich abrupt zur Seite.

Noch bevor eine verlegene Stille entstand, schlang sie ihren Arm um seinen. »Komm, machen wir dem König unsere Aufwartung, er wird schon ungeduldig sein.«

Der königliche Palast erinnerte in vielem an Darystis. Unter anderem die verspielte, filigrane, offene Bauweise und die Verbindung mit den Pflanzen. Eine Menge lärmender, Alrydis' Versicherung nach wie Juwelen so bunter Vögel hüpfte in den Zweigen und zwischen den Gittern, sie stritten und warben und kämpften unermüdlich. Es gab so viel Leben hier, schwerelos und leicht. Beständig schwebten Daranil über der Qualle, landeten oder flogen in die Höhe. Gelächter schwang durch die Luft, begleitet vom Gesang der Vögel und den Harfenklängen der Glasbäume. Vogelschwärme folgten Chrysaora, und in einiger Entfernung liefen Wolkenschiffe aus oder ein. Es herrschte lebhaftes, harmonisches Treiben. Ein Reich, das seinen eigenen Frieden besaß, fernab von allem. Wie ein Traum.

»Ich könnte hier glücklich sein«, sagte Erenwin leise. Alles hatte sich für ihn verändert, plötzlich besaß er wieder Empfindungen und erinnerte sich immer mehr an sein früheres Leben. Ihm war die Aufmerksamkeit der Daranil nicht unangenehm, und Alrydis' Nähe ... ja, dafür hatte er noch kein Wort gefunden. »Ich würde nichts mehr entbehren, keine Sehnsucht mich länger quälen. Mit den Schiffen zu reisen, hier unter dem Himmel zu ruhen ... was für ein herrlicher Ort.«

»Ja, und er ist sehr friedlich, weil er so abgeschieden und schwer zu erreichen ist«, erklang die Stimme eines Mannes aus dem Palast, und ein großer, muskulöser Daranil in mittleren Jahren kam lächelnd auf Erenwin zu und reichte ihm die Hand. Er trug ein leichtes, golddurchwirktes Gewand, Schnürsandalen und einen schmalen Goldreif auf dem mit weißen Schleierfedern bedeckten Haupt. Seine Flügel wiesen mehr Weiß als Schwarzbraun auf. »Ich bin Hyan, König von Chrysaora, und heiße Euch willkommen, Prinz Erenwin von Darystis.«

Erenwin war verlegen. »Habt Ihr Euer Augenlicht verloren, weil Ihr ein Scheusal wie mich so herzlich begrüßt?«

»Ich ließ es sogar zu, dass diesem Scheusal das Leben gerettet wird«, lachte der König. »Abgesehen davon hätte ich mir den Zorn meines Freundes, des Königs von Ardig Hall zugezogen, wenn ich Euch nicht die beste Gastfreundschaft zuteilwerden ließe! Schließlich waren er und ich einst Kampfgefährten im Krieg um das Tabernakel. Ich half ihm, Burg Dubhan zu schleifen, und anschließend beim Wiederaufbau seines Schlosses. Ich war sogar dabei, als vor noch längerer Zeit der Orden der Visionenritter gegründet wurde, der nun nur noch Geschichte ist, seit der Siebenstern uns erleuchtet.«

»Nicht mich«, murmelte Erenwin. »Für mich gibt es nur Dunkelheit.«

»Hm.« Hyan musterte ihn interessiert. »Rowarn ließ mir ausrichten, dass er Euch gern treffen würde.«

»Ich kann nicht.«

»Das hat er bereits vermutet, zumindest schrieb er es mir so, und lässt sein Bedauern, aber auch Verständnis ausrichten. Ich hingegen meine, vielleicht könnte Euch Lady Arlyns begnadete Hand Linderung verschaffen.«

Erenwin sah zu Alrydis und schüttelte den Kopf. »Ich habe bereits alles erhalten, was möglich war. Aber seine Tochter kann König Rowarn weitergeben, was ich ihr erzählt habe, das mag ihm ein Trost sein.«

»Ihr könnt es Euch ja noch überlegen«, schlug der König vor. »Kommt, ich zeige Euch mein kleines Reich.« Er ging langsam einen Wandelgang entlang, und Erenwin und Alrydis folgten ihm. Unterwegs erzählte er ein wenig über das Leben auf Chrysaora, bis ihm auffiel, dass Erenwin sich immer öfter wie suchend umsah.

»Vermisst Ihr etwas?«

»Allerdings«, antwortete der Nauraka. »Gerade hier in Eurem Wunderreich, werter König: Eure Königin und eine Kinderschar.«

»Ach ja, sogar Ihr bemerkt es.« Hyan zeigte ein tiefes, weises Lächeln. »Das liegt an mir, geehrter Prinz. Ich erzählte Euch, dass ich bei der Gründung des Ordens der Visionenritter dabei war. Nun, jener Orden wurde von einer Mächtigen gegründet, einer Annatai namens Gynvar. Ich war damals ein junger, sehr wilder und oft über die Stränge schlagender Heißsporn, der seinem Vater jede Menge Kummer bereitete, und wollte die ganze Welt auf den Kopf stellen. Ich war mit Feuereifer beim Aufbau des Ordenshauses dabei, bis die Hohe Frau eines Tages zu mir sagte, ich solle nun ausziehen und nach den geeigneten Rittern suchen, die die Weihe erhalten sollten. Kühn, wie ich war, verlangte ich einen Kuss dafür von ihr.«

»Werter Hyan!«, rief Alrydis lachend. »Ihr überrascht mich, diese Geschichte kannte ich ja gar nicht!«

»Oh ja.« Die Miene des Königs wurde sehr weich, und in seine Augen trat ein ganz besonderer Glanz. »Wenn Ihr Gynvar nur gesehen hättet ... es gibt keine schöneren Wesen als die Annatai, glaubt mir. Sie sind verehrungswürdig wie Götter. Sie neigte sich zu mir und gab mir den Kuss.«

Er sah nicht traurig aus, sondern glücklich, als er das erzählte. Erenwin sah ihn sprachlos und aufgewühlt an, und auch Alrydis war gerührt.

Der König des Wolkenreiches berührte mit den Fingerspitzen seine Lippen. »Ich spüre den Kuss noch heute so lebendig wie damals, und oft ist mir, als wäre sie mir nahe. Was sie mir gab, veränderte alles. Eine andere Frau gab es nie für mich. Und so wird es auch bis ans Ende meiner Tage bleiben.«

»Das ist eine wahre Ballade, edler Freund, die den Glanz Eures Reiches noch erhöht«, sagte Alrydis beeindruckt. Erenwin brachte immer noch kein Wort heraus.

»Nun!« Hyan machte eine abschließende Geste. »Sprechen wir von den heutigen Zeiten.« Er setzte den Weg fort. »Alrydis erzählte mir, dass Ihr vor Jahren, als Ihr noch in der Tiefe lebtet, eine unerfreuliche Begegnung mit dem Alten Feind der Nauraka hattet, Erenwin.«

Erenwin machte eine unbestimmte Geste. »Begegnung kann man es nicht nennen. Ich habe den Verräter Janwe mit dem Alten Feind durch einen Schwarzen Spiegel sprechen sehen. Wie es aussah, plante er Krieg und die endgültige Vernichtung des naurakischen Volkes. Wenn es nicht bereits geschehen ist.«

»Darin kann ich Euch beruhigen, Erenwin, das wäre uns nicht verborgen geblieben«, versetzte der König. »Aber mein Freund Rowarn erhielt einige Zeit vor Eurer Ankunft eine seltsame Nachricht. Genauer gesagt, wurde er ohne höfliche Umschweife aufgefordert, abzudanken und seine Krone jemandem zu übergeben, der den wahren Anspruch darauf habe. Er unterschrieb als der Alte Feind, mit dem Zusatz, selbst ein halber Nauraka, der seine Heimat verleugne, müsse wissen, *welcher* Alte Feind gemeint sei.«

»Was?«, keuchte Erenwin auf.

Alrydis nickte. »Mein Vater schickte mich deswegen hierher und bat um Unterstützung, die Lage mit der *Meaglea* zu erkunden. Wir konnten herausfinden, dass der Brief aus Nerovia kam, aber nicht, woher. Der Alte Feind versicherte, dass mein Vater seine Antwort einfach nur losschicken müsste, sie würde schon beim Empfänger ankommen. Er habe stets alles im Blick.«

»Durch den Spiegel ...«

»Ich erhielt eine Abschrift des Briefes«, fuhr Hyan fort. »Ich hege keinen Zweifel, dass es sich tatsächlich um den Alten Feind handelt, den man auch den Namenlosen nennt, und der seinerzeit das Massaker unter den Nauraka anrichtete. Er stellte nämlich gleichzeitig die Forderung, ihm das Symbol des Tabernakels, dessen Hüterin Königin Arlyn ist, zu übergeben. Die Annahme, dass er längst tot sei, war demnach falsch, und es stellt sich die Frage, von welchem Volk er stammen mag, das derart lange lebt, und worauf sein grenzenloser, niemals erloschener Hass beruht. Aber vielleicht hat er auch einen magischen Weg gefunden, die Zeit zu überwinden. Wie es jedenfalls aussieht, will er diesmal nicht nur das Meer, sondern auch das Land erobern, das den Nachkommen der Nauraka gehört.«

»Aber ... aber warum jetzt? Und nicht schon früher?«

»Diese Frage wollten wir eigentlich Euch stellen, Erenwin. Offensichtlich gibt es einen bestimmten Grund, der ihn zum Handeln antreibt.«

Ausnahmsweise einmal war Erenwin froh, dass seine Haut schwarz verfärbt und verschorft war, weil er sich sonst durch seine Blässe verraten hätte. Er kannte den Grund: Es war die schwarze Perle. Sie hatte den Alten Feind aufmerksam gemacht und Pläne schmieden lassen. Andererseits ... als Janwe zur Brautwerbung angetreten war, hatte der Namenlose noch nichts von Erenwins Fund gewusst!

Nein. Nein, die Lösung war eine ganz andere.

»L-Lurdèa«, stieß er kraftlos hervor. »Meine Schwester. Sie ist der Schlüssel.«

»Zu diesem Schluss sind wir auch gekommen«, sagte Alrydis. »Und wir glauben ferner, dass sie ihm ausgerechnet durch deinen Fluch bisher entzogen wurde. Solange du sie nicht findest, solange wird auch er sie nicht finden.«

»Dann bin ich also das Bindeglied zwischen allem? Im Grunde genommen hat mein Vater dem Alten Feind in die Hände gespielt?« Erenwins Kehle schnürte sich zu.

»Unbewusst, ja«, stimmte Hyan bedauernd zu. »Das alles ist geduldig und von langer Hand vorbereitet. Ich fürchte nur, von nun an wird es schnell gehen. Die Frage ist, wo er zuerst zuschlagen wird, gegen Ardig Hall oder in der Tiefe.«

»Und was wollt ihr tun?« Erenwin sah von Hyan zu Alrydis.

»Mein Vater möchte, dass wir Herrn Berenvil von Dorluvan um Unterstützung bitten, um auf die Fürsten Nerovias einzuwirken und ein Bündnis zu schließen«, antwortete Alrydis. »Deswegen bin ich hier, weil mein Vater nicht einfach ohne Einverständnis des Fürstenrates in dieses Land reisen kann, und schon gar nicht Soldatenlager an der Grenze einrichten. Es heißt, dass Berenvil ein guter Vermittler sei, wortgewandt und gebildet, einer von den Alten Völkern, und einigen Einfluss auf die Fürsten habe. Leider lebt er sehr zurückgezogen, doch wir sind frohen Mutes, dass er uns empfangen wird. Wir waren gerade auf dem Weg zu ihm, als du uns vor die Füße gefallen bist.«

»Ich kam mit König Rowarn überein, dass wir zuerst mit Euch sprechen müssen, bevor wir uns noch einmal auf den Weg zu Berenvil machen«, erklärte der König.

Erenwins Herzschlag beschleunigte sich. »Ich war ebenfalls auf dem Weg dorthin, um ihn wegen meiner Schwester um Rat zu fragen. In dem Fall ist es also angebracht, mich als Boten zu schicken!«

»Euch?« Hyan wandte sich ihm zu. »Ohne Euch nahetreten zu wollen, aber ich halte Euch nicht unbedingt für so eine Mission geeignet ...«

»Ich muss dorthin!«, schrie Erenwin außer sich. »Ich bin ein Nauraka, ich vertrete die Interessen meines Volkes, besser als jeder andere! Gerade *weil* ich zum Ungeheuer werde! Das muss auf Berenvil Eindruck machen und die Dringlichkeit unseres Anliegens unterstreichen. Glaubt Ihr, ich werde diese Schuld auch noch auf mich laden, nicht alles unternommen zu haben?«

Hyan zog eine nachdenkliche Miene. »Wir müssen uns darüber beraten, Erenwin.«

»Aber nicht zu lange!«, schnappte er, und seine spitzen Zähne klickten. »Ich muss weiter, ich habe nicht mehr viel Zeit.« Brüsk drehte er sich um und ließ die beiden stehen.

Später kam Alrydis zu Erenwin, der vor dem Gästehaus stand und in die Nacht hinaussah. Es war bereits dunkel, doch das bedeutete hier oben, so nah am Himmel, nicht viel. Chrysaora schwamm in einem Meer aus Weiß und Silber und schimmerte selbst fast wie der Perlmond, der hoch am Himmel prangte. Dicht neben ihm funkelte Ishtrus Träne, des Seefahrers Wegweiser. Schnaubtümmler sprangen blasend über die Wolkenberge, wogten wie eine einzige Welle darüber hinweg, voller Anmut und Harmonie. Beinahe wie ein naurakischer Tanz. Liebespaare flogen Arm in Arm über der Nebelqualle und badeten im Mondlicht, das sie mit silbernem Schein umgab. In der Stadt brannten sanfte Lichter, Glühkäfer zogen in funkelnden Wolken hindurch, und Nachtsänger flöteten süße Melodien. Die Luft trug schwer an Blütenduft. In manchen Wolken zuckten Blitze, wenn Zitteraale ihren Paarungstanz begannen, und weit entfernt zog eine kleine, pulsierend leuchtende Nebelqualle vorbei, auf die zwei Wolkenschiffe Kurs hielten.

»Ich kann alles deutlich sehen«, murmelte Erenwin. »Ein Wunder, das ich wohl nur hier oben finden kann. Seit deine heilenden Hände mich berührten, Alrydis.«

»Hier oben bist du der Melodiensphäre näher, daran liegt es«, erklärte sie. »Diese ganze Region hier, bis zum Domgar, ist voller magischer Netze, deren Töne bis in die Täler klingen. Auch du könntest es hören, wenn du es nur zulassen würdest.«

»Vielleicht wäre es besser gewesen, ihr hättet mich liegen gelassen, und ich wäre gestorben«, sagte er leise und mehr zu sich.

»Weshalb?«, fragte sie.

»Weil ich mich nun an das Grauen erinnere.«

»Dann halte es fest, denn es bringt dich zu deinem wahren Selbst zurück.«

Er sagte nichts darauf, sondern schaute weiter hinaus in die Ferne. »Es ist schön . . . aber so kann es nicht bleiben, nicht wahr?«

»Darüber muss jeder selbst entscheiden, Erenwin.«

Er nickte und sah zu ihr. »Habt auch ihr eine Entscheidung getroffen?«

»Wir stimmen deinem Vorschlag zu«, erklärte sie. »Ich werde dich über alles aufklären und dich auch die Briefe lesen lassen.«

»Ich kann nicht lesen, hab's nie gelernt. Nauraka drücken ihre Mitteilungen anders aus, senden sie direkt durch die See«, sagte er unwirsch. »Du musst es mir vorlesen.«

»Gewiss, Erenwin«, sagte sie geduldig. »Ich werde dich begleiten.«

Er fuhr zu ihr herum. »Auf keinen Fall!«

Ihr blieb der Mund offen stehen. »Was ...«

»Ich belaste mich nicht mit einer Frau. Diese Reise unternehme ich allein.«

Sie stemmte die Hände in die Hüften, und aus ihren hell leuchtenden Augen schossen Blitze. »Ist das etwa die Art der Nauraka, mit Frauen umzugehen? Da erzählte mein Vater mir aber ganz anderes!«

Er schnaubte wütend. »Ja, das ist unsere Art! Wir wurden in einem strengen Patriarchat erzogen. Hast du immer noch nicht begriffen, dass es das legendäre Volk der Nauraka nicht mehr gibt? Wir sind nur noch ein Schatten unserer selbst, der traurige Rest einer Erinnerung, die verloren umherirrt! Woher sollte dein Vater, der Landgänger, schon wissen, wie Nauraka sind!« Er wies auf sich. »Erkenne endlich, was aus mir geworden ist! Das hier ist der sichtbare Ausdruck meiner Seele! Und das Schicksal, das meine Schwester durchlitt, ist mit Worten nicht zu beschreiben! Es gibt nichts an uns, das bewundernswert wäre, und keinen Grund, in meiner Nähe zu sein.«

Sie biss sich auf die Lippen. »Vielleicht solltest du doch nicht gehen, du bist viel zu unbeherrscht.«

»Keine Sorge«, erwiderte er. »Morgen schon habe ich mich wieder in der Gewalt. Nun, da ich ein neues Ziel habe.«

Sie sah ihn verwundert an, ihr Zorn war verraucht.

»Jetzt suche ich den Alten Feind«, erklärte Erenwin fast feierlich. »Ich glaube, das ist die wahre Bestimmung meiner Suche, denn wenn es ihn nicht mehr gibt, werde ich auch meine Schwester finden. Nur muss ich mich dazu beeilen, denn ich spüre, dass die Wandlung voranschreitet und bald abgeschlossen sein wird.«

»Dann werden wir dir helfen«, sagte Alrydis ruhig. »Du musst diesen Kampf nicht allein bestreiten, Erenwin, das musstest du nie. Wenn du nicht mehr dazu in der Lage bist, werden wir die Sache zu Ende bringen. Hab einfach Vertrauen.«

Er schwieg und schaute aufs Wolkenmeer.

Nachdem Alrydis gegangen war, begab Erenwin sich zu Bett. Auf dem Stuhl lagen seine Waffen und seine gereinigte und instand gesetzte Naurakakleidung. Behutsam strich er mit seinen Fingern darüber, und für einen Moment zog sich die Schwärze zurück, und ein kurzes Schimmern trat hervor. Dieses Wolkenreich hier könnte ihn vielleicht wirklich heilen, vor allem Alrydis' Nähe … Er zog den Überwurf aus und bettete sich zwischen die kühlen Laken, die ihm angenehm auf der Haut lagen.

Es war ein Wunder, aber mit seinem Körper war wieder alles in Ordnung. Nicht einmal Narben waren ihm geblieben. Zum einen Teil verdankte er das Alrydis' besonderen Heilkräften, zum anderen aber der schwarzen Perle. Solange er nicht erfüllt hatte, wonach dieses Unding verlangte, würde sie ihn nicht sterben lassen.

All die Jahre, dachte er, während er sich auf die Seite drehte und die Augen schloss, *war ich auf der falschen Suche …*

Er war bereits eingeschlummert, als er plötzlich eine Bewegung bemerkte. Dann spürte er einen warmen, sehr weichen, *weiblichen* nackten Körper an seinem und erstarrte. Im selben Moment empfingen seine trägen Sinne ihren unverwechselbaren Duft, die vertraute und doch fremde Ausstrahlung, und ihre … und ihre Haut … Augenblicklich war er erregt, ein heißer Sturm brach in ihm aus, löste eine Springflut aus, die über ihm zusammenschlug und die Dunkelheit fortspülte. In all den Jahren hatte ihn keine Frau mehr berührt, und er hatte nichts vermisst. Selbst damals in Karund, als er sich ein einziges Mal vergessen hatte, waren diese Empfindungen nicht so heftig und intensiv gewesen wie jetzt, und das machte ihm Angst. Er hatte geglaubt, keine Furcht mehr zu kennen, doch Alrydis hatte alles durcheinandergebracht.

»Was tust du …«, wisperte er erschrocken und unsicher.

»So viele Tage, Erenwin, und du weißt es nicht?«, flüsterte sie dicht an seinem Ohr.

»Alrydis, ich kann das nicht, versteh doch …«

»Nein …«

»Wieso willst du … ich meine, so, wie ich …«

»Erenwin«, unterbrach sie sanft, »sieh dich doch an.«

Er hob die Hand vor sein Gesicht, und sein Herzschlag setzte für einen langen Moment aus.

Kein Schwarz, keine Krusten. Sondern glatte, schimmernde Haut. Panisch tastete er sich ab, blickte unter das Laken, dann drehte er sich zu ihr um. »Ich bin ... aber wie ... aber wie ist das möglich ...«

»Warum musst du fragen?«, erwiderte sie traurig.

Er streckte die Hand aus, berührte ihr Gesicht. »D-du hast blaue Augen«, stammelte er. Er merkte, wie sich die Kiemen an seinem Hals öffnen wollten, und rieb heftig daran, dass sie wieder verschwinden sollten, weil er kaum noch atmen konnte.

»Und deine sind blau und grün gesprenkelt ... das habe ich noch nie gesehen ...« Sie lächelte zärtlich. »Wie schön du bist«, sagte sie leise. »Das bist *du*, Erenwin, nicht dieses schwarze Ding, in das du dich geflüchtet hast ... so sehe ich dich die ganze Zeit ...«

»Hör auf zu reden«, keuchte er, schlang die Arme um sie, presste sich an sie und drückte seinen Mund auf ihre Lippen. Seine Zunge zwängte sich ungeduldig durch ihre sich bereits öffnenden Zähne und wand sich hungrig hinein. Seine Hand glitt hektisch, mit fast verzweifelter Gier über ihren Körper, und dann drang er auch schon stürmisch in sie ein. Sie hob ihm ihr Becken entgegen, beantwortete seine Stöße mit derselben Leidenschaft, fand in seinen Rhythmus hinein und steigerte ihn; und sie kümmerten sich nicht im Geringsten darum, wer draußen ihre Lustschreie hören mochte.

Beim nächsten Mal und danach nahm er sich mehr Zeit und lernte dazu, hielt immer wieder inne, um Alrydis zu liebkosen und zu küssen, und ihr glückliche, leise Laute zu entlocken. Erenwin wurde es nicht müde, die samtene Süße ihrer Haut zu kosten, seine Zunge tastete ihren ganzen Körper ab, seine Nase sog mit weit geblähten Nüstern ihren Duft ein. Noch nie hatte er ein anderes Wesen mit solcher Intensität wahrgenommen. Er fühlte sich fast wie in der Tiefe, so vollkommen eins mit ihr, selbst das Kribbeln, wenn er sie berührte. Er erspürte sie mit all seinen Sinnen, sah sie an, nahm das Farbenspiel von Haut, Haaren und Lippen in sich auf, das seine Augen so lange entbehren mussten und das in ihm leuchtete wie ein Regenbogen, tauchte durch das Meer in ihrem zärtlichen Blick. Einer Frau so nahe zu sein, so innig verbunden wie der alles umgebenden, alles umschließenden See, eins zu sein, ihre Lust und Wonne zu fühlen, sie zu steigern, bis sie gemeinsam über die Wellen sprangen … wie gern hätte er schon früher gewusst, dass dies möglich war.

Und wie gern hätte er diesen Moment festgehalten, für immer.

Am Morgen schlüpfte Erenwin in seine gewohnte Kleidung, wickelte sie mit besonderer Sorgfalt, band die hüftlangen Haare im Nacken zusammen, steckte den Dolch vorn in den Gürtel, befestigte das Schwert am Rücken und die Armbrust am zweiten Gürtel.

Als Alrydis erwachte und ihn verschlafen anblinzelte, hielt er ihr seine schwarzen Hände entgegen. »Es ist vorbei«, sagte er. »Ich werde jetzt gehen.«

Sie setzte sich auf. »Vorbei?«, flüsterte sie. »Wie kannst du das nur sagen, nach all dem, was uns verbindet? Nach der letzten Nacht? Ich liebe dich, Erenwin!«

»Ich liebe dich aber nicht!«, gab er zurück. »Begreif das doch endlich, ich bin nicht fähig dazu. Wir haben das Lieben schon lange verlernt. In unserer Welt gibt es keine Liebe mehr!«

Sie schüttelte heftig den Kopf. »Das kann ich einfach nicht glauben! Mein Vater ist zur Hälfte Nauraka und zur Hälfte Dämon, und in ihm ist so unendlich viel Liebe. Was denkst du, von welcher Seite sie wohl stammt?«

»Die Vorfahren deines Vaters haben die See schon lange verlassen«, erwiderte er. »Die königliche Sippe existiert nicht mehr.«

»Sie ist immer noch in dir …«

»Und wohin hat mich das gebracht? Das Volk hat sich seither verändert. Es hat alles durch die unrühmliche Tat deiner Vorfahren verloren, die den Alten Feind unter uns wüten ließen, während sie sich an Land flüchteten!«

Ihre Lippen zitterten. »Doch die Sippe hat gesühnt und alles zurückgegeben, was verlorenging: Den Perlmond! Und sie hat den Siebenstern ermöglicht, der Waldsee schützt.«

»Wir erblicken nie Monde oder Sterne, Alrydis«, versetzte er ruhig. »Mein Onkel war der Letzte, der liebte, und alle hielten ihn für verrückt. Er erzählte von den alten Zeiten, doch sie sind vergangen, für immer. Und ich bin verflucht! Begreif doch, mit jeder bösen Tat, die ich begehe, wächst die Dunkelheit in mir und schwärzt meine Haut.«

»Ich habe dich aber gesehen, wie du wirklich bist ... und letzte Nacht ...«, wandte sie mit brüchiger Stimme ein.

Er lachte bitter. »Das lag an deinen wunderbaren Kräften, Alrydis. Und an diesem wunderbaren Reich. Für einen Moment war mir Glück vergönnt, doch das ist nicht von Dauer. Ich kann den Fluch nicht einfach ablegen. Ich bin an ihn gebunden und an den Schwur. Ich werde nun einen Weg zum Alten Feind finden, um mein Volk von ihm zu befreien. Dann werde ich meine Schwester heimbringen, nur so habe ich ein Anrecht auf Hoffnung.«

Zaghaft stand sie auf und näherte sich ihm. »Aber wenn es so geschieht ... wirst du dann zu mir zurückkehren?«

Er blieb davon unberührt, merkte, wie er sich immer weiter von ihr entfernte. »Ich weiß nicht einmal, ob ich mich an dich erinnern werde. Das Leben dort unten ist so anders. *Wir* sind anders.«

Beschwörend ergriff sie seine Hand. »Dann gehe ich mit dir. In meinen Adern fließt immer noch naurakisches Blut, auch wenn ich dem neuen Geschlecht der Ylwanin entstamme. Vielleicht kann ich sogar Kiemen bekommen, wenn ich meinen Vater um Hilfe bitte. Wir sind uns näher, als du glaubst.«

Er entzog ihr die Hand und wandte sich ab. »Niemand ist mir nahe.«

»Aber ... warum willst du es nicht zulassen? Jeder braucht jemanden!«

»Ich aber nicht. Mein ewiger Begleiter ist der Fluch.« Er sagte ihr nichts von den Stimmen, die er hörte, und der Perle, die in ihm wuchs und sein Blut vergiftete und seine Haut schwarz verfärbte.

»Lass mich dir doch helfen ...«, flehte sie.

»Ich kann nicht. Es ist alles noch viel schwieriger, als du ahnst, und du ... du bist längst grau für mich, wie alles andere.« Er war reisefertig und ging auf die Tür zu. »Deswegen bleibst du hier, Alrydis.«

Er konnte hören, wie ihr Herz brach, das Klirren lag in ihrer Stimme, doch das konnte die Dunkelheit in ihm nicht mehr durchdringen.

»Darf ich ... dich dann wenigstens einfach nur lieben?«, flüsterte sie. »Aus der Ferne?«

Er zuckte mit den Achseln. »Das ist ganz allein deine Entscheidung, Alrydis. Ich kann es dir nicht verbieten. Aber es ist falsch. Wende dich ab von mir. Du stürzt dich ins Unglück.«

»Erenwin!«, schluchzte sie auf und streckte die Arme nach ihm aus, doch er öffnete die Tür und ging.

18.

Eislicht

Ruhig glitt die *Meaglea* über die Berge dahin, der Wind bauschte ihre sonnengoldenen Segel, und die Masten knirschten leise. Das Holz, aus dem ihr schlanker Leib bestand, war sehr hart, stabil und doch unglaublich leicht. »Es sind besondere Federn eingearbeitet«, erklärte Yahi, als er zu Erenwin an die Reling trat. »Diese halten unsere Schiffe in den magischen Sphären.«

Das Wolkenmeer lag schon weit hinter ihnen, viele schroffe Gebirgszüge verdeckten die Sicht darauf. »Wie weit reicht das Wolkenreich?«, fragte Erenwin.

»Weit über die See hinaus. Ich glaube, noch keiner von uns ist bis ans Ende gesegelt. Aus eigener Kraft können wir nicht so weit fliegen. Aber es würde mich reizen, es gibt viele Geheimnisse dort.«

»Genau wie bei uns.«

»Ich hoffe, dein Volk wird wieder aus der Vergessenheit auftauchen und das Bündnis mit den anderen Alten Völkern erneuern«, meinte Yahi. »Vor allem würde ich gern mal eure Frauen kennenlernen. Ich habe ja schon einmal eine Nices auf einem Seemarkt getroffen, aber die sind zu gefährlich.«

»Was gefällt dir denn an euren eigenen Frauen nicht?«

»Die gefallen mir sehr gut, aber sie haben Flügel wie ich. Mich reizt die See.«

Erenwin schüttelte den Kopf. So hatte also jeder seine Träume, und wollte immer das, was unerreichbar schien. »Wenn es uns nicht gelingt, den Alten Feind aufzuhalten, wirst du keine Gelegenheit dazu bekommen.«

»Dann müssen wir das eben tun. Wozu hat man Freunde?« Yahi grinste. »Es wird gut ausgehen. Das tut es immer! Irgendwann zumindest.«

»Also schön«, erwiderte Erenwin. »Wenn es zu einem guten Ende kommt – mindestens zweimal im Jahr findet in Darystis ein großer Markt statt, auch für Landgänger. Auf einer Koralleninsel, die inzwischen ziemlich groß sein dürfte. Das Land müsste immer noch zu Nerovia gehören, das südlich liegt, in der Nähe der Wüsten. Es gibt einen Händler, der dort einigermaßen bekannt sein dürfte, Hallog ist sein Name. Such nach ihm, sage ihm, ich habe dich geschickt, und komm zum Markt. Wenn alles ein gutes Ende gefunden hat, werde ich dafür sorgen, dass die Nauraka nicht mehr in der Sphäre unter dem Zwielicht bleiben, sondern auch nach oben gehen, und dann kannst du versuchen, eine Naurakafrau zu beeindrucken. Das allerdings, junger Freund, dürfte nicht einfach werden.«

»Abgemacht!«, rief Yahi. »Das ist ein Wort.«

»Nichts als Flausen im Kopf«, stellte Kapitän Fwyll fest, der sich zu ihnen gesellt hatte. »Warst du auch so, Erenwin?«

»Ich bin immer noch so«, brummte er. Manchmal ließ ihm die schwarze Perle mehr Freiheit, das Flüstern verstummte, und er war weniger abgestumpft und emotionslos. In diesen Momenten glaubte er daran, dass er seinen Fluch lösen konnte. Doch dann holten ihn seine schrecklichen Taten wieder ein, und er flüchtete sich in die dunkle Leere, um sich dem Grauen vor sich selbst nicht stellen zu müssen. Seit der Begegnung mit den Daranil und vor allem Alrydis bäumte sich immer wieder etwas in ihm auf, das die Perle noch nicht vernichtet hatte. Umso mehr, seit er ein neues, klares Ziel vor Augen hatte, das ihm das Gefühl gab, endlich auf dem richtigen Weg zu sein.

»Ich glaube, das gehört dazu«, stimmte Fwyll zu und ließ seine Flügel leicht im Wind schaukeln. »Da, der Domgar ist schon ganz nahe. Wir werden ihn bald erreicht haben, und dann liegt es an dir, Erenwin.«

»Am besten fliegt ihr so an, dass man uns von der Burg aus nicht sehen kann, und setzt mich an einer unübersichtlichen Stelle ab, von der aus ich weiter nach oben steige«, schlug Erenwin vor. »Man soll wissen, dass sich ein Gast nähert.«

»Und weshalb sollen wir das Schiff verborgen halten?«

»Das ist eine Sache des Anstands. Es könnte als Angriff gewertet werden. Ein einzelner Mann aber scheint nicht gefährlich zu sein. Zudem gilt Berenvil als Einsiedler. Man muss ihm mit Bescheidenheit begegnen.«

Der Kapitän dachte nach. »Du bist weit gereist, Erenwin, ich vertraue auf deine Erfahrung. In jedem Fall werden wir in der Nähe warten, und wenn wir kommen sollen, bläst du ins Horn.« Er ließ dem Nauraka ein mittelgroßes Horn bringen, das er gut in den Falten des Gewandes verbergen konnte. »Es trägt weit, wir werden dich hören und schneller als ein Falke da sein.«

»Ja, das ist gut.« Erenwin legte gleichzeitig seine Waffen ab und gab sie in Yahis Obhut. »Ich hoffe, Berenvil wird uns unterstützen. Einen der Fürsten könnte ich vielleicht überreden, Fangur von Morang, denn er kennt mich von früher und schuldet mir etwas. Ich ... werde schon die richtigen Worte finden, wichtig ist zuvorderst, dass ich empfangen werde.«

»Wieso habt ihr eigentlich nie herausgefunden, wer der Alte Feind ist?«, wollte Yahi neugierig wissen.

»Wir haben nie nach ihm gesucht.«

Die *Meaglea* ging in Sinkflug, segelte zwischen einem gespaltenen Berg hindurch und überflog ein Tal aus Hunderten spitzer Felsenzacken, die wie die Zähne eines Schnappbarsches nach oben ragten.

»Wenn du hier runterfällst, können dich keine Flüche oder Heilkünste mehr retten«, merkte Fwyll an.

»Ich bin schon lange nicht mehr zu retten«, gab Erenwin zurück. Er hielt die ganze Zeit nach den Krahim Ausschau, doch keine einzige schwarze Feder war zu sehen. Auch der Himmelskönig, der hier seinen Horst haben sollte, verbarg sich scheu. Lediglich an einigen weniger steilen Berghängen, an denen sogar etwas Grün wuchs, kletterten dickhornige Ziegen und zeigten, dass es Leben gab. Hier als Einsiedler zu leben war ein gutes Ziel. Wenn sein Bann nicht aufgehoben würde, könnte Erenwin seinen Platz in diesen Bergen finden. Dann würde er auch keine Farben mehr vermissen, denn hier gab es ohnehin nicht viel davon.

Er deutete auf eine Stelle an einer Flanke des Domgar, die ihm geeignet erschien. Tief unten, am Fuße des Berges, stiegen dünne Rauchsäulen auf. Die Burg musste auf der anderen Seite der Flanke liegen, dorthin führte der zum größten Teil in Stufen aus dem Fels geschlagene Weg. »Setzt mich dort ab und wartet. Sobald ich das verabredete Signal gebe, fliegt ihr zur Burg. Hoffen wir das Beste!«

»Viel Glück«, wünschte Fwyll.

Yahi und Helur packten Erenwin jeder unter einer Achsel und flogen ihn das letzte Stück zu dem Weg hinunter.

»Du bist schwer wie ein Stein!«, beschwerte sich der junge Daranil. »Ich dachte immer, Nauraka seien Leichtgewichte.«

Erenwin verzichtete auf eine Entgegnung, er konzentrierte sich auf sein Ziel. Er drehte sich nicht einmal um, sondern schlug den Pfad nach oben ein, den Blick nach vorn gerichtet.

Um die Mittagsstunde erblickte er Dorluvan zum ersten Mal. Schwarz und groß ragte die von Steinbögen getragene Burg über den Fels hinaus. Ein eisiger Wind wehte hier oben, und ab und zu wirbelten verirrte Schneeflocken um ihn herum. Zähe, hartblättrige kleine Büsche klammerten sich an Felsenritzen, und sogar die eine oder andere dünne, verwachsene Bergkiefer fristete hartnäckig ihr Dasein.

Der Stufenweg schlängelte sich zwischen herabgestürzten Felsbrocken hindurch, stieg steil an und fiel nach einer Kuppe wieder ab, wand sich um eine Ausbuchtung und stieg erneut in steilen Kurven stetig die ganze Seite des Berges entlang an.

Unterhalb des Weges breitete sich das Dorf aus, an dessen äußerer, zum Tiefland hin gerichteten Seite Häuser lagen, die neu aussahen, mit hellen Dächern und gut befestigten Wegen. Erenwin schätzte, dass bald daraus eine Stadt entstanden sein würde, und hielt es für ein gutes Zeichen. Niemand zog freiwillig in eine Gegend, in der Unterdrückung und Ausbeutung herrschte. Berenvil schien seinem Ruf also gerecht zu werden. Er war anscheinend ein Eigenbrötler, aber vermutlich nicht jedem gegenüber feindlich gesinnt.

Die Burg dräute nun schon gewaltig über ihm und verbarg die Sonne, die allmählich nach Westen wanderte, um kurz vor der Nachtruhe einen Plausch mit dem Meer zu halten. Die Luft war dünn und eisig, ein Lichtkranz von der verdeckten Sonne umhüllte die Burg und ließ sie noch finsterer, zugleich aber auch strahlend erscheinen. Eine kurze Zeit musste Erenwin sogar durch Schnee stapfen, der sich in einer Nische angesammelt hatte, in die sich nie ein Sonnenstrahl verirrte, und sich noch bis auf den Weg türmte. An den überhängenden Felsen klammerte sich der Raureif fest.

Nach der nächsten steilen Biegung wurde es etwas milder und der Weg leichter. Er hatte es fast geschafft. Gleich über der Burg begann der ewige Schnee, hielt sich als Gletscher in weiten Spalten und hing in gewaltigen Zapfen über Felskanten herab. Ein unwirkliches Funkeln und Leuchten lag über allem, und der Wind sang dazu eine seltsame Melodie.

Erenwin verstand immer besser, was einen Mann dazu bringen konnte, ausgerechnet hier eine Burg zu bauen. Er nahm die letzte Kurve, und nun ging es fast gerade auf den großen Torbogen des Eingangs zu. Keine Zugbrücke über einer Spalte, kein Fallgitter, nur zwei Wachen, die oben auf dem Wehrgang hin- und hergingen, den einsamen Besucher jedoch nicht beachteten.

Trotzdem wurde er beobachtet, denn noch bevor er den mächtigen Klopfer betätigen konnte, wurde eine kleine Tür in dem riesigen Portaltor geöffnet, und er stand vor einer Magd. Sie trug ein Wollkleid und Stiefel, die sie vor der Kälte schützten. Blonde Haare blitzten unter einer Haube hervor.

»Ehrenwerter Herr«, sagte sie und verneigte sich. »Was verschafft uns die Ehre Eures Besuches?«

»Ich bin Erenwin«, antwortete der Nauraka.

Ihr Kopf ruckte hoch, dann weiteten sich ihre Augen. »Aber gewiss doch, verzeiht, dass ich Euch zuvor nicht richtig ansah und erkannte ... «, stammelte sie. Als gut erzogene Magd durfte sie den

Blick nie erheben und erst recht nicht einen herrschaftlichen Gast anstarren. »Das … das ist sehr unerwartet …«

»Sag deinem Herrn, dass ich seinen Rat und Hilfe erbitte. Ich komme in Frieden und ohne Waffen. Ich bin in niemandes Auftrag hier, nur in meinem eigenen. Ich bin müde und verzweifelt nach langer Reise und suche hier meine letzte Hoffnung – nicht vergeblich, wie ich mir sehnlich wünsche.« Erenwin zeigte die leeren Handflächen und den leeren Gürtel. »Ich werde warten.«

»Danke, Herr«, sagte die Magd, schloss eilig die Tür, und er hörte, wie sich ihre trippelnden Schritte entfernten.

Schon bald darauf öffnete ein Soldat die Tür und bat Erenwin einzutreten.

Das Innere der Burg war verschachtelt, weder hoch noch weit, um die Wärme drin zu halten. In der Mitte des Gangs war ein Teppich ausgerollt, verschnörkelte Öllampen spendeten warmes Licht.

Allerdings gab es einen größeren Raum, die herrschaftliche Halle im Zentrum, die von großen Fenstern erhellt wurde. Sechs Kamine vertrieben die Kälte; die Mauern waren so dick oder so gut abgedichtet, dass es keinen Durchzug gab. In der Mitte der Halle stand eine große Tafel, an der gut dreißig Personen Platz fanden. An den Wänden hingen Gobelins mit mystischen Motiven, auch hier war der Steinboden mit Teppich ausgelegt. Eine Tür neben den Fenstern führte auf einen Balkon hinaus, hinter dem eine prachtvolle Aussicht wartete.

An der Wand neben der Tür stand ein sehr großer Spiegel, der den Eindruck erweckte, als sei der Saal noch größer.

»Herr Berenvil wird gleich kommen«, sagte der Wachmann.

»Kann ich mich ein wenig umsehen?«, fragte Erenwin.

»Seid willkommen.«

Vor dem größten Kamin, hinter dem Kopfende der Tafel, waren gemütliche Sitzmöbel aufgestellt und ein kleiner Tisch, auf dem Knabbereien und eine Schale mit Früchten standen. Über dem Kamin war eine feine Stuckarbeit in die Mauer gemeißelt worden.

Erenwin öffnete die Tür zum Balkon und trat hinaus. Sofort fegte der eisige Wind heran, doch er ließ sich davon nicht stören. Er befand sich auf dem ins Nichts ragenden Teil der Burg, und es war, als stünde er mitten im Himmel, umgeben von den gewaltigen Bergen. Als er Stimmen hörte, ging er ein Stück weiter; der Balkon zog sich noch länger, an anderen Gemächern vorbei. Erenwin hörte vertrautes Plätschern, das ihn gerade hier oben seltsam anmutete, und blickte nach unten.

Ein künstlich angelegter See breitete sich direkt unter ihm auf einem Felsvorsprung aus, und drei junge Männer plantschten fröhlich in dem dampfenden Wasser. Sie lagen im Alter nicht weit auseinander, zählten zwischen vierzehn und achtzehn Jahren. Als sie aus dem Wasser stiegen und auf das Innere der Burg zustrebten, sah er, dass sie gut gebaute Körper besaßen, die sich noch prächtig entwickeln würden, mit glatten Wangen und blitzenden Augen.

»Beeilen wir uns!«, rief der Älteste. »Der große Moment ist gekommen, es geschieht, worauf wir so lange gewartet haben! Ich kann es schon spüren, wie es beginnt!« Gleich darauf waren sie verschwunden.

»Ursprünglich«, erklang eine angenehm tiefe Stimme hinter Erenwin, »hatte ich den See für meine Frau gebaut, doch sie verabscheut das Wasser. Meine Kinder lieben es dafür umso mehr.«

Erenwin ging eilig zurück, doch als er die Tür schließen wollte, sagte sein Gastgeber: »Lasst ein wenig Luft und Sonne herein, es ist recht mild heute. Eine der letzten Gelegenheiten, bevor uns der Winter fest in seinem Griff hält.«

Tatsächlich hatte der Wind ein wenig nachgelassen, und die sinkende Sonne fand ihren Weg ins Innere. Erenwin war es nur recht, frische Luft zu bekommen, denn sein Atem ging schneller, und er war nervös.

»Ich danke Euch für die Einladung«, begann er endlich seine Begrüßung und verneigte sich leicht vor Berenvil.

Das Alter des Mannes war schwer zu schätzen, wohl Ende vierzig. Er war hochgewachsen und muskulös, gelocktes, dunkles Haar fiel auf seine Schultern herab, ein kurzgeschnittener Bart umrahmte sein Gesicht. Er trug schlichte, aber gut gearbeitete Kleidung und keine Waffe. Er musterte Erenwin aus unergründlichen dunklen Augen.

»Ich muss gestehen, mit Euch als Gast hätte ich zuletzt gerechnet«, sagte er. »Willkommen in meinem Heim, Erenwin von den Nauraka.« Sein Blick fiel auf Erenwins nackte Füße. »Zumindest ein Beiname scheint zu Euch zu passen.«

»Ich konnte mich nie dazu überwinden«, versetzte Erenwin und deutete auf Berenvils Stiefel. »Aber ich muss gestehen, auch ich bin überrascht, denn es heißt doch, Ihr lebt als Einsiedler.«

»Ihr meint meine Söhne?« Berenvil lachte herzlich. »Ja, stellt Euch vor, ich habe eine Frau gefunden, die meine Einsamkeit mit mir hier oben teilt, und nicht nur das, sie schenkte mir eine Familie. Noch heute danke ich den Göttern jeden Tag für das Glück und die Gnade, die mir zuteilwurden.«

»Ich bin mit einem Anliegen zu Euch gekommen, ehrenwerter Berenvil«, kam Erenwin, der umständliche Höflichkeitsrituale längst verlernt hatte, zur Sache. »Ich erbitte Euren Rat und, wenn es möglich ist, Eure Hilfe.«

»Selbstverständlich, geehrter Erenwin«, lächelte Berenvil. »Ich werde für Euch tun, was ich kann. Noch heute werden wir uns zusammensetzen, doch lasst mich Euch zuerst meine Frau vorstellen, denn ich kann mir denken, dass sie bereits Kunde von Eurer Ankunft erhalten hat und auf dem Weg hierher ist. Ah, da ist sie schon.«

Zwischen Fenster und Kamin gab es eine kleine Tür, die wohl zu den Privatgemächern führte, denn in diesem Moment trat eine Frau über die Schwelle und kam mit anmutigen, geschmeidigen Schritten herbei.

Erenwin war, als habe ihn ein Blitz getroffen und endgültig in Stein verwandelt, und er stand völlig starr da.

»Lieber Gemahl, wir haben einen Gast, und ich erfahre nichts davon?«, rief die edle Dame vorwurfsvoll. Ein fließendes Gewand umschmeichelte ihre zierliche Figur, Perlenketten zogen sich durch ihr glänzend schwarzes Haar, und ihre Augen waren klar und aufmerksam.

»Darf ich vorstellen«, sagte Berenvil gut gelaunt, »meine Frau Raëlle. Und weißt du, wer unser Gast ist, Liebste?«

Sie blieb stehen und starrte Erenwin an. Dann wich sie entsetzt vor ihm zurück. »Ist *er* es?«, flüsterte sie. »Er ... ist ... schrecklich ...«

Erenwin wandte sich langsam Berenvil zu. »Raëlle?«

»Ja, das bedeutet Mohnblume. Ein schöner Name, der ihr jedoch kaum gerecht wird.«

»Aber ...«, setzte Erenwin von neuem an und wandte sich Raëlle wieder zu. »Dein Name ist Lurdèa ...«

Sie sah ihn misstrauisch, voller Abneigung und Furcht an. »Es tut mir leid, ich kenne Euch nicht, mein Herr«, sagte sie mühsam beherrscht. »Ich habe Euch nie zuvor gesehen.«

»Nein, nicht so, sicher nicht, aber ich kann alles erklären«, stotterte Erenwin, der sich immer unwirklicher fühlte. Die schwarze Perle tobte in ihm, in seinen Ohren rauschte es, und der Schock krampfte immer noch sein Herz zusammen.

Er konnte sich nicht irren, es gab keinen Zweifel. Keine zweite Frau konnte so aussehen wie sie. Er hatte seine Schwester gefunden, nach all den Jahren ... aber sie erinnerte sich nicht mehr an ihn!

Alrydis hatte recht gehabt mit ihrer Vermutung, und das Undenkbare war eingetreten. Lurdèa hatte alles verloren, weil sie einen neuen Namen angenommen hatte, und damit hatte auch Erenwin sie verloren und die See ... und alles andere.

Das war schlimmer als alles, jede Entbehrung, jede Pein. Vergebens waren alle Selbstzweifel gewesen, Vorwürfe, Ängste. Die ganze Suche umsonst.

Deswegen hatte er sie nicht gefunden! Nun begriff er erst, was seine Mutter Ymde damals gesagt hatte: Lurdèa sei nicht mehr da. Sie hatte damit nicht gemeint, wie er angenommen hatte, dass sie das Meer verlassen hatte. Sondern ihr ganzes Selbst war fort!

»Ich glaube, Erenwin hat ein gutes Herz, Raëlle«, sagte Berenvil beschwichtigend. »Auch wenn er wie ein Ungeheuer aussieht. Und da wir noch am Leben sind, ist er nicht ausgeschickt worden, uns zu töten, sondern, wie er es mir gesagt hat, ist er aus eigenem Antrieb hier, um meine Hilfe zu erbitten. Wir werden ihm doch unsere Gastfreundschaft nicht verweigern!«

Kein Zucken in ihrem Gesicht bei der Nennung ihres Namens

vorhin oder seines Namens jetzt. Sie wusste es nicht mehr, es war völlig ausgelöscht.

Alles verloren.

»Aber nein, ich werde natürlich gehen, wenn ... wenn es für Euch eine zu große Belastung ist«, fing er an. Ihn schmerzte der Ekel, mit dem Raëlle ihn betrachtete. Es hatte ihm nie etwas ausgemacht, wenn die Menschen ihn verabscheuten, er wusste ja, dass sie recht hatten. Doch ... *sie* ...

»Kommt nicht in Frage!«, unterbrach Berenvil strikt. »Ihr habt den beschwerlichen Weg auf Euch genommen, um eine Bitte an mich zu richten, und ich halte sowohl das Gastrecht als auch die Hilfsbereitschaft hoch.«

Raëlles Blick klärte sich, und sie schüttelte leicht den Kopf. »Ich bitte um Vergebung«, sagte sie und lächelte. »Mein Benehmen war sehr schlecht, Herr Erenwin. Bitte verzeiht, dass Euer Aussehen mich erschreckt hat, denn wir haben nicht viele Begegnungen hier oben, und ich bin wohl mit der Zeit etwas merkwürdig geworden und höre zu viel auf den Aberglauben der Menschen. Seid unser Gast, speist mit uns, während Euer Gastzimmer gerichtet wird, und dann besprecht mit meinem Gemahl, weswegen Ihr gekommen seid.«

»Also ist alles in bester Ordnung!«, strahlte Berenvil. »Schließlich haben wir nicht alle Tage jemanden, der so berühmt ist, hier oben. Weißt du, dass er uns schon zu unseren Kindern beglückwünscht hat, Liebste? Dabei ist das allein dein Verdienst.«

»Was für ein Unsinn.« Nun lächelte sie offen. »Sie kommen nur nach dir, von mir haben sie gar nichts. Allein, dass sie ständig im Wasser sind ...« Es schüttelte sie leicht. »Ich hingegen verabscheue das Wasser, schon seit ich zurückdenken kann.«

Erenwin hörte zu, ohne zu verstehen. Was redeten die beiden da nur? Sie waren völlig in ihrer eigenen Welt gefangen, sahen nur sich, die Blicke ineinander verschränkt. Seine Augen rollten ziellos in ihren Höhlen, suchten nach einem Anhaltspunkt, einer Lösung, und dann blieb sein Blick am Spiegel hängen.

Dort erblickte er zwei Wesen.

Natürlich, Berenvil stand ja nur ein paar Schritte entfernt neben ihm.

Aber ... was sah er *wirklich?*

Einen Prinzen der Nauraka, hochgewachsen und schimmernd, mit langen, hellen Haaren und blau und grün gesprenkelten Augen.

Und er sah ein schauriges Monster mit drachenähnlichen Zügen, völlig schwarz und mit steinernen Auswüchsen.

Erenwin blickte neben sich, und der Prinz im Spiegel tat dasselbe.

Und da begriff er.

Raëlle hielt sich die Ohren zu, als das unförmige Wesen schrill, wie in tiefer Qual, aufschrie.

»Lurdèa! Schwester! Du hast dich mit dem Alten Feind verbündet! Du hast unserem Volk den Untergang gebracht!«

Berenvil lachte, wie Raëlle ihren Gemahl noch nie lachen gehört hatte, und es jagte ihr einen eisigen Schauder den Rücken hinab.

»Nein«, sagte er zu dem schaurigen Fremden. »Das warst du.«

»Wovon redet ihr?«, fragte die Burgherrin verständnislos. Wieso nannte er sie dauernd bei diesem seltsamen Namen und jetzt auch noch ... *Schwester?*

»Lurdèa!«, wiederholte das Ungeheuer kläglich winselnd. »Es ist einfach nicht möglich, dass du mich nicht erkennst! Erinnere dich! Schau in den Spiegel, und erkenne die Wahrheit!«

Sie konnte sich nur wundern, wovon dieses Scheusal da sprach; sicher war es besser, Folge zu leisten, um es nicht zu einem Angriff zu verleiten. Zweifelsohne war dieser überall im Lande gefürchtete Nauraka wahnsinnig. Zögernd trat Raëlle vor den Spiegel, wartete darauf, dass Berenvil sie daran hinderte oder eingriff, aber er blieb einfach nur grinsend, die Arme vor der Brust verschränkt, stehen. Sie blickte hinein – und entspannte sich etwas. »Ich sehe mich«, sagte sie ratlos. »Und euch beide.«

Der Fremde geriet immer mehr außer sich. Warum griffen die Wachen nicht ein? Wieso hörte sie sich das überhaupt an? »Lurdèa, bitte, schau mich doch endlich an! Ich bin Erenwin, dein Bruder, wir sind zusammen in der Tiefe aufgewachsen! Wir sind Nauraka!«

»K-keinesfalls«, stotterte sie. »Ich meide das Wasser mein Leben lang!«

Das Ungeheuer, das behauptete, ihr Bruder zu sein, stieß einen weiteren verzweifelten Schrei aus.

Und dann, bevor Berenvil eingreifen konnte, stürmte es auf Raëlle zu, packte sie, riss sie mit sich durch die offene Tür des Balkons und stürzte sich mit ihr über die Brüstung.

Raëlle schrie nicht. Sie war viel zu erstaunt, was mit ihr geschah, dass sie plötzlich schwerelos war, und fast neugierig, wie es sein mochte, durch die Luft zu fliegen, wie Sahum, der Riesengreif.

Doch sie war noch immer in der Umklammerung des steinern wirkenden Wesens gefangen, dessen Gewicht sie nun in die Tiefe riss, und es ging steil abwärts.

Noch immer schrie sie nicht, weil es viel zu schnell geschah, und dann wurde ihr die Luft aus den Lungen gepresst, als sie in einer gewaltigen Fontäne ins Wasser schlugen und sofort untergingen.

Erst da ergriff sie Panik. Sie hatte den Sturz überlebt, aber nun würde sie ertrinken, wenn sie nicht schnell wieder an die Oberfläche kam. Das war ihre schlimmste Angst, seit … seit … sie wusste es nicht mehr. Doch sie mied seither das Wasser.

Raëlle versuchte, sich von dem mörderischen Ungeheuer loszureißen, schlug und trat um sich, doch es hielt sie gnadenlos fest. In einem Schwall Blasen löste sich der letzte Atemzug aus ihr, und ihre Lungen füllten sich mit Wasser, als sie verzweifelt nach Luft rang.

In Raëlles Ohren rauschte und dröhnte es, und sie wusste, es war vorbei, das Ende war gekommen. Von weiter Ferne hörte sie immer noch diese schreckliche Stimme: »Erinnere dich endlich! Atme! Du kannst es!«

Wut packte sie in ihren letzten Lebensmomenten, und sie ballte die Fäuste, schlug auf ihren Mörder ein …

… und da geschah etwas mit ihrem Hals. Er schien aufzureißen, und Wasser strömte herein, und dann … wieder heraus. Etwas klappte auf und zu, das sie Luft schöpfen ließ, und ihr rasender Puls normalisierte sich.

Kiemen.
Sie atmete!

Und mit einem Schlag, im selben Moment des ersten Atemzugs, kehrten ihre Erinnerungen wieder, und sie starrte das monströse Wesen an, erkannte es endlich trotz seines furchtbaren Äußeren, an seiner Bewegung, seinem Geruch. Alle Sinne erwachten wie aus langem Schlaf.

»Erenwin?«, flüsterte sie zutiefst entsetzt. »Eri ... Bruder ... bist du es wirklich?«

»Ja«, lautete die Antwort, und sie klang wie ein Schluchzen. »Oh, Luri ...«

»Eri!«, schrie Lurdèa auf, schlang die Arme um ihren so lange vergessenen Bruder, und ölige Tränen trieben durchs Wasser, umgaben sie wie ein Band, das nie mehr zerrissen werden durfte. »Oh, Eri, Eri, verzeih mir, wie konnte ich nur all das vergessen ...«

»Und du verzeih mir, Luri, dass ich so lange brauchte, um dich zu finden ... nun endlich kann ich mein Versprechen einlösen, und du gehst nach Hause ...«

»Wir werden *beide* nach Hause gehen«, unterbrach sie energisch.

»Nein«, sagte er zitternd. »Für mich ist es zu spät. Nicht nur, weil Vater mich endgültig verstieß. Sieh mich an, was aus mir geworden ist, seit ich diese verfluchte schwarze Perle fand! Jene schwarze Perle aus der Tiefen Stille ...«

»Also hattest du damals doch etwas mitgenommen!«

»Ja, und Berenvil ist es, der die ganze Zeit schon danach trachtet, und ich habe sie ihm gebracht!«

»Eri, warum hast du es nie gesagt ...«

»*Sie* hat es verhindert, Schwester, von dem Moment an, als ich sie in meine Hände nahm. Ich war in ihrer Gewalt, ihrem Fluch erlegen, und nun gibt es für mich keine Rettung mehr. Ich habe furchtbare Dinge getan ...«

»Wir werden Rettung finden«, versprach Lurdèa erschüttert, während ihr Bruder an ihrer Schulter weinte. Seine Tränen waren schwarz, wie alles an ihm. Und trotzdem war er immer noch Eri, ihr großer Bruder, ein Träumer, der das Meer verlassen hatte, um sie zu suchen, jahrelang. »*Er* ist es also?«, sagte sie dann und deutete nach oben. »Der Alte Feind? Er lebt wirklich?«

»Ja. Er hat es geplant, von Anfang an. Auch unsere Begegnung. Einfach alles.«

»Dann lass uns jetzt auftauchen und diese Sache beenden, Bruder. Denn ... von hier können wir nicht entkommen. Stellen wir uns ihm und sorgen für einen schnellen Tod, der uns befreit, und dann kehren unsere Seelen in die See zurück, und wir sind frei.«

Er nickte, und sie schwammen Arm in Arm nach oben. Als sie tropfnass, dicht aneinandergeschmiegt, aus dem Wasser stiegen, erwartete Berenvil sie bereits.

Und nicht nur er, sondern auch ein Dutzend Soldaten, die ihre Schwerter und Speere auf sie richteten.

»Wollen wir reden?«, sagte er.

Als Gefangene wurden sie in die Halle zurückgeführt. Doch Berenvil zeigte sich nach wie vor als vollendeter Gastgeber, er sorgte für trockene Kleidung für Lurdèa und bedeutete den Geschwistern, sich nah zum Feuer zu setzen. Doch wenn sie froren, dann höchstens seinetwegen.

Abgesehen von den schwer bewaffneten Wachen, die sich an den Türen aufhielten, hätte es eine freundschaftliche Zusammenkunft sein können.

Berenvil hatte sich in einem großen Ohrensessel niedergelassen und hielt ein Kristallglas mit granatrotem Wein in der Hand. Er saß völlig entspannt da, ein Bein übers andere geschlagen, und lächelte.

»Auch du hast mich also nur missbraucht ...«, flüsterte Lurdèa schließlich heiser. Es schüttelte sie vor Ekel. Sie saß ihm gegenüber in einem Sessel, doch in angespannter Haltung, und sie hatte den Wein abgelehnt, ebenso wie Erenwin, dessen Aussehen einen seltsamen Kontrast zu dem edlen Sitzmöbel bildete.

Berenvil bewegte sacht verneinend den erhobenen Zeigefinger. »Meine Liebe, du hast dich mir freiwillig hingegeben, nachdem ich dich verführt habe. Was ich dir in unseren Vereinigungen gab, war aufrichtige Lust, und ebensolche habe ich von dir empfangen. Ich habe dich niemals zu etwas gezwungen, und du selbst hast nach Jahr und Tag endgültig darin eingewilligt, meine Frau zu sein.«

»Da stand ich bereits unter deinem Einfluss! Wenn ich gewusst hätte ...«, setzte sie erneut an.

»War es so nicht besser?«, erwiderte er. »Ich habe dir geholfen zu vergessen. Warst du nicht glücklich hier?«

»Du hättest dich ihr in deiner wahren Gestalt zeigen können«, stellte Erenwin fest. »Und ihr die Entscheidung überlassen, was sie nun wirklich vergessen will – dich oder ihr Volk.«

»Das hier *ist* meine wahre Gestalt«, behauptete Berenvil. »Ich trage sie schon so lange, dass sie wahr geworden ist.«

»Also gut.« Erenwin sah seine Schwester an, ob er fortfahren sollte, und sie nickte. Sie wirkte nun kühl und beherrscht, wie man es von einer hochadligen Nauraka erwartete. Er richtete den Blick wieder auf den Alten Feind, der nun nicht mehr namenlos war. »Erzähl uns deine Geschichte, von Anfang an. Wer bist du, und weshalb verfolgst du unser Volk noch heute?«

»Oh, das ist zunächst schnell zu beantworten, wird aber dann etwas komplizierter«, sagte Berenvil und trank einen Schluck Wein. »Ich bin einer von euch.«

Darauf folgte entsetzte Stille.

»W-was?«, stieß Erenwin schließlich hervor.

Berenvil vollzog eine typisch naurakische Geste des herablassenden Lächelns. »Genauer gesagt, *war* ich einer von euch zu Beginn, und das ist der Grund für die Verfolgung: Rache. Wie gesagt, zunächst ist die Antwort leicht. Aber wer ich tatsächlich nunmehr *bin?* Das ist nicht so einfach. Ich glaube, nach alldem bin ich einfach nur noch Berenvil, ein Mächtiger. Es gibt niemanden wie mich ... bislang jedenfalls.«

»Erklär es uns«, forderte Lurdèa ihn leise auf.

»Wie ihr wollt. Offen gestanden ist es angenehm, endlich einmal darüber sprechen zu können. Das Schlimmste für mich war immer das Schweigen der Einsamkeit.« Der Mächtige richtete die dunklen Augen auf seine Frau. »Du warst die Erste, die mir viel davon genommen hat.«

»Doch von deinem Plan konnte ich dich nicht abbringen …«

»Ganz im Gegenteil, du hast mir erst gezeigt, wie wichtig mein Ziel noch immer ist.« Berenvil rekelte sich zufrieden im Sessel. »Aber nun hört zu.«

»Ich wurde vor vielen Tausend Jahren geboren«, begann Berenvil seine Erzählung, »die genaue Anzahl kann ich euch nicht mehr nennen, denn ich erinnere mich nicht mehr. Ich habe irgendwann aufgehört mitzuzählen. Als Anhaltspunkt mag dienen, dass ich bereits in mittleren Jahren war, als das Tabernakel gefunden wurde. Ich bin seither kaum gealtert, obwohl ich nicht unsterblich bin. Den Grund dafür sollt ihr auch erfahren, doch der Reihe nach.

Zu meiner Kinderzeit war das Meer anders, als ihr es heute kennt. Die Nauraka waren das größte und stärkste Volk, und sie herrschten über weite Gebiete der Umschließenden See. Nicht nur unter, auch über Wasser. Passierende Schiffe mussten Zoll zahlen, und mit den Herrschern der verschiedenen Inseln wurden Bündnisse eingegangen. Die Nauraka halfen beim Aufbau neuer Siedlungen und unterstützten im Kriegsfall den einen oder anderen Thron, je nachdem, welche Vorteile sie daraus zogen oder was sie für Gerechtigkeit hielten.

Wir waren zu dem Zeitpunkt große Lehrmeister und ein hochgeachtetes Volk. Jeder von uns konnte Verbindung zur See aufnehmen und sich noch über sehr weite Entfernungen mit Familien oder Freunden verständigen. Man nannte uns die Drachenzähmer, weil wir eng mit dem Seedrachen verbunden waren, und wir beschützten andere oft vor den Ungeheuern des Meeres. Sogar gegen Dämonen traten wir an, mit dem Schutz des Seedrachen, und wiesen sie in ihre Schranken. Die Landgänger sprachen voller Respekt über uns, und die Barden dichteten viele Legenden, die nicht übertrieben waren.

Als erstes Volk von Waldsee war es zu Beginn unsere Aufgabe

gewesen, die anderen Völker, ob zu Wasser, zu Land oder in der Luft, anzuleiten und ihnen auf den Weg zu helfen. Zu meiner Zeit war dies allerdings schon fast in Vergessenheit geraten, denn die Welt war inzwischen dicht besiedelt, und die Völker hatten ihre eigene Entwicklung genommen. Sie brauchten uns nicht mehr, außer für Bündnisse, magische Dienste und so weiter, aber das waren nur noch geringe Belanglosigkeiten gemessen an dem, was wir einst leisteten.

Als ich heranwuchs, brach ein großer Krieg aus. Die Nauraka waren zu groß und zahlreich geworden, und sie neideten sich gegenseitig ihren Besitz und strebten nach mehr. Also fingen sie an, gegeneinander zu kämpfen. Auch andere Seevölker wurden mit hineingezogen, und so schien fast das gesamte Meer davon betroffen. Für die Besatzungen der Schiffe wurde es gefährlich, nur noch wenige wagten sich hinaus, sodass viele Inseln isoliert wurden und in Vergessenheit gerieten.

Dabei lag die Schlacht auf dem Titanenfeld noch nicht lange zurück, die alle Landvölker in tiefen Schock versetzt hatte, und nicht nur sie, auch die Götter mussten ihre Lage neu überdenken. An Land kam es daher zum Friedensschluss, doch in der See ging es gerade erst so richtig los. Die Nauraka kamen sehr gut ohne göttliche oder dämonische Hilfe damit zurecht, alles zu vernichten, um ihren Herrschaftsanspruch durchzusetzen. Unser Volk war zu groß geworden, und weil es so verehrt wurde, fast als göttlich und unbesiegbar galt, auch zu überheblich. Arrogant, stolz, unnachgiebig.

Ich war noch ein junger Bursche, als ich mich entschied, die Sache zu beenden. Ich war außergewöhnlich magisch begabt und sehr ehrgeizig. Ich wollte den Frieden bringen, und zwar rasch, und ich wollte dafür sorgen – nur mit mir an der Spitze eines einzigen, riesigen Staates –, dass es auch dabei blieb.

Ihr braucht mich nicht verächtlich anzuschauen, darin liegt nichts Verwerfliches, und ich war nicht der Einzige mit dieser Idee, doch keiner war so konsequent wie ich. Und lasst euch eines gesagt sein: Es gibt nichts, das ich bereue oder dessen ich mich schäme.

Vor allem damals wollte ich den Fortbestand und den hohen Status unseres Volkes bewahren. Selbst als Knabe war mir schon bewusst, dass am Ende eines Krieges nur Verlierer übrig bleiben, denn die Heimat ist danach verwüstet, und zu viele sind gestorben.

Ich unternahm die Reise zum Seedrachen. Ein tollkühnes Unterfangen, das meine Eltern niemals zugelassen hätten. Aber das war mir gleich, ich hatte mein Ziel vor Augen, und wenn ich es nicht erreichen sollte, dann wollte ich eben meinen Tod in Kauf nehmen.

Ich will euch nicht mit meiner Reise langweilen, bis ich den Drachen endlich fand und ihm einen Vorschlag machte, wie mit seiner Hilfe der Krieg beendet werden könnte.

Er lehnte ab.

Doch ich ließ mich nicht so leicht abweisen. Ich wusste, es gab nur diese eine Lösung. Ich musste ein stärkerer Nauraka werden als alle anderen. Nur, wenn ich mich als mächtiger als alle erwies, würden sie die Kämpfe einstellen und mir folgen. Ich wollte einen neuen Thron schaffen, um Hochkönig zu werden, mit dem mächtigsten Verbündeten an meiner Seite, dem Drachen.

Er lehnte wiederum ab.

Da wusste ich, ich musste einen anderen Weg gehen. Ich verabschiedete mich von dem Seedrachen und machte mich ohne sein Wissen auf die Suche nach seiner Gefährtin. Ich fand sie ruhend, wie ich es erhofft hatte, und näherte mich ihr mit aller Vorsicht. Dann ritzte ich ihre zarte Schuppenhaut gleich unter dem Auge an und trank ihr Blut.

Sie erwachte davon und war rasend vor Wut über das, was ich getan hatte. Ich floh, und sie folgte mir. Das Blut zeigte bald Wirkung, es vergiftete meine Adern, und ich erkannte, dass ich nicht lange überleben würde. Meine schönen Pläne lösten sich in nichts auf.

Mit letzter Kraft erreichte ich mit einem zornigen Drachenpaar im Nacken die heimatlichen Gefilde, wo gerade die Hauptschlacht stattfand.

Ihr könnt euch nicht vorstellen, was dann folgte. Als die beiden Seedrachen erkannten, worum die Nauraka kämpften – nämlich nur um die bedingungslose Macht –, entschieden sie doch, dass es genug sei, da sie nun schon mal da waren. Der Bund zwischen ihnen und den Drachenzähmern zerbrach, und ich als der Auslöser befand mich genau zwischen beiden Parteien.

Beide Seiten verfluchten mich für das, was ich getan hatte. Weil ich versucht hatte, alles an mich zu reißen, weil ich den unverzeihlichen Frevel begangen hatte, einen Drachen zu verletzen und sein Blut zu trinken.

Noch bevor ich volljährig war, wurde ich also verdammt und ausgestoßen, belastet mit zwei Flüchen, die mich zum Weiterleben verurteilten, bis meine Vergehen gesühnt wären. Das war eine enorme Leistung für einen Jungspund, findet ihr nicht?

Also jagten sie mich davon, nachdem sie mir zuletzt noch meinen Namen entrissen hatten, und ich floh in die weite See hinaus, doch mein Bann wurde rasch überall bekannt, sodass ich nirgends um Asyl bitten konnte.

Ich ging an Land. Ein winziges, unberührtes, namenloses Eiland, auf dem es nur mich als namenlosen Herrscher und namenloses Volk zugleich gab. Dort brütete ich lange Zeit über meiner Rache, während die Veränderung durch das Drachenblut zunahm und mich zu einem Mächtigen wandelte. In dem Maße, wie sich mein Äußeres neu gestaltete, formte sich auch mein Geist neu, und ich lernte unglaubliche Dinge, die mir durch das Erforschen der magischen Sphäre zuteilwurden.

Nach meiner Verbannung besannen sich die Nauraka, angeregt durch die beiden Drachen, und schlossen Frieden miteinander. An dem Ort, den ihr heute Darystis nennt, wurde das erste Königreich gegründet, das die anderen Fürsten vorbehaltlos als Oberhoheit anerkannten. Ein neuer Weg für unser Volk begann – der es jedoch immer tiefer hinabführte, bis dorthin, wo es heute ist, wie ihr beide nur allzu genau wisst.

Und an dem schnellen Verfall bin wiederum ich beteiligt – oder auch schuld, wenn ihr so wollt.

Ich wartete auf meinem Eiland geduldig auf den Tag der Rache, wenn ich zurückkehren und mir das gesamte naurakische Reich aneignen würde, und auch mit den Drachen hatte ich noch eine Rechnung offen. Doch durfte ich nicht unüberlegt handeln, diesmal durfte nichts schiefgehen.

Als das Tabernakel gefunden wurde, schien meine Stunde geschlagen zu haben. Wie so viele andere konnte ich die ungeheure Macht spüren, die von diesem Artefakt ausging, wenngleich keiner von uns ahnte, wofür es gedacht war. Doch das würde ich schon herausfinden, wenn es erst einmal in meinem Besitz wäre.

Zum ersten Mal kehrte ich wieder in die Tiefe zurück. Niemand erkannte mich, ich trug ja keinen Namen mehr und war damit auch kein Nauraka, also war es kaum gefährlich. Ich schlich mich nahe genug heran, um beobachten zu können, was im Königreich vor sich ging. Die Herrscher dort waren sozusagen meine Nachfahren, denn meine Familie war längst dahingegangen, und die Nachkommen ihrer Kinder herrschten nun. Ich konnte unbesorgt davon ausgehen, dass diese nichts mehr von meiner Existenz wussten. Deshalb nahm ich Gestalt eines Nauraka an und gelangte so an den Hof, erfuhr, was ich wissen wollte, und machte mich daran, das Tabernakel in die Hände zu bekommen.

Nachdem ohnehin bereits Krieg herrschte, war es mir ein Leichtes, mich mit dem Herrscher eines Nices-Reiches zusammenzutun und ihn magisch zu unterstützen. Wir rekrutierten Söldner aller Völker und waren nicht wählerisch. Das Einzige, was zählte, war der Wille zu töten. Dann griffen wir mit aller gebotenen Gnadenlosigkeit an.

Ich aber tat noch ein wenig mehr, denn auch die Seedrachenfrau war gekommen, um das Tabernakel zu schützen. Sie hatte sich entschlossen, die Königssippe zu unterstützen, und tat dies mit vernichtender Wirkung gegen alle anderen. Während mein Nices-Verbündeter sich augenblicklich und noch rechtzeitig zurückzog, um eine neue Aufstellung vorzunehmen, kümmerte ich mich um meine alte Feindin, deren Blut durch meine Adern floss.

Natürlich erkannte sie mich sofort durch unseren Bund, sie konnte ihr Blut in mir riechen, und ich lockte sie in die Dunkelheit der Stillen Tiefe, um ihr dort im Kampf zu begegnen.

Diesmal verletzte ich sie nicht nur, ich tötete sie. Ich hatte einen Weg gefunden, das mächtigste Geschöpf Waldsees zu besiegen, indem ich einfach genauso wurde wie es selbst – und noch ein bisschen mehr.

Ich brachte sie um, riss ihr die Kehle in wildem Rausch auf und schwamm in ihrem Blut, das feurig durch meine Adern strömte und auf meinem Körper brannte. Dann schnitt ich ihr ein Auge aus dem Kopf, schwamm zu einem Vulkanschlot und härtete es in Magmaglut aus, bis es dauerhaft war.

Wisst ihr, wozu ein Drachenauge gut ist? Auf diese Weise präpariert, ist es allsehend. Ich kann damit an allen Orten zugleich sein und sehen, was geschieht, ohne selbst dort sein zu müssen. Ich kann sogar durch die Zeiten blicken. Und ich kann meine Magie hindurchschicken.

Dieses Auge macht mich unbesiegbar und verhilft mir, ein Reich nach dem anderen zu erobern. Ahnt ihr, worauf ich hinauswill?

Doch zuerst, bevor ich mich noch einmal daranmachte, ein Weltreich zu schaffen, war das Tabernakel an der Reihe, zumindest war das damals mein Plan. Doch wiederum ging alles schief. Mein Nices-Verbündeter brachte der Königssippe zwar nach dem Tod der Drachenfrau eine vernichtende Niederlage bei, aber der König selbst mit seiner engsten Familie konnte mitsamt dem Tabernakel entkommen. Dummerweise bekam ich keine Gelegenheit, das Auge zu nutzen, denn noch bevor ich völlig erschöpft die Dunkelheit der Stillen Tiefe verließ, in deren Abgründen die Drachenleiche versunken war, griff ihr Gefährte mich an. Ich entkam nur mit Müh und Not, verlor dabei aber das Drachenauge. Ohne eine Möglichkeit, danach suchen zu können, kehrte ich zurück und musste feststellen, dass die Schlacht bereits beendet war. Alle, die um das Tabernakel gekämpft hatten, zogen sich zurück, nachdem es fortgebracht worden war.

Doch für mich war es nicht beendet, ich hatte meine Rache noch nicht genommen. Als der Nices sich weigerte, mich zu unterstützen, tötete ich ihn und übernahm den Befehl über seine Söldner, die auf meine Weisung hin ein Massaker unter den verbliebenen königlichen Nauraka anrichteten. Kein einziger sollte überleben, ich wollte sie alle ausgelöscht sehen, für immer.

Nun – Turéor gelang es, zu entkommen, doch er war tatsächlich der Letzte der direkten Linie. Ymde entstammt einer Seitenlinie, die bereits vor meiner Verbannung in einem anderen Reich lebte. Auch unter ihnen hielt ich ein Blutgericht, doch einige wenige entkamen, deren Nachfahrin eure Mutter ist. Das war mir zu dem Zeitpunkt aber gleichgültig, da ich nichts mehr damit erreichen konnte und meinen Rachedurst vorerst gestillt hatte. Die Nauraka waren in alle Seesphären verstreut und würden sich nicht so schnell, wenn überhaupt jemals wieder, von meinem Vernichtungsschlag erholen.

Was das Tabernakel betraf, so war es unerreichbar für mich geworden; bis ich mich wieder erholt hatte, stand Ardig Hall schon lange, und der Unsterbliche Femris lagerte vor seinen Toren. Dieser Kampf war in eine Phase getreten, an der ich keinen Anteil mehr haben konnte.

Ich hatte also das Tabernakel *und* das Drachenauge verloren. Doch noch lange nicht aufgegeben. Bedingt durch das Drachenblut hatte sich meine Lebenszeit mehr als verdreifacht, und ich konnte mich in Geduld üben. Ich suchte mir meinen Weg auf dem Festland und baute mir ein neues Reich auf – dieses hier. Ich nahm wieder einen Namen an und gab mir eine Gestalt, die angenehm auf andere wirkte, und wartete all die Jahrhunderte hindurch darauf, dass jemand das Auge finden würde, mit dem ich wieder neu beginnen konnte.

Und siehe da, schließlich fügte sich eines ins andere. Der Knabe Janwe, ein skrupelloser Elternmörder und nahezu so ehrgeizig, aber bei weitem nicht so mächtig wie ich, ging einem Fischer ins Netz, der mir die Nachricht über seinen kostbaren Fund zukommen ließ. Ich nahm mich des Jungen an, zog ihn auf und bildete ihn aus, bevor ich ihn ins Meer zurückschickte, wo er sich sein erstes Reich eroberte und Karund gründete. Gleichzeitig ließ ich Darystis beobachten und leitete alles in die Wege, um meine Rückkehr vorzubereiten.«

Berenvil lächelte Erenwin auf seine gewinnende Weise an. »Die schwarze Perle, die du gefunden hast und die nun in dir ruht, ist mein Drachenauge. Endlich habe ich es wieder, du hast es mir gebracht, und ich bin dir zu Dank verpflichtet.«

Erenwin griff sich an die Brust. »Du wirst sie nicht kriegen.«

»Diesmal schon«, versetzte der Alte Feind überzeugt. »Ich konnte damals, nach dem Ende des Krieges, nicht mehr nach ihr suchen, weil ich viel zu geschwächt war. Es war besser, sich zurückzuziehen und abzuwarten. Eine hervorstechende Eigenschaft der Drachen, die nun auch ein Teil von mir ist, und sie gibt der Erfahrung recht. Vergiss nicht, diese Perle ist nicht nur ein Teil von dir, sie ist auch ein Teil von mir.« Er setzte ein süffisantes Grinsen auf. »Nun sag mir, junger Erenwin, wer ich bin. Wer wir beide sind.«

»Du bekommst sie nicht«, wiederholte Erenwin, ohne darauf einzugehen.

»Oh doch, denn ich schneide sie einfach aus dir heraus.«

»Nein!«, schrie Lurdèa auf. »Verschone meinen Bruder, ich flehe dich an!«

»Sei nicht albern«, erwiderte er. »Denkst du, mir bedeutet irgendein Leben etwas, wenn es mir im Weg ist? Ich habe schon Tausende getötet, auch Frauen und Kinder, viele davon mit eigener Hand, und nicht alle schnell und schmerzfrei. Nichts kann mich daran hindern.«

»Aber ...« Ihre Augen füllten sich mit Tränen. »All die Jahre ...«

»Lurdèa, die Zeit mit dir war die schönste meines Lebens«, sagte er ernst. »Ich empfinde viel Zuneigung für dich, und ich möchte auch nicht, dass du stirbst. Und nicht nur, weil ich dich für meinen Feldzug auf dem Land brauche.«

»N-nicht im Wasser?«

»Dort handelt bereits dein erster Ehemann auf meinen Befehl, und meine Kinder werden ihn dabei unterstützen, Darystis anzugreifen.«

»*Deine* Kinder ...«, hauchte sie und wurde kalkweiß.

Er wies auf Erenwin. »Sie sind durch meinen Samen wie er, allerdings schon so geboren. Sie sind jetzt keine Kinder mehr, Lurdèa, diese Haut haben sie gerade abgestreift, nachdem sie vorhin nach dem letzten reinigenden Bad das Wasser verließen, und nun sind sie zu ihrer wahren Form herangereift. Ich habe dafür gesorgt, nachdem ich wusste, dass dein Bruder auf dem Weg ist.«

Auf seinen Wink hin wurde eine Seitentür geöffnet, und die drei Jünglinge ... nein, drei große Geschöpfe kamen herein. Lurdèa stieß einen Schrei aus.

Das waren nicht mehr die entzückenden rosigen kleinen Geschöpfe, die sie geboren hatte, sondern fremde Wesen, die nach ihrer Häutung eine abscheuliche, verwachsene Abart eines Drachen verkörperten. Immer noch bewegten sie sich auf zwei Beinen, doch ihre Körper waren aufgedunsen, schwarzgrün und geschuppt, mit Drachenköpfen und Klauen statt Händen. Den Rücken entlang zog sich ein Stachelkamm.

Ihre Augen waren rot und gelb gemasert, mit einer gezackten violetten Pupille, und Reißzähne ragten aus ihren Mäulern. »Wir sind immer noch deine Kinder, Mutter«, sagte der Älteste.

»Nein!«, rief Lurdèa abwehrend, voller Abscheu und Entsetzen. »Ihr seid nicht meine Kinder! Ich habe keine Ungeheuer geboren, die ihr seid!«

»Ja, wenn man anders ist, hat man es nicht leicht«, schmunzelte Berenvil. »Tragt es mit Fassung, Kinder. Eure Mutter muss das erst verdauen, sie wusste bisher nichts davon.«

Die drei verneigten sich vor Lurdèa und wandten sich ihrem Vater zu. »Haben wir die Erlaubnis zu gehen?«

Er nickte. »Ihr wisst, was ihr zu tun habt.« Nachdem sie die Halle verlassen hatten, fuhr er fort: »Sie reisen nun ans Meer und werden Janwe bei seinem Kriegszug gegen Darystis unterstützen. Und diesmal wird keiner von eurer Sippe übrig bleiben, das kann ich euch versichern.«

Erenwin fuhr mit hasserfülltem Gebrüll auf und versuchte, sich auf Berenvil zu stürzen, doch bevor er bei ihm ankam, brach er zusammen und stürzte zu Boden.

»Was hast du gemacht?«, schrie Lurdèa ihren Gemahl an.

»Nichts, meine Liebe, glaub mir.« Der Alte Feind hielt die heraneilenden Wachen mit einem schnellen Wink auf und schickte sie an ihren Platz zurück.

Erenwin wand sich in Krämpfen auf dem Boden, riss sich das Gewand vom Leib und schrie vor Qualen. Die steinernen Auswüchse an seinem Körper zerbrachen und fielen von ihm ab wie eine Kruste.

»Die Wandlung vollendet sich«, flüsterte Berenvil mit glitzernden, gierigen Augen. »Die magische Strömung hier hat es ausgelöst. Ich erhoffte es so sehr. Dadurch wirst du das Herausschneiden der

Perle nicht nur überleben, sondern mir ebenfalls auf den Feldzügen zu Lande nützlich sein. Das ist gut, sehr gut.«

Genau wie bei Berenvils Kindern verwandelte sich Erenwins Haut auch in Schuppen und Borken. Seine Gestalt wurde klobig und verwachsen, sein Gesicht nahm noch mehr drachenartige Züge an, und Stacheln bohrten sich durch den Rücken. Nichts mehr von seiner einstigen Gestalt war zu erkennen.

Lurdèas Miene wurde starr, sie richtete sich abrupt auf, und dann eilte sie zu ihrem gepeinigten Bruder, kniete bei ihm nieder, bettete seinen missgestalteten Kopf in ihren Schoß und hielt ihn mit ihren Armen umfangen.

Schleier wallten in seinen glasschwarzen Augen. »Verzeih mir …«, flüsterte er.

»Ach, Eri …«, wisperte sie und wiegte ihn wie ein Kind. »Was soll ich erst sagen … ich habe gleich drei von eurer Sorte mit geschaffen …« Sie streichelte seinen schuppigen, nunmehr haarlosen Kopf und wischte ihm Speichel aus dem zähnestarrenden Maul.

»Wer hätte das je gedacht, dass *ich* einmal eine glückliche Familie mein Eigen nenne!«, erklang Berenvils höhnische Stimme. Er war aufgestanden und schlug die Hände leicht aneinander, als würde er applaudieren. »Auch wenn dein Bruder nicht mehr allzu hübsch ist.«

»Du bist das Monster, nicht er«, sagte Lurdèa leise zu ihrem Gemahl. »Und ich bin eines, weil ich gleich zweimal auf einen Lügner und Mörder hereingefallen bin.«

»Du hast dir nichts vorzuwerfen, meine Liebe.« Berenvil blieb bei den Geschwistern stehen. »Deiner ersten Heirat bist du aus Pflicht gefolgt, und deiner zweiten … nun, weil du so tief verletzt warst und ich dir nur Gutes tat. Und daran wird sich nichts ändern.«

»Du hattest mich also doch nur belogen«, sagte sie müde. »Nicht einmal unsere Begegnung war ein Zufall.«

»Gewiss nicht. Der Sturm, den ich damals auf dem Meer entstehen ließ und gegen den erwachten Seedrachen richtete, hat dich in die Fänge des Händlers getrieben, der in meinem Auftrag handelte. Es war mein Schiff, das dort kreuzte, um dich aufzunehmen.«

»Und du hast dich in den Käfig gesetzt, um mein Misstrauen zu zerstreuen.«

»Keine leichte Aufgabe bei jemandem, der so tief verletzt wurde wie du. Janwe ist ein stinkendes Stück Mist, das war er schon immer, und ich kann nicht gutheißen, was er dir angetan hat. Aber deshalb ist er nicht weniger nützlich.«

»Was ich nicht verstehe ... wie konnte ich dich vor dem Ertrinken retten?«, fragte sie.

»Ja, das war mein Meisterstück!«, strahlte er. »Das musste dich endgültig überzeugen, dass ich ein verletzlicher, guter Kerl war. Frag nicht, was für eine Selbstbeherrschung es mir abverlangte, keine Kiemen zu bilden! Die Sache mit dem Paddel allerdings war echt, das hat mir erhebliche Kopfschmerzen bereitet und meinen Plan beinahe zunichtegemacht. Glücklicherweise kam ich schnell wieder zu mir.«

Sie schüttelte angewidert den Kopf. »Aber warum hast du dieses Spiel überhaupt getrieben? Du hättest es doch einfach wie Janwe machen können!«

»Lurdèa, ich wollte dich für mich gewinnen, nicht dich brechen! Welchen Reiz hättest du schon als willenlose Sklavin? So was kann ich jeden Tag tausendfach haben. Aber nicht eine einzigartige, königliche Frau wie dich, die erobert sein will. Ich bin nicht so barbarisch wie Janwe, dafür genieße ich viel zu sehr die gemeinsame Lust. Tja, und außerdem wollte ich Kinder von dir. Mit Gewalt hätte ich also gar nichts erreicht.«

Ratlos runzelte sie die Stirn. »Was soll das nun wieder heißen?«

Er grinste. »Das habt ihr auch längst vergessen. Naurakische Frauen werden nur schwanger, wenn sie freiwillig zum lustvollen Höhepunkt kommen, sie allein entscheiden über die Empfängnis der Nachkommen. Auch ein Grund, warum es immer weniger Kinder gibt bei euch, aber die heutigen Naurakamänner begreifen das einfach nicht, allen voran dieser Dummkopf Janwe. Dass eure Eltern drei Nachkommen zeugten, muss man schon als wahres Wunder bezeichnen. Eine gewisse Harmonie und gegenseitiges Begehren muss zwischen ihnen demnach bestanden haben.«

»Du hast also an alles gedacht«, stieß sie bitter hervor.

»Planung und Geduld und genügend Zeit dafür, wie ich bereits sagte. Ich bin viel zu alt, um mich noch von Emotionen in meinen Entscheidungen leiten zu lassen, und ein drittes Scheitern kann und will ich mir nicht leisten. Diesmal muss alles perfekt sein.« Er hob die Hände. »Aber nun los, ihr beiden! Es gibt viel zu tun.«

Lurdèa spuckte aus. »Schöne Worte dafür, dass du uns benutzen willst!«

»Nun, nicht mehr als jeder andere Kriegsherr auch. Und ich biete euch dafür eine gute Zukunft! Seht es doch ein, mit eurem Volk und der See seid ihr fertig. Eure Heimat ist nun hier, und ihr werdet viel für mich tun können. Im Gegenzug biete ich euch Schutz und Geborgenheit und einen Anteil an der Herrschaft über dieses und vielleicht auch mein künftiges Reich. Wir sind eine Familie! Jeder wird für den anderen da sein.«

»Bestie«, stieß Lurdèa hasserfüllt hervor. »Denkst du, du wirst auch nur noch ein einziges Mal deine Hände an mich legen?«

»Ich bin's gewohnt, keusch zu leben«, lächelte er. »Der kommende Krieg ist zudem erregend genug für mich. Die betulichen Zeiten sind vorbei, nun werde ich wieder handeln. Da bleibt ohnehin kaum Gelegenheit, mich an deiner unvergleichlich zarten Haut zu wärmen.« Er gab zwei Wächtern einen Wink. »Bringt sie ins Turmzimmer, schließt ab und haltet Wache. Sie sollen aufs Beste versorgt und mit allem Respekt behandelt werden, dürfen aber den Turm nicht verlassen.«

Lurdèa stemmte Erenwin hoch, dessen Krämpfe endlich aufgehört hatten. »Los, Bruder, wir gehen ins Gefängnis.« Sie half ihm auf die Beine. Er überragte sie nun um fast zwei Köpfe und war doppelt so breit wie ein normaler Mann. Gewaltige Muskeln spannten sich unter der Schuppenhaut an, als er sich bemühte, das Gleichgewicht zu finden.

»Was hindert mich, ihm den Kopf abzubeißen?«, zischte er durch seine beeindruckenden Zähne.

»Ungefähr sechs Speere und vier Schwerter«, antwortete sie. Mit einem unergründlichen Ausdruck in den Augen sah sie ihren Gemahl an. »Konnte ich dir denn gar nichts geben? Verständnis und Güte? Nicht ein bisschen davon?«

»Du kannst mir nichts geben, was keinen Platz mehr in mir hat«, versetzte Berenvil. »Frag deinen Bruder. Das ist nicht Drachenart.«

»Trotzdem habe ich versagt«, erwiderte sie. »Dann habe ich wohl nichts Besseres verdient als den Kerker. Obwohl ich nicht glauben will, dass ich dir gar nichts zu bieten hatte, abgesehen von meinem gebärfähigen Körper.«

»Du hast mich zum Lachen gebracht«, antwortete er nach einigem Nachdenken. »Das Volk lebt glücklich, seit du hier bist.«

»Und?« Auffordernd sah sie ihn an.

Doch er winkte ab und setzte eine muntere, strahlende Miene auf, ganz der charmante Berenvil, wie sie ihn kannte. In diesem Augenblick sah er jünger denn je aus, verführerisch und anziehend, als würde er keinerlei finstere Absichten hegen.

»Aber wir wollen *viele* Völker glücklich machen, und allen voran die Nauraka! Lasst uns zu neuen Taten schreiten. So kurz vor dem Ziel halten wir jetzt nicht inne!«

Das fünfeckige Turmzimmer war für die Geschwister bereits vorbereitet worden. Ein schmales, aber bequem aussehendes Bett an je einer Wand, Waschtisch und Kleidertruhe und nebenan ein Zuber für ein Bad. Vor dem Fenster stand ein kleiner Tisch mit zwei Stühlen. Auf dem Boden lagen dicke Teppiche, für die nötige Wärme sorgte ein großer Kamin, und an den aus dickem Stein gemauerten, unverputzten Wänden hingen seidene Teppichgemälde und Kerzenhalter.

»Ein luxuriöser Kerker«, bemerkte Lurdèa, während sie sich umsah. »Nicht viel bescheidener als mein bisheriges Gemach.«

Eine Magd und ein Knecht huschten hinter ihnen herein und stellten ein Tablett voller warmer und kalter Speisen auf den Tisch, dazu eine Schale voll Früchte aus dem Tiefland und kleine Süßigkeiten. Dazu zwei Krüge mit Wein und Wasser und Pokale. Wie zum

Hohn brachten sie auch Erenwins zerfetzte Kleidung und legten sie auf eine Truhe.

Der Knecht verließ schnell wieder das Zimmer, doch die Magd wandte sich Lurdèa zu. »Herrin«, und mit einem kurzen, scheuen Seitenblick zu Erenwin: »Herr, wenn Ihr an dieser Schnur zieht«, sie wies auf ein schmales Band neben der Tür, »kommt sofort Eure Leibdienerin und wird Eure Wünsche erfüllen.« Sie knickste und eilte dann hinaus. Lurdèa konnte sie noch erleichtert aufatmen hören, bevor die Tür geschlossen und verriegelt wurde.

Beide Dienstboten schienen keinerlei Anstoß daran zu nehmen, dass ihre Herrin, die zuvor an Berenvils Seite Befehle gegeben hatte, nun hier eingekerkert wurde.

»Das gibt wieder neue Legenden«, seufzte die Fürstin. »Die Prinzessin und das Monster, im Turm vereint. Und dabei sind wir nicht mal ein Liebespaar.« Ihr Blick glitt an ihrem Bruder hinab. »Bist du eigentlich noch ein Mann? Man sieht gar nichts bei all den Schuppen und hornartigen Verwachsungen.«

»Alles noch da«, brummte er. »Aber wer keine Kleidung mehr tragen kann, muss sich eben anders behelfen.« Er sah sie aus ausdruckslosen glasschwarzen Augen an. »Wie kannst du nur meinen Anblick ertragen?«

»Du bist mein Bruder«, antwortete sie. »Und das ist nur deine äußere Hülle. Berenvil ist das Ungeheuer, nicht du.«

Er schüttelte langsam den Kopf. »Ich habe schreckliche Dinge getan, Lurdèa. Alle Geschichten, die du über mich gehört hast, sind noch untertrieben. Ich habe ganze Dörfer ausgelöscht, Männer bei lebendigem Leibe in ihren Hütten verbrennen lassen, Kinder ihren Müttern entrissen und in Brunnen geworfen, sie dort elend und voller Angst zugrunde gehen lassen. Ich habe gebrechliche Alte, Kranke und Verwundete schrecklichen Kreaturen überlassen, die sie bei lebendigem Leibe fraßen. Ich habe Frauen, Knaben und Mädchen meinen Auftraggebern in die Sklaverei übergeben, und gute, mutige und ehrenhafte Männer, ohne nachzudenken, umgebracht, damit bösartige Dreckskerle an die Macht kommen. Ich habe geholfen, das Volk auszupressen, Geständnisse durch Folter zu erzwingen, und bin in die tiefsten Abgründe der Unmenschlichkeit getaucht, ohne auch nur einen einzigen Moment Reue zu empfinden. Wenn ich einen Auftrag erledigt hatte, zog ich weiter. Es war mir egal, verstehst du? Alles war Grau, und in mir nur Dunkelheit. Niemand wagte jemals, sich mir in den Weg zu stellen oder mir das Gastrecht zu verweigern, alle waren in meiner Anwesenheit stets freundlich und bemüht und taten so, als sähe ich genauso aus wie sie. Dabei dachte jeder nur, wer wohl mein nächstes Opfer sein mochte.«

Sie schloss die Augen und schluckte heftig. Dann sagte sie bemüht ruhig: »Das war die schwarze Perle … das Drachenauge. Du konntest nichts dafür, dass sie dich so veränderte.«

»Mag sein. Mag aber auch sein, dass sie nur etwas in mir weckte, das bereits vorhanden war. Auch Berenvil war schon so, bevor er verwandelt wurde.«

Leidenschaftlich widersprach sie: »Du nicht, Eri, niemals! In dir ist nichts Böses, egal, was du tust, das glaube ich einfach nicht. Du wolltest immer nur Gutes tun und allen helfen, solange ich dich kenne! Du warst sanft und verträumt, und jeder Gedanke an Kampf und Krieg war dir fern. Das ist der Nauraka in dir, der immer noch da ist – mein Bruder, der sich an mich erinnert und nie aufgehört hat, mich zu suchen! Das andere, was du so sehr fürchtest und verabscheust, was die schrecklichen Taten beging, ist die Perle, dein zweiter Teil. Sie ließ dich so handeln.«

»Es machte mir nichts aus, Lurdèa«, flüsterte er. »Verstehst du das denn nicht? All diese Gewalt … wie kannst du das nicht böse nennen?«

»Du hast es nicht aus Freude oder Machtgier getan. Der Fluch in dir trieb dich in die Dunkelheit, und die Machthaber in diesem Land nutzten das aus. Sie missbrauchten dich nicht weniger als mich. Drachen sind nun einmal unberechenbar, grausam und tödlich, Gewalt ist für sie eine Selbstverständlichkeit ohne tiefere Bedeutung. Aber ich würde sie trotzdem nie als böse bezeichnen, nicht so wie ich Berenvil als böse bezeichne, auch wenn er das anders sehen mag. Er kann sich noch so gut benehmen, das ändert nichts an seiner berechnenden Gnadenlosigkeit und Machtgier.«

»Etwas … Ähnliches hat schon einmal jemand zu mir gesagt«, sagte er zögernd.

»Viel schlimmer ist das, was *mich* quält, denn ich habe ganz allein alles verschuldet, ohne schwarze Perle und dergleichen.« Lurdèa rieb sich das Gesicht und ließ sich auf das linke Bett sinken, das sie für sich beanspruchte. »Wie konnte ich nur so unendlich dumm und naiv sein?«, sagte sie voller Selbstekel. Sie starrte auf ihre Füße, riss die feinen seidenen Schuhe herunter und schleuderte sie an eine Wand. »Sieh dir das an! Wie konnte ich *das* nur tun? Habe ich meine Füße nie mehr genau angesehen? Ich muss doch völlig verrückt gewesen sein! Geistig umnachtet!«

»Du konntest es nicht wissen.«

»Aber ich hätte es wissen *müssen!*«

»Er nahm dir deinen Namen, und so fing es an. Er hat dich nicht nur verführt, sondern auch verzaubert, Luri, seinen Einfluss langsam in dich sickern lassen, genau wie die schwarze Perle es bei mir tat. Ich wurde ein Scheusal, und du hast alles vergessen und wurdest zu einer leeren Hülle, die Berenvil beliebig füllte. Wie du gesagt hast – wir wurden beide missbraucht.«

Sie stieß ein Schnauben aus. »Ach – dann sind wir also beide unschuldig?«

»Du ganz sicherlich. Ich nicht, und ich werde dafür bezahlen.«

Erenwin schob den Tisch beiseite, öffnete das Fenster und sah hinaus. Helles abendliches Sonnenlicht strömte herein, aber auch die Kälte des hohen Berges. »Es ist nicht verriegelt«, stellte er fest. »Kein Gitter. Groß genug selbst für mich, um hindurchzukriechen und sich in den Tod zu stürzen. Von diesem Turm aus geht es senkrecht auf die Felsen hinab. Warum verhindert Berenvil das nicht?«

»Das ist typisch für ihn«, sagte Lurdèa müde. »Er gaukelt dir immer eine gewisse Freiheit vor, doch in Wirklichkeit hat er alle Fäden in der Hand. Es gibt keinen unbeobachteten Schritt.«

»Bis auf den Moment, als ich mich mit dir in den See stürzte.«

»Das hat ihn überrascht, aber nun kann er dich besser einschätzen. Er weiß genau, was wir jetzt tun, und er überlässt uns die Entscheidung, ob wir ihm dienen oder lieber sterben.«

Erenwin drehte den monströsen Kopf zu ihr. »Das verstehe ich nicht.«

»Ich denke, er will uns wirklich alle als Familie sehen.« Lurdèa wiegte den Oberkörper leicht vor und zurück. »Er will uns vor Augen führen, dass wir keine andere Wahl haben. Und er hat recht, denn wohin sollten wir noch gehen? Es gibt keinen Ort mehr für uns. Wir sind Ausgestoßene.«

»Du meinst, er will uns weiterhin verführen«, knurrte Erenwin. »Er tut uns schön, um uns zu überzeugen, uns auf seine Seite zu ziehen ...«

»Umso treuer wären wir. Ja. Bei mir hatte er bisher großen Erfolg damit. Und du ... hast du nicht selbst gesagt, du seist ein Monster? Dann tötest du eben in Zukunft in seinem Namen, ohne die Verantwortung dafür tragen zu müssen, wie bisher auch.«

Lurdèa wich zurück, als er fauchend zu ihr herumfuhr. Doch er hatte sich sofort wieder in der Gewalt.

»Meinst du, Einfluss auf deine Kinder nehmen zu können?«, wechselte er das Thema.

»Das, was sie jetzt geworden sind, sind nicht mehr meine Kinder! Ich habe sie nur geboren, als ich Raëlle war, und wenn ich mich jetzt zurückerinnere, hat Berenvil immer nur von *seinen* Söhnen gesprochen. Bis zu ihrer Häutung hatten sie noch einen Teil von Raëlle, aber den haben sie abgestreift, jetzt sind sie Drachenbrut. Es gibt keine Verbindung mehr, und ich bin nur noch leer und tot.«

Stille breitete sich aus. Erenwin schloss das Fenster, als es zu kalt wurde; sanft gestreutes, für ihn nur noch als Grauschattierungen erkennbares Licht fiel nun durch die dicken Butzenscheiben herein. Er legte Holz im Kamin nach, ging dann zum Tisch und fing an zu essen. Lurdèa rührte sich die ganze Zeit nicht, nur ihr Oberkörper bewegte sich weiterhin leicht vor und zurück.

»Hast du ihn geliebt?«, fragte er nach einer Weile.

»Ich hielt es wohl für Liebe«, antwortete sie leise. »Ich war gern mit ihm zusammen, mein Herz schlug schneller, wenn er mich berührte. Ich wollte ihm so gern glauben.«

»Aber du fühltest, dass etwas falsch war.«

»Ich schob es darauf, dass ich durch Janwe so zerrüttet und misstrauisch war, nur noch an mir zweifelte und mich selbst für meine Schwäche hasste. Berenvil … gab mir meine Selbstachtung zurück. Und mein Körpergefühl, denn sonst hätte ich ihm doch nicht drei Kinder geboren, nicht wahr?«

Er schnaubte, und ein feiner Sprühregen wirbelte aus seinen geblähten Nüstern. »Glaubst du, was er über die Empfängnisfähigkeit der naurakischen Frauen sagte?«

»Ja. Als er vorhin mit uns redete, hatte er keinen Grund mehr zu lügen. Zumindest … habe ich mit ihm … und ich wollte … ach, darüber will ich nicht mehr reden.« Sie schüttelte energisch den Kopf.

»Wir haben verlernt zu lieben«, sagte er leise und starrte ins Feuer. »Deshalb können wir auch unseren Gefühlen nicht vertrauen und verstehen die Warnungen unseres Herzens nicht. Wir *glauben* zu empfinden, doch es ist nicht genug. Liebe reicht so viel tiefer, Lurdèa. Sie … sie erfüllt dich, ist dir Heimat, gibt dir Kraft und Hingabe … so viel mehr. All das, von dem wir nichts mehr wissen, das uns nicht einmal mehr fehlt. Liebe opfert sich sogar selbst für einen anderen.«

»So wie Turéor sich für uns?«

»Ja.«

Lurdèa stand auf, ging zu ihm und legte die Hand an seinen Arm. »Also hast du nie aufgehört, danach zu suchen«, wisperte sie. »Du hast dabei viel gelernt. Aber … hast du die Liebe auch gefunden … für dich?« Sie stieß einen leisen Laut aus, als sie sah, wie sich eine schwarze Träne aus seinem Auge löste und über seine schuppige, verhornte Wange rollte.

»Da war … eine Ylwanin, eine … Verwandte von uns«, erzählte er stockend. »Alrydis. Sie ist die Tochter des Friedenskönigs von Ardig Hall. Ich musste sie verlassen. Aber ich kann sie nicht vergessen …«

Lurdèa sagte nichts mehr. Sie lehnte sich an ihn, den Arm um seinen geschlungen. Einige Zeit sahen sie still ins Feuer. Doch irgendwann fragte sie: »Wie soll es weitergehen, Eri?«

»Berenvil hat uns die Wahl gelassen, wie du gesagt hast«, sagte er nunmehr ruhig und gefasst. »Nun treffen wir die Entscheidung.

Nach all dem, was uns widerfahren ist, was wir anderen angetan haben, was wir in Zukunft gezwungen sein werden, zu tun ... wollen wir es beenden oder kämpfen?«

»Beenden – damit meinst du, wir stürzen uns aus dem Fenster?«

»Wir haben beide keine Chance, das zu überleben. Ich weiß nicht, ob Berenvil es im letzten Moment verhindern wird, doch darauf müssten wir es eben ankommen lassen.«

»Bei der zweiten Möglichkeit ... Unterwerfung statt Kampf, sagst du?«

»Wir unterwerfen uns nicht«, knurrte er. »Wir machen es genauso wie er: warten auf den Tag, der kommen wird.«

»Aber darauf wird er gefasst sein«, wandte sie ein.

»*Darauf* nicht.« Er verzog die Mundwinkel zu einem bizarren Drachengrinsen. »Ich habe nämlich schon einen Plan, und der Tag ist bereits gekommen.«

Staunen trat auf ihr Gesicht. »Oh ...«

Er wandte sich ihr zu, legte vorsichtig die Krallenhand an ihre schmale Schulter. »Was ich von dir wissen will, Schwester, ist eine endgültige Entscheidung. Bist du in der Lage, mit deiner Vergangenheit zu leben, sie als einen Teil von dir zu akzeptieren und dich eines Tages vielleicht sogar damit zu versöhnen? Und überlege dir deine Antwort gut, denn ich frage dich nicht, ob du es willst – ich frage dich, ob du es *kannst.*«

Die See wogte in ihren türkisfarbenen Augen, und ganz weit entfernt entzündete sich ein kleiner goldener Funke, als sie seinen Blick erwiderte.

Plötzlich fiel eine schwere Last von ihr ab, als sie erkannte, dass er recht hatte. Wenn sie nicht damit leben konnte, war ihr nur noch der Sturz aus dem Fenster möglich. Vergessen wollte sie nie wieder. Und aufgeben wollte sie auch nicht. Sie wollte Berenvil aufhalten, sie wollte Janwe seiner gerechten Strafe zuführen, und sie wollte zurück zu ihrem Volk. Sie wollte neu anfangen, ganz von vorn, nur selbstbestimmt, und lernen wie ihr Bruder. Erenwin hatte sie gefunden und ihr die Erinnerung zurückgegeben. Das alles musste doch für etwas gut sein. Wenn sie jetzt starb, überließ sie die Nauraka ihrem Schicksal und ebnete Berenvil den Weg.

Das war, was sie alles wollte.

»Ich will, und ich *kann*«, sagte sie mit fester Stimme, ohne zu zögern oder zu zweifeln. »Niemals werde ich aufgeben, denn sonst hat die Finsternis gewonnen. Onkel Turéor hat es uns vorgemacht, und sein Tod darf nicht umsonst gewesen sein.«

»Ja«, entgegnete Erenwin, und für einen kurzen Augenblick glaubte sie, etwas in seinen glasschwarzen Augen aufblitzen zu sehen, ein kurzes blaues und grünes Leuchten. »Ich habe auch so entschieden. Schon vor langer Zeit, als unser Vater mich verstieß und die schwarze Perle in mir wütete und mich bereits veränderte. Als die Dunkelheit meiner Seele äußerlich schon sichtbar wurde. Damals entschied ich, meine Suche fortzusetzen, nach dir und nach dem, was unser Volk verloren hat. Gewiss mag die Perle ein großer Antrieb gewesen sein, der mich letztendlich hierherführte, aufgrund der Verbindung zu Berenvil. Doch auch der Drache muss Frieden finden, und ich glaube, ich bin der Einzige, der ihn bringen kann. Weil ich fast so bin wie Berenvil, aber nur beinahe, denn in meinen Adern kreist kein Drachenblut ...«

»Und weil wir zurückmüssen, um es zu beenden.« Lurdèa atmete tief ein und fühlte sich von neuer Kraft durchdrungen. Sie würde sich nicht brechen lassen, niemals. »Allerdings sollten wir uns beeilen, denn Berenvils Kinder sind bereits auf der Reise zum Meer.«

»Das stellt kein Problem dar.«

»Nein?«

»Iss erst was, dann erkläre ich es dir.«

»Aber ich habe keinen ...«

»Iss, Schwester, denn du brauchst alle deine Kräfte!«

VIERTER TEIL

Heimkehr

19.

Der letzte Kampf

Die Sonne war beinahe untergegangen. Der Himmel schien im letzten Aufflackern gegen die heraufziehende Nacht in Flammen zu stehen. Hoch oben kreiste Sahum und schickte seinen letzten Gruß für den Tag über das Gebirge. Im Tal unten entzündeten sich die ersten Lichter, und das Tagwerk wurde beendet. Das Gesinde in Dorluvan führte die letzten Arbeiten durch und ging zur Ruhe. Es wurde still.

Berenvil wanderte in seiner Halle umher, die Arme auf dem Rücken verschränkt, und dachte nach. Seine Söhne waren auf dem schnellsten Wege unterwegs nach Darystis, und Janwe war von Karund aus losgezogen.

Der junge Fürst war in den letzten Jahren immer unberechenbarer und schwieriger zu lenken geworden. Er hatte angefangen zu trinken und frönte häufiger seinen grausamen Neigungen. Lurdèas Flucht hatte ihn doch schwerer getroffen, als er angenommen hatte, und nachdem Berenvil ihn dazu gezwungen hatte, die Vorbereitungen zum Zug gegen Darystis abzubrechen, hatte sich etwas zwischen ihnen verändert. Aber es wäre verfrüht gewesen, den Hochfürsten anzugreifen, Ragdurs Soldaten waren in der Überzahl, und er selbst ein erfahrener Stratege. Nachdem er Erenwins Warnung erhalten hatte, war er vorbereitet, und Janwe hatte fast zweihundert Mann im Kampf gegen Turéor verloren, die ihm nun fehlten.

Der alte Kämpe hatte Berenvil eine empfindliche Niederlage beigebracht, noch dazu, da er sich vorzeitig aus dem Leben gestohlen hatte. Berenvil hatte seinen Zorn einigermaßen ausgetobt, nachdem der Tod des letzten königlichen Nachkommens den Seedrachen erweckt hatte, und er ihn daran hinderte, Karund zu vernichten – doch damit war es nicht getan. Berenvil nagte noch heute daran, dass Turéor ihm entkommen war.

Er ließ sich davon jedoch nicht zu sehr beeinflussen, sondern konzentrierte sich auf die weitere Entwicklung und gab Janwe neue Ziele vor, die er erobern musste, um vor allem mehr Soldaten zu bekommen. Trotzdem schien der junge Fürst damit nicht ausgelastet und gelangweilt, weil er sich immer mehr gehen ließ und aufsässiger wurde.

Immerhin war er nun besser gelaunt, nachdem der Angriff auf Darystis kurz bevorstand – auch wenn er sich bitter darüber beklagt hatte, dass Berenvil seine drei Söhne zur Unterstützung schickte. Deshalb hatten sie auch einen eindeutigen Befehl erhalten; sobald Darystis in ihrer Hand war, musste Janwe sterben. Auf ihn war kein Verlass mehr.

Ragdur bekam keine Kriegserklärung, sondern würde schlicht vor vollendete Tatsachen gestellt. Hier ging es nicht einfach nur um Eroberung, sondern vor allem um einen Vernichtungsfeldzug.

Den Angriff auf Ardig Hall würde Berenvil zu einem ganz anderen Zeitpunkt durchführen. Er hatte abgewartet, bis das Reich in voller Blüte stand, und er sich nur ins gemachte Nest setzen musste. König Rowarn hatte viele mächtige Verbündete, aber Berenvil würde nicht mit Soldaten anrücken, das war ein reines Ablenkungsmanöver. Er brauchte nur das Drachenauge und zusätzlich ein, zwei Dinge, dann könnte er das Schloss im Handstreich übernehmen. Er wollte Ardig Hall nicht vernichten, sondern besetzen, als neuer König auf dem Thron. Auch die Vorankündigung seines Angriffs war ein Ablenkungsmanöver. Rowarn war nun damit beschäftigt herauszufinden, wo der Alte Feind seinen Sitz hatte, während dieser ihn genau beobachtete, um seine Schwachpunkte zu ermitteln. Berenvil würde den König an mehreren Fronten binden, bis der Weg nach Ardig Hall frei war.

Das Portal öffnete sich, und Lurdèas Leibdienerin kam herein. »Gebieter, meine Herrin möchte Euch sprechen.«

»Raëlle? Was will sie von mir?«

»Ich sollte Euch nur mitteilen, dass sie um eine Audienz bittet.«

Er war erstaunt, dass sie ihn sprechen wollte, denn er hatte erwartet, dass sie ihm von nun an nur noch mit schweigendem Hass begegnen würde. Doch dann rief er sich in Erinnerung, dass sie eine Kämpferin war und alles daransetzen würde, ihn umzustimmen. Er war gespannt darauf, wie sie es anstellen würde, und verspürte schon in Vorfreude ein leises Kribbeln und aufsteigende Wärme zwischen seinen Lenden.

Er gab ihr einen Wink. »Also schön, bring sie zu mir.«

Als Lurdèa bald darauf von zwei Wachen begleitet hereinkam, empfand Berenvil unwillkürlich Bewunderung. Egal, was man dieser Frau antat, wie tief man sie auch verletzte, sie überstand es. Ihre filigrane Gestalt sah so zerbrechlich aus, doch sie besaß mehr Willen und Kraft als alle Kriegsherren, mit denen er sich auseinandergesetzt hatte. Lurdèa verkörperte den Geist und die Schönheit der Nauraka, wie sie einst gewesen waren. Deswegen war sie von so großer Bedeutung für ihn. Sie sollte die Stammmutter des neu entstehenden, nach seinen Vorstellungen geformten Volkes sein, sobald alle Schatten der Vergangenheit endgültig ausgelöscht waren. Die Königin der Nauraka, die in seinem Namen regierte.

»Was kann ich für dich tun?«, fragte er freundlich und verbarg seine Neugier nicht vor ihr.

»Wohl eher umgekehrt«, erwiderte sie und ging auf ihn zu. »Ich möchte dich bekehren, *verführen*, wenn es sein muss. Ich gebe nicht so leicht auf, denn ich habe dich als Mann mit guten Anlagen kennengelernt. Das kann man nicht alles heucheln oder vorspielen.«

Sie war direkt, ohne Umschweife, so wie er sie kannte. Das gefiel ihm. Sie hielt ihn nicht für dumm, wies ihn aber deutlich darauf hin, dass sie es auch nicht war. »Lurdèa, ich habe schon mein ganzes Leben lang ein deutliches Ziel vor Augen. Einen Traum, wenn du so willst. Ich bin dafür einen weiten Weg gegangen und habe Grenzen überschritten, die als unüberwindlich galten. Das kostet seinen Preis. Aber er wird es wert sein.«

Ihre Miene blieb völlig ruhig. »Du bist skrupellos, Berenvil, du hast unendlich viel Leid über uns gebracht. Doch ich will nicht glauben, dass nichts Gutes mehr in dir steckt. Ich möchte dich deshalb bitten, deine Strategie zu ändern. Es muss einen anderen Weg geben, um das zu erreichen, was du willst.«

»Ich habe alles sorgfältig abgewogen«, versuchte er ihr klarzumachen, »doch wenn du mir einen guten Rat geben kannst, bin ich nicht abgeneigt, dir zuzuhören. Ich bin kein sturer alter Narr, sondern stets lernbereit.«

Sie war ihm nun ganz nahe, und er konnte ihren unverwechselbaren Duft einatmen. Trotz der langen Zeit an Land waren seine Sinne immer noch sehr viel feiner als die der geborenen Landgänger. Vor allem die weiblichen naurakischen Lockstoffe, die auch in der Luft ihre Wirkung nicht verloren, benebelten ihn immer noch, riefen sie doch die Erinnerung wach an die Zeiten in der Heimat, in seinem wahren Element, das er immer noch ab und zu vermisste. Die Schwerelosigkeit, das Dahingleiten, die Macht und Verbindung über alle Wesen der See. Wie beschränkt war es dagegen hier.

Lurdèa duftete nach Salz und Meer, nach den Geheimnissen der Tiefe und der Süße der Jugend. Seit sie ihre Erinnerung wiedergewonnen hatte, war all das zurückgekehrt und hatte die vorherigen, nicht minder reinen und bezaubernden, aber keineswegs so eindringlichen Düfte nach Felsen, Mohnblumen und rauen Winden verdrängt. Das Ganze überwältigte Berenvil beinahe, genau wie damals, als er sie zum ersten Mal im Käfig neben sich erblickt hatte.

Er regte sich nicht, als sie die Hände an seine Brust legte. Sein Verstand warnte ihn, aber seine Sinne wurden von ihren Botenstoffen überflutet, und er spürte, wie sein Verlangen vollends erwachte. So viel Nauraka war immer noch in ihm, dass er sich dem Locken einer naurakischen Frau nicht entziehen konnte.

»Du bist äußerst bestrebt, mich zu bekehren, wenn du deinen Ekel überwinden kannst, mich zu berühren«, sagte er mit leicht belegter Stimme und blickte teils belustigt, teils verärgert auf sie hinab. Er brauchte jetzt nur die Arme um sie zu legen und die Muskeln anzuspannen. Sie würde zerbrechen wie ein trockener Ast. War sie sich dessen bewusst? Er konnte keinerlei Furcht feststellen, dabei musste ihr klar sein, dass diese Situation sehr gefährlich für sie war.

»Ich verabscheue dich, gewiss«, wisperte sie und stellte sich leicht auf die Zehenspitzen, um seinem Gesicht näher zu sein. »Du hast meinen Glauben an das Gute zerstört ... zumindest für einen Moment, doch nun bin ich wieder mit mir im Reinen. Ich will nicht so werden wie du, von Hass und Rachedurst erfüllt, und Macht bedeutet mir nichts. Deshalb kämpfe ich auf meine Weise gegen dich. Ich möchte herausfinden, ob ich mich wirklich so sehr in dir getäuscht habe.«

Er sah das Meer in ihren türkisfarbenen Augen in großen Wellen heranrollen, von funkensprühender Gischt gekrönt ...

Goldene Funken tanzten darin. Sollte es tatsächlich möglich sein ...

»Lurdèa«, stieß er heiser hervor und legte seine Arme um sie, aber nicht, um sie zu töten, sondern behutsam, zugleich besitzergreifend. »Was machst du ...«

»Ich kann nicht so einfach abstreifen, was uns verbunden hat«, sagte sie. »Ich habe den Bund mit dir geschlossen und vermisse dich, ich empfinde dich immer noch als meinen Gemahl. Der mir Freude bereitete ...«

Er schwieg, ihm fiel nichts ein, was er darauf erwidern könnte. Seine Frau verwirrte ihn. Hatte er sie denn tatsächlich je gekannt? Als er ihr zum ersten Mal begegnete, hatte er leichtes Spiel gehabt. Sie war unschuldig gewesen, eine gequälte Seele, die zermürbt war, jedoch nicht gebrochen. Es war leicht gewesen, sie neu zu formen.

Zumindest hatte Berenvil das bis jetzt geglaubt. Doch Lurdèas Bruder hatte sein Werk zunichtegemacht, und das hatte er auch noch absichtlich zugelassen. Er hatte sich zu sicher gefühlt, weil sie noch so jung waren!

Vielleicht hätte er doch weniger gierig sein und Erenwin sofort die Perle aus dem Leib schneiden sollen, statt auch noch des Prinzen selbst habhaft werden zu wollen. Vielleicht war es ein Fehler gewesen, die beiden aufeinandertreffen zu lassen, nur um zu sehen, was passierte. Trotz bester Vorbereitung war ihm die Situation beinahe außer Kontrolle geraten. Auch Erenwin war nach seiner

Wandlung nicht gebrochen gewesen, nicht einmal in jenem furchtbaren Moment, als er erkennen musste, dass er keine Hoffnung mehr hatte, weil seine Schwester sich nicht mehr erinnerte. Die beiden hatten niemals ganz aufgegeben und sich deshalb wiedergefunden.

Ich habe sie unterschätzt, vor allem auch in ihrer tiefen Bindung zueinander. Mein erster Fehler seit langer Zeit, doch ich kann ihn jederzeit korrigieren.

Lurdèa fuhr fort: »Ich bitte dich um einen Handel: Ich zeige dir auf, welche Wege du beschreiten kannst, um deinen Traum zu verwirklichen. Und du ... wirst darüber nachdenken. Lass mich in dein Herz, Berenvil. Versuche es doch einmal! Mein Bruder ist zwar überzeugt davon, dass die Nauraka die Liebe für immer verloren haben. Ich hingegen will ihm beweisen, dass selbst du noch dazu fähig bist, obwohl durch dich das Unglück ausgelöst wurde.«

»Ich kann nicht«, sagte er ernst. »Diese Möglichkeit bestand nie. Aber ich wäre bereit, mehr Milde walten zu lassen, wenn du mich von ihrer Wirksamkeit überzeugen kannst.«

»Du wärst bereit, so weit zu gehen?«

Er war selbst erstaunt. Doch er vermisste sie auch, er wollte sie an seiner Seite, in seinem Bett, darauf mochte er nicht mehr verzichten. Und wenn Lurdèa an seiner Seite war, hatte er bei Verhandlungen einen eindeutigen Vorteil. Man würde ihr glauben und vertrauen, und er würde hinterrücks seinen Nutzen daraus ziehen, ohne dass sie davon erfuhr.

Aber dazu musste sie wirklich überzeugt sein, Einfluss auf ihn nehmen zu können. Ob sie es ernst meinte? Er musste sie noch einer letzten Prüfung unterziehen.

Er neigte den Kopf und presste seinen Mund auf ihre Lippen, heftiger, als er wollte, doch er konnte seine Leidenschaft kaum mehr bezähmen. Zu lange hatten sie zusammengelebt und ihre Lust geteilt, er konnte das jetzt nicht einfach abstellen.

Und sie ... wich *nicht* zurück. Sie öffnete ihre Lippen, und ihre Zunge schnellte hervor, wand sich um seine, und da presste er sie an sich, ließ seine Hände verlangend über ihren Körper gleiten, während er sich gierig an in ihrem Mund festsaugte. Ungeduldig zerrte er an der Verschnürung ihres Mieders, enthüllte ihre Brüste, schloss seine Hände darüber, spürte, wie ihre Brustspitzen sich durch seine Berührung versteiften. Lurdèa erschauerte und wurde weich in seinen Armen. Sie packte seinen Kopf, zog ihn nach unten und presste ihn gegen ihre rechte Brust, die er sofort mit Küssen bedeckte, sich an der geschwollenen Brustwarze festsaugte und mit der Zunge umkreiste. Beide keuchten sie jetzt, und er war schon fast so weit, sich gehen zu lassen, gleich hier in diesem Saal und vor den Augen der Wachen, und sich mit ihr über den Boden zu wälzen. Mit diesen goldenen Funken in den Augen ...

Doch da hörte er von draußen ein Geräusch, einen Misston im Klang des Windes, wie von einem Horn, das ihn abrupt aus seiner Lüsternheit riss, und er begriff.

Sie hatte dasselbe getan wie er!

Ablenkung – und er war darauf hereingefallen.

Er riss sich abrupt von ihr los und taumelte zurück, für einen Augenblick aus dem Gleichgewicht gebracht.

»Du ...«, setzte er an.

Sie stand furchtlos vor ihm, halb entblößt, eine Brust noch leicht feucht und gerötet von seinen Küssen, und doch so stolz wie eine Königin.

Er starrte sie an, fassungslos und noch immer begierig.

»Ich habe dich nicht belogen«, antwortete sie auf seinen unausgesprochenen Vorwurf. »Ich begehre dich selbst in diesem Moment mehr als alles, Berenvil, und ich weigere mich, die Lust zu verleugnen, die du mir verschafft hast. In deinen Armen vermisste ich nichts mehr. Ich bereue nichts, auch wenn du mich dazu gebracht hast, mich selbst zu vergessen. Doch letztendlich war es gut für mich und meine Seele, denn nur so konnte ich endlich erkennen, was es bedeutet, Nauraka zu sein. Wer *ich* bin.«

Sie öffnete die Hände in einer abschließenden Geste. »Aber ich kann und werde keinen Augenblick mehr länger mit dir verbringen, da ich nun die Wahrheit kenne, ich werde niemals wieder an deiner Seite leben, und ich werde mich auch nicht von dir benutzen lassen, um dein Reich zu erobern.«

»Dann muss ich dich zwingen«, sagte er nach außen hin ruhig, doch tief in seinem Innern war er verunsichert. Was hatte sie nur vor?

»Das kannst du nicht«, erwiderte sie, und diesmal mit entschiedener, klarer Stimme. »Niemand bestimmt mehr über mich. Ich bin frei!«

Sie machte immer noch keine Anstalten, ihr Gewand zu schließen, im Gegenteil, damit forderte sie ihn weiterhin heraus.

»Du willst Zeit gewinnen ... weil dein Bruder flieht?«, stieß er hervor. Das beunruhigte ihn nicht weiter, er konnte Erenwin jederzeit wieder einfangen. Er wusste ja, wohin er gehen würde. Erenwin musste dem Drachenauge gehorchen, und Berenvil brauchte nur zu folgen.

Da lächelte sie. »Er ist schon geflohen. Und nun bin auch ich fort.«

Schlagartig wurde ihm klar, was sie vorhatte. Er machte einen gewaltigen Satz nach vorn, doch sie hatte sich bereits umgedreht und rannte auf ein Fenster zu.

»Nein!«, schrie er. »Lurdèa, nein, tu es nicht!«

Er hätte nie geglaubt, dass sie jemals dazu fähig wäre, dafür liebte sie das Leben viel zu sehr. Doch er hatte sich getäuscht.

Die Wachen waren längst in Bewegung, aber die Entfernung war zu groß. Berenvil setzte ihr mit weiten Sprüngen nach, doch sie war schon zu weit entfernt, er würde sie nicht mehr rechtzeitig erreichen.

Das Glas zersprang splitternd, als Lurdèa hindurchbrach.

Berenvil schrie noch einmal: »Lurdèa!«, doch da war sie bereits über die Brüstung gestürzt und verschwunden. Und an dieser Stelle lag kein See darunter, sondern nackter, scharfer Fels, und der Fall war sehr tief.

»Los, sofort nach unten, wir müssen sie retten!«, befahl Berenvil den Wachen; er war außer sich. Wie konnte er sich nur derart täuschen lassen!

Heftig atmend trat er durch das zerbrochene Fenster an das Geländer – und erstarrte.

Er hatte sich geirrt. Die Täuschung reichte noch viel weiter!

Mächtiges Flügelrauschen erklang, und er sah einen Daranil unter dem Fenster vorbeiziehen, mit Lurdèa in seinen Armen. Mit zwei kräftigen Schlägen gewann der Geflügelte rasch an Höhe und steuerte auf ein Wolkenschiff zu, dessen Planke ausgezogen war, und darauf stand Erenwin, um seine Schwester in Empfang zu nehmen.

Die Wachen rannten auf den Wehrgang und legten die Armbrüste an, doch es war zu spät, sie hatten das Schiff bereits erreicht, die Entfernung war zu groß.

Berenvil starrte ihnen nach, während das Schiff beidrehte und Kurs nach Westen nahm, auf die See zu, die im letzten Abendlicht golden glühenden Segel weit gebläht.

»Ablenkung«, murmelte er. »Ich habe mich in meiner eigenen Falle gefangen. Diese Frau hat mich mit meinen Waffen geschlagen.« Er hob die Hände an sein Gesicht, um ein letztes Mal ihren bereits schwindenden Duft aufzunehmen, seine Zunge schmeckte ihre Süße noch auf seinen Lippen. »Ich bin wohl doch zu alt! In meiner Überheblichkeit glaubte ich, mir sei schon lange niemand mehr ebenbürtig. Und erst recht keine zarte Frau, die sich wollüstig unter meinen Händen wand und der ich den Willen zum Leben zurückgab, die ich als meine Schöpfung betrachtete, und an der ich ungezügelte Freude hatte.« Er schüttelte den Kopf. »Ah, das war ... die schwerste, aber zutreffendste Lektion seit langem, und ich werde sie beherzigen.«

Er drehte sich nicht um, als das Portal geöffnet wurde. Er erkannte jeden in dieser Burg am Gang, und erspürte seine Ausstrahlung.

»Herr«, begann der Hauptmann der Wache, »wir haben ...«

»Ich weiß, was passiert ist«, unterbrach Berenvil. »Eine ärgerliche Störung.« Seine Wangenmuskeln zuckten, während er auf den nunmehr leeren, ausgebrannten Himmel starrte, dessen glitzernder Nachtschein vor dem tiefen Schwarz sichtbar wurde.

Dann straffte er seine Haltung. »Aber auch nicht mehr«, setzte er mit völlig veränderter, gewohnt heiterer Stimme fort, und er wandte sich dem Hauptmann zu. »Das braucht uns nicht weiter zu kümmern, wir werden uns bald alle an demselben Ort einfinden, und dann habe ich sie wieder in meiner Hand. Bis dahin mögen sie in trügerischer Freiheit ziehen, denn durch das Drachenauge bin ich über jeden ihrer Schritte informiert. Erenwin war lange genug in meiner Nähe, dass ich ohne sein Wissen eine Verbindung zur Perle aufbauen konnte, und sie …«, er lauschte kurz, »ja, sie funktioniert gut.«

»Das könnte sogar von Vorteil für uns sein, Herr, denn sie führen uns zu möglichen Verbündeten.«

Er nickte dem Hauptmann zu. »Wir machen weiter wie geplant, nur ein wenig früher. Ich werde bereits morgen in die Tiefe reisen.«

»Sehr wohl, Herr«, sagte der Mann ehrerbietig und verbeugte sich.

Berenvil schüttelte leicht den Kopf, er hatte immer noch Lurdèas Duft in der Nase und verspürte ein letztes trauriges Zucken in seinem Unterleib.

Das amüsierte ihn plötzlich. Leise lachend verließ er den Saal.

»Wenn du mich noch mal betatschst, junger Mann, wirst du es *ziemlich* bereuen!«, fauchte Lurdèa, während der Daranil sie zu dem Schiff trug, und sie kämpfte wütend mit der Verschnürung ihres Mieders.

»A-aber das war doch keine Absicht«, beteuerte der Geflügelte und stierte immer noch fasziniert auf ihren Ausschnitt, den sie soeben verhüllte.

»Pass lieber auf, wo du hinfliegst!«, schnappte sie und musste sich an ihm festhalten, als er tatsächlich die Plattform beim ersten Anflug verfehlte und noch einmal Schwung nehmen musste.

Vom Schiff erklang Gelächter, und Lurdèa dachte bei sich, dass sie nicht noch tiefer sinken konnte.

»Yahi, du Tölpel, wenn du meine Schwester nicht sofort sicher ablieferst, beiße ich dir die Flügel ab!«, brüllte Erenwin mit seiner neuen Drachenstimme.

»Ist ja schon gut!« Yahi landete an der richtigen Stelle und setzte Lurdèa behutsam ab. »Du hast nie erzählt, wie schön sie ist!«

»Helur weiß es«, knurrte Erenwin.

»Na ja, und sie hatte … au!«

Lurdèa verpasste dem jungen Daranil eine schallende Ohrfeige. »Eine Dame stellt man nicht derart bloß, du Rüpel!«

»Alle Nauraka scheinen Temperament zu besitzen, nicht nur diejenigen, die sich in das verzerrte Abbild eines Drachen verwandeln.« Ein schwergewichtiger Daranil trat hinzu, der sich als Kapitän Fwyll vorstellte. »Zu Euren Diensten, edle Frau. Wie soll ich Euch anreden?«

»Lurdèa«, sagte sie. »Ich habe inzwischen schon so viele Titel, das wird sonst zu unübersichtlich und dauert zu lange in der Anrede.«

»Sie ist das pure Gegenteil von dir, also muss sie wohl deine Schwester sein«, bemerkte Fwyll zu Erenwin.

»Hab nie was anderes behauptet«, knurrte der. Seine Nüstern blähten sich weit, und er zuckte zusammen, griff sich an die Brust und taumelte zur Reling.

Lurdèa hastete zu ihm. »Alles in Ordnung?«

Er schüttelte den schweren Schädel. »Nein, Lurdèa«, keuchte er. »Es schreitet voran, und ich werde mich bald vergessen haben.« Er richtete die glasschwarzen, unheilvoll glühenden Augen auf den Kapitän. »Wir müssen uns beeilen, denn bald habe ich keine Kontrolle mehr über mich, und ich fürchte um eure Sicherheit.«

»Die *Meaglea* ist das schnellste aller Schiffe«, versprach Fwyll. »Wir müssen keine Ruhepause einlegen und werden schnell wie der Wind das Meer erreichen.«

»Aber wissen wir denn, wohin?«, fragte Lurdèa.

»Nach Süden«, sagte Erenwin. »Ich weiß noch, wo ich an Land gegangen bin. Ich kenne die Farbe des Meeres.«

»Ich dachte, du kannst keine Farben mehr sehen ...«

»Nein. Aber ich kenne die entsprechenden Abstufungen in Grau. Ich weiß es!« Er fletschte die Zähne. »*Sie* weiß es. Sie führt mich, wie sie es all die Jahre über getan hat. Sie kennt den Weg nach Hause, und dorthin will sie nun gehen.«

»Und was wird Berenvil unternehmen?«, wollte Fwyll wissen.

»Er wird noch vor uns in Darystis sein«, antwortete Erenwin zähneknirschend. Speichel rann ihm aus dem Maul, tropfte auf die Planken und verdampfte zischend. Seine Schuppen glänzten feucht. »Wir werden in eine halb zerstörte Welt kommen, und er wird uns zwingen, uns ihm zu unterwerfen, bevor er auch noch den Rest vernichtet.«

Yahi machte ein betroffenes Gesicht. »Was können wir für euch tun?«

»Nichts«, antwortete Lurdèa anstelle ihres Bruders. »Diesen Kampf müssen wir allein durchstehen. Er bringt uns das Ende oder einen neuen Anfang.«

»Das, was bleibt«, flüsterte Erenwin mit heiserer, zischelnder Stimme und stampfte zum Bug des Schiffes. Von seiner Anmut war ihm nichts mehr geblieben, sein Schritt war schwerfällig und schleppend.

Lurdèa wandte den Blick von ihm ab, schluckte die Tränen hinunter und richtete die Aufmerksamkeit auf den Kapitän. »Ich bin Euch zu großem Dank verpflichtet.«

»Keineswegs«, erwiderte er. »Es ist eine Ehre für uns. Und es ist überhaupt nichts dabei.«

»Ich verstehe nicht ...«

Fwyll lächelte. »Noch nicht.«

»Ihr redet genauso kryptisch wie mein Onkel Turéor.«

»Dabei ist es so offensichtlich, werte Lurdèa.« Er nahm ihren Arm und zog sie mit sich. »Kommt, ich zeige Euch das Schiff und erzähle Euch von uns, und wie wir Erenwin fanden, und warum wir überhaupt hier sind.«

Das stolze Wolkenschiff drehte leicht vor dem Wind und flog vor dem glitzernden Nachthimmel nach Süden.

Zweitausend Soldaten hatte Janwe bereits zusammengezogen, als drei absonderlich aussehende Geschöpfe bei ihm eintrafen, die sich als Söhne seines Ziehvaters vorstellten.

»Wir werden dir helfen, Bruder«, sagte der älteste höhnisch.

»Wir sind keine Brüder, und Hilfe brauche ich auch nicht«, fuhr der Fürst von Karund ihn an. »Aber ich gehorche meinem Vater. Bald ist der Thron von Darystis mein!«

»Gewiss doch, edler Herr, wir sind nur deine demütigen Diener und angehalten, deinen Befehlen zu folgen«, sagte daraufhin der jüngste.

So zogen sie los und ließen das geschundene Karund und fünf weitere Reiche, die ausgeplündert und unterdrückt worden waren, zurück. Die Seevölker blickten angstvoll auf das, was kommen mochte. Nichts stellte sich dem Heerwurm in den Weg, als er durch die Blaue Weite zog, die See schien verlassen, und der Weg nach Darystis ungehindert frei.

»Es gibt keine alten Verbündeten und Seedrachen mehr«, zischte Janwe hasserfüllt. »Ich werde das Volk zu neuer Blüte führen und ihm zeigen, dass wir niemanden brauchen und dass Furcht unsere größte Macht ist, die wir verbreiten. Reich um Reich werden wir erobern, und beherrschen wir erst einmal die See, beherrschen wir auch das Land!«

»Nichts wird unseren Vater aufhalten!«, johlten die drei Drachenblütigen. »Sein Triumph ist nah!«

»Sind alle bereit?«, erkundigte sich Ragdur bei Lurion.

»Das sind sie, Vater, alle, die ich auftreiben konnte«, antwortete Lurion. »Die meisten haben Angst, die größer ist als die Treue zu Euch. Wie es aussieht, haben sie Euch bereits aufgegeben. Seit bekannt geworden ist, dass der Alte Feind zurückkehrt und sein Werk vollenden will, sind alle wie gelähmt. Und nicht nur die Nauraka. Es war schon eine geschickte Strategie, allen mitzuteilen, dass er in dem Sturm damals, den Turéors Tod ausgelöst hatte, den Seedrachen vertrieb.«

»Das ist gelogen«, knurrte Ragdur.

»Nun, der Seedrache ist nicht hier, Vater, und mein Bruder hat in allem recht behalten.«

»Du hast keinen Bruder!«

»Und meine Schwester? Warum kehrte sie nicht zurück? Aus Angst vor Euch!«

Ragdur fuhr von seinem Thron hoch. »Wie kannst du es wagen ...«, setzte er an, doch Lurion ließ sich nicht einschüchtern.

»Ihr solltet besser schweigen!«, schrie er. »Verärgert mich nicht, denn im Augenblick bin ich alles, was Ihr noch habt! Gehe ich, gehen auch alle Soldaten, und Ihr steht auf verlorenem Posten. Niemand wird Euch mehr freiwillig folgen, und Ihr habt keine Zeit mehr, sie dazu zu zwingen. Was Ihr damals Erenwin angetan habt, hat das Volk Euch nie verziehen, und es gibt Euch die Schuld an Lurdèas Verlust. Und wisst Ihr was? Das Volk hat recht! Und deswegen sage ich Euch eines: Wenn das hier überstanden ist, dankt Ihr ab, und zwar umgehend, und ernennt mich zu Eurem Nachfolger.«

Ragdur sank langsam auf seinen Thron zurück. »Du hast dir einen guten Augenblick zur Revolte ausgesucht, mein Sohn«, sagte er schweratmend.

»Ihr wart ein gutes Vorbild«, versetzte Lurion spöttisch. »Ihr habt nicht einmal gemerkt, was ich in den letzten Jahren alles getan habe, um das Volk hinter mich zu bringen. Lurdèas Brautkörbe, die ich entwendet habe, ohne dass es Euch auffiel, waren mir dabei sehr von Nutzen. Genau wie Ihr hält Janwe mich für einen versoffenen Spieler, aber das ist schon lange vorbei. Mein lieber Schwestergemahl hat mich auf die Idee gebracht, wie er zu handeln.«

Sie waren allein in dem großen Saal. Die meisten Höflinge waren zu ihren Familien geflohen, die anderen eingezogen worden. Hochfürstin Ymde hatte sich an einen unbekannten Ort im Palast zurückgezogen, der tief im Vulkan lag, und war unerreichbar. Sie schützte die Stadt nicht länger, und nichts konnte sie dazu bewegen, den Schutz wieder zu errichten. Mit ihr waren auch alle Hellseherinnen und Schamaninnen verschwunden. Ragdur konnte sich nur noch auf seine Muskelkraft und seinen strategischen Verstand verlassen.

»Dass dieser Tag kommen würde ...«, stieß er fast gebrochen hervor.

»Die Welt ist im Wandel, Vater. Ihr habt damit begonnen, und ich führe es fort. Und nun sind wir beide am Scheideweg angekommen, Ihr und ich. Geht Ihr auf meine Bedingungen ein?« Lurion war nun kühl und beherrscht, sein Gesicht drückte unnachgiebige Entschlossenheit aus.

Ragdur nickte, er war zwar verbohrt, aber nicht dumm. »Ich gehe auf alles ein, Sohn. Und nicht nur das, ich werde mein Schwert nehmen und dort draußen kämpfen. Vielleicht sterbe ich, und mir bleibt die Schande erspart.«

»Ihr seid ein großer, mächtiger Krieger, Vater, auf Euren Beistand wollte ich niemals verzichten«, sagte Lurion. »Kämpfen wir also Seite an Seite, damit das Volk Mut fasst.«

Damit schwammen sie hinaus.

Sahum pfiff, während Berenvil ihn weiter nach Süden lenkte. Die Sonne ging gerade auf und zeichnete den Schatten des Riesengreifs auf den Boden, der stetig über die grünen Wiesen floss. Der Alte Feind hatte in der vergangenen Nacht gut geruht und seine Kräfte gesammelt. Das war auch nötig gewesen, nachdem er die Häutung seiner Söhne ausgelöst und sie anschließend durch den Schwarzen Spiegel nach Karund geschickt hatte. So ein gewaltiger Kraftaufwand forderte einen hohen Tribut, und Berenvil wusste, dass er das nicht noch einmal schaffen würde. Aber das war auch nicht notwendig, denn sobald er das Drachenauge hatte, konnte er dessen Kräfte nutzen.

Er würde nun alles in den Vernichtungsschlag setzen, um die Schlacht zu gewinnen. In der Tiefe gab es kein langes Belauern und Belagern. Es fand eine einzige Schlacht statt, die oft nur einen Helldämmer dauerte.

Berenvil war freudig erregt, nach so langer Zeit bald wieder in die See eintauchen zu können und seinem ersehnten Ziel so nahe zu kommen. So viel zähe, beharrliche Geduld, das Ausloten der Sphären und Abwägen der Wahrscheinlichkeiten. Es war so weit, *jetzt*. Seine magischen Fähigkeiten befanden sich auf dem Höhepunkt, und er hatte ausreichend Erfahrungen gesammelt und den Ring um Darystis immer enger gezogen. Seine Befehle waren klar – nur der Baum der Zeit musste erhalten bleiben, er war ein wichtiges Symbol. Und natürlich Lurdèa und Erenwin, aber darum war er nicht bange. Die beiden würden nicht so schnell im Kampf untergehen. Zuerst einmal mussten sie überhaupt dort ankommen, und Berenvil wollte, dass schon alles vorbei war, bis sie eintrafen.

Den Vorsprung, den sie mit dem Wolkenschiff in der Nacht erlangt hatten, hatte er schon längst wieder wettgemacht. Mit Ausnahme der Botenfalks war nichts so schnell wie ein Himmelskönig. Berenvil kam in jedem Fall lange vor den Geschwistern an. Immerhin musste er Erenwin Bewunderung zollen, die Daranil als Verbündete gewonnen zu haben. Er würde noch eine Menge für ihn tun können, was die Eroberung von Nerovia anbetraf ... aber eines nach dem anderen.

Die Sonne wanderte ihnen nach, während Sahum mit gewaltigen Flügelschlägen voraneilte. So weit von seiner Heimat hatte er sich noch nie entfernt, und Berenvil konnte seine Unruhe spüren, doch er würde sich nie gegen seinen Herrn auflehnen. »Bald darfst du zurück«, flüsterte er ihm zu. »Sei schneller als der Wind, und du siehst schneller die Berge wieder.«

Das spornte den Riesengreif noch einmal an, und Berenvil raubte es fast den Atem, als ihm die eisige, dünne Luft ins Gesicht schlug.

Am Nachmittag sah er in der Ferne die goldenen Dünen der Wüsten glitzern, das Land unter ihm war grün und bewaldet, bis an das schmale Band des Strandes heran, auf dem das Meer ausrollte.

Sahum ging tiefer, und Berenvil konnte das Salz und den Fisch schon riechen. Nun konnte er es kaum mehr erwarten. Er orientierte sich an den Landmarkierungen und dann an der Farbe der See, um den Himmelskönig in die korrekte Richtung zu lenken. Mit seinen magischen Sinnen tastete er nach der Tiefe und grinste in sich hinein. Von hier oben sah alles so still und friedlich aus, kein Landgänger oder Daranil konnte erahnen, was für ein schrecklicher Kampf dort unten tobte.

»Hier.« Berenvil machte sich bereit. An seinem Gürtel hing das Schwert; der Gürtel selbst war etwas Besonderes, denn er bestand aus lebenden, ineinander verschlungenen Schlangen, die seine Speere sein sollten. Mehr benötigte er nicht. Er legte die gesamte Kleidung ab, bis auf die Waffen, während der Riesengreif über der ausgewählten Stelle kreiste. »Flieg nach Hause, Sahum, und warte dort auf mich!«, rief er zuletzt. Dann stieß er sich ab und hechtete kopfüber in die See. Noch bevor er einschlug, verwandelte sein Körper sich in das verzerrte, drachenartige schwarze Schattenbild, das Erenwin im Spiegel erblickt hatte. Zwischen seinen Beinen bildeten sich Häute, die Halskiemen leuchteten blutrot auf, und gewaltige Armhäute flatterten, als er, eine riesige Fontäne auslösend, eintauchte.

»Da ist es!«, rief Erenwin plötzlich. »Das ist die Stelle!« Mit schweren Tritten, die die Planken des Luftseglers erzittern ließen, rannte er zum Bug und deutete aufgeregt nach unten. Von seiner vorherigen Schwermut war nichts mehr zu merken, in diesem Moment schien er wieder mehr Nauraka als Drache zu sein.

Lurdèa kam an seine Seite, blickte hinunter ... und ihr Herz schlug schneller. »Ja«, flüsterte sie. »Ja, du hast recht. Hier wurde ich gefangen ...« Sie konnte nicht erklären, woran sie es wiedererkannte. Es war dieser ganz bestimmte Farbton der See, die Art, wie sich die Wellen kräuselten. »Woher kannst du das wissen?«

»Hier regte sich der Drache, als Turéor starb«, erklärte Erenwin. »Der Sturm damals, du erinnerst dich? Berenvil sagte, dass er ihn heraufbeschwor, um den Drachen aufzuhalten – und dich zu fangen.« Er wies weiter südwärts und nach Osten, wo sich am Horizont ein schmales goldenes Band ausbreitete. »Ich kam dort hinten an Land, da muss irgendwo der Schiffsfriedhof liegen. Ich kann es ganz deutlich fühlen und *riechen!*«

»Findest du von hier nach Darystis?«, fragte Kapitän Fwyll.

»Wir tauchen hier ein«, erwiderte Erenwin.

»Aber von hier aus sind es Tagesreisen ...«, wandte Lurdèa ein.

»Dennoch müssen wir *hier* zurückkehren, Schwester«, beharrte er. »Die Perle zwingt mich dazu. *Er* ... wartet auf uns.«

»Auf ... mich auch?«

»Gerade auf dich, Lurdèa. Du bist der Schlüssel zu allem ... warst es immer.«

Was blieb ihr anderes übrig. Man widersprach einem Bruder nicht, der zu einem zähnestarrenden Drachenungeheuer geworden war. »Also dann ... « Sie wandte sich Fwyll zu. »Ich danke Euch für alles. Bitte richtet auch König Hyan meinen innigen Dank aus, dass er meinen Bruder so gastfreundlich aufnahm und pflegte. Ich werde

Eure Freundschaft eines Tages gern vergelten, wenn ich es vermag.«

Die Daranil, allen voran Yahi und Helur, drängelten sich nach vorn. Jeder wollte als Erster der Prinzessin die Hand zum Abschied reichen. Ihre Flügel rauschten, als sie sich dabei ineinander verhedderten und verhakten, aufgeregt flatterten die Federn im Wind. Lurdèa war gerührt über so viel Aufmerksamkeit und Zuneigung.

Die Daranil waren so ganz anders als die Nauraka, ein Volk der Lüfte, viel offener, freier, weniger von Traditionen und Ritualen bestimmt. Ihre ganze Wesensart war von Grund auf heiter und sehr viel unbekümmerter als das eher schwermütige Volk der Tiefe, das sich immer so viele Gedanken um alles machte. Lurdèa hätte gern das Wolkenreich kennengelernt, von dem Erenwin, trotz seines jetzigen Zustands, schwärmerisch gesprochen hatte, mit einem wehmütigen Klang in der Stimme.

»Wir bleiben in Freundschaft verbunden«, sagte Fwyll lächelnd. »Und ich hoffe sehr, dass Ihr uns eines Tages besuchen kommt.«

»Ihr sprecht, als ob alles ein gutes Ende nähme«, sagte sie traurig. Die Geflügelten kannten Berenvil nicht.

»Warum glaubt Ihr nicht an Euch?«, erwiderte der Kapitän. »In Euch stecken unglaubliche Kräfte, Lurdèa, und Euer Bruder ... nun, Ihr werdet es erleben. Nach allem, was man sich über ihn erzählt, hat ihn noch keiner besiegt. Und nach seiner Wandlung dürfte das Kräfteverhältnis zum Alten Feind zumindest gleichauf stehen.«

»Ihr schafft einfach alles!«, platzte Yahi mit glühenden Wangen heraus. »Ihr seid Nauraka!«

Helur meinte: »Wir würden euch ja beistehen, aber das Wasser ist nicht unser Element. Doch ich bin sicher, ihr seid nicht ganz allein da unten, es gibt noch andere Völker, die an eurer Seite kämpfen werden.«

»Es ist unser Kampf«, knurrte Erenwin. »*Mein* Kampf gegen Berenvil, nur darauf läuft es hinaus. Ich werde es beenden. Dank euch allen.«

»Soll ich ... einen Gruß ausrichten?«, fragte Helur vorsichtig.

»Grüß, wen du willst, Helur, ich habe mich bereits verabschiedet, und nun werden wir gehen.« Erenwin wandte sich schroff ab, und Helur machte ein betroffenes Gesicht.

»Ich ... ich werde zum Markt kommen, versprochen!«, warf Yahi hastig ein, bevor sich Verlegenheit ausbreitete.

»Wir werden uns wiedersehen«, stimmte auch Fwyll zu. »Alles wird sich zum Guten wandeln, dem Siebenstern sei Dank.«

Lurdèa nickte ihm und den anderen ein letztes Mal zu. Die *Meaglea* verließ die Wolkenhöhe und sank so steil hinab, dass die Segel laut knatterten. Ihr Schatten raste über die Wellen, und eine Walfamilie, die gerade blasend aufgetaucht war, ergriff augenblicklich die Flucht.

»Jetzt«, sagte Erenwin, und dann sprangen sie.

Lurdèa hatte das Gefühl, als würde sie eine Haut abstreifen. Ihre Kiemen öffneten sich weit, als sie den vertrauten Geschmack der See erkannten, und ihr gesamter Körper schien sich vor Wonne aufzulösen. Die Wandlung war schnell abgeschlossen, und Lurdèa breitete die Armhäute aus, um die samtene Liebkosung des Wassers aufzunehmen. Sie war zu Hause! Tränen des Glücks vermischten sich mit der See und ließen sie für einen Moment den Grund ihrer Rückkehr vergessen. Die Gefühle überwältigten sie, der Schmerz des Verlustes ebenso wie die Glückseligkeit, zurück zu sein. Sie hörte das Wispern und Murmeln, die tausendfachen Stimmen, roch vorüberziehende Fischschwärme und konnte daraus entnehmen, welcher Art und wie viele sie waren, empfing mit dem Lippensinn die kribbelnden Signale eines herannahenden Jägers. Alle Sinne erwachten wieder, Erinnerungen, Bildfetzen ihrer Jugend stürmten auf sie ein.

Und dies alles wollte Berenvil zerstören? Den Nauraka das ureigene Selbst nehmen, um ihnen ein neues zu geben, das nach seinem Willen geformt war?

Niemals, niemals, dachte Lurdèa. *Ich werde es nicht zulassen.*

»Hier entlang«, rief Erenwin. Unter Wasser klang seine Stimme nicht mehr ganz so fremdartig.

Sie tauchten in die tiefblaue See, bis zu einer Spalte, wo der

Grund steil in die Dunkelheit abfiel. Lurdèa folgte ihrem Bruder ohne Furcht; er wirkte so zielstrebig, und sie konnte spüren, dass hier keine Gefahr drohte.

Weiter ging es hinab in die düstere Tiefe, in der sich kaum noch Leben aufhielt. Erenwin tastete nach ihrer Hand. »Kannst du sehen?«

»Ja.« Der lange Aufenthalt an Land hatte ihren Naurakaaugen nicht geschadet. Sie fand sich ohne Schwierigkeiten zurecht.

»Dann führe mich, denn ich bin blind. Tauche einfach weiter abwärts, es kann nichts geschehen. Ich war schon an einem ähnlichen Ort, aber so tief müssen wir diesmal nicht gehen.«

Lurdèa hielt die Hand des Bruders fest. Schweigend tauchten sie weiter. Bald ließen sie das lebhafte Treiben hinter sich, es wurde immer stiller. Doch Lurdèa genoss es auf besondere Weise. Sie fühlte sich Erenwin näher denn je, da sie nun endlich seinem sonst stets verborgenen Pfad folgte. Nur einmal hatten sie einen solchen Moment geteilt, kurz vor ihrer Abreise nach Karund, als er ihr den Himmel gezeigt hatte. Damals waren sie hinaufgetaucht, als hätten sie schon geahnt, dass ihr Weg sie dereinst an Land führen würde. Und jetzt ging es entgegengesetzt, da sie heimkehrten. Der Kreis schloss sich.

»Ah«, murmelte er nach kurzer Zeit. »Ich kann ihn schon fühlen. Was siehst du unter dir?«

Lurdèa staunte. Da war ein seltsames Flirren und Flimmern, wie ein silberblaues Band, das sich durch die Tiefe zog, so weit sie blicken konnte, viele Mannslängen lang. Es wiegte sich ruhig in der sanften Meeresströmung. Je näher sie kamen, desto größer wurde dieses Band, glitzernd und funkelnd, doch immer noch undeutlich, als wenn mehrere Lichtschichten aufeinandertreffen würden. »Dort vorn ist etwas«, sagte sie zu ihrem Bruder. »Etwas ... Riesiges. Wie ... wie der Kometenschweif am Himmel, den ich einst über den Domgar dahinziehen sah.«

»Ja, das ist er«, wisperte Erenwin und griff sich an die Brust. »Die Perle ... ruft nach ihm, glaube ich. Ich habe das Flüstern nie verstanden ...«

Lurdèa hielt abrupt inne, als Bewegung in das riesige Band kam, und aus der Tiefe hindurch kam etwas auf sie zu. Sie spürte es am Wellenschlag, und ihre Tastsinne explodierten förmlich in der Überflutung der Reize. Schutzsuchend drängte sie sich an ihren Bruder.

»Du brauchst keine Angst zu haben«, sagte er ungewohnt sanft. »Er dient uns.«

»A-aber er ist so riesig«, stotterte sie. Sie hatte einmal eine Ameise über ihren Finger krabbeln lassen, damals, als das Land noch so viele Wunder für sie bereitgehalten hatte. So wie die Ameise fühlte sie sich jetzt, und der Vergleich war vermutlich nicht einmal falsch.

Sie konnte nicht genau erkennen, was da auf sie zukam. Gewaltige Zacken und Kämme, funkelnde Schuppen und lange, sich windende Barteln. Irgendwo dann, inmitten des Funkelns, richtete sich ein Auge auf sie, von leuchtendem Blau, mit golden geschlitzter Pupille.

»O, Herr ...«, hauchte sie ergriffen und voller Furcht zugleich, als sie begriff, was sie da anblickte.

»*Wir* sind die Herren«, flüsterte Erenwin. »Sieh ihn dir an, den großen Letzten. So lange schon hat er auf uns gewartet in seiner Einsamkeit der Tiefe. Wer weiß, ob es anderswo noch weitere gibt ... doch hier gibt es nur noch ihn.« Er streckte die Hand in einer traditionellen Geste des ehrenvollen Grußes aus, löste sich von Lurdèa und tanzte nach Naurakaart, und Lurdèa tat es ihm gleich. Sie tanzte ihren Namen, und das erfüllte sie so sehr, dass sie ihre Angst vergaß. Wie lange war es her! Erst jetzt war sie wieder ganz sie selbst, beseelt von der See, ein Teil von ihr. Auf die Vorstellung folgte die Ehrerbietung und Aufforderung zur Freundschaft. All dies strömte von selbst aus ihr, sie musste es nicht üben, hatte die Fähigkeit und Kenntnis nie verloren.

Und sie musste zugeben, dass Erenwin trotz seines unförmigen Aussehens immer noch ein begnadeter Tänzer war, viel besser als sie und einzigartig in seinen Bewegungen. Auch er hatte sich trotz allem nicht ganz verloren. Sein Name war wunderschön und ließ seinen schrecklichen Anblick vergessen.

Durch die Weite tastete ein Fühler, dessen lang auslaufende Spitze immer noch so dick war wie Lurdèas Arm. Zaghaft streckte sie die Hand aus und berührte den Fühler, und es durchfuhr sie wie ein Blitzschlag. Tränen flossen ungehemmt aus ihren Augen, doch sie lächelte. Dies war das größte Wunder von allen und der erhabenste Moment ihres Lebens.

»Jetzt«, sagte Erenwin, »fegen wir den Alten Feind aus dem Meer, für immer.«

Sie nickte. »Ja.« Sie fühlte das Licht der Zuversicht in sich, das ihren Körper stärker schimmern ließ denn je. »Ja!«

»Dann halte dich besser gut fest, Schwester, denn es geht los.«

Lurdèa klammerte sich an Erenwin, der sich wiederum irgendwo an dem Seedrachen festhielt, und dann rasten sie durch die Tiefe.

Die Schlacht tobte gnadenlos. Jede nur erdenkliche Waffe wurde eingesetzt, und keiner wurde geschont. Das Wasser war längst blutrot, doch es lockte keine Räuber an, denn der weithin tragende Gestank des Krieges berichtete nur von Tod und Vernichtung.

Ragdur und Lurion kämpften Seite an Seite an vorderster Front. Geror führte die gesamte Meute der Seeschwärmer in die Schlacht, doch an der Seite des Feindes waren drei mächtige Geschöpfe, die wie Ungeheuer aussahen und furchtbar unter den Riesenfischen wüteten. Sie hätten wohl noch größere Verluste erlitten, würde Dullo die Seeschwärmer nicht anführen und sie vereint ausweichen und zuschlagen lassen.

Das Schlachtenglück wogte hin und her, doch es schien ersichtlich, dass Darystis unterliegen würde. Die Stadt war in den Angriff mit einbezogen und wurde Stück um Stück zerstört, während die Alten und Kinder flohen, tief in den Vulkan hinein. Die Frauen der Darystis griffen zu allem, was als Waffe einsetzbar war, und warfen sich mit derselben Wut und Leidenschaft in den Kampf wie die Männer.

Durch diesen Mut der Verzweiflung gelang es ihnen tatsächlich, die Karunder zumindest ein Stück weit zurückzudrängen, und der Hochfürst und Lurion feuerten sie mit kraftvollen Stimmen an. Und auch die Seeschwärmer unter Dullos Führung lernten endlich, den Angriffen der drei Ungeheuer zu begegnen. Nun sah es doch wieder nach Unentschieden aus.

Den ersten Triumph errang Darystis, als Lurion Janwe stellte.

»Für meine Schwester!«, schrie der Erbprinz leidenschaftlich. »Für Lurdèa!«

»Die ich besitze!«, gab der Fürst von Karund zurück und schoss nach vorn. Doch die Jahre der Ausschweifung hatten ihn weich und langsam werden lassen, im Gegensatz zu Lurion, der sich auf diesen Moment vorbereitet hatte. Es gab nur einen kurzen Schlagabtausch, dann stieß er Janwe sein Schwert in den Leib, der auf der Stelle starb und nicht einmal Zeit hatte, überrascht darüber zu sein.

Entsetzt wichen die Karunder zurück, und vielleicht hätten die Darystis die Oberhand gewonnen, wäre nicht plötzlich ein neuer Feind unter sie gefahren und hätte innerhalb weniger Herzschläge mindestens dreißig von ihnen getötet und in Stücke geschlagen.

Beide Seiten wogten jetzt auseinander, während der schwarz geschuppte Riese sich zwischen den Fronten aufrichtete, seine Hände donnernd zusammenschlug und alle in einer gewaltigen Druckwelle zurückschlug. »Seht mich an!«, schrie er mit einer Stimme, die die See erschütterte. »Ich bin der Alte Feind! Ich bin zurück, und meine Rache wird fürchterlich sein!«

Während die Nauraka noch wie gelähmt waren, ergriffen einige Söldner der anderen Seevölker die Flucht; das heißt, sie versuchten es. Der Alte Feind bewegte die Arme, richtete die Hände auf sie, und grelle Blitzstrahlen lösten sich von den Fingern, die in einer Lichtexplosion durchs Wasser schossen, in die Fliehenden einschlugen und sie als entstellte, verkohlte Leichname dem Grund entgegensinken ließ.

Der Alte Feind lachte grausam. »Kämpft, Karunder!«, befahl er. »Schlachtet und metzelt, bis nichts mehr übrig ist von den Darystis! Vernichtet sie alle!«

Dann begann das Wasser regelrecht zu kochen, und das Massaker begann. Es herrschte ein heilloses Durcheinander, es war kaum noch auszumachen, wer Freund und wer Feind war, und bald ging es nur noch um das nackte Überleben.

Der Alte Feind und die drei Ungeheuer wüteten in einem furchtbaren Blutrausch und lachten und vergnügten sich dabei, als befänden sie sich auf einem fröhlichen Fest.

Die Darystis bettelten um Gnade, wollten sich ergeben, doch diese Wahl wurde ihnen nicht gelassen. Leichenteile und Köpfe trieben davon. Die Verzweiflung wurde immer größer, das Hauen und Stechen ging weiter, eine Flucht war unmöglich. Die Darystis erkannten nun, dass es kein Entrinnen gab. Sie wurden nicht erobert, sie wurden vernichtet.

»Wenn wir mit euch Kämpfern fertig sind«, rief der Alte Feind, »kommen die Alten und die Kinder dran! Denkt ihr, ich weiß nicht, wo sie sind? Ich kann sie alle sehen, wie sie sich zitternd im Vulkan zusammendrängen. Ich werde sie nicht schonen, keinen Einzigen von euch! Das neue Reich, das ich aufbauen werde, braucht keine Darystis mehr!«

Niemand konnte mehr zählen, wie viele Opfer es inzwischen bereits auf beiden Seiten gegeben hatte. Es mussten Tausende sein. Die Geschichte wiederholte sich, Turéor hatte sie immer wieder davor gewarnt. Und es schien wie damals keine Rettung zu geben.

Über Ragdurs Wangen rannen Tränen, als er sich Lurion zuwandte. »Sohn ...«

Der Erbprinz nickte. »Ja, Vater.«

Gemeinsam packten sie ihre Schwerter und schwammen auf den Alten Feind zu, um ihn zu stellen.

Als er ihre Annäherung bemerkte, ließ er von seinen Opfern ab und wandte sich ihnen zu.

»Ihr hättet besser versucht zu fliehen«, sagte er höhnisch und zeigte seine spitzen Zähne, zwischen denen blutige Fetzen hingen. »Ich werde euch in Stücke reißen!«

»Wir haben keine Angst«, erwiderte Ragdur kalt.

»Du wirst sterben!«, rief Lurion.

Dann griffen sie an.

Als die Darystis das sahen, kehrte ihr Mut zurück, und sie warfen sich mit neu erwachten Kräften den Feinden entgegen.

Der Alte Feind musste das Schwert ziehen, so sehr setzten die beiden Fürsten ihm zu. »Alle Achtung!«, lachte er. »Das hätte ich euch rückgratlosen Würmern gar nicht zugetraut!«

Doch dann beendete er den Kampf blitzschnell, dazu brauchte er nicht einmal seine Magie.

Er hielt den gleichzeitig geführten Hieb Ragdurs und Lurions mit dem Schwert auf und tötete sie. Seine linke Hand schoss vor, schlug in die mächtige Brust des Hochfürsten und riss ihm das Herz heraus, und während Lurion entsetzt zu einem neuen Schlag ansetzte, schleuderte er ihm das noch immer zuckende Herz entgegen, brachte ihn dadurch aus dem Gleichgewicht, ließ sein Schwert fallen, packte zu und brach ihm das Genick.

Die Darystis schrien auf, als der Hochfürst und der Erbprinz leblos in den Fluten versanken, und mehrere Soldaten kämpften sich zu ihnen durch, bargen die Leichname und brachten sie weg.

»Nun beende ich es!«, setzte der Alte Feind an, und seine Aura glühte schwarz auf, als er seine magischen Kräfte sammelte.

Da hielt er inne.

In den Reihen der Karunder brach Panik aus, als plötzlich hinter ihrem Rücken eine gewaltige Flutwelle heranrollte und ein schwarzer Schemen unter sie fuhr. In weniger als einem Herzschlag trieben drei Dutzend Leichen davon, während der nicht greifbare Schatten weiter durch die Karunder raste und einen nach dem anderen auf dem Weg hindurch tötete. Schreiend wandten sie sich zur Flucht, während der tödliche schwarze Schemen sich hierhin und dorthin wandte und sie erschlug.

»Söhne!«, befahl der Alte Feind. »Stellt ihn!«

Augenblicklich wandten die drei Ungeheuer sich dem neuen Gegner zu, um ihn aufzuhalten.

Doch nun kam der Drache.

Die Kämpfe mussten unterbrochen werden, als der ersten eine zweite, noch viel größere Flutwelle folgte, und dann erschien ein riesiger, silberblau leuchtender Kopf, bedeckt mit Schuppen, Zacken und Barteln, der sich durch die strahlende Weite der See heranschob, gefolgt von einem mehr als hundert Mannslängen messenden, nicht enden wollenden, sich windenden, glänzenden Schuppenleib. Der Kopf des Seedrachen erhob sich weit über das Schlachtfeld, und jeder hatte das Gefühl, als würde der Blick der strahlend blauen Augen sich auf ihn richten. Aber nicht Wut oder Blutdurst lag darin, sondern unendliche Trauer.

Jedermann hielt inne und starrte sprachlos zu dem Wesen hinauf, das längst als mystisch galt, nur mehr eine Legende nach all den Jahrtausenden der Abwesenheit. Für einen Moment schien alles stillzustehen, jedes Geräusch erstarb.

Dann fuhr der Kopf herab, öffnete den zahngespickten Rachen und schnappte zu. Als er sich wieder hob, waren die Ungeheuer verschwunden – bis auf eines.

»Söhne!«, schrie der Alte Feind auf.

Die Bewegungen des rasenden Schemen verlangsamten sich, als er am Schauplatz ankam, und der unförmige Körper eines weiteren Ungeheuers schälte sich aus dem Dunst heraus. Und es war nicht allein. Eine zierliche, schimmernde Gestalt schwamm ihm plötzlich voraus, die niemand zuvor bemerkt hatte.

»Berenvil!«, erklang die Stimme einer Frau. »Halt ein, ich bitte dich! Beende den Kampf!«

»Du bist meine Frau, Lurdèa!«, gab er kalt zurück. »Du befiehlst mir nicht, du wirst mir gehorchen!«

Flüstern machte sich auf allen Seiten breit, und die Soldaten wichen immer weiter voneinander. »Die Prinzessin? Sie ist zurück? Aber dann ist das Drachenwesen dort ...«

»Erenwin!«, schrie Geror auf. »Mein Prinz, du bist es, ich erkenne dich an deinen Bewegungen! Du bist endlich zurück! Der Schwur ist erfüllt und der Fluch gelöst!«

Viele Rufe schlossen sich ihm an. »Der Prinz und die Prinzessin sind zurück! Der Bann ist gebrochen! Heil dem Drachen, der sie uns brachte!«

Der Kopf des Seedrachen schwebte immer noch über ihnen; bisher hatte niemand seine Anwesenheit so recht erfassen können. Zu schnell war er gekommen, zu unwirklich erschien er, eher als magisches Trugbild denn greifbar.

»Heil dem Drachen!«, schrien die Darystis, und die Karunder

schlossen sich ihnen zögerlich an. Das veränderte alles, und sie fingen an, sich zu besinnen. »Er wird uns von dem Übel befreien, von unserem ewigen Fluch!«

Berenvil aber hob den Kopf und schleuderte dem Drachen entgegen: »Du hast keine Macht über mich, du bist alt und kraftlos geworden, und ich kann dich mit einem einzigen Fingerzeig aus der See schleudern!«

»Hör auf damit!«, wiederholte Lurdèa und kam näher. »Er ist gekommen, um den Frieden zu bringen, um zu helfen, nicht zu töten! Er will selbst dich schonen!«

»Mich schonen? *Mich?*« Er lachte höhnisch. »Und was sprichst du davon, dass er nicht tötet? Ich werde meine Söhne aus seinem Leib schneiden, und noch heute Nacht werde ich seinen Kadaver braten und verspeisen!« Er reckte die Faust hoch. »Das Drachenauge gehört mir, du wirst es nie bekommen! Ich beende das Ganze jetzt, ein für alle Mal!«

»Ja, ein Ende findet es!«, brüllte Erenwin und schoss los wie ein Pfeil von der Armbrust, und schon im nächsten Moment prallten die beiden Feinde in einer Explosion, auf die eine gewaltige Druckwelle folgte, aufeinander. Kämpfend, ringend, aufeinander einschlagend rollten sie durchs Wasser. Magische Blitze umzuckten sie, und sie bewegten sich so schnell, dass keine Einzelheiten mehr erkennbar waren. Schwarzes Blut strömte davon, doch keiner ließ nach. Zwei einander ebenbürtige Ungeheuer, die einst Nauraka gewesen waren, blind in ihrem Hass und gnadenlos.

Berenvil gelang es schließlich, Erenwin von sich zu schleudern, und sie umkreisten einander lauernd. Beide bluteten aus vielen Wunden, und trotz ihres bizarren Äußeren sah man ihnen die Erschöpfung an.

»Jetzt hole ich mir das Auge«, zischte Berenvil, und seine Augen glühten auf.

Erenwin hob die Hand, als der Drache sich daraufhin bewegte und den Kopf langsam senkte. »Nein! Du nicht, alter Freund, niemand kann mir helfen. Das betrifft nur Berenvil und mich, es ist unser gemeinsamer Fluch.«

»Ganz recht!«, donnerte Berenvil. »Und *eine* Schlange habe ich noch!« Er löste das letzte verbliebene Reptil von seinem Hals, um den es sich geringelt hatte, und schleuderte es in Erenwins Richtung. Die Schlange drehte suchend den Kopf hin und her, dann glitt sie auf den Prinzen zu.

Zu spät erkannte Lurdèa, was das zu bedeuten hatte, und sie konnte nichts mehr unternehmen, denn etwas anderes geschah.

Ein anderer fuhr dazwischen.

Dullo, der letzte Überlebende der Seeschwärmer, der bereits verloren geglaubt war, schoss plötzlich in einer flirrenden Farbenwolke aus der Tiefe herauf.

Und Berenvil, der seine Annäherung genauso wenig wie alle anderen bemerkte, da er nicht mit einem Angriff aus dieser Richtung rechnete, Berenvil, der Alte Feind, stieß einen fürchterlichen Schrei aus, als der Seeschwärmer im Verlauf eines einzigen Herzschlags bei ihm war und zuschnappte.

Berenvils Schrei ging in einem Gurgeln unter, seine Finger krümmten sich, doch keine Magie strömte mehr hervor.

Dullo schnappte wieder und wieder zu, riss den Alten Feind in einer sprudelnden Blut- und Blasenwolke in Stücke und verschlang ihn mit wildem Glühen in den Augen.

Alle verharrten entsetzt und wie gelähmt, ungläubig, konnten nichts anderes tun als zusehen. Nur langsam sickerte Begreifen durch den Bann des Schocks.

Der Kampf war vorbei.

Doch nicht alle Opfer wurden gefunden.

Noch während Darystis, Karunder und jeweilige Verbündete mit der Erkenntnis rangen, dass der Seeschwärmer im Bruchteil eines Augenblicks die tödlichste aller Gefahren, den Schrecken der Vergangenheit ausgelöscht hatte, vollendete der Schlangenspeer seinen Auftrag. Unaufhaltsam fand er sein Ziel, das wie alle anderen sprachlos, ahnungslos und ungeschützt verharrte, und schlug mit tödlicher Gewalt ein.

Erenwin stieß einen überraschten Laut aus und griff sich an die Brust, aus der höhnisch der Speer ragte. Ein Blutschwall drang aus seinem Mund, und mit ihm die schwarze Perle.

Reflexartig fing Erenwin jenes Ding ein, das ihm so viel Leid bereitet und zuletzt den Tod gebracht hatte, und hielt es hoch.

Die Perle wuchs in seiner Hand zur ursprünglichen Größe und zog im selben Maße, wie sie wuchs, die Finsternis aus ihm und wandelte ihn zu seiner ursprünglichen Gestalt zurück. Seine Haut wurde hell und perlmuttschimmernd, seine Augen blau und grün gesprenkelt wie die See zwischen Tiefe und Sonnensphäre. Alles, was verwachsen und deformiert war, verschwand, wurde wie eine alte Haut abgestreift, und darunter kam der Prinz der Nauraka zum Vorschein, wie er einst gewesen war, nun kein Jüngling mehr, sondern ein herangereifter Mann.

»Eri ...«, flüsterte Lurdèa und hielt sich die Hand vor den Mund.

»Schwester«, antwortete Erenwin und sah in die betroffene Stille um sich.

Niemand wagte es, sich dem tödlich Getroffenen zu nähern, der in seinem letzten Moment hell aufleuchtete wie ein Fanal; er konnte sein eigenes Strahlen selbst sehen, wie es in die See hinausfloss, endlich erlöst von dem bitteren Fluch. Die gesamte Dunkelheit schwand aus ihm, und sein Licht erhellte das Meer.

Er spürte einen sachten Wellenschlag über sich und hob den Kopf. Das riesige Haupt des Seedrachen näherte sich ihm vorsichtig, und ein Tastfühler griff behutsam nach der Perle und nahm sie an sich.

Wie von weiter Ferne hörte Erenwin das vertraute Flüstern, und zum ersten Mal seit all der Zeit, endlich, verstand er es.

Ich werde das Auge an seinen ursprünglichen Platz bringen. Nun kann meine Geliebte in Frieden ruhen. Dieser Krieg ist beendet, für immer. Die Nauraka sind frei. Und ich auch. Kein Fluch, kein Bann hält uns mehr gefangen.

Erenwin spürte, wie sich sein Verstand umwölkte. Seine Augen, obwohl klar und ohne Schleier, konnten nichts mehr erkennen. Seine Kiemen atmeten Wasser ein und Blut aus. Aber er fühlte keinen Schmerz.

»Turéor …«, flüsterte er. »Jetzt begreife ich endlich, was du mir damals sagtest, als wir nach Karund reisten und du deinem Schicksal entgegentratest. *Vertrauen*, das ist es. *Das* bleibt am Ende, und es ist der Beginn der Hoffnung und Liebe!« Er sammelte in einer ungeheuren Anstrengung seine letzten Kräfte und rief mit klarer Stimme: »Berenvil hat uns das Vertrauen genommen und damit auch alles andere. Denn dies ist das Letzte, was bleibt, und er hat versucht, es für immer zu zerstören. Aber wir haben es zurückgebracht, Lurdèa! Du und ich, gemeinsam. Und es ist das Letzte, was mir bleibt. Du aber wirst der Beginn sein, Schwester. Und ihr, Nauraka von Darystis und Karund und allen anderen Reichen, besinnt euch endlich und folgt Lurdèa, denn sie kennt den Weg! Darauf vertraue ich.«

»Eri!«, rief Lurdèa. »Gib nicht auf!«

»Es ist gut«, flossen seine letzten Worte zu ihr, nicht mehr als ein versiegendes Flüstern. Er lächelte. »Am Ende habe ich doch noch erfahren, was Liebe ist, und der Drache findet seinen Frieden, und so soll es enden.«

Dann brach sein Blick, und seine Kiemen schlossen sich für immer.

Der Drache bäumte sich ein letztes Mal auf, packte den erschlafften, langsam nach unten sinkenden Leichnam Erenwins behutsam mit einem langen Fühler und nahm ihn mit sich in die Tiefe.

Kurz darauf war die See an dieser Stelle still und verlassen. Eine Lücke hatte sich aufgetan, die sich nicht so schnell schließen konnte.

Doch das brauchte sie auch gar nicht – sie hatten Zeit.

Alle Soldaten und Kämpfer, egal von welcher Seite oder welchem Volk, legten die Waffen nieder. Lurdèa, obwohl zerrissen vor Schmerz, hielt ohne Verzögerung eine Ansprache, in der sie von Frieden und Wiederaufbau sprach, und zwar nicht nur von Darystis, sondern auch Karund, und sie dankte allen anderen Völkern für ihren Willen zum Frieden. Sie ließ ihre Mutter Ymde kommen, und alle neigten die Häupter, als die Hochfürstin ihren Segen erteilte und den bedingungslosen Frieden erklärte. Dann zogen die meisten ab.

Die Nauraka suchten lange nach Erenwin, doch der Leichnam des Prinzen blieb verschwunden. Dullo kehrte von der Suche nicht mehr zurück. Nach dem Tod seines Herrn gab es für ihn keinen Grund mehr zu verweilen, und er zog in die Weite der See davon.

»Mein Bruder ist nicht tot«, erklärte Lurdèa und blieb dabei. »Was hat er uns gelehrt? Vertrauen! Das müssen wir beherzigen, und darauf bauen wir unser Reich neu auf. In Hoffnung und Glauben. Das war es, was Turéor uns immer klarmachen wollte. Und dieses Vertrauen wird uns auch die Liebe und Achtung zurückgeben.«

20.

Das Letzte, was bleibt

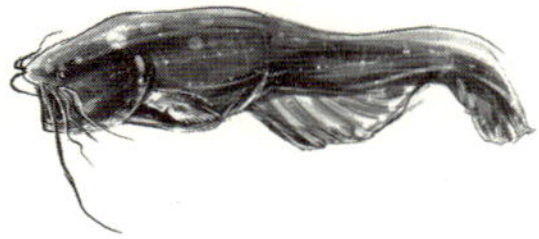

Obwohl nicht offiziell verkündet, wurde Erenwins letzter Wunsch respektiert und Lurdèa als neue Hochfürstin anerkannt. Die Nauraka waren froh, eine starke führende Hand in diesen dunklen Stunden zu haben, die ihnen zugleich Trost und Zuversicht spendete und sofort an die Arbeit ging. Als Erstes machte Lurdèa sich in das Gebiet der Verbannten auf, holte sie persönlich ab, begnadigte alle, egal, was sie getan haben mochten, und bat sie um Mithilfe beim Wiederaufbau. Wer nicht bleiben wollte, konnte ungehindert seiner Wege ziehen.

Doch sie blieben alle, wollten Anteil haben an ihrer neuen Heimat und wiedergewonnenen Freiheit. Nachdem sie so lange gebüßt hatten, wollten sie zaghaft an einen Neuanfang glauben.

Aber die Nauraka blieben nicht unter sich und allein, von überall her traf Unterstützung der anderen Seevölker ein, allen voran den Nices, beauftragt von Luleemi, der Tochter des Grafen von Undar. Sie brachten Nahrung und Baustoffe, Heilmittel und Kleidung. Darystis würde bald wieder so hell erstrahlen wie früher.

Lurdèa war unermüdlich im Einsatz und ruhte kaum. Das half ihr, nicht ständig an den bitteren Verlust denken zu müssen. In den wenigen Stunden, wenn sie sich doch einmal Schlaf gönnen musste, weinte sie um Erenwin, aber auch um alle anderen, die sie verloren hatte, und verfluchte den Schmerz. Doch sie würde das Vergangene nie wieder verdrängen oder gar vergessen. Sie hatte es Erenwin versprochen: Sie würde lernen, damit zu leben. Es war die stabile Basis ihres neu gewonnenen Vertrauens. Jedes Erlebnis, jeder Kummer, aber auch jedes glückliche Ereignis hatte dazu beigetragen, sie zu der Frau zu machen, die sie heute war. Sie brauchte das Wissen dieser Erfahrungen, um ein Reich zu regieren und die Verantwortung dafür zu tragen. Und letztendlich war alles ein Teil von ihr, genau wie Berenvil, an den sie bittersüß zurückdachte. Trotz allem, was er getan hatte, vermochte sie nicht, ihn zu hassen. Er war der grausame und zerstörerische Alte Feind gewesen, aber auch ihr aufmerksamer Gemahl, mit dem sie zusammen gelacht und mehr als zwanzig Jahre lang das Leben geteilt hatte. An dieses Leben erinnerte sie sich noch sehr genau und würde es immer tun, ohne es zu verdammen.

Seine drei Söhne vermisste sie zu ihrem eigenen Erstaunen nicht, fühlte sich von ihrem Tod nicht im Geringsten berührt. Also hatte tatsächlich nur Raëlle, die Berenvil für sich geschaffen hatte, eine Bindung zu ihnen gehabt, Lurdèa aber nicht.

Darüber wollte sie jedoch nicht weiter nachdenken, der Schmerz um den Verlust ihres Bruders war grausam genug.

Als die Ordnung einigermaßen wiederhergestellt war, ließ Lurdèa eine Trauerfeier für Ragdur und Lurion ausrichten. Dies war zugleich der Zeitpunkt ihrer offiziellen Inthronisation.

Ymde kam am Ende der Feier zu ihrer Tochter. »Es wird Zeit für mich«, sagte sie. Sie wirkte ätherischer und abwesender denn je, als würde sie sich schon bald in die See auflösen.

»Du musst nicht fort, Mutter«, sagte Lurdèa.

»Ich weiß.« Ymde strich in einer zärtlichen Geste durch Lurdèas Haare und lächelte. »Aber mein Schutz ist hier nicht mehr vonnöten, du bist jetzt hier. Ich bin nun frei und werde in die Weite der See zurückkehren. Auch dort werde ich wissen, wie es dir geht.«

Lurdèa nickte. »Lebe wohl und in Frieden, Mutter.«

Als Ymde schon auf dem Weg war, rief Lurdèa ihr nach: »Eine Frage habe ich noch!«

Die ehemalige Hüterin hielt kurz inne und hob leicht den Arm, ohne sich jedoch umzudrehen. »Nichts geht verloren, Tochter!

Hab Vertrauen.« Dann schwamm sie weiter und war bald im Blau der Tiefe verschwunden.

Zeit zum Verweilen hatte Lurdèa nicht, es gab noch eine Menge zu tun. Der Aufbau musste weitergehen, neue Ordnungen geschaffen und ein Nachrichtensystem zwischen Karund und Darystis eingerichtet werden, aber auch zu den anderen Reichen, damit die Völker künftig besser zusammenarbeiten konnten und die Möglichkeit hatten, sich einander besser kennenzulernen.

»Herrin«, sagte eines Frühdämmers ihre Leibdienerin zu ihr, während sie die Hochfürstin zurechtmachte: »Euch ist bewusst, dass Ihr wieder heiraten müsst, jetzt in Eurer hohen Position, nicht wahr? Vor allem die Nices sind da recht ... engstirnig.«

»Ich will ja auch noch Kinder«, stimmte Lurdèa zu. »Aber wen soll ich denn wählen? Das wird nicht leicht.«

»Nun, bei den Adligen gibt es nicht gerade viel Auswahl.«

»Pah, das genügt mir nicht! Ich will jemanden, der mir gefällt, der jung ist und hübsch und mich anbetet.«

»Dann veranstaltet einen Wettbewerb«, schlug die Dienerin vor. »Das ist ohnehin üblich bei derart wichtigen Ereignissen. Man stelle sich nur vor, die Hochfürstin als Hauptgewinn! Da werden sich die Männer schon richtig ins Zeug legen und beweisen müssen.«

Ein schelmisches Glitzern trat in Lurdèas Augen. »Oh, ich weiß schon, wie ich den Wettbewerb gestalten werde. Berenvil hat mir offenbart, dass eine naurakische Frau nur unter ganz bestimmten Voraussetzungen schwanger werden kann. Und um Kinder geht es hier doch, nicht wahr? Die Gründung einer neuen Sippe, das Wiedererstarken des Volkes.«

Die Dienerin sah sie neugierig an. »Gewiss, Gebieterin.«

»Nun ... dann werde ich es so halten: Derjenige, der mich schwängert, wird mein Gemahl!«

Die Dienerin ließ alles fallen und errötete so tief wie ein balzender Butt. »Also, das ist ... das ist nicht nur unzüchtig, das ist ... unziemlich, unanständig und ... und ...« Sie fand keine Worte mehr.

Lurdèa lehnte sich zurück. »Und der reinste Genuss, darauf möchte ich wetten«, seufzte sie, und dann prusteten beide Frauen los.

Am meisten freute sich Lurdèa, dass sie die Tradition des Marktes aufrechterhalten konnte. Schon bald ließ sie überall verbreiten, dass der Markt für sämtliche Völker zum gewohnten Zeitpunkt und am gewohnten Ort stattfinden würde. Sie wollte dafür selbst die Waren zusammenstellen, die verkauft werden sollten, und gab Anweisung, wie sich die Nauraka kleiden, schmücken und verhalten sollten, um einen möglichst guten Eindruck zu machen. Denn diesmal, das ließ sie weithin, auch über Boten an Land verkünden, würde das Volk der Tiefe heraufkommen und mit den Landgängern in deren Welt verhandeln. Natürlich mussten die Nauraka vorher die Umstellung üben, aber Lurdèa hatte genügend Ideen, sie dazu zu bringen.

Sie holte anschließend die acht Brautkörbe aus ihrem Versteck tief im Vulkan, die ihr noch geblieben waren, und zeigte sie dem Wächter der Schmiede, Xenes. Daraufhin ließ er sie anstandslos in den berüchtigten Gang. Voller Herzklopfen schwamm Lurdèa ins glutrote Herz des Vulkans und verhandelte mit dem Meisterschmied.

Sie erzählte keinem jemals von dieser Begegnung, das blieb ihr großes Geheimnis. Doch das Ergebnis wurde bald bekannt. Der Meister prägte neue Münzen mit dem Abbild von Erenwin auf der einen und dem Wappen der Darystis, der mit dem Schwert gekreuzten Sichellanze, auf der anderen Seite. Kupfer, Bronze, Gold und Silber und kostbare Drachenmünzen mit Kristallsplittern im Inneren. Der Neuanfang war getan, und der Handel konnte wieder beginnen.

Als es so weit war, brach das halbe Volk auf, erwartungsvoll und aufgeregt wie Kinder. Auch von Karund, um das Lurdèa sich in den vergangenen Dämmerungszyklen besonders gekümmert hatte, reisten einige an und wurden willkommen geheißen und aufgefordert, sich anzuschließen.

Viele Seevölker warteten schon am Riff und empfingen die Nauraka mit Hochrufen und Applaus, und dies setzte sich fort, als die Ersten von ihnen tatsächlich die Grenze des Zwielichts durchschwammen und das Land betraten. Dort wartete allen voran Hallog, und seine Begeisterung steckte die übrigen an. Es war ein großer Moment der Annäherung, auch für das Volk der Tiefe, das seine Rührung kaum verbergen konnte.

Aber nicht nur die Händler, auch viele Neugierige der unterschiedlichsten Völker waren gekommen, um die legendären Nauraka zum ersten Mal leibhaftig zu sehen, wenn auch zumeist aus schüchterner Distanz. Das Volk der Tiefe bewegte sich stolz, doch voller Freude lächelnd unter den Landgängern, sie reichten vielen die Hände und wechselten ein paar freundliche Worte, und dann fing das Handeln schon an.

Ein denkwürdiger Tag, von dem man in vielen Ländern hören würde. Man konnte schon die ersten Töne neuer Lieder vernehmen, die die Barden über diesen Anlass komponierten.

Schlagartig trat Stille ein, als noch jemand aus dem Wasser kam, dessen Anblick sofort alle innehalten ließ. Als die Nauraka, die auf den Korallen lagernden Nices und andere sich verneigten, folgten die Landgänger zuerst hastig, dann mit wachsender Ehrerbietung.

Hochfürstin Lurdèa stieg auf den höchsten Korallenast, damit sie für alle gut zu sehen war, und hob die Arme.

»Wir haben uns zu lange versteckt«, begann sie eine weithin schallende Ansprache. Viele Wasserbewohner streckten die Köpfe aus den Fluten, als sie Lurdèas Stimme hörten. »Doch nun sind die Nauraka zurückgekehrt. Habt Nachsicht mit uns. Wir sind nur noch ein kleines, geschundenes Volk und haben einen langen Weg vor uns, um wieder zur Blüte zu gelangen. Doch wir haben unsere Kräfte bewahrt und schützen weiterhin die Umschließende See. Wir sind die Hüter der Stimme des Meeres und werden den Frieden hinbringen, wo er gebraucht wird. Unsere weit verstreuten Reiche werden wieder vereint und einander verbunden sein. Wir werden Rat erteilen und Hilfe gewähren, wann immer wir darum gebeten werden.

Wir sind die Nauraka, die Drachenzähmer, die über den Seedrachen gebieten, die große Seele des Meeres.«

Sie machte eine kurze Pause und ließ den Blick über die Versammelten, Händler wie Zaungäste, schweifen, die sie mit teils offenen Mündern anstarrten. Niemand regte sich, niemand sprach.

»Eine neue Zeit beginnt, in der wir uns auch dem Land nicht mehr verschließen werden. Wir werden Handel treiben und Freundschaften schließen. Wir werden auch euch Rat und Hilfe geben, wann immer sie benötigt werden.

Seid versichert, wann immer ihr nun das Meer erblickt – wir sind da.«

Jubelnder Beifall folgte auf ihre Worte, und Lurdèa gab Hallog das Zeichen, den Markt fortzusetzen. Sie stieg von der Koralle hinab, deren letzte Ausläufer bis auf den Strand führten. Ein letztes Mal wollte sie mit ihren Zehen den feinen Sand berühren, ihn fühlen, bevor sie wieder ins Meer zurückging. Hinter dem Strand lag grünes, bewaldetes Land, in dem es derzeit von vielfältigem Leben nur so wimmelte, fast jeder freie Platz war besetzt.

Die Stimmung war heiter, Stimmengeschwirr erfüllte die Luft, verband sich mit vielen unterschiedlichen Gerüchen nach brutzelnden Speisen, Eintöpfen, frischen Früchten und Kräutern und den Strömungen der vielen Völker, die handelten, scherzten, Geschichten lauschten und vorsichtige Annäherungen wagten.

Lurdèa musste lächeln, als sie Yahi von drei kichernden Naurakafrauen seines Alters umringt sah, die staunend die weichen Federn seiner Flügel berührten und ihm ihre Armhäute zeigten. Sie würde sich nicht wundern, wenn nächstes Mal die *Meaglea* hoch über ihnen Anker werfen würde, und freute sich darauf.

Als der Daranil sie bemerkte, winkte er kurz, strahlte über das ganze Gesicht und hob leicht verlegen die Schultern, und sie winkte schmunzelnd und mit beruhigender Geste zurück. Yahi war zu beschäftigt, um zu ihr zu eilen, und das war gut so. Jahre der Freundschaft lagen noch vor ihnen, in denen es genug Zeit für Gespräche geben würde.

Lurdèa machte sich auf den Weg zum Wasser, da kam eine schlanke, hochgewachsene Frau auf sie zu, mit langen braunen Haaren und strahlend blauen Augen. Ihre Haut hatte einen ganz besonderen Schimmer, und ihre Ausstrahlung war seltsam vertraut. Lurdèas Kehle schnürte sich augenblicklich zu. Sie *wusste*, wer das war.

»Ich bin Alrydis«, stellte die Frau sich vor und verneigte sich. »Edle Herrin, Frieden mit Euch.«

»Ich grüße Euch, edle Verwandte«, sagte Lurdèa und vollzog eine ehrenvolle Geste. »Diese Begegnung ist eine unerwartete und große Freude für mich.«

»Mein Vater, König Rowarn von Ardig Hall, lässt Euch durch mich dies hier überreichen.« Sie wickelte aus einem Tuch eine fein ziselierte Krone aus Silber und hielt sie Lurdèa mit einer weiteren Verbeugung hin. »Dies war die Krone der Königssippe, die all die Jahrtausende in Ardig Hall verwahrt wurde«, sagte sie feierlich. »Mein Vater bittet Euch, sie anzunehmen, hohe Königin.«

»Ich ... Königin?«, stieß Lurdèa verwirrt hervor, während sie die Krone an sich nahm, da sie keine andere Wahl hatte. »Aber ...«

»Ich fürchte, Ihr könnt nicht ablehnen«, sagte Alrydis. »Ihr seid mit der königlichen Sippe verwandt, und Euer Reich Darystis wurde auf dem Fundament der königlichen Residenz errichtet. Mein Vater hat angeordnet, dass die Krone heimkehrt und ihrer wahren Bestimmung wieder zugeführt wird. Ihr habt es selbst in Eurer Ansprache verkündet.«

Es machte vermutlich nicht viel Unterschied, dachte Lurdèa bei sich. Und da sie nicht wusste, wohin damit, setzte sie sich die Krone kurzerhand aufs Haupt, zu ihrem fürstlichen Diadem. Vermutlich würde es niemandem auffallen.

»Ich danke Euch, Alrydis«, sagte sie gerührt. »Dass Ihr Euch den ganzen Weg hierher bemüht habt ...«

Alrydis versuchte ein Lächeln, das ihr gründlich misslang. »Ich wollte auch mein tiefstes Mitgefühl für Euren Verlust ausdrücken.«

Lurdèa war ergriffen, als sie die tiefe Trauer der edlen Ylwanin sah. »Mein Bruder ist nicht tot«, sagte sie bestimmt. »Sein Körper starb, das habe ich selbst gesehen. Aber ich würde es spüren, wenn er ganz von uns gegangen wäre. Er ist eins geworden mit der See.«

»Doch nicht mit mir ... bis auf einmal.« Alrydis fiel es schwer, weiterzusprechen, und Lurdèa erkannte, dass die Krone nur vorgeschoben gewesen war. Die Ylwanin war aus ganz anderem Grund hier.

»Da ist noch etwas, worüber Ihr Bescheid wissen müsst«, fuhr Alrydis fort, drehte sich um und winkte.

Aus dem Schatten eines Baumes löste sich ein großes Wesen, das Lurdèa noch nie erblickt hatte, aber aus den Legenden kannte. »Eine Pferdfrau ...«, hauchte sie andächtig.

Die Velerii kam auf zierlichen Hufen langsam näher, ihr dunkles Fell hatte einen violetten Glanz wie der Himmel, und Mähne und Schweif waren schneeweiß.

»Sternsang, die Tochter von Schneemond und Schattenläufer, Gelehrte und Sängerin am Hof von Ardig Hall«, stellte Alrydis die Pferdfrau vor. »Und meine Freundin, die mich hierher begleitete.«

Sternsang neigte leicht den Kopf. »Erhabene Königin, es ist mir eine Ehre.«

»Die Ehre ist ganz auf meiner Seite«, entgegnete Lurdèa förmlich, aber das Herz schlug ihr jetzt bis zum Hals. Was mochte sie erwarten?

Ihre Augen weiteten sich, als die Ylwanin zwei Bündel aus Sternsangs Armen entgegennahm und ihr hinhielt.

»Das sind Ylwa und Rowarn«, sagte sie mit Tränen in den Augen. »Erenwins Zwillinge. Er hat es nie erfahren. Als er mich verließ, wusste ich es noch nicht.«

Lurdèa zog die Tücher beiseite, strich mit zitternden Fingern über die rosigen Wangen der winzigen Wesen, die sie aus großen, je einem Paar tiefblauer und tiefgrüner Augen neugierig ansahen. *Wissen* lag in ihnen. »Sie sind wunderschön«, wisperte sie und musste heftig schlucken.

»Ich bitte Euch, nehmt sie zu Euch und zieht sie auf«, fuhr Alrydis fort.

»Was-was redet Ihr da?«, entfuhr es Lurdèa fassungslos.

»Hört mich an, bevor Ihr mich verurteilt«, bat die Ylwanin. »Ich weiß, Ihr habt Eure Kinder verloren.«

»Sie waren magische Geschöpfe, die ich nur ausgetragen habe«, erwiderte die Königin. »Nichts von mir war in ihnen enthalten, außer der Verbundenheit zur See.«

»Und so ist es auch bei meinen Kindern, was die Verbundenheit betrifft«, flüsterte Alrydis. Tiefer Schmerz furchte ihre schönen Züge. »Ich bin zu meinem Vater gereist, weil ich mir nicht zu helfen wusste. Und er sagte mir, was ich schon ahnte: *Es ist Zeit, ins Meer zurückzukehren*. Dies sind Erenwins Kinder, das Blut der Sippe meines Vaters strömt durch ihre Adern, zu der Erenwin und auch Ihr immer noch gehört. Diese Kinder sind Nauraka. Die Erben der Sippe Perlmonds, die Letzten, die ins Meer zurückkehren, um neu anzufangen. Mit Euch, Königin.«

Lurdèa wusste nicht, was sie sagen sollte. Ihr fiel nur eines ein. »Liebste Bruderfrau, kommt mit uns, mit Euren Kindern.«

Sie schüttelte den Kopf. »Ich kann nicht. Ich bin Ylwanin, meine Heimat ist das Land. Ich kann mir keine Kiemen mehr wachsen lassen, diese Hoffnung musste ich aufgeben. Aber diese beiden ... sie haben so große Sehnsucht nach dem Meer. Den ganzen Tag wollen sie im Wasser verbringen. Manchmal bilden sich ihre Kiemen auch außerhalb davon, und dann quälen sie sich und ringen nach Atem. Das kann ich nicht mit ansehen, edle Lurdèa. Sie gehören zu Euch. Ich will sie nicht aufgeben, aber ich muss. Ich habe Erenwin verloren, und ich kann seine Kinder nicht halten. Ich wollte es nicht wahrhaben, doch jetzt verstehe ich, was er bei seinem Abschied meinte.«

»Ihr habt ihn uns zurückgebracht, Alrydis«, widersprach Lurdèa erschüttert. »Durch seine Kinder.« Ihr blieb nichts anderes übrig. Sie nahm die Zwillinge auf den Arm, die sich sofort zufrieden glucksend an sie schmiegten, als würden sie Lurdèa schon immer kennen und ihr vertrauen. »Aber sie werden wissen, wer ihre Eltern sind. Ich werde mich um sie kümmern und erziehen, als wären es meine eigenen Kinder. Und ich bitte Euch – kommt wieder. Wenigstens einmal im Jahr, wenn Markt ist. Zeigt Euch Euren Kindern, sie müssen wissen, wer ihre Mutter ist. Vielleicht wollen sie eines Tages wieder zurück zu Euch, und diese Entscheidung müssen wir ihnen überlassen und ihnen gewähren.«

Die Lippen der Ylwanin bebten, und sie schwankte. Sternsang legte ihr behutsam eine Hand auf die Schulter, um sie zu stützen. »Ich-ich weiß nicht, ob ich das ertragen kann.«

»Ganz gewiss werdet Ihr es nicht ertragen können, sie nie wiederzusehen«, erwiderte Lurdèa. »Und sie würden in jedem Fall eines Tages nach Euch suchen. Also versprecht es mir.«

Alrydis neigte verzagt den Kopf. »Mein Vater sagte mir dasselbe. Er ist ein weiser Mann. Also werde ich nach Ardig Hall gehen und auf die heilenden Hände meiner Mutter hoffen, dass sie mir den Schmerz nehmen. Und ... in einem Jahr wiederkommen. Ich verspreche es.«

»Ich stehe dafür ein«, sagte Sternsang mit ihrer sanften, melodischen Stimme.

»Dann ist mir wohler zumute, und ich kann leichteren Herzens annehmen. Denn ... da ist etwas, das auch Ihr nun erfahren sollt.«

Die Frau sah sie an, ihr gebrochenes Herz schwamm in ihren Augen.

»Er hat von Euch gesprochen«, fuhr Lurdèa fort.

»Was?«, hauchte sie.

Lurdèa nickte. »Kurz bevor wir aus Dorluvan flohen, fragte ich Erenwin, ob er gefunden habe, was er suchte – die Liebe der Nauraka. Er fing an zu weinen und sagte *ja*. Und dann erzählte er mir von Euch. Ich wusste sofort, wer Ihr seid, als ich Euch vorhin sah.«

Alrydis konnte nur noch mit Mühe die Fassung wahren. »Ich danke Euch«, stieß sie mit brüchiger Stimme hervor.

»Es soll ein Trost für Euch sein«, sagte Lurdèa. »Eure Kinder sind aus Liebe entstanden, und diese werden sie weitergeben. Sie werden die Zukunft der Nauraka weisen und unsere Lehrmeister sein.«

»So soll es sein.« Ein letztes Mal streichelte und küsste Alrydis ihre Kinder. Dann drehte sie sich schluchzend um und floh.

Sternsang verneigte sich wortlos vor der Königin und folgte der Ylwanin.

Lurdèa stand erschüttert da, mit den Kindern auf dem Arm, die unruhig wurden und zu krähen begannen. Seitlich am Hals bildeten sich bereits die Kiemen. Sie wollten ins Wasser, *verlangten* danach. Lurdèa ging an den Rand des Riffs, wo der Grund abrupt in die Tiefe fiel, wickelte sie aus und sprang mit ihnen ins Nass. Schon nach wenigen Schwimmzügen strampelten sich die beiden von ihr frei, ihre rosigen Gesichtchen strahlten, und flink paddelten sie nach unten in die Tiefe, während ihre Beine zusammenwuchsen und die Armhäute sich aufblähten.

Die Zeit verging. Ylwa und Rowarn hielten Lurdèa in Atem, mehr als es das ganze Reich vermochte. Sie wuchsen schnell, waren immer hungrig, quirlig und kaum zu bändigen. Bald hatten sie ganz Darystis erobert, jeder Nauraka wollte mit ihnen spielen und sie im Arm halten, und sie ließen sich alles kichernd gefallen. Sie hatten vor nichts Angst und waren immer guter Laune, und Lurdèa benötigte drei Ammen und vier Wachen, damit wenigstens einer immer wusste, auf welcher Entdeckungsreise die Zwillinge gerade waren.

Solange sie so beschäftigt war, verschob die Königin ihre eigenen Heiratspläne und dachte bei sich, der Richtige würde eines Tages schon kommen. Ihr fehlte derzeit nichts, und das Reich musste sich erst wieder erholen, bevor man sich über ihre Ehelosigkeit mokieren würde. Für die Zeit, da Erenwins Kinder klein waren und sie brauchten, würde sie ihre eigenen Bedürfnisse und Wünsche zurückstellen.

Bald würde der Tag sich jähren, an dem Alrydis die Kinder zu ihr gebracht hatte, und Lurdèa war gespannt, ob sie tatsächlich zum Markt kommen würde. Sie hatte keine Nachricht nach Ardig Hall geschickt und auch keine empfangen. Diese Dinge brauchten Zeit. Wahrscheinlich würde Lurdèa eines Tages mit den Kindern dorthin reisen, doch das sollte noch einige Korallenringe dauern.

Zunächst hoffte sie, dass Sternsang ihre Freundin überreden konnte, das Versprechen einzuhalten. Die Kinder wollten sicher ihre leibliche Mutter sehen. Bald würden sie zu sprechen anfangen und nach ihr fragen.

Aber bis es so weit war, mussten die beiden erst einmal ordentlich erzogen werden, wenigstens für die Zeit des Marktes. Lurdèa hatte sich vorgenommen, jeden Helldämmer mit ihnen zu üben, denn die Reise war nicht ungefährlich, schließlich führte sie durch die Weite, und der Markt selbst barg auch Risiken. Und nicht zuletzt sollte die edle Alrydis keinen Schock erleiden, dass ihre Kinder sich wie ungezähmte Seeschwärmer aufführten.

Und schon fingen die ersten Schwierigkeiten an. Weder Ammen noch Wachen wussten, wo Ylwa und Rowarn waren, und Lurdèa musste sich selbst auf die Suche machen.

Wo steckten die beiden Rangen nur? *Genau wie ihr Vater*, dachte Lurdèa halb wütend, halb belustigt. Sie verwöhnte die beiden viel zu sehr.

Schließlich entdeckte sie sie ... in der großen, lichtdurchfluteten Kaverne im Vulkan, wo es zur Schmiede ging. Ein unbestimmtes Gefühl hatte sie dorthin geführt.

Selbstvergessen spielten die kleinen Rabauken und hörten Lurdèas Rufe überhaupt nicht. Sie jauchzten und lachten und tanzten mit ... mit ... einem *anderen* Wesen? Was war es nur?

So eines hatte Lurdèa noch nie gesehen, weder hier noch anderswo. Obwohl es klein war, gerade mal armlang, sah es nicht ungefährlich aus mit seinem Rachen voller spitzer Zähne. Doch anscheinend hatte es Vergnügen am Spiel mit den kleinen Nauraka. Es schwamm mit ihnen um die Wette, wand sich um sie herum, schlug Haken ...

Lurdèa hätte beinahe laut aufgeschrien. Sie *kannte* diese Bewegungen, so, als wären es ihre eigenen. Seit frühester Kindheit waren sie ihr vertraut. Es gab nur einen, der so geschwommen war.

Sie raste los, fuhr wie ein wütender Molch zwischen die Spielenden, drängte die verdutzten Zwillinge beiseite und baute sich vor dem kleinen Wesen auf, das sich allerdings wenig beeindruckt zeigte. Es bewegte sich so schnell vor ihr auf und ab, dass sie es auch aus der Nähe nicht genau betrachten konnte.

»So!«, sagte sie stirnrunzelnd und mit ihrer strengsten Stimme. »Und was bist du für einer?«

Statt einer Antwort wuselte das Geschöpf davon, verharrte kurz, drehte sich auffordernd zu ihr, und schwamm weiter, immer höher hinauf. Ab und zu hielt es an und sah sich nach ihr um. Es wollte, dass Lurdèa folgte!

Es ist ziemlich dumm, was ich da mache, dachte sie. *Handeln, ohne zu denken – meine hervorstechendste Eigenschaft*. Sie fuhr zu den Zwillingen herum, die ausnahmsweise einmal brav warteten. Sie hielten sich an den Händen und blickten sie erwartungsvoll an. »Ihr bleibt hier, verstanden? Ich bin gleich zurück!«

Aus dem Gang zur Schmiede tauchte ein Tentakel hervor, und das kam ihr gerade recht. »Xenes, du passt auf die zwei auf!«

Der Hüter der Schmiede zeigte sich nicht, aber seine Stimme polterte heraus: »Ich? Auf die? Da werfe ich mich lieber gleich in die Vulkanglut!«

»Das werde ich persönlich erledigen, wenn du nicht tust, was ich sage!«, fauchte sie.

Dann beeilte sie sich, dem Wesen nachzuschwimmen, das oben schon in einem Höhlengang verschwand. Es tauchte sehr schnell, und sie hatte Mühe, ihm zu folgen. Das Wesen sauste durch einen bestimmten Gang, und sie erinnerte sich an den Weg, *natürlich* erinnerte sie sich daran. Hier war sie schon einmal gewesen, vor langer Zeit. Eri hatte ihr die Grotte gezeigt und den Himmel, den man von hier aus sehen konnte. Hier hatte sie zum ersten Mal Luft geatmet.

Sie tauchte neben dem Wesen in der Grotte auf, spürte, wie es sich auf ihre Hand setzte, erhob sich aus dem Wasser und hielt den Arm hoch, um es genauer zu betrachten. Mit all seinen Barteln, Zacken und dem wohlgeformten Rückenkamm. »Du bist ein Seedrache«, flüsterte sie fassungslos. »Ein *junger*, wunderschöner Seedrache …«

Das kleine Wesen ringelte sich um ihren Arm, blickte verschmitzt aus blau und grün gesprenkelten Augen zu ihr auf und zwinkerte.

Ich bin ein Aal, der durch die Kluft gleitet,
ich bin ein Fisch, der vor dem Sturm herschwimmt,
ich bin ein Wal, der auf den Wellen reitet,
ich bin der Seeschwärmer, der durch die Sphären schwebt,
ich bin die Muräne, die im Finstren lauert.
Ich bin Nauraka!

Anhang

Waldsee

Waldsee ist die zweitälteste, dabei größte Welt des Träumenden Universums. Sie wurde noch während der Zeit der EINHEIT von Erenatar, dem ERSTEN GEDANKEN Ishtru des Träumers, dem Schöpfergott Lúvenor zum Geschenk gemacht.

Die Umschließende See war Lúvenors erste Schöpfung, dann folgten der einzige Kontinent und viele Inseln. Tiere und Pflanzen wurden heimisch und brachten die Welt zum Erblühen.

Als Erste der Alten Völker entstanden die Nauraka, doch ihnen folgten viele weitere, im Wasser wie auch an Land und sogar in der Luft. Nicht alle Völker wurden erschaffen, so manche – wie beispielsweise vor nicht allzu langer Zeit die Menschen – siedelten sich im Laufe der Zeit von anderen Welten an, weil sie Gefallen an Waldsee gefunden hatten. Einige Völker kamen mit ihren Göttern, denen Lúvenor das Gastrecht einräumte.

Zuletzt, längst zu Zeiten des Ewigen Krieges, kamen die Dämonen, das jüngste Volk des Universums, und mit ihnen begann ein großer Kampf um die Welt, in dem die Götter jeder für sich um die Vorherrschaft kämpften, die Lúvenor nie gewünscht hatte. Die gewaltige Schlacht gipfelte schließlich in dem Massaker auf dem Titanenfeld, das seither als verflucht gilt und als Ort der ewigen Mahnung, dass so etwas nie wieder geschehen möge. So schworen es alle, und so wurde es bis heute gehalten.

Waldsee ist eine Welt des Überflusses, die Möglichkeiten für nahezu alle Völker bietet. Doch Neid und Machtgier fanden auch hier Einzug, sodass stets Kriege und Kämpfe einzelner Regionen stattfinden, auch nach der Entstehung des Siebensterns, der Waldsee aus dem Ewigen Krieg im Träumenden Universum rückte.

Bei vielen anderen Welten ist Waldsee wie eine Legende, ein Reich der Wunder, in dem alles möglich scheint. Als »der Ort, den die Götter lieben« wird sie besungen, und der Sphärenklang ihrer Weltenmelodie ist bis in die Tiefen des Alls zu hören und gilt als einer der schönsten Gesänge.

Die Menschen haben sich in den meisten Ländern ausgebreitet, in denen sie angenehme Lebensbedingungen fanden, und sie stellen heute die größte Anzahl. Oftmals leben sie im harmonischen Miteinander mit den Alten Völkern, doch manchmal halten jene sich hinter ihren Grenzen verborgen, auch vor anderen Alten.

Neben der sagenumwobenen Insel Erytrien sind vor allem die westlich gelegenen großen Länder Valia und das südlich benachbarte Nerovia bekannt, wobei die beiden Länder allen anderen gegenüber aufgeschlossen sind und offene Grenzen haben. In beiden Ländern kann man den meisten bekannten, aber auch vielen weniger bekannten Völkern in großen Städten begegnen und natürlich in den Freien Häusern.

Waldsee gilt seit der Entstehung des Siebensterns für Angriffe von außen als unantastbar, dies zeigt sich deutlich an dem leicht glitzernden violetten Schleier am Himmel, der Tag und Nacht erkennbar ist. Der Ewige Krieg findet hier keinen Zugang mehr, Waldsee steht für sich als neutrale Welt.

Das Träumende Universum

Ishtru ist DER TRÄUMER, der Schöpfer des Universums.

Als der Traum einst begann, war noch nichts da außer Leere und Dunkelheit, doch bald entstanden die Ersten:

Die ERSTEN GEDANKEN – *Erenatar*, der Lebensbringer, und *Ishtrus Feueratem*, Schöpfer der Sonnen und Vulkane.

Nur wenig später entstand die EINHEIT: Harmonie und Gleichgewicht.

Dann folgten die Mächtigen: Drachen, Götter, die Annatai (das Erste Volk der Sterblichen, die Lebensbringer sind), das Volk der Sternenkinder, die Unsterblichen und die Gründer der Ersten Menschheit.

Und schließlich, als das All bewohnbar war, entstand das gesamte weltliche Leben durch göttliche Schöpfung und Verbreitung des Lebenssamens: Die Zweite Menschheit, die Zwerge, vielfältige Völker, Pflanzen und Tiere.

So hätte es immer weitergehen können, im Einklang der Weltenmelodien. Doch in einem unvorstellbaren Moment zerbrach die EINHEIT, niemand konnte sagen, warum. Aus Harmonie wurde Regenbogen, Finsternis aus Gleichgewicht, zwei mächtige Wolkenmeere hinter der Sternensee, nahezu im Zentrum des Träumenden Universums.

Diese gewaltige Erschütterung im Gefüge schuf Dissonanzen in der Großen Melodie. Sie zerfiel in Millionen Fragmente. Der Ewige Krieg begann, und er dauert noch immer an.

Doch Waldsee nimmt daran nicht mehr teil.

Glossar

Ardig Hall	(eigtl. Håll für »große Halle«); Schloss des Friedens im Land Valia, einst von den Nauraka gegründet
Arlyn Antasa	»Morgenlied«, Königin von Ardig Hall, Tochter des Visionenritters Loghir und der Prinzessin Alasanferantu Antasa, vom langlebigen Seefahrervolk der Antahera'andu. Hüterin des Tabernakels, große Heilerin und Herrin des sagenhaften Reiches Farnheim
Dämmerungszyklus	1 Tag (Nauraka) (s. a. Zeitrechnung), aufgeteilt in die verschiedenen Phasen des Helldämmers (Tag) und Dunkeldämmer (Nacht)
Darystis	»Silberspeer«, Sippe der Nauraka von Erenwin und Lurdèa
Domgar	»Erleuchteter Berg«; -gar = Garí, Fels, Stein, Dom' = Dorluvan, Eislicht
Dullo	»Klecks« (Nauraka)
Gynvar	»die reich Beschenkte«; aus *tain*: gylim = Gold, varanu = wert, kostbar sein. Annatai, lange Zeit auf Waldsee als Lehrerin und Zauberin tätig

Ishtru	Der Träumer, Schöpfer des Träumenden Universums. Solange er träumt, hat das Universum Bestand
Korallen-ring, -baum, etc.	→ Zeitrechnung
Lichtbahn	ca. 1 Meter (Nauraka), die fließenden Lichtschichten unter Wasser, angefangen bei den schräg-senkrechten Lichtschächten der Sonne in oberen Schichten bis zu den waagrechten Linien in der Tiefe
Lúvenor	»Der Lichte«, Schöpfergott von Waldsee, zu dem die Alten Völker, langlebig oder unsterblich, gehören. Eine sehr alte, zurückgezogene Macht, die zu den Ersten gehört
Mächtige/r	Das Träumende Universum wird von Magie zusammengehalten, die gibt und nimmt. Wer die Fähigkeit dazu hat, die Strömungen zu nutzen und Magie anzuwenden, wird als Mächtige/r bezeichnet. Die höchste Vollendung der Kunst beherrscht ein Zauberer (wie etwa die Annatai)
Mannslänge	ca. 1,80 Meter (Wasser), ca. 1,70 Meter (Land)
Nàru, Nura	Vater, Mutter (leiblich) (Nauraka)
Nauraka	»Seegeborene«, eigtl. Nauråka, das Urvolk des Meeres, das in enger Verbindung zu dem mythischen Seedrachen steht
Phylothera, -ae	Seepferde

Rowarn	»Perlmond«, König von Ardig Hall, letzter Nachkomme der Nauraka, die das Meer verließen, Sohn der Nauraka Ylwa und des Dämons Nachtfeuer. Seine Geschichte wird in den »Chroniken von Waldsee« erzählt
Sternsang	Tochter der Velerii Schneemond und Schattenläufer, Bardin und Lehrerin am Hof von Ardig Hall
Siebenstern	→ Tabernakel
Tabernakel	Das magische Artefakt wurde vor langer Zeit von den Nauraka in der Tiefe des Meeres in einem tempelartigen kleinen Kuppelgebäude gefunden. Durch die Verbreitung der Legende setzte sich der Name »Tabernakel«, der im Dialekt der Nauraka nicht nur ein besonderes Gefäß oder Gebäude benennt, sondern auch »Geheimnis« bedeutet, für das Artefakt durch. Der Durchmesser der Tonscheibe betrug etwa zwei Handspannen, und sie war etwa ein Fingerglied dick. Der äußere Ring stellte Ishtrus Traum dar, die Hülle des Universums, mit den verschiedenen Symbolen der Ersten. Der innere Ring stand mit stilisierten Symbolen von Sonnen, Monden und Sternenkonstellationen für das weltliche Leben. Die beiden äußeren Ringe waren durch Stege miteinander verbunden, erst der dritte, innere Ring schloss den Kreis. Nach der Aktivierung des Tabernakels entstand daraus der Siebenstern, der selbst bei Tageslicht am Himmel erkennbar ist. Der Siebenstern ist das Schutzsymbol Waldsees

Titanenfeld	Schauplatz der Schlacht um Waldsee in Valia. Kampf der Götter und Dämonen um Platz und Reiche, Verdrängung der Alten Völker. Die Schlacht endete als Massaker, was einen so tiefen Schock hinterließ, dass es daraufhin zu Einigung und Frieden kam
Ulu	Sehr scharfes, schmales Messer mit nach außen gebogener Schneide, einem Wiegemesser nicht unähnlich, mit Griff in der Mitte, zum Entgräten und Zerteilen von Fleisch und Fisch
Velerii	»Schnell wie der Wind«. Die Pferdmenschen gehören zu den ältesten und mächtigsten Völkern Waldsees. Sie sind sterblich, aber langlebig. Ihr Schöpfergott ist Lúvenor, der erste Gott Waldsees; der bekannteste Held Lichtsänger, der am Ende der Titanenschlacht den Großen Totengesang komponierte. Seine Tochter Schneemond ging den ehelichen Bund mit Schattenläufer ein; sie sind die Hüter von Weideling
Visionenritter	Der Orden der Visionenritter mit einer einzigartigen magischen Gabe, die im Kampf einen unüberwindlichen Vorteil bot, wurde von der Annatai Gynvar gegründet, zur Verteidigung des Tabernakels vor dem Zugriff der Mächte. Nach der Zusammenführung und Aktivierung des Tabernakels erlosch der Orden, zu dem Zeitpunkt gab es mit Angmor ohnehin nur noch einen einzigen Angehörigen
Ylwanen	Auch genannt »das Junge Volk«, das noch im Entstehen begriffene neue Volk aus den Nachkommen von Rowarn und Arlyn von Ardig Hall